»Die Instrumente haben eine Verzerrungswelle registriert, die von der Ausrüstungsschleuse zwei mit Lichtgeschwindigkeit zum Bootsdeck lief. Nennen Sie es, wie auch immer Sie wollen, aber ich sage Ihnen, es war eine Gravitationswelle.«

»Captain«, meldete der diensthabende Funkoffizier, »*Scout-3* meldet eine Sichtung.«

»Stellen Sie sie durch.«

Wie immer wurde Jani Rykands Gesicht von einem kupferroten Haarschopf eingerahmt. Anders als die meisten Frauen, die in der Mikrogravitation lebten und arbeiteten, weigerte sie sich, ihre Mähne hochzustecken oder mit einem Haarnetz zu bändigen. Ihr stand das gut.

»Meldung!«

»Hier draußen geht etwas Unheimliches vor, Captain. Ich empfange Energiesignale von einem Punkt dreißig Grad hinter meinem Orbitalpfad.« Landon warf einen Blick auf Bendagar.

»Wir empfangen sie ebenfalls«, meldete der Chefwissenschaftler.

»Was halten Sie davon, *Scout-3*?«

»Hirayama hat das Teleskop darauf ausrichten lassen, Captain. Es scheint sich um zwei Schiffe zu handeln.«

»Stellen Sie Ihre Ansicht zu uns durch«, sagte Landon schroff.

Im nächsten Moment verschwand Jani Rykands Gesicht und wich der Dunkelheit des Raums. Im Vordergrund standen die üblichen Sternbilder, die sich – nach den hundert Millionen Lichtjahren, die die *Magellan* zurückgelegt hatte, um diese Welt zu erreichen – von den vertrauten heimatlichen Konstellationen mehr oder weniger stark unterschieden. Zunächst war nichts zu sehen. Das änderte sich jedoch, als ein violetter Blitz durch die Finsternis zuckte. Er erinnerte Landon an das Wetterleuchten zu Hause in British Columbia. Nur dass dieser Blitz zwei Schemen in der Dunkelheit erhellte, von denen einer noch für lange Sekunden nachglühte.

»Geben Sie uns eine Vergrößerung, Hirayama«, befahl der Captain. An Bord des Scout-Schiffs tat der Geologe, der das Teleskop bediente, wie geheißen. Die fernen Sterne explodierten und schrumpften ein paarmal, während das Fernrohr sich auf maximale Vergrößerung einstellte. Als das Bild sich dann stabilisierte, kristallisierten sich zweifelsfrei zwei Schiffe heraus – von denen eins erpicht darauf schien, das andere zu zerstören.

Die Beute war das größere der beiden Schiffe, ein gedrungener Zylinder; das Schiff war offensichtlich so konzipiert, dass es durch Rotation eine künstliche Schwerkraft erzeugte. Sein Gegner war ein schlanker Zylinder mit einer Vielzahl von Mechanismen, die aus einem Zentralkörper herausragten. Vor ihren Augen sendete der Angreifer wieder einen violetten Strahl aus, der am Rumpf des Beuteschiffs zerplatzte. Sie sahen, wie eine Plasma-Fontäne im Vakuum in einem weiten Kegel expandierte.

»Alle Aufzeichnungsgeräte mit voller Leistung«, befahl Landon, ohne sich dessen überhaupt bewusst zu sein. »Hirayama, verfolgen Sie sie!«

Obwohl das kämpfende Duo nur durch ein Fernrohr zu erkennen war, wurde dennoch ersichtlich, dass das größere Schiff Fluchtversuche unternahm. Es schlug Haken und versuchte, sich vor seinem Peiniger zu halten. Aber das war alles vergebens. Das kleine Kampfschiff kopierte förmlich jedes ruckartige Manöver und hing an seiner Beute wie ein flinker Terrier an einem massigen Stier. Alle paar Sekunden zerplatzte ein neuer violetter Strahl an der Hülle des größeren Schiffs und hinterließ eine hässliche, glühende Narbe. Jedoch war der Versuch des kleinen Schiffs, das größere schrottreif zu schießen, auch nicht von Erfolg gekrönt. Nach jedem Treffer änderte das Ziel den Kurs und unternahm einen erneuten Fluchtversuch.

»Sie kommen in diese Richtung!«, ertönte Jani Rykands aufgeregte Stimme über InterKom. Tatsächlich hatte das größere

Schiff mittlerweile die Richtung geändert und war auf einen Kollisionskurs mit dem Scout-Boot gegangen. Die Beobachter an Bord der *Magellan* sahen, wie der kompakte Zylinder sich zu einem vollkommenen Kreis auswuchs und allmählich den Monitor ausfüllte. Nach welchem Prinzip der Antrieb der beiden unbekannten Schiffe funktionierte, war indes nicht ersichtlich. Es gab keinerlei Antriebsfeuer oder sonstige Emissionen als Indiz dafür, dass sie sich mit einem Reaktionsantrieb fortbewegt hätten.

»*Scout-3,* Ausweichmanöver einleiten!«

»Hat jemand eine rettende Idee?«, fragte die junge Pilotin. »Sie machen beide den Eindruck, als ob sie Pirouetten um unseren Kahn drehen könnten. Mein Gott, da kommen sie auch schon!«

Sie hatte recht. Beide Schiffe füllten den Bildschirm mit schier unglaublicher Geschwindigkeit aus. Bald musste Hirayama die Vergrößerung zurücknehmen, damit die Ufos das Bildschirmformat nicht sprengten. Es dauerte weniger als eine Minute, bis beide Schiffe von *Scout-3* aus mit dem bloßen Auge zu sehen waren. Das größere – die Beute – schoss im Abstand von zehn Kilometern an ihnen vorbei, dicht gefolgt vom kleineren Kampfschiff.

Dann geschah es.

Dan Landon hatte seine Aufmerksamkeit zwischen der Ansicht von *Scout-3* und mehreren Fernansichten des Raumkampfs geteilt, die von den Teleskopen der *Magellan* dargestellt wurden. Sie zeigten jedoch nur einen sporadischen violetten Funken vor der schwarzen Kulisse des Raums. Während des Vorbeiflugs am Scout-Boot schoss das Kampfschiff wieder einen seiner violetten Strahlen ab. Der Strahl griff nach *Scout-3* und tauchte ihn für einen Moment in eine Korona aus violettem Licht. Das Signal vom Scout brach plötzlich ab.

»*Scout-3!*«, schrie Landon. »Meldung. Jani, wie schwer seid ihr beschädigt?«

Die Antwort gab der Bildschirm. Wo eben noch eine Nussschale von menschlichem Raumfahrzeug existiert hatte, das zu klein war, um in der Schwärze des Raums überhaupt ausgemacht zu werden, erschien nun ein winziger heller Fleck, eine glühende Wolke aus Plasma, die sich ausdehnte und dabei abkühlte.

Jäher Zorn stieg in Landon auf. Vor seinem geistigen Auge erschien ein lachendes, von einem wilden roten Haarschopf eingerahmtes Gesicht. Doch ebenso schnell, wie die Wut ihn gepackt hatte, war sie auch wieder verflogen. Er fühlte überhaupt nichts mehr, während er sah, wie das größere Schiff perspektivisch sich verkürzte, bis es den Bildschirm wie ein leuchtender Halbkreis ausfüllte. Es war die gleiche Ansicht wie von den Kameras von *Scout-3* – mit dem einen Unterschied, dass diesmal die *Magellan* den Kampf auf sich zog.

»Nachrichtensonde vorbereiten.«

»Captain, das können wir nicht tun«, sagte Pendergast neben ihm. »Wir sind zu tief in der Gravitationsquelle des Planeten. Die Generatoren werden der Beanspruchung nicht standhalten.«

»Die Nachrichtensonde laden, verdammt noch mal!«

»Nachrichtensonde geladen«, meldete Pendergast im nächsten Moment.

Die mit Kernreaktoren und einem Sternenantriebs-Generator bestückte Nachrichtensonde war ein kleines, unbemanntes Raumschiff. Die *Magellan* hatte ein Dutzend der kugelförmigen, fünf Meter durchmessenden Drohnen an Bord. Sie wurden eingesetzt, um Nachrichten an die Erde zu senden. Dank ihnen war es nun nicht mehr erforderlich, nach jedem neu entdeckten System eigens zur Erde zurückzufliegen; außerdem waren sie eine Versicherung gegen den Verlust wertvoller Daten, sollte das Schiff einmal eine Havarie erleiden.

Landon beobachtete das anfliegende Duo und hatte zugleich eine Anzeige im Blick, die ihre Geschwindigkeit, Kurs und relative Position zueinander darstellte. Weil niemand damit gerechnet hätte, in einen Raumkampf zwischen den Sternen verwickelt zu werden, war die *Magellan* kaum in der Lage, sich zu verteidigen. Das Waffenarsenal des Schiffs bestand aus Gewehren, Maschinengewehren und ein paar schwereren Waffen, um aufdringliche Fleischfresser auf Distanz zu halten. Dennoch hatten sie eine potenzielle Waffe an Bord, die sich bei der Abwehr eines marodierenden Aliens durchaus als nützlich erweisen konnte.

Die zwei Schiffe kamen näher, wobei das kleinere das größere ständig »annagte«. Und die Schäden zeigten nun auch Wirkung. Teile wurden von der Beute abgesprengt, als eine Wolke aus Gas und Dämpfen aus Dutzenden Rissen im Rumpf eruptierte.

Dan Landon gab die Koordinaten der Sonde selbst ein – er wollte es nicht riskieren, jemand anders damit zu betrauen. Als das Kampfschiff sich wieder auf die Distanz näherte, aus der es *Scout-3* zerstört hatte, aktivierte Landon die Steuerung, die das kleine unbemannte Raumschiff mit Volldampf zur Erde geschickt hätte. Nur dass die Erde diesmal nicht sein Ziel war. Landon schickte es vielmehr dem außerirdischen Kampfschiff entgegen.

Fähnrich Pendergast hatte recht. Sie standen zu tief in der Grav-Quelle des Planeten, um die Stabilität eines Sternenantriebs-Generators zu gewährleisten. Die Nachrichtensonde wurde ins All katapultiert und bewegte sich hundert Kilometer mit Überlichtgeschwindigkeit. Diese paar Nanosekunden genügten, um die Generatoren der Sonde zu überlasten. Sie explodierten und schleuderten die Sonde in den Normalraum zurück. Die überschüssige Energie wurde in Geschwindigkeit umgewandelt. Die schnell expandierende Trümmerwolke bewegte sich beim Wiedereintritt in den Normalraum mit sechzig Prozent der Lichtgeschwindigkeit. Das unbekannte Kampfschiff hatte eine Reaktionszeit von null. Die Trümmerwolke war kaum aufgetaucht, als das kleine Kampfschiff auch schon von etlichen Brocken getroffen und in einen Stern verwandelt wurde, der für ein paar Sekunden mit dem Zentralgestirn des Systems um die Wette strahlte.

Lieutenant Harlan Frees war in die Sternenforschung eingetreten, weil er keine Lust hatte, den Familienbetrieb im australischen Woomera zu übernehmen. Dieses Leben war jedoch genau das richtige für ihn. Für Frees war die Gelegenheit, mit einem Spähtrupp an Bord des überlebenden außerirdischen Raumschiffs zu gehen, fast zu schön, um wahr zu sein.

»Meldung, *Scout-2*«, sagte Landon, als Frees' Kommandotrupp gerade außerhalb des Schwenkbereichs des langsam taumelnden außerirdischen Raumschiffs schwebte. Nachdem die *Magellan* seinen Peiniger zerstört hatte, hatte das große Schiff den »Nachbrenner« gezündet, um sich vom Schauplatz des Gefechts zu entfernen. Das war anscheinend zu viel für die gequälten Motoren des Schiffs gewesen. Im nächsten Moment war der gedrungene Zylinder in den freien Fall gegangen. Nachdem sie die Stelle abgesucht hatten, wo *Scout-3* zerstört worden war, nahm die *Magellan* die Verfolgung auf.

»Das Schiff ist nicht menschlich, Captain. Keine orbitale Schiffswerft im näheren Umkreis von Sol hat je einen solchen Pott gebaut«, berichtete Frees. Er war mit seinem Schiff so nah herangegangen, wie er es glaubte, riskieren zu können. Vor ihm klaffte ein großes Loch, wo ein Strahl des Kampfschiffs eine Bresche geschlagen hatte. Im Abteil darüber driftete ein Körper. Er war zwar stark verstümmelt, aber immer noch so intakt, dass man sah, das Wesen hatte zwei Arme zu viel gehabt.

»Machen Sie eine Aufnahme davon«, wies er Fähnrich Grimes, den Co-Piloten, an.

»Jawohl, Sir.«

»Wenn Sie den Körper im Kasten haben, machen Sie einen langsamen Schwenk. Zeigen Sie ihnen das ganze Ausmaß des Schadens.«

»Jawohl, Sir.«

Während Grimes damit beschäftigt war, das außerirdische Raumschiff zu dokumentieren, suchte Frees eine Stelle zum Andocken. Das langsame Taumeln des außerirdischen Schiffs war ein Problem. Sie würden sich »einhaken« und es mit dem eigenen Triebwerk stoppen müssen, bevor sie das UFO zu erforschen vermochten. Andernfalls wäre das Risiko eines Unfalls zu groß gewesen.

Frees fand schließlich, wonach er suchte, und beschleunigte das Scout-Boot vorsichtig. Er registrierte einen seltsamen Mief im Helm des Vakuumanzugs und wurde sich dann bewusst, dass es seine ureigene Angst war, die diesen Gestank hervorrief. Er fragte sich, ob Grimes wohl das gleiche »sensorische Erlebnis« in seiner geschlossenen Umgebung hatte.

Scout-2 stellte ohne Komplikationen Kontakt her. Zwei Minuten später sicherten sie ihr Schiff mit einem Kabel am Wrack. Nach weiteren fünf Minuten hatten sie das taumelnde Schiff zum Stillstand gebracht.

»Sie halten hier die Stellung, Mister«, ordnete Frees an, während er die Gurte löste. »Wenn Sie irgendetwas anderes sehen als uns, die wir uns da drin bewegen, lösen Sie die Sprengbolzen aus und fliegen mit Vollgas zum Schiff zurück. Haben Sie verstanden?«

»Aber was wird dann aus Ihnen, Lieutenant?«

»Kümmern Sie sich weder um mich noch um sonst jemanden. Sobald irgendetwas mit vier Armen auf der Bildfläche erscheint, verschwinden Sie von hier.«

»Jawohl, Sir.«

Frees bewegte sich in das Abteil, wo schon der Rest seiner Entermannschaft wartete. Die drei steckten in Vakuumanzügen und wirkten irgendwie lächerlich mit der um die Brust geschnallten Waffensammlung. Das Abfeuern einer Schusswaffe in der Mikrogravitation war mit Vorsicht zu genießen. Beim

Rückstoß wurde man unkontrolliert zurückgeworfen – ganz zu schweigen von der Möglichkeit, dass ein Querschläger den Anzug perforierte. Dennoch hatte der Captain angesichts dessen, was *Scout-3* zugestoßen war, eine Bewaffnung der Entermannschaft befohlen.

»Ich gehe voran«, sagte Frees zu den Raumfahrern Goldstein, Valmoth und Kurtzkov. »Überwachen Sie ständig diese Frequenz und die Notfrequenz. Sind alle bereit?«

Er bekam die Antwort in Form geballter Fäuste – eine Geste, die in einem Vakuumanzug ein Nicken bedeutete. Nachdem er sich vergewissert hatte, dass Grimes im Cockpit präsent war, drehte er das Ventil auf, das die Kabinenluft direkt ins All abließ. Frees fand, dass sie in dieser besonderen Situation keine Zeit hätten, einen regulären Luftschleusenzyklus ablaufen zu lassen. Als sowohl die innere als auch die äußere Luke geöffnet waren, drifteten die Männer durch den kurzen Luftschleusen-Tunnel und betraten das außerirdische Schiff.

Sie drangen in Gänge vor, die einen Querschnitt von zwei Metern im Quadrat hatten und auf beiden Seiten von Ausrüstungsschränken gesäumt wurden. In Schiffen, die für Mikrograv konzipiert waren, hätten die Schränke Wände, Boden und Decke gepflastert. Während der ersten Viertelstunde ihres Vorstoßes im Dunklen entdeckten sie ein paar Mitglieder der Besatzung. Es gab noch mehr von den vierarmigen Wesen, die wie Käfer mit einem Pelz aussahen. Eine andere Spezies hatte hervorquellende Augen und filigrane Greifwerkzeuge, die sich aus den Scheren eines Hummers entwickelt zu haben schienen. Ob die hervorquellenden Augen natürlichen Ursprungs oder der explosiven Dekompression geschuldet waren, war nicht auf den ersten Blick ersichtlich.

Frees untersuchte gerade einen Toten, als er über Anzugfunk angerufen wurde. Die Worte hallten in den Metallkorridoren wider. »Das müssen Sie sich ansehen, Lieutenant. Wir haben einen Abschnitt mit Luft dahinter gefunden.«

»Bleiben Sie dort.«

Frees hangelte sich zu der Stelle, wo der Raumfahrer mit seiner Taschenlampe ein geschlossenes Druckschott anstrahlte. Das Schott ähnelte denen in einem menschlichen Raumschiff, obwohl die Proportionen unterschiedlich waren. Das galt auch für die ins Schott integrierten Kontrollen. Sie glühten in einer Schrift, die im Wesentlichen aus Punkten und Schnörkeln bestand. Kurtzkov stemmte die Füße gegen eine Leiste, die in den Gang hineinragte, und versuchte, die Luke mit dem Körpergewicht aufzubrechen. Aber die Luke rührte sich nicht. Das war auch kaum verwunderlich, wenn es Luft auf der anderen Seite gab.

»Sind Sie sicher, dass sie nicht verzogen ist?«, fragte Frees, als er zu den zwei Raumfahrern aufschloss.

»Ich glaube nicht, Mr Frees. Die Luken, durch die wir bisher gekommen sind, waren auch nicht blockiert.«

»Stimmt. Valmoth, kehren Sie zum Schiff zurück und holen Sie die tragbare Luftschleuse. Wir haben Atmosphäre auf der anderen Seite dieses Schotts.«

Der Aufbau der Luftschleuse nahm zwanzig Minuten in Anspruch. Das größte Problem bestand jedoch darin, einen Ankerpunkt für die Schleuse zu finden, um den Rückschlag beim Druckausgleich zu minimieren. Die Schleuse war gerade groß genug für zwei Männer in Vakuumanzügen. Frees und Kurtzkov quetschten sich in die Schleuse und wurden von den beiden anderen dort isoliert. Dann schickten sie sich an, die Luke zu öffnen. Ein Blitz fuhr aus Kurtzkovs Bohrlaser, und die Luftschleuse füllte sich mit Luft.

Sobald der Anzug um ihn erschlaffte, berührte Frees die Bedienelemente der Luke. Das Drücken des einen Kontakts hatte keine Wirkung. Er versuchte den anderen. Das Druckschott schwang lautlos zurück.

Frees leuchtete mit der Taschenlampe den dunklen Raum aus. In einer Ecke lag eine zu einem Ball zusammengerollte

Gestalt. Zuerst hielt Frees sie auch für eine Leiche. Doch dann sah er die gelben Augen, die ihn anstarrten, und hörte den stoßweise gehenden Atem.

»Melden Sie dem Captain, dass wir einen Überlebenden haben«, sagte er zu den zwei Raumfahrern, die noch immer im Vakuumsektor des Schiffs ausharrten.

Langsam und vorsichtig bewegte er sich auf den zitternden Körper zu. Das Wesen erschauerte und wimmerte, als Frees es an einer knochigen Schulter berührte. Ganz sachte entrollten Frees und Kurtzkov das Geschöpf.

»Verdammt, Mr Frees. Es ist ein Affe!«

2

Moira Sims war eine Frau, wie ein Mann sie sich nur wünschen konnte. Mit den langen Beinen und der schlanken Figur war sie so schön, dass Männer manchmal im wahrsten Sinne des Wortes gegen die Wand liefen, wenn sie an ihnen vorbeiging. Das Kleid aus hauchdünnem schwarzem Stoff kontrastierte mit ihrer Alabasterhaut und betonte zugleich ihre weiblichen Formen. Ihr Schmuck war ebenso dezent wie wertvoll, ihre Frisur saß perfekt, und ihre Stimme war dieses tiefe, kehlige Schnurren, das man bei Holo-Schauspielerinnen so schätzte. Sie hatte Esprit, war eine geistreiche Gesprächspartnerin und hatte zudem einen ausgeprägten Sinn für Humor. Und doch wurde Mark Rykand ihrer allmählich überdrüssig.

»Gehen wir zurück an deinen Platz, Markie. Ich habe keine Lust mehr auf diese Party.«

Mark warf einen Blick auf seine Begleiterin, die sich neben ihm auf der Chaiselongue rekelte, auf deren Kante er hockte. Sie hatte einen Finger unter seinen Kummerbund gesteckt und massierte das Speckröllchen, das unter Kontrolle zu halten er überaus bestrebt war. Er versuchte nicht die Stirn zu runzeln, obwohl sie Gunter Perlman unterbrochen hatte, seinen Sportsfreund, der ein genauso begeisterter Solar-Segler war wie er selbst und der Skipper der Jacht, auf der Mark hin und wieder als Crew-Mitglied mitfuhr.

Mit einer Willensanstrengung schluckte er seine Verärgerung hinunter und wandte sich ihr zu. »Eine Weile noch, Moira. Gunter und ich müssen erst noch diese Wette platzieren, bevor wir abreisen.«

»Aber eine Solar-Regatta ist doch so langweilig!«

»Wieso holst du dir nicht noch einen Drink? Wir sind bald fertig.«

»Pah!« Er war sich ihres wundervollen warmen Körpers bewusst, als sie von der Chaiselongue glitt und aufstand. Gunter sah zu, wie sie sich das Kleid glatt strich, das bei diesem Manöver hochgerutscht war. Ihr vielsagendes Lächeln zeigte, dass sie sich der Aufmerksamkeit bewusst war. Aus irgendeinem Grund wurde Mark dadurch noch gereizter. Die beiden schauten ihr nach, wie sie mit wiegenden Hüften an der Streicher-Combo vorbei zur Bar schlenderte.

»Wieso tun Sie das, Mann?«, fragte Gunter.

»Was denn?«

»Wieso behandeln Sie sie wie ein Möbelstück? Sie liebt Sie doch.«

»Moira liebt nur mein Geld.«

»Nun, selbst wenn das stimmt, ist es keine Entschuldigung. Wenn Sie nicht aufpassen, wird Sie sie verlassen, wie Carol es getan hat.«

Marks von einem Achselzucken begleitete Antwort kam ihm selbst blöde vor: »Wieso soll ich mir gleich eine ganze Kuh kaufen, wenn ich nur mal ein Glas Milch trinken will?«

»Bei Ihrem ›Milchkonsum‹ würde sich die Anschaffung einer Kuh vielleicht doch lohnen.«

Mark gefiel die Richtung nicht, in die das Gespräch sich entwickelte. »Was ist, haben wir nun eine Wette laufen oder nicht?«

Gunter lächelte. »Sie glauben immer noch, dass Price Hoffman zwischen Erde und Mond schlägt, nicht wahr?«

»Wieso auch nicht? Bei seiner Jacht ist gerade ein Segel erneuert worden, und man sagt, er habe das Gewicht seines Lebenserhaltungssystems um zwanzig Prozent reduziert.«

»Spielt keine Rolle. Als Niels Falon ihn verließ, hat er alle Hoffnung fahren lassen, die Trophäe in diesem Jahr zu gewinnen.«

»Ich glaube, dass Prices Vorteil bei der Ausrüstung den Verlust an Erfahrung durch Falons Weggang wettmachen wird. Ich werde tausend auf ihn setzen, um die Sache etwas interessanter zu gestalten.«

»Eine direkte Wette. Ohne Entfernungshandikap?«

»Jau.«

»Dann haben Sie nun eine Wette laufen, Sie reicher Junge. Ich hoffe nur, Sie sind nicht so betrunken, dass Sie sich morgen früh nicht mehr daran erinnern.«

»Ich werde Ihnen zeigen, wer hier betrunken ist«, zischte Mark und erhob sich. Plötzlich wurde der Raum in eine langsame Drehung versetzt. Er streckte die Hand aus und stützte sich an Perlmans Schulter ab. »Vielleicht haben Sie doch recht. Ich werde Moira suchen und eine Mütze voll Schlaf nehmen.«

»Vergessen Sie nicht, dass ich in ein paar Wochen einen Übungstörn mit der *Gossamer Gnat* mache. Ich würde mich freuen, Sie in meiner Mannschaft zu haben, falls Sie Zeit dafür haben.«

»Sicher, hört sich gut an«, sagte Mark. »Es geht doch nichts darüber, sich selbst zu riechen, wenn man für eine Woche in einem Vakuumanzug gesteckt hat. Rufen Sie mich in ein paar Tagen an, und wir machen es klar.«

Die Lichter der Phönix-Tucson-Metroplex strahlten wie ein Teppich aus Diamanten, die über den dunklen Wüstenboden verstreut waren, als Mark Rykands Luftauto Kurs nach Westen nahm. Auf halber Strecke zum Horizont sah er die Gemeinden, die wie Perlenschnüre die Ufer des Colorado säumten, während am Horizont selbst das Glühen von Los sich abzeichnete. Das Fahrzeug selbst wurde nur durch die blau glühenden Instrumente erhellt.

Mark suchte den Horizont ab und hielt nach sonstigem Luftverkehr Ausschau, während Moira sich an ihn kuschelte. Den linken Arm hatte sie um seinen Hals drapiert, und ihr Kopf ruhte an seiner Brust, derweil sie leise Schnarchlaute ausstieß. Es gab einen guten Grund für seine Wachsamkeit.

Drei Jahre zuvor waren Marks Eltern auf der gleichen Route geflogen, als ein ohnehin schon betrunkener Pilot seinen Rausch mit Absinth perfekt machen wollte. An jenem Freitagabend hatte reger Flugverkehr geherrscht, und die Flugsicherung wollte nachträgliche Änderungen an den Flugplänen nicht zulassen. Anstatt das Risiko einzugehen, dass sein Manöver abgelehnt würde, hatte der betrunkene Pilot auf manuelle Steuerung umgeschaltet und eine weite Rechtskurve eingeleitet. Im Scheitelpunkt der Kurve war sein Flugzeug dann mit der Maschine von Marks Eltern kollidiert.

Der Trunkenbold hatte sofort die Quittung für seinen Fehler bekommen. Der rechte Propeller seiner Flugmaschine war verbeult worden, sodass der Auftrieb um die Hälfte reduziert wurde. Daraus hatte wiederum eine Asymmetrie resultiert, wodurch das Fluggerät erst in Rückenlage und dann in den Sturzflug ging und sich etwa zwanzig Kilometer östlich des Flusses in den Boden grub. Marks Eltern hatten kaum mehr Glück gehabt. Obwohl die aktive Fluglageregelung fast vollständig ausgefallen war, hatte Hugh Rykand das Flugauto zunächst halbwegs stabilisiert und zum Landeanflug angesetzt. Als Piste hatte er sich einen Abschnitt der alten Interstate 10 ausgesucht – nur um im Licht der Landescheinwerfer in letzter Sekunde eine flache Hügelkuppe zu entdecken, die er in der Dunkelheit nicht gesehen hatte.

Moira regte sich. »Was ist denn los? Du zitterst ja.«

»Verzeihung. Ich habe einen Schluckauf.«

»Ach, du armer Markie. Dein Herz rast ja«, sagte sie und schmiegte den Kopf wieder an seine Brust. »Gibt es denn irgendetwas, das Moira für Markie tun kann?«

»Nein«, sagte er schroffer, als er es beabsichtigt hatte. »Schlaf weiter.«

Er war Student gewesen – Computerwissenschaft als Haupt- und Astronomie als Nebenfach. Damals hatte er ein gutes Leben gehabt. Als Sohn reicher Eltern hatte es ihm weder an Geld noch an Kleidung gefehlt, und an weiblicher Begleitung hatte es ihm auch nicht gemangelt.

»Sind Sie Mark James Rykand?«, hatte der größere der beiden Polizisten gefragt, die an der Tür des Apartments geklingelt hatten.

»Habe ich was verbrochen?«

»Nicht, dass wir wüssten, Mr Rykand. Wir sind wegen Ihrer Eltern hier. Sie hatten einen Unfall.«

Ein eiskaltes Messer hatte sich in sein Herz gebohrt. »Wie schwer sind sie verletzt?«

»Es tut mir leid, aber sie sind tot.«

Mark hatte die Nachricht erst richtig erfasst, als er die Leichen identifizierte. Es war ihm noch gelungen, den entstellten Leichnam seines Vaters zu identifizieren, ohne zusammenzubrechen, doch als er dann seine Mutter ohne offensichtliche Verletzungen nackt auf dem kalten Tisch liegen sah, war es einfach zu viel. Das Gefühl, ganz allein zu sein, hatte ihn überwältigt. Trotz seiner vielen Freunde glaubte er, dass nur eine einzige Person diese Leere auszufüllen vermochte. Und diese Person war seine Schwester Jani – doch leider erforschte sie gerade irgendein namenloses Sternsystem in den Tiefen des Alls.

In den darauffolgenden Wochen hatte er sich gefragt, wie er ihr die Nachricht am besten beibringen solle, als ihr Schiff schließlich zurückkehrte. Wie bei einem Besuch beim Zahnarzt war die Angst vor dem Ereignis schlimmer gewesen, als es dann in Wirklichkeit war. Er hatte es Jani nämlich gar nicht erst erzählen müssen. Die Sternenforschung hatte sich darum gekümmert, gleich nachdem ihr Schiff irgendwo jenseits des Jupiterorbits materialisiert war. Jani hatte fast drei Wochen, um den Verlust bis zu ihrer Rückkehr zur Erde zu bewältigen, und dann blieb sie kaum eine Woche. Ihr Besuch bei Mark hatte gerade lange genug gedauert, um sich auszuweinen und eine Vollmacht zu unterzeichnen, mit der sie ihm einen Blankoscheck bezüglich der Verwaltung ihres beiderseitigen Erbes ausstellte. Danach hatte er sie zum Raumhafen begleitet, zum Abschied geküsst und ihr nachgeschaut, bis sie wieder in den endlosen Weiten des Alls verschwunden war. Ihre Stippvisite hatte das quälende Gefühl der Einsamkeit nicht zu lindern vermocht.

Drei Jahre später wirkte dieses Gefühl immer noch in ihm nach. Mark wachte häufig schweißgebadet in zerwühlten Bettlaken auf, zitternd und die Fäuste um einen imaginären Steuerknüppel geballt, während er versuchte, die paar Meter an Höhe zu gewinnen, die seine Eltern gerettet hätten. Nach solchen Episoden wünschte Mark sich oft, dass er dem Beispiel seiner Schwester gefolgt wäre. Lieber ein Leben unter Freunden inmitten der riesigen Leere als ein Leben allein unter den wimmelnden Milliarden der Erde.

Moira registrierte die blinkende Nachricht auf dem Monitor im Schlafzimmer zuerst. Sie waren vor zehn Minuten nach Hause gekommen und bereiteten sich auf das Schlafengehen vor.

»Du hast eine dringende Nachricht, Mark«, sagte sie mit schräg gelegtem Kopf, weil sie gerade einen Ohrring abnahm.

»Von wem?«, fragte er hektisch.

»Steht nicht da.«

Er murmelte etwas vor sich hin und stapfte barfuß ins Schlafzimmer. Tatsächlich blinkte der diagonale rote Streifen, der um sofortige Aufmerksamkeit heischte, auf dem Bildschirm. Er löschte ihn und rief die Nachricht auf. Es erschien ein ihm völlig unbekanntes Gesicht.

»Mr Rykand, hier spricht Hans Cristobal, Offizier vom Dienst im Sternenforschungs-Hauptquartier«, sagte die Aufzeichnung. »Rufen Sie mich bitte zurück, wenn Sie wieder zu Hause sind. Es ist wichtig.«

Der ernste Gesichtsausdruck und die geschäftsmäßige Mitteilung genügten, um Mark zu erschüttern. Ein Anruf vom Diensthabenden der Sternenforschung konnte nur eins bedeuten. Er musste nur noch herausfinden, *wie* schlecht die Nachricht war. Mark tippte mit zitternden Fingern die Zahlen am unteren Bildschirmrand ein und wartete eine halbe Ewigkeit, bis er in dasselbe Gesicht schaute wie in der Aufzeichnung.

»Ja, was kann ich für Sie tun? … Ach, Mr Rykand. Danke für Ihren Rückruf.«

»Was ist mit meiner Schwester geschehen?«, fragte er ohne Umschweife.

Der Offizier blinzelte; er wusste nicht, wie er auf die direkte Frage reagieren sollte. Das Zögern sprach aber Bände. Mark hatte diesen Blick früher schon gesehen, im Gesicht des Polizisten, der ihm die Nachricht über seine Eltern überbracht hatte.

Nach einer Pause, die fast viermal so lang war, wie es dauerte, um eine Nachricht um die halbe Welt zu übermitteln, sagte der Polizist: »Es tut mir leid, Mr Rykand. Ich habe die traurige Pflicht, Ihnen mitzuteilen, dass Ihre Schwester vor drei Wochen bei einem Unfall ums Leben gekommen ist.«

»Wie ist das passiert?«

»Über den genauen Hergang wissen wir noch nicht Bescheid. Vielleicht werden wir mehr wissen, wenn die *Magellan* andockt. Im Moment kann ich Ihnen nur so viel sagen, dass wir die offizielle Bestätigung ihres Todes erhalten haben.«

Er wurde erneut vom Albtraum wegen seiner Eltern heimgesucht. Mark spürte, wie die kalte Hand sich wieder um sein Herz schloss – wie damals vor drei Jahren. Nur dass es diesmal vielleicht noch schlimmer war. Er hörte kaum seine eigene Stimme, als er fragte: »Wann werden Sie den Leichnam nach Hause überführen?«

Der Offizier vom Dienst zögerte. Als er wieder etwas sagte, spendeten seine Worte keinen Trost. »Es gibt leider keinen Leichnam. Wir werden natürlich zu einem Zeitpunkt und an einem Ort Ihrer Wahl einen Gedenkgottesdienst für Frau Rykand arrangieren. Außerdem wäre da noch eine Versicherungsangelegenheit zu regeln. Ich glaube, sie hat Sie als Begünstigten bestimmt.«

»Ich bin an ihrer Versicherung nicht interessiert, verdammt. Ich will wissen, was passiert ist!«

»Wie ich schon sagte, Sir, verfüge ich zurzeit nicht über diese Informationen. Vielleicht in ein paar Wochen …«

Der Bildschirm klapperte auf dem Schreibtisch, als er mit der Faust auf die Aus-Taste schlug. Fast eine Minute lang saß er zitternd vor dem dunklen Bildschirm, bis Moira hereinkam, um der Ursache des Geräuschs auf den Grund zu gehen.

»Was ist los?«, murmelte sie beim Anblick seines Gesichtsausdrucks.

»Jani ist tot. Dieser Anruf kam vom Hauptquartier der Sternenforschung. Tut uns leid, Ihnen das mitteilen zu müssen, Mr Rykand. Nein, wir wissen noch nichts Genaues, Mr Rykand. Tut uns leid, aber der Leichnam kann nicht überführt werden …«

Marks Stimme brach ab, und sein Körper schüttelte sich in einem Weinkrampf. Im nächsten Moment wurde er von Moira in den Armen gewiegt Sie strich ihm übers Haar und redete leise auf ihn ein. Es half alles nichts. Die alte Vorahnung war zurück. Er wurde das Gefühl nicht los, dass seine Einsamkeit diesmal von Dauer sein würde.

Mark Rykand sah endlose Weingärten an sich vorüberziehen, während das Torpedo-Auto im der Schwerkraft trotzenden Flug zwischen den reihengeschalteten elektromagnetischen Beschleunigungsringen hindurchzischte. Dieser idyllische Teil der nördlichen Schweiz mit seinen grünen Hügeln und weiß getünchten Häusern zog mit »gemütlichen« 200 km/h vorbei. Normalerweise wäre er von dieser Ansicht verzaubert worden. Aber nicht heute. An diesem Morgen fühlte er sich leer – emotional, physisch, geistig, moralisch. Der menschliche Körper hat nur eine begrenzte Kapazität für starke Emotionen, und dieses Quantum hatte er in den letzten vierundzwanzig Stunden verbraucht. Die einzige Regung war ein dumpfer Zorn, ein schwaches Nachglühen der Wut, die ihn in den dunklen Stunden vor dem Sonnenaufgang zu verzehren gedroht hatte.

Das Torpedo-Auto erklomm eine Höhe, die zu den blauen Weiten des Bodensees hin abfiel. Die Silhouetten weißer Segel hoben sich gegen das Dunkelblau des Sees ab. Die Aussicht war jedoch nur von kurzer Dauer. Bald verschwand das Fahrzeug auf seiner Trasse aus Pylonen und Ring-Beschleunigern hinter einem niedrigen Hügel. Der See kam ein letztes Mal ins Bild. Am anderen Ufer erschien die Pyramide aus Glas und Stahl, die das Hauptquartier der Sternenforschung war, so groß wie die entfernten Alpen. Das Gebäude wurde mit flüssigem Gold überzogen, als das Licht der frühen Morgensonne von der Ostflanke der Pyramide reflektiert wurde. Und im nächsten Moment waren der See, die Boote und die Pyramide am anderen Ufer auch schon wieder verschwunden, als das Fahrzeug in den schwarzen Schlund des Tunnels einfuhr, der es ans andere Ufer bringen würde.

Marks Zorn war zunächst ungerichtet gewesen. Er hatte mit dem unbarmherzigen Weltall gehadert, das ihn in der kurzen Zeitspanne von drei Jahren seiner ganzen Familie beraubt hatte. Aber es ist nicht sehr befriedigend, den Sternen mit der Faust zu drohen. Wenn jemand stirbt, dann ist laut herrschender Meinung auch jemand dafür verantwortlich. Der Schuldige könnte ein Verbrecher, der betrunkene Pilot des Luftautos oder sogar das Opfer selbst sein – wenn es nämlich Raubbau an seiner Gesundheit betrieben hat und dann an einem Herzanfall stirbt.

Bis er alle Hintergründe des Todes von Jani kannte, war eine Schuldzuweisung nicht möglich. Und je länger er über die Weigerung des Offiziers nachdachte, ihm die Umstände des Todes seiner Schwester mitzuteilen, desto zorniger wurde er. Wie konnten sie es überhaupt wagen, ihrem einzigen Verwandten solche elementaren Informationen vorzuenthalten?

Die Sonne hatte sich noch nicht über die Sierra erhoben, als er einen Flug auf dem ersten Suborbitalflug nach Europa reserviert hatte. Sogar dann verschwor die Natur sich gegen ihn. Die achtstündige Zeitverschiebung bedeutete, dass der erste Direktflug nicht vor dem frühen Abend ging. Er hatte den Tag in banger Erwartung und mit sinnlosem Hader verbracht, bevor er einen Suborbital-Hyperjet nach Zürich bestieg.

In weniger als einer Minute hatte das Auto den Tunnel wieder verlassen und erklomm im Sonnenschein die niedrigen Hügel, in die die alte Festung Meersburg eingebettet war. Das Torpedo-Auto drehte sich um die Längsachse, um den Drall einer lang gezogenen Rechtskurve auszugleichen. Die Pylonen der Ring-Beschleuniger verliefen parallel zum Ufer und strebten der glänzenden Pyramide entgegen, die die Bäume überragte. Eine Minute später verzögerte das Auto mit hohen Bremswerten, fuhr in die Pyramide ein und kam in der unterirdischen Transportstation zum Stillstand. Die meisten Passagiere standen auf und warteten geduldig, dass die automatischen Türen sich öffneten. Als Mark dann an der Reihe war, bewegte er sich wie in Trance.

»Herr Rykand?«, fragte eine junge Frau, als er das Fahrzeug verließ.

»Ja?«

»Mein Name ist Amalthea Palan. Ich bin Sonder-Assistentin des Direktors. Wir haben die Ankündigung Ihres Besuchs erst gestern am späten Abend erhalten. Direktor Bartok lässt sich entschuldigen. Er vermag Sie leider nicht persönlich zu empfangen, weil er heute an einer Konferenz in Toronto teilnimmt. Er hat mich jedoch gebeten, Ihnen sein aufrichtiges Beileid für Ihren Verlust auszusprechen. Ihre Schwester war ein geschätztes Mitglied unserer Familie. Wir werden sie sehr vermissen.«

»Sehen Sie, ich will Ihnen keine Ungelegenheiten bereiten, aber ich werde auch nicht dazu schweigen. Ich bin hergekommen, um herauszufinden, wie meine Schwester starb. Ich glaube, dass Sie mir diese Auskunft schulden.«

»Ich verstehe Ihr Anliegen, Herr Rykand. Wieso fahren wir nicht zu meinem Büro hoch und besprechen es dort? Ich werde Ihnen gern alles sagen, was wir wissen – auch wenn es noch so wenig ist.«

Sie fuhren mit einer Rolltreppe bis zum Erdgeschoss des Gebäudes. Die öffentlich zugängliche Eingangshalle des Sternenforschungs-Hauptquartiers war eines der acht architektonischen Weltwunder. Es war der größte umbaute Raum auf dem Planeten und übertraf sogar das alte Raumschiffsmontage-Gebäude im Museum von Cape Canaveral. Die aus poliertem Marmor bestehende weite Halle erinnerte Mark an ein Mausoleum – ein Gedanke, den er sofort wieder verdrängte, kaum dass er ihm gekommen war. Die Wände waren mit Ansichten von Welten gesäumt, die die Sternenforschung entdeckt hatte. Es war früher Montagmorgen, und die üblichen kleinen Gruppen von Schulkindern waren noch nicht hier aufgekreuzt, sodass das Anti-Echo-Feld noch aktiviert werden musste. Mark hörte seine und Amalthea Palans Schritte von der hohen Decke widerhallen.

Sie nahmen eine andere Rolltreppe zu einem Zwischengeschoss und dann einen Expresslift in die 27. Etage. Die Assistentin des Direktors geleitete ihn in ein feudal eingerichtetes Büro mit einem schrägen Fenster, das auf den See hinausging.

»Darf ich Ihnen etwas anbieten, Herr Rykand? Kaffee, Tee oder vielleicht etwas Stärkeres?«, fragte sie, während sie ihn zu einem Ledersofa führte und dann ihm gegenüber Platz nahm.

»Nein, danke.«

Amalthea musterte ihren Besucher.

Sie sah einen muskulösen jungen Mann – etwas mehr als mittelgroß, mit sandfarbenem Haar und stechenden blauen Augen. Er hätte fast gut ausgesehen, wären da nicht die dunklen Ringe um die Augen und die heruntergezogenen Mundwinkel gewesen. Außerdem schien er sich heute nicht rasiert zu haben. »Sie nehmen mir das hoffentlich nicht übel, Herr Rykand, aber Sie machen den Eindruck, als ob Sie seit längerer Zeit nicht mehr geschlafen hätten.«

»Könnten Sie denn schlafen, wenn es Ihre Schwester gewesen wäre?«

»Nein, vermutlich nicht. Wenn Sie es wünschen, wird unser Personalarzt Ihnen etwas verschreiben, wenn wir hier fertig sind. Wir könnten Ihnen sogar eine Unterkunft in diesem Gebäude zur Verfügung stellen. Wir halten sie für wichtige Persönlichkeiten bereit.«

»Ich möchte bitte nur wissen, was mit meiner Schwester geschehen ist.«

Sie legte eine Pause ein, schien einen Entschluss zu fassen und sagte dann: »In Ordnung. Wissen Sie über die Arbeit Ihrer Schwester im tiefen Weltraum Bescheid?«

»Sie war eine Scout-Pilotin.«

»Ganz recht. Soweit ich weiß, ist das System, das die *Magellan* auf dieser Reise erforschte, ziemlich schmutzig im Vergleich zu den meisten. Es gab dort viele Meteoriten und Staub. Die Astrophysiker sagen, das sei normal für ein neues System. Ich persönlich bin auf Volkswirtschaft spezialisiert und verstehe im Grunde nichts von diesen technischen Dingen. Sie etwa?«

Mark nickte. Er hatte im Nebenfach-Studium eine Reihe von Vorlesungen über die Evolution von Sternsystemen besucht.

»Jedenfalls war das Scout-Boot Ihrer Schwester mit ein paar Planetenwissenschaftlern des Schiffs zu einem Mond unterwegs, als es mit einem orbitalen Schuttbrocken kollidierte. Das Schiff wurde sofort pulverisiert. Deshalb können wir Ihnen den Leichnam von Frau Rykand auch nicht übergeben.«

»Gab es noch mehr Tote?«

»Insgesamt acht, gemäß dem Bericht des Captains der *Magellan*. Das ist leider alles, was wir über den Vorfall wissen – bis das Schiff andockt und das vollständige Logbuch sendet.«

»Vielleicht kann ich mit dem Captain sprechen, um mehr Information zu bekommen«, sagte Mark.

Amalthea Palan seufzte und neigte den Kopf in einer sonderbaren Pose. »Ich befürchte, das ist unmöglich. Das Schiff befindet sich noch jenseits der Marsumlaufbahn, und eine Zweiwegekommunikation ist noch nicht praktikabel. Die Lichtgeschwindigkeitsverzögerung, wissen Sie.«

»Wann wird es ankommen?«

»In einer Woche.«

»Vielleicht kann ich den Captain dann aufsuchen, um zu erfahren, was Jani zugestoßen ist, und ihre persönlichen Dinge abzuholen.«

»Wir werden Ihnen ihren Nachlass zustellen. Sie werden doch nicht extra in den Orbit fliegen wollen, nur um sie in Empfang zu nehmen.«

»Ich bin reich. Ich scheue die Kosten nicht.«

»Ich verstehe Ihren Schmerz, aber es gibt wirklich nichts

Konstruktives, was Sie im Orbit tun könnten. Zumal Captain Landon ohnehin nicht imstande sein wird, sich mit Ihnen zu treffen. Einmal wegen der obligatorischen Quarantäne, und dann wird er alle Hände voll zu tun haben, das Schiff für den nächsten Flug vorzubereiten. Ich sage Ihnen was. Wir werden Ihnen eine Kopie des Logbuchs senden, sobald wir es erhalten. Ist das akzeptabel für Sie?«

Mark musterte die hübsche Blondine ihm gegenüber. Ihr Auftritt erinnerte ihn an die geschäftsmäßigen Kondolenzen eines Leichenbestatters. Vielleicht war es der Mangel an Schlaf oder der Umstand, dass seine Sinne so angespannt waren. Auf jeden Fall hatte er den Eindruck, dass sie ihm nicht die Wahrheit sagte – zumindest nicht die ganze Wahrheit. Er runzelte die Stirn und nickte dann. »Ich werde mich wohl damit begnügen müssen.«

Sie setzten das Gespräch noch für zehn Minuten fort, und dann wurde Mark auf direktem Weg zur Transportstation zurückgebracht, wo er ein Torpedo-Auto Richtung Süden bestieg. Er sah Amalthea Palan auf der Plattform ausharren, bis sein Auto das Gebäude verlassen hatte.

Mark sann bereits über den nächsten Zug nach. Wenn die Sternenforschung nun glaubte, er würde wieder nach Kalifornien verschwinden und aufgeben, waren sie auf dem Holzweg. Irgendjemand war für den Tod seiner Schwester verantwortlich, und er würde nicht ruhen, bis er diesen Jemand ermittelt hatte!

3

Nadine Halstrøm, Welt-Koordinatorin und der wohl mächtigste lebende Mensch, saß in der Dunkelheit und betrachtete die Bilder, die in den Tiefen des Holowürfels schimmerten.

Neben ihr saß Anton Bartok, Direktor der Sternenforschung. Außerhalb des verdunkelten Büros hallten die Donnerschläge eines Spätnachmittags-Gewitters in der Stadtlandschaft von Toronto wider. Regen prasselte gegen die Flanke des hundertstöckigen Bürohauses, das die Bürokratie beherbergte, die dem Weltparlament zuarbeitete.

Die Aufzeichnung des Gefechts der *Magellan* mit dem außerirdischen Raumschiff und dem *Finale furioso* brach in einem statischen Flackern ab, als die Lichter im Büro der Koordinatorin angingen. Nadine Halstrøm blinzelte in der plötzlichen Helligkeit.

»Mein Gott, Anton. Dann ist es also wahr!«

»Ja, Madame Koordinatorin. Captain Landon hat mir diese Aufzeichnung und seinen Bericht über die sichere Funkstrecke komprimiert übermittelt, gleich nachdem die *Magellan* in den Unterlichtbereich gefallen ist.«

»Wo ist die *Magellan* jetzt?«

»Sie kreuzt gerade die Marsumlaufbahn in Richtung Inneres Sonnensystem. In ungefähr einer Woche müsste sie hier sein.«

»Ich muss gestehen, dass ich Ihre erste Nachricht mit einer gewissen Skepsis zur Kenntnis genommen hatte, Herr Direktor. Nachdem ich es aber mit eigenen Augen gesehen habe, muss ich sagen, dass Sie die Angelegenheit eher noch heruntergespielt haben. Haben Sie auch die Weiterungen bedacht?«

Bartok nickte. »Ich habe in den letzten anderthalb Tagen an nichts anderes gedacht, Madame Koordinatorin.«

Nadine Halstrøm seufzte. Sie hatte selbst auch kaum an etwas anderes gedacht. »Ich glaube, wir haben hier ein großes Problem.«

»Da stimme ich Ihnen zu.«

»Haben wir schon eine Vorstellung von der Herkunft dieser Außerirdischen oder ihrem militärischen Potenzial?«

Bartok schüttelte mit düsterem Gesichtsausdruck den Kopf. »Nein.«

»Dann sollten wir es am besten unter Verschluss halten, bis wir mehr wissen.«

»Ob dies denn so klug wäre? Die Medienfritzen werden uns in der Luft zerreißen, wenn sie spitzkriegen, dass wir ihnen das vorenthalten haben.«

»Das ist nun auch nicht mehr zu ändern. Haben Sie denn eine Vorstellung davon, wie es sich auf die Menschen auswirken wird, wenn sie jeden Abend mit der Angst zu Bett gehen, am nächsten Morgen tot aufzuwachen?«

»Ich finde, dass dies den Kern der Sache nur bedingt trifft, Madame Koordinatorin.«

»Ich wünschte, es wäre nur eine Übertreibung, Anton. Sie sollten sich aber mal schlaumachen. Um eine Psychose im Tier ›Mensch‹ hervorzurufen, muss man ihm nur einen Anlass bieten, sich vor etwas zu fürchten, das er nicht versteht. Ich kann Ihnen ein Dutzend Beispiele aus der Geschichte zitieren, wenn Sie möchten.«

Nadine Halstrøm hatte ihre Karriere als Professorin für Geschichte begonnen und war nur durch eine Verkettung von Zufällen in die Politik gekommen. Ihr Spezialgebiet war das zwanzigste Jahrhundert gewesen, in dem die Gewalt auf die Spitze getrieben worden war. In vielerlei Hinsicht war dieses Jahrhundert eine Verirrung gewesen, eine Umleitung in blindwütige Vernichtung. Es war ein Zeitalter gewesen, in dem die Frage des nationalen Überlebens eine perverse Logik hervorgebracht hatte. Wie sonst war die fünfzigjährige Pattsituation zu erklären, die die letzte Hälfte des blutigsten Jahrhunderts der Geschichte geprägt hatte? Die östlichen und westlichen Machtblöcke hatten sich bei einem Angriff mit gegenseitiger Vernichtung gedroht und zugleich ihren Friedenswillen bekundet. Für mehr als zwei Generationen hatten die Menschen in der Angst vor dem Tod gelebt, der vom Himmel herabregnete, und diese Angst hatte ihr ganzes Denken und Handeln bestimmt. Bei der Vorstellung, dass so etwas in ihrem Jahrhundert sich wiederholen könnte, lief es ihr eiskalt den Rücken hinunter.

»In Ordnung«, erwiderte Bartok, »dann werden wir die Außerirdischen unter Verschluss halten.«

»Und wie gedenken Sie das zu tun, Anton?«

Trotz der scheinbar harmlosen Frage war der Direktor der Sternenforschung sich bewusst, dass sein Job von der Beantwortung dieser Frage abhing. Er ließ sich die Sache für ein paar Sekunden durch den Kopf gehen, wobei er die Backen abwechselnd aufblies und zusammenzog. Das war eine Angewohnheit, der er sich überhaupt nicht bewusst war.

»Das Standardverfahren sieht vor, den Außerirdischen in der Hochstation in Quarantäne zu halten, bis die Biologen ihn freigeben. Es liegt aber auf der Hand, dass wir das in diesem Fall nicht tun können. Die Hochstation ist zu öffentlich, um ein Geheimnis dieser Größenordnung für längere Zeit zu wahren.«

»Sie wollen doch nicht etwa sagen, dass wir auf eine Quarantäne verzichten sollen!«

»Nein, natürlich nicht. Was wir brauchen, ist ein isolierter Ort, wo wir die notwendigen Tests durchführen können – ein Ort, zu dem wir den Zugang zu kontrollieren vermögen.«

»Irgendwelche Vorschläge?«

»Wie wäre es mit der *PoleStar*? Sie ist im Besitz des Wetter-Direktorats, und es findet praktisch kein Verkehr zum und vom Habitat aus statt.«

Nadine Halstrøm schaute nachdenklich und ließ ein Lächeln aufblitzen, das als ihr Markenzeichen bei Milliarden von Holovisions-Zuschauern galt. »Hmmm, nicht schlecht … wirklich nicht schlecht! Es ist schön abgelegen und in einem Orbit, der von der Äquatorialebene aus nur schwierig zu erreichen ist. Ich werde dafür sorgen, dass das Wetter-Direktorat kooperiert. Welche Probleme würden sich daraus ergeben, es in eine Operationsbasis umzuwandeln?«

»Wir werden die Laboreinrichtungen der Hochstation natürlich duplizieren und mit Fachleuten besetzen müssen. Sobald wir Personal und Ausrüstung von der Hochstation verlegen, wird irgendjemand reden.«

»Dann lassen wir das eben. Sie können die Fachleute von der *Magellan* für die meisten Aufgaben einsetzen. Und die zusätzlichen Wissenschaftler, die wir brauchen, werden wir hier auf der Erde anwerben. Das Gleiche gilt für die Beschaffung der Ausrüstung. So werden alle Beteiligten nur Teile des Puzzles sehen und nicht etwa das ganze Bild. Zur weiteren Verschleierung muss der Flugplan der *Magellan* aus dem Computer der Himmelsbeobachtung gelöscht werden. Es wird uns zwar nicht gelingen, die Rückkehr des Schiffs geheim zu halten, aber – bei Gott – wir können es jedem erschweren, es zu finden.«

Bartok kritzelte eine Notiz aufs Display seines Taschencomputers. »Dann wäre da noch die Sache mit den Personen, die umgekommen sind«, fuhr er fort. »Wir haben ihre Angehörigen benachrichtigt.«

»Gibt es irgendwelche Probleme?«

»Die Familien stehen im Moment unter Schock. Ich glaube, dass wir sie abwimmeln können, falls sie zu viele Fragen stellen. Die Scout-Pilotin war alleinstehend und wohlhabend. Das gilt auch für ihren Bruder. Er ist zurzeit im Hauptquartier und zieht Erkundigungen über den Tod seiner Schwester ein.«

»Ich nehme an, Sie haben eine plausible Erklärung parat.«

Bartok nickte. »Meine Assistentin wird ihm erzählen, dass seine Schwester mit einem Brocken Weltraumschutt kollidiert sei. Das sollte ihn zufriedenstellen. Wir werden auch jemanden schicken, der ihm dabei behilflich ist, die Beisetzung zu arrangieren. Ich glaube, wenn wir uns in dieser Hinsicht intensiv um ihn kümmern, wird er bald damit aufhören, herumzuschnüffeln.«

»Es scheint, dass Sie die Dinge gut im Griff haben, Anton.

Was sagen Sie aber dazu, dass diese Aliens unseren Scout und das Raumschiff ohne Vorwarnung angegriffen haben?«

»Offensichtlich sind sie kriegerisch.«

»Ich war eigentlich der Ansicht, dass Spezies, die es bis zum interstellaren Raumflug gebracht haben, die kriegerische Phase längst hinter sich hätten. Ich habe einmal eine entsprechende These formuliert.«

»Anscheinend ist Ihre These revisionsbedürftig.«

»Sie müssen sehr von sich überzeugt sein«, sagte sie versonnen. »Dass sie den Scout so plötzlich angriffen, ist ein Indiz dafür, dass sie die *Magellan* nicht als Bedrohung ansahen.«

»Woher hätten sie das aber wissen sollen?«, fragte Bartok. »Sie hatten doch noch nie zuvor ein menschliches Schiff gesehen.«

»Paranoiker?«

»Vielleicht. Dennoch stimmt der Umstand, dass sie uns ohne jeden Grund angegriffen haben, mich weniger besorgt als das, was unsere Leute an Bord dieses Wracks gefunden haben. Sie haben die Körper gesehen. Hatten Sie denn den Eindruck, es würde sich um ein und dieselbe Art handeln?«

»Nein, natürlich nicht.«

»Der Überlebende repräsentiert eine dritte Art, und diejenigen, die unseren Scout zerstörten, möglicherweise eine vierte.«

»Und was sagt uns das?«

»Dass wir uns in einer sehr prekären Lage befinden, Madame Koordinatorin. Die Beweise sprechen dafür, dass irgendwo – nicht allzu weit von hier entfernt – zwei interstellare Zivilisationen sich im Krieg miteinander befinden. Eine dieser Zivilisationen umfasst mindestens drei Sterne, wahrscheinlich mehr. Vielleicht *viel* mehr! Vielleicht trifft das auch auf beide zu.«

»Ist das eine zwangsläufige Schlussfolgerung?«, fragte Nadine und schaute den Direktor eindringlich an. »Wenn ein Fremder eines unserer Raumschiffe beträte, würde er schließlich auch

Menschen, Hunde, Katzen, Vögel, Küchenschaben und ein Dutzend andere Arten finden.«

»Sie hatten wohl noch keine Zeit, um Captain Landons Bericht zu lesen«, sagte der Direktor und hielt eine Mappe mit der Aufschrift *Sternenforschung/Vertraulich* hoch. »Die Biologen der *Magellan* haben an ein paar Leichen eine Autopsie vorgenommen. Die sechsbeinigen Aliens haben sich unter einem kälteren Stern als unserem entwickelt – einem Stern vom Typ K5, dem Aufbau ihrer Augen nach zu urteilen. Die zweite Spezies der toten Aliens stammte hingegen von einem heißeren Stern, wahrscheinlich einem der F-Klasse. Der Überlebende kommt wiederum von einem Stern, der unserem gleicht. Außerdem sagen die Wissenschaftler, dass die Blutchemie des Überlebenden und der sechsgliedrigen Arten auf Eisen beruht, also wie beim Menschen. Der Insektoide hatte eine Kreislaufflüssigkeit auf Magnesium-Basis. Also stammen die drei unmöglich aus einer einzigen Biosphäre. Da ist die Verwandtschaft zwischen Menschen und Bäumen noch enger.«

»Dann sind wir also mit mindestens drei Sternsystemen und zwei verfeindeten interstellaren Zusammenschlüssen konfrontiert …«

»Oder mit einem einzigen Verein, der von Weltraum Piraten infiltriert ist.«

»Das stimmt mich auch nicht optimistischer.«

»Nein, Madame. Eine gute Nachricht gibt es trotzdem. Sie wissen nicht, wo wir leben.«

»Sind Sie da so sicher? Dass sie ein menschliches Raumschiff so unvermittelt angegriffen haben, wäre doch damit zu erklären, dass sie es als solches identifiziert hatten.«

»Der Umstand, dass die *Magellan* den Angreifer zerstört hat, spricht aber dagegen«, sagte Bartok. »Und wenn unser Schiff ihr Ziel war, wieso haben sie dann das andere Schiff bekämpft? Nein, ich glaube, dass wir in eine fremde Auseinandersetzung hineingestolpert sind.«

»Wie bestätigen oder widerlegen wir das?«

»Auf zwei Arten«, sagte Bartok und hielt die gleiche Anzahl Finger hoch, um dies zu unterstreichen. »Wenn es uns gelingt, mit dem Alien zu kommunizieren, kann es uns sagen, was dort vorgeht. Dafür brauchen wir aber einen guten Linguisten und Kenntnisse der Psychologie des Aliens. Wir müssen uns ein solches Grundwissen aneignen, um zu erkennen, wenn es uns anlügt. Zum Glück hat die semantische Analyse sich zu einer echten Wissenschaft fortentwickelt, seitdem wir beide in der Schule waren. Mit der Zeit werden wir imstande sein, zu erkennen, ob es uns nur belügt, oder die inneren Widersprüche zu analysieren, die sich in seine Geschichte einschleichen. Und zum Glück sind keine Kenntnisse der physiologischen Reaktionen von Außerirdischen erforderlich.«

»Das heißt aber nicht, dass wir kein Bio-Monitoring einsetzen, sobald wir wissen, wie er reagiert.«

»Einverstanden, Madame Koordinatorin.«

»Wie ist Ihr unmittelbarer Personalbedarf?«

»Wir brauchen einen Linguisten und einen Psychologen, um das Alien zu studieren. Außerdem einen Astrophysiker. Diesen können wir von der Mannschaft der *Magellan* abziehen.«

»Wozu einen Astrophysiker?«

»Weil«, erwiderte der Direktor, »sobald das Alien uns sagt, wo sein Stern sich befindet, wir jemanden brauchen, der seine Koordinaten in unsere überträgt.«

»Und wenn es uns nichts sagt?«

»Dann müsste die semantische Analyse auch hier greifen. Wenn wir es dazu bewegen, über die Dinge zu sprechen, die es am Nachthimmel des Planeten sieht, auf dem auch immer es lebt, wird es uns vielleicht gelingen, die Position seiner Heimatwelt per Dreieckspeilung zu bestimmen.«

Nadine Halstrøm nickte. »Gut, dann wäre das Alien also der erste Ansatz. Und der zweite?«

»Der ist etwas objektiver. Captain Landon will nach Neu-Eden zurückfliegen, um das außerirdische Schiff zu bergen. Wir können viel über diese Leute lernen, indem wir ihre Technologie studieren. Wer weiß, vielleicht finden wir sogar ihre Sternkarten.«

»Das gefällt mir nicht, Anton. Bis jetzt wissen sie nicht, wo wir leben. Neu-Eden hat aber schon Besuch von zwei außerirdischen Raumschiffen bekommen. Was, wenn wieder ein solcher Besuch erfolgt, während wir dieses Schiff zu bergen versuchen? Sie könnten der *Magellan* diesmal nach Hause folgen.«

»Ich glaube, der Lohn ist das Risiko wert.«

»Wir werden sehen. Bevor ich eine solche Expedition genehmige, möchte ich einen ausführlichen Operationsplan sehen, der die Gefahr unserer Entdeckung auf ein Minimum reduziert.«

»Jawohl, Ma'am.«

»Inzwischen können Sie die *PoleStar*-Operation auf den Weg bringen. Eines muss ich aber betonen, Herr Direktor: Ich verlange strengste Geheimhaltung. Es dürfen nicht mehr Leute von diesem Alien erfahren als unbedingt notwendig.«

»Verstehe.«

»Ich möchte auch, dass jemand die Dinge aus einer politischen Perspektive handhabt. Irgendwelche Einwände gegen Dieter Pavel?«

»Keine.«

»Ausgezeichnet. Und wen sollen wir nun als Linguisten nehmen …?«

Wie schon die frühesten Raumstationen – Sojus und die Raumstation *Freedom* – befand die Äquatorialstation sich in einer niedrigen Umlaufbahn, um unter dem Van-Allen-Strahlungsgürtel zu bleiben. Die verhältnismäßig geringe Höhe machte das große Dreifach-Rad sowohl zu einem Zielort als auch zu einem Durchgangspunkt. Die zusätzlichen Einnahmen durch Touristen glichen fast die Kosten für die zusätzliche Reaktionsmasse aus, die eingesetzt werden musste, um der Anziehung der Atmosphäre entgegenzuwirken.

Wie alle anderen legte auch Lisabeth Arden am Sichtfenster der nicht rotierenden Stationsnabe eine Pause ein, als sie die Station durch die Transferröhre verließ. Arden war eine niedliche Blondine mit einem dunklen Teint und grünen Augen. Hinter dem Panzerglas wanderte die Erde schnell unter ihnen vorbei – ein riesiger blauer Kreis, der zu groß war, um auf einen Blick erfasst zu werden. Die Station überflog gerade die Ostküste Ecuadors. Der südliche Atlantik erstreckte sich bis zur Krümmung des Planeten; die Elfenbeinküste würde in fünfzehn Minuten hinter dem gewölbten Horizont auftauchen. Die üblichen Wolkenbänder wurden von einer mächtigen spiralförmigen Formation beherrscht, die die Keimzelle eines tropischen Sturms war. Direkt unter ihnen markierten die schmalen weißen Kondensstreifen von Flugzeugen die Luftverkehrs-Route zwischen Lima und Kinshasa.

Lisa war Professorin der Linguistik an der Multiversität von London. Sie war an diesem Morgen eine halbe Stunde zu spät im Büro erschienen, denn sie hatte erst in den frühen Morgenstunden in den Schlaf gefunden. Das Erste, was sie nach dem Einschalten des Computers sah, war die Aufforderung, im Büro des Kanzlers vorstellig zu werden. Der gemurmelte Fluch, mit dem sie die Vorladung quittierte, entstammte dem traditionellen angelsächsischen Flüche-Repertoire …

Während sie durchs Foyer zum Aufzug eilte, ging sie in Gedanken alle möglichen Übertretungen durch, mit denen sie sich eine Vorladung im Büro des Kanzlers eingehandelt haben könnten. Da war die Spesenabrechnung, die sie für das Seminar in Mombasa eingereicht hatte. Oder vielleicht hatte sie auch ihr zugeteiltes Zeitkontingent für das Bibliotheksnetz der Universität überzogen. Aber nichts von alledem war so gravierend, um zu Kanzler Seaton zitiert zu werden.

»Kommen Sie herein, Lisa«, sagte Seaton, als sie sein Büro betrat. »Nehmen Sie Platz.«

»Danke, Sir.«

Als sich gesetzt hatte, stellte sie überrascht fest, dass Seaton einen nervösen Eindruck machte. Wenn dieser Eindruck nicht trog, dann war dies das erste Mal, dass sie ihn so sah. Sie erschrak geradezu. »Bevor wir dieses Gespräch fortsetzen, Lisa, müssen Sie mir zusichern, dass das, was ich Ihnen gleich sagen werde, diesen Raum nicht verlässt.«

»Sie haben mein Wort.«

»Die Sternenforschung hat mich gebeten, einen Linguisten für ein Projekt zu empfehlen, das sie im Orbit laufen haben. Wären Sie interessiert?«

»Ich? In der Erdumlaufbahn? Worum geht es denn überhaupt?«

»Man hat mir keine Einzelheiten genannt. Ich kann Ihnen aber sagen, dass die Welt-Koordinatorin die Anfrage genehmigt hat. Worum auch immer es geht, Sie können sicher sein, dass es sich in Ihrem Lebenslauf gut machen wird, wenn Sie den Job erledigt haben. Die Universität wird auch in einem guten Licht erscheinen.«

»Wieso gerade ich?«, fragte sie.

»Weil die Toleranz für Mikrogravitation mit dem Alter abnimmt und Sie die jüngste Person in der Fachschaft sind. Außerdem sind Sie einer der besten Linguisten, die ich kenne. Und wenn Sie noch einen dritten Grund brauchen: Sie sagten, dass sie jemanden bevorzugten, der unverheiratet sei.«

»Wozu sie wohl einen Linguisten brauchen?«, fragte Lisa sich laut. »Wie lange werde ich fort sein?«, fragte sie, als sie den Nachtrag bezüglich ihres Familienstands verinnerlicht hatte.

»Die Koordinatorin sagte nur, Sie müssten damit rechnen, für ein paar Monate weg zu sein.«

»Wer wird meine Vorlesungen übernehmen?«

»Ardmore kann die meisten übernehmen, und wir werden

Shipingdale als Aushilfe hinzuziehen. Keine Sorge, wir kommen schon zurecht.«

»Und Sie können mir nicht sagen, worum es geht?«

»Ich weiß nur, dass es eine ziemlich dringende Angelegenheit ist.«

»So läuft das nicht, Kanzler! Sie glauben wirklich, ich würde eine Entscheidung treffen, ohne dass man mir irgendetwas über das Projekt erzählt? Und ich dachte, solche Dinge kommen nur in historischen Holofilmen vor.«

»Mir ist so etwas auch noch nicht untergekommen«, pflichtete Seaton ihr bei. »Das in Verbindung mit dem Interesse der Koordinatorin sollte Ihnen eine Vorstellung von der Bedeutung der Sache vermitteln.«

»Oder die Bürokraten spielen mal wieder ihre verdammten Machtspiele.«

»Ich bin sicher, dass, falls der Auftrag Ihnen nicht zusagt, Sie immer noch davon zurücktreten können. Niemand wird ein Wort verlieren, wenn Sie in einer Woche wieder bei uns sind. Wenn ich nun um Ihre Entscheidung bitten dürfte.«

»Ich werde es wohl tun. Wann reise ich ab?«

»Man hat für Sie heute Nachmittag einen Flug vom Raumhafen Sahara reserviert, wenn Sie es bis dahin schaffen.«

Lisa machte große Augen, als sie die Weiterungen bedachte. Sie hatte seine Anmerkung bezüglich der Rückkehr in einer Woche als rein rhetorisch betrachtet und erwartet, so viel Zeit zu haben, um sich auf die Reise vorzubereiten und sich mit den Leuten abzustimmen, die ihre Vorlesungen übernahmen. Sie konnte unmöglich schon an diesem Nachmittag abreisen!

»Das ist doch nicht Ihre Gravitation.«

»Doch, Professor Arden. Sie haben darauf bestanden, dass ich meine Auswahl heute Nachmittag in die Rakete verfrachte. Also, sind Sie noch immer unsere Freiwillige?«

Trotz ihrer Bedenken wurde Professor Dr. phil. Lisa Arden sechs Stunden später in eine Beschleunigungsliege gepresst, als

ScramJet-Triebwerke irgendwo hinter ihr aufbrüllten und der Himmel sich von Dunkelblau zu Schwarz verfärbte.

Ihre Instruktionen lauteten, den C-Ring-Lift zum Gamma-Deck zu nehmen und von dort sechzig Grad in Drehrichtung zum Abteil G-103 zu gehen.

Während der Lift in die höhere Schwerkraft hinabstieg, gingen merkwürdige Dinge in ihrem Innenohr vor. Sie wusste zwar, dass es einen Namen für diesen Effekt gab, aber sie vermochte sich nicht daran zu erinnern. Als die Rotationsgravitation bis auf etwa ein Viertel Standard-*g* angestiegen war, öffneten sich die Türen in einen Gang, der in beiden Richtungen stark nach oben gekrümmt war. Sie wandte sich in Rotationsrichtung – die Richtung, die am gegenüberliegenden Schott deutlich markiert war – und marschierte los. G-103 war näher als erwartet, und sie wäre fast daran vorbeigegangen. Sie drückte eine in die Wand eingelassene Taste. Im nächsten Moment verschwand die Tür in ihrer Führung und gab den Blick auf ein kleines Vorzimmer der Art frei, die den Eingang zu den meisten Flughäfen und VIP-Lounges der Raumhäfen bewachten.

»Kann ich Ihnen helfen?«, fragte ein stattlicher dunkelhaariger Mann von etwa fünfundzwanzig Jahren, als sie das luxuriös eingerichtete Abteil betrat. Er musterte Lisa flüchtig, und dann blieb sein Blick an der pink-weißen Tasche hängen, die sie trug.

»Ich weiß nicht«, sagte sie im plötzlichen Bewusstsein der intensiven Musterung, der sie unterzogen wurde. »Die Richtung, die man mir genannt hat, hat mich hierhergeführt«, stotterte sie. »Vielleicht bin ich auch in die falsche Richtung gegangen …«

»Nicht, wenn Sie Miss Arden aus London sind.«

»Die bin ich.«

»Herzlich willkommen in der Äquatorialstation.«

»Danke.«

»Es ist zu schade, dass Sie nicht lange bei uns sein werden. Wir haben gerade die vollständige Renovierung der Einkaufspassage in Ring B abgeschlossen.«

»Wie lange habe ich?«

Der Steward befragte den Computerbildschirm in der Ecke seines Schreibtischs. »Es wird noch eine Stunde dauern, bis Ihr Schiff zum Abflug bereit ist. Soeben wird die Reaktionsmasse aufgefüllt. Sie können Ihr Gepäck im Schließfach lassen, wenn Sie es wünschen.«

»Und was ist das Ziel meines Schiffs?«

Er runzelte fragend eine Augenbraue. »Ich weiß es nicht. Sie also auch nicht?«

»Nein, man hat mir nichts gesagt.«

»Interessant«, war sein einziger Kommentar. Irgendwie gelang es ihm, diesem einen Wort eine Konnotation zu verleihen, die weit über seine eigentliche Bedeutung hinausging.

Lisa verstaute das Gepäck auf dem bezeichneten Regal neben einer teuren Ledertasche. Dann ging sie durch die innere Tür in die dahintergelegene Lounge. Es war noch jemand dort. Ein großer rothaariger Mann lag auf einer Liege und las in einem Mikrobuch.

»Hallo«, sagte er und erwiderte ihren taxierenden Blick.

»Verzeihung, ich wollte Sie nicht bei Ihrer Lektüre stören«, murmelte sie.

»Sie stören mich durchaus nicht. Ich hatte schon gehofft, dass mal jemand hereinkommen und sich mit mir unterhalten würde. Wie lange werden Sie hierbleiben?«

»Eine Stunde.«

»Oh?«, sagte er in einem Ton, der signalisierte, dass sein Interesse geweckt worden war. »Wohin sind Sie denn unterwegs?«

»Das hat man mir nicht gesagt. Mein Kanzler sagte nur, dass eine Studiengruppe im Orbit zusammengestellt würde.«

Er lächelte. »Dann müssen Sie Professor Arden sein.« Er erhob sich und überquerte den gewölbten Fußboden des Abteils. »Mein Name ist Dieter Pavel. Ich gehöre zum Stab der Welt-Koordinatorin.«

»Dann müssen Sie wissen, was hier vorgeht.«

»Das stimmt.«

»Hätten Sie etwas dagegen, es mir zu erzählen?«

Er ließ flüchtig den Blick schweifen und suchte theatralisch die Wände ab. »Sobald wir an Bord des Schiffs sind, werde ich diese Frage beantworten. Fürs Erste werden Sie uns vertrauen müssen.«

»Was ist das denn für ein großes Geheimnis?«, fragte sie. Sie wollte sich damit nicht abspeisen lassen.

Er lachte. »Schauen Sie, ich habe meine Anweisungen. Es gefällt mir auch nicht, aber es sind nun mal Befehle. Ich vermute, dass Sie sich … als ›Freiwillige‹ gemeldet haben?«

Nun war sie mit Lachen an der Reihe. »Das ging alles so schnell, dass ich kaum Zeit hatte, mir dieses Outfit zu kaufen«, sagte sie und wies auf ihren Schiffsanzug.

»Ist doch sehr kleidsam. Und nun entspannen wir uns und unterhalten uns über ein Thema, über das wir frei sprechen können. Wieso fangen Sie nicht an, indem Sie mir Ihre Lebensgeschichte erzählen? Schließlich werden wir für eine ganze Weile zusammen sein.«

4

Lisa Arden driftete vor dem kleinen Sichtfenster der Orbit-zu-Orbit-Fähre in der Luft und suchte den Himmel ab. Bis auf die gelbweiße Billardkugel, die die Sonne war, gab es nichts zu sehen. Die Sterne waren zu schwach, um sich mit der »Großen Wasserstoffbombe« am Himmel zu messen, und die Erde war irgendwo hinter ihr. Vom riesigen Orbitalspiegel, der ihr Ziel war, gab es auch keinerlei Anzeichen. Es war, als ob das künstliche Objekt hinter einem großen schwarzen Schleier verborgen wurde.

»Wieso sehen wir ihn nicht?«, fragte sie. Dieter Pavel trieb neben ihr am Sichtfenster in der *Mercanter's Wind*, der Hoch-Delta-V-Orbitalfähre, in die sie an der Äquatorialstation umgestiegen waren.

»Sehen Sie denn überhaupt etwas?«, fragte Pavel und driftete direkt hinter Lisa. Sie fand, dass er näher auf Tuchfühlung ging als nötig, beschloss aber, kein Aufhebens darum zu machen. Schließlich würden sie für die nächsten Wochen auf engstem Raum miteinander auskommen müssen.

»Die *PoleStar*! Wo ist sie?«

»Direkt vor Ihnen«, erwiderte Pavel und wies dabei über ihre Schulter. »Sehen Sie den dunkel glühenden Fleck?«

Sie strengte die Augen an, und tatsächlich schien ein Fleck aus – irgendetwas – die Dunkelheit des Raums zu durchbrechen. Es fiel ihr jedoch erstaunlich schwer, die Augen auf diese Stelle zu fokussieren.

Der Pilot der Fähre hatte kurz nach dem Abflug von der Äquatorialstation bekannt gegeben, dass sie Kurs auf *PoleStar* nähmen. Während die Information eine von Lisas Fragen beantwortet hatte, hatte sie gleichzeitig ein paar andere aufgeworfen.

PoleStar war gegen Ende des letzten Jahrhunderts als Kraftwerks-Satellit ins Leben gerufen worden. Als riesiger Spiegel in der Erdumlaufbahn hatte er Sonnenlicht auf einen Generator projiziert, um Elektrizität zu erzeugen. Die Elektrizität war wiederum in Mikrowellen umgewandelt und zu einer Rektenne auf der Erde abgestrahlt worden, wo die Mikrowellen erneut umgewandelt und ins Stromnetz eingespeist wurden. Das Projekt hatte eine beträchtliche Anzahl von Kilowattstunden, aber keine Gewinne generiert. Nachdem die *SolSat One Company* für ein Jahrzehnt nur rote Zahlen geschrieben hatte, musste sie schließlich Konkurs anmelden.

Die Stromaggregate, das Habitat und Spiegel in der Umlaufbahn waren aus dem geosynchronen Orbit entfernt worden, um den wertvollen »Parkplatz« zu räumen, den sie belegten. Jahre später waren der große Spiegel und das dazugehörige Habitat von Spekulanten gekauft worden, die die Bahn des Satelliten ändern wollten. Ihr Kalkül war, dass sie, wenn sie den Spiegel in einen stark elliptischen Polarorbit brachten – mit dem erdfernsten Punkt über dem Nordpol –, in der Lage wären, die Tage während des langen Polarwinters zumindest für ein paar Stunden zu erhellen.

Auf dem Papier war der Plan jedenfalls ein Füllhorn gewesen. Leider hatten die neuen Eigentümer die Kosten für die Neuausrichtung der Orbitalebene des großen Kraftwerks-Satelliten von der Äquatorial- in die Polarlage gewaltig unterschätzt. Außerdem hatten sie nicht berücksichtigt, wie schwierig es werden würde, den Gemeinden und anderen Gebietskörperschaften ihre Services zu verkaufen. Weil der in *PoleStar* umbenannte Spiegel sein Licht gleichermaßen auf Abonnenten und Nicht-Abonnenten warf, waren die Leute kaum motiviert, für die sechs Stunden Zwielicht zu zahlen, das sie jeden Tag erhielten. Schließlich hatte *PoleStar* Konkurs angemeldet, war vom Wetter-Direktorat übernommen und als eine »Anstalt des Öffentlichen Rechts« weiter betrieben worden.

»Ich sehe es«, sagte Lisa, während sie auf den schwach leuchtenden Fleck am Himmel starrte.

»Es ist der große Spiegel«, erwiderte Pavel. »Das Habitat-Modul ist natürlich noch zu klein, um es aus dieser Entfernung zu sehen.«

»Aber wieso glüht er nicht wie zu Hause?«

»Weil wir nicht im Sonnenstrahl sind. Der ganze Widerschein, den wir vom Spiegel sehen, ist die Dunkelheit des Alls. Ein Spiegel im All ist praktisch unsichtbar.«

»Ich will es Ihnen mal glauben.«

Fünfzehn Minuten später drangen sie in den Lichtstrahl ein, der zurzeit die Nacht über Alaska erhellte. Der Übergang war dramatisch. Eben noch war rein gar nichts zu sehen. Und im nächsten Moment erschien eine zweite Sonne am Himmel vor ihnen. Diese war auch eine glühende gelbe Billardkugel – allerdings mit einem Unterschied: Die zweite Sonne war zu hell, als dass man direkt auf sie zu schauen vermocht hätte. Weil Lisa sie aber mit peripherer Sicht betrachtete, hatte sie den Eindruck, dass sie die Form änderte, während sie langsam über die Oberfläche des umkreisenden Spiegels driftete.

Sie sprach Pavel darauf an. Er erklärte ihr, dass der Spiegel eine Lage aus einer dünnen reflektierenden Folie war, die über einen fast hundert Kilometer durchmessenden Rahmen aus filigranen Verstrebungen gespannt war. Es war das größte (und zerbrechlichste) Objekt, das die Menschheit je erschaffen hatte. In seiner Eigenschaft als Orbital-Kraftwerk hatte der Spiegel eine viel stärkere Wölbung gehabt als heute, um die Hitze der Sonne auf einem Kollektor-Satelliten zu konzentrieren. Die aktuelle Form war fast flach und nur so stark gewölbt, um zu gewährleisten, dass der Lichtstrahl auf jedes Gebiet der Erde fokussiert wurde, das sie anstrahlten.

Hinter der reflektierenden Fläche des Spiegels war das winzige kugelförmige Habitat-Modul. Sie sahen, dass es in dem Maße größer wurde, wie die zweite Sonne mit ihnen Schritt hielt. Als sie wieder aus dem Strahl austraten, hatte das Habitat eine Wölbung auf einer Seite ausgeprägt. Es dauerte ein paar Minuten, bis die Wölbung sich in eine zweite Kugel von der halben Größe des Habitats auflöste.

»Es ist ein Forschungsschiff!«, rief Lisa. »Ich frage mich nur, welches.«

»Die *Magellan*.« Mehr sagte Pavel nicht.

Lisa stellte fest, dass das Andocken an eine nicht rotierende Struktur im All ein Kinderspiel im Vergleich zu den Manövern war, die erforderlich sind, um sich einer rotierenden Station zu nähern. Das einzige Manöver kam im letzten Moment, als die hantelförmige Fähre beidrehte, um die hintere Luftschleuse an der großen Luftschleuse am »Äquator« des Habitat-Moduls auszurichten. Ihre Ankunft wurde durch eine Abfolge dumpfer Schläge bekannt gegeben, als welche sie in die Fänge der Station gerieten.

Es folgte ein allgemeines Knacken in den Ohren, als der Pilot des Orbitalschiffs die Dichte der Atmosphäre so weit verringerte, um sie dem 40 Jahre alten Habitat anzugleichen. Lisa Arden und Dieter Pavel gingen mit ihrem Gepäck zur Luftschleusen-Vorkammer, blieben allerdings zurück, bis die runde Luke nach innen schwang. Dahinter erstreckte sich ein kurzer Tunnel, der mit Ausrüstung angefüllt war und in einer Entfernung von etwa vier Metern durch einen hellen Kreis begrenzt wurde. Lisa erhaschte einen Blick auf einen Unterleib und die dazugehörigen Beine, bis Dieter Pavel ihr die Sicht versperrte, sich in den Tunnel zog und mit dem Kopf voran darin verschwand.

Sie wartete, bis Pavel sich im Tunnel befand, und folgte ihm dann. Am anderen Ende der Röhre wurden sie von einem Empfangskomitee erwartet. Es bestand aus zwei Personen. Die ältere war ein kahlköpfiger Mann von etwa fünfzig Jahren, dessen Haarausfall sich sogar bis zu den Augenbrauen erstreckte.

»Seid gegrüßt, ihr Frischlinge!«, sagte er mit dröhnender Stimme. »Herzlich willkommen in der *PoleStar*. Mein Name ist Hancock Mueller, Stationskommandant. Ich bin Ihr Gastgeber – wenn Sie einen Wunsch haben, rufen Sie in meinem Büro an, und wir werden sehen, was wir für Sie tun können. Bitte seien Sie nachsichtig mit uns. Wir bekommen nämlich nicht oft Besuch in diesem Orbit. Weil Sie und das Forschungsschiff fast gleichzeitig gekommen sind, sind wir im Moment etwas überfordert.«

Mueller »schwamm« zu der Stelle, wo Pavel sich an einer Führungsleine festhielt, und stieß eine knochige Hand vor. »Sie müssen der Vertreter der Koordinatorin sein.«

»Dieter Pavel«, sagte Pavel. »Ich freue mich, Ihre Bekanntschaft zu machen, Kommandant. Ich nehme an, dass Sie von Koordinatorin Halstrøm bezüglich meiner Ankunft in Kenntnis gesetzt wurden. Ich werde ein Büro und Zugriff zu allen Daten brauchen.«

»Ein Büro können wir bereitstellen. In diesem alten Kahn gibt es reichlich Platz. Und was die Daten betrifft, so werden Sie das mit dem Chefwissenschaftler der *Magellan* abklären müssen.«

»Dann zeigen Sie mir bitte, wo ich ihn finden kann. Ich möchte so schnell wie möglich anfangen.«

»In Ordnung. Geben Sie Ihre Tasche dem jungen Adams hier. Er wird Sie zu Professor Bendagar bringen und Ihnen dann Ihre Unterkunft zeigen. Die Quartiere sind leider nicht die besten, aber wir haben auch nur achtundvierzig Stunden gehabt, um diese Show zu organisieren.«

»Ich bin sicher, dass die Unterkünfte angemessen sind.«

Muellers Begleiter driftete vorwärts, nahm Pavel die Tasche ab und verschwand mit ihr im dahinter liegenden Gang. Mueller wandte sich an Lisa.

»Sie müssen Miss Arden sein.«

Sie nickte.

»Man sagte mir nicht, dass Sie eine solche Schönheit sind. Sie werden Glanz in diese Hütte bringen. Ich kann Ihnen gar nicht sagen, wie überdrüssig wir es sind, immer dieselben alten Gesichter in diesem abgelegenen Orbit zu sehen. Geben Sie mir doch Ihre Tasche. Ich werde Sie in Ihre Quartiere bringen.« Der kahlköpfige Mann drehte sich um und schickte sich an zu gehen. Bevor er jedoch seine Füße aufs Deck zu setzen vermochte, fragte Lisa: »Würde es Ihnen etwas ausmachen, mir zu sagen, was hier vorgeht?«

Mueller hielt mitten in der Luft inne und drehte sich um. »Sie haben um zehnhundert einen Termin mit Professor Bendagar, sobald er mit Pavel fertig ist. Ich vermute, dass er Ihnen dann sagen wird, was Sie wissen müssen. Außerdem – wie käme ich denn dazu, Ihnen die Überraschung zu verderben?« Sprach's und verschwand in dem gekrümmten Gang.

Raoul Bendagar hatte die Ankunft des Fährschiffes mit gemischten Gefühlen verfolgt – in diesem Fall als die Beobachtung definiert, wie die Schwiegermutter mit dem brandneuen Sportster in eine Klippe krachte. Einerseits brachte die *Mercanter's Wind* die Verstärkung mit, um die er gebeten hatte, um seine Forschungsmannschaft zu verstärken. Andererseits hätte er es vorgezogen, seine eigenen Leute aus der Belegschaft der Hochstation auszuwählen. Man hatte ihm jedoch unmissverständlich klargemacht, dass jede zusätzliche wissenschaftliche Kraft auf der Erde rekrutiert würde, und zwar unabhängig von seinen persönlichen Wünschen. Aber das war nicht der einzige Verdruss des Chefwissenschaftlers. Mit der Fähre rückte ihm auch ein Regierungsvertreter auf die Pelle.

Bendagar war lange genug im öffentlichen Dienst, um zu wissen, dass die gefürchtetsten Worte aus dem Munde eines hohen Beamten folgendermaßen lauteten: »Wir sind hier, um Ihnen zu helfen.« Zwölf Stunden zuvor hatte er diesen Ausspruch von der Welt-Koordinatorin selbst gehört. Zu seinem Ärger war diese »Hilfe« nun allzu schnell hier eingetroffen. Bendagar hatte über all das mit gerunzelter Braue nachgedacht, während er das Andockmanöver auf seinem Computerbildschirm verfolgte. Und dann klingelte es auch schon an der Tür.

Mit einem tiefen Seufzer modellierte er seine Gesichtszüge zu einer neutralen Maske und rief: »Herein!«

Der Mann, der hereinkam, war jünger als erwartet, hatte aber den Habitus aller politischen Nachwuchskräfte. Dieser Habitus war nur schwer zu beschreiben, aber jedem vertraut, der lange im Staatsdienst gestanden hat. Es war eine Melange aus affektierter Arroganz und der verdutzten Miene von jemandem, der keine Ahnung hat, was überhaupt Sache ist. Bendagar bezeichnete es insgeheim als »Der Blick«.

Dieter Pavel durchquerte Bendagars Büro an den Überkopf-Griffen wie ein Kind, das sich an einem Klettergerüst entlanghangelte. »Professor Bendagar?«, fragte er und streckte ihm die Hand entgegen. Die Geste wies ihn als einen typischen Erdling aus. Das Händeschütteln war in der Mikrogravitation ein riskantes Unterfangen – vor allem, wenn die andere Hand gebraucht wurde, um sich irgendwo festzuhalten. Die meisten Mikrogravitations-Bewohner beschränkten sich bei der Begrüßung auf ein knappes Nicken mit dem Kopf. Trotzdem beugte Bendagar sich so weit über den Schreibtisch, wie der Sicherheitsgurt es ihm erlaubte, und ergriff die dargebotene Hand.

»Mr Pavel?«

Pavel nickte. »Sie sind über mein Erscheinen in Kenntnis gesetzt worden, nicht wahr?«

»Gestern.«

Pavel lachte. »Scheint so, dass Sie schon früher Bescheid wussten als ich.«

»Wie können wir von der Forschung Ihnen behilflich sein?«

Pavel zog sich in das Gestell, das als Besucherstuhl diente, und schob die Beine in die Halteschlaufen. »Das wissen Sie wahrscheinlich besser als ich. Man hat mich weitgehend im Unklaren gelassen. Wieso fangen wir nicht am Anfang an? Was ist geschehen, seit Ihre Leute das Alien gefunden haben?«

»Ich habe umfassende Berichte …«

Pavel unterbrach ihn mit erhobener Hand. »Ich bin sicher, dass Sie die haben, Dr. Bendagar. Ich werde sie später lesen.

Vorläufig möchte ich mir nur einen Überblick über die Lage verschaffen.«

»In Ordnung«, erwiderte Bendagar mit einem Anflug von Resignation. »Gleich, nachdem ein Überlebender gemeldet wurde, hat der Captain eine Kabine für seine Unterbringung herrichten lassen. Wir waren für eine Stunde oder so damit beschäftigt.«

»Sie haben die üblichen Vorsichtsmaßnahmen gegen Krankheiten getroffen?«

»Selbstverständlich. Der Captain hatte eine Reihe von Kabinen am Ende des Sackgassenkorridors räumen lassen, die alle an die Innenseite der Raumschiffshülle grenzten. Die ehemaligen Bewohner waren nicht sehr glücklich über die Zwangsräumung. Wir haben sämtliches Mobiliar aus der Zentralkabine entfernt, die Verbindungen mit dem Umwelt-System des Schiffs gekappt und ein Lufterneuerungssystem installiert, ehe wir in den umliegenden Kabinen einen Druckabfall herbeiführten.«

»Wieso haben Sie das getan?«

»Nun, um eine Bio-Schranke der Klasse I zu errichten. Wir müssen erst noch einen komplexeren Organismus als eine Spore entdecken, der eine Reise im Vakuum zu überleben vermag. Wir haben mehrfach gestaffelte Kontaminationsschleusen im Korridor installiert, der zur Quarantänekabine führt und vollständige Dekontaminations-Verfahren für jeden implementiert, der dort ein- und ausging. Die Vorsichtsmaßnahmen galten sowohl für uns wie für das Alien. Wir wollten verhindern, dass es an Schnupfen oder einer ähnlich banalen Erkrankung stirbt. Dieser Fehler ist in der Vergangenheit schon zu oft begangen worden.«

»Das hört sich so an, als ob Sie überaus gründlich gewesen wären.«

»Wenn es etwas gibt, auf das wir von der Forschung uns verstehen, Mr Pavel, dann ist das die Implementierung einer ordnungsgemäßen Quarantäne.«

»Das habe ich auch nie bezweifelt, Dr. Bendagar. Was ist dann geschehen?«

»Wir haben die Quarantänekabine mit Kameras und geschlossenen sanitären Einrichtungen ausgestattet, alles aus dem außerirdischen Schiff geholt, das Lebensmitteln auch nur entfernt ähnelte, und das Alien dann in einem dekontaminierten Rettungssack an Bord gebracht. Wir haben den Sack in der Kabine gelassen, die Tür versiegelt und der Dinge geharrt, die da kommen würden.«

»Und was ist dann geschehen?«

»Nach zehn Minuten oder so hatte es herausgefunden, wie der Öffnungsmechanismus des Sacks funktioniert. Die nächsten Stunden hat es mit der Erkundung der Kabine verbracht – nachdem es zunächst eher ratlos gewirkt hatte, ging es schließlich mit einer stringenten Systematik vor. Die Funktion der Abfallbeseitigungsanlage schien es fast sofort zu erkennen und hatte auch bald ein profundes Verständnis der Bedienelemente erlangt. Dann fand es den an der Wand montierten Holobildschirm. Nachdem es ihn zu bedienen gelernt hatte, bewegte es sich in den folgenden drei Tagen kaum von der Stelle.«

»Dann besteht kein Zweifel an seiner Intelligenz?«

»Nicht der geringste.«

»Und was tut es nun?«

»Es widmet seine Zeit gleichermaßen der Betrachtung des Bildschirms und der Beobachtung, wie wir es beobachten.«

»Was ist mit der Kommunikation?«

Bendagar verzog das Gesicht. »Das ist freilich ein Problem. Es zeigt noch keinerlei Anzeichen des Erkennens, dass wir zu ihm sprechen, und hat auch seinerseits nicht versucht, mit uns zu kommunizieren – zumindest nicht so, dass wir es erkannt hätten. Deshalb habe ich auch darum gebeten, dass ein Linguist zu meiner Mannschaft abgestellt wird. Wir müssen mit einem professionelleren Ansatz an die Sache herangehen, als es uns bisher möglich war.«

»Was glauben Sie, wie lange es noch dauern wird, bis wir imstande sein werden, mit ihm zu sprechen?«

»Haben Sie denn nicht zugehört? Wir wissen nicht, ob wir *überhaupt* mit ihm sprechen können.«

»Meine Bemerkung war nicht als Kritik zu verstehen, Sir«, erwiderte Pavel. Mit Demut tat er sich ziemlich schwer, aber er hatte schon vor langer Zeit Bekanntschaft mit dem Temperament von Wissenschaftlern gemacht. Seiner Ansicht nach hatten Wissenschaftler Ähnlichkeit mit nachlässig konstruierten Computerschnittstellen. Man musste sich mit ihren Macken arrangieren, wenn man Informationen von ihnen haben wollte. »Ich wollte damit nur sagen, dass die Koordinatorin ein paar Fragen hat, auf die sie eine Antwort wünscht. Ich würde ihr gern eine ungefähre Vorstellung davon vermitteln, wie lange es noch dauern wird.«

»Geben Sie unserem neuen Linguisten eine Woche oder so, und vielleicht können wir Ihnen dann schon mehr sagen. Glauben Sie mir, Pavel, es gibt viele Fragen, auf die wir von der Forschung auch eine Antwort haben wollen.«

»Zum Beispiel?«

»Als Erstes wollen wir wissen, wie lange sie schon Raumfahrt betreiben.«

Pavel nickte. »Auf diese Art könnten wir ihren technologischen Entwicklungsstand bestimmen.«

»Das auch, aber in erster Linie brauchen wir einen Maßstab für die Entfernung zwischen uns und ihrer Zivilisation.«

»Das verstehe ich leider nicht.«

»Man hat Ihnen doch gesagt, dass sie eine Art Wurmloch-Transport verwenden, oder?«

»Nicht, dass ich wüsste, was das bedeutet.«

»Es handelt sich dabei um eine Methode der Bewegung zwischen zwei weit voneinander entfernten Punkten, ohne den dazwischenliegenden Raum zu durchqueren.«

»Aber was hat das mit ihrem Standort zu tun?«

»Alles. Als ihr Tor im Neu-Eden-System sich öffnete, hat es eine starke Gravitationswelle erzeugt. Und Gravitationswellen sind sehr nachhaltige Phänomene. Wenn eine von Aliens erzeugte Gravitationswelle schon das Sonnensystem erreicht hätte, dann hätten wir sie auch registriert. Weil das aber nicht der Fall ist, können wir die Entfernung zum Heimatsystem der Aliens geringer veranschlagen. Ihre Sterne sind nicht näher als die Anzahl der Lichtjahre – in Zeitjahren ausgedrückt –, die vergangen sind, seit sie diese Methode der Raumfahrt entwickelten.«

»Ich vermag Ihnen leider nicht mehr zu folgen, Dr. Bendagar.«

»Es ist im Grunde ganz einfach. Nehmen wir an, sie hätten das Sternentor vor tausend Jahren erfunden. Weil Gravitationswellen in alle Richtungen und mit der Geschwindigkeit des Lichts sich ausbreiten, spricht der Umstand, dass wir die erste Welle noch nicht registriert haben, dafür, dass ihre Systeme mehr als tausend Lichtjahre von hier entfernt sind. Demzufolge müsste diese Welle, die sie im Neu-Eden-System ausgelöst haben, ungefähr in einem Jahrhundert hier ankommen.«

»Sie sprechen von ›ihren Sternen‹. Koordinatorin Halstrøm glaubt, dass wir mindestens einer interstellaren Hegemonie, vielleicht auch zwei gegenüberstehen. Stimmen Sie dem zu?«

»Natürlich. Die Autopsie der Toten und unsere Tests mit dem Überlebenden belegen, dass sie aus verschiedenen Sternsystemen kamen. Zu welchem anderen Schluss sollte man auch gelangen, wenn man stark voneinander abweichende Organismen in ein und demselben Raumschiff findet?«

»Haben Sie schon eine Ahnung, über wie viele Sterne wir hier sprechen?«

»Nein. Sobald wir mit unserem Gast sprechen können, werden wir ihn das natürlich fragen.«

»Was meinen Sie, weshalb sie Sie angegriffen haben, Dr. Bendagar?«

»Auch eine Frage, auf die wir uns von Butch eine Antwort erhoffen.«

»Butch?«

»Das Alien. Irgendwie müssen wir es doch nennen, bis wir wissen, wie sein richtiger Name ist.«

»Neigen Sie auch der Theorie zu, dass sie von Natur aus kriegerisch seien? Ich hatte immer geglaubt, Krieg sei mit einer interstellaren Zivilisation inkompatibel.«

»Dieser Ansicht war ich auch«, sagte der Wissenschaftler, »bis zu dem Moment, wo sie *Scout-3* pulverisierten.«

»Vielleicht war das gar keine Absicht. Sie wissen, dass solche Unfälle im Zusammenhang mit automatisierten Waffensystemen vorkommen.«

»Sie haben die Bänder gesehen. Hat das etwa wie ein Unfall für Sie ausgesehen?«

»Wie das für mich ausgesehen hat, ist unerheblich«, sagte Pavel ungerührt. »Ich hasse die Vorstellung, dass wir wegen eines einmaligen bedauerlichen Vorfalls gleich einen interstellaren Krieg auslösen.«

»Sprechen Sie lieber den Toten Ihr ›Bedauern‹ aus«, sagte Bendagar.

Pavel merkte, dass der Wissenschaftler ungeduldig wurde. Ein Leben in der Politik vermittelte einem auch ein feines Gespür dafür, wann man die Geduld einer anderen Person über Gebühr strapazierte. Er beschloss, das Thema zu wechseln.

»Wann kann ich das Alien sehen?«

»Jederzeit«, erwiderte Bendagar. Er warf einen Blick auf sein Chronometer und sagte: »Wahrscheinlich schläft es aber gerade. Sie können gern bis nach dem Abendessen warten. Wir werden Sie und Miss Arden dem Personal vorstellen und Sie dann zu Butch bringen.«

5

Dr. Bendagar irrte sich. Das Alien schlief mitnichten. Es saß in seiner Zelle und war in Gedanken über die seltsamen Zweibeiner versunken, in deren Gewahrsam es sich befand. Diesen Gedanken hing es jeden wachen Moment nach, seit sie es an Bord ihres Schiffs gebracht hatten. Und sein Name war auch nicht »Butch«. Seine persönliche Kennung war Sar-Say; er war ein Abkömmling des berühmten Sar-Dva und Ortho-Cousins von Sar-Ganth – ein Name, der in Dutzenden von Sternsystemen, die über drei Quadranten der Zivilisation verteilt waren, einen guten Klang hatte.

Sar-Say's Spezies waren schon zu lange zivilisiert, um mit dem Schicksal zu hadern oder ihre Frustrationen über entgangene Chancen in emotionalen Ausbrüchen zu entladen. Dennoch hätte bei den Erfahrungen, die Sar-Say in jüngster Zeit gemacht hatte, selbst der lethargischste Stoiker sich gefragt, ob das Weltall einen persönlichen Groll gegen ihn hegte.

Das Schiff, mit dem er gereist war, war die *Hraal*. Sie wurde von einem Vithianer namens Muulbra befehligt und hatte eine gemischte Besatzung aus Vithianern und Frels. Die *Hraal* hatte sich gerade auf der dritten Etappe der Reise von Vith nach Persilin befunden und Kurs auf das Sternentor am gegenüberliegenden Rand des Nala-Systems genommen. Sie hatten die Annäherung gestoppt, als der Sternentor-Computer von Nala bevorrechtigten Verkehr von achtern gemeldet hatte. Der Verkehr hatte sich als ein broanisches Kampfschiff der Rächer-Klasse herausgestellt, das mit hoher Geschwindigkeit näher kam. Anstatt nun das Tor anzufliegen, hatte der Rächer sich der *Hraal* bis auf tausend *fel* genähert und das Feuer eröffnet.

Captain Muulbra hatte nicht einmal in Betracht gezogen, seine Energie mit Empörung zu vergeuden. Aus welchem Grund auch immer der Broa sein Schiff attackierte, er musste ihm hinreichend erscheinen – zumal die Oberherren sich nicht dazu herabließen, ihre Handlungen gegenüber den niederen Rassen der Zivilisation zu rechtfertigen. Anstatt zurück nach Nala zu fliehen, hatte Muulbra sein Schiff in der Hoffnung ins Sternentor gesteuert, im Persilin-System Zuflucht zu finden. Wenn er aber geglaubt hatte, dass der Rächer den Angriff nun abbrechen würde, wurde er herb enttäuscht. In dem Moment, als beide Schiffe die unsichtbare Grenze des Sternentors erreichten, schoss der Rächer einen hochenergetischen Strahl auf seine Beute ab.

Dieser Strahl hatte sein Ziel nie erreicht. An Bord der *Hraal* war Sar-Say aus dem Ruhegestell in seiner Kabine geschleudert worden, als der Alarm durchs ganze Schiff schrillte. Der Schlag war nicht das laute Knacken eines auf Metall treffenden energetischen Strahls, sondern rührte von einem starken Beben im Weltraum her. Der Ruck, der durchs Schiff gegangen war, stammte von der starken Gravitationswelle, die eine Verschiebung des Brennpunkts eines Sternentors begleitet. Sar-Say hatte sich kaum wieder in sein Gestell gehockt, als Captain Muulbra berichtete, dass sie tatsächlich durchs Tor gesprungen seien – aber nicht ins Persilin-System. Eine Milliarde *fel* unter ihnen stand eine unbekannte gelbe Sonne.

In gewisser Hinsicht hatten sie verdammtes Glück gehabt. Die Energiewelle, die den Tor-Brennpunkt um eine unbekannte Anzahl von Licht-*vang* versetzt hatte, hätte sie genauso gut in den tiefen interstellaren Raum verschlagen können. In diesem Fall wären sie verhungert, lange bevor die *Hraal* einen anderen Stern erreicht hätte. Stattdessen befanden sie sich in der Nähe eines Planeten, der im blau-weißen Widerschein einer Wasserwelt glühte. Sie hatten aber keine Zeit gehabt, zu triumphieren. Ein paar Momente nach der Durchsage des Captains gerieten sie schon erneut unter Beschuss durch die Energiestrahlen des Rächers.

Captain Muulbra hatte – wobei die Hälfte der Crew tot war und sein Schiff im Flug verschrottet wurde – den nahen Planeten in der Absicht angesteuert, in die Rettungsboote zu steigen, bevor ihr Peiniger ihnen endgültig den Garaus machte. Sie hatten sich auf halbem Weg in die trügerische Sicherheit befunden, als sie ein einzelnes Schiff im Orbit um den Planeten entdeckten und ein anderes, viel kleineres Schiff, das zwischen der Welt und einem seiner Monde kreuzte. Muulbra hatte in der verzweifelten Hoffnung Kurs auf den Fremden genommen, seinen Verfolger abzulenken.

Das Gefecht – oder genauer das Gemetzel – war weitergegangen, bis der Rächer sich dem kleineren der unbekannten Schiffe näherte und es mit einem einzigen Strahl zerstörte. Der Angriff erfolgte schneller als das Blinzeln eines Okulars. Trotzdem vermochte Captain Muulbra den Abstand zwischen *Hraal* und dem Rächer zu vergrößern. Die überlebenden Besatzungsmitglieder erhielten die Anweisung, in die Rettungsboote überzuwechseln. In den Booten würden sie sich zerstreuen, während der Rächer sich mit dem großen unbekannten Schiff im Orbit befasste. Wenn sie es bis in die planetarische Atmosphäre schafften, während ihr Angreifer beschäftigt war, hätten sie vielleicht noch eine Überlebenschance.

Jäger und Gejagter hatten die Distanz zum großen Schiff verkürzt, das nur auf den Instrumenten unmittelbar über dem von hinten beleuchteten Planeten zu sehen war. Als der Rächer sich dem Fremden auf Schussweite näherte, geschah etwas Mysteriöses. Das starke broanische Kampfschiff war plötzlich explodiert und hatte mit seiner Substanz den Schutt des Weltraums angereichert. Aus der Perspektive von Sar-Say hatte der Fremde keine erkennbaren Maßnahmen zu seiner Verteidigung ergriffen. Natürlich war es auch möglich, dass der Rächer mit einem der kleinen Materiebrocken kollidiert war, die sich um jeden Planeten konzentrieren. Dass das aber just in einem so günstigen Moment geschehen sein sollte, war zu unwahrscheinlich, um wirklich in Betracht zu kommen. Im Bewusstsein, dass die Gefahr von vorn genauso groß war, wie die von hinten gewesen war, holte Muulbra noch einmal alles aus den gequälten Motoren raus, um *Hraal* in eine Flucht-Bahn zu bringen. Und dann starben die Motoren und mit ihnen der Captain und seine Mannschaft.

Wenig später hatten die Unbekannten die steuerlose *Hraal* geentert. Sar-Say hatte ihren Fortschritt durch das Rumoren und Schaben verfolgt, das trotz der fehlenden Luft über die Hülle im Rest des Schiffs übertragen worden war. Je lauter die Geräusche wurden, desto größer wurde auch seine Angst. Jemand, der einen broanischen Rächer zerstörte, würde auch ihm gegenüber kaum Gnade walten lassen. Dann war der Moment der Entdeckung gekommen, und trotz der Panik hatte ein Teil von Sar-Say den Fremden mit nüchternem klinischen Interesse beobachtet.

Sie waren wie er Zweibeiner. Das war aber nicht weiter verwunderlich. Zweibeiner machten die Mehrheit der Arten der Zivilisation aus. Die Wissenschaftler waren sich nur noch uneins, wieso das so war. Der Umstand, dass er sie in ihrem Vakuumanzug nicht erkannte, überraschte ihn nicht sonderlich. Die fremden Anzüge kaschierten ihre Gestalt zum größten Teil. Außerdem war die Zivilisation so groß, dass ein einzelnes Wesen unmöglich alle Rassen innerhalb seines Gebiets kannte. Dennoch hätte er erwartet, dass sie ihn korrekt identifizierten. Als sie das nicht taten, war er mehr als neugierig geworden.

Erst als sie ihn in ihr Schiff gebracht hatten und das Schiff Kurs auf die Heimatwelt der Zweibeiner genommen hatte, dämmerte es ihm, wer diese Fremden waren. Diese Erkenntnis hatte ihn noch mehr erschreckt als der eben erst beendete Kampf.

Doktor Bendagar fand, dass nach dem Abendessen der Zeitpunkt gekommen war, um Lisa zu sagen, weshalb man sie in die Umlaufbahn beordert hatte.

»Sie machen Witze«, sagte Lisa, nachdem Dr. Bendagar ihr eröffnet hatte, dass die *Magellan* ein Alien von Neu-Eden mitgebracht hätte.

»Mitnichten. Möchten Sie es sehen?«

»Wann?«

»Wie wär's mit sofort?«

Dieter Pavel schloss sich ihnen an, und die Gruppe verließ die Messe und legte den halben Umfang der *PoleStar* zurück. Dabei nutzten sie die »Feuerwehrstangen«, die sich durch die Gänge zogen. Alsbald gelangten sie in einen verlassenen Abschnitt der Station, der nur durch eine sporadische Notbeleuchtung erhellt wurde. Dieser Abschnitt hatte einmal das Kraftwerkspersonal und ihre Familien beherbergt, erklärte Bendagar, und würde demnächst wieder besetzt, wenn das Forschungsprogramm ausgeweitet wurde. Die Gänge waren zurzeit mit Ausrüstung aller Art angefüllt, einem deutlichen Indiz für die Geschwindigkeit, mit der die Einrichtungen auf die Ankunft des Aliens vorbereitet worden waren.

»Guten Abend, Techniker Vlacek«, sagte Raoul Bendagar, als sie die transparente Luftschleuse erreichten, die als ein Kontaminations-Kontrollpunkt diente. Der Techniker saß in einem offenen Gestell an einem Schreibtisch, der mit dem Boden verschraubt war.

»'n Abend, Doktor.«

»Irgendwelche Probleme mit Butch?«

»Nein, Sir. Er hat den ganzen Nachmittag einfach nur dagesessen. Hat dann ein Nickerchen gemacht und vor etwa einer Stunde den Holo eingeschaltet.«

»Sehr gut. Das hier sind Mr Pavel und Miss Arden, die Vorhut der Hilfe, die wir angefordert haben.«

»Wurde auch Zeit«, schimpfte der Techniker. »Wir sind völlig unterbesetzt, weil der Captain das Schiff für eine Rückkehr nach Neu-Eden vorbereitet.«

Bendagar hangelte sich zur mobilen Luftschleuse und sagte:

»Ich werde zuerst durchgehen. Sie beide folgen der Reihe nach.«

Lisa war die Letzte, die den dahinterliegenden Gang betrat. Als sie die Dekontaminationsschleuse verließ, sah sie die anderen ein Dutzend Meter den Gang entlang um eine offene Luke versammelt. Sie bewegte sich zum Lichtfleck, der aus dem Abteil dahinter fiel. Dann stellte sie fest, dass die Luke überhaupt nicht offen war. Vielmehr war das Schott durch eine Platte aus Panzerglas ersetzt worden. Als Lisa die Glastür erreichte, drehte sie sich um und sah das Alien keine zwei Meter weit weg. Das Alien betrachtete sie mit gelben Augen.

Ihr erster Eindruck war, dass sie es mit einem Affen zu tun hatte.

Das Alien war klein, etwa anderthalb Meter groß, und von einem braunen Pelz überzogen. Der Kopf war rund, mit zwei Ohren, die ansatzweise menschlich wirkten und im rechten Winkel vom Kopf abstanden. Die Ohren verliehen dem Wesen den Charakter einer Comicfigur. Der Mund war ein Schlitz in einer Schnauze, die unmittelbar unter den Augen zentriert und mit etwas perforiert war, das wie Luftlöcher aussah. Dieser Teil der Anatomie mutete wie eine Blockflöte an – ein eigentümliches Arrangement. Die Nasen der Menschen und der meisten anderen Arten waren nach unten gerichtet – die Evolution hatte das so eingerichtet wegen der banalen Notwendigkeit, das Fluten der Nase zu verhindern, wenn es regnete. Diese Erfordernis galt doch sicherlich auch auf der Welt, von der Butch stammte. Oder etwa nicht?

Der Körper des Wesens war dünner als der eines Menschen und machte einen geschmeidigeren Eindruck. Die sechsfingrigen Hände hatten die Form einer Blume, die ihre Blütenblätter zur Sonne öffnet. Die Füße waren kompakte Fleischklumpen ohne Zehen und erweckten den Anschein, als ob Butch Mokassins trug. Außer einem Koppelgürtel um die Taille war das Alien unbekleidet. Es war männlich, aber nicht so offensichtlich, wie es bei einem männlichen Mensch mit dieser spärlichen Bekleidung der Fall gewesen wäre.

Und während sie Butch beobachteten, erwiderte er ihre Blicke mit einer Intensität, der sie kaum standzuhalten vermochten. Von einem gelegentlichen Blinzeln abgesehen bewegte er sich nicht.

Lisa fand schneller wieder Worte als Pavel. »Welche Fortschritte sind beim Kommunizieren mit ihm bisher zu verzeichnen?«

Bendagar berichtete über ihre Versuche während der Rückkehr nach Sol und seit sie das Alien an *PoleStar* überstellt hatten. »Unsere Kommunikationsversuche scheinen ihn gar nicht zu interessieren«, sagte er schließlich. »Wer weiß? Vielleicht sind seine Leute auch telepathisch veranlagt.«

»Mit diesen Lauschern kann er offensichtlich hören. Wie lange arbeiten Sie jeden Tag mit ihm?«

»Mindestens zwei Stunden.«

Sie nickte. »Genau das dürfte Ihr Problem sein. Um mit jemandem eine Kommunikationsbasis zu schaffen, lebt man am besten mit ihm zusammen. Wann kann ich dort einziehen?«

Dr. Bendagar war perplex. »Wo einziehen?«, stotterte er.

»Bei Butch natürlich«, erwiderte Lisa in einem Ton, als ob das die normalste Sache von der Welt sei.

»Sie können diesen Käfig nicht betreten. Das ist nicht sicher.«

»Inwiefern nicht sicher?«

»Einmal können wir das Risiko von artenübergreifenden Infektionen noch nicht völlig ausschließen. Was glauben Sie wohl, weshalb wir diesen Abschnitt unter Quarantäne gestellt haben?«

»Sie wissen ganz genau, dass die Wahrscheinlichkeit, sich bei ihm mit irgendetwas anzustecken, sehr gering ist. Sonst hätten Sie ihn doch gar nicht erst in diese Station gebracht.«

»Gering, aber eben nicht null. Es wird noch ein paar Monate dauern, um absolut sicher zu sein«, sagte Bendagar mit Nachdruck. »Bis dahin werden Sie wie der Rest von uns durch das Glas arbeiten müssen.«

Lisa konterte mit einer Bemerkung, die sie nicht im Linguistikseminar gelernt hatte. »Wenn ich durch das Glas arbeite, werde ich ungefähr so viel Erfolg haben wie Sie. Wenn wir hier aber wirklich etwas erreichen wollen, muss es eine Sättigungs-Lernerfahrung für uns beide sein.«

Der Chefwissenschaftler zögerte und sann über dieses Dilemma nach. Dann bemerkte er Dieter Pavels Blick und wusste bereits, wie die Empfehlung des Regierungsvertreters lauten würde. Immerhin hatte er ihm erst heute Nachmittag im Büro unmissverständlich klargemacht, dass er zum frühestmöglichen Zeitpunkt mit dem Alien kommunizieren wollte. Andererseits, wenn diese impulsive Frau ihr Leben riskieren wollte, wer sollte sie daran hindern?

Schließlich nickte er. »Gut. Ich hoffe, Sie sind sich bewusst, dass Sie sich als menschliches Versuchskaninchen für die Studien der Biologen zur Verfügung stellen.«

»Dessen bin ich mir bewusst.«

»Und wenn er Sie beißt?«, fragte Pavel.

Lisa wandte sich ihm zu und lächelte. »Dann werde ich eben zurückbeißen. Aber im Ernst, ich würde das nicht vorschlagen, wenn es nicht wichtig wäre. Zwei vernünftige Wesen sollten doch imstande sein, einander zu verstehen – aber dafür brauchen sie eben auch eine gemeinsame Basis. Das ist meines Wissens die einzige Möglichkeit, um die Sprache dieses Wesens zu erlernen; vorausgesetzt, es hat überhaupt eine. Ich werde aber bestimmt keinen Erfolg haben, wenn ich täglich eine Stunde durch einen Zentimeter Panzerglas in der Art von ›Ich Tarzan, du Jane‹ vorgehe.«

Sie wandte sich an Bendagar. »Wie komme ich rein?«

»Meinen Sie *jetzt*?«

»Wieso nicht?«

Seufzend nahm er ihre Entschlossenheit zur Kenntnis. »Was werden Sie brauchen?«

»Einen Schlafsack, meine Tasche und genug Essen für eine Woche. Geben Sie mir Weltraum-Rationen. Ich werde auf richtiges Essen umstellen, sobald ich sicher bin, dass der Geruch unseren Gast nicht stört. Ach ja, und ich möchte, dass die Kamera in der Decke abgeschaltet wird, wenn ich sie brauche.«

»In Ordnung.«

»Also, wie komme ich rein?«

Bendagar griff nach seinem Kommunikator. »Warten Sie, ich werde Stationswartungspersonal anfordern. Sie werden die Tür für Sie aufsperren.«

Sar-Say beobachtete mit Besorgnis, wie die Barriere entfernt wurde und einer der Zweibeiner in seinen Käfig driftete. Zuerst glaubte er, dass sie noch auf ein paar Gewebeproben aus waren. Er stellte sich schon darauf ein, wieder unsanft angefasst und gepikt zu werden. Umso erstaunter war er, als sie – nachdem die anderen der Kreatur ein paar Bündel überreicht hatten – die dicke Transparenz wieder errichteten, die ihn gefangen hielt.

Der Neuling war weiblich, wie er feststellte, oder gehörte zumindest der Untergruppe von Wesen an, die er mit Vorbehalt als solche identifiziert hatte. Die zylindrische Rolle, die sie dabeihatte, glich den Schwerelosigkeits-Betten, die sie ihm als Schlafplatz zur Verfügung gestellt hatten. Und die anderen Pakete ähnelten den kleinen rechteckigen Paketen, von denen Sar-Say die Wächter schon bei mehr als einer Gelegenheit hatte essen sehen. In diesem Moment begriff er, dass dieses Wesen vorhatte, sich in seiner Zelle häuslich einzurichten. Zweifellos würde dieser Wissens-Sucher versuchen, eine Kommunikation mit ihm aufzubauen. Nun ja, dass die Ereignisse diese Wende nehmen würden, hatte er bereits erwartet.

Nachdem sie ihre Ausrüstung an der Seite der Kabine deponiert hatte, die der Wand gegenüberlag, wo Sar-Say's Hängematte hing, hangelte die Frau sich zu einem Punkt gerade außerhalb seiner Reichweite und schnallte sich auf einem Stuhl an. Dann beugte sie sich nach vorn, fletschte die Zähne in einer wilden Geste, die Sar-Say als Zeichen der Belustigung unter diesen Wesen identifiziert hatte, und sprach zwei Silben: *»Liii … Saa!«*

Während sie diese Laute artikulierte, zeigte sie auf sich selbst, fletschte wieder die Zähne und deutete dann auf Sar-Say. Als er nicht reagierte, wiederholte sie den Vorgang. Er betrachtete sie nur schweigend, während sein Gehirn auf Hochtouren arbeitete, um ein Dilemma zu lösen, in dem er sich seit seiner Ergreifung befand.

Es hatte ein paar Tage gedauert, bis Sar-Say zu der Erkenntnis gelangt war, dass diese Leute nichts von der Zivilisation wussten. Diese Situation war freilich nicht neu für ihn. Es gab überall im Herrschaftsbereich der Broa Stationen, die die Sterne nach Anzeichen von technologisch fortgeschrittenen Spezies absuchten. Bei einer Sichtung fiel dann eine Kampfschiffflottille über Dutzende neu fokussierter Sternentore in diesem System ein. Für gewöhnlich genügte eine Demonstration der Stärke, dass eine Spezies sich der Herrschaft der Broa fügte. Manchmal kam es aber auch zu Kämpfen, doch am Ende lief es immer auf das Gleiche hinaus: Eine Spezies unterwarf sich entweder den Oberherren oder wurde ausgerottet.

Dies war jedoch das erste Mal, dass solche Außenseiter ihrerseits die Zivilisation entdeckt hatten. Die Situation barg große Risiken, aber auch ein großes Potenzial. Wenn man es richtig anstellte, würden Sar-Say und seine ganze Linie einen ordentlichen Profit dabei einstreichen. Alles hing davon ab, wie er diesen Wesen die Situation zwischen den Sternen darstellte. Wenn sie ihn der Lüge überführten, wäre das katastrophal. Es würde wahrscheinlich sein Leben und alle Träume vom Reichtum beenden. Nur dass die ganze Wahrheit genauso katastrophal wäre. Wie viel durfte er diesen fremden Zweibeinern offenbaren, und wie viel musste er verschweigen? Das war das Dilemma.

Er hatte sich nicht kompromittieren müssen, solange seine Häscher sich mit seiner Beobachtung begnügten. Mit der Ankunft dieses Wissens-Suchers war seine Bedenkzeit jedoch abgelaufen. Irgendwann musste er auf ihre Kommunikationsversuche eingehen. Sobald er sich darauf einließ, würde er ihnen etwas über die Zivilisation sagen müssen, und was auch immer das war, es würde glaubhaft klingen müssen. Er hatte die Zeit in der Gefangenschaft genutzt, um ein paar Versionen »der Wahrheit« zu kreieren. Jede hatte ihre Vorteile und Risiken.

Das Problem bestand darin, dass jede fortschrittliche Spezies – definitionsgemäß – über Computer verfügte! Mit Computern kommt die Informationstheorie, und die mündet wiederum in eine wissenschaftliche Theorie der Sprache. Kurz nach der Erfindung des Computers entwickelten die meisten Spezies bereits eine Software, die die Sprechweise einer Person analysierte – auch die eines Gefangenen – und anhand des Inhalts zu ermitteln vermochte, ob diese Person die Wahrheit sagte. Die Methode funktionierte natürlich nicht mit hundertprozentiger Genauigkeit und bei Aliens noch unzuverlässiger als bei Artgenossen. Doch mit einer hinreichend großen Probe und genügend Zeit für die Analyse der Aussagen des Probanden würden die inneren Widersprüche zwangsläufig zutage treten. Kein denkendes Wesen vermag sich an alles zu erinnern, wenn es gezwungen wird, reale Erfahrungen eines längeren Zeitraums durch ein fiktives Konstrukt zu ersetzen.

Weil Sar-Say damit rechnete, dass seine Häscher diese Technik auch bei ihm anwenden würden, durfte er sich nicht allzu weit von der Wahrheit entfernen. Überhaupt würde er immer weniger verbergen können, je länger die Zweibeiner ihn studierten. Nein – wenn er schon lügen wollte, dann würde er diese Lüge auf etwas Einfaches, aber Elementares beschränken müssen. Um eine Entlarvung zu vermeiden, müsste das Geheimnis klein sein und von einem dichten Nebel der Wahrheit umwabert werden.

Sar-Say ließ ein letztes Mal Revue passieren, was er von diesen Leuten und ihrem derzeitigen Kenntnisstand wusste und was sie in der Zukunft über ihn in Erfahrung bringen würden. Er überlegte und grübelte und traf dann eine Entscheidung. Sein Doppelherz schlug schneller. Denn er stand am Scheideweg. Ab jetzt war er ein Akteur in diesem Spiel. Es gab kein Zurück mehr.

Sar-Say setzte sich und beobachtete, wie das Weibchen vielleicht zum zwölften Mal seine einstudierte Pantomime aufführte. Wieder hallten die zwei Silben *»Liii … Saaa«* im Abteil wider.

Langsam, als ob das Verstehen sich erst in diesem Moment einstellte, beugte Sar-Say den Arm und führte ihn an die Brust. Er zeigte auch die Zähne, obwohl dieser Ausdruck unter seinesgleichen eher eine Herausforderung zum Kampf als ein Zeichen von Witzigkeit war. Dann öffnete er den Mund und ließ die Laute heraus, die er im Geiste tausendmal geprobt hatte.

»Sssarrr … sssaayy …«

Seine periphere Sicht war ziemlich gut, jedenfalls besser als die seiner Häscher, wie er glaubte. Deshalb nahm er auch eine kurze Aufwallung hinter dem Glas wahr, ohne sich jedoch der Ursache bewusst zu sein. Selbst wenn er den Fluch gehört hätte, der Raoul Bendagar entfuhr, hätte er ihn nicht verstanden – obwohl der emotionale Inhalt durchaus die Kluft des Nichtwissens zwischen den Spezies zu überbrücken vermocht hätte.

»Ich will verdammt sein!«, murmelte der Chefwissenschaftler leise und monoton. Es glich mehr einem Gebet als einem Fluch.

6

Michail Vasloff schlenderte durch den Mittelgang des Hauptquartiers der Sternenforschung und schaute auf die beleuchteten Darstellungen von Welten, die die Forschung entdeckt hatte. Hier lag eine Eiswelt unter dem blau-weißen aktinischen Punkt eines großen B2-Sterns; dort umkreiste eine luftlose Welt in geringem Abstand eine riesige rote Sonne; daneben hing eine Zwillingssonne hoch am purpurroten Himmel eines staubigen, windgepeitschten Wüstenplaneten. Wo auch immer er hinschaute, wurde Vasloff daran erinnert, dass das Weltall wenig für eine Rasse frecher Emporkömmlinge übrig hatte, die sich selbst das Prädikat *Homo sapiens* verliehen hatten. In der endlosen finsteren Weite des Alls gab es nur eine einzige Kugel, die für menschliches Leben ausgelegt war. Was war es doch für eine Vergeudung, Männer und Frauen auf der Suche nach einer neuen Heimat für die Menschheit auszusenden, wenn diese eine logische Absurdität war.

Es stimmte zwar, dass hier und da die Forschung über Welten gestolpert war, die ansatzweise bewohnbar waren. Da war Luzifer mit seinen Lava speienden Vulkanen und dem kochenden Schlamm, wo die Kuppeln inmitten von Dampfsäulen trieben und die Habitate gekühlt werden mussten, wenn die Bewohner nicht bei lebendigem Leib in ihren Betten gegart werden wollten. Da war Malachi mit einer sauerstoffreichen sämigen Atmosphäre. Feuer brannten dort mit der Heftigkeit von Explosionen, und ein ungeschützter Mensch wurde durch ebenjenes Gas, das das Leben überhaupt erst ermöglichte, alsbald vergiftet. Da war Persephone, in einer ewigen Eiszeit gefangen, wo der Winterwind wegen einer Spur von Zyanid in der Luft nach Mandeln roch. Da war Rio Verde – von einem Spaßvogel so benannt –, wo es weder Flüsse noch Grün gab …

»Egal«, sagte Michail Vasloff sich und wandte sich von der prahlerischen Darstellung ab, die die letzte in einer langen

Liste menschlicher Hochfahrt darstellte. Jeder kannte die Liste der Welten, die nur etwas weniger tödlich waren als die meisten. Wieso vermochten sie dann nicht die Ressourcenvergeudung zu erkennen, die mit der Gründung von Kolonien auf diesen Schlackehaufen einherging? Was war das für eine Marotte der Menschen, dass sie ein Leben unter Bedingungen verherrlichten, die man nicht einmal inhaftierten Schwerverbrechern zugemutet hätte? Was auch immer es war, Michail Vasloff hatte es sich schon vor langer Zeit zur Aufgabe gemacht, diesen irren Enthusiasmus zu bekämpfen, aufgrund dessen die besten und klügsten Köpfe der Erde ihr Leben so fern der Heimat riskierten – und noch dazu ohne jeden Sinn.

Die Geschichte war nach Vasloffs Ansicht ein Dauer-Konflikt zwischen den Scharlatanen und denjenigen, die die beschränkten Ressourcen der Menschheit erhalten wollten, zwischen denen, die eine Wildnis als etwas ansahen, das gezähmt werden musste, und denen, die an der inneren Schönheit der Wildnis sich erfreuten. Michail Vasloff war mit der Welt zufrieden, die Gott den Menschen gegeben hatte, und sah auch keinen Grund, nach einem Ersatz zu suchen. Seiner Ansicht nach haftete den Risiken, die die Sternenforschung bei der Suche nach einer anderen Erde auf sich nahm, etwas Obszönes an. Selbst der eifrigste Verfechter der interstellaren Expansion gestand – mit etwas Nachhilfe – schließlich ein, dass er nicht wusste, was ihn dort überhaupt erwarten würde. Und wenn ein Raumschiff nun eine Seuche oder etwas noch Schlimmeres zur Erde brachte? Das Überleben der Rasse war zu wichtig, als dass man es für etwas so Triviales wie bloße Neugier riskieren durfte.

Er hatte seine Karriere als eine politische »Schmeißfliege« begonnen, die das Parlament dazu bewegen wollte, die enormen Subventionen einzustellen, welche für die Erforschung der Sterne bereitgestellt wurden. Unterm Strich war sein Kampf erfolglos geblieben, auch wenn er sporadische kleine Siege errungen hatte. Schließlich hatte er durch seine Bemühungen die Aufmerksamkeit eines kleinen Zirkels wohlhabender Personen erlangt, die genauso dachten wie er. Mit ihrer Hilfe hatte er eine politische Graswurzel-Organisation gegründet, die er *Terra Nostra* nannte. Sie hatte sich zur größten und einflussreichsten Organisation im Kampf gegen die interstellare Expansion gemausert.

Terra Nostra war konfessionell neutral, obwohl sie ihre spirituelle Kraft aus fundamentalistischen Religionen schöpfte. Ebenso wenig war die Organisation mit den sozial progressiven politischen Parteien verbunden – auch wenn ihre Ansichten oft auf fruchtbaren Boden unter denjenigen fielen, die fanden, dass die für die Erforschung der Sterne eingesetzten Ressourcen auf der Erde besser investiert gewesen wären. Sogar Personen, die in fast allen Belangen gegensätzliche Ansichten vertraten, entdeckten plötzlich Gemeinsamkeiten mit Vasloffs Organisation, wenn es um die Gegnerschaft zur gewaltigen Ressourcenvernichtung ging, den die Raumfahrt darstellte.

Ein Ort, an dem Michail Vasloffs Unterstützer eher dünn gesät waren, war das Gebäude, in dem er sich nun befand – diese arrogante Pyramide, die man am Ufer des Bodensees hochgezogen hatte. Es war ein seltsames Gefühl, durch das riesige Monument aus Marmor zu schreiten, mit dem diese Konquistadoren der Letzten Tage sich selbst ein Denkmal gesetzt hatten. Er war hier auf Einladung der Feinde, die er so lange bekämpft hatte, und sollte auf einer Konferenz über die Probleme der Verpflanzung von Menschen auf fremde Planeten seinen Standpunkt darlegen. Vasloff betrachtete die Einladung als schweren taktischen Fehler seiner Gegner.

Nicht nur, dass sie ihm damit den Status der Legitimität verliehen, sie boten ihm auch eine Plattform, von der er seine ketzerischen Thesen zu verkünden vermochte. Die Medien, die bei den neusten Pressemitteilungen von *Terra Nostra* sonst nur gelangweilt gähnten, würden diesmal Notiz davon nehmen, wenn der Hohepriester der isolationistischen Philosophie in den heiligen Hallen der Expansionisten sprach. Die Einladung an sich war schon ein Indiz für den wachsenden Einfluss von *Terra Nostra*.

»Herr Vasloff!«

Vasloff drehte sich um und erblickte einen gut gekleideten jungen Mann, der über den Marmorfußboden in seine Richtung ging. Der Mann hatte helles braunes Haar und einen entschlossenen Gesichtsausdruck. Sorgenfalten um die Augen und die heruntergezogenen Mundwinkel sagten Vasloff jedoch, dass er nicht glücklich war.

»Ja?«

»Mein Name ist Mark Rykand«, sagte der junge Mann. »Ich bin ein Freund von Gunter Perlman. Er hat angedeutet, dass Sie vielleicht in der Lage wären, mir zu helfen.«

»Wie geht es Gunter?«, fragte Vasloff. »Vergeudet er sein Vermögen noch immer für diese teuren Spielsachen?«

»Sie meinen die Jachten? Ja, er lässt gerade für die Herbst-Regatta ein neues leichtes 3-Mikron-Segel bauen.«

»Wie haben Sie mich überhaupt gefunden?«

»Ihr Büro sagte, dass Sie heute hierherkämen. Weil ich gerade in einer kleinen Villa am Genfer See war, sagte ich mir, dass ich Sie bei dieser Gelegenheit vielleicht abfangen könnte. Und fast hätte ich Sie verpasst, denn ich habe mir in einer Seitengalerie Weltraumgestein angeschaut.«

»Und was möchten Sie von mir, Herr Rykand?«

Vasloff sah, wie ein zögernder Blick sich in einen entschlossenen verwandelte. »Leider vermag ich mein Problem nicht in ein paar Worten zu erläutern. Vielleicht könnten wir das bei einem Abendessen besprechen.«

»Ich lasse mich normalerweise nicht von Fremden einladen, auch wenn sie einen gemeinsamen Freund ins Feld führen,

Herr Rykand. Ein Mann in meiner Position muss vorsichtig sein. Sie werden das sicher verstehen. Wenn Sie mich vielleicht nächste Woche in meinem Büro aufsuchen würden …«

Das Lächeln, mit dem Rykand darauf reagierte, passte nicht zu seinem betrübten Gesichtsausdruck und war der Situation bestimmt nicht angemessen. Wenn Vasloff jemanden abbürstete, ließ der Betreffende es in der Regel dabei bewenden. »Würde eine substanzielle Spende an *Terra Nostra* Ihre Meinung eventuell ändern?«

»*Wie* substanziell?«

»Fünfzigtausend Crédits.«

Die Jahre als Spendensammler hatten Vasloffs Reflexe geschärft. Sein Stirnrunzeln ging fließend in ein schmallippiges Lächeln über, und er reichte Rykand die Hand. »Wieso haben Sie das nicht gleich gesagt? Wo würden Sie denn gern speisen?«

»Im Meersburger Jachtklub? Er befindet sich nur fünf Kilometer weiter am Seeufer.«

»In Ordnung. Meine Konferenz endet mit einem Empfang um 18:00 Uhr. Es wird dann noch eine Weile dauern, bis ich mich loseisen kann. Sagen wir 20:00 Uhr?«

»Gut. Ich werde dort sein.«

Der Meersburger Jachtklub war seit drei Jahrhunderten eine Basis der »Bodensee-Matrosen«. Trotz der internationalen Speisekarte herrschte ein lokales Flair, und die Kellnerinnen muteten gerade noch derb genug an, um das urbayerische Klischee zu erfüllen. Michail Vasloff verließ das Autotaxi und schlenderte ins flache Gebäude. Es lag inmitten von Weingärten, die gerade vor der Lese standen. Er fand Mark Rykand an der Bar, wo er an einem großen Humpen Beck's Dunkles Bitburger Premium Pils nippte.

Mark hüpfte vom Barhocker, als er seinen Gast entdeckte, und kam ihm durch den schummrigen Raum entgegen. »Guten Abend, Herr Vasloff!«

Vasloff lächelte. Er wusste, dass er mit dem hageren Gesicht und weißen Haarschopf nicht gar so beeindruckend wirkte. Das war einer der Gründe, weshalb er auf offiziellen Fotos so grimmig dreinschaute. »Edle Spender nennen mich Mischa, Herr Rykand.«

»Und ich bin Mark.«

»Also, Mark. Was zuerst? Essen oder übers Geschäft reden?«

»Ich kann mir vorstellen, dass Sie einen anstrengenden Tag gehabt haben. Wieso essen wir nicht zuerst?«

»Ein ausgezeichneter Vorschlag!«

Der Oberkellner geleitete sie zu einem ruhigen Tisch, der so weit wie möglich von der kleinen Volksmusik-Kapelle entfernt war. Nach einem ersten Getränk und während sie sich einen Teller mit Knackwürsten als Vorspeise teilten, fragte Mark: »Wie war die Tagung?«

Vasloff trank sein Bier aus und lehnte sich zurück. »Anstrengend, wie Sie schon vermutet haben. Es ist sehr schwierig, die Contenance zu wahren, wenn man einer festen Phalanx kurzsichtiger Dummköpfe gegenübersteht. Wie die meisten Menschen glaube ich, dass, wenn ich meine Position nur klar genug zu vermitteln vermag, die anderen die Logik meiner Argumente erkennen. Leider ist ein solches Ergebnis zu utopisch, um in der wirklichen Welt jemals einzutreten. Dürfte ich Sie fragen, Mark, ob Sie ein Rechtgläubiger sind?«

»Bezieht sich das auf meine Religion?«

Vasloff lächelte wieder. »Nicht im formellen Sinn. Wie ein Mensch zu Gott betet, nun, das ist seine Sache. Doch auf einer anderen Ebene bin ich wohl rechtgläubig. Würden Sie sich selbst als einen Expansionisten oder Konservativen bezeichnen?«

»Damit habe ich mich bisher kaum befasst, Mischa. Ich glaube aber, dass ich eher dazu tendiere, ins All zu fliegen und die Sterne zu erforschen. Dort liegt doch unser Schicksal, nicht wahr?«

»Woher wollen Sie das denn wissen?«, fragte Vasloff nonchalant und spießte die letzte Knackwurst auf.

»Ich habe ... das heißt, ich hatte jemanden, der mir nahestand und der ein Teil dieser Aktivitäten war. Ihre Begeisterung hat mich wohl angesteckt.«

Vasloff beobachtete den Sturm der Emotionen, der sich im Gesicht des jüngeren Manns widerspiegelte. Er versuchte aber nicht, in ihn zu dringen. »Ich bin viel älter als Sie. Würden Sie mir zugestehen, dass ich während meiner Zeit auf dieser geschundenen alten Welt etwas gelernt habe?«

»Gewiss.«

»Als ich in meiner Heimatstadt Perm im Vorgebirge des Urals aufwuchs, habe ich mit meinen Freunden immer im Fluss Kama Fische gefangen. Es gibt in diesem Fluss die größten Fische, die Sie jemals gesehen haben; und wild sind die! Sie würden nicht glauben, wie sie kämpfen. Ich habe mich oft gefragt, wie sie wohl schmecken.«

»Sie haben nie einen gegessen?«

Vasloff drehte sich um, bestellte bei der Kellnerin per Handzeichen noch ein Bier und wandte sich wieder Mark zu. »Nein, ich habe nie einen gegessen. Die Kama ist ein großer Fluss, etwa von der Größe Ihres Ohio. Jedoch ist er seit sowjetischen Zeiten mit Schwermetallen und Giftmüll verseucht. Auf Schritt und Tritt scheinen wir auf die alten Müllkippen zu stoßen, die unsere Vorfahren angelegt hatten. Als ich in der Gewissheit in diesem Fluss angelte, nie an seiner Fülle teilzuhaben, weckte dies in mir die Erkenntnis, dass ich im tiefsten Herzen ein Konservativer – ein Bewahrer – bin.«

»Was hat das aber nun mit der Erforschung der Sterne zu tun?«

»Wir haben einen wunderschönen Fluss und exquisite Speisefische. Doch wegen der Verschmutzung, die von Leuten verursacht wurde, die schon seit 300 Jahren tot sind, kann ich nicht von diesem reichlich gedeckten Tisch essen. Ich ziehe daraus nun den Schluss, dass das Leben auf dieser Welt sich in einem sehr labilen Gleichgewicht befindet. Wir neigen dazu, das zu vergessen, weil wir selbst so gut an unsere eigene ökologische Nische angepasst sind. Aber wie sollte es auch anders sein? Im Laufe unserer Entwicklung haben wir uns besser an diese Welt angepasst, als ein Mikron-Handschuh sich um die Hand eines Chirurgen schmiegt. Wir sind an diese unsere Umgebung angepasst und an sonst keine. Meine arme Kama ist ein Beweis dafür. Es müssen nur ein paar Schwermetalle und ein paar alte Toxine in die Umwelt gelangen, und schon ist unsere Versorgung mit Nahrungsmitteln nicht mehr gewährleistet.

Wo das Leben und seine Umwelt so präzise aufeinander abgestimmt sind, wie hoch ist da die Wahrscheinlichkeit, dass wir jemals eine Welt finden werden, die für unsere Lebensform genauso gut geeignet ist wie die Erde? Sie dürfte gegen null tendieren! Diese Überzeugung wirft zwangsläufig die folgende Frage auf: Wenn es da draußen eh keine anderen ›Erden‹ gibt, wieso sollten wir dann unsere wertvollen Ressourcen in die Suche danach investieren?«

»Ich hatte einen Professor an der Universität, der uns lehrte, dass die Entstehung von Welten terrestrischen Typs beinahe zwangsläufig erfolge, wenn der Planet die richtige Größe und Entfernung vom Zentralgestirn des Systems aufweist.«

»Ihr Professor hat sich geirrt.«

»Wir haben Dutzende von Welten mit Leben entdeckt und sogar Kolonien auf ein paar von ihnen gegründet.«

»Das Leben, das wir entdecken, ist entweder giftig, ermangelt der erforderlichen Nährstoffe oder hat zu viele Krankheitserreger. Und was unsere Kolonien betrifft, so sind sie kaum mehr als Vorposten und werden auch nie etwas anderes sein. Jeder Stützpunkt klammert sich krampfhaft an der Oberfläche von Welten fest, die für uns grundsätzlich lebensfeindlich sind. Die Kolonisten überleben nur in einer künstlichen

Umwelt und mit Subventionen in Höhe von vielen Milliarden Crédits pro Jahr. Streichen Sie diese Subventionen, und die Welten werden bald aufgegeben. Das, mein junger Freund, ist auch die Strategie der *Terra Nostra*. Man streiche die Subventionen und entziehe somit den Kolonien die Existenzgrundlage! Wir brauchen das Geld unter anderem dafür, um den Fluss Kama zu sanieren.«

»Sie scheinen sich Ihrer Sache ziemlich sicher zu sein, Mischa. Aber wenn Sie sich nun irren?«

Vasloff nahm einen Schluck Bier und sagte: »Dann irre ich mich eben, und niemand wird mir noch zuhören. Aber ich irre mich nicht. Der Heilige Gral, den die Forschung sucht, existiert überhaupt nicht – aber sie setzen uns der Gefahr aus, indem sie dennoch danach suchen.«

»Welcher Gefahr?«

»Sie wissen, dass die Forschung sehr große Vorsicht bei den biologischen Proben walten lässt, die sie mit zur Erde bringt, nicht wahr?«

»Ja.«

»Bislang hat noch kein außerirdischer Mikroorganismus in der Biosphäre der Erde zu überleben vermocht. Dieser Umstand an sich belegt doch schon meinen Standpunkt, dass die Planeten des Weltalls genauso individualistisch wie Schneeflocken sind. Wir vermögen nicht auf ihren Welten zu leben und sie nicht auf unserer. Falls wir jedoch eine Welt entdecken, auf der wir leben können, folgt daraus auch, dass die Krankheitserreger dieser Welt zur Erde wandern. Und wenn die Forschung eine Seuche einschleppt, Mark? Wie werden wir alle dann wohl zur Erforschung der Sterne stehen?«

»Sie können ziemlich überzeugend sein, Mischa.«

»Mein überzeugendstes Argument, weshalb wir nicht zu den Sternen ausgreifen sollten, haben Sie noch gar nicht gehört. Nehmen wir einmal an, Ihr Professor hätte recht, und jeder Stern, den wir am Himmel sehen, würde von einer terrestrischen Welt umkreist. Denken Sie dieses Szenario konsequent zu Ende. Was wäre die wesentliche Eigenschaft eines mit terrestrischen Welten angefüllten Weltalls?«

»Sie werden es mir sicher gleich sagen.«

»Wir wissen, dass unsere Umwelt zu einem bestimmten Zeitpunkt intelligentes Leben hervorbringt. Offensichtlich würde das auch für andere terrestrische Welten gelten. Wo sind sie also?«

»Wo ist wer?«

»Die anderen Arten, die auf der Skala der Intelligenz so weit oben stehen, um Raumschiffe zu bauen. Wenn wir schon dazu imstande sind, dann kann das jeder. Wieso haben sie uns noch nicht besucht oder wenigstens ein Radiosignal in unsere Richtung abgestrahlt? Diese Frage ist erstmals von dem Physiker gestellt worden, der in erster Linie für die Erfindung der Atombombe verantwortlich war. Es wird als das Fermi-Paradox bezeichnet und ist der endgültige Beweis, dass keine anderen Erden existieren. Sonst hätten ihre Bewohner uns nämlich längst gefunden. Dass sie bisher nicht erschienen sind, ist ein Beleg dafür, dass sie eben nicht existieren.«

»Ich verstehe nun, weshalb Sie beschlossen haben, Ihr Leben dem Kampf gegen die Raumfahrt zu widmen«, sagte Mark vorsichtig. Gunter Perlman hatte ihn im Vorfeld darauf hingewiesen, dass Vasloff in dieser Hinsicht ein Fanatiker war.

»Aber Sie glauben mir nicht, stimmt's?«, fragte Vasloff – plötzlich wieder ganz umgänglich. »Das macht aber nichts. Die Impfung wirkt selten auf Anhieb. Im Lauf der Zeit werden Sie die Wahrheit meiner Ausführungen schon noch erkennen. Sollen wir nun bestellen? Anschließend können wir das Problem besprechen, von dem Sie glauben, dass es eine Spende von CR50 000 wert ist.«

Die Qualität des Essens entsprach dem hohen Preis, und beide Männer ließen es sich schmecken. Vasloff erwies sich als ein routinierter Unterhalter und belebte das Mahl mit endlosen Anekdoten, die er während der zehn Jahre als öffentliches Ekel erlebt hatte. Als beide Männer gesättigt waren und über ihren Kaffees und Digestifs saßen, fragte der weißhaarige Russe: »Also, was kann *Terra Nostra* für Sie tun?«

Mark unterbreitete ihm seine Geschichte. Er sprach vom Tod seiner Eltern und von diesem schrecklichen Anruf der Forschung, der ihm Janis Tod mitgeteilt hatte. Er berichtete über das Treffen mit Amalthea Palan und seinen Eindruck, dass sie ihm nicht die ganze Wahrheit erzählt hätte. Er endete, indem er die Entschlossenheit bekundete, die näheren Umstände des Todes von Jani herauszufinden und jemanden zur Verantwortung zu ziehen, wenn es auch nur den geringsten Hinweis auf Fahrlässigkeit gab.

»Ihre Geschichte klingt sehr plausibel für mich«, sagte Vasloff, als Mark fertig war. »Junge Sterne werden tatsächlich von Materie-Ringen umgeben, und wenn ein Schiff mit einem solchen Brocken kollidiert, würde es sofort pulverisiert. Ich weiß allerdings nicht, welche Unterstützung Sie sich von mir erhoffen könnten.«

»Gunter hat angedeutet, dass Sie viel mehr über die Operationen der Forschung wissen, als gemeinhin bekannt ist. Er sagte auch, dass Sie Spione im Hauptquartier hätten.«

»Spione würde ich nicht sagen, Mark! Sympathisanten vielleicht. Und selbst wenn das der Fall wäre, wie sollten sie Ihnen wohl nutzen?«

»Bitten Sie sie, alles zu berichten, was sie über die letzte Mission der *Magellan* wissen. Und wieso man mich belügt.«

»Belügt man Sie denn?«

»Ich glaube schon – und wenn nicht, dann habe ich mich eben geirrt. Der Umstand, dass sie mich nicht zum Schiff oder mit dem Captain sprechen lassen, sagt mir aber, dass sie etwas zu verbergen haben. Außerdem sind sie zu früh zurück.«

»Ach ja?«

Mark nickte. »Eigentlich wäre Jani über ein Jahr auf einem

dieser Flüge gewesen. Die *Magellan* ist aber schon nach einem halben Jahr zurückgekehrt. Wieso?«

»Ich weiß es wirklich nicht«, erwiderte Vasloff.

»Und ich glaube, Sie könnten es herausfinden. Vielleicht hat es etwas mit Janis Tod zu tun. Vielleicht ist ihr Schiff überhaupt nicht mit einem Meteoriten kollidiert. Vielleicht gab es eine Explosion an Bord, die diese acht Leute getötet hat, und sie mussten sich zur Reparatur nach Hause zurückschleppen.«

»Ich kann für nichts garantieren«, gab Vasloff zu bedenken.

»Dieses Risiko gehe ich ein.«

»In Ordnung. Ich werde tun, was ich kann. Wann darf ich mit der Spende rechnen?«

»Sofort«, erwiderte Mark, holte seinen Kommunikator aus der Tasche und gab Zahlen ein. Und mit einer weiteren Zeichenkette transferierte Vasloff ᶜᴿ50 000 von einem Konto auf ein anderes.

7

Lisa Arden driftete mit übereinandergeschlagenen Beinen in der Kabine und betrachtete den weniger als einen Meter von ihr entfernten Sar Say. Es war fast einen Monat her, seit sie in den Käfig des Aliens umgezogen war; außer ein paar Stippvisiten in ihrem eigenen unbenutzten Quartier, nachdem die Quarantäne aufgehoben worden war, hatte sie die ganze Zeit damit verbracht, ihren »Zellengenossen« kennenzulernen. Ihre Welt war auf diese sechs Wände und Sar-Say reduziert worden. Sie wusste schon nicht mehr auf Anhieb, wie ihre Wohnung in London aussah oder London überhaupt. Dafür wusste sie, dass sie sich der Grenze ihrer Belastbarkeit näherte; aber sie war so fasziniert von den neuen Erkenntnissen, dass sie unbedingt weitermachen wollte.

Die gute Nachricht war, dass Sar-Say ein phänomenal gelehriger Schüler war. Er sog förmlich alles auf, was man ihm sagte, und schien nichts zu vergessen. Kürzlich hatte er sogar ganze Gespräche zitiert, die er mitgehört hatte, bevor er auch nur ein Wort Standard beherrschte. Die Fähigkeit, zunächst sinnlose Laute zu imitieren, genügte ihr vollauf als Beweis, dass das Alien ein eidetisches Gedächtnis hatte.

Lisa wünschte sich, dass sie die gleiche Fähigkeit besaß. Um Sar-Say die Kommunikation zu erleichtern, lernte sie auch seine Sprache. Wie oft war sie nachts in ihrer am Schott befestigten Hängematte mit einem Brummschädel aufgewacht und hatte die neuen Erkenntnisse zu sortieren versucht, die auf sie einstürmten. Sie hatte fast schon vergessen, wie es war, für die Abschlussprüfung in der Schule zu büffeln. Inzwischen paukte sie bereits seit achtundzwanzig Tagen und hatte das Gefühl, jeden Tag um ein ganzes Jahr zu altern.

Durch zwei am Gürtel befestigte Riemen wurde Lisa zurückgehalten, während Sar-Say es vorzog, die Beine durch das Gestell zu stecken, in dem er hockte. Lisa hielt ein großes Foto eines Baums hoch.

»Baum«, sagte sie prononciert.

Gelbe Augen trafen auf grüne Augen. »Was … ist … Baum … Liisaa?«

»Das ist eine Pflanze, die auf der Erde wächst.«

»Ist Wort … allgemein … oder … sp… spezifisch?«

»Allgemein«, erwiderte sie. »Es bezieht sich auf eine große Anzahl verschiedener Pflanzen. Zu den Bäumen zählen Kiefern, Eichen, Redwood, Eukalyptus und Hunderte anderer. Wir kategorisieren sie der Übersichtlichkeit halber alle als ›Baum‹.«

»Welcher Unterschied ›Busch‹?«

»Ein Busch ist eine kleinere Pflanze. Bäume sind viel größer als Menschen. Büsche sind ungefähr so groß wie Menschen.«

Sar-Say blinzelte und machte die Geste, die bedeutete, dass er verstanden hatte. »Das Wort in meiner Sprache ist ›sszalt‹.«

»Sszalt«, artikulierte sie sorgfältig. »Das ist leicht zu merken. Es ist unserem Wort ›Salz‹ ähnlich.«

»Nein, das Wort ist anders. Du hast nicht gut zugehört. Es heißt ssszzaalt.«

»Ssszzaalt.«

»Viel besser«, sagte Sar-Say.

»Ausgezeichnet«, sagte Lisa mit einem Lächeln.

»Was ist das nächste Wort, Liisaa?«

Lisa warf einen Blick auf ihr Chronometer und sagte: »Das genügt fürs Erste. Wir müssen uns bereit machen.«

»Bereit für mein Interview?«, fragte Sar-Say.

»Ja. Dieter Pavel kann es kaum erwarten, mit dir zu sprechen.«

Bislang hatte Lisa es vermieden, das Alien nach den Umständen zu fragen, die es als Gast der Menschheit an Bord des *PoleStar*-Habitats verschlagen hatten. Nicht dass sie das nicht interessiert hätte. Wäre es nach ihr gegangen, dann hätte sie das als Allererstes thematisiert, sobald Sar-Say ein ausreichendes Vokabular entwickelt hatte. Leider hatte Dr. Bendagar es ihr untersagt. Deshalb hatte sie die Zeit damit verbracht, Sar-Say von der Erde und den Menschen zu erzählen, während er sich zweifellos über ihren Mangel an Wissbegierde wunderte. Andererseits war Neugier vielleicht gar kein universaler Charakterzug bei denkenden Wesen, sagte sie sich – obwohl sie sich kaum vorzustellen vermochte, wie eine Spezies ohne Neugier Intelligenz entwickeln sollte.

»Worüber er sprechen wird?«, fragte Sar-Say nach einer kurzen Pause.

»Ich habe versucht, dir unsere Regierung zu erklären. Hast du das verstanden?«

Die kleine affenartige Gestalt zuckte die Achseln. Das war

eine Geste, die Lisa als Nicken zu deuten gelernt hatte, aber mit größerer Ambivalenz.

»Also, Pavel ist der persönliche Vertreter der Welt-Koordinatorin. Er möchte alles über dein Volk erfahren, wie es lebt, welches Wirtschaftssystem und welche Staatsform ihr habt.«

»Pavel vertritt die Erdregierung?«

»Ja.«

»Und er möchte Fragen von mir stellen?«

»*Dir* Fragen stellen. Ja.«

»Ich nicht sprechen Standard gut genug.«

»Du sprichst es schon ganz ordentlich. Keine Angst, ich werde dir helfen, wenn du stecken bleibst.«

»Du meinst stecken von Nadel?«

Sie lachte. »Nein. Das ist eine Redewendung. In diesem Zusammenhang bedeutet sie, dass du etwas nicht verstehst.«

»Ich nicht gestochen. Ich verstehe.«

»Musst du noch die Toilette benutzen, bevor wir gehen?«

Sar-Say schüttelte den Kopf – eine menschliche Geste, die er kopiert hatte. »Ich nicht essen oder trinken heute.«

»Leider sind wir Menschen anders gebaut. Wenn du mich also für einen Moment entschuldigen würdest; ich bin gleich zurück. Dann werden wir zu Dieter Pavel gehen.«

In dem Monat, den sie Sar-Say studiert hatten, waren die medizinischen Spezialisten zu dem Schluss gelangt, dass das Risiko einer Ansteckung äußerst gering war – nicht null, aber so minimal, dass sie es für vertretbar hielten, das Risiko einzugehen. Die Biochemie des Aliens war dem der Menschen zwar ähnlich, aber auch wieder so verschieden, dass die Viren der einen Art kaum Geschmack an der jeweils anderen finden würden. Überhaupt schätzten die Exobiologen das Risiko für die Erde geringer ein als die Gefahr eines Asteroideneinschlags. Mit dieser guten Nachricht ordnete Dr. Bendagar das Ende von Sar-Say's strenger Quarantäne an. Die Entscheidung war ihm leichtgefallen. Die Arbeit durch einen Zoll Panzerglas hatte sich als überaus beschwerlich erwiesen.

In den letzten Wochen waren zwanzig Experten der Bio- und Verhaltenswissenschaften zur *PoleStar* gekommen. Sie waren kaum eingetroffen, als sie auch schon darangingen, das lebendige und die toten Aliens zu studieren, die die Mannschaft der *Magellan* mitgebracht hatte. Während die Hälfte des Teams eine Autopsie bei den Leichen vornahm, studierte die andere Hälfte Sar-Say. Sie katalogisierten das Verhalten des Aliens, seinen Körperbau und sogar den Zoo aus Mikroorganismen, der seinen Körper bewohnte. Wie die Menschen besaß Sar-Say nämlich eine geschlossene Ökologie, ohne die er bald erkranken und sterben würde. Die Forschungen vermittelten den Wissenschaftlern neue Erkenntnisse über die biologische Komplexität von Sar-Say's Heimatwelt.

Um die Wissenschaftler unterzubringen und für sie Arbeitsplätze bereitzustellen, war ein großer Abschnitt des *PoleStar*-Habitats in ein Forschungszentrum umgewandelt worden. Die Kabinen um die Unterkunft des Aliens wurden mit Instrumenten und Diagnosewerkzeugen angefüllt, bis sie schier überquollen. Um den freien Informationsfluss unter dem Personal zu gewährleisten, hatte man einen großen Lagerraum in ein Konferenzzentrum umgewandelt. Es war dieses Konferenzzentrum, in das Lisa Sar-Say führte. Mit den langen Armen vermochte er sich in der Mikrogravitation viel besser zu bewegen als sie. Dennoch achtete er darauf, sie nicht zu verlieren, während sie beide die schwerelosen Gänge durchquerten. Dieter Pavel, Dr. Bendagar und drei Wissenschaftler, die Lisa noch nicht kannte, warteten bereits auf sie, als sie eintrafen.

»Guten Morgen, meine Herren«, sagte Sar-Say und hangelte sich zu einem der zwei leeren Haltegestelle am Tisch. Lisa bemerkte mit Stolz, wie sehr seine Aussprache sich bereits verbessert hatte. Noch vor einer Woche wäre der Gruß für das ungeschulte Ohr unverständlich gewesen. Das Alien sprach zwar noch mit starkem Akzent, aber auch das wurde zusehends besser. In einem Monat würde Sar-Say vielleicht sogar schon besser Standard sprechen als sie, vermutete sie. Sie wünschte nur, dass sie genauso gute Fortschritte beim Erlernen der Sprache des Aliens gemacht hätte.

»Guten Morgen, Sar-Say«, erwiderte Pavel. »Ich freue mich, dass Sie uns Gesellschaft leisten. Hat Lisa Ihnen den Zweck dieser Besprechung erläutert?«

»Sie sagt, du willst etwas über die Sar-Say-Regierung wissen.«

»Richtig. Wir wissen bereits, dass Sie von einem Verband aus mehr als einem Stern kommen. Vielleicht können Sie uns sagen, um wie viele Sterne es sich handelt.«

Sar-Say schaute auf Lisa und machte eine Geste, die keiner der anderen erkannte. Es fand eine eilige Konferenz statt. Als sie zu Ende war, sagte Lisa: »Wenn Sie uns eins bitte nachsehen wollen, Mr Pavel. Sar-Say versteht zwar unser Dezimalsystem, hat aber Schwierigkeiten, es von seinem Duodezimalsystem abzuleiten. Wir müssen deshalb ein paar Berechnungen anstellen.«

»Machen Sie nur weiter.«

Lisa holte einen Stift aus ihrer Tasche und kritzelte Zahlen auf ein elektronisches Notizbuch. Alle paar Sekunden berührte sie eine Ecke, löschte das Gekritzel und fing von vorn an. Sar-Say machte ein paar Bemerkungen in seiner Sprache, während sie schrieb. Er hatte auch einen Stift und machte Notizen auf einer zweiten Schreibfläche. Diese Notizen bestanden aus einer langen Reihe von Punktmustern mit eingestreuten Schnörkeln. Schließlich waren Alien und Frau sich einig. Lisa wandte sich den anderen zu und sagte: »Ich komme auf dreimal zwölf hoch fünf.«

Pavel schaute flüchtig auf Dr. Bendagar, der die Berechnungen im Kopf anstellte. Er schluckte und schaute auf den Vertreter der Koordinatorin. »Es ist etwa eine Million!«

»Sie verstehen nicht«, sagte Pavel zu Sar-Say. »Ich möchte die Anzahl der Sternsysteme wissen, die es in Ihrer Zivilisation gibt.«

»Auf der Basis zehn … zehn sechsmal multipliziert«, sagte Sar-Say.

»Sechzig Sterne?«

»Nein. Zehn hoch sechs.«

Pavel quollen fast die Augen aus den Höhlen. »Sie wollen mir allen Ernstes erzählen, dass Sie aus einem Verbund von einer Million Sonnen kommen?«

»Wenn das das Wort für zehn hoch sechs ist.«

»Aber das ist unmöglich!«

»Wieso denn?«, fragte Sar-Say.

»Einmal wegen der Entfernung zwischen den Sternen. Man könnte eine so große Organisation nie zusammenhalten.«

»Sternentor …«, sagte Sar-Say und wandte sich Lisa zu. Die zwei führten ein Gespräch, das halb in Standard und halb in der Sprache des Aliens geführt wurde. Schließlich wandte Sar-Say sich wieder an die anderen und sagte: »Sternentore machen Raum zwischen Sternen unnötig.«

»Irrelevant«, korrigierte Lisa. »Der Raum zwischen den Sternen ist irrelevant.«

Sar-Say signalisierte seine Zustimmung und machte weiter. »Kein Unterschied Reise naher Stern oder zwischen Sternen.«

»Mein Gott!«, rief Dr. Bendagar. »Eine Million! Wenn man die geringe Anzahl tatsächlich bewohnbarer Welten berücksichtigt, muss diese Gruppe einen signifikanten Teil der Galaxis umfassen! Wie regieren Sie diesen Verbund überhaupt, Sar-Say?«

»Ich regiere nicht. Broa regiert.«

»Broa? Was ist denn das? Eine Spezies oder nur Ihre Bezeichnung für Ihre herrschende Klasse?«

»Broa eine Spezies.«

»Wie haben sie diesen Job bekommen? Haben sie denn ein

solches Talent fürs Regieren, dass der Rest von Ihnen beschlossen hat, Ihre Dinge von ihnen regeln zu lassen?«

»Verstehe nicht. Sprechen zu schnell.«

»Dr. Bendagar möchte wissen«, sagte Lisa, »weshalb ihr den Broa erlaubt, über euch zu herrschen?«

»Broa nicht fragen. Sie haben Sternentor. Sie kontrollieren … alle Sterne.«

»Sie meinen, dass diese Art über eine Million Sonnen herrscht?«

»Ja.«

Diese Enthüllung kam für jeden der Menschen wie ein Schlag in die Magengrube. Das Konzept war überwältigend. Die Menschheit hatte bloß sieben Sternsysteme, von denen sie noch dazu nur eins vollständig kontrollierte. Und Sar-Say behauptete die Mitgliedschaft in einem galaktischen Reich, das eine Million Sonnen umfasste. Die Weiterungen waren … entsetzlich!

Dr. Bendagar erlangte als Erster die Fassung zurück. »Und welchen Platz nehmen Sie in diesem ganzen System ein, Sar?«

»Sar-Say ist Taff.«

»Was ist das?«

»Taff sind Leute wie Sar-Say. Wir handeln.«

»Sie sind also ein Händler?«

Die folgende Geste war eine gelungene Imitation eines menschlichen Kopfnickens. »Sar-Say geht von Stern zu Stern, um Wissen und hochwertige Güter zu tauschen, woanders hinzubringen und für einen Mehrwert wieder zu tauschen.«

»Wenn Sie ein Händler sind, müssen Sie schon sehr viele Sterne Ihrer Zivilisation gesehen haben.«

»Nein. Wenige. Kein Wesen lebt lange genug, um alle von Broa kontrollierten Sterne zu sehen.«

Wie Dr. Bendagar fiel es auch Dieter Pavel schwer, sich ein galaktisches Reich mit einer Million Sternen vorzustellen. Und dann kam ihm ein wirklich beängstigender Gedanke.

»Sar-Say«, sagte Pavel. »Als wir Sie fanden, wurde Ihr Schiff gerade von einem anderen Schiff angegriffen.«

Das Alien wandte sich seinem Befrager zu. »Stimmt.«

»Über wie viele Sterne herrschen diejenigen, die Sie angegriffen haben?«

»Verstehe nicht.«

»Wir haben die Theorie aufgestellt, dass das Schiff, das Sie angegriffen hat, zu einer zweiten interstellaren Zivilisation gehörte. Wie viele Sterne?«

»Du falsch. Broa-Angriff.«

»Die Broa haben Sie angegriffen? Es war eins ihrer Schiffe?«

»Ja. Kampfschiff des drittstärksten Typs.«

»Aber wieso? Hatten Sie etwas Falsches getan?«

»Weiß nicht. Broa nicht kommunizieren vor Angriff.«

»Aber sie müssen doch einen Grund gehabt haben.«

»Broa vertraut nicht Sar-Say oder anderen. Sie wünschen, sie tun.«

»Wie viele Sterne haben Sie gesehen?«, fragte Pavel und nahm die ursprüngliche Befragung wieder auf. Professor Fenner von der Universität von Nordamerika machte den Eindruck, als ob er jeden Moment explodieren würde, und seine zwei Begleiter schienen sich auch nicht viel besser zu fühlen.

»Weniger als zwölf hoch zwei«, erwiderte das Alien.

»Und jeder dieser Sterne hat seine eigene heimische Spezies?«

Das Alien machte eine Geste, die Lisa nicht kannte. »Viele haben heimische Spezies. Viele haben Spezies, die Broa dort abgelegt haben.«

»Sie meinen, sie haben diese Welten mit neuen Lebensformen besamt?«, fragte Pavel.

»Ja.«

»Weil sie vorher unbewohnt waren?«

»Nein.«

»Nein, sie waren nicht unbewohnt?«

Die doppelte Verneinung verwirrte das Alien offensichtlich und veranlasste Dieter Pavel zu einer neuen Formulierung, auf die Sar-Say erwiderte:

»Viele Welten besitzen bei der Entdeckung heimische Arten. Arten erweisen sich lästig für Broa. Planeten mit neuen Lebensformen besamt.«

»Was ist mit der Erde? Würden die Broa auch die Erde mit einer neuen Ökologie besamen?«

»Unbekannt«, erwiderte Sar-Say. »Wenn Broa Vorteil, Menschen von Broa beherrscht. Wenn nicht, Menschen getötet, Erde neu besamt.«

»Falls wir den Broa nützen, was wird unser Status sein?«

»Nicht verstehen.«

»Wird uns beschränkte Selbstverwaltung gewährt? Wird es uns erlaubt sein, Abgeordnete zu einer Zentralregierung zu entsenden?«

»Keine Regierung. Broa herrschen. Alle anderen … Diener.«

»Guten Morgen, Captain. Gut, dass Sie so schnell gekommen sind«, sagte Anton Bartok, erhob sich hinter seinem Schreibtisch und ging auf Landon zu.

»Danke, Direktor.«

»Wie war der Flug?«

»Etwas einsam auf der ersten Etappe. Bei der Rückkehr von *PoleStar* ist der Versorgungs-Shuttle nur eine große leere Hülle. Ich fühlte mich wie eine Fliege in einem Druckluftzylinder.«

»Irgendwelche Probleme in der Äquatorialstation?«

»Keine, Sir. Ich bin in Zivilklamotten geschlüpft, im letzten Moment an Bord der Fähre gegangen und habe beim Wiedereintritt ein gutes Buch angefangen. Wozu denn die Geheimhaltung?«

»Ein paar Leute haben kürzlich Gespräche mit neugierigen Fremden gemeldet. Sie alle scheinen sich für Ihre letzte Mission zu interessieren. Es handelt sich wahrscheinlich um neugierige Reporter.«

Jetzt erst bemerkte Landon, dass sie nicht allein waren. Eine große hagere Frau saß auf einem Besucherstuhl. Das Gesicht, das wohl nicht einmal ihre Mutter als schön bezeichnet hätte, war ihm vertraut.

»Ich glaube, Sie kennen Laura Dresser bereits.«

»Hallo, Laura«, sagte Landon.

»Hallo, Dan«, erwiderte sie mit einer sinnlichen Stimme. Wegen dieser Stimme hatte er sich anfangs ein ganz anderes Bild von ihr gemacht, als sie nur über die Akustikschaltungen miteinander gesprochen hatten. Außerdem hatte Laura eine archaische Brille im Gesicht. Diese Brille war von der Nase abgerutscht, und sie linste über sie hinweg auf Landon. »Es ist ungefähr fünf Jahre her, nicht wahr?«

Er nickte. »Die letzte Überholung der *Magellan*.«

Laura Dresser war ein personifizierter Widerspruch. Mit der Brille gab sie der Welt zu verstehen, dass sie eine Mediävistin war – also jemand, der ein Leben gemäß den moralischen Prinzipien einer früheren – und vermutlich auch einfacheren – Zeit lebte. Wie ihr Glaube es verlangte, trug sie keine Synthetik-Kleidung, verzehrte keine industriell produzierten Nahrungsmittel und benutzte auch kein mit menschlichen Duftstoffen formuliertes Parfüm. Zugleich war sie aber die beste Sternenantriebs-Expertin der Sternenforschung. Sie führte eine Truppe von hundert schrulligen Individualisten, die innerhalb von ein paar Monaten ein Raumschiff zu zerlegen und so perfekt zu restaurieren vermochten, wie es nach menschlichem Ermessen überhaupt möglich war.

Und sie war eine verdammte Nervensäge. Sie und Landon hatten nichts anderes getan als sich zu streiten, als er vor fünf Jahren sein neues Kommando in ihre liebevolle Obhut gegeben hatte. Sie hatten auch kaum miteinander gesprochen, als sie die *Magellan* nach der Überholung an ihn zurückgab. Aber sie hatte erstklassige Arbeit mit seinem Schiff geleistet, und dafür würde er ihr alles verzeihen.

»Captain, ich weiß, dass Sie einen Einsatz mit dem Ziel planen, zurückzufliegen und dieses außerirdische Wrack zu bergen«, sagte Bartok und benannte damit den Grund, weshalb Landon aus dem Orbit heruntergekommen war.

»Jawohl, Sir. Darf ich Ihren Computer benutzen?«

»Selbstverständlich.«

Landon griff in eine Tasche, brachte ein Rekorder-Modul zum Vorschein und schob es in den Leseschlitz im Schreibtisch des Direktors. Das Fenster polarisierte sich automatisch, um das Licht auszublenden, und ein Bildschirm erhellte sich in etwas, das eben noch als großes Gemälde einer Meeresküste erschienen war.

Auf dem Bildschirm wurde eine Sternkarte abgebildet.

»Neu-Eden, Sir, ist der dritte Planet eines Sterns der G3-Klasse. Der Stern ist etwas weniger als hundert Lichtjahre von hier entfernt. Die Reisezeit in jede Richtung beträgt zehn Tage. Ich glaube, dass wir das Wrack zu bergen und alles Wertvolle in drei Monaten hierher zu transportieren vermögen, wenn wir eins der großen Kolonieschiffe für den Transport verwenden.«

Bartok schüttelte den Kopf. »Kein Kolonieschiff.«

»Verdammt, Direktor, Sie können doch nicht einfach die Planung von einem Monat über den Haufen werfen!«

»Ich kann es tun und ich werde es auch tun, Captain«, sagte Bartok frostig, »wenn die Koordinatorin es will. Sie können kein Kolonieschiff nehmen, weil es beim Verlassen des Systems zu sehr auffallen würde. Wenn es bereits einen Monat nach dem Start der *Magellan* aufbricht, werden die Leute Verdacht schöpfen und reden. Zumal schon das Gerücht im Hauptquartier kursiert, dass Sie vorzeitig zurückgekehrt seien, weil Sie einen terrestrischen Planeten gefunden hätten.«

Landon lächelte. »Dieses Gerücht ist doch sicher nicht von

diesem Büro ausgegangen, um die tatsächlichen Ereignisse zu verschleiern, oder?«

»Vielleicht. Jedenfalls werden Sie gar keins unserer großen Schiffe bekommen.«

»Wie zum Teufel soll ich das Wrack dann hierher schaffen, Direktor? Wir können es wohl kaum abschleppen.«

»Vielleicht wird das letztlich überhaupt nicht erforderlich sein. Laura hat nämlich eine Idee.«

Es trat eine kurze Pause ein, als die zwei Männer sich der Sternenantriebs-Expertin zuwandten. Sie musterte Landon über die Oberkante der Brille hinweg und sagte: »Als ich von dem Wrack erfuhr, hatte ich zunächst den gleichen Gedanken wie Sie, Dan. Offensichtlich ist dieses Schiff viel zu groß, als dass wir es an Bord eines unserer Raumschiffe nehmen könnten. Also sagte ich mir, dass wir es zerlegen und in Stücken nach Hause verfrachten müssten. Das einzige Problem mit diesem Ansatz besteht jedoch darin, dass wir dabei genauso viel außerirdische Technik zerstören wie retten würden. Sie würden doch auch nicht auf die Idee kommen, einem Raumfahrer einen Schneidlaser in die Hand zu drücken und ihm den Auftrag zu erteilen, die *Magellan* zu zerlegen!

Anton hat mich schließlich darauf gebracht, die Aufzeichnungen auszuwerten, die ihr Leute mit nach Hause gebracht habt. Als ich mit der Lektüre zur Hälfte durch war, bin ich zu der Überzeugung gelangt, dass wir das Schiff vielleicht doch nach Hause fliegen könnten.«

»Wie denn? Es verfügt über keinen Sternenantrieb, und wir haben auch nicht mal eben so ein Sternentor parat.«

»Und wenn wir einen Antrieb und einen Reaktor in dem Wrack installieren?«

»Der gleiche Einwand wie beim Transport des Wracks in Stücken. Um den Antriebsgenerator und den Stromreaktor zu transportieren, wäre ein Kolonieschiff erforderlich.«

»Aber nicht, wenn wir beide am Rumpf der *Magellan* montieren«, sagte Laura Dresser. »Wir werden den neuen Generator mit dem Antrieb des Schiffs koppeln und dadurch das Feld so erweitern, dass es alles abdeckt.«

»Wird das denn funktionieren?«

»Mein Computer sagt, es wird funktionieren, wenn wir beide Generatoren richtig synchronisieren. Das könnte in der Praxis aber etwas heikel werden.«

»Richtig. Angenommen, diese zusammengestoppelte Konstruktion würde hinhauen. Haben Sie auch das Risiko bedacht, den Brocken nach Hause zu fliegen? Und wenn der Antrieb unterwegs schlappmacht?«

»Dann werden Sie uns eben retten.«

Landon schnaubte. »Haben Sie denn eine Vorstellung, wie viel leerer Raum in einem Lichtjahr steckt? Wenn Sie in dieser Dunkelheit verschwinden, werden Sie verhungern oder ersticken, lange bevor wir Sie gefunden haben.«

»Dann sollten wir am besten keine Panne haben.«

Landon wandte sich an den Direktor. »Sind Sie sicher, dass wir diesen Versuch wagen sollen, Sir? Es scheint ein probates Mittel, viele talentierte Leute zu verlieren – ganz zu schweigen von unserer außerirdischen Prise.«

Bartok schaute auf das im Ärmel integrierte Chronometer, bevor er Landon mit seinem Blick fixierte. »Das ist auch der Grund, weshalb ich um diese Besprechung gebeten habe, Captain. Laura ist die Beste, die wir haben, wenn es um den Sternenantrieb geht, aber Sie haben die praktische Erfahrung. Ich möchte, dass Sie beide den Plan ausarbeiten, ihn auf Herz und Nieren prüfen und mir morgen mitteilen, ob er durchführbar ist oder nicht. Wenn Sie zu dem Schluss kommen, dass das Risiko zu groß ist, werden wir uns etwas anderes einfallen lassen. Bedenken Sie aber, je länger wir uns im Neu-Eden-System aufhalten, desto wahrscheinlicher wird es, dass andere Aliens auftauchen.«

8

Salli Rheinhardt war eine typische berufstätige Mutter. Neben dem Beruf, der sie jeden Tag in ihrem Arbeitszimmer für sechs Stunden an den Computer fesselte, hatte sie drei Kinder, die sie zur Schule bringen, von dort abholen und zu allen möglichen Veranstaltungen chauffieren musste. Dann arbeitete sie noch vier Stunden pro Woche im Princeton Medcenter und hatte zudem ihre Klubs und Hobbys. Darüber hinaus war sie in der Hochschulpolitik aktiv und musste an »Teekränzchen« der Fachschaft teilnehmen. Auch unter den günstigsten Umständen vermochte sie kaum eine Stunde Freizeit am Tag herauszuschinden. Und jetzt, wo ihr Mann sich auf einer längeren Dienstreise befand, war die Last fast größer, als eine Frau allein sie zu schultern vermochte.

Als Ben ihr gesagt hatte, dass er einem Orbital-Forschungsprojekt zugeteilt würde, hatte sie geseufzt und die verständnisvolle und tapfere Frau an seiner Seite gemimt. Theoretisch hätte er den Dekan auch bitten können, jemand anderen damit zu betrauen; doch in der Praxis war das ausgeschlossen. Hätte Benjamin Eustus Rheinhardt den Auftrag nämlich abgelehnt, hätte er auch gleich einen Aushang am Schwarzen Brett der Universität machen können, dass er die Leitung des Fachbereichs Mikrobiologie nicht mehr anstrebte. Salli Rheinhardt wusste das so gut wie ihr Mann. Nachdem sie aber fast einen Monat mit den Kindern allein gewesen war, war es ihr im Grunde egal, ob Ben zum Dekan ernannt würde. Die Vorstellung, Fachschafts-Teekränzchen zu veranstalten und die Reverenzen der anderen Frauen und Doktoranden entgegenzunehmen, hatte plötzlich viel von ihrem Reiz verloren. Sie hatte den Punkt erreicht, wo sie alles dafür gegeben hätte, wenn Ben sich in seinem alten Bademantel auf der Couch gerekelt hätte.

Wegen des Kummers über die Abwesenheit ihres Mannes war sie in einer besonders schlechten Stimmung; und dann klingelte auch noch das Telefon, als sie gerade ein Abendessen programmierte.

»Ja, was ist denn?«

»Mrs Rheinhardt?«, fragte ein älterer silberhaariger Mann. Die Worte wurden von einem deutlichen Akzent unterlegt. Es dauerte einen Moment, bis Salli das Gesicht auf dem Bildschirm erkannte.

»Bürger Vasloff!«

»Habe ich einen ungünstigen Zeitpunkt erwischt, Mrs Rheinhardt? Mein Chronometer sagt mir aber, dass noch keine Abendessenszeit in Ihrer Zeitzone ist. Vielleicht essen Sie früh?«

»Nein, Sie stören mich nicht, Bürger. Und bitte nennen Sie mich doch Salli.«

»Alles klar, Salli. Ich bin Michail.«

»Wie komme ich zu dieser Ehre, Michail?«

»Eine der Annehmlichkeiten meiner Position, Salli, ist die Möglichkeit, mit Mitgliedern der Organisation zu sprechen, die uns im Lauf der Jahre besonders gute Dienste erwiesen haben. Ich weiß von Ihrem Abteilungsleiter, dass Sie für die Koordinierung unserer letztjährigen Mailing-Aktion in Ihrer Stadt verantwortlich waren.«

»Das war nicht allzu schwer, Michail. Ich hatte nur ein paar Freunde angerufen, die dann ihrerseits ein paar Freunde angerufen haben.«

Vasloff hob mahnend die Hand ob dieser falschen Bescheidenheit. Jedoch war die Geste verzerrt, weil er die Hand zu nah am Telefonhörer hatte.

»Ich bitte Sie, meine Dame. Stellen Sie Ihr Licht doch nicht derart unter den Scheffel. Um der Wahrheit die Ehre zu geben, es ist die Arbeit von Ihnen und Tausenden wie Ihnen, die *Terra Nostra* überhaupt erst ermöglichen. Leider wissen diejenigen von uns, die quasi an vorderster Front stehen, die Leistungen des ›Fußvolks‹ oft nicht gebührend zu würdigen.«

»Rufen Sie mich an, um mir das zu sagen, Michail?«

Vasloff lächelte. »Ich glaube, Sie sind klug genug, um es besser zu wissen, Salli. Nein, ich rufe Sie an, weil eine Computerüberprüfung der Mitglieder ergeben hat, dass Sie als Einzige qualifiziert sind, um der Organisation in einer bestimmten Angelegenheit zu helfen. Können wir auf Sie zählen?«

»Sicher, Michail. Wie kann ich Ihnen helfen?«

»Ich weiß, dass Professor Rheinhardt zurzeit im Auftrag der Universität im Orbit ist.«

Salli musterte die gütigen Gesichtszüge des Mannes, der, wie man sagte, engagierter gegen die sinnlose Ressourcenvergeudung für die Sterne eingetreten war als irgendjemand sonst. Da lag etwas in seinem Ausdruck, das ihr sagte, dass die Frage mehr beinhaltete als nur ein flüchtiges Interesse.

»Nun ja. Er ist an Bord der *PoleStar* und betreibt mikrobiologische Studien für die Sternenforschung.«

»*PoleStar?* Ich dachte, die Forschung würde ihre Studien hauptsächlich auf die Hochstation beschränken.«

»Für gewöhnlich tun sie das auch. Zumindest hat Ben bei den letzten drei Einsätzen für die Forschung dort gearbeitet.«

»Und wieso ist er diesmal in der *PoleStar*?«

»Ich weiß es nicht. Ben spricht über eine offene Telefonleitung nicht über seine Arbeit. Er will nicht das Risiko eingehen, dass eine eventuelle Entdeckung in der Öffentlichkeit breitgetreten wird. Zumal ich den Eindruck habe, dass der Informationsfluss dieses Mal viel strenger kontrolliert wird.«

»Wieso?«

»Zunächst einmal darf er mich nur einmal pro Woche anrufen. Als er in der Hochstation war, haben wir jeden Abend miteinander telefoniert.«

»Und weiter?«

»Bei unseren Gesprächen tritt eine Verzögerung von fünf Sekunden zwischen der Zeit auf, in der ich spreche und der Zeit, in der er antwortet.«

»Das dürfte eigentlich nicht sein. Die *PoleStar* ist im Erdorbit. Die Kommunikationsverzögerung ist von dort nicht größer als bei Punkt-zu-Punkt-Verbindungen auf der Erdoberfläche. Sie sagten, ein Computer würde seine Anrufe kontrollieren?«

»Ich glaube schon.«

»Und er hat Ihnen nicht gesagt, woran er arbeitet?«

»Nicht das geringste Detail. Als die Unterhaltung einmal in diese Richtung ging, wechselte er schnell das Thema.« Salli Rheinhardt zögerte und fragte sich, wie viel sie dem berühmten Fremden offenbaren sollte.

Vasloff erkannte den Grund für dieses Zögern und sagte lächelnd: »Sie können sicher sein, dass dieses Gespräch vertraulich behandelt wird, Salli, und ich würde auch nicht fragen, wenn es für die Sache nicht wichtig wäre.«

»Er hat nie etwas *gesagt*, Sie verstehen, aber wir sind schon so lange verheiratet, dass seine Gefühlsregungen wie ein offenes Buch für mich sind. Woran auch immer er arbeitet, er hält es für wichtig.«

»Könnten Sie das bitte ein wenig präzisieren?«

»Als er mich das erste Mal anrief, um mir zu sagen, dass er sicher angekommen sei, war er übermäßig aufgeregt. Ich konnte es in seinen Augen sehen.«

»Interessant. Gibt es sonst noch etwas, das Sie mir sagen könnten?«

»Könnten Sie mir denn sagen, worum es hier überhaupt geht, Michail?«

»Nein, meine Dame. Nicht zu diesem Zeitpunkt. Wir werden Sie aber über die Entwicklung auf dem Laufenden halten. Und vielleicht wäre es am besten, wenn Sie dieses Gespräch gegenüber Professor Rheinhardt nicht erwähnen.«

»Ich kann doch keine Geheimnisse vor meinem Mann haben, selbst wenn er in Bezug auf diese interstellare Narretei anderer Ansicht ist als wir.«

Tatsächlich diskutierten Ben und Salli Rheinhardt oft über den Aufwand, die näheren Sterne zu erforschen. Ben behauptete, dass das Verständnis außerirdischer Biosphären ein Motor des wissenschaftlichen Fortschritts sei. Salli war hingegen der Ansicht, dass man das Geld lieber dafür verwenden sollte, die Probleme auf der Erde zu beheben. Niemand war sonderlich an der Gründung von Kolonien auf anderen Sternen interessiert – schon gar nicht auf den nur bedingt bewohnbaren Welten, die die Menschheit bislang gefunden hatte.

»Sie dürfen es ihm natürlich erzählen, wenn Sie wollen. Es ging mir nur darum, ihm … berufliche Probleme zu ersparen, um es einmal so auszudrücken.«

»Ich werde darüber nachdenken.«

»Dann bleiben wir also in Verbindung, meine Dame. Vielen Dank für Ihre Hilfe.«

Michail Vasloff zog die Stirn in Falten, als die Abbildung von Salli Rheinhardt auf dem Bildschirm verblasst war. Was er erfahren hatte, war zwar interessant, aber nicht sehr befriedigend. Was als bloßer Gefallen für einen reichen Mäzen begann, hatte sich inzwischen zu einem Mysterium ausgewachsen. Mark Rykand hatte in einer Hinsicht recht gehabt. Die *Magellan* war früh zurückgekehrt – acht Monate zu früh, um genau zu sein. Außerdem war das nur der erste Punkt in einer langen Reihe merkwürdiger Geschehnisse gewesen.

Die Sternenforschung hatte eine Betriebsroutine für Schiffe, die von der Erforschung fremder Sternsysteme zurückkehrten. Sie legten an der Hochstation an, die den Äquator in mehr als 100 000 Kilometern Höhe umkreiste. Die Station war so hoch, dass sie scheinbar in Gegenrichtung am Himmel umlief. Dort wurde das zurückgekehrte Schiff unter die routinemäßige Quarantäne gestellt, bis alle sicher waren, dass es keine Parasiten oder Krankheitserreger eingeschleppt hatte. Nach dem Ende der Quarantäne wurde dann die ganze wissenschaftliche Gemeinschaft zu einer Konferenz im Hauptquartier der Sternenforschung geladen, wo die Entdeckungen des Schiffs mitgeteilt und Gebote für Forschungsprojekte entgegengenommen wurden.

Bezüglich der *Magellan* waren bislang keine solchen Aktivitäten erfolgt, obwohl sie schon vor über einem Monat zurückgekehrt war. Das Schiff war jenseits des Jupiter materialisiert und dann ganz normal weitergeflogen, bis es schließlich in eine polare statt in eine äquatoriale Parkbahn gegangen war. Die Polarbahn wurde von Forschungs-Satelliten und solchen »Sputniks« genutzt, die die gesamte Erdoberfläche abtasten mussten, aber doch nicht von Raumschiffen. Das lag daran, dass es verdammt kostspielig war, in eine polare Umlaufbahn zu gehen. Außerdem stand die *PoleStar* in einer stark elliptischen Bahn – um von den äquatorialen Orbits dorthin zu gelangen, musste man noch tiefer in die Tasche greifen.

Dennoch hatte – trotz des aufwendigen und schwierigen Manövers des Ebenenwechsels, der zum Erreichen der *PoleStar* erforderlich war – jemand einen regelmäßigen Zubringerdienst dorthin eingerichtet. Das hatte Vasloffs Neugier geweckt, als er davon erfahren hatte. Es war doch kostengünstiger, die Polarbahn von der Erdoberfläche zu erreichen als von der Äquatorialbahn – wieso sollte also eine kostenbewusste Gesellschaft einen Fährdienst von der Bahn aus einrichten?

Und dann waren da noch die Wissenschaftler, die erst zur Äquatorialstation flogen und dann im Vakuum des Raums zu verschwinden schienen. Zunächst hatte das mysteriös genug angemutet, um Stoff für einen ordentlichen Techno-Thriller zu bieten. Vasloffs Computer hatte ihre Buchungen rekonstruiert und das Umsteigen in die Äquatorialstation bestätigt, aber keinen Anschlussbestimmungsort gefunden. Sie schienen nicht nach Luna, zu den äußeren Planeten oder einem der anderen üblichen Ziele unterwegs gewesen zu sein. Letztlich war es auch die Suche nach dem Verbleib der vermissten Wissenschaftler gewesen, wodurch er auf den Zubringerdienst zur *PoleStar* aufmerksam geworden war.

Anscheinend war *PoleStar* der Standort eines geheimen Forschungsprojekts, das von den höchsten Führungsebenen der Sternenforschung betrieben wurde. Außer Rheinhardt hatten sie noch zehn weitere Personen identifiziert: alles Spitzenkräfte auf ihrem jeweiligen Fachgebiet, die für den Auftrag abgestellt worden waren. Es war ein Glückstreffer gewesen, als eine Computerüberprüfung ergeben hatte, dass Salli Rheinhardt Mitglied einer der Sektionen von *Terra Nostra* war.

Vasloff saß da und dachte darüber nach, was Salli ihm erzählt hatte. Er hatte in einem Geschichtsbuch gelesen, dass die Deutschen dem Manhattanprojekt vielleicht auf die Schliche gekommen wären, wenn sie registriert hätten, wie viele Physiker mit der Bahn von Princeton, New Jersey, nach Alamogordo, New Mexico, gereist waren …

»Na, Claris, was meinen Sie?«

Claris Beaufort, Vasloffs Stellvertreterin, war eine charismatische blonde Frau Anfang dreißig. Sie hatte den gleichen Gesichtsausdruck wie Vasloff, nur dass ihr Stirnrunzeln dauerhaft war. »Unser Verdacht ist bestätigt worden.«

»Aber was wissen wir wirklich?«

Claris zuckte die Achseln. »Sie haben etwas so Wichtiges gefunden, dass sie es nicht wagen, die Ressourcen der Hochstation zu nutzen.«

»Wieso?«

»Aus Sicherheitsgründen. Es ist zu schwierig, dort ein Geheimnis zu bewahren.«

Er nickte. »Und was noch wichtiger ist, sie holen das Personal für das Projekt von der Erde. Das sagt mir, dass sie die Existenz des Projekts an sich geheim halten wollen und nicht nur seinen Gegenstand. Was wiederum bedeutet, dass sie Unterstützung von ganz oben haben – vielleicht sogar von der Welt-

Koordinatorin. Sie verbrauchen zu viele Ressourcen, als dass es sich nur um eine Operation der Sternenforschung handeln könnte. Was haben sie ergo so Wichtiges gefunden?«

»Dieser mysteriöse erdähnliche Planet, den unsere Leute im Hauptquartier der Sternenforschung gemeldet haben?«

»Vielleicht«, sagte Vasloff mit einem Kopfnicken. Trotz seines Vortrags bezüglich der Unmöglichkeit anderer terrestrischer Welten, den er Mark Rykand im letzten Monat gehalten hatte, war er doch nicht so davon überzeugt, wie er es die Leute glauben machte. »Falls jemals ein Zwilling der Erde entdeckt würde, wäre das ein Schlag ins Kontor für die Weltwirtschaft. Bedenken Sie nur die Spekulation, die dann losbrechen würde, das Gerangel um die vorderen Startpositionen, die blinde Gier. Worum könnte es sich denn noch handeln?«

»Die Leute, die umgekommen sind. Viellcicht hatten sie sich eine tödliche Krankheit zugezogen.«

»Möglich«, sagte er nachdenklich. »Das würde auch die Geheimhaltung erklären. Wenn die Öffentlichkeit erfährt, dass man ein außerirdisches Virus entdeckt hat, das auch Menschen befällt, würde sie unseren Job für uns erledigen. Wir würden im Parlament eine einstweilige Verfügung in einer Minute durchbekommen. Alle Schiffe müssten innerhalb eines Jahres verschrottet und verkauft werden. Dafür würde ich schon sorgen.«

»Wie wir alle, Michail. Was sagen wir Rykand?«

Vasloff runzelte die Stirn. Das war in der Tat ein gewisses moralisches Dilemma. Er hatte das Geld dieses reichen jungen Mannes mit der definitiven Zusage genommen, dass er ihm alles berichten würde, was *Terra Nostra* vom Tod seiner Schwester erfuhr. Jedoch war das, was sie entdeckt hatten, zu wichtig, um es mit jemandem zu teilen, dessen einziges Motiv Rache aus emotionalen Gründen war. Was auch immer da draußen vorging, könnte sich als *Terra Nostras* größte Hoffnung – oder schlimmster Albtraum – erweisen. Er ließ sich das für einen

Moment durch den Kopf gehen, spürte den Gewissensbiss und schüttelte ihn ab.

»Wir sagen ihm so wenig wie möglich. Rufen Sie ihn an und teilen Sie ihm mit, wir hätten bestätigt bekommen, dass die *Magellan* verfrüht zurückgekehrt ist und im Hauptquartier die Rede von einer Welt sei, die etwas lebensfreundlicher ist als unsere derzeitigen Kolonien. Und was den Tod seiner Schwester betrifft, sagen Sie ihm die Wahrheit. Wir hätten nichts herausgefunden.«

Raoul Bendagar saß allein im Konferenzzentrum und starrte auf den Holobildschirm am gegenüberliegenden Schott. Der Bildschirm ermöglichte es den Wissenschaftlern von *PoleStar*, sichere Telefonkonferenzen mit ihren Kollegen auf der Erde abzuhalten, und diente sonst der Anzeige von Computerdaten sowie der Ergebnisse von Experimenten. Und wenn er nicht zu diesen Zwecken genutzt wurde, wurde er auf die Kamera an der Hülle geschaltet, die die beste Sicht auf die Erde bot.

Die Erde war eine Kugel von der Größe eines Medizinballs, eingetaucht in die Schwärze des Alls. Der Globus wurde von der Polareiskappe gekrönt, die wiederum von den nördlichsten Regionen Asiens, Europas und Nordamerikas flankiert wurde.

Ohne die vertrauten Konturen hätte man den Planeten sich leicht als Neu-Eden vorzustellen vermocht, wie es gewesen war, kurz bevor die Gravitationswelle die Ankunft zweier außerirdischer Schiffe meldete. Vielleicht sah Sar-Say's Planet in etwa so aus oder die Heimatwelt der Broa. Wie viele Planeten es in der Galaxis wohl gab, die als Zwilling der Erde durchgehen konnten? Die Zahl schien weit größer zu sein, als selbst er es sich vorgestellt hatte. Auf der Grundlage der eher kleinen Probe der Menschheit – Erde und Neu-Eden – musste etwa eins von fünfzig Systemen eine terrestrische Welt beherbergen. Was bedeutete, dass das Territorium der Broa sich über ungefähr fünfzig Millionen Sonnen erstreckte. Eine beträchtliche Anzahl, aber immer noch ein kleiner Bruchteil von hundert Milliarden Sternen der Galaxis.

Das Klingeln, das ihn plötzlich aus seinen Gedanken riss, meldete die Ankunft des Besuchers, auf den er schon gewartet hatte. Er überprüfte die Aufnahmeschaltung auf ihre Funktionsfähigkeit und bat seinen Besucher dann herein.

»Guten Morgen, Sar-Say«, sagte er, als das Alien sich zum Haltegestell Bendagar gegenüber hangelte. »Ich hoffe, Sie haben gut geschlafen.«

»Sehr gut, Profess…or. Wie war Ihre Nacht?«

»Ich habe fast gar nicht geschlafen. Ihre gestrige Enthüllung über die Broa hat uns alle schockiert.«

»Schockiert?«

»Beunruhigt, nervös gemacht. Dieter Pavel hat mich die halbe Nacht wach gehalten, weil er eine Meldung an seine Vorgesetzten auf der Erde abfassen musste, und dann habe ich in meiner Kabine gelegen und über die Weiterungen nachgedacht. Sie sind sehr beunruhigend.«

»Wieso?«, fragte der Taff.

Bendagar lächelte. Er hatte gestern schon bemerkt, dass das Alien die schlimmste Horrorvision des Universums ohne jede äußere Gefühlsregung zu skizzieren vermochte. Aus seiner Perspektive erklärte es die Dinge einfach so, wie sie waren. Es war, als ob ein moderner Mensch versucht hätte, das Bevölkerungskontrollgesetz aus dem Jahr 2312 mit einem der Mayflower-Pilger aus dem Jahr 1620 zu diskutieren. Ihre Bezugssysteme waren einfach zu verschieden.

»Liisa sagte, du willst über Astronomie sprechen.«

»Ja, das stimmt. Ich bin sicher, dass die Politiker Sie rund um die Uhr mit Beschlag belegen werden, sobald sie die entsprechenden Instruktionen von zu Hause bekommen. Deshalb wollte ich mich zuerst ›bedienen‹.«

»Verstehe nicht.«

»Ist nicht so wichtig«, erwiderte Bendagar mit einer großen

Geste. »Erzählen Sie mir lieber von den Sternen, die Sie gesehen haben.«

»Ich weiß sehr wenig von Sternen und Milchstraßen.«

»Sie wissen wahrscheinlich mehr, als Sie glauben. Zumindest hoffe ich das. Würden Sie eines Tages gern nach Hause zurückkehren?«

»Über Los!«

»Ich glaube, dass ich Ihnen bei der Rückkehr helfen kann, wenn Sie kooperieren. Ich möchte Ihnen zunächst die Frage stellen, wie lange die Broa schon im Besitz des Sternentors sind.«

»Wieso?«

Bendagar wiederholte die Erklärung, die er Pavel bereits gegeben hatte, als diese Koryphäe an Bord gekommen war – und seitdem noch ein paarmal. Astronomie war nicht gerade eine Stärke des Politikers, wie er festgestellt hatte. Die Vorstellung, dass man Lichtjahre auch in Zeit auszudrücken vermochte, war schier »überirdisch« für ihn.

Aber nicht für Sar-Say, wie er bald merkte. Als er fertig war, zuckte das Alien in einer sehr menschlichen Geste die Achseln. »Liisa hat mich das auch schon gefragt. Ich muss dir sagen, dass ich es nicht weiß. Ich glaube auch nicht, dass es helfen würde, wenn ich es wüsste.«

»Wieso nicht?«, fragte Bendagar.

»Broa expandieren schneller als Licht mit dem Sternentor. Vielleicht ist erste Gravitations-Delle noch auf Weg, lang nachdem nahe Delle Sonnensystem erreicht.«

»Hmm, das hatte ich überhaupt nicht bedacht.« Der Wissenschaftler verstand das Alien so, dass – während die Broa ein System nach dem anderen in Besitz nahmen – die Grenzen ihres Territoriums sich schneller als ein Lichtjahr pro Jahr ausdehnten. Also verschoben die Grenzen des broanischen Reichs sich grundsätzlich schneller als die durch die Sternentore erzeugten Gravitationswellen. Das heißt, wenn die Broa die Raumfahrt vor einer Million Jahren und eine Million Lichtjahre entfernt entdeckt hatten, würden diese ersten Gravitationswellen die Erde in Kürze erreichen. Genauso wie die Wellen eines Sternentors, das sie vor vier Jahren im System Alpha Centauri platziert hatten. In anderen Worten, er vermochte mit seiner Idee das Zentrum des broanischen Territoriums lokalisieren, nicht aber die Grenzen. Die Eroberer waren vielleicht schon viel näher, als es ihm oder sonst jemandem lieb war.

»Befassen wir uns trotzdem mit der Frage. Wie lange ist es her, seit die Broa euch Taff gefunden haben?«

Sar-Say's Gesicht, das eine genauso flexible Mimik hatte wie das eines Menschen, verzog sich zu einer eigentümlichen Grimasse. »Geschichten unter meinen Leuten von der Zeit, bevor Broa kamen. Am meisten erzählt von den Alten an die Jungen spätabends und in Tiefen des eigenen Raums. Broa nicht mögen Geschichten.«

Bendagar nickte. Wollte man eine fremde Welt unterjochen, beraubte man als Erstes die Einwohner ihrer Kultur. Die Oberherren würden die Überlieferung der prä-broanischen Geschichte vermutlich als Verrat betrachten. Ein Taff, der die alten Traditionen an seine Nachkommen weitergeben wollte, täte gut daran, sich unauffällig zu verhalten.

»Was sagen diese Geschichten, wie lange es her ist?«

»Letzter Clan-Führer von Taff, Uuleri, der Ende des letzten kalten Zeitalters auf meiner Welt lebte.«

»Wie lange ist das her?«

»Liisa und ich arbeiten daran, Taff-Jahre in menschliche umzurechnen. Wenn gen… genau, Broa kamen zu Taff vor 5000 Jahren.«

Der Wissenschaftler stieß einen Pfiff aus. Vor fünftausend Jahren hatte es auf der Erde gerade die ersten primitiven zivilisatorischen Regungen in den Flusstälern von Nil und Po gegeben. Und die Broa hatten schon etliche Zeit vorher den interstellaren Raumflug gekannt!

»War die broanische Regierung jung oder alt damals?«

Sar-Say imitierte ein menschliches Achselzucken. »Wer kann sagen?«

»Richtig. Ich werde das, was Sie mir gesagt haben, Dieter Pavel melden – einschließlich der Tatsache, dass wir nun die Ausdehnung des broanischen Gebiets überblicken. Und nun erzählen Sie mir über Ihre Reisen.«

»Ich nicht verstehe.«

»Das ist doch ganz einfach«, sagte Bendagar. »Anhand der Beschreibung der Orte, an denen Sie gewesen sind – vor allem die Nachthimmel, die Sie gesehen haben –, hoffe ich ein paar galaktische Hinweise zu identifizieren, mit denen wir die Position einer besonderen Sonne bestimmen können.«

»Du suchst nach Sternen?«

Bendagar schüttelte den Kopf. »Sie sind sich für das bloße Auge zu ähnlich. Was aber ist mit anderen Dingen? Glühende Wolken nachts, schwarze Silhouetten gegen das Band der Galaxis, andere sonderbare Objekte?«

»Eine Welt ich besuche hat große Wolke in Nachthimmel. Ist interessant?«

»Ich bin sehr interessiert, Sar-Say. Bitte fahren Sie fort …«

9

»… trotz aller Versuche, seine Geschichte zu erschüttern, hält Sar-Say an der Aussage fest, dass seine Gesellschaft eine Million Sternsysteme umspanne und unter der absoluten Kontrolle einer Rasse von Totalitaristen namens Broa stehe. In dem Maß, wie seine Standard-Beherrschung sich verbessert, tischt er den Befragern immer detailliertere Geschichten von Gräueltaten auf, die diese Oberherren an anderen Spezies begangen haben sollen. Er rekapituliert diese Schrecken so sachlich, wie Sie und ich das Wetter er-

örtern würden. Die Psychologen sind zu dem Schluss gelangt, dass seine Haltung der beste Beweis dafür sei, dass die Broa wirklich existieren. Sie erkennen eine Analogie zwischen Sar-Say's Einstellung gegenüber den Broa und der eines Hundes zu seinem Herrn. Eine noch bessere Analogie wäre vielleicht die Art und Weise, wie die alten Griechen zu ihren Göttern auf dem Olymp aufschauten. Wenn Zeus oder Hera von dort oben hinabzusteigen geruhten, um den Sterblichen einen bösen Streich zu spielen, dann war das ihr Vorrecht und keinesfalls infrage zu stellen. Selbst wenn die Sprache darauf kommt, dass er fast von ihnen getötet worden wäre, wirkt Sar-Say seltsam unbeteiligt.

Dr. Burrows von der Analysegruppe Alien-Psychologie glaubt, dass Sar-Say's Volk, die Taff, das Joch der Broa so lange getragen hat, dass sie in eine Position »natürlicher« Knechtschaft hineingeboren werden. Professor Vining ist indes anderer Ansicht. Er behauptet, Sar-Say's Haltung sei lediglich die Rationalisierung eines Wesens, das mit einer unangenehmen Situation konfrontiert wird, über die es keine Kontrolle hat.

Ich muss gestehen, Koordinatorin Halstrøm, dass ich so meine Zweifel habe. Sar-Say's Geschichten von den bösen Broa erinnern mich doch allzu sehr an ein Schauermärchen. Jedes Mal, wenn er uns vom Machtmissbrauch der Broa erzählt, werde ich an das Märchen von Hänsel und Gretel erinnert und daran, was mit unartigen Kindern geschieht, die gegen den Willen ihrer Eltern im dunklen Wald umherstreunen. Offen gesagt – die Galaxis, die er beschreibt, ist kontraintuitiv. Viele Wissenschaftler fragen sich, welchen Grund er wohl haben sollte, uns zu belügen – als ob das ein Argument wäre. Sar-Say ist nicht der biedere Händler, für den er sich ausgibt. Er könnte ebenso gut ein Schmuggler oder ein anderer Verbrecher sein. Wenn das der Fall ist, dann stand er kurz vor der Verhaftung, als sein Schiff ins Neu-Eden-System sprang. Er lügt uns vielleicht an, um uns gegen die Exekutivorgane in seinem Raumsektor einzunehmen. Was gibt es für eine bessere Möglichkeit, zu verhindern, dass wir ihn an seine Justiz ausliefern? Ich habe diese Möglichkeit in verschiedenen wissenschaftlichen Konferenzen zum Ausdruck gebracht und muss leider sagen, dass die Reaktion darauf sehr verhalten war. Dennoch ist diese Version weitaus plausibler als sein Märchen von einer Galaxis, die von einer Rasse paranoider Größenwahnsinniger beherrscht wird.

Es wäre ratsam, Madame Koordinatorin, diese Kunde von Sar-Say's Auftauchen nicht den Medien mitzuteilen. Sie würden die bizarren Geschichten, die er uns erzählt hat, als Sensation des Jahrtausends ausschlachten. Zumal die neuerliche Expedition nach Neu-Eden vielleicht Tatsachen feststellen wird, die seine Geschichte widerlegen. Nach dem aktuellen Stand der Dinge müssen wir das Alien hermetisch isolieren, wenn wir eine systemweite Panik vermeiden wollen.«

(Unterzeichnet)
Dieter Pavel
Vertreter der Koordinatorin

Nadine Halstrøm seufzte, als sie die Lektüre von Pavels Bericht beendete. Vor einer Woche waren die ersten Berichte über Sar-Say's Schilderungen via sichere Kommunikationsverbindung an sie übermittelt worden. Sie erinnerte sich an den Knoten, den sie seitdem im Magen hatte und der sich noch nicht wieder gelöst hatte. War es überhaupt möglich, dass eine einzige Spezies eine Million bewohnter Sternsysteme zu kontrollieren vermochte? Wenn ja, welche Chance hätten dann die Erde und ihre sechs schwachen Kolonien gegen eine solche Rasse?

Und wenn Dieter Pavel recht hatte? Wenn Sar-Say sie nun anlog? Er musste aber nicht einmal ein interstellarer Verbrecher sein, um sich eine solche Story auszudenken. Vielleicht war es die Taff-Entsprechung eines geschwätzigen alten Manns, der sich Geschichten ausdachte, damit die Leute überhaupt Notiz von ihm nahmen. Wenn er aber wirklich ein Händler war, dann spann er vielleicht »Raumfahrergarn«, um die Menschheit zu benutzen. Vielleicht wollte er ihnen allen eine solche Angst einjagen, dass sie für die tatsächliche Situation in diesem galaktischen Riesenreich blind war und dementsprechend leicht zu manipulieren wäre.

Und es gab noch spektakulärere Erklärungsversuche. Was, wenn man ihnen mit Sar-Say eine Laus in den Pelz gesetzt hatte? Welch bessere Möglichkeit gäbe es für seine Herren, sich der menschliche Konkurrenz zu entledigen, als einen Raumkampf zu inszenieren und einen Agenten bei ihnen einzuschleusen? Vielleicht war Sar-Say's Volk gar nicht stärker als Nadine Halstrøms und hoffte, die Menschen mit Geschichten eines riesigen, räuberischen und imaginären galaktischen Reichs von ihrem Territorium fernzuhalten.

Und dann war da noch die schrecklichste Möglichkeit von allen. Was, wenn Sar-Say ihnen nichts als die Wahrheit gesagt hatte?

»Komm schon, Nadine«, knurrte sie. »Du wirst auf deine alten Tage noch paranoid.« Obwohl im Universum, das Sar-Say beschrieben hatte, ein wenig Paranoia vielleicht nicht schaden konnte, sagte sie sich im gleichen Atemzug.

Das Problem mit Pavels Hypothese, ihren Überlegungen und Sar-Say's Geschichte bestand darin, dass es nicht möglich war, sie zu bestätigen oder zu widerlegen. Und weil man auch die verschiedenen Erklärungsversuche nicht zu verifizieren vermochte, würde sie annehmen müssen, dass Sar-Say's schlimmstes Szenario Fakt war.

Als Prämisse leicht zu akzeptieren, sagte sie sich, aber nicht ganz so leicht in die Praxis umzusetzen. Falls die Galaxis auch zur Sammlung der Broa gehörte, was sollte sie in Bezug auf die Sternenforschung unternehmen? Es war schließlich die Forschung gewesen, die die Aufmerksamkeit der Menschen auf die Broa – und vielleicht auch umgekehrt – gelenkt hatte. Je mehr Sterne sie erforschten, desto größer wurde wohl die Wahrscheinlichkeit, dass sie wieder mit den Broa aneinandergerieten. Logischerweise müsste die Forschung dann eingeschränkt oder ganz eingestellt werden. Andererseits wäre es auch logisch, die Forschung nun erst recht zu intensivieren und die großen Raumschiffe noch tiefer ins All zu schicken. Falls die Menschen die Galaxis mit den Broa teilten, hing das Damoklesschwert der Entdeckung und Vernichtung der Erde über ihnen. Wäre es angesichts eines solchen Szenarios nicht am besten, die Menschheit zum Schutz gegen die zukünftige Katastrophe möglichst weit zu verbreiten?

Dann war da noch das Problem der elektromagnetischen Umweltverschmutzung. Seit fast zweihundert Jahren hatte die Erde immer mehr elektromagnetische Energie himmelwärts geschickt und eine große Blase aus Radiorauschen gebildet, die sich auch in Richtung des Broa-Gebiets ausbreitete. Sollten sie den Funkverkehr und Rundfunkübertragungen einschränken oder war es ohnehin schon zu spät für solche Vorsichtsmaßnahmen? Vielleicht empfing ein Broa in seinem Horchposten gerade einen Song von *Modern Talking* oder eines der anderen legendären Programme aus der Frühzeit der Rundfunkübertragung.

Es gab buchstäblich Tausende solcher Fragen, auf die sie keine Antwort hatte. Nicht zum ersten Mal wünschte Nadine Halstrøm sich, sie hätte die Idylle der Universität nie verlassen. Sie fragte sich, was dem Kaziken der Lucayan-Indianer wohl durch den Kopf gegangen war, als er eines Morgens aufwachte und einen italienischen Navigator samt einer Mannschaft goldgieriger Spanier an seinem Strand vorfand. »Soll ich diese fremden Bleichgesichter mit den riesigen Schiffen willkommen heißen oder töten?«, musste er sich gefragt haben. Die Geschichte lehrte, dass jener namenlose Indianerhäuptling an jenem Herbstmorgen des Jahres 1492 die falsche Entscheidung getroffen hatte. Würde man das auch in späteren Jahrhunderten von Nadine Halstrøm sagen – natürlich unter der Voraussetzung, dass dann überhaupt noch jemand lebte, der als Chronist agierte?

Diese Verantwortung war eine zu schwere Last, um sie einem überarbeiteten Bürokraten aufzubürden, wurde sie sich bewusst. Leider trug diese Erkenntnis auch nicht zur Lösung ihres Dilemmas bei.

»Da stimmt etwas nicht«, sagte Mark Rykand in sein Getränk – einen Manhattan, dessen Olive eine Pfütze auf der Bar hinterließ. Er hasste Oliven.

»Geht Moira dir wieder mal auf die Nerven?«, fragte Gunter Perlman.

»Nicht Moira. Dieser Vasloff, mit dem du mich zusammengebracht hast.«

»Vasloff? Was ist mit ihm?«

»Ich habe seiner Organisation eine Spende zukommen lassen, aber er kommt nicht mit Informationen rüber.«

»Das sieht ihm gar nicht ähnlich«, erwiderte Gunter. »Gut, er hat null Ahnung von Raumschiffen, aber er ist eine ehrliche Haut. Wenn er gesagt hat, dass er etwas in Erfahrung bringen würde und nichts herausgefunden hat, dann steckt vielleicht wirklich nichts dahinter.«

»Red keinen Unsinn, Gunter. Der Mann macht mir etwas vor!«

Sein Freund musterte ihn gründlich, um das Ausmaß der Trunkenheit zu ermitteln. »Weißt du, er ist hier nicht der einzige Dummdödel«, sagte Perlman schließlich.

»Wie meinst du das?«

»Genau so, wie ich es sage, mein Freund. Du hast vor fast sechs Wochen von Janis Tod erfahren. Es wird Zeit, diese Verschwörungstheorien zu vergessen – das Leben geht schließlich weiter.«

»Fick dich, Gunter!«

»Hör zu. Die Forschung ist gegen dich, Vasloff ist gegen dich und ich bin nun auch gegen dich. Ehrlich gesagt, Mark, Paranoia bekommt dir nicht. Zum Teufel, ich habe gehört, wie du Johnny Fargo vorgestern Abend wegen einer Bemerkung über deine tote Schwester fast den Kopf abgerissen hättest. Jeder hat davon gehört. Wenn du nicht aufpasst, wirst du bald keine Freunde mehr haben!«

Mark runzelte die Stirn und nahm noch einen Schluck Bier. Gunter hatte recht. Er hatte sich geschämt, nachdem er Fargo so angebrüllt hatte. Johnny war ein langweiliger und selbstgefälliger Snob, aber er meinte es gut. Er hatte nur den Fehler begangen, Mark einmal zu oft zu sagen, dass die Zeit alle Wunden heilt.

»Willst du mir beweisen, dass du auf meiner Seite bist?«, fragte Mark aggressiv.

»Nicht, wenn ich dich in dieser Wahnvorstellung auch noch bestärken soll.«

»Du sollst mich in nichts bestärken. Ich will, dass du mir hilfst.«

»Und wie?«

»Ich möchte deine Jacht benutzen.«

»Vor allen Dingen werde ich dir die *Gossamer Gnat* leihen, wo ich gerade erst eine Viertelmillion Crédits in das Boot gesteckt habe.«

»Du sollst sie mir nicht leihen. Ich will, dass du mich mitnimmst.«

»Und wohin?«

»Zur *PoleStar*.«

»Wieso denn das?«

»Weil dort auch die *Magellan* ist.«

»Und sie werden uns natürlich gestatten, mittschiffs an der Luftschleuse anzulegen und dich an Bord gehen zu lassen?«

»Wieso denn nicht«, pflichtete Mark ihm bei. »Und wenn sie das tun, heißt das, dass du recht hast und ich mir nur etwas eingebildet habe. Wenn ich aber recht habe, werden sie uns abweisen und nicht einmal in die Nähe des Schiffs lassen.«

»Und was hättest du dann davon?«

»Ich hätte dann die Bestätigung, dass sie etwas zu verbergen haben. Keine Angst, ich verlange nicht von dir, in ein Sperrgebiet einzudringen; aber wenn du mich nur nahe genug heranbringst, könnte ich allein dorthin gelangen.«

»Wie denn?«

»Mit einem Langstrecken-Vakuumanzug.«

»Du bist betrunken, Mark! Nur ein Dummkopf würde versuchen, in einem Anzug hundert Kilometer im Leerraum zurückzulegen – und es müsste schon ein qualifizierter Dummkopf sein, um überhaupt eine Chance zu haben.«

Mark zuckte die Achseln. »Wenn ich in Schwierigkeiten gerate, schalte ich das Notfunkfeuer ein, und sie werden das Stationstaxi losschicken, um mich aufzusammeln. Auf die eine oder andere Art werde ich mein Ziel erreichen.«

»Und ich werde wegen einer Sperrgebietsverletzung im Gefängnis landen.«

»Nein, wirst du nicht. Du hältst dich in gebührendem Abstand. Du kannst ihnen erzählen, ich sei ein blinder Passagier und du hättest überhaupt nicht gewusst, dass ich an Bord war.«

»Dürfte ziemlich schwer werden, einem das bei einer Solarjacht plausibel zu machen, mein Freund.«

»Ob sie dir glauben oder nicht, spielt keine Rolle. Ich werde deine Geschichte bestätigen und als Einziger ins Gefängnis kommen.«

»Du vergisst dabei nur eins. Wie sollen wir die *Gnat* denn in die Polarbahn bekommen?«

»Schleppen. Ich werde den Ebenenwechsel in beide Richtungen bezahlen.«

Perlman dachte für einen Moment darüber nach und schüttelte den Kopf. »Ich werde es nicht tun. Wenn du dich schon umbringen willst, dann tu es gefälligst ohne meine Mithilfe.«

»Bitte, Gunter, ich flehe dich an.«

Es trat eine lange Pause ein, während Perlman es sich nochmals überlegte. Schließlich wandte er sich an Mark und sagte: »In Ordnung, ich werde ich es tun. Ich wollte die *Gnat* sowieso etwas bewegen. Aber ich halte es nach wie vor für einen verdammten Wahnsinn.«

»Ich muss es einfach versuchen, Gunter. Ich hoffe, du siehst das ein.«

»Ich sehe nur, dass jemand, der schon seine Familie verloren hat, ihr scheinbar ins Nirwana nachfolgen will. Sprich mit Sam Wheeling über einen Vakuumanzug. Er kennt sich damit aus und wird dir einen guten beschaffen. Schau aber nicht auf den Preis. Es könnte ziemlich lange dauern, bis man dich rettet.«

Lisa Arden beobachtete Sar-Say's mühelose Fortbewegung in der Mikrogravitation der *PoleStar* und fragte sich, wie lange es wohl schon her war, seit seine Leute die Raumfahrt entdeckt hatten. Der Pseudoaffe – wie die Wissenschaftler ihn nannten – schien so gut an die Mikrogravitation angepasst, als ob sie seine natürliche Umgebung wäre. Sie fühlte sich vergleichsweise unbeholfen. Im Vergleich zu den fließenden Bewegungen des Taff wirkte sie steif und ungelenk.

»Warten Sie, Sar-Say! Wir haben noch mindestens eine Viertelstunde Zeit.«

Der geschmeidige Hals drehte sich, und zwei gelbe Augen und komische Ohren wiesen in ihre Richtung. »Beeile dich, Lisa. Wir wolln uns doch nicht verspäten.«

»Wollen mit einem ›e‹«, korrigierte sie automatisch.

Das Alien blinzelte – ein Anzeichen dafür, dass es wieder etwas in seinem erstaunlichen Gedächtnis ablegte – und sagte: »Wir wollen uns doch nicht verspäten.«

»Schon besser«, lobte sie ihn, als sie ihn endlich einholte. Erst an diesem Morgen hatten sie ein Gespräch geführt, das noch vor einer Woche unmöglich gewesen wäre. Sie hatten den Aspekt thematisiert, welche Bezeichnung für das Reich der Broa zutraf.

»Die Broa herrschen über kein Reich. Es gibt keinen allein verantwortlichen Broa, keinen Kaiser.«

»Wie würden Sie es dann bezeichnen?«

»Ich weiß nicht«, hatte Sar-Say geantwortet. »Ich habe noch kein Standard-Wort gelernt, das dafür passt.«

»Wie bezeichnet ihr es denn in eurer Sprache?«

Das Alien hatte eine Abfolge von Silben artikuliert, die größtenteils aus Zischlauten bestanden.

»Und was bedeutet das?«

»Es bedeutet ›Zivilisation‹. Es bedeutet, dass die Broa alles beherrschen.«

»Die Broa-Tyrannei vielleicht?«

»Nein. Das Wort ist zu negativ.«

»Sie haben sie doch auch als ziemlich negative Leute beschrieben.«

»Sie sind nicht bösartig«, hatte Sar-Say im Brustton der Überzeugung erwidert. »Solange man das tut, was sie wollen, darf man in der Regel mit einem Minimum an … an Einmischung leben.«

»Echt großzügig von ihnen«, hatte Lisa sarkastisch gesagt. »Wie ist der Machtapparat in Bezug auf andere Spezies? Wie erhalten sie die Kontrolle aufrecht?«

»Es ist nicht notwendig, dass sie die Welten direkt kontrollieren. Sie kontrollieren die Sternentore. Die Broa sind kein … fruchtbar … ja, fruchtbares Volk. Sie vermehren sich langsam. Es gibt nicht genug von ihnen, um jede Welt in ihrem … wie auch immer ihr Menschen es nennt, zu kolonisieren.«

»Dann gibt es also auch ein paar Welten ohne Broa?«

»Ja. Viele Welten haben nur ein paar Broa, und andere werden hin und wieder von den Meistern besucht.«

»Diese Welten sind souverän?«

»Was bedeutet das?«

»Es bedeutet, dass sie die Kontrolle über ihre eigenen Angelegenheiten haben und niemandem Rechenschaft dafür schulden, was sie tun.«

»Nein, die Broa sind … souverän. Diejenigen, die herrschen, tun dies im Namen der Meister.«

»Die Broa sind die Könige?«

»Nein, dieses Wort bezeichnet eine einzelne Person, die regiert. Die Broa regieren in der Praxis durch Verwandtschaft, nicht durch Königtum.«

Lisa hatte ihren Sternenschüler intensiv gemustert. »Sollte das ein Scherz sein, Sar-Say?«

»Ja.«

»Nicht schlecht für einen Anfänger. Aber Sie sagten doch ...«

»Ein einzelner Clan oder eine Gruppe kontrollieren im Allgemeinen ein paar Sterne oder sogar einen ganzen Sektor. Sie besitzen die Souveränität über alle Welten, die durch das Netzwerk aus Sternentoren miteinander verbunden sind, die sie kontrollieren. Im Allgemeinen lebt der Clan auf einer einzigen Welt und besucht regelmäßig seine Besitzungen. Es gibt Welten, die für Jahrzehnte keinen Besuch von den Meistern bekommen – natürlich nur, solange es keine Schwierigkeiten gibt. Und wenn es Schwierigkeiten gibt, dann statten die Kampfschiffe der Broa ihnen einen kurzen Besuch ab.«

»Das Broa-Territorium ist um die Sternentore herum organisiert?«

»Wie könnte es auch anders sein?«

»Vielleicht sollten wir es die Broa-Souveränität nennen?«

»Vielleicht«, hatte Sar-Say zugestimmt. »Ich werde darüber nachdenken müssen.«

»Beeilen wir uns, Lisa«, sagte Sar-Say und winkte ihr, während er wieder die mühelose Fortbewegung durch den langen Gang aufnahm.

»Der Ausguck ist gleich hier vorn. Sie gehen schon mal vor, und ich komme dann nach.«

Sar-Say eilte zur offenen Luke, die sie bezeichnet hatte. Sie sah ihn im Abteil verschwinden. Das Schiff, das den Sternenantrieb und Fusionsgenerator lieferte, die zum Neu-Eden-System transportiert werden sollten, wurde heute erwartet. Sar-Say liebte es, die an- und abfliegenden Versorgungs-Shuttles zu beobachten, doch heute ging das Sichtfenster der Kabine in die falsche Richtung hinaus. Sie hatte darum gebeten, ihn auf eine Exkursion außerhalb des Forschungsbereichs mitzunehmen, und hatte Dr. Bendagars Erlaubnis bekommen. Es war, als ob sie mit einem kleinen Kind den Zoo besucht hätte.

Als sie Sar-Say erreichte, schwebte er vor dem meterbreiten Sichtfenster. Dahinter vermochte sie die Erde mit dem tief stehenden Mond zu erkennen. Der Position von Erde und Mond nach zu urteilen stand die Sonne irgendwo links über ihnen. Die Erde war aus dieser Perspektive zu ihrer geringsten Größe geschrumpft – ein Anzeichen dafür, dass der umkreisende Spiegel und das Habitat sich dem Apogäum näherten, dem höchsten Punkt in ihrer Umlaufbahn. Unter ihnen erstreckte die arktische Region der Erde sich in einem gleißenden weißen Mosaik. Es war Sommer in den nördlichen Klimazonen, sodass *PoleStars* Dienste noch nicht benötigt wurden. Wenn das Wetter-Direktorat irgendwann einmal eine Idee hätte, wie man zu dieser Jahreszeit Dunkelheit über diese Region zu legen vermochte, würden sie diesen Service wahrscheinlich auch noch vermarkten können.

»Da ist es!«, sagte Sar-Say und deutete in die entsprechende Richtung. Sie folgte der Visierlinie seines langen, biegsamen Arms. Nicht nur, dass das Alien ein besseres Gedächtnis hatte als sie – es schien auch eine ausgeprägtere Sehfähigkeit zu haben.

10

»Passt gefälligst auf, ihr ungeschickten Dummköpfe!«

Lieutenant Harlan Frees richtete seine Aufmerksamkeit auf die kleine Gestalt, deren Vakuumanzug im Tageslicht orange glühte und die wild gestikulierend auf die Gruppe der schwitzenden Raumfahrer schimpfte, die den großen polierten Zylinder zum Rumpf der *Magellan* beförderten. Zum Glück für Frees' weitere Karriere bei der Sternenforschung war die Gesichtsplatte wie eine goldverspiegelte Brille polarisiert. Sonst hätte Laura Dresser vielleicht noch den Ausdruck gesehen, mit dem er sie anschaute. Er schaltete auf die andere Funkfrequenz und sagte: »Verhalten Sie sich bitte ruhig, Miss Dresser. Der Befehlskanal muss für meine Anweisungen an die Mannschaft frei bleiben.«

»Verdammt, Lieutenant, Sie hätten ihn diesmal fast auf den Rumpf knallen lassen. Sie müssen vorsichtiger sein. Der Sternenantriebs-Generator ist eine sehr empfindliche Maschine.«

»Wir tun unser Bestes. Und nun darf ich Sie bitten, ruhig zu sein, oder ich lasse die Arbeiten einstellen und werde jemanden beauftragen, Sie zur Luftschleuse zu begleiten.«

Frees interpretierte das nun eintretende Schweigen als Zustimmung und wandte sich wieder den sechs Männern zu, die die Stiefel in Halterungen verankert hatten und gleichmäßig um den Umfang des großen Zylinders verteilt waren, der anderthalb Meter über dem Nordpol der *Magellan* hing. Trotz der Masse war der Generator durch das fehlende Gewicht und die nicht vorhandene Reibung im Raum eine kritische Last. Man brauchte ihn nur leicht anzutippen, um ihn in Schwingungen zu versetzen, und die sechs Raumfahrer mussten deshalb sorgfältig und koordiniert arbeiten, um solche unkontrollierten Reaktionen zu verhindern.

In der Hochstation hätten sie einen der großen Greifarme verwendet, um die Last zu positionieren. Bei der *PoleStar* mussten sie das leider manuell erledigen. Wie schon die ersten Astronauten beim Versuch festgestellt hatten, eine Raumstation zu errichten, hat die Handhabung schwerer Gegenstände in der Mikrogravitation ihre ganz speziellen Tücken.

»In Ordnung, diesmal wollen wir es nach Möglichkeit gleich richtig machen. Murphy, Sie sind der ›Frontmann‹. Der Zylinder darf sich nicht drehen. Und kommt um Himmels willen nicht auf die Idee, die Füße draufzustellen, wenn er Kontakt mit dem Rumpf bekommt. Auf drei müsst ihr versuchen, ihn mit der Grundfläche bündig auf der Platte des Schubrahmens abzustellen, und zwar mit einer maximalen Geschwindigkeit von einem Zentimeter pro Sekunde. Bereit? Eins … zwei … drei!«

Diesmal verlief die Operation wie am Schnürchen. Der Abstand des Zylinders zum Schiff verkürzte sich zusehends, und er ging auf Kollisionskurs mit dem Schiff. Man musste schon gute Augen haben, um zu sehen, dass der Antriebs-Generator sich überhaupt noch bewegte. Dennoch fragte Frees sich, ob er nicht immer noch zu schnell war. Als der Abstand zwischen Schiff und Generator sich auf zwanzig Zentimeter verringert hatte, erteilte er den Befehl, den schweren Generatormantel zu verzögern.

Frees spürte die durchs Aufsetzen des Generators verursachte Erschütterung durch die Stiefelsohlen. Er fragte sich, wie laut das Geräusch wohl im Innern des Schiffs gewesen war.

»Gut. Haskens, Baker, Donner, Kurtzkov. Sie vier stabilisieren den Zylinder, während Murphy und Goldstein ihn ordnungsgemäß verankern.«

Zwei der Gestalten um den Generator bewegten sich sofort zu der Stelle, wo als Vorbereitung auf diesen Moment eine Anzahl von Monofaser-Gurten am Generator befestigt worden waren. Zügig und routiniert zogen sie die Bänder durch den Kreis aus Ösen, der den Generator umgab, und schufen so ein Spinnennetz aus Haltebändern.

»Alles gesichert, Lieutenant«, ertönte Murphys Stimme über die Kommando-Schaltung.

»Sehr gut. Miss Dresser, würden Sie bitte die Halterungen überprüfen?«

»Aber sicher doch, Lieutenant.«

Frees verspürte einen Anflug von Verärgerung. Er hatte nur höflich sein wollen und nicht erwartet, dass sie ihm noch dumm kommen würde. Hatte sie sie denn nicht bei der Arbeit beobachtet? Er stellte sich – überwölbt von einer sichelförmigen Erde – auf die Hülle des Raumschiffs, während Laura Dresser die Spannung in jedem Gurt prüfte. »Gute Arbeit, Lieutenant«, sagte sie schließlich. »Lassen Sie uns nun zurückgehen und noch den Stromreaktor holen, bevor wir den Generator in den Sternenantrieb des Schiffs einbauen.«

»Sehr wohl, Miss Dresser. Ihr habt sie gehört, Männer! Zurück zum Frachter. Wir müssen noch einen Stromreaktor abladen.«

Fähnrich Niles Pendergast saß an der Sensorstation im Bauch der *Magellan* und beobachtete, wie ein gewaltiges Schiff den langsamen Aufstieg von der Erde bewältigte. Den glühenden grünen Ziffern auf dem Bildschirm zufolge hatte das Schiff einen Durchmesser von über hundert Kilometern. In Wirklichkeit war das Schiff nicht annähernd so groß. Das heißt, es war schon so groß – andererseits aber auch wieder nicht.

Das zu ihnen emporstrebende Schiff war eine von einem Sonnensegel beflügelte Rennjacht von der Erde, die die Parkbahn verlassen hatte. In den letzten drei Tagen hatten sie verfolgt, wie sie sich mühsam vom Planeten zu lösen versuchte. Das Segel war genauso groß, wie der Computer es gemeldet hatte, aber so dünn, dass selbst tausend Lagen des verspiegelten Polymers noch dünner gewesen wären als ein Blatt Toilettenpapier. Die Jacht selbst war eine Gondel, kaum groß genug, um ihre dreiköpfige Crew und die minimale Lebenserhaltungs-Ausrüstung zu tragen. Die Bedingungen an Bord waren so primitiv, dass die Besatzung der Jacht in ihren Raumanzügen lebte. Pendergast hatte gehört, nach der alljährlichen Solar-Regatta an Bord der Gast-Station wurde so ausgiebig geduscht, dass das Wasser rationiert werden musste.

»Was gibt's denn da zu sehen, Mr Pendergast?«, fragte Chief Newman auf seiner Station neben dem Fähnrich. Der Chief beaufsichtigte das Team, das sich abmühte, den neuen Sternenantriebs-Generator am Rumpf der *Magellan* zu positionieren. Es fand eine recht rustikale Kommunikation auf Kanal 3 statt, was aber nicht von ungefähr kam: Das war nämlich der Kanal, für den der VIP-Anzug der Dame gesperrt war.

»Diese Solarjacht ist wieder da, Chief, und zwar größer als je zuvor.«

»Ich frage mich, was eine Jacht in der Polarbahn zu suchen hat, Sir«, sagte der Chief. Sein Ton war durchaus respektvoll, aber die Worte transportierten die Botschaft, dass Pendergast sich das auch fragen sollte.

»Sie ist so nah, dass wir das vielleicht herausfinden sollten«, pflichtete der Fähnrich ihm bei. Er hieb auf eine Taste, worauf eine Hochleistungs-Antenne in die Richtung schwenkte, in der die Steuerkapsel sich befinden musste. »Raumjacht, hier spricht die *Magellan*. Sie nähern sich einem Sperrgebiet. Identifizieren Sie sich, Over!«

Innerhalb der nächsten Minute erfolgte keine Antwort, obwohl Pendergast die gleiche Warnung noch dreimal sendete. Schließlich ertönte eine Stimme.

»Hallo, *Magellan*, hier spricht die *Gossamer Gnat*. Welches Sperrgebiet?«

»Die Orbital-Kontrolle hat eine 100-Kilometer-Pufferzone um die *PoleStar*-Station für den gesamten Verkehr gesperrt. Welche Absichten verfolgen Sie?«

»Verdammt noch mal, wieso sagt man mir so etwas nie?«, entrüstete sich die Stimme.

»Wenn Sie regelmäßig die amtlichen Bekanntmachungen für Raumfahrer studieren würden, wüssten Sie, dass diese Station bereits seit fast zwei Monaten Sperrgebiet ist.«

»Wieso zum Teufel?«

»Ich weiß es nicht, *Gossamer Gnat*. Ich arbeite nur hier.«

»Ich weise Sie darauf hin, *Magellan*, dass ich Probleme mit der Steuerung habe. Ein Anker hat sich gelockert und droht abzureißen. Die Takelage könnte beschädigt werden, wenn das geschieht. Ich wollte eigentlich das Segel reffen und bei der *PoleStar* Reparaturen durchführen lassen.«

»Das wird leider nicht möglich sein, *Gossamer Gnat.* Ich schlage vor, dass Sie das Segel trimmen und wieder hinunterfliegen. Sie könnten sich dann in den Äquatorial-Orbit schleppen lassen.«

»Ich muss Reparaturen durchführen lassen«, kam die kleinlaute Antwort.

»Melden Sie einen Notfall?«, fragte Pendergast. Seit Beginn der Luftfahrt hatten diese Worte magische Kräfte, wenn sie von einem Piloten gesprochen wurden. In diesem Fall würden sie der Jacht automatisch Landeerlaubnis am *PoleStar*-Habitat gewähren. Allerdings hätte es straf- und zivilrechtliche Konsequenzen für den Piloten, wenn der Notfall sich als Täuschung erwies.

Es trat eine lange Pause ein, bevor die Stimme wieder ertönte: »Negativ. Das Problem ist nicht so gravierend. Ich werde unverzüglich ein Manöver zur Rückkehr in die Parkbahn einleiten.«

»Ich wünsche noch einen guten Tag, Sir«, sagte Pendergast und schaltete ab. Das wird wohl das Quantum an Aufregung für diese Schicht gewesen sein, sagte er sich und erinnerte sich daran, wie er einmal im Neu-Eden-System Wache geschoben hatte und die Aufregung kaum noch zu verkraften vermochte …

»Computer«, rief er plötzlich. »Was ist das für ein Lichtfleck bei …« Er leierte die Koordinaten herunter, ohne sich damit aufzuhalten, den Punkt mit dem Cursor zu markieren.

»Das Objekt ist zu klein, um es zu identifizieren«, kam die melodische Antwort. »Es hat sich vor vier Minuten von der Kapsel getrennt.«

»Ist es noch in Sicht?«

»Negativ. Es ist auf den normalen Wellenlängen nicht sichtbar.«

»Was meinen Sie, Chief?«, fragte Pendergast Newman, dessen Interesse nun mehr dem Bildschirm des Fähnrich galt als der Unterhaltung des Arbeitstrupps.

»Erfassen Sie es mit einem weiteren Scan.«

Pendergast ordnete eine neuerliche Laserabtastung des Lichtsegels an. Plötzlich schrie der Bildschirm ihn an und blitzte abwechselnd rot und weiß auf.

»Warnung! Objekt ist angetrieben. Wiederhole. Objekt befindet sich nicht im ballistischen Flug. Mögliche feindliche Absicht. Warnung! ...«

Zum zweiten Mal in seiner noch kurzen Karriere war Niles Pendergast in der wenig beneidenswerten Position, den Captain anzurufen und ihm eine schlechte Nachricht überbringen zu müssen.

Harlan Frees' Reflexe übernahmen sofort die Kontrolle, als der Gefechtsalarm in den Ohrhörern piepte. Seine Crew von Vakuum-Schauerleuten hatte den sperrigen Fusionsgenerator gerade in die Position neben dem Sternenantriebs-Generator manövriert, den ebenso langen wie langsamen Abstieg zum Befestigungspunkt auf dem Rumpf aber noch nicht gestartet.

»Fertigmachen zum Abstoßen«, befahl er den sechs Raumfahrern, die sich im Kreis um den Generator positioniert hatten. »Auf drei. Eins, zwei, drei, Abwurf!«

Beim Befehl »Fertigmachen« wechselten die sechs die Griffhaltung an der Halbkugel. Zwölf behandschuhte Hände schoben sich mit den Handflächen nach oben unter den äußeren Rand des Generators, und zwölf Handgelenke bogen sich, um das Anheben vorzubereiten. Beim Ende von Frees' Zählung katapultierten alle sechs den Generator aus dem Kreuz hinaus in den schwarzen Himmel. Die verliehene Geschwindigkeit war zwar nicht groß, aber die große Masse löste sich dennoch zügig vom Raumschiff und trat ihre Reise an. Frees war es egal, wohin sie flog, solange die *Magellan* im Notfall nur genug Raum zum Manövrieren hatte.

»Haskens, Baker, schafft Miss Dresser zur Luftschleuse zurück. Subito!« Die zwei Raumfahrer packten die überraschte Sternenantriebs-Expertin am Gurtzeug und rissen sie von den Füßen. Mit der freien Hand hangelten sie sich an den Sicherheitsleinen entlang zur Schleuse zurück. Frees betätigte mit dem Kinn das Bedienelement, das ihn mit der Haupt-Befehlsschaltung des Schiffs verband.

»Frees, auf der Hülle mit sechs Raumfahrern und Miss Dresser. Ich habe sie und zwei Männer reingeschickt und warte auf weitere Anweisungen.«

»Wo ist der Generator, Lieutenant?«, fragte der Offizier vom Dienst.

»Auf dem Weg in die Unendlichkeit, Sir. Er wird die Gefahrenzone in einer halben Minute verlassen.«

»Sehr gut. Warten Sie auf weitere Anweisungen.«

Im nächsten Moment ertönte die rauschende Stimme des Captains auf der Schaltung. »Frees, welche Betriebsstoff-Reserven haben Sie noch?«

»Wir haben noch Sauerstoff für vier Stunden, Captain. Alles andere ist voll.«

»Ein Objekt nähert sich von dieser Solarjacht unter uns. Das Flugprofil zeigt einen Besucher in einem Vakuumanzug, obwohl wir das noch bestätigen müssen. Das Objekt zeigt kein Positionsfunkfeuer. Ich wiederhole, kein Funkfeuer! Ich möchte, dass Sie und ein paar Ihrer Männer sich Flugtornister besorgen und das Objekt abfangen – was auch immer es ist. Verstanden?«

»Aye, aye, Captain.« Frees schaltete auf seine lokale Frequenz. »Donner, Kurtzkov, ihr kommt mit mir. Die beiden anderen schnappen sich Flugtornister und versuchen, den verdammten Reaktor zu stabilisieren, bevor er außer Sicht gerät. Bewegung!«

Mark Rykand hatte größere Angst als je zuvor in seinem ganzen bisherigen Leben. Er erinnerte sich an die Nacht, in der er diesen Plan ausgebrütet hatte: weil er moralisch am Boden war und einen dicken Hals auf die Welt hatte. Das war für ihn die einzig vorstellbare Kombination, die ihn dazu veranlassen konnte, ein derart verdammtes Husarenstück auch nur in Erwägung zu ziehen. Er erinnerte sich auch daran, mit welcher Inbrunst er Gunter Perlman versichert hatte, dass er die *Magellan* allein zu erreichen vermochte und im Fall eines Scheiterns nur die Station anrufen müsse, damit jemand ihn aufsammelte. Null Problemo, oder? Irgendwie hatte bei der ursprünglichen Vorstellung, die er davon hatte, im Vakuumanzug zu einem Schiff und zu einer Station zu fliegen, die zu klein waren, um sie überhaupt zu sehen, etwas gefehlt: das Blut, das ihm nun in den Ohren rauschte, und das Adrenalin, das ihn in höchste Aufregung versetzte. Wäre er doch nur nicht so verdammt überzeugend gewesen …

Den eigentlichen Fehler hatte er begangen, sagte er sich, als er Gunter am nächsten Morgen nicht angerufen und die ganze Sache abgeblasen hatte. Stattdessen hatte er einen Anruf an Sam Wheeling getätigt und ihm seinen Wunsch dargelegt. Wheeling hatte ihm dann eine ortsansässige Firma für Vakuumausrüstung empfohlen, wo er die notwendige Ausrüstung kaufen und einen Mechaniker engagieren konnte, der die gewünschten Änderungen vornehmen würde. Der Grund, weshalb er nicht den Hersteller mit diesen Änderungen betraute, lag auf der Hand: Die fraglichen Änderungen waren ungesetzlich.

Die Vakuum-Handelsgesellschaft war überglücklich gewesen, ihm ihren besten Raumanzug zu verkaufen – mit Flugtornister, Sauerstoff-Zusatztanks, Stromversorgung, Sensoren und dem Navigationssystem, das für lange Flüge von Orbit zu Orbit erforderlich war. Problematisch wurde es jedoch, als Mark erkannte, dass das komplette Ensemble in der Erdenschwere mehr als hundert Kilo wog und so gar nicht zu dem kleinen Sportwagen passte, den er fuhr. Schließlich besetzte der Anzug den Beifahrersitz – er ähnelte einem zu groß geratenen Gorilla, wie er kopfüber dort hockte. Die Rückbank quoll vom Flugtornister und den zusätzlichen Sauerstofftanks schier über. Obwohl der Anzug angeschnallt war, tendierte er in Rechtskurven dazu, dem Fahrer in den Arm zu fallen. Beim ersten Mal, als das geschah, verlor Mark fast die Kontrolle über das Auto.

Der nächste Schritt war schon schwieriger gewesen. Mark fuhr zu der kleinen Werkstatt, die der selbstständige Mechaniker in seiner Garage betrieb, und nachdem er dem Mann zwanzig Minuten auf den Zahn gefühlt hatte, erteilte er ihm den Auftrag, den Anzug gemäß seinen Spezifikationen zu ändern. Die erste Änderung beinhaltete das Aufbringen einer nicht reflektierenden schwarzen Schicht auf den Anzug, die Radarwellen absorbierte. Die zweite umfasste eine Softwareänderung an den drei Computern des Anzugs. Das Positionsfunkfeuer eines Vakuumanzugs sollte so lange funktionieren wie die Stromversorgung und anschließend noch einen Monat auf Batterie laufen. Die Änderung an der Systemsoftware ermöglichte es Mark nun, sein Funkfeuer per Sprachbefehl zu deaktivieren.

Während der Mechaniker am Anzug arbeitete, rief Mark Gunter in Erinnerung, dass er ihm zugesagt habe, ihn in der *Gossamer Gnat* mitzunehmen. Gunter stand dem Plan im betrunkenen wie im nüchternen Zustand äußerst skeptisch gegenüber. Mark erinnerte ihn daran, dass er schon seit Monaten das neue Dreimikronsegel der *Gnat* testen wollte und nun die Möglichkeit dazu hätte, ohne die üblichen Schlepper-Gebühren zu bezahlen. Solarsegeln war das teuerste Hobby, das die Menschen sich bisher ausgedacht hatten, und strapazierte deshalb auch die Finanzen eines so reichen Manns wie Gunter Perlman. Die Vorstellung, die Kosten für einen Flug zu verringern, der im Grunde nur ein Testflug war, zerstreute schließlich seine Bedenken. J. P. Morgan hatte einmal über Hochsee-Jachten gesagt: »Wenn man im Vorfeld bereits nach dem Preis fragen muss, kann man sie sich ohnehin nicht leisten.«

All das ging Mark nun durch den Kopf, als er mutterseelenallein im Weltraum hing. Seine Stimme klang verdächtig dünn, als er den Computer anwies, seinen Orbitalpfad auf die Innenseite des Helms zu projizieren. Bald schaute er durch eine gespenstische hohle und perspektivisch sich verjüngende Röhre, während er sich mit dreihundert Kilometern pro Stunde der *Magellan* näherte. Er stellte fest, dass er beinahe an einer Wand der spektralen Flugschneise entlangschrammte, und fragte sich, ob er den Kurs korrigieren oder auf der Basis seiner gegenwärtigen Position einen neuen berechnen sollte.

Gemäß dem Lenkungscomputer blieben ihm noch vierzig Minuten, bevor er die Geschwindigkeit verringern durfte, und dann noch einmal etwa zwanzig Minuten, bevor er eine Entscheidung treffen musste. Wenn eine leichte Abweichung vom Orbit sein einziges Problem war, sagte er sich, würde er eine Kerze für den Schutzheiligen der Raumfahrer-Novizen anzünden, wer auch immer das war.

Wenigstens musste er nicht befürchten, von der Besatzung der Station entdeckt zu werden. Wegen des ausgeschalteten Funkfeuers und der radarabsorbierenden schwarzen Beschichtung des Anzugs hielt er es für ausgeschlossen, dass das Raumschiff ihn entdeckte, bis er sich ihm auf »Spuckweite« genähert hatte.

Umso größer war der Schock, als dieselbe Stimme, die er schon in der *Gossamer Gnat* gehört hatte, ihm plötzlich wieder in den Ohren hallte. »Sie da im Vakuumanzug! Sie befinden sich in einem Sperrgebiet. Verringern Sie Ihre Geschwindigkeit und bereiten Sie sich auf eine Bergung vor! Dies ist eine amtliche Anordnung. Verringern Sie die Geschwindigkeit. Es ist jemand zu Ihnen unterwegs, um Sie abzufangen!«

11

Es tritt dieser Augenblick totaler Panik ein, wenn der liebestolle Schuljunge den Vater des Mädchens in der Tür stehen sieht, wenn der Autobahnraser das erste Aufblitzen des Polizeilichts sieht oder der Einbrecher die Schritte hört, die nicht von ihm selbst stammen. Mark verspürte all diese Empfindungen und noch viel mehr, als er so plötzlich von dem Schiff angerufen wurde, das irgendwo in der unendlichen Schwärze verborgen war. Jedoch wich die Panik schnell aufkeimender Wut.

Man hatte ihn gelinkt! Anstatt das Funkfeuer – das praktisch als unzerstörbar galt – zu deaktivieren, musste dieser verdammte Mechaniker ins Programm eingegriffen und ein paar Codezeilen eingefügt haben, die die Meldung *Funkfeuer Aus* gaben, sobald das Kennwort genannt wurde. Solche Betrügereien kamen bei unlizenzierten Amateur-Programmierern häufig vor. Wieso sollte man sich die Mühe machen, ein Programm mit ein paar Millionen Codezeilen zu debuggen, wenn eine schnelle kosmetische Änderung der Benutzeroberfläche den Zweck auch erfüllt?

Aber wenn er nun doch korrekt bedient worden war? Wenn der Mechaniker den Auftrag ordnungsgemäß ausgeführt hatte? Waren die Sensoren des Raumschiffs so empfindlich, dass sie ihn auch ohne die Hilfe des Funkfeuers zu erfassen vermochten? Wenn das zutraf, welche Sensoren verwendeten sie? Er sagte sich, dass er zunächst einmal feststellen müsste, ob er wie ein Stern auf allen Funkfrequenzen leuchtete.

»Computer.«

»Bereit«, ertönte die klare Kontraaltstimme in den Ohrhörern.

»Diagnose ausführen. Status des Positionsfunkfeuers melden.«

»Wird ausgeführt«, kam die Antwort. Mark schwitzte die nächsten zwei Minuten aus. Das Diagnoseprogramm war genauso ›starr‹ wie ein Grafit-I-Rohr, sodass man es kaum zu überlisten vermochte. Was auch immer der Mechaniker mit dem Anzug angestellt hatte, die Diagnostik war mit Sicherheit nicht davon betroffen … oder? Er wartete, bis die Überprüfung des Umweltkontroll-, Kommunikations- und Navigationssystems abgeschlossen war. Die Antwort erfolgte nach einer Zeitspanne, die ihm wie eine Ewigkeit erschien. »Funkfeuer ist deaktiviert.«

»Funküberprüfung.«

»Funk ist abgeschaltet.«

»Status aller Systeme, die Energie in den Weltraum abstrahlen könnten.«

»Thermische Regelung funktioniert nominell. Alle anderen Energierückweisungssysteme sind deaktiviert.«

Mark runzelte die Stirn. Thermische Regelung! Verfolgten sie ihn etwa durch seine Wärmestrahlung? In diesem Fall vermochte er kaum etwas dagegen zu tun. Solange er lebte, würde er als ein strahlender Punkt auf jedem Infrarot-Detektor auftauchen.

Wie groß war die Wahrscheinlichkeit, dass sie ihn im Brennpunkt eines Infrarotfernrohrs hatten? Wenn sie ihn auf diese Art entdeckt hatten, hätten sie freilich ein großes Handikap. Sein alter Astronomielehrer hatte sich nämlich oft darüber beklagt, dass man mit Fernrohren nicht die direkte Entfernung eines beobachteten Objekts zu messen vermochte. Seit Kopernikus' Zeiten kannten die Astronomen die Winkelposition jedes für das bloße Auge sichtbaren Sterns bis auf Bruchteile einer Bogensekunde. Doch trotz der Präzision der Winkelmessungen hatten sie die *Entfernung* aller Sterne – außer den nächsten Sternen im Radius von ein paar Dutzend Lichtjahren – schlicht raten müssen. Erst mit dem Aufkommen der Raumfahrt hatte die Menschheit dann eine hinreichend lange Bezugslinie zustande gebracht, die eine Dreieckspeilung der Sterne ermöglichte. Die Entfernungsbestimmung der ferneren Galaxien beruhte aber nach wie vor auf Schätzungen.

Wenn die Beobachter an Bord der *Magellan* ihn im Visier eines Infrarotfernrohrs hätten, würden sie seine Entfernung bestenfalls mit einer Genauigkeit von ein paar Kilometern bestimmen können. Abfangmanöver im All erfolgten auf der Basis komplizierter Vektorrechnungen. Ohne genaue Entfernungsangaben wäre es unwahrscheinlich, dass seine Verfolger ihn erwischten.

Womit konnten sie ihn sonst noch verfolgen? Laser-Radar kam schon mal nicht infrage. Die Beschichtung des Anzugs absorbierte das auf ihn treffende Licht nämlich zu über 99,9 Prozent. Ein Laserstrahl hätte nicht stark genug reflektiert, um ein brauchbares Ergebnis zu erzielen. Das galt auch für jede andere Art von Radar. *Alles Licht* oder nur der kleine Bereich des elektromagnetischen Spektrums, der für Menschen sichtbar war? Der Gedanke traf ihn wie ein Faustschlag in den Magen. Was war zum Beispiel mit den ultravioletten Wellenlängen? War sein Anzug im ultravioletten Spektrum auch noch schwarz? Er schalt sich einen Dummkopf, weil er diese Möglichkeit nicht schon beim Test des Anzugs berücksichtigt hatte.

Welchen Detektor auch immer sie benutzten, er musste ihn austricksen, bis er nahe genug herangekommen war, um das Schiff direkt anzufliegen. Das Problem war nur, wenn man im Raum hing, war man genauso ungeschützt wie eine Fliege an der Wand – ohne eine Möglichkeit, sich zu verstecken. Oder gab es vielleicht doch eine?

Mark lächelte, schob den rechten Regler des Flugtornisters energisch vor und beschleunigte senkrecht zu seiner bisherigen Flugbahn. Womit auch immer sie ihn verfolgten – er bezweifelte, dass dieser Gimmick auch durch den *PoleStar*-Reflektor zu sehen vermochte. Solange er den Spiegel zwischen sich und der *Magellan* hielt, wären seine Verfolger blind.

Harlan Frees überflog die Anzeige, die von den Langstrecken-Sensoren an Bord des Schiffs übertragen wurde. »Wo ist er, Kontrolle?«, fragte er unwirsch.

»Wir haben ihn verloren«, erwiderte Niles Pendergast mit kläglicher Stimme.

»Was soll das heißen, ihr habt ihn verloren?«

»Eben war er noch da, und im nächsten Moment war er verschwunden.«

»Er kann doch nicht einfach so verschwunden sein.«

Frees hatte den Satz noch nicht beendet, als er zur Kenntnis nehmen musste, dass die Zielperson tatsächlich verschwunden war. Die Piktogramme, welche die *Magellan*, *PoleStar* und den Frachter symbolisierten, waren alle noch da – wie er selbst auch, Donner und Kurtzkov. Er vermochte sogar die Funkfeuer der zwei Raumfahrer sehen, die er mit der Stabilisierung des Fusionsgenerators beauftragt hatte. Von der Zielperson jedoch keine Spur.

»Gesamtdarstellung, Radius 100 Kilometer«, befahl er. Die geisterhaften Linien vor ihm änderten sich, und der Computer zeigte eine Darstellung des umgebenden Raums irgendwo in der Nähe von Polaris. Die Schiffe und das Habitat vereinigten sich zu einem einzigen Symbol. In diesem Maßstab war nur noch der *PoleStar*-Reflektor so groß, dass er nicht als bloßer Punkt dargestellt wurde. Der Reflektor erschien als eine kleine Scheibe mit einer rosa Korona. Die rosa Zone zeigte den Kernschatten – der Raumsektor, auf den der große Spiegel der *Magellan* den Blick verstellte. Er erkannte, dass die letzte bekannte Position des Eindringlings am Rand dieser Zone war.

»Er hat sich hinterm Reflektor versteckt!«, meldete Frees der Kontrolle. »Kurtzkov, Donner, ihr fliegt zum Spiegel! Kurt, Sie übernehmen den Zenitpunkt. Donner, Sie gehen auf vier Uhr, und ich werde auf acht gehen. Wir legen uns auf die Lauer, bis er wieder ins Sichtfeld des Schiffs kommt. Dann werden wir den Bastard von hinten festnageln!«

Die Raumfahrer bestätigten die Anordnungen. Funken stoben aus Steuerdüsen nach oben und seitwärts, als die anderen zwei ihre Vektoren änderten, um die bezeichneten Positionen über dem Spiegel zu besetzen. Er folgte ihrem Beispiel, und bald schwoll die Konstruktion riesig an. Geschwindigkeit ist im Vakuum eine trügerische Größe, weil es keine Möglichkeit gibt, Größe oder Entfernung zu bestimmen. Es gibt jedoch einen Punkt, wo in der Mikrogravitation sehr große Objekte unvermittelt von »unten« nach »oben« kippen. Das ist eine psychologische Reaktion des menschlichen Auges, die Millionen Jahren der Evolution in der Sohle der Gravitationsquelle der Erde geschuldet ist. Frees war noch einen Kilometer vom Reflektor entfernt, als die Gleichgewichtsstörung ihn plötzlich befiel. Als das Schwindelgefühl wieder verflog, hatte das Weltall sich um neunzig Grad gedreht. Frees sah, dass er zu einer riesigen Ebene hinabstieg, die vom Schein des Mondes und dem Licht der Sterne erleuchtet wurde. Aus diesem Winkel glich der Spiegel einem überdimensionierten Tamburin mit einem Wabenkern aus Verstrebungen.

Während das Anzugsradar die Entfernungsmesswerte einblendete, schaltete Frees auf Automatik und überließ dem Computer die Flugregelung. Die Anzugsdüsen feuerten automatisch, und die dünne reflektierende Folie, aus der der große Spiegel bestand, kräuselte sich im unsichtbaren Wind. Er schaltete schnell wieder auf manuelle Steuerung um und regulierte die Schubdüsen auf minimale Leistung. Die Folie kräuselte sich noch immer, aber längst nicht mehr so stark. Trotz seiner Vorsicht breiteten die Störungen sich wie Wellen in einem Teich aus und übertrugen sich bald auf den ganzen Spiegel.

»Vorsicht mit dem Abgasstrahl«, warnte er die beiden anderen. »Sanfter, gleichmäßiger Schub!«

Frees kam zum Stillstand und hätte mit den Stiefeln fast die Verstrebungen des Reflektors touchiert. Nach einer Drehung um die Gier- bzw. Hochachse düste er zum Rand des Spiegels, um die Ankunft des Eindringlings zu erwarten.

Marks Augen schmerzten. Der *PoleStar*-Spiegel blendete schon über ein Drittel des Himmels aus und war immer noch praktisch unsichtbar. Diese Komplikation hatte er nicht eingeplant. Er hätte den Spiegel sehen müssen, um zur Vermeidung einer Kollision seitwärts auszuweichen. Dennoch war der Spiegel – abgesehen von einem extrem schwachen Glühen, das wieder verschwand, wenn er zu intensiv hinschaute – genauso schwarz wie der Raum, den er widerspiegelte.

Überprüfung der Instrumente alle paar Sekunden. Er war mit einer Geschwindigkeit von annähernd 300 km/h von der *Gossamer Gnat* gestartet, was bedeutete, dass er mindestens eine Minute Querschub verlieren würde, wenn er einen Zusammenstoß mit dem Spiegel vermeiden wollte. Das wäre auch kein Problem gewesen, wenn er mit dem Anzugsradar eine Entfernungsmessung vorzunehmen vermocht hätte. Wenn er jedoch Radarimpulse aussandte, müssten seine Verfolger sich nicht erst von ihrem Schiff sagen lassen, wo er war. Sie würden nur auf ihre Anzugs-Instrumente schauen müssen.

Und er vermochte auch die Tatsache nicht zu ignorieren, dass irgendwo vor ihm Männer waren, die den Auftrag hatten, ihn von der *Magellan* abzuschneiden. Alle paar Sekunden überflog er besorgt den Himmel. Der Verstand sagte ihm zwar, dass optische Aufklärung in den Weiten des Alls für die Katz' war, doch rein instinktiv schaute er sich trotzdem um.

Mark suchte gerade routinemäßig den schwarzen Himmel ab, als ein überwältigender Brechreiz ihn überkam. Wieder schlug das Herz ihm bis zum Hals, während er hektisch die Instrumente überflog. Was auch immer der Grund dafür war, am Anzug lag es jedenfalls nicht. Alle Anzeigen waren normal. Zähneknirschend konzentrierte er sich wieder auf die Dunkelheit vor sich, obwohl er dabei wieder stechende Schmerzen in den Augen verspürte.

Es herrschte Chaos im Universum. Die paar Sterne, die er zu sehen vermochte, schienen zu wabern und zu blinken. Welche mögliche Ursache gab für ein solches Phänomen? Korrektur. Welche Ursache gab es für eine derart verzerrte *Reflexion* der Sterne? Natürlich! Irgendetwas hatte den Spiegel gestört, sodass er nun die von ihm reflektierten Sterne verzerrte.

»Du bist zu nah!«, schrie er stumm, als das Gehirn anhand der neuen Informationen die Größe des Spiegels vor ihm neu kalibrierte. Er hatte die Lage falsch beurteilt, zu lange gewartet, sodass eine Kollision nun unvermeidlich war! Als er das Blut in den Schläfen pulsieren spürte, war es ihm egal, ob er strahlte oder nicht, und so sandte er einen einzelnen Entfernungsmessimpuls vom Anzugsradar aus.

Die Antwort kam mit der Geschwindigkeit des Lichts. Er war noch zehn Kilometer vom Spiegel entfernt und 320 km/h schnell. Im allerletzten Moment hatte er die Kurve gekriegt – in fünfzig Sekunden wäre es zu spät gewesen!

Es lief ihm eiskalt den Rücken hinunter, als er das Manöver für eine hohe Querbeschleunigung einleitete, die ihn – vielleicht – am Spiegel vorbeiführte. Er betätigte den Schubdüsen-Regler und wurde durch ein leises Zischen des Tornisters belohnt, begleitet von einem sanften Schub im Kreuz.

In dieser Nähe zum Spiegel vermochte man die »Schönheitsfehler« in seiner Oberfläche zu erkennen – Perforationen durch Mikrometeoriten und Stellen, an denen sich die Beschichtung im Lauf der Jahre abgelöst hatte. Die abgerundete Kante des Spiegels raste mit irrwitziger Geschwindigkeit auf ihn zu. Mark zuckte zusammen, als er gegen die riesige Wand zu klatschen drohte …

Niles Pendergast war besorgt. Seit einiger Zeit war er effektiv blind. Er vermochte zwar Harlan Frees und seine zwei Begleiter zu sehen, nicht aber die Zielperson. Der *PoleStar*-Reflektor hatte ihn wirksam abgeschirmt. Zum hundertsten Mal suchte er die Umgebung des Reflektors mit dem ultravioletten Laser des Schiffs ab, als Frees' aufgeregte Stimme im Lautsprecher ertönte.

»Kurtzkov, Donner, der Scheißkerl ist gerade an mir vorbeigezischt! Er kann nicht mehr als dreihundert Meter weit weg gewesen sein, als er in den Sonnenstrahl eintrat. Die Ahnung von einem Helm war alles, was ich gesehen habe. Sein Anzug muss mit irgendetwas beschichtet worden sein. Wo ist er jetzt, Kontrolle?« Diese Frage war an Pendergast gerichtet.

»Drei Kilometer über Ihnen, Harlan«, meldete der junge Fähnrich, nachdem er den Eindringling wieder erfasst hatte. Er leierte eine Reihe von Zahlen herunter, die Frees den Positionsvektor von seinem Standort mitteilten, und hörte dann, wie Frees die anderen zwei ermahnte, den Spiegel nicht mit ihren Düsen zu beschädigen. Im nächsten Moment hoben alle drei mit minimalem Schub vom Reflektor ab. Einen Kilometer über dem Spiegel gaben sie dann mit ihren Flugtornistern Vollgas. Trotzdem war es offensichtlich, dass sie sich auf eine lange Verfolgung einstellen mussten.

Frees schaltete den Laser auf Automatik und nahm den Eindringling ins Visier. Er lächelte. Wer auch immer dieser Wahnsinnige war – wenn seine Gesichtsplatte kein Ultraviolett abhielt, würde er morgen mit einem schönen Sonnenbrand aufwachen. Geschähe ihm nur recht!

Pendergast wurde durch eine Stimme direkt neben ihm aufgeschreckt. »Wen haben wir sonst noch da draußen?«

Er drehte sich um und sah den Captain hinter seinem Stuhl schweben; dieser beobachtete die Verfolgung auf dem Bildschirm.

»Äh … Murphy und Goldstein, Captain. Sie versuchen, diesen Generator zu bergen.«

»Befehlen Sie ihnen, das Ding zu sichern und sich auch an

der Verfolgung zu beteiligen. Wir werden ihn zwischen ihnen und Frees in die Enge treiben.«

»Aye, aye, Sir.« Pendergast erteilte die Befehle und erhielt von den beiden betroffenen Raumfahrern eine Bestätigung. Als sie sich vom Schiff entfernten, hatte der Eindringling bereits die Hälfte der Entfernung zur *Magellan* bewältigt. Wenn er nicht bald verzögerte, würde er übers Ziel hinausschießen.

»Schalten Sie mich auf die Notfrequenz«, befahl Landon.

»Schaltung steht, Captain.«

»Sie da! Wir haben Sie umstellt. Verringern Sie Ihre Geschwindigkeit, oder wir eröffnen das Feuer auf Sie. Ich wiederhole, wir verfolgen Sie und werden schießen, wenn Sie nicht stoppen.« Er machte eine Halsabschneide-Geste, und Pendergast unterbrach die Schaltung.

»Womit sollen wir denn auf ihn feuern?«, murmelte Pendergast.

»Er weiß hoffentlich nicht, Fähnrich, dass Raumschiffe unbewaffnet sind.«

»Und wenn er es nun doch weiß?«

»Offensichtlich hat er zumindest Gerüchte über unseren Gast gehört. Vielleicht hat er auch gehört, dass wir dieses außerirdische Schiff in Neu-Eden zerstörten. Wenn das der Fall ist, müsste allein dieses Wissen ihn schon zur Vorsicht mahnen.«

Lange Sekunden verstrichen, ohne dass irgendetwas geschah. Dann bemerkte Pendergast, dass das optische Fernrohr ein paar aktinische Funken an der Position des Eindringlings registriert hatte. »Es sieht so aus, als ob er Ihrer Aufforderung gefolgt sei, Captain. Er wird langsamer.«

»Gut! Sagen Sie Lieutenant Frees, wo er seinen Gefangenen aufsammeln kann.«

Pendergast wollte gerade zum Funkgerät greifen, als er plötzlich innehielt. »Verdammt, Captain, er ändert den Kurs.«

»Wohin?«

Pendergast klappte die Kinnlade herunter. Er warf einen Blick auf seinen kommandierenden Offizier. »Das Habitat, Sir. Er fliegt direkt das *PoleStar*-Habitat an!«

12

Das *PoleStar*-Habitat und die *Magellan* waren zwei sichelförmige Gebilde, die – von einer Warte jenseits der Erdumlaufbahn betrachtet – das Erde-Mond-System imitierten. Hätte die Erde im Vordergrund gestanden und nicht irgendwo rechts hinter Mark Rykands Schulter, dann wären die Station und das Raumschiff eines dieser »Ansichtskarte aus dem Weltraum«-Motive gewesen, die Erst-Touristen im Orbit so gern nach Hause schickten. Jedoch hatte Mark kein Auge für die Schönheit der Szene. Er war viel zu beschäftigt, um die schöne Landschaft zu genießen.

Mark steckte der Beinahe-Zusammenstoß mit dem *PoleStar*-Reflektor noch in den Knochen. Immer wieder raste der riesige Spiegel vor dem geistigen Auge auf ihn zu. Das einzig Gute an der Sache war, dass er vor Angst die Augen geschlossen hatte und somit nicht geblendet worden war, als er den Sonnenstrahl durchquerte. Den Moment der dichtesten Annäherung hatte er durch eine plötzliche Helligkeit hinter geschlossenen Augenlidern und die darauffolgende Dunkelheit erlebt.

Da der Spiegel nun hinter ihm lag, war es kein Problem für die *Magellan* gewesen, ihn wieder zu orten. *»Sie da. Wir haben Sie umstellt. Verlangsamen Sie Ihren Flug, oder es wird das Feuer auf Sie eröffnet. Ich wiederhole, wir verfolgen Sie und werden schießen, wenn Sie nicht stoppen.«*

Die Stimme verfügte über eine natürliche Autorität. Mark widerstand dem plötzlichen Drang, abzubremsen, und befasste sich stattdessen mit dem Problem dieser neuen Bedrohung.

Trugen Raumschiffe wirklich Waffen, und wenn ja, würden sie wirklich auf ihn schießen?

Das Problem war, wie er sich bald bewusst wurde, akademisch. Auf seiner Odyssee hatte er den Raum ständig abgesucht und seine Verfolger auszumachen versucht. Als er das Raumschiff kurz nach dem Durchgang durch den Sonnenstrahl wieder sah, erregten zwei Funken seine Aufmerksamkeit, die nur von Flugtornistern stammen konnten. Die Funken befanden sich vor ihm und zweifellos auf einem Abfangkurs!

Marks Aufmerksamkeit hatte der *Magellan* gegolten, seit sie groß genug geworden war, um überhaupt sichtbar zu sein. Die neue Gefahr veranlasste ihn nun, die Umgebung der *PoleStar* nach anderen Leuchterscheinungen abzusuchen. Das Habitat war größer als das Raumschiff und näher. Ohne eine Atmosphäre als »Weichzeichner« hatte er eine scharfe und klare Sicht auf den erleuchteten Abschnitt der Station. Die erleuchtete Hälfte des Rumpfs war ein Konglomerat aus Brennstofftanks, Rohrleitungen, Schläuchen, Wärmetauschern und Kommunikationsantennen in Form von Schüsseln. Außer der hellen Sichel vermochte Mark nichts von der übrigen Station zu sehen außer ein paar erleuchteten Schleusen.

Das unübersichtliche Äußere der Station brachte ihn auf eine Idee. Wieder stand er vor dem Problem, dass er im leeren Raum hing, ohne sich vor den neugierigen Sensoren des Raumschiffs verstecken zu können. Mit *PoleStar* und der *Magellan* zwischen sich wäre vielleicht eine Wiederholung des Tricks möglich, der ihm mit dem Reflektor gelungen war. Wenn er die im Schatten liegende Halbkugel ansteuerte und sich zwischen der Ausrüstung versteckte, müsste die nicht reflektierende Beschichtung des Anzugs ihn unsichtbar machen. In dieser Deckung vermochte er sich dann zur anderen Seite der Station vorzuarbeiten. Von dort wäre es nur noch ein Katzensprung zum Raumschiff – es wäre unwahrscheinlich, dass man ihn auf dieser kurzen Strecke noch abfangen würde. Wenn er es bis zu einer Luftschleuse der *Magellan* schaffte, dann konnte er sein Anliegen Janis kommandierendem Offizier vortragen.

Lisa Arden schwelgte in ihrem einzigen Luxus. Sie nahm eine Dusche.

Sie hätte eigentlich erwartet, dass ihr Arbeitspensum sich verringern würde, wenn Sar-Say erst einmal gelernt hatte, Standard zu sprechen. Stattdessen arbeitete sie immer härter und länger, um ihr »Tätigkeitsprofil« an Sar-Say's zunehmenden Kenntnisstand anzugleichen. Sie war nun weniger eine Linguistin als eine Lehrerin/Mentorin. Obwohl er die Sprache inzwischen fließend beherrschte, gab es immer noch viele menschliche Begrifflichkeiten, die zu erfassen Sar-Say schwerfiel.

Zumal der Lernprozess auch keine Einbahnstraße war. Während das kleine Alien Standard zu sprechen lernte, unterrichtete es Lisa gleichzeitig in der Umgangssprache der Broa. Sie war wegen des schleppenden Lernfortschritts frustriert und befürchtete zudem, dass ihre schwache Leistung ein schlechtes Licht auf die Menschheit insgesamt warf. Ob die Menschen vielleicht doch nicht so klug waren wie die Taff?

Auch war der Rollentausch vom Lehrer zum Schüler nicht die einzige Änderung ihrer Position gewesen. Sie war immer öfter als Sar-Say's Befragerin tätig. Anstatt den ganzen Tag damit zu verbringen, die Fragen des Aliens zu beantworten, stellte sie ihm häufig Fragen, die ihr von der Erde übermittelt wurden. Außer den Wissenschaftlern an Bord der *PoleStar* hatte die Sternenforschung auch eine wissenschaftliche Arbeitsgruppe auf der Erde etabliert, um die Aussagen des Aliens zu analysieren. Der Anzahl der Fragen nach zu urteilen, die sie jede Woche übermittelten, schienen sie ihren Auftrag in Lisas Augen viel zu ernst zu nehmen.

Diese neuen Pflichten bescherten ihr einen Sechzehnstunden-Arbeitstag, nach dem sie dann müde und reizbar war. Einmal wöchentlich gab sie der Begierde nach, stieg in einen Duschzylinder und aalte sich im warmen Wasser/Luft-Gemisch, bis die Spannung von ihr abfiel. Es gab doch nichts Sinnlicheres, als das Gesicht nach oben in den Strahl zu halten und das Wasser an sich herabrinnen zu lassen. Außerdem verursachte die warme Luft im Wasser im Abfluss eine Sogwirkung und vermittelte ihr zumindest die Illusion von Schwerkraft.

Durch ein lautes Klopfen gegen das Glas des Zylinders wurde sie aus den Träumereien gerissen. Sie öffnete die Augen, wischte sich das Wasser ab und sah die Konturen von Sar-Say's kompakter Gestalt durch das Milchglas. Seufzend betätigte sie den Regler, der das Wasser abstellte.

»Was gibt's denn?«, fragte sie. Dabei hallte ihre Stimme seltsam in dem engen Raum, als der Wasserschwall zu einem Tröpfeln versiegte.

»Dieter Pavel ist für dich auf dem Computer«, sagte das Alien.

»Sag ihm, ich bin gerade unter der Dusche und werde ihn zurückrufen.«

»Er sagt, es sei dringend.«

»Ist doch immer wieder die gleiche Leier«, murmelte sie. »Gib mir ein Handtuch«, sagte sie dann zu Sar-Say.

Mark schwitzte im Anzug, obwohl das Umweltregelsystem sich nach Kräften bemühte, ihn zu kühlen. Wie in jeder anderen Phase dieser tollkühnen Aktion wunderte er sich darüber, dass er überhaupt noch lebte. Er hatte dem Anzugs-Computer befohlen, ihn schnellstmöglich zum *PoleStar*-Habitat zu befördern. Und der Anzug hatte genau das getan. Es hatte seiner ganzen Willenskraft bedurft, um das Programm nicht per Überrangschaltung zu deaktivieren, als er schnell der überaus massiv wirkenden Halbkugel mit den erleuchteten Schleusen entgegengefallen war. In letzter Minute hatte der Anzug die Düsen automatisch gezündet und sie abgeschaltet, als er mit den Stiefeln auf der *PoleStar*-Station aufsetzte.

Er war auf der Schattenseite der Station gelandet, aber die Umgebung war nicht so dunkel, wie er es zunächst erwartet hatte. Ein flüchtiger Blick zurück offenbarte ihm auch den Grund dafür. Die Erde stand tief über der Station und tauchte den Bereich in reflektiertes Sonnenlicht, das hundertfach heller war als der Vollmond. Er flog dicht über die unterschiedlichen Auswüchse hinweg, die die Hülle in eine Miniaturlandschaft verwandelte, bis die Erde unter den Horizont fiel. Dann landete er wieder auf der Hülle und versteckte sich sofort in einem nahen Labyrinth aus Rohrleitungen. Er stellte fest, dass er sich zwischen zwei Rohren auszurichten und vergleichsweise mühelos sich an ihnen entlangzuhangeln vermochte.

Nachdem er fünf Minuten durch einen geisterhaften Wald aus unsichtbaren Röhren gekrochen war, sagte er sich, dass er sich nun weit genug vom Landepunkt entfernt hätte, und legte eine Verschnaufpause ein. Außerdem wusste er nicht mehr, wo er überhaupt war, und musste sich erst einmal neu orientieren. Er verankerte sich hinter der kompakten rechteckigen Form eines Abwärme-Radiators und schaute gen Himmel. Über ihm trieb wie ein großer Pfannkuchen der Reflektor, mit dem er fast zusammengestoßen wäre. Ein heller Funken am Himmel direkt über dem Spiegel erregte seine Aufmerksamkeit. Zu seinem Erstaunen sah er eine winzige menschliche Gestalt am Funken hängen.

Aufmerksam verfolgte er, wie der Vakuumanzug immer größer und heller wurde, während der Mann auf die Stelle zuraste, an der Mark zuerst gelandet war. Bald verschwand die Gestalt unter dem kurzen Horizont, und Mark sagte sich, dass er sich besser wieder in Bewegung setzte.

Er vermochte die Umgebung gut zu sehen, nachdem die Augen sich an die Dunkelheit angepasst hatten. Seine Verfolger befanden sich hingegen im Sonnenlicht und würden sein gut getarntes Versteck auf keinen Fall ausfindig machen. Selbst wenn ihre Anzüge über Restlichtverstärker verfügten, wäre er nur ein diffuser Schatten von vielen in einem schattigen Chaos.

Mark sah, dass eine nicht zu identifizierende massive Maschine ihm den Weg verstellte. Auf der Suche nach einem anderen Weg stellte er fest, dass er eine der erleuchteten Schleusen erreicht hatte, die er aus dem Raum gesehen hatte. Er wandte sich ab, bevor das Licht ihn blendete, und machte kehrt; schließlich fand er ein Kabelrohr, das in die Richtung führte, die er einschlagen wollte.

Die Tür der Dusche öffnete sich, und eine braune bepelzte Hand schob sich hindurch. Ein großes Handtuch hing an den sechs Fingern. Lisa bedankte sich bei Sar-Say und wickelte sich sorgfältig ins Handtuch, wobei sie darauf achtete, dass es sich in der Schwerelosigkeit nicht aufbauschte. Ihre Schamhaftigkeit galt nicht Sar-Say. Sie hätte sich vor ihm genauso unbekümmert ausgezogen wie vor einem Hund. Wovor sie sich jedoch hütete, waren die Videokameras in ihrer Unterkunft. Sie hatte ganz bestimmt nicht vor, demjenigen, der heute Abend Dienst in der Kontrollstation tat, eine Peep-Show zu bieten.

Lisa und Sar-Say lebten nicht mehr in ihrem ursprünglichen Käfig. Man hatte ihnen eine »Suite« mit einem zentralen Wohn/Ess-Bereich, einer persönlichen Hygienestation und separaten Schlafkammern zugewiesen. Die neue Unterkunft grenzte von innen an die Außenhülle und hatte ein Sichtfenster, das ihnen einen Blick auf die Erde ermöglichte, wenn die Station sich im entsprechenden Sektor ihrer Umlaufbahn befand.

Als sie ins Abteil schwebte, wurde es nur von einem Computermonitor erhellt, auf dem Dieter Pavels Gesicht zu einer Maske erstarrt war. Sie verankerte sich vor dem Monitor und sah, dass er aufschreckte – eine Reaktion, die Leute in der Warteschleife häufig zeigen.

»Was liegt an, Dieter?«

»Wieso ist es denn so duster?«

»Ich hatte die Deckenbeleuchtung ausschalten lassen, weil ich unter der Dusche war.«

»Sie sind im Wohnbereich?«

»Ja.«

»Beenden Sie bitte das Gespräch und rufen Sie mich aus Ihrer Schlafkammer an. Ich habe eine wichtige Nachricht für Sie.«

Sie öffnete den Mund, um nach dem Grund zu fragen, sah den Ausdruck in Pavels Gesicht und verkniff es sich. »In Ordnung. Ich rufe Sie in einer halben Minute zurück.«

Sie hangelte sich an den Handläufen an der Decke zu ihrer Kammer, schloss die Tür ab und befahl der Kommunikationsanlage, sie mit Dieter Pavel zu verbinden. Fast zu spät ließ sie die Kamera ausschalten. Sie hatte das Handtuch beim Eintreten abgeschüttelt und suchte nun nach etwas zum Drüberziehen.

»Nun sehe ich Sie gar nicht mehr.«

»Ich habe die Kamera ausgeschaltet. Ich ziehe mir gerade etwas an.«

»Sind Sie allein?«

»Ja. Sar-Say ist im Gemeinschaftsbereich und schaut sich ein Unterhaltungsprogramm an. Was gibt es denn?«

»Wir haben einen Einbruchsalarm. Er ist irgendwo auf der Hülle der Station.«

Sie runzelte die Stirn. »Ein Eindringling? Von wo?«

»Anscheinend kommt er von einem Schiff unter uns. Die *Magellan* hat ihn fast eine Stunde gejagt und uns soeben davon unterrichtet. Wahrscheinlich ein Reporter, der hinter einer Story her ist.«

»Er weiß über Sar-Say Bescheid?«

»Schwer zu sagen. Wir sollten besser kein Risiko eingehen. Ich möchte, dass Sie das Sichtfenster schließen und verriegeln. Sorgen Sie dafür, dass Sar-Say keine Gelegenheit hat, mit diesem Kerl zu kommunizieren, bevor sie ihn erwischt haben.«

»In Ordnung. Ich werde es tun, sobald ich angezogen bin.«

»Tun Sie es sofort!«

»Schon gut«, murmelte sie verdrießlich. Sie schaltete die Kommunikationsanlage aus und drehte sich in der Luft, um nach dem Handtuch zu suchen. Wie zu erwarten, war es in die unzugänglichste Ecke der Schlafkammer gedriftet. Sie wollte es schon bergen, sagte sich dann aber, dass Pavel es ernst gemeint hatte, als er sagte, dass es sofort erledigt werden solle. Sie seufzte und hoffte, dass die Sicherheits-Leute keine Kopien vom Aufzeichnungsmodul machen würden.

Als sie die Luke öffnete, wurde das Licht im Wohnbereich automatisch eingeschaltet. Sar-Say nahm das zum Anlass, sie neugierig zu mustern. Sie fluchte leise und wollte sich zum Sichtfenster abstoßen. Als sie für den Sprung in Position ging, fiel ihr Blick zufällig auf das Sichtfenster. Ihr Schrei war unwillkürlich, genügte aber, um Sar-Say zu alarmieren. Das Alien drehte sich und folgte ihrem Blick.

Langsam wurde Mark sich bewusst, dass seine Umgebung wieder heller wurde. Das beunruhigte ihn. Auf seinem Zickzack-Kurs musste er irgendwann kehrtgemacht haben und sich wieder in die Richtung bewegt haben, aus der er ursprünglich gekommen war. Er legte den Kopf in den Nacken und schaute durch die Oberseite des Helms. In diesem Moment ging über der Station ein neuer Mond auf. Er hatte auch eine graue Hülle mit einem Gewirr aus Rohrleitungen und sonstiger Ausrüstung. Es war die *Magellan*.

Mark erstarrte, als eine Gestalt in einem Vakuumanzug plötzlich rechts von ihm ins Bild kam. Der Raumfahrer schwebte in der Schwärze und suchte mit gesenktem Blick die

Hülle der Station ab. Er trieb durch den schwarzen Himmel und verschwand wieder unterm allzu nahen Horizont. Mark entschied, dass die Zeit gekommen war, um die Tarnung zugunsten der Geschwindigkeit zu opfern. Er schwebte hinab ins kleine Tal der Röhren, denen er gefolgt war, und hangelte sich zum Raumschiff. Und wieder wurde ihm der Weg versperrt – diesmal durch eine Ansammlung von Antennen. Auf der einen Seite war die kahle Hülle, bei deren Überquerung er sich wie auf dem Silbertablett präsentieren würde. Auf der anderen Seite war ein Sichtfenster, aus dem ein gedämpftes Licht drang.

Unter normalen Umständen hätte der Anblick einer schönen nackten Frau durch ein offenes Sichtfenster im Weltraum Marks volle Aufmerksamkeit gehabt, solange sie es zuließ. Da war aber noch etwas anderes in der Kabine – eine Gestalt, die sich als Reaktion auf den Schrei der Frau zu ihm umdrehte. Mark schaute plötzlich in die gelben Augen von etwas, das einem Affen sehr, sehr ähnlich war.

13

Nadine Halstrøms Temperament war eines ihrer am besten gehüteten Geheimnisse. Ihr öffentlicher Charakter war der eines abgebrühten Berufspolitikers – jemand, der selbst einen Streit zwischen Gott und Teufel zu schlichten vermochte, ohne in den Ruch der Parteilichkeit zu geraten. Manch ein Kommentator hatte sich schon über das Eiswasser mokiert, das in den Adern der Weltkoordinatorin fließen musste. Überwiegend traf diese Wahrnehmung auch zu. Jedoch lernten diejenigen, die in ihrer Nähe arbeiteten, hin und wieder auch eine andere Seite ihrer Persönlichkeit kennen. Wenn sie böse war, konnte die Koordinatorin wie ein Rohrspatz schimpfen. Das geschah so oft, dass es ihr schon vor über drei Jahrzehnten den Spitznamen »Eiserne Jungfrau« eingetragen hatte.

Als sie die Gesichtszüge von Anton Bartok, Direktor der Sternenforschung, betrachtete, war Nadine nicht böse – sie hatte ihren letzten Wutanfall erst vor zwanzig Minuten gehabt.

»Wie ist das passiert, Anton?«

Bartok zuckte an seinem Schreibtisch auf der anderen Seite der Welt sichtlich zusammen. Er hatte natürlich gewusst, dass seine Meldung eine Reaktion hervorrufen würde. Er hatte nur nicht damit gerechnet, dass sie schon so bald erfolgen würde.

»Mein Fehler, Koordinatorin. Meine Leute hätten an Rykand dranbleiben müssen, um sicherzugehen, dass er die Nachricht vom Tod seiner Schwester besser verkraftete, als es offensichtlich der Fall war. Außerdem hat niemand den Umstand berücksichtigt, dass sein Kontostand ihm eine Handlungsfreiheit ermöglicht, die für Normalsterbliche utopisch ist. Schließlich vermag nicht jeder Bürger es sich zu leisten, eine Jacht für einen Abstecher in den Orbit zu chartern.«

»Sind Sie sicher, dass wir es hier nur mit einem verwöhnten reichen Bengel zu tun haben? Diese Geschichte, dass er nur Gewissheit über den Tod seiner Schwester haben wollte, erscheint mir doch etwas schwach angesichts der Tatsache, dass wir ihn in dem Moment erwischten, als er durch ein Sichtfenster unseren Gast betrachtete.«

»Dieter Pavel hat ihn eingehend befragt. Er bleibt bei der Version, dass er nicht glaubt, seine Schwester sei durch irgendwelchen Weltraumschutt getötet worden, und er wollte nur an Bord der *Magellan*, um eine Erklärung von Captain Landon zu verlangen.«

»Er würde kaum etwas anderes behaupten, wenn er ein Profi ist. Wie kam es überhaupt, dass er schnurstracks dieses Sichtfenster angesteuert hat?«

»Er behauptet, dass es Zufall war.«

Nadines Erwiderung war eine so deftige, wie man sie von einer Welt-Koordinatorin am allerwenigsten erwartet hätte. »Ich glaube nicht an Zufälle. Ich sage, dass es ein Leck gibt.«

»Wieso haben die Medien die Geschichte dann noch nicht gebracht?«

»Weil sie davor zurückschrecken, etwas so Bizarres ohne Beleg zu veröffentlichen«, erwiderte sie angesäuert.

»Wir hätten es aber mitbekommen, wenn sie dort herumgeschnüffelt hätten.«

»Woher wollen Sie denn wissen, dass wir keine Hinweise gehabt hätten? Haben Ihre Untergebenen es etwa eilig, schlechte Nachrichten zu melden? Was haben Ihre Leute im Orbit Mr Rykand erzählt, nachdem sie ihn in Gewahrsam genommen hatten?«

»Nichts.«

»Sind Sie sicher?«

»Ziemlich sicher. Ich habe Pavel diesbezüglich exakte Anweisungen erteilt, nachdem er mir das Vorkommnis gemeldet hatte.«

»Haben Sie sich auch schon Gedanken darüber gemacht, wie wir mit Mr Rykand verfahren sollen?«

»Wir werden ihn wegen der Beschädigung öffentlichen Eigentums, der Gefährdung des Raumflugs, der vorsätzlichen Missachtung von Warnhinweisen und allem anklagen, das wir ihm außerdem noch anhängen können.«

»Ach? Und wann ist sein Gerichtstermin?«

»Gerichtstermin?«

»Sie haben ihn festgenommen und wollen ihn anklagen. Sie glauben doch nicht, dass wir ihn einfach so in den Kerker werfen könnten, oder? Wir werden ihn schon vor einem ordentlichen Gericht anklagen müssen. Wenn Sie mir den Termin nennen, werde ich es einrichten, dort zu erscheinen. Es dürfte interessant sein, seine Verteidiger bei der Arbeit zu beobachten.«

»Äh … ja, verstehe«, sagte Bartok. Der Direktor hatte einen Gesichtsausdruck, als ob er gerade in eine faule Zitrone gebissen hätte. »Aber wir können ihn nicht einfach so gehen lassen. Er hat zu viel gesehen.«

»Was schlagen Sie vor, Anton – dass wir ihn aus einer Luftschleuse werfen?«

»Nein, natürlich nicht.«

»Was haben Sie also mit ihm vor?«

Bartok dachte für einen Moment darüber nach und verzog das Gesicht. »Ich weiß nicht.«

»Vielleicht sollten Sie ihm einen Job anbieten.«

»Wie bitte?«

»Sie wissen schon, eine Arbeit, die man gegen Bezahlung für jemanden ausführt.«

»Aber wie sollte ich ihn überhaupt beschäftigen?«

»Das ist Ihr Problem, Herr Direktor. Ich weiß nur, wenn wir ihn am Plaudern hindern wollen, werden wir ihn an Bord der *PoleStar* behalten müssen. Aber er muss aus freien Stücken bleiben. Ergo müssen wir ihn locken.«

»Aber der Mann ist doch ein Dilettant!«

»Vielleicht wird er sich zur Abwechslung mal über ein wenig ehrliche Arbeit freuen. Schauen Sie, Anton, Sie haben doch alle Teile des Puzzles. Er will wissen, was mit seiner Schwester geschehen ist, richtig? Erzählen Sie's ihm! Überzeugen Sie ihn davon, dass wir die Schuldigen zu ermitteln versuchen. Er könnte sogar als Freiwilliger dienen.«

»Ich werde die entsprechenden Anweisungen sofort erteilen.«

»Gut. Und nun wollen wir die weiterreichenden Folgen dieses kleinen Dramas betrachten. Angenommen – rein hypothetisch –, dass Rykand doch die Wahrheit sagt und nur durch Zufall über unser kleines Geheimnis gestolpert ist. Wenn das bei ihm möglich ist, dann auch bei jedem anderen. Ehrlich gesagt, als ich dieser Geheimsache zustimmte, hatte ich nicht erwartet, dass es so lange dauern würde.«

»Aber wir sind noch nicht so weit, um uns an die Öffentlichkeit zu wenden.«

»Stimmt. Ich schlage deshalb vor, dass wir entsprechende Schritte einleiten.«

»Welche Schritte denn, Koordinatorin?«

»Zuerst schaffen wir die *Magellan* so schnell wie möglich von hier weg. Ein Schiff, das im Überlichtbereich verschwunden ist, ist ein Schiff, das man nicht auf die Schnelle zurückzurufen vermag. Wann wird Captain Landon startbereit sein?«

»Am Wochenende.«

»Sehr gut. Sagen Sie ihm, dass er spätestens am Samstag seinen Hintern von hier wegbewegen soll. Wenn Rykand sich nicht mehr an seinen üblichen Treffpunkten blicken lässt, werden seine Freunde auspacken. Sie gehören sozialen Schichten an, denen die Reporter die Geschichte wahrscheinlich abkaufen werden. Und selbst wenn sie nicht von Rykands Freunden auf die richtige Spur gebracht werden, ist die Anwesenheit der *Magellan* bei der *PoleStar* zu verdächtig.

Zweitens möchte ich, Anton, dass Sie hier auf der Erde eine Konferenz anberaumen, wo die Wissenschaftler alles einsehen können, was wir in Erfahrung gebracht haben. Ich wünsche eine dieser lebhaften Veranstaltungen, wo alle versuchen, sich gegenseitig mit ihren Taschencomputern die intimsten Geheimnisse zu entlocken. Sie sollen sich ruhig so lange wie nötig zoffen, aber zum Schluss muss definitiv feststehen, ob unser Gast die Wahrheit sagt. Wir können uns kein Dutzend widersprüchlicher ›Experten‹-Meinungen leisten, wenn die Sache veröffentlicht wird.«

»Eine Konferenz wird aber von der Presse bemerkt.«

»Nicht, wenn sie an einem abgelegenen Ort organisiert wird. Suchen Sie irgendein Hotel in der Provinz aus, das wir für ein paar Wochen anmieten können. Ich will, dass diese Konferenz noch in diesem Monat stattfindet. Ist das klar, Direktor Bartok?«

»Vollkommen klar, Koordinatorin Halstrøm. Ich werde meinen Stab sofort mit den Vorbereitungen beauftragen.«

Die Zelle, in die sie ihn gesteckt hatten, schien früher einmal als Schlafraum gedient zu haben. Normalerweise behalten die Dinge im Weltraum die Anmutung des Neuen für immer bei, jedoch war *PoleStar* seit der Zeit als Kraftwerk ständig bewohnt, und das Vorhandensein einer Atmosphäre ermöglicht eben das Wachstum von Organismen. Der Geruch in der Zelle war der nach Schimmel und Moder.

Die Ereignisse im Anschluss an seine Verhaftung waren fast genauso aufregend wie die vorangegangenen. Man hatte ihn ziemlich unsanft vom Sichtfenster weggezerrt, wo er das … *Ding* gesehen hatte, und zu einer nahen Luftschleuse geschleppt. Dann hatte man ihn in eine Kammer gesteckt, wo er unter den wachsamen Blicken mehrerer finster blickender Wachen den Anzug ausgezogen hatte. Anschließend war er in eine andere kahle Kammer verfrachtet worden, wo er noch einmal über eine Stunde warten musste, bevor man sich wieder um ihn kümmerte. Als man schließlich jemanden zu ihm schickte, stellte die betreffende Person sich als ein Beamter mit rotem Kopf heraus, der ihn zehn Minuten lang anbrüllte und dann seine Verlegung in eine Arrestzelle anordnete.

Mark hatte sich in einer Hängematte festgeschnallt und dann stundenlang wach gelegen, weil er die sich jagenden Gedanken nicht zu unterdrücken vermochte. Dutzende Male zwang das Gehirn ihm eine »Dokumentation« des langen Flugs von der *Gossamer Gnat* auf, der Beinahe-Kollision mit dem Reflektor, der Verfolgung über die abgedunkelte Hülle der *PoleStar* – und immer hatten die intelligenten gelben Augen ihn angeschaut, als er sich über diese Lichtquelle gehockt hatte. Plötzlich erschien der Zorn, weil die Forschung ihm keine Auskunft über seine Schwester erteilte, nichtig und klein. Etwas viel Größeres ging hier vor.

Er war schließlich doch in den Schlaf abgedriftet, hatte über sechs Stunden geschlafen und war laut Anzeige des Wandchronometers am späten Morgen wieder aufgewacht. Der fehlende Tag/Nacht-Zyklus im Weltraum wurde noch dadurch kompliziert, dass alle Orbitaleinrichtungen nach Greenwich-Zeit arbeiteten, während Marks innere Uhr noch immer gemäß den Flugparametern zwischen Kalifornien und Europa tickte – noch dazu in der falschen Richtung!

Sein Magen knurrte schon eine Weile, als er ein Schaben an der Luke hörte. Im nächsten Moment öffnete sich die Luke, und ein kahlköpfiger Mann schwebte mit einem Lunchpaket unterm Arm herein.

»Wer sind Sie?«, fragte Mark.

»Hancock Mueller, Stationsbetriebsleiter. Ich bringe Ihnen Ihr Mittagessen.«

»Ich fühle mich geehrt, dass der Betriebsleiter dieser Station es mir persönlich vorbeibringt.«

»Alle anderen sind beschäftigt. Außerdem wollte ich einmal den Mann sehen, der den ganzen Aufruhr gestern Abend verursacht hat. Ich muss sagen, es gehört schon eine ordentliche Portion Mut dazu, um das zu tun, was Sie getan haben. Ich habe zwanzig Jahre Erfahrung mit Vakuumanzügen, würde Ihren Höllenritt aber trotzdem nie wagen.«

»Ich hielt es zunächst für eine gute Idee. Als ich das Schiff dann verlassen hatte, war ich mir selbst nicht mehr so sicher.«

Der Betriebsleiter befestigte das Fresspaket an einem kleinen Tisch mit einer Sitzbank davor. Er driftete zur Stelle, wo Mark hockte, und ging mit dem Gesicht ganz nah an Mark heran. Plötzlich wirkte er genauso kalt wie Pluto. »Es gibt noch einen Grund für meinen Besuch. Wenn Sie meinen Spiegel zerstört hätten, wäre es mir ein Bedürfnis gewesen, jedes Stückchen von Ihnen aufzusammeln und auf die ganze Kollektion zu pissen. Verdammt, wissen Sie überhaupt, was dieser Spiegel kostet?«

»Ich wollte doch nicht so nah an ihn herankommen.«

»Hundert Kilometer sind verdammt noch mal zu nah. Zum Teufel, die Männer, die Sie verfolgten, hätten fast die Folie mit ihren Anzügen aufgerissen. Ich weiß, dass Sie viel Geld auf der Bank haben.«

Mark zuckte die Achseln. »Ich komme zurecht.«

»Wenn Sie meinen Spiegel beschädigt hätten, dann hätte ich dafür gesorgt, dass Sie zum Schluss keinen Cent mehr gehabt hätten, darauf können Sie sich verlassen!«

»Sehen Sie, es tut mir leid. Wenn man mir erlaubt hätte, eine Passage auf einem regulären Schiff zu buchen, dann hätte ich das auch getan. Ich wollte wirklich nur mit Captain Landon von der *Magellan* sprechen.«

Mit einem Mal war Mueller wieder so freundlich wie am Anfang. »Dann haben Sie Glück. Essen Sie auf, Sie haben in vierzig Minuten einen Termin beim Captain.«

Mark hatte erwartet, dass das Gespräch an Bord der *PoleStar* stattfand, doch als es dann so weit war, erschienen zwei Raumfahrer und begleiteten ihn zu einer Personenschleuse und von dort in eine kleine Interorbital-Fähre. Ein paar Minuten später legten sie am Raumschiff an, und Mark folgte einem Raumfahrer zur Kapitänskajüte.

Mark war noch nie an Bord eines Raumschiffs der Sternenforschung gewesen, kannte sie aber aus Janis Erzählungen. Die Kapitänskajüte war eine Studie in Luxus und mit Mikrogravitations-Möbeln eingerichtet, die am Deck und an den Wänden befestigt waren. Weiches Licht drang aus der Decke, und die ganze Kabine war mit schalldämpfendem Teppichboden ausgelegt. Obendrein roch es in der Kabine noch gut. »Setzen Sie sich, Rykand«, sagte Landon grußlos.

»Danke, Captain«, erwiderte Mark und ignorierte diesen Affront.

Er hangelte sich zum Rahmen vor Landons Schreibtisch und schnallte sich an.

»Man sagte mir, dass Sie mich sprechen wollten.«

»Jawohl, Sir. Ich wollte herausfinden, wie meine Schwester Jani gestorben ist.«

»Das hat man Ihnen doch schon auf der Erde gesagt.«

»Aber ich habe es nicht geglaubt.«

»Und wieso nicht?«

»Vielleicht wollte ich nur nicht akzeptieren, dass Jani durch einen zufälligen Unfall umgekommen ist.«

»Das ist sie auch nicht.« Landon lehnte sich im Sessel zurück und berichtete Mark über die Begegnung in der Nähe von Neu-Eden. Er erzählte ihm alles: Vom leisen Klappern, das die Gravitationswelle im Schiff verursacht hatte, über die ersten Meldungen von *Scout-3* bis hin zum anschließenden Raumkampf. Er berichtete ihm von Sar-Say's Ergreifung und nannte ihm den Grund für die Entscheidung, die Entdeckung intelligenter Außerirdischer vor der Öffentlichkeit geheim zu halten. Mark hörte sich den ganzen Vortrag ohne einen Kommentar an. »Noch Fragen?«, sagte Dan Landon, als er fertig war.

Mark antwortete nicht sofort. Als er es schließlich tat, geschah es mit einem tiefen Seufzer. »Sie sagen, meine Schwester hat die erste Sichtung dieser Aliens gemeldet?«

»Ja.«

»Dürfte ich die Aufzeichnung sehen?«

»Sind Sie sicher, dass Sie sie sehen möchten – wenn man das Ende bedenkt?«

»Ich bin sicher.«

»In Ordnung. Wenn wir hier fertig sind, werde ich meinem Adjutanten sagen, dass er es Ihnen zeigen soll. Vorher haben wir aber noch etwas anderes zu besprechen.«

»Und das wäre, Captain?«

»Wie würde es Ihnen gefallen, uns bei der Suche nach den Aliens zu helfen, die Ihre Schwester getötet haben?«

»Wie bitte?«

»Ich biete Ihnen einen Job an, bei dem Sie sich an den Wesen rächen können, die Ihre Schwester getötet haben. Sind Sie interessiert?«

»Wieso ich?«

»Ich will nicht um den heißen Brei reden, Rykand. Sie wissen über Sar-Say Bescheid, was bedeutet, dass wir Sie nicht gehen lassen können. Wenn Sie schon hier gefangen sind, dann könnten Sie sich doch auch ein wenig nützlich machen, nicht wahr? Dieses Schiff wird in ein paar Tagen wieder in den Weltraum aufbrechen. Diejenigen, die hierbleiben, könnten Ihre Hilfe gebrauchen.«

»Und was soll ich tun?«

»Für irgendetwas werden Sie doch wohl qualifiziert sein. Was für eine Ausbildung haben Sie?«

»Ich habe als Hauptfach Computerwissenschaften und als Nebenfach Astronomie studiert.«

»Gut, dann werden wir auch auf beiden Gebieten eine Verwendung für Sie finden. Ich werde Sie Dr. Bendagar, unserem Chef-Astrophysiker, zuteilen. Er bleibt hier und wird weiter mit Sar-Say arbeiten, wenn die *Magellan* gestartet ist.«

Mark ließ sich das für eine Weile durch den Kopf gehen und nickte dann. »Wenn ich bedenke, dass Gefängnis die Alternative ist, werde ich mich wohl Ihrem Projekt anschließen, Captain.«

Landons Grinsen war so breit, dass Mark fast vergaß, dass es nicht von Herzen kam. »Willkommen an Bord, Schiffskamerad. Sie müssen nur noch ein paar Papiere unterzeichnen, um alles gesetzlich zu regeln, und dann beziehen Sie Ihr neues Quartier.«

14

Lisa Arden saß allein an einem Tisch in der Projekt-Messe und nahm ihr Frühstück ein. Sie hatte bis nach Mitternacht mit Sar-Say gearbeitet, ihn zu seinen Kenntnissen der Broa-Politik befragt und dann noch weitere zwei Stunden ihre Eindrücke von der Sitzung festgehalten, bevor sie endlich schlafen ging. Während sie in ein mit Hefe-Butter bestrichenes Muffin biss, versuchte sie ihre Kenntnisse der Broa-Sprache zu beurteilen – sofern es überhaupt die »Muttersprache« der Broa war. Wegen der Einfachheit ihrer Struktur fragte sie sich, ob es sich nicht vielleicht um eine Kunstsprache handelte – wie das alte Esperanto –, die für eine Vielzahl von Wesen mit verschiedenen Gehirnen und Stimmapparaten geeignet war.

»Hallo, hätten Sie etwas dagegen, wenn ich mich zu Ihnen setze?«, fragte eine körperlose Stimme und riss sie aus ihren Überlegungen.

Sie schaute vom Teller auf und sah ein Paar Schiffsstiefel unmittelbar über dem Deck schweben. Als sie den Kopf noch höher hob, kam die Gestalt von Mark Rykand ins Bild. Sie war ihm die letzten Tage aus dem Weg gegangen und lief nun rot an, als sie sich an den Ausgang ihrer wöchentlichen Dusche erinnerte.

»Hallo. Nein, ich habe nichts dagegen.«

»Ich bin Mark Rykand«, sagte er und reichte ihr die Hand, nachdem er sich ihr gegenüber festgeschnallt hatte.

»Lisa Arden«, erwiderte sie und schüttelte ihm die Hand.

»Miss Arden, ich bitte Sie vielmals um Verzeihung, dass ich neulich Ihre Privatsphäre verletzt habe. Glauben Sie mir, ich hätte nie …«

»Nie einen Blick auf eine nackte Dame riskiert, Mr Rykand?«, fragte sie in gespieltem Unglauben.

Er grinste. »Wo Sie es nun sagen, habe ich wohl die seltene Gelegenheit genutzt. Trotzdem wollte ich Sie nicht in Verlegenheit bringen. Ich hatte überhaupt nichts Böses im Schilde geführt. Ich wollte nur zur *Magellan* gelangen.«

»Ich habe davon gehört. Haben Sie Sar-Say schon kennengelernt?«

Rykand nickte. »Gestern. Dr. Bendagar hat mir erlaubt, an einer Befragungssitzung teilzunehmen.«

»Wo war ich da?«, fragte Lisa. Eigentlich war sie bei allen Befragungen anwesend, um Missverständnisse zu klären, die bei Sar-Say vielleicht auftraten.

»Der Professor sagte, dass Sie ... ›ein paar saudumme Fragen eines hirnlosen Kretins von Bürokrat beantworteten, der anscheinend glaubt, dass wir hier nichts Besseres zu tun hätten, als auf seine beschissenen Fragen zu antworten‹ oder etwas in der Art.«

Lisa lachte. »Das sieht dem guten Professor ähnlich. Was halten Sie von Sar-Say?«

Mark zögerte. »Ich glaube, ich war ein bisschen enttäuscht«, sagte er schließlich.

»Enttäuscht?«

»Er wirkt einfach nicht außerirdisch genug, wenn Sie wissen, was ich meine. Ich hatte immer das Gefühl, einen Affen vor mir zu haben.«

Sie nickte. »Ja, manchmal habe ich auch diesen Eindruck. In dieser Hinsicht wäre es wahrscheinlich besser, wenn er eine große, zuckende gallertartige Masse oder ein Felsen mit einem Auge wäre. Doch bei näherer Überlegung folgt selbst in der Evolution – wie auch sonst überall – die Form der Funktion. Die Broa haben natürlich Wesen versklavt, die ihnen mehr oder weniger gleichen, und weil sie anscheinend in unsere Kategorie von Lebewesen fallen, gilt das auch für die meisten ihrer unterworfenen Spezies. So erklären es sich zumindest die Biologen, weshalb die drei Arten, die wir bisher gesehen haben, sich so ähnlich sind.«

»Drei Arten?«

»Sar-Say und die zwei Arten von Leichen, die wir aus dem außerirdischen Schiff geborgen haben.«

»Ach so. Das wusste ich nicht.«

»Deshalb fliegt die *Magellan* heute Nachmittag auch zurück, müssen Sie wissen. Um Sar-Say's-Schiff zu bergen.«

»Auch das wusste ich nicht. Ich befürchte, ich spiele hier nicht in meiner Liga.«

Sie lächelte. »Es ist ein überwältigendes Erlebnis, wenn man zum ersten Mal an Bord kommt. Ich vergleiche es mit dem Trinken aus einem Feuerwehrschlauch.«

»Man hat mir viele alte Berichte zum Lesen gegeben, aber ich bin bisher noch nicht dazu gekommen. Sagen Sie, hat Sar-Say Ihnen auch erzählt, weshalb die Broa hinter ihm her waren?«

Lisa erläuterte ihm die eigenartige Einstellung der Taff gegenüber den Oberherren und bediente sich dabei der Hunde-Analogie. Mark hatte jedoch seine Zweifel.

»Dafür erscheint er mir zu intelligent.«

»Wir haben alle unsere blinden Flecke, Mr Rykand.«

»Nennen Sie mich doch Mark. Schließlich hat einer von uns den anderen schon nackt gesehen. Das sollte die Anrede mit Vornamen legitimieren, oder?«

Lisa sagte nichts. Sie war vollauf damit beschäftigt, knallrot anzulaufen.

Sar-Say saß in seiner Kabine und ignorierte den Bildschirm mit dem Unterhaltungsprogramm, in dem eine dralle junge Frau atemlos die Details des neusten Skandals verkündete, in den ein prominenter Schauspieler und eine ebenso prominente Schauspielerin verwickelt waren. Sein Blick war nicht auf den Bildschirm gerichtet, sondern nach innen.

Wie die Menschen verfügte auch Sar-Say über die Fähigkeit, seine äußeren Sinne abzuschalten, wenn er sich intensiv konzentrierte. Und wie die Menschen vermochte er auch endlos darüber zu sinnieren, ob er zu irgendeinem Zeitpunkt in der Vergangenheit die richtige Entscheidung getroffen hatte. Die Entscheidung, die er nun infrage stellte, bezog sich darauf, ob es klug gewesen war, den Menschen grundsätzlich die Wahrheit über die Zivilisation zu sagen, die sie als »die Souveränität« bezeichneten. Im Nachhinein hätte er ihnen vielleicht doch lieber erzählen sollen, dass die Galaxis eine Vereinigung freier Wesen sei, die sich freiwillig zu einem großen interstellaren Verband zusammengeschlossen hätten. Das hätte zumindest die Neugier angestachelt, mit der sie so reichlich gesegnet schienen. Stattdessen hatte er Ängste von Vorfahren geweckt, die sich in Höhlen versteckten, um Bestien mit Reißzähnen und Klauen zu entgehen. Dass er zum Zeitpunkt seiner Ergreifung nichts über die Menschen gewusst hatte und eine solche Lüge deshalb nicht riskieren durfte, trug auch kaum zu seiner Beruhigung bei.

Sar-Say hatte viel über die Menschheit gelernt, seit man ihn an Bord dieses orbitalen Gefängnisses gebracht hatte. Er erlag jedoch nicht der Illusion, dass er sie in jeder Hinsicht verstand. Die Erfahrung lehrte ihn nämlich, dass denkende, rationale Wesen die kompliziertesten Dinge überhaupt im Weltall sind. Die Menschen unterschieden sich in dieser Hinsicht nicht von Vvralianern, Antaks oder den Broa. Wenn Sar-Say die Menschen wirklich verstehen wollte, dann hätte er wie einer denken müssen, und das war eine physiologische Unmöglichkeit. Seine Gehirnstruktur unterschied sich genauso vom menschlichen Cortex wie ihr Gehirn von dem der Vithianer. Deshalb versuchte er auch vor ihnen zu verbergen, wie verschieden seine gedanklichen Abläufe in Wirklichkeit waren.

Auch wenn er sie nie richtig verstehen würde, hatte das Studium der Menschen ihm dennoch ein paar wertvolle Erkenntnisse beschert. Ein Glücksfall war die menschliche Sprache gewesen. Sie hatte eine starre Struktur, wobei die Bedeutung eines Worts oft durch die Stellung innerhalb der Gedanken-

Einheit bestimmt wurde. Im Vergleich zum Hoch-Lantean oder der Vielfalt der Dialekte auf Saporsva war die menschliche Zunge eine Studie in Einfachheit. Im Grunde war sie fast so strukturiert wie die Umgangssprache der Zivilisation.

Als er in Grammatik und Aussprache sattelfest war, hatte er versucht, die Sprache möglichst fließend zu sprechen. In dieser Hinsicht hatte er große Fortschritte gemacht, wie Lisa Arden ihm zumindest bescheinigt hatte. Mit der Sprachbeherrschung hatte er auch einen Plan entwickelt, um die Handlungen der Menschheit für seine eigenen Zwecke zu instrumentalisieren. Denn Sar-Say hatte Ziele verfolgt, die über die triviale Rettung von den Strahlen eines Broa-Rächers hinausgingen. Sein weiteres Überleben würde wenig bedeuten, wenn er gezwungen wäre, sein Leben in der Umkreisung dieses unbekannten Planeten eines unbekannten Sterns zu fristen – als *sendalth*, der für eine Ewigkeit den Stichen und Stößen durch menschliche Wissenschaftler ausgesetzt wäre.

Um erfolgreich zu sein, um den sagenhaften Reichtum und die Macht zu erlangen, die ihm und seiner Mischpoke zustanden, musste er nicht nur überleben, sondern nach Hause zurückkehren. Zuerst hatte er nicht gewusst, wie er das bewerkstelligen sollte. Er hatte schließlich keine Ahnung, wo im Weltraum er nach der Zivilisation suchen musste. Bis zu den Gesprächen mit dem Astronomen Bendagar hatte er Geografie nie als etwas betrachtet, das man auch auf Sterne anzuwenden vermochte. In der Souveränität waren die physikalischen Positionen von Sternen im Raum nur für ein paar lizenzierte Philosophen von Interesse.

Er hatte lang und breit über das Problem nachgedacht, während er die menschliche Sprache erlernte. In dem Maß, wie er sich der großen Neugier der Menschen bewusst wurde, hatte sein Plan allmählich Gestalt angenommen. Es gab eine Welt, von der er sicher war, dass er sie unter den Sternen zu lokalisieren vermochte. Ihr Wahrzeichen war eins der spektakulärsten

Himmelsphänomene der ganzen Zivilisation: eine so helle Gaswolke, dass sogar die Menschen sie kennen mussten. Die Broa-Meister waren sogar vom weit entfernten Pryxal gekommen, um den Himmelsblumen-Nebel am Nachthimmel von Zzumer zu schauen, der in historischen Zeiten durch die Explosion eines nahe gelegenen Sterns entstanden war. Die Himmelsblume war das dritte Bild gewesen, das er für Bendagar gemalt hatte.

Während er vor dem flimmernden Bildschirm saß und seinen Innenansichten frönte, erwog Sar-Say einen Faktor, der den Plan unter Umständen zunichte machen würde, den er so sorgfältig aufgebaut hatte. An diesem Morgen hatte Lisa nämlich durchblicken lassen, dass die *Magellan* zu einer Mission aufbrechen würde, die *Hraal* zu bergen. Er hatte seine ganze Selbstbeherrschung aufbringen müssen, um sich nicht anmerken zu lassen, wie wenig diese Nachricht ihm gefiel. Solange er die einzige Informationsquelle bezüglich der Broa und ihres Territoriums für die Menschen blieb, wäre er imstande, die Ereignisse zu seinem eigenen Vorteil zu nutzen. Wenn diese neugierigen Zweibeiner mit der Bergung der *Hraal* Erfolg hatten, würden sie jedoch über eine unabhängige Quelle verfügen, auf deren Grundlage sie seine Aussagen zu überprüfen vermochten. Obwohl das Risiko der Entdeckung minimal war, war dieser Plan von ihnen eine Komplikation, die er nicht gebrauchen konnte. Der Einsatz beim Spiel, das er spielte, war selbst für die kleinsten Risiken zu groß.

Lev Bukowski war neu bei der Himmels-Beobachtung; er hatte gerade die obligatorische dreimonatige Grundausbildung absolviert. Er hatte bisher noch keine Woche Schichtdienst verrichtet und musste die göttlichen Eindrücke auch erst noch verarbeiten.

Physikalisch befand Bukowski sich dreißig Meter unter der Erde in der Operationszentrale der Himmels-Beobachtung außerhalb von Omaha, Nebraska. Geistig war er eine Million Kilometer weg – buchstäblich. Mithilfe des neuesten voll-sensorischen Interface schwebte sein körperloses Ich eine Million Kilometer über der Erde in Richtung Polaris. Von diesem Beobachtungspunkt schaute er auf eine blauweiße Kugel von der Größe einer Aprikose hinab, deren Oberfläche halb hell und halb dunkel war. Von seiner Position »Ein Meg Nord« vermochte Bukowski den ganzen Himmels-Schrott zu überblicken, der die Erde in der Ebene des Äquators umkreiste: alles von ausgemusterten, für die Bergung vorgesehenen Nachrichtensatelliten bis zu den orbitalen Weltraumdocks – den größten Objekten, die die Menschheit bisher ins All befördert hatte.

Das Gefühl der göttlichen Allwissenheit rührte hauptsächlich von der übernatürlich scharfen Sicht her, die seinem »Virtuellen Ich« zuteil wurde. Hinter den umlaufenden Satelliten lag die Doppelkurve von Schiffen, die zwischen Erde und Luna unterwegs waren. Und hinter der grauweißen Halbkugel, die der Mond war, flogen andere Schiffe zu den Planeten und noch weiter hinaus.

Bukowski verdankte seinen Aussichtspunkt einer großen Sensorenbaugruppe bei *Ein Meg Nord.* Genau genommen stand das Ensemble gar nicht »im Orbit«. Es umkreiste weder die Erde noch umlief es die Sonne auf einer Bahn, deren Brennpunkt der Schwerpunkt der Sonne war. Vielmehr wurden die Sensoren – und ihre Zwillinge bei *Ein Meg Süd* – durch Elektromotoren fixiert, die die Anziehungskraft von Erde und Sol präzise austarierten.

Lev Bukowski lag auf seiner Liege und sah mit einem leeren Lächeln eine Reihe von Zahlen an sich vorbeiziehen. Die smaragdgrünen Leuchterscheinungen sagten ihm, dass Luna Lines 502 soeben das Manöver für das Einschwenken in den Orbit eingeleitet hatte, das es in drei Tagen zur Tycho-Station bringen würde. Lev konzentrierte sich auf den Ort, wo das

Schiff lag. Sofort schoss eine dunkelrote Kurve hervor. Weitere farbige Kurven erschienen und schnitten die erste. Die verschiedenen Kurven zeigten die Bahnen von 502 und allen Objekten, die das Raumschiff auf seiner Reise in einem Radius von tausend Kilometern passieren würden. Im nächsten Moment verschwanden die Kurven automatisch – das bedeutete, dass keine Gefahr einer Kollision im Weltraum bestand.

Lev wollte sich gerade wieder seinen alltäglichen Beschäftigungen widmen, als ein roter Stern hoch über der Erde erschien und ein stummer Alarm in seinem Gehirn ausgelöst wurde.

»Was ist denn das?«, murmelte Bukowski in seiner russischen Muttersprache. Hoch über der nördlichen Hemisphäre entfernte sich gerade ein unbekanntes Schiff mit zunehmender Geschwindigkeit von der Erde. Die Meldung »Kein Eintrag«, die als Antwort auf Levs unausgesprochene Frage aufblinkte, hatte er in seiner kurzen Berufspraxis noch nie empfangen. Er handelte sofort gemäß der Richtlinie, die zu befolgen man ihnen in der Ausbildung eingetrichtert hatte, wenn sie mit einem unlösbaren Problem konfrontiert wurden. Er verständigte seinen Vorgesetzten.

»Was gibt's, Lev?«, fragte Melissa Carter ihren jüngsten Operator. Sie war seit fast zwanzig Jahren bei der Himmels-Beobachtung und sehnte sich manchmal nach den alten Flachbildschirmen zurück, an denen sie ausgebildet worden war. Diese mentalen Sprünge über Millionen Kilometer alle paar Sekunden waren irgendwie unheimlich.

»Ich habe ein Schiff, das den Orbit ohne Flugplan verlässt. Glauben Sie, dass es sich um eine Entführung handelt?«, fragte Lev, als er ihr die Koordinaten des Missetäters sandte.

Melissa las die Zahlen ab, machte sich ihre eigenen Gedanken und lächelte dann. Das wäre ein guter Test, um zu sehen, wie er unerwartete Situationen handhabte. »Was halten Sie denn davon?«

»Jemand steckt in großen Schwierigkeiten«, sagte der junge Operator, wobei die Empörung in seiner Stimme kaum die Aufregung zu kaschieren vermochte. »Es ist gegen das Gesetz, ohne einen Flugplan zu starten.«

»Vielleicht haben sie einen eingereicht, aber er ist codiert, sodass unser Computer ihn nicht empfängt.«

»Wer würde denn so etwas tun?«

»Sagen Sie es mir.«

Lev biss sich auf die Unterlippe. Diese Situation war in der Ausbildung behandelt worden, aber welche Ausnahmen galten gleich noch mal? »Äh … die Raumwacht darf das natürlich unter außergewöhnlichen Umständen tun.«

»Wer sonst?«

»Die Welt-Koordinatorin, der Großadmiral … Direktor der Himmels-Beobachtung … Direktor der Sternenforschung, glaube ich. Trotzdem wüsste ich nicht, aus welchem Grund sie das tun sollten.«

»Ich auch nicht. Anscheinend haben sie aber einen Grund. Und was ist nun unsere Aufgabe in dieser Situation?«

»Äh … keine Notiz davon zu nehmen?«

»Richtig nach Vorschrift, Operator Bukowski. Dennoch kann ein wenig Neugier nicht schaden. Was wissen wir über diesen mysteriösen Flug?«

»Wir kennen seinen Ausgangspunkt.« Es trat ein kurzes Schweigen ein, während Bukowski die Verkehrsdatenbank überprüfte. »*PoleStar.* Das sind die gegenwärtigen Orbital-Elemente des *PoleStar*-Spiegels und Habitats!«

»Gut. Und wohin ist es unterwegs?«

»Ich weiß nicht.«

»Sollten Sie das nicht herausfinden?«

Bukowskis Brauen zogen sich unter dem schweren Helm, der das halbe Gesicht bedeckte, zu einem Strich zusammen. Plötzlich war er nicht mehr eine Million Kilometer tief im Weltraum, sondern in der Nähe des Schiffs, das die Verkehrszone frech durchquerte, ohne sich ordnungsgemäß abgemeldet zu haben. Die grünen alphanumerischen Zeichen neben dem Schiffssymbol änderten sich fast zu schnell, um vom Auge erfasst zu werden.

»Wir haben hier ein Manöver eines Ebenenwechsels«, meldete Bukowski, »und er *entfernt* sich von der Ebene der Ekliptik.«

»Sehr gut, Lev. Wozu macht ihn das?«

»Zu einem Raumschiff natürlich.«

»Was für ein Raumschiff?«

»Äh … das weiß ich nicht.«

»Woher sollten Sie das auch wissen«, sagte Melissa geheimnisvoll. Tatsächlich hatte sie schon vor ein paar Wochen die Ankunft desselben Schiffs beobachtet. Damals waren auch die Daten des Schiffs codiert worden; als ob jemand glaubte, in die Erde-Luna-Verkehrszone eindringen zu können, ohne dass es bemerkt würde! Das hatte ihre Neugier geweckt, und sie hatte das Rendezvous mit der *PoleStar* anstatt mit der Hochstation beobachtet. Ihre Fragen zu diesem Vorgang waren so beschieden worden, dass es unklug sei, weitere Fragen zu stellen. »Gute Analyse. Wir werden noch einen richtigen Himmels-Beobachter aus Ihnen machen. Und jetzt wieder an die Arbeit.«

Lev Bukowski, das »Küken« unter den Beobachtern von Omaha, widmete sich wieder seinen Aufgaben. Er verfolgte für den Rest seiner Schicht den Aufstieg des unbekannten Schiffs weg von der Erde. Sie hatten es eilig, wer auch immer sie waren. Ihre Beschleunigung betrug die ganze Zeit unverändert 1,0 *g*.

Er überprüfte sie ein letztes Mal, kurz bevor seine Schicht endete. Als er den Helm von den Schultern hob, fragte er sich erneut, welches Schiff es gewesen war und wohin es unterwegs sein mochte.

15

Captain Dan Landon lag auf seiner Beschleunigungsliege und beobachtete die Bildschirme um sich herum, während das Chronometer der Stunde X entgegenstrebte. Die sechstägige Reise von Sol war zum Glück ohne mechanische Probleme verlaufen – es hatte kein gravierenderes Vorkommnis außer einem Defekt der Kaffeemaschine in der Offiziersmesse gegeben, durch das ihm graue Haare hätten wachsen können. Und mit der Funktion des Sternenantriebs war er auch sehr zufrieden. Er war zunächst skeptisch gewesen, als Laura Dresser vorgeschlagen hatte, den neuen Generator mit den Schaltkreisen der *Magellan* zu koppeln. Jedoch lief das Ensemble auch nur mit einem Prozent der nominalen Leistung – gerade genug, um die externe Ladung ins gemeinsame Antriebsfeld zu hüllen. Dennoch vertraute Landon sein Leben nur ungern einer so offensichtlichen Flickschusterei an.

Der fast perfekte Zustand des Schiffs gab ihm viel Zeit, sich mit anderen Problemen zu befassen – nämlich mit Laura Dresser und ihrer Primadonna-Truppe. Organisationen entwickeln wie Personen eine eigene Persönlichkeit. Meistens spiegelt die Persönlichkeit einer Organisation die ihres Anführers wider. Und nie hatte sich das mehr bewahrheitet als im Fall der Sternenantriebs-Spezialisten. Der Ärger hatte schon angefangen, als sie von Sol aus in den Überlicht-Bereich gesprungen waren. Zuerst hatte Laura beanstandet, dass ihre Leute nicht in Einzelkabinen untergebracht worden waren, gefolgt von der Mäkelei am Essen, den Geräuschen und Gerüchen im Schiff. Und dann hatte sie auch noch verlangt, dass ihre Leute die Kontrolle über einen der Hauptrechner der *Magellan* erhielten, um ein Modell für die Handhabung des geborgenen Wracks zu erstellen. Wenn er einen Bordcomputer abgab, würde das zulasten der Betriebssicherheit gehen. Dennoch entschied er, dass das Ansinnen in diesem Fall gerechtfertigt war. Vorausplanung war das Risiko wert, wenn sie das Neu-Eden-System dadurch auch nur einen Tag früher erreichten.

Allerdings waren Laura Dressers Leute nicht das einzige Problem. Zusammen mit den Sternenantriebs-Experten beförderte er noch eine große Anzahl von Wissenschaftlern, die auf der Erde eilig rekrutiert worden waren. Sie sollten nach Spuren suchen, die das Sternentor von Neu-Eden hinterlassen hatte. Wenn Sar-Say's Aussagen der Wahrheit entsprachen, würde die Fähigkeit, den früheren Standort von Toren zu entdecken, sich vielleicht noch als überaus nützlich erweisen. Der Leiter dieser zweiten Gruppe von Wissenschaftlern, Dr. Pomerance, hatte die physikalischen Grundlagen zu erklären versucht, aber Landon hatte nur Bahnhof verstanden.

»Ausbruch in dreißig Sekunden, Captain«, meldete Pendergast von seiner Station vor Landons Liege.

»Sehr gut, Fähnrich. Machen Sie die Durchsage.«

»An alle. Das Schiff wird in dreißig Sekunden in den Unterlichtbereich wechseln. Treffen Sie alle Vorsichtsmaßnahmen! Ich wiederhole, Unterlicht in dreißig Sekunden.«

»Das Schiff ist benachrichtigt worden, Captain.«

»Danke, Fähnrich.«

Landon sah, wie das Chronometer die Sekunden herunterzählte. Es gab keinen Countdown oder andere »Faxen«. Als die Ziffern auf null sprangen, erstarb das leise Summen des Sternenantriebs und die Sterne erschienen wieder auf dem Schottmonitor.

»Wo sind wir, Miss Mullins?«

»Einen Moment, Captain«, sagte der Astrogations-Offizier. Sie verfolgte, wie der Computer die Positionen von ein paar tausend Sternen ermittelte und die Ergebnisse mit der Himmelsbeobachtung verglich, die bei ihrem letzten Aufenthalt hier durchgeführt hatten. »Ich verorte uns bei 65 Astronomischen Einheiten von der Sonne von Neu-Eden und zwölf AE über der lokalen Ebene der Ekliptik.«

»Sensoren, mit der Suche beginnen. Ich will wissen, ob es irgendwelche Anzeichen für außerirdische Aktivitäten in diesem System gibt.«

»Aye, aye, Captain«, ertönte die Antwort über InterKom.

Sie waren vorsichtshalber am Rand des Systems herausgekommen. Wenn die Broa sich auf die Suche nach den vermissten Schiffen gemacht hatten, war es ihnen vielleicht gelungen, den Kampf zu rekonstruieren. Wenn sie auch das Wrack gefunden hatten, dann hatten sie womöglich Indizien für die menschliche Stippvisite an Bord entdeckt. In diesem Fall wäre es denkbar, dass sie der *Magellan* bei einer Rückkehr eine Falle gestellt hatten.

»Dr. Forham, irgendwelche Anzeichen von Gravitations-Wellen?«, fragte er Bendagars Assistenten. Er hatte seinen Chefwissenschaftler höchst ungern in der *PoleStar* zurückgelassen, aber die Suche nach den Heimatwelten der Broa hatte Vorrang vor dieser Bergungsoperation.

»Keine, Captain.«

»Bei der geringsten Zuckung Ihrer Instrumente machen Sie sofort Meldung. Wir werden dann so schnell von hier verschwinden, dass nicht einmal unsere eigenen Photonen uns noch einholen werden.« Und zwar im wahrsten Sinne des Wortes, sagte sich Dan Landon, als er die Verbindung trennte.

Als er zwanzig Minuten später auf eine Fernbereichs-Darstellung von Neu-Eden schaute, summte plötzlich sein Kommunikator.

»Captain, hier ist Laura Dresser.«

»Ja, Mrs Dresser. Was kann ich für Sie tun?«

»Ich würde gern mein Team zusammenstellen. Sie haben mir noch immer keine Namen genannt.«

»Wir treffen uns in meinem Bereitschaftsraum.«

Zusätzlich zu ihren eigenen Technikern brauchte Laura noch eine Crew aus erfahrenen Raumfahrern, um das Wrack zu fliegen. Und solche Leute gab es nur in der Mannschaft der

Magellan. Er hatte die Besatzung für das geborgene Wrack schon vor drei Tagen ausgewählt. Das größte Problem hatte in der Ernennung eines Kommandanten bestanden. Er brauchte jemanden, der die mit der Aktion verbundenen Risiken einzuschätzen vermochte und so gut mit dem improvisierten Sternenantrieb vertraut war, um das Wrack sicher nach Hause zu bringen. Außerdem musste diese Person sowohl von den renitenten Sternenantriebsexperten als auch von seiner eigenen Mannschaft respektiert werden. Schließlich hatte er sich für den geeignetsten Kandidaten entschieden. Lächelnd hangelte er sich zur Brücken-Luke, die zu seinem Bereitschaftsraum führte.

Er wollte unbedingt das Gesicht von Laura Dresser sehen, wenn er es ihr sagte!

Drei Tage später versammelten diejenigen, die das Wrack auf seiner lebensgefährlichen Reise nach Sol fliegen sollten, sich in der Messe der *Magellan*. Sie setzten sich an die langen, mit dem Deck verschraubten Stahltische und warteten darauf, dass Dan Landon die Einsatzbesprechung eröffnete. Die *Magellan* stand unter »Dampf« und würde ihnen für die nächsten zwölf Stunden eine Beschleunigung von einem halben *g* verleihen.

»Fangen wir also an«, sagte Landon und ließ den Blick über ihre erwartungsvollen Gesichter schweifen. »Sie alle wissen, weshalb Sie hier sind. Dies wird unsere einzige Zusammenkunft als eine Gruppe sein. Wenn Sie ein Problem mit irgendeinem Teil des Bergungsplans haben, möchte ich es wissen, bevor wir heute Schluss machen. Bevor wir zu den Details der Mission kommen, möchte ich, dass jeder noch einmal über die ganze Sache nachdenkt. Sie alle kennen das größtmögliche Risiko. Ich möchte, dass Sie in sich gehen und entscheiden, ob Sie dieses Risiko wirklich eingehen wollen.«

Landon faltete die Hände vor sich und machte ein nachdenkliches Gesicht. Er rechnete im Grunde nicht damit, dass jemand zurücktreten würde, obwohl es ihn andererseits auch nicht gewundert hätte. Hundert Lichtjahre schwarzes Vakuum in einem zusammengedengelten Raumschiff zu durchqueren war wohl das riskanteste Unterfangen, mit dem er in seiner bisherigen Laufbahn konfrontiert worden war. Und doch war dieses Risiko gar nichts im Vergleich zum schlimmsten Szenario.

Die Frage, was zu tun sei, wenn die Broa mitten in die Bergungsaktion hineinplatzten, hatte die Planer der Expedition von Anfang an beschäftigt. Bevor Nadine Halstrøm sich mit seiner Rückkehr nach Neu-Eden einverstanden erklärte, hatte sie eine Bedingung gestellt – nämlich die, dass er das Wrack für den Fall einer Kaperung mit einem Selbstzerstörungsmechanismus bestückte. Auf diese Weise würden alle Beweise einer menschlichen Präsenz vernichtet. Landon hatte angenommen, dass die Sprengung durch herkömmliche hochexplosive Sprengstoffe erfolgen sollte, bis das Büro der Koordinatorin zu seiner Überraschung eine Atombombe für diesen Zweck vorsah. Sie hatten sogar zwei bereitgestellt.

Das Kernwaffenarsenal der Erde war bescheiden, ein Überrest aus den schlechten alten Zeiten. Seit über hundert Jahren hatte kein Bedarf an solchen Waffen mehr bestanden. Es herrschte nicht nur weitgehend Friede unter den Menschen, sondern der Zugang zum Weltraum stellte die ganze zerstörerische Kraft zur Verfügung, die eventuell benötigt wurde. Kern- oder Fusionswaffen vermochten nichts zu »leisten«, was nicht auch ein kleiner Asteroid zu bewerkstelligen vermochte. Tatsächlich gab es zwei Dutzend Felsen in der Erdbahn, die für die Zerstörung von Städten zur Verfügung standen, falls ein solches Erfordernis je wieder aktuell werden sollte. Ein Asteroideneinschlag setzte Gigajoule an Wärmeenergie frei, jedoch ohne die unerwünschte Nebenwirkung des radioaktiven Niederschlags.

Wie die meisten Menschen war Dan etwas abergläubisch,

wenn es um Kernwaffen ging. Er hatte auch nicht damit gerechnet, überhaupt mit ihnen konfrontiert zu werden. Und nun hatte er gleich zwei davon im Laderaum seines Schiffs. Eine würde im Wrack platziert, während die andere in der *Magellan* blieb. Falls die Broa auftauchten, bevor das Wrack wieder raumtüchtig war, würde die Bergungsmannschaft das Schiff verlassen und dann pulverisieren. Und wenn eine Evakuierung sich als unmöglich erwies, wäre es die Aufgabe des Kommandanten der Bergungsmannschaft, das Schiff zu zerstören. Den Broa durfte kein Mensch in die Hände fallen – weder tot noch lebendig. Die menschliche Physiologie beinhaltete viel zu viele Hinweise auf die Identität von Sol. Es bedurfte eines starken Mannes, um die Bombe zu zünden, während sie noch an Bord des Wracks waren. Deshalb hatte Dan Landon beschlossen, selbst das Kommando über die Bergungsmannschaft zu übernehmen.

Als eine ganze Minute verstrichen war, fragte Landon: »Möchte nicht doch jemand hierbleiben?« Als er keine Antwort erhielt, fuhr er fort: »Gut. Dr. Forham, tragen Sie Ihren Bericht vor.«

Der amtierende Chefwissenschaftler warf einen Blick auf seinen tragbaren Computer und räusperte sich. »Wir haben dieses System mit jedem Sensor gescannt, der uns zur Verfügung steht, Captain. Wir haben die eisenhaltige Gaswolke entdeckt, die unser Gegner war. Hätten die Broa Nachforschungen angestellt, würde wohl mindestens eins ihrer Schiffe diese Wolke durchfliegen. Die Fernbereichs-Analyse zeigt jedoch keine Störung der Wolkenstruktur. Wir haben auch keine sonstigen Anzeichen dafür gefunden, dass seit unserem Abflug irgendjemand hier gewesen wäre.«

»Sonst noch etwas?«

»Bezüglich der Lokalisierung der Position, wo das Sternentor materialisierte, hatten wir leider weniger Erfolg. Falls das Tor überhaupt eine Wirkung auf das lokale Vakuum hatte, ist sie zu schwach, um auf diese Entfernung ermittelt zu werden. Vielleicht, wenn wir näher herankommen …«

»In Ordnung. Laura, Ihren Bericht, bitte.«

»Wir sind bereit, Captain. Meine Experten haben mit Ihren Leuten trainiert. Sie alle wissen, was von ihnen erwartet wird. Wir haben einen Punkt gefunden, wo wir den Generator und den Stromreaktor sowie das Lebenserhaltungs-System und die Flugsteuerung installieren werden.«

»Was ist mit der leitenden Hülle?«

»Das könnte problematisch werden. Wir werden uns damit befassen müssen, wenn wir dort ankommen. Wir haben genug Kupfergeflecht an Bord, um den ganzen verdammten Rumpf zu verpacken, wenn es sein muss, aber es wird sehr zeitaufwendig.«

Er nickte. Um das Antriebsfeld zu erzeugen, musste die Hülle des Schiffs ein lückenloser elektrischer Leiter sein. Die vom Broa-Kampfschiff verursachten Schäden mussten daher behoben und alle Löcher geflickt werden. Sie würden jede Stelle in der Hülle, die ein »Loch« im Antriebsfeld verursachte, mit Kupfergeflecht schließen müssen. Sonst würde die Energie im Überlichtflug in diesen Löchern sich konzentrieren und das Schiff zerstören.

»Chief Douglas, wie sieht es mit den Vorräten aus?«

»Wir haben die Fracht in den Ladebuchten für ein schnelles Entladen umgruppiert, Captain. Wir haben Verbrauchsgüter für ein halbes Jahr, werden aber für das letzte Vierteljahr auf Anzugs-Rationen sein, falls wir so lange unterwegs sind.«

»Fähnrich Palmer, Kommunikation?«

»Wir werden eine Stunde nach Entern des Wracks volle Kommunikation mit der *Magellan* haben, Sir.«

Landon arbeitete den Tisch ab. Sie waren eine junge Mannschaft, die geringe Erfahrung durch hohe Motivation wettmachte. Er hatte sie mit Blick auf ihre Intelligenz und die Fähigkeit ausgewählt, die Probleme zu bewältigen, die auf dieser

Reise zwangsläufig auftreten würden. Sie hatten weder die Zeit noch die Ausrüstung, um das fremde Schiff wohnlich einzurichten, deshalb würden sie sich damit begnügen müssen, überhaupt darin existieren zu können. Bei der Befragung seiner Abteilung stellte er zu seiner Zufriedenheit fest, dass sie so bereit waren, wie sie nur sein konnten.

Schließlich nickte er. »Sehr gut, Leute. Wir kommen in elf Stunden und zweiundzwanzig Minuten an. Ich will, dass Sie alle spätestens eine Stunde vor der Ankunft im Vakuumanzug im Hangar antreten. Noch Fragen?«

Keine Fragen, nicht einmal von den Sternenantriebs-Experten. »Wegtreten!«

»Immer diese Déjà-vu-Erlebnisse«, murmelte Lieutenant Harlan Frees und artikulierte damit ein Gefühl, das erstmals von einem lang vergessenen Philosophen beschrieben worden war. Frees lag im Vakuumanzug auf der Beschleunigungsliege und sah, wie der gedrungene Zylinder mit den klaffenden Löchern im Rumpf im Sichtfenster langsam größer wurde. Als er sich zuletzt in diesem Anflug befunden hatte, hatte er nicht gewusst, ob er schon von Aliens erwartet wurde, die mit diesen Blastern auf ihn feuern würden, von denen die Verfasser von Weltraumabenteuern so fasziniert waren. In dieser Hinsicht hatte sich nichts geändert. Wieder war er ausgeschickt worden, um ein potenziell feindliches fremdes Raumschiff zu erkunden – doch diesmal mit *einem* Unterschied.

»Sieht ziemlich gut aus, Captain.«

»In Ordnung«, sagte Landon von der rechten Liege in der *Scout-2*, von der er Frees' Kopilot verdrängt hatte. »Wenn die Broa uns eine Falle gestellt haben, werden wir es in ein paar Minuten wissen.«

»Wir haben Sie auf dem Bildschirm, *Scout-2*«, meldete Commander Scott Heinrich, Landons Erster Offizier, über die Befehls-Schaltung.

»Verstanden, *Magellan*. Bisher scheint alles klar zu sein. Keine besonderen Vorkommnisse.«

Frees wandte sich dem Endanflugsradar zu und sah, wie das Wrack auf einem Hilfsbildschirm abgebildet wurde. Außer der vom Computer des Boots erzeugten Falschfarben-Darstellung gab es kaum einen Unterschied zwischen den Radar- und optischen Bildern.

»Wir haben uns bis auf zwanzig Kilometer genähert, Captain.«

»Gut. Langsam auf Endanflugs-Geschwindigkeit drosseln«, befahl Landon.

Das Feuer der zündenden Steuertriebwerke loderte vor *Scout-2* auf, und es ertönte dieser charakteristische Knall, als Frees den entsprechenden Befehl gab. Durch die Bremskräfte wurden beide Männer in den Gurten nach vorn gerissen.

»Fertig werden«, befahl Landon über sein InterKom. In der Passagierkabine befand sich ein Dutzend bewaffneter Raumfahrer. Sie waren so eng zusammengequetscht, dass die Schultern der Anzüge über den schmalen Gang hinweg aneinander rubbelten. Hinter der Kabine war der große quaderförmige Kasten, der die Selbstzerstörungsvorrichtung enthielt. Ein paar Leute hatten in einer Anwandlung von schwarzem Humor gesagt, dass sie praktisch auf einer Atombombe ritten. Aber die anderen fanden das irgendwie gar nicht komisch.

Wie zuvor wurde zur Vorbereitung aufs Andocken am großen Wrack die Atmosphäre aus der Kabine des Scouts abgepumpt, worauf die Anzüge sich aufblähten. In den nächsten Minuten reduzierte Landon die Vergrößerung des Monitorbilds in dem Maß, wie sie sich dem Schiff näherten.

»Wir entdecken keine künstlichen Energiequellen innerhalb des Messbereichs der Sensoren«, meldete Commander Heinrich von der *Magellan*. »Freigabe erteilt, an Bord zu gehen.«

»Roger«, sagte Landon und wandte sich an Frees. »Also, Lieutenant. Bringen Sie sie rein.«

Die Steuertriebwerke zündeten erneut, als Frees das Schiff erst verlangsamte und dann beidrehte. Der Anflug glich der Beobachtung einer Kollision in Zeitlupe. Die durchlöcherte Kaffeekanne von einem Schiff wurde immer größer, bis sie den Himmel ausfüllte, dann ertönte der Knall der Triebwerke, und dann kam das Wrack ein Dutzend Meter backbord plötzlich zum Stillstand. Mit ein paar weiteren Triebwerksstößen driftete der Scout noch näher heran, bis er schließlich noch durch einen Meter Leerraum vom Wrack getrennt war. Irgendwie war das Fremdraumschiff in den letzten Monaten in eine leicht taumelnde Bewegung versetzt worden. Frees zündete die Triebwerke, um sie zu neutralisieren, und betätigte mit dem Kinn das InterKom-Gerät.

»Die erste Gruppe ausschiffen!«

Hinter ihnen wurden beide Türen der Backbord-Luftschleuse aufgestoßen, und sechs Raumfahrer mit Riot-Guns steuerten das Innere des Alien-Wracks an. Landon verfolgte das auf dem Bildschirm und wünschte sich, dass er auch dabei hätte sein können. Knappe Befehle wurden per Funk erteilt, als die Entermannschaft im Schiff ausschwärmte. Sie alle waren beim ersten Mal auch schon an Bord gewesen und sollten nun feststellen, ob das Fremdraumschiff in der Zwischenzeit Besuch bekommen hatte.

Zehn Minuten später meldete die Entermannschaft, dass sie keine Spuren von Eindringlingen gefunden hätte. Landon betätigte das InterKom und sagte: »Gut, Johnson. Schaffen Sie die Bombe an Bord und machen sie scharf.«

»Aye, aye, Sir.«

Der Kapitän aktivierte mit dem Kinn die Befehls-Schaltung im Helm. »Das Wrack ist sicher, Scott. Bringen Sie das Schiff her.«

»Aye, aye, Captain. Wir werden in einer halben Stunde dort sein.«

Landon befreite sich von den Gurten. »Guter Anflug, Lieutenant. Sobald wir ausschiffen, ziehen Sie sich mit dem Scout auf eine sichere Entfernung zurück, damit die *Magellan* genug Platz für ihren Anflug hat.«

»Aye, aye, Sir.« Frees sah, wie der Captain sich durch die Cockpit-Luke achtern zur Luftschleuse hangelte. Er fragte sich, ob Landons Herz auch so schnell wie seins schlug, als er das Wrack zum ersten Mal enterte.

16

Zwei Wochen nach seiner Ankunft an Bord der *PoleStar* ging Mark Rykand für ein spätes Frühstück in die Messe und sah Lisa Arden an einem der langen Tische sitzen. Er schwebte zum Selbstbedienungsautomaten, stellte sich ein Frühstück zusammen und wartete eine halbe Minute, bis es erhitzt war. Als das Tablett im Servierfach ausgegeben wurde, schob er es unter den Brustgurt und hangelte sich zu Lisas Platz.

»Hallo«, sagte er, stellte das Tablett auf die stählerne Tischplatte und ließ es los, nachdem er sich davon überzeugt hatte, dass die magnetische Unterseite am Tisch haftete. Dann setzte er sich unter Zuhilfenahme beider Hände und schlang die Beine um den Rahmen, damit er nicht wieder davonsegelte. »Schon wieder ein ›Spätstück‹, was?«

Sie nickte. »Ist wieder eine lange Nacht geworden. Und Sie?«

»Das Gleiche. Ich habe bis zur Mitte der Frühschicht Spektralklassen für Professor Bendagar verglichen.«

»Und wie läuft's? Haben Sie schon irgendwelche Übereinstimmungen gefunden?«

»Noch nicht. Wir machen aber Fortschritte«, sagte er. »Haben Sie unsere Kunstsammlung schon gesehen?«

Sie lächelte. Es war eigentlich Professor Bendagars Idee gewesen, aber sie hatte mitgeholfen. Sar-Say hatte nicht nur ein annähernd fotografisches Gedächtnis, sondern er war auch ein begnadeter Künstler. Er hatte die letzten Tage mit einem handelsüblichen Grafiksoftware-Paket »himmlische« Szenerien kreiert – Impressionen von Planeten mit außergewöhnlichen Phänomenen am Himmel.

»Ich habe sie gesehen.«

»Eins der Bilder zeigt einen riesigen Nebel am Himmel. Professor Bendagar fragt sich, ob es nicht das Sternbild Krebs ist!«

»Können Sie das bitte etwas näher erklären? Sie sprechen quasi mit einem Analphabeten, was Astronomie betrifft.«

»Der Krebs-Nebel. Es handelt sich dabei um die Überreste eines Sterns, der vor etwa 8000 Jahren zur Nova wurde. Er ist im Jahr 1045 am Himmel erschienen und wurde von chinesischen Astronomen gesichtet.«

»Was ist denn so besonders an diesem Nebel?«

»Der Größe nach zu urteilen, in der Sar-Say ihn gezeichnet hat, muss der Nebel sich im Radius von ein paar hundert Lichtjahren um die Welt befinden, die er besucht hat. Stimmt die Identifikation, sind wir auf dem besten Weg, unsere erste Welt in der Souveränität zu entdecken.« Er nahm die Abdeckung vom Tablett. Ihr fiel auf, dass er schon wieder die Pseudoeier und den Speck geordert hatte. Ihre Mutter hatte sie als kleines Kind mit künstlichen Eiern überfüttert, sodass ihr bei diesem Anblick und Geruch leicht übel wurde.

»Aber Sar-Say hat mir gesagt, dass er die Sterne am Himmel nicht identifizieren könne.«

»Stimmt«, erwiderte Mark mit vollem Mund. »Das ist eben das Problem mit Reisen durch Sternentore. Die klassische Astronomie ist wenig hilfreich für Leute mit Sieben-Meilen-Stiefeln. Sie interessieren sich viel mehr für die Sequenz von Sternentoren als für die relative Position der Sterne. Man könnte es mit den U-Bahn-Karten in einer Großstadt vergleichen.«

»Und würden sie – wie U-Bahn-Stationen – die Sterne denn nicht in ihrer natürlichen Reihenfolge erfassen?«

»Wieso sollten sie das tun?«

»Weil die Verzerrung des Raums Energie erfordert. Zumindest sagt Sar-Say das. Je größer die Reichweite eines Sternentors, desto mehr Energie ist erforderlich, um es offenzuhalten.«

Mark schaute nachdenklich. »Das wusste ich nicht. Was hat er sonst noch gesagt?«

»Nicht viel. Er ist ein Händler. Er hat wirklich nur die wissenschaftlichen Kenntnisse, die er fürs Überleben in diesem Beruf braucht. Wenn die zum Offenhalten eines Sternentors erforderliche Energie sich proportional zur überbrückten Entfernung verhält, spricht das dann nicht dafür, dass die Sterne in einer beliebigen Sprungsequenz sich relativ nahe stehen müssen? In kaufmännischer Hinsicht ergibt das doch einen Sinn, oder?«

Er runzelte die Stirn und ließ sich das durch den Kopf gehen. »Sie könnten recht haben. Es würde weniger Energie erfordern, eine Anzahl von Sternen wie Perlen auf einer Schnur aufzureihen, als sie aufs Geratewohl miteinander zu verbinden. Auf diese Art würde die Anzahl der ›Leersprünge‹ reduziert. Wenn eine bestimmte Sprungfolge auch der natürlichen Reihenfolge der Sterne entspricht, dann könnten wir vielleicht eine Suche nach Spektralklassen durchführen und sie auf unseren Sternkarten finden.«

»Vor allem, wenn wir imstande sind, eine solche Folge zu einem Wahrzeichen wie dem Krebs-Nebel zurückzuverfolgen ...«, sagte sie nachdenklich.

Mark führte die Kugel mit heißem Tee zum Mund und nippte vorsichtig daran. Er war ein gelehriger Schüler und hatte Bendagar mit dem Wissen überrascht, das er sich angeeignet hatte, seit er an Bord gekommen war. Trotzdem zeigte dieses Gespräch mit Lisa, dass er noch viel lernen musste.

»Könnten wir uns nicht einmal zusammensetzen und herausfinden, was Sie noch alles wissen und ich nicht?«

Sie schaute ihn fragend an. Fast jeder Mann an Bord hatte

sie schon um eine Verabredung gebeten. Sie hatte sie aber alle abblitzen lassen, denn sie wollte ihr ohnehin schon anstrengendes Leben nicht noch zusätzlich mit einer Liebelei komplizieren. Wenn sie aber schon beim Frühstück eine neue Methode für die Suche nach der Souveränität fanden, was sprach dann dagegen, wenn sie ihre Ergebnisse systematisch austauschten? Außerdem klang sein Vorschlag nicht wie eine Anmache ... jedenfalls nicht genau wie eine.

»Sicher, wieso nicht? Wie wäre es mit morgen nach dem Abendessen?«

»Morgen ist gut.«

Sie beendete ihr Frühstück und löste ihre Beine aus der Halterung. »Leider muss ich wieder an die Front zurück. Ich habe eine ganze Fuhre Fragen an Sar-Say, und er hat wahrscheinlich genauso viele an mich.«

»Danke. Also bis morgen.« Er schaute ihr nach, wie sie geschickt durch die Messeluke schlüpfte, sich an der gegenüberliegenden Korridorwand abstieß und verschwand. Er war mit den Gedanken nicht nur bei der Arbeit, während er sein Frühstück beendete. Er bemerkte auch kaum, dass die Eier schon kalt geworden waren.

»Es ist der Krebs, ganz recht«, sagte Dr. Bendagar, als Mark das verdunkelte Büro betrat. Zwischen ihnen schwebte das geisterhafte Bild, das Sar-Say als Zeichnung Nr. 3 präsentiert hatte. Es zeigte einen turbulenten Nebel aus Gas und Staub, der von den Überresten einer Supernova wegstrebte. Neben der Abbildung der Zeichnung schwebte eine weitere Darstellung. Die zweite Wolke war kleiner und dreidimensional: ein Bild des Krebs-Nebels.

Als Mark sich zu einem bequemen Gestell hangelte, rotierte der Nebel als Reaktion auf Professor Bendagars Trackball-Bewegungen gemächlich um seine Hochachse. »Ich glaube, wir haben eine Übereinstimmung.«

Mark Rykand schaute auf die nebeneinander platzierten ätherischen Projektionen. »Ich sehe keine Übereinstimmung. Schauen Sie die Unterschiede bei den Armen und in der Formation. Es besteht ohne Zweifel eine Ähnlichkeit, aber nicht annähernd eine Übereinstimmung.«

Dr. Bendagars Gesicht glühte im Widerschein der holografischen Projektion. Sein Lächeln war selbst durch die transparenten Arme der virtuellen Nebel zu erkennen, die sie trennten. »Sie haben vier Jahre Astrophysik studiert, mein Junge. Hätten Sie denn eine Idee, wodurch der Unterschied zustandekommt?«

Mark runzelte die Stirn und grinste verlegen, als ihm die Erkenntnis kam. Natürlich waren die zwei Bilder nicht identisch. Eins war eine aus dem Gedächtnis angefertigte Zeichnung – obwohl der Detailfülle nach zu urteilen Sar-Say's Gedächtnis verdammt nah an der Perfektion war – und das andere war eine computergenerierte Darstellung auf der Grundlage erdbasierter teleskopischer Beobachtungen. Die Unterschiede ergaben sich aus der Perspektive. Die Welt, die Sar-Say besucht hatte – er hatte sie Zzumer genannt –, war wahrscheinlich hundert Lichtjahre vom Nebel entfernt, während die Erde siebentausend Lichtjahre entfernt war. Sar-Say's Malerei zeigte den Nebel in Echtzeit. Wenn die Darstellung genau war, sahen sie den Krebs-Nebel so, wie er in ungefähr siebentausend Jahren von der Erde aus zu sehen sein würde.

»Lichtgeschwindigkeitsverzögerung, natürlich«, murmelte Mark.

»Dieser Student hat sämtliche Prüfungen mit Bravour bestanden!«, rief Bendagar. »Wir werden selbstverständlich noch eine Computersimulation des Nebelexpansionsmusters durchführen, um zu bestätigen, dass er diese Gestalt annehmen wird. Und hinzu kommt noch, dass die Zzumers den Nebel aus einer anderen Richtung sehen. Dennoch glaube ich, dass wir eine Übereinstimmung gefunden haben. Haben Sie die Farben mit Sar-Say noch einmal überprüft?«

Mark nickte. Davon abgesehen, dass sie sich in der Nähe dieses spektakulären Nebels befand, hatten sie noch einen anderen Hinweis bezüglich der Position der Zzumer-Sonne – ihre Farbe. Mark hatte dem Außerirdischen Dutzende von Sternbildern gezeigt und ihn gebeten, das auszuwählen, das dem Stern am ähnlichsten war, wo er den Nebel gesehen hatte. Der Stern, den Sar-Say dann auswählte, hatte die Spektralklasse G3. Er war fast ein Zwilling von Sol.

»Er sagt G3 – natürlich unter der Voraussetzung, dass er Farbe genauso wahrnimmt wie wir.«

»Das tut er«, erwiderte der Astronom. »Einer der ersten Tests, die die Biologen durchführten, betraf die Farbwahrnehmung. Wir wissen, dass er einen Farbenblindheitstest besteht und auch nicht weiter in den infraroten oder ultravioletten Bereich hineinsieht als wir. Natürlich dachten wir uns das schon, als wir den Aufbau seiner Augen sahen. Wo auch immer die Spezies der Taff sich entwickelt hat, ich gehe jede Wette ein, dass es unter einem Stern war, der große Ähnlichkeit mit der guten alten Sonne hat.«

»Dann haben wir also genug für eine zweifelsfreie Identifizierung der Zzumer-Sonne.«

»Meinen Sie?«, fragte der alte Astronom. »Wie viele Sterne der G-Klasse gibt es wohl im Umkreis von ein paar hundert Lichtjahren um Krebs?«

»Ich weiß nicht.«

»Ich habe sie vom Computer zählen lassen. Hundertzwölf. Bricht man das auf den Bereich von G0 bis G5 herunter, kommt man auf zweiundfünfzig – vielleicht noch weniger, aber das ist nicht ohne Weiteres festzustellen.«

»Verdammt, und ich dachte schon, wir hätten ihn gefunden.«

Bendagar lachte. »Kopf hoch. Einen Stern aus hundert ausfindig zu machen ist ungleich leichter, als einen aus 100 Milliarden aufzuspüren. Und wenn die Broa wirklich eine Million

Sonnen kontrollieren, sind sie vielleicht leichter zu finden, als uns Menschen das lieb sein könnte.«

Dieter Pavel hatte sich hinterm Schreibtisch angeschnallt und ging die Tagesberichte noch einmal durch, bevor er sie über die sichere Datenleitung zu Händen von Anton Bartok übermittelte. Obwohl diese wissenschaftlichen Berichte größtenteils in einem unverständlichen Jargon abgefasst, waren, zwang er sich, jeden einzelnen durchzugehen. Eine Lektion, die er schon früh in seiner Karriere gelernt hatte, war, dass Wissenschaftler oft die erstaunlichsten Dinge in ihre Berichte schrieben – Dinge, die die Politiker gewaltig in Verlegenheit bringen konnten, wenn sie bekannt wurden. Und wenn das geschah, wurden nie die Wissenschaftler dafür verantwortlich gemacht. Sondern: der zuständige Verwaltungsbeamte! Er hatte beschlossen, nicht in diese Falle zu tappen.

Pavel hatte in den letzten Wochen sechzehn Stunden am Tag gearbeitet. Obwohl das Schlafbedürfnis des menschlichen Körpers in der Mikrogravitation reduziert war, schien der Tag dennoch nie genug Stunden zu haben. Nicht nur, dass die Forschungsteams auf der Erde immer nachdrücklicher Antworten auf ihren endlosen Fragenkatalog verlangten – er musste nun auch noch die bevorstehende Konferenz auf der Erde organisieren.

Der Plan sah vor, die bedeutendsten Forscher zu einem Gedankenaustausch zusammenzubringen. Außerdem erhoffte man sich von ihnen eine definitive Antwort auf die Frage, ob die Broa nur ein Hirngespinst von Sar-Say waren. Mit jedem Tag, den sie auf diese Antwort warteten, stieg das Risiko für die bestehenden Machtstrukturen.

Als derjenige, der sich mit der »Öffentlichkeit« befasste, wusste Dieter Pavel nur zu gut, dass der Mensch als »Kollektivwesen« im Vergleich zu einer Einzelperson eine starke Einbuße an Intelligenz verzeichnete. Seit den Fertilitäts-Aufständen des vorherigen Jahrhunderts war die Massenpsychologie ein obligatorischer Bestandteil der Ausbildung eines Anwärters für den öffentlichen Dienst. Sein Dozent in *empie* (wie die Studenten es nannten) hatte betont, dass kollektive Handlungen durch kollektive Ängste verursacht werden. Und Dieter vermochte sich nicht vorzustellen, was schneller eine Massenpanik auslösen würde als die Kunde von den Broa und ihrem mutmaßlichen Reich.

Der Akustikmelder an Pavels Tür summte, und im nächsten Moment schwebte Lisa Arden über die Schwelle.

»Beschäftigt?«

»Nicht mehr als sonst auch.«

»Ich möchte Ihnen etwas zeigen.«

In der linken Hand hielt sie eine Kunststofffolie, wie sie für Computerausdrucke verwendet wurde. Das Farbspiel sagte ihm, dass es sich um eine Grafik handelte. Lisa hangelte sich mit dem freien Arm zum Schreibtisch und breitete den Ausdruck vor ihm aus.

Das dort abgebildete Wesen war ein Zweibeiner. Und damit endete die Ähnlichkeit mit einem Menschen auch schon. Das Alien war ein mit blaugrünen Schuppen bedecktes Reptil. Es hatte einen kurzen Schwanz, stand aufrecht, war aber vornübergebeugt und balancierte auf Beinstümpfen. Zwei Knopfaugen lugten unter ausgeprägten Augenwülsten hervor. Die Schnauze rundete die Ähnlichkeit mit dem Kopf einer Schlange ab. Der Mund stand offen und war mit spitzen Zähnen gespickt. Der Leib war in schmale Streifen aus einem Material gewickelt, das wie die Bandagen einer ägyptischen Mumie anmutete. Um die Taille hatte das Alien einen Riemen geschnürt, an dem mehrere Gerätschaften hingen.

»Hübsch hässlich«, sagte Pavel. »Was ist das denn?«

»Das, Herr Administrator, ist ein Broa.«

Er nahm das Bild in Augenschein. Von dem Wesen ging etwas aus, dass sich ihm die Nackenhaare sträubten. »Woher haben Sie das?«

»Ich hatte die Eingebung, dass, wenn Sar-Say exakte astronomische Szenen zu zeichnen vermag, er auch andere Dinge zeichnen kann. Dies ist seine neuste künstlerische Kreation.«

»Stimmt das damit überein, was er uns über die Broa erzählt hat?«

»Bislang sind seine Beschreibungen etwas vage gewesen – deshalb habe ich auch die Zeichnung in Auftrag gegeben. Ich finde, wir sollten wissen, wie unser Gegner aussieht.«

»Wie gesagt, schön hässlich!«

Beim Anblick des Bilds hatte er eine Vision, wie die Darstellung in jeden Haushalt im Sonnensystem übertragen wurde. *»Vergiss die Unruhen«,* sagte er sich. *»Revolution ist angesagt!«*

17

Melissa Trank bewegte sich durch den dunklen Gang und betete, dass sie nicht plötzlich einem Ungeheuer begegnete. Das war ihr nämlich gleich am ersten Tag an Bord passiert, und sie schauderte jetzt noch beim Gedanken daran.

Sie hatte Quadrant 3, Deck 5 erkundet, um den Gesamtzustand der *Ruptured Whale* zu beurteilen; der Name hatte sich eigenartigerweise innerhalb der ersten Stunden an Bord eingebürgert. Sie und ihr Partner, Emil Valdez, hatten sich getrennt, um zwei kleine Tunnels zu überprüfen, die vom zu den geräumigen Ladebuchten der *Whale* führenden Hauptgang abzweigten. Nachdem sie das tote Schiff über vier Stunden erforscht hatte, hatte ihre anfängliche Aufregung sich gelegt. Sie schwärmte von einer wohligen heißen Dusche und schob den Oberkörper in den »Wartungstunnel«.

Der Tunnel war gerade breit genug, dass sie mit dem Anzug und dem Rückentornister hineinpasste. Dann arbeitete sie sich wie ein Bergsteiger vor, der in einem Felsenkamin steckte. Sie sah die Biegung des Tunnels erst, als sie schon kurz davor war. Seufzend arbeitete sie sich unter Einsatz der Füße weiter vor, bis sie mit dem Kopf über die Biegung hinausragte.

Das insektoide Besatzungsmitglied musste Wartungsarbeiten im Schacht verrichtet haben, als der Druckabfall im Schiff auftrat. Sein Körper hatte die ausströmende Luft erst wie ein Pfropf blockiert und war dann wie ein Tischtennisball in einem Staubsaugerschlauch herumgewirbelt worden. Dann hatte er sich direkt vor der Biegung verkeilt. Der Mund des Wesens stand offen – im Todesschrei erstarrt oder vielleicht im letzten Versuch, die schnell dünner werdende Luft in die Lunge zu saugen. Es musste bei der Rutschpartie durch den Tunnel auch eine Kopfverletzung erlitten haben, denn ein Auge war aus der Höhle gequollen.

Bei der unerwarteten Entdeckung entfuhr Melissa ein spitzer Schrei, der über Funk abgestrahlt wurde. Dann erinnerte Melissa sich an nichts mehr, bis die Schreie ihres Partners das Rauschen des Bluts in ihren Ohren übertönt hatte. Emil hatte sie aus dem Tunnel geschleppt und seine Helmlampe auf ihre Gesichtsplatte gerichtet. Mit einem Frosch im Hals hatte sie ihm den Grund für den Schrei erklärt und Emil dann um Entschuldigung gebeten, weil sie ihn so erschreckt hatte. Ihre Wangen hatten vor Scham geglüht.

Eine Woche später folgte sie wieder dem schmalen Lichtkegel der Helmlampe ins dunkle Unbekannte. Diesmal war Hideki Furosawa, einer von Laura Dressers Experten, ihr Partner. Sie hatten den Auftrag, die verschiedenen Energieversorgungs-Systeme des Schiffs darzustellen. Als ein Besatzungsmitglied der *Magellan* kam es ihr zu, die Führung bei der Erkundung des unbekannten Terrains zu übernehmen. Trotzdem hätte sie sich viel lieber in ihre Koje an Bord des Raumschiffs gekuschelt.

»Warten Sie eine Sekunde, Miss Trank«, sagte Furosawa.

Seine Stimme hallte hohl in ihren Ohrhörern. »Ich glaube, wir sollten dort oben nach rechts abbiegen.«

»Sind Sie sicher, Mr Furosawa?«, fragte sie und leuchtete mit der Lampe den Gang aus. »Das Hauptkabel scheint aber nach links zu verlaufen.«

»Ich muss diesen Abzweig überprüfen«, erwiderte der kleine Japaner, nachdem er den an der Brust des Anzugs befestigten tragbaren Computer konsultiert hatte. Das dunkle Glühen der Karte wurde als eine Reihe farbiger Linien auf seiner Gesichtsplatte reflektiert.

»Also nach rechts«, erklärte Melissa sich einverstanden.

Vorsichtig leuchtete sie den Nebengang mit der Lampe aus. Wie gewöhnlich war der Strahl unsichtbar; nur der wandernde Punkt zeigte die Stelle an, auf die der Strahl gerade gerichtet war. Zwei Türen, die große Ähnlichkeit mit Druckschotten in einem menschlichen Raumschiff hatten, waren in die Wände des Gangs zurückgefahren. Sie befanden sich im gleichen Öffnungszustand wie alle anderen Doppel-Türen, die sie an Bord dieses Geisterschiffs entdeckt hatten.

Melissas Punkt erreichte das Ende des Gangs und verschwand. Aber nicht etwa in einer Türöffnung oder hinter einer anderen Begrenzung; da war einfach … nichts. Sie starrte für eine Weile in die unheimliche Finsternis, bevor ein Stern im Blickfeld erschien.

»Verdammt, sehen Sie sich nur dieses große Loch an!«

»Ich sehe es, Miss Trank«, ertönte die Antwort. In seinen Worten schwang ein leiser Hauch von Tadel mit, als ob Furosawa sie daran erinnern wollte, dass eine richtige Lady nicht fluchte.

Sie arbeiteten sich vorsichtig zum Ende des Gangs vor. Aus der Nähe war es offensichtlich, dass sie aus einem großen Loch im Bug des zylindrischen Schiffs schauten – wobei der Bug das der üblichen Schubrichtung direkt entgegengesetzte Ende war. Die größten Schäden hatte der Broa-Rächer dem Schiff achtern zugefügt – was zu erwarten gewesen war, denn die *Rup-*

tured Whale war schließlich vor dem Angreifer geflohen. Ein Loch so weit vorn überraschte sie allerdings.

Melissa befestigte ihre Sicherheitsleine an einem stabilen Pfosten und sorgte dafür, dass Furosawa ihrem Beispiel folgte, bevor sie ihre Erkundung fortsetzten. Sie schwebten zum Ende der Leinen und stellten fest, dass sie gerade eben das Ende des Gangs erreichten. Dahinter klaffte ein Loch von gut drei Metern Durchmesser.

»Das ist kein Gefechtsschaden«, sagte der Ingenieur nach einer kurzen Inspektion.

»Stimmt«, erwiderte Melissa. »Dafür ist es verdammt zu rund. Was ist Ihrer Meinung nach geschehen?«

»Es sieht so aus, als ob eine Ladeluke weggeflogen ist«, sagte Furosawa. »Seltsam.«

»Wieso?«

»Dieses Schiff ist – wie unsere Schiffe – in Kammern unterteilt, um einen völligen Verlust der Atmosphäre zu verhindern. Trotz des erlittenen Schadens hatten sie den Druck in weiten Teilen des Schiffs noch für längere Zeit aufrechterhalten, und dann sollen sie ihn plötzlich verloren haben?«

Melissa nickte. »Worauf wollen Sie hinaus?«

»Da alle Sicherheitstüren offenstehen, ist der Verlust dieser Luke wahrscheinlich die primäre Ursache des explosiven Druckabfalls.«

»Dafür ist es sicherlich groß genug«, sagte sie und bestrich mit der Lampe den Rand des Lochs. Es gab keine Anzeichen, dass es sich um einen Gefechtsschaden handelte. Es fehlten die Kügelchen, die eine Stelle markierten, wo Metall geschmolzen war. Es sah vielmehr so aus, als ob jemand ein kreisrundes Loch in den Bug des außerirdischen Raumschiffs gefräst hätte. »Ich frage mich, wie das wohl passiert ist.«

»Vielleicht hat ein Strahl eine Fehlfunktion in den Sicherheitssystemen ausgelöst und alle Sicherheitstüren gleichzeitig geöffnet, sodass die Luke herausgedrückt wurde.«

»Sollte mich aber wundern, wenn eine raumfahrende Spezies einen solchen Fehler beginge.«

»Auch wieder richtig«, erwiderte Furosawa. »Aus welchem Grund auch immer dieses Schiff seine Luft verloren hat – es ist keine Konstruktion, auf die ein Profi stolz wäre.«

»Verdammt, wie lange brauchen Sie denn noch für diesen Generator, Laura?«, wollte Dan Landon von seinem Chefingenieur wissen. Beide waren in Vakuumanzügen in einer der Abteilungen, wo die Bergungsmannschaft Kabel verlegte.

»Die Arbeit geht so schnell voran wie möglich, Captain«, kam die überraschend sanfte Antwort. Landon war bei Laura Dresser unter anderem aufgefallen, dass es ihrer Persönlichkeit zugute kam, wenn sie arbeitete. Wenn sie nun auch noch die »Technik« im Privatleben zu meistern vermochte, würde sie einem vielleicht sogar sympathisch werden.

»Wie lange dauert es denn, sechs Decks zu durchschneiden?«

»Gar nicht lange, sobald man die Ausrüstung identifiziert hat, die man auch noch durchtrennt. Sie wollen doch nicht, dass wir lebenswichtige Teile zerstören, oder?«

»Wenn wir dadurch auch nur eine Stunde früher aus diesem verdammten System verschwinden könnten, wäre mir das sogar völlig egal.«

»Keine Sorge, Captain. Die Mannschaft hat den Sternenantrieb positioniert und verankert. Wir müssen nur noch die Stromkabel anschließen …« Sie wies auf die dicken Kabel, die die Mannschaft am Schott befestigt hatte »… und die Hülle mit Kupfergeflecht abdecken.«

»Das muss schneller gehen.«

»Ich sagte Ihnen doch schon, dass wir so schnell arbeiten, wie wir können.«

Dan musste ihr recht geben und einsehen, dass man sie nicht noch mehr antreiben konnte. »Ich bin es nur leid, mich nicht kratzen zu können, wo es juckt.«

»Erinnern Sie mich nicht daran«, sagte sie mit einem Lachen. »Ich habe kein Problem, solange ich nicht daran denke. In der nächsten Schicht müssten wir den Wohnbereich abgedichtet und mit Druck beaufschlagt haben. Dann können wir uns alle bis auf die Unterwäsche ausziehen und eine richtige ›Kratz-Session‹ veranstalten.«

»Ich freue mich schon darauf«, erwiderte Landon leidenschaftlicher, als er es beabsichtigt hatte. An den Schotten angebrachte Vakuumlampen erhellten die Abteilung, wo sie ihre kleine Diskussion führten. Sie waren von einer fremden Maschinerie umgeben, die sie zu begreifen versuchten. Er hatte nicht genug Zeit gehabt, um sein neues Kommando so gründlich zu studieren, wie er es sich gewünscht hätte. Die bisherigen Eindrücke vom außerirdischen Maschinenpark hatten ihn jedoch zu einem seltsamen Schluss veranlasst.

»Finden Sie nicht auch, dass diese Maschinen nicht annähernd so fremdartig sind, wie sie wirken müssten?«

»Wie meinen Sie das?«

»Nehmen Sie diesen Mikrowellenleiter da drüben. Wenn Sar-Say's Geschichte wahr ist, haben die Broa schon über die Galaxis geherrscht, als die Pyramiden erbaut wurden. Wie kommt es dann, dass wir einen Mikrowellenleiter als einen Mikrowellenleiter identifizieren? Dass eine so fortschrittliche Rasse wie die Broa überhaupt noch mit Mikrowellen arbeitet?«

Lauras Antwort war ein Lachen. »Ein Philosoph des frühen Weltraumzeitalters sagte einmal, dass jede nur weit genug fortgeschrittene Technologie nicht von Magie zu unterscheiden sei. Sie stellen die gleiche Frage.«

»Vielleicht. Allerdings kommen die Maschinen an Bord dieses Schiffs mir nicht sehr zauberhaft vor. Zum Teil sogar ziemlich primitiv, wie aus dem einundzwanzigsten Jahrhundert.«

»Sie wissen doch, die Form folgt der Funktion.«

»Trotzdem könnte man in 5000 Jahren ein bisschen mehr daraus machen.«

»Vielleicht sind die Broa nicht so fortschrittsgläubig wie wir Menschen. Vielleicht haben sie die Risiken grenzenloser Neugier erkannt.«

»Ist schon seltsam, das ausgerechnet aus dem Mund eines Ingenieurs zu hören.« Dann kam ihm eine Idee. »Glauben Sie, dass die Broa den Sternenantrieb erst erfunden und dann als Gefahr für ihr Reich unterdrückt haben?«

»Durchaus möglich«, antwortete Laura.

Commander Scott Heinrich hatte während seines bisherigen beruflichen Werdegangs ein ganz bestimmtes Ziel angestrebt: das Kommando über ein Raumschiff. Dass sein Aufstieg zum Kommandantensitz der *Magellan* nur vorübergehend war, tat den Pflichten keinen Abbruch, die nun auf seinen Schultern lasteten. Wo er das Kommando nun hatte, war er sich nicht mehr so sicher, ob er es überhaupt wollte.

Die *Magellan* flog seit drei Tagen in Formation mit der *Ruptured Whale*. In dieser Zeit waren die Vorräte für die Bergungsmannschaft ausgeladen worden. Als die Besatzung des Wracks schließlich alles hatte, was für die provisorische Instandsetzung des Schiffs erforderlich war, war Heinrich mit der *Magellan* zur zweiten Phase ihrer Mission aufgebrochen. Er wollte nach Spuren suchen, die das kurz erschienene Sternentor vielleicht hinterlassen hatte.

Zuerst hatten sie natürlich vor der Frage gestanden, wo sie überhaupt suchen sollten. Sie kannten die genaue Position, wo das Sternentor ursprünglich materialisiert war. Die Sensoren der *Magellan* hatten die außerirdischen Schiffe im Moment ihres Auftauchens erfasst. Doch wo war dieser Punkt jetzt?

Die Frage hatte die Wissenschaftler in zwei Lager gespalten – wie immer. Die sogenannten »Gravitozentristen« behaupteten, der Eintrittspunkt könne relativ zur Sonne von Neu-Eden lokalisiert werden, weshalb man an dem Punkt im Orbit von Neu-Eden suchen müsse, wo der Planet zur Zeit des

Kampfs gestanden hatte. Die »Universalisten« vertraten indes die Ansicht, dass die Sternentore unabhängig von lokalen Gravitationseinflüssen seien. Sie behaupteten, der Punkt sei im Raum fixiert, und um ihn zu finden, müsse man den Weg der Sonne von Neu-Eden am Himmel zurückverfolgen.

Schließlich obsiegten die Gravitozentristen, und die Wissenschaftler leiteten Heinrich zu einem Punkt auf der anderen Seite des Zentralgestirns. Weil sie so tief in der Gravitationsquelle des Sterns standen, führten sie den Flug im Normalraum durch und erreichten nach einer Woche das Suchgebiet.

Die nächsten drei Tage verbrachten sie dann damit, das Gebiet mit so empfindlichen Instrumenten abzusuchen, dass es die Kalibrierung zerschossen hätte, wenn das Schiff bis auf tausend Kilometer an sie herangekommen wäre. An diesem Morgen hatten sie das Gebiet nun schon zum siebenundzwanzigsten Mal abgesucht.

»Und?«, fragte Heinrich Dr. Pomerance.

»Nichts«, erwiderte der Wissenschaftler grantig. Er verfolgte gerade die Entstehung einer dreidimensionalen Abbildung auf dem Bildschirm. »Die lokale Krümmung des Raums wird innerhalb des Messbereichs unserer Instrumente nicht beeinflusst. Es scheint auch keine Dichteschwankungen zu geben.«

»Verdammt!«, murmelte Heinrich. Für ihn als Laien schien der Gedanke, dass Sternentore Schwankungen in der lokalen Dichte hervorriefen, völlig plausibel zu sein. Auch das härteste Vakuum enthielt noch Spuren von Materie. In Planetensystemen gab es mehrere zehntausend Atome pro Kubikzentimeter, und sogar im interstellaren Raum zählten die Partikel noch nach Hunderten. Da war der Gedanke nur logisch, dass, wenn Punkte in zwei weit voneinander entfernten Sternsystemen über ein Sternentor verbunden wurden, die Materie vom System höherer Dichte ins System geringerer Dichte strömte. Doch Logik hin oder her, es gab keine Beweise dafür, dass das in Neu-Eden geschehen war.

»Genauso wenig sehen wir Stoßwellen im Gas oder Turbulenzen wegen des Durchgangs der Gravitationswelle«, fuhr Pomerance fort.

»Und was tun wir jetzt?«

Der Wissenschaftler, ein kleiner Mann mit kurz geschorenem sandfarbenen Haar, kratzte sich frustriert am Kopf. »Unsere Trickkiste ist fast leer. Mir fallen nur noch zwei Dinge ein, die wir versuchen könnten. Vielleicht hatten die Universalisten doch recht?«

»Wie dem auch sei, wir müssen zum Wrack zurück. Wir haben sie schon zu lange allein gelassen.«

»Nur noch zwei Durchgänge, Captain«, bat Pomerance ihn inständig. »Wenn wir dann immer noch nichts haben, schreiben wir die ganze Sache ab.«

Heinrich nickte. »Zwei Durchgänge. Danach sammeln wir die Instrumente ein und fliegen zurück.«

Dan Landon bewegte sich durchs Vakuum zur Luftschleuse, die die Bergungsmannschaft an der Flanke der *Ruptured Whale* angedockt hatte. Heute Morgen hatte die Schleuse noch die Anmutung einer übergroßen Mülltonne, die ein riesiger Müllwerker achtlos in die Landschaft geschmissen hatte. Nun nicht mehr. Als er sich an der Führungsleine entlanghangelte, wurde er einer gewölbten Oberfläche aus sechseckigen Abschnitten eines supraleitenden Materials ansichtig, das an der darunterliegenden Struktur verankert und mit dicken Kabeln verbunden war.

Als er die Luftschleuse erreichte, drehte Landon sich und schaute auf den hellen Stern, der Neu-Eden war. In der Nähe des sichelförmigen Planeten war der helle Stern, der die Position der *Magellan* markierte. Sein Schiff hatte die Suche nach der letzten Position des Sternentors beendet – mit einem Fehlschlag. Außer der Gravitationswelle, die bereits einen Durchmesser von fast einem halben Lichtjahr erreicht hatte, gab es keinerlei Anzeichen dafür, dass der lokale Raum umgestülpt worden war. Nach dem Abschluss der separaten Mission war das große Forschungsschiff zur *Whale* zurückgekehrt und schwebte nun ungefähr zwanzig Kilometer entfernt – bereit, die Bergungsmannschaft aufzunehmen, falls die Broa auftauchten.

Er betrat die Luftschleuse mit den Stiefeln voran. Als er drin war, stemmte er sich gegen die Wand des Druckzylinders und verriegelte die Außentür mit dem Oberkörper. Die Luftschleuse war eine behelfsmäßige Anlage ohne die Stellmotoren, die bei solchen Installationen sonst serienmäßig waren. Als die Luke geschlossen war, drehte er das Ventil auf, durch das Luft aus dem Innern des Schiffs in die Schleusenkammer strömte. Ein leichter Sturm brandete gegen ihn an, als der Anzug um ihn herum erschlaffte. Als der Wind zu einem lauen Lüftchen abgeebbt war, drückte er mit der behandschuhten Hand gegen die innere Tür, die eben noch durch ein paar Tonnen Druck hermetisch verschlossen war. Mit der Luft in der Schleuse schwang sie nun leicht zurück.

Landon zog sich aus der Schleuse und sah Laura Dresser vor sich schweben. Sie bewegte die Lippen, aber es drang fast kein Laut durch seinen Helm. Er befahl dem Anzugscomputer, das Außenmikrofon zu aktivieren – etwas, das bei einem Vakuumanzug die absolute Ausnahme war. Ihre blecherne Stimme ertönte in den Ohrhörern, und er bekam gerade noch das Ende des Satzes mit.

»… spreche mit Ihnen!«

»Kann das nicht noch warten, bis ich aus dem Anzug herauskomme?«, fragte er, wobei seine Worte von einem kleinen, in die Brust integrierten Lautsprecher übertragen wurden.

Er bemerkte mit beruflichem Interesse den inneren Kampf, der sich in Lauras Gesichtsausdruck widerspiegelte. Sie war ein typischer Ingenieur: Eine Expertin auf ihrem Gebiet, aber es fehlte ihr etwas, das für eine vernünftige Kommunikation mit anderen Menschen unerlässlich war.

»Sicherlich kann es so lange warten«, murmelte sie dann und gab Landon damit zu verstehen, dass ihre etwas eingeschränkte soziale Kompetenz die Oberhand gewonnen hatte.

»Gut«, sagte er. Er verschwand in der Umkleidekabine, hakte sich in ein Wartegestell ein und sagte dann das Codewort, das den an einem Scharnier befestigten Tornister entriegelte und abklappte. Etwas mühsam zog er die Arme aus den Ärmeln, stieß die starre Brustschale ab und glitt rückwärts durch die offene hintere Luke, wobei er sich fast überschlagen hätte.

Wie die meisten Leute trug Landon nur einen Gürtel für Ausscheidungskontrolle und Telemetrie unter dem Anzug und sonst nichts. Er bemerkte das flüchtige Interesse, das Laura an seinem fast nackten Körper zeigte, als er in einen einteiligen Schiffsanzug schlüpfte. Was ihm noch auffiel, war der Geruch, der hauptsächlich von ihm selbst ausging. Zu den Defiziten der *Whale* zählte nämlich auch der Mangel an Waschgelegenheiten. Niemand hatte in den letzten drei Wochen ein Bad genommen. Sie würden bei der Rückkehr zur Erde wohl stinken wie ein Iltis, sagte er sich.

Schließlich wandte er sich an sie und fragte: »Was wollten Sie mich vorhin fragen?«

Zwei Stunden später hörte er ihr immer noch zu.

18

Laura Dresser hing wie eine Spinne im Netz und beobachtete die Messwertanzeigen, die über die Funktionsfähigkeit des Sternenantriebs und Fusionsgenerators Aufschluss gaben. Es befanden sich fünf Mitglieder der Bergungsmannschaft in der Abteilung, die sie als Kontrollraum ausgewählt hatten. Jeder steckte in einem Vakuumanzug und war wie Laura aufgehängt. Sie schauten nach vorn, und die Helme stießen fast mit der

Rückseite aneinander. Das heißt, sie konnten sich nicht sehen. Aber sie musste ihre Kameraden auch gar nicht sehen. Sie vermochte ihre Fortschritte anhand der Kommentare auf der Befehls-Schaltung zu verfolgen.

Sie trugen Anzüge, obwohl die Abteilung mit Druck beaufschlagt war. Die *Whale* würde einer Beanspruchung ausgesetzt werden, für die sie nicht konzipiert war. Es war möglich, dass einer oder mehrere der 200 »Flicken« abriss, wenn der Sternenantrieb aktiviert wurde und das Innere wieder dem Vakuum ausgesetzt wurde.

»Ingenieur, wie läuft's?«, ertönte plötzlich Dan Landons Stimme, als sie die Vorstart-Checkliste auf einem ihrer Hilfsbildschirme arbeitete. Außer der Stimme des Captains übertrug die Befehls-Schaltung noch das Atmen von zehn anderen Menschen. Die Geräuschkulisse ähnelte einem gedämpften Orkan.

»Startbereit in ein paar Minuten, Captain.«

»Geben Sie mir Bescheid, bevor Sie den Generator hochfahren.«

»Jawohl, Sir.«

Dann nahm Landon Kontakt mit Fähnrich Grimes auf, der mit der *Magellan* in Verbindung stand. Das Forschungsschiff würde ihnen in sicherer Entfernung folgen, während sie sich ihrem Absprung-Punkt näherten, und ihnen im Notfall zu Hilfe kommen. Nach dem Sprung in den Überlicht-Bereich wäre die *Whale* auf dem sechs Tage dauernden Flug nach Sol auf sich gestellt. Falls der Sternenantrieb versagte, würde man sie im Vakuum zwischen den Sternen wohl nie mehr finden.

»Sind nun bereit, Captain«, sagte Laura ein paar Minuten später. Sie starrte auf den Bildschirm und wünschte sich, jemand würde auf den Trichter kommen, wie man eine altmodische Brille in einem Vakuumanzug tragen könnte. Wahrscheinlich hatte auch jemand schon einmal eine Lösung für dieses Problem gefunden, die dann im Lauf der Jahre wieder in Vergessenheit geraten war.

»Die Fusionsgeneratoren anfahren.«

Laura tat wie geheißen und überwachte die Bildschirme auf Anzeichen für Schwankungen der Generatorleistung. »Wir haben minimale Antriebsleistung, Captain.«

»Sehr gut, Ingenieur. Bleiben Sie dran.« Landon schaltete auf die allgemeine Anzugs-Schaltung und machte eine Ansage: *»Achtung, an alle. Wir werden in zwei Minuten mit dem Manöver beginnen. Vergewissern Sie sich, dass Sie sicher angeschnallt sind. Zweiminutenwarnung und abnehmend. In Bereitschaft bleiben!«*

»Commander Heinrich meldet, dass er zur Verfolgung bereit ist«, sagte Grimes.

»Bestätigen Sie die Meldung, Fähnrich. Sagen Sie ihm, dass wir unser Feld in neunzig Sekunden aktivieren. Er soll das dann ebenfalls tun.«

»Aye, aye, Captain.«

Laura beobachtete das Chronometer, das einen Meter vor ihrer Gesichtsplatte zu hängen schien. Die glühende Erscheinung gehörte jedoch zum Head-up-Display des Helms. Es zählte langsam gegen null.

»Dreißig Sekunden«, meldete Landon. »Beginnen Sie den automatisierten Countdown.«

Eine synthetische Stimme hallte in Lauras Helm wider. Als die Anzeige schließlich auf null sprang, aktivierte sie den Computer der *Whale*, damit er dem vorprogrammierten Flugplan folgte. Die Wirkung setzte unmittelbar ein. Der Außenlautsprecher übertrug ein Ächzen und Stöhnen vom Schiff, als die Spanten die Last durch den Aufbau des Antriebsfelds aufnahmen. Der Leerraum vorm Schiff krümmte sich plötzlich stärker, während er hinten um den gleichen winzigen Betrag abflachte. Schnell und lautlos fiel die *Ruptured Whale* in Richtung der Krümmung. In Wirklichkeit rutschte das Schiff auf der schiefen Ebene des kleinen unsichtbaren Hügels ab, den der Antriebs-Generator erzeugt hatte. Die lokalisierte Krümmung des Raums bewegte sich synchron mit dem Schiff, wobei das Schiff wie ein Hund folgte, der seinem eigenen Schwanz nachjagt.

Laura musste keinen Blick auf die Instrumente werfen, um zu wissen, dass sie beschleunigten; ihr Körper gab ihr die notwendigen Hinweise. Zum ersten Mal seit Wochen nahm der Magen wieder seine angestammte Position ein, und die Zehen rutschten in den armierten Stiefeln ein Stück nach vorn. Sie erlangte ihr Gewicht zurück und verspürte ein kurzes wohliges Gefühl, als das Innenfutter des Anzugs an ein paar lästigen juckenden Stellen scheuerte. Die Erleichterung war aber nicht von Dauer, denn die Neuausrichtung der Kräfte löste ein völlig neues Kribbeln und Jucken aus.

»Alles nominal laut Flugplan«, meldete Techniker Gonzalvo nach ein paar Sekunden des angetriebenen Flugs.

»Beschleunigung auf ein *g*!«, befahl Landon.

»Jawohl, Captain«, erwiderte Laura und gab die Änderung ein. Sie fühlte sich plötzlich sehr schwer, als die *Whale* den umgebenden Raum so stark krümmte, dass ihr eine Geschwindigkeit verliehen wurde, die jede Sekunde um 10 Meter pro Sekunde wuchs.

Sie lächelte unterm Helm. Eins zu null für die Ingenieure! Das alte Wrack flog … so halbwegs. Sie freute sich über den kleinen Sieg, den sie errungen hatte, ohne jedoch gleich übermütig zu werden. Schließlich würden sie und ihre Mannschaft in zwei Tagen erst richtig auf die Probe gestellt werden. So lange würde es nämlich dauern, bis die zwei Raumschiffe sich weit genug von Neu-Eden entfernt hatten, um den Wechsel in den Überlicht-Bereich zu wagen.

Dan Landon hatte zum ersten Mal seit einer Woche den Anzug abgelegt und wusch sich mit einem feuchten Lappen, obwohl er sich eine Duschkabine mit Brausearmaturen gewünscht hätte. Er befand sich in einem Abteil, das einmal der außerirdischen Besatzung des Schiffs als Quartier gedient hatte. Die Schäden hier waren erstaunlich gering. Wäre nicht eine Wartungsluke weggeflogen und hätten sich nicht praktisch alle Druckschotten im Schiff auf unerklärliche Weise geöffnet, hätte Harlan Frees womöglich Dutzende von Überlebenden an Bord der *Whale* gefunden, als er sie erstmals betrat. Jedoch waren die Besatzungsmitglieder, die den Angriff der Broa überlebt hatten, alle durch die explosive Dekompression getötet worden, kurz bevor Landon den Kampf gegen ihren Peiniger gewonnen hatte. Als die Techniker ihm diesen Sachverhalt berichteten, verspürte Dan für einen Moment Gewissensbisse, weil er nicht schon eher gehandelt hatte. So viele Tote kurz vor der Rettung – aus diesem Stoff waren griechische Tragödien gemacht.

Es war inzwischen zwanzig Stunden her, seit die *Whale* aus der Parkbahn ausgeschert war und den langen Aufstieg aus dem Neu-Eden-System begonnen hatte. In weiteren zwanzig Stunden wäre sie nach Sol unterwegs – oder eine Plasmawolke, die langsam über eine Million Kubikkilometer des Weltraums expandierte.

Dan nutzte die Beschleunigungsphase, um sein Kommando zu erkunden. Er bemerkte die verschiedenen außerirdischen Vorrichtungen, die an den Schotten befestigt waren. Einige hatten offensichtlich eine Funktion, während andere eher Dekoration zu sein schienen. Ein Objekt stach ihm jedoch besonders ins Auge. Vor ihm war ein sechseckiger Rahmen, der ein Bild einfasste, das ohne Weiteres ein abstraktes Gemälde darzustellen vermochte. Vielleicht handelte es sich aber auch um eine Landschaft oder ein Bildnis, sagte er sich, das jedoch aus Farbpigmenten bestand, auf die das menschliche Auge nicht ansprach. Das Gemälde war typisch für das Mobiliar und die Ausstattung des außerirdischen Raumschiffs – eine eigentümliche Mischung aus vertrauten und fremden Merkmalen.

Wenn es sich dabei wirklich um einen Kunstgegenstand handelte, erfüllte es zumindest ein Kriterium von Kunst: Es hatte mehr Fragen aufgeworfen, als es beantwortete. Er träumte davon, dass die Menschheit Seelenverwandte in einer Rasse finden würde, die Bilder malte. Aber das war natürlich pure Spekulation. Der Künstler konnte genauso gut ein Paarungsritual dargestellt, eine Botschaft übermittelt oder einfach nur den Wunsch gehabt haben, das öde Schott etwas zu verzieren. Oder vielleicht sollte das Bild den anderen an Bord signalisieren, dass dieser Abschnitt das Revier der Käferwesen war.

Dan benetzte den Schwamm wieder mit Wasser aus der Flasche. Nach dem, was er von der Käfer-Leiche gesehen hatte, waren sie keine Schönheiten gewesen. Andererseits bezweifelte er, dass sie die Menschen ihrerseits auch attraktiv gefunden hätten.

Wenn man schon kein lebendes Alien zu befragen vermochte, half einem vielleicht der Speicherinhalt des Bordcomputers weiter. Ein Expertenteam hatte seit mehr als zwei Wochen daran gearbeitet, die Arbeitsweise des Gehirns des außerirdischen Schiffs zu ergründen. Die Mannschaft hatte auch schon einige Fortschritte zu verzeichnen. Die Leute vermochten die Daten natürlich nicht zu lesen, die sie dem außerirdischen Computer entlockt hatten, warteten dafür aber mit einer Analyse auf, wie die Daten in den Speicherbänken der Maschine gespeichert worden waren.

Seltsamerweise waren fast sechzig Prozent des Speichers der Datenbank frei gewesen, wobei mehrere große Lücken im ungenutzten Bereich klafften. Die Fragmentierung war ein Indiz dafür, dass in diesen Abschnitten einmal Daten gespeichert und dann wieder gelöscht worden waren. Ob die hypothetischen Löschungen das Ergebnis des Gefechtsschadens oder des normalen Rechenbetriebs gewesen waren, vermochten die Experten bisher nicht zu sagen.

»An alle! Bereitschaft für Überlichtgeschwindigkeit in zehn Minuten. Für den Sprung sichern und Status melden. T minus zehn Minuten und abnehmend!«

»Zehnminutenwarnung erfolgt, Captain.«

»Sehr gut, Fähnrich«, erwiderte Dan Landon. »Ingenieur, was machen Ihre Generatoren?«

»Fusion ist nominal, Captain«, entgegnete Laura Dresser. »Sternenantrieb aktiviert und funktionsfähig. Bereit für Sprung-Befehl.«

Wieder hingen sie im Kontrollraum in ihrem Netz, während im ganzen Schiff andere Gestalten in Vakuumanzügen sich beeilten, ihre Ausrüstung für den Sprung zu sichern. Landon ließ den Blick über die Messwertanzeigen schweifen, die die Bereitschaft des Schiffs für den Sternenantrieb meldeten. Er fragte sich, welche von diesen Anzeigen ihn anlog.

»Grimes, verbinden Sie mich mit der *Magellan*.«

»Commander Heinrich auf der Leitung, Sir«, meldete der Fähnrich kurz darauf.

»Scott, sind Sie bereit zu springen?«

»Bereit, Captain. Nachdem Sie in den Überlichtbereich gegangen sind, werden wir noch fünf Minuten warten, um die Lage zu peilen, und folgen Ihnen dann.«

»In Ordnung. Wir sehen uns in sechs Tagen zu Hause.«

»Jawohl, Sir. Wir werden nach Ihnen Ausschau halten. Viel Glück!«

»Ihnen auch, *Magellan*. Landon Ende.«

Die Reise nach Sol würde sechs Tage dauern und in völliger Isolation stattfinden. Bislang hatte noch niemand einen Weg gefunden, ein schneller als das Licht fliegendes Schiff zu orten, und es war auch zweifelhaft, ob das jemals der Fall sein würde. Sobald die *Ruptured Whale* von Neu-Eden abflog, wäre sie ganz auf sich allein gestellt, eingehüllt in ein privates dunkles Universum. Die *Magellan* würde noch fünf Minuten in der Nähe bleiben, um sich zu vergewissern, dass die *Whale* nicht in dem Moment, wo sie in den Überlichtbereich wechselte, schon wieder herausfiel – oder um die Trümmerwolke zu beobachten, falls das Schiff explodierte. Hatten die Schiffe jedoch erst einmal erfolgreich in den Überlichtbereich gewechselt, würde es keinen Kontakt mehr geben.

Die große Gefahr bestand natürlich darin, dass ihr Antrieb unterwegs versagte. Die Entfernung zwischen den Sternen ist zu groß, als dass der menschliche Verstand sie erfassen könnte, ganz zu schweigen davon, dass die kleine Raumschiffflotte der Menschheit eine Suche durchzuführen vermocht hätte. Falls die *Whale* aus dem Überlichtbereich fiel, wären sie verhungert oder erstickt, lange bevor man sie gefunden hätte – wenn sie denn überhaupt gefunden würden.

»Endkontrolle. Statusmeldung von allen Stationen anfordern.«

»Alle Stationen! Statusmeldung.«

Die Meldungen gingen im Kontrollraum ein. Dan Landon hörte aufmerksam zu, wie jede Station meldete, dass sie gesichert und für Überlicht bereit sei. Er hörte eine unterdrückte Erregung aus den Stimmen heraus, aber auch keine größere Anspannung, als zu erwarten gewesen wäre. Er lächelte. Sie waren eine gute Mannschaft. Wenn sie die nächsten Minuten überstanden, hätten sie eine verdammt gute Chance, es nach Hause zu schaffen.

»Alle Stationen sprungbereit, Captain«, meldete Grimes.

»Ingenieur, die abschließende Vor-Sprung-Überprüfung des Sternenantriebs durchführen.«

»Sternenantrieb ist nominal, Captain.«

»Sehr gut. Bereithalten. Zwei Minuten-Warnung.«

»An alle. Zwei Minuten bis Überlicht. In Bereitschaft bleiben.«

Landon sah, wie die Ziffern seines Anzug-Chronometers gegen 00:01:00 strebten. An der Ein-Minuten-Schwelle befahl er Laura Dresser, den Sternenantrieb auf Automatik zu schalten. Eine leise synthetische Stimme drang aus den Ohrhörern und zählte die Sekunden. Wie immer lief es ihm beim Countdown kalt den Rücken hinunter. Er wandte die Augen nicht mehr von den Anzeigen, und die behandschuhte Hand schwebte über dem Not-Aus-Knopf. Dann verspürte er den Adrenalinschub, als die letzten Sekunden abliefen …

»Fünf … vier … drei … zwei … eins …«

Dan Landon atmete tief durch und hielt die Luft an, als die mechanische Stimme sagte:

»Null. Springen!«

19

Dr. Bendagar, Professor Rheinhardt, der Chef-Exobiologe des Projekts, Lisa Arden und Mark Rykand saßen in der Transit-Lounge an Bord der Äquatorialstation und sahen die Erde regelmäßig im Sichtfenster vor sich auftauchen. Sie waren zur Tanger-Konferenz unterwegs und reisten inkognito. Alle trugen Touristenkleidung, soll heißen, sie waren normal angezogen.

»Ist ein gutes Gefühl, endlich wieder festen Boden unter den Füßen zu haben, was?«, fragte Rheinhardt. Der Biologe machte kein Hehl aus seiner Abneigung gegen die Mikrogravitation. Er hatte seit dem Beginn des Projekts zwanzig Pfund verloren und freute sich auf Mahlzeiten, die nie das Innere einer Automatikküche gesehen hatten. Wenn er nun noch ein Treffen mit seiner Frau zu arrangieren vermochte, solange er auf der Erde war, wären die Dinge vollkommen.

»Ich weiß nicht«, entgegnete Lisa. »Ich liebe es irgendwie, mich so treiben zu lassen.« Einen definitiven Vorteil hatte die Mikrogravitation ihrer Ansicht nach – denn sie musste heute zum ersten Mal seit Wochen wieder einen Büstenhalter tragen.

Raoul Bendagar seufzte. »Ich stimme Ben zu. Der Mensch

ist eben nicht dafür geschaffen, sich in jeder Umgebung zu bewegen. Außerdem wird es gut tun, wieder frische Luft zu atmen.«

Die anderen schauten ihn an, wie er sich auf einer pneumatischen Couch rekelte. Fast ein ganzes Jahr lang hatte der Wissenschaftler nur die Atmosphäre des Schiffs geatmet. Er hatte die Gelegenheit verpasst, Neu-Eden zu betreten und seit der Rückkehr des Raumschiffs nach Sol *PoleStar* nicht verlassen.

Lisa freute sich auch darauf, Luftmoleküle zu atmen, denen nicht die mannigfaltigen Gerüche anhafteten, die in einer geschlossenen Umgebung entstanden. Und einen Geruch würde sie schon gar nicht vermissen; sie hatte sich zwar schon lange an Sar-Say's Ausdünstungen gewöhnt, sodass sie sie nicht mehr bewusst wahrnahm. Dennoch war es gut, Luft zu atmen, die nicht mit *Eau de Taff* geschwängert war. Sie hatte aber das Gefühl, dass Sar-Say sie seinerseits auch nicht »riechen« konnte.

Die offiziellen Einladungen zur Tanger-Konferenz waren vorige Woche rausgegangen. Die meisten Anwesenden stammten von den Universitäten und Denkfabriken, die man teilweise in das Geheimnis eingeweiht hatte. Ein Dutzend Wissenschaftler an Bord der *PoleStar* waren auch eingeladen worden. Als Vorsichtsmaßnahme und zur Tarnung reisten sie jedoch auf drei verschiedenen Routen zur Konferenz an. Mark Rykand hatte einige Strippen ziehen müssen, um der Gruppe von Lisa Arden zugeteilt zu werden.

Sar-Say war natürlich nicht eingeladen worden. Davon abgesehen, dass es Aufsehen erregt hätte, wenn er auf der Konferenz erschienen wäre, waren die Biologen sich immer noch nicht ganz sicher, ob das Infektionsrisiko null war. Es hatte lange Diskussionen darüber gegeben, ob diese Vorsichtsmaßnahme nun dem Schutz der Menschheit vor Sar-Say diente oder eher umgekehrt.

Wie auch immer, jeder, der von *PoleStar* zur Erde zurückkehrte, war auf Herz und Nieren untersucht worden. Eine Person mit einer Schniefnase hatte die Station nicht verlassen dürfen. Welche Krankheit auch immer er sich zugezogen hatte, er musste sie erst auskurieren, bevor er wieder in die Biosphäre der Erde eindringen durfte.

»Hier kommt unser Schiff«, sagte Lisa und wies nach oben, wo ein gepfeiltes Raumschiff im Widerschein der feuernden Steuertriebwerke vor dem Hintergrund der sich drehenden Erde langsam größer wurde. Sie sahen die Erde rechts aus dem Sichtfenster auswandern und schauten wieder in die Schwärze des Raums. Als die Erde dann wieder ins Bild kam, war das Schiff schon merklich größer geworden. »Vielleicht sollten wir schon zur Lastenschleuse gehen.«

»Wir haben noch viel Zeit«, sagte Mark. »Sie müssen erst andocken und abladen, bevor wir an Bord gehen können. Außerdem ist das Andocken noch der beste Teil.«

Just in diesem Moment betrat ein Beamter in der Uniform des Personals der Äquatorialstation die Lounge und ließ den Blick über die Anwesenden schweifen. Er hatte einen kleinen Computer am Koppelgürtel befestigt und hielt inne, als er die Gruppe von *PoleStar* entdeckte. Gleich darauf bahnte er sich einen Weg zwischen den pneumatischen Möbeln hindurch, mit denen die Lounge eingerichtet war, und blieb dann vor Bendagar stehen.

»Dr. Raoul Bendagar?«

Der Chefwissenschaftler schaute auf und nickte.

»Ich habe eine Nachricht für Sie von Ihrem Büro. Möchten Sie sie entgegennehmen?«

»Sicher.« Er nahm das kleine Lesegerät vom Messenger und drückte den Daumen auf den Bildschirm. Ein paar kurze Absätze in glühenden Buchstaben füllten das Display aus.

»Worum geht es denn?«, fragte Lisa.

Bendagar schaute mit maskenhaft starrem Gesicht auf. Als er dann etwas sagte, sprach er so leise und undeutlich, dass die anderen ihn kaum verstanden. »Das kam von Pavel. Er teilt uns mit, dass die *Magellan* soeben jenseits von Jupiter entdeckt worden ist.«

»Nur die *Magellan*?«

Dann plötzlich zeigte sich ein breites Grinsen auf Bendagars runzligem Gesicht. »Nein. Pavel meldet, dass noch ein anderes Schiff bei ihr ist!«

»Hallo, Luna-Anflugkontrolle«, sagte Dan Landon in seinen Kommunikator. »Hier spricht der Forschungs-Hilfskreuzer *Flying Cloud* und bittet um Landeerlaubnis auf der Lomonnosow-Station.«

»Hallo, *Flying Cloud.* Wir haben Sie in unseren Teleskopen. Freigabe für den Endanflug erteilt. Beachten Sie, dass ein Plasmaforschungssatellit zwanzig Sekunden hinter Ihnen Ihre Bahn aus Nordost kreuzen wird. Behalten Sie bitte Ihr Flugprofil bei.«

»Danke, Anflug. Wir werden das berücksichtigen. Stand-by auf Wachfrequenz. *Flying Cloud* Ende!«

Dan Landon legte sich wieder auf seine improvisierte Beschleunigungsliege an Bord der *Ruptured Whale* und beobachtete die Instrumente. Die anderen Mitglieder des Kommando-Stabs folgten seinem Beispiel. Weil die Anordnung der Liegen im Mittelpunkt des zylindrischen Kontrollraums den visuellen Kontakt erschwerte, hatte Landon einen Spiegel an der Decke anbringen lassen. Die Perspektive erinnerte ihn an die Overhead-Shots von Tanzgruppen oder auch an die verspiegelten Decken über Betten in bestimmten Spezial-Hotels.

Sie hatten das Neu-Eden-System vor sechs Tagen verlassen. Die nervenzehrende Ungewissheit, ob der improvisierte Sternenantrieb funktionierte, kulminierte im Moment des Sprungs. Es hatte jedoch weiterhin eine unterschwellige Spannung bestanden, bis sie schließlich am Rand des Sonnensystems in den Unterlichtbereich gefallen waren. Landons Nerven waren durch die ständige Anspannung in Erwartung der Katastrophe arg strapaziert worden.

Er versuchte sich zu entspannen, indem er die Erkundung der *Whale* fortsetzte. Durch die weiteren Funde wurde er in seiner Meinung nur noch bestärkt, dass die broanische Technologie auch nicht fortschrittlicher war als die der Menschen. Eine Anzahl Artefakte hatte sogar ausgesprochen primitiv angemutet. Für die Schiffswerft, die die *Whale* gebaut hatte, schien Ästhetik kein Kriterium gewesen zu sein. Hauptsache, die Kiste flog.

Die *Whale* fiel exakt gemäß Flugplan in den Unterlicht-Bereich zurück. Landon stellte überrascht fest, dass der Ausbruchspunkt der *Magellan* nur eine Million Kilometer von seiner Position entfernt war. Dass beide Schiffe, die gerade 100 Lichtjahre im Leerraum durchquert hatten, so dicht nebeneinander eintrafen, war entweder außerordentlichem Glück oder phänomenalen Pilotenfähigkeiten geschuldet. Landon kannte die Materie aber gut genug, um die letzte Möglichkeit auszuschließen. Es war einfach so, dass man manchmal eben Glück hatte.

Er vergeudete keine Zeit damit, das Missionsprotokoll an die *Magellan* zu übermitteln, die es dann über eine sichere Laserstrecke zur Erde gesendet hätte. Seine Befehle trafen über Laser ein, so schnell wie die Lichtgeschwindigkeitsverzögerung es zuließ. Die *Magellan* wurde zur *PoleStar* zurückbeordert, um ihre Aufzeichnungen an die Projektwissenschaftler zu übergeben. Die *Ruptured Whale* wurde zur alten Weltraummarinebasis im Lomonnosow-Krater auf der Rückseite von Luna beordert, wo das außerirdische Raumschiff vor neugierigen Blicken geschützt war. Um die Tarnung aufrechtzuerhalten, hatten sie das Schiff als Frachter ausgewiesen.

»Wie hält sich der Reaktor, Ingenieur?«

»Gut, Captain«, erwiderte Laura Dresser. »Der normale Antrieb beansprucht die Energieversorgung viel weniger als der Sternenantrieb.«

Trotz der Neigung, Fragen ihres Captains mit langen, weitschweifigen Erklärungen zu beantworten, musste Dan Landon zugeben, dass Laura Dresser das Zeug zu einem guten Schiffsingenieur hatte.

»Funkoffizier«, sagte er, als der Radarhöhenmesser ihre Höhe über der pockennarbigen Mondoberfläche anzeigte. »Alle Abteilungen sollen Landungsstatus melden.«

Die Besatzungsmitglieder der *Ruptured Whale* bestätigten der Reihe nach ihre Bereitschaft.

»Höhe ist 100 Kilometer und abnehmend, Captain«, meldete der Raumfahrer, der am Sensorbedienfeld saß.

»Ich sehe es, Benton. In Bereitschaft bleiben für Beschleunigungswarnung, Funkoffizier. In Bereitschaft bleiben für Energie, Ingenieur.«

Die Anweisungen wurden sofort bestätigt. Ein großer Krater, über dessen Boden Lichterketten gespannt waren, schwoll unter ihnen an. In einer Höhe von fünfzig Kilometern verdrängte er die Gedanken an alles andere und konzentrierte sich nur auf den Flug. Sie hatten keine Zeit gehabt, eine Landeautomatik in der *Whale* zu installieren. Außerdem hatte das Schiff durch die zylindrische Form eine so unausgewogene Massenverteilung, dass er eine automatische Landung sowieso nicht riskiert hätte.

»Reaktor hochfahren«, befahl er und leitete die ersten Steuerbewegungen ein. Die Darstellung ihres Landeplatzes wurde von einer Grafik überlagert, die Geschwindigkeit im Verhältnis zur Höhe anzeigte. Dan versuchte, das kleine Schiffs-Symbol genau zwischen den Linien zu halten, die die maximale Toleranz ihrer Anflugskurve darstellten.

»Zehn Kilometer«, meldete der Sensorenbediener. Der Warnhinweis erfolgte in diesem ruhigen, sachlichen Ton, der charakteristisch ist für Phasen hoher Anspannung an Bord von Raumschiffen. Er bestätigte die Meldung und richtete die Aufmerksamkeit auf den kleinen, absteigenden Lichtpunkt auf dem Bildschirm. Bisher verlief alles nach Plan.

»Ein Kilometer.«

»Gut. Funkoffizier, Landungs-Warnung!«

Die Durchsage hallte im behelfsmäßigen Habitat-Sektor des *Whale* wider. Überall im Schiff hielten die Leute die Luft an. Landon musste sich zwingen, das nicht auch zu tun. Die Landekurve verlangte nun eine stärkere Verzögerung, und er legte sich auf seine Liege und betätigte die Steuerung. Die *Whale* verlangsamte und verharrte dann zehn Meter über der zugewiesenen Landefläche. Landon überprüfte ihre Ausrichtung visuell und reduzierte die Leistung des Antriebsfelds. Langsam sank die *Whale* zur Oberfläche hinab. Das Feld wirbelte beim Kontakt mit der Oberfläche ein wenig Staub auf, und dann setzten sie mit einem leichten Ruck auf dem Mondboden auf.

Trotz der Schwerkraft von nur einem Sechstel *g* ächzte das Schiff hörbar beim Aufsetzen.

»Abschalten, Ingenieur.«

»Schalte ab, Captain«, entgegnete Laura Dresser.

»Funk. Die Mannschaft soll sich auf die Ausschiffung vorbereiten. Wir sind zu Hause, Leute!«

Michail Vasloff schaute aus seinem Bürofenster auf die alten Häuser, die das gegenüberliegende Ufer des Prinsen-Kanals säumten. *Terra Nostra* hatte ihr Hauptquartier in der Altstadt von Amsterdam – obwohl die Mieten, die für die alten Kanal-Häuser verlangt wurden, an Mietwucher grenzten. Das Renommee, das die Adresse auf dem Briefkopf der Organisation verlieh, machte die Kosten jedoch mehr als wett.

Es war ein typischer bewölkter Tag in Amsterdam. Hin und wieder fuhr jemand auf einem Elektro-Rad lautlos die schmale Straße am gegenüberliegenden Ufer entlang. Die Stadträte erwogen ein Verbot der modernen Apparate und wollten eine Renaissance des guten alten Hollandrads erzwingen, um den Tourismus zu fördern. Vasloff war aber nicht bekannt, dass man der Stadt auch den Vorschlag unterbreitet hätte, die stinkenden, benzinbetriebenen Kanalboote wieder in Dienst zu stellen, die vor zwei Jahrhunderten hier herumgetuckert waren. Nostalgie ja, aber bitte in Maßen.

Die Verwaltungsprobleme der Altstadt von Amsterdam fochten ihn allerdings auch nicht an. Er hatte größere Sorgen. Eine war das mysteriöse Forschungsprogramm, auf das Mark Rykand ihn aufmerksam gemacht hatte. Seine ersten Anfragen, was die Sternenforschung an Bord der *PoleStar* unternahm, waren bestenfalls zögerlich gewesen. In den darauffolgenden Wochen hatte er jedoch allmählich einen Durchblick bekommen. Aus Gründen, für die niemand eine Erklärung zu haben schien, wurde im Orbit ein riesiges Forschungsprojekt aufgezogen. Und dieses *PoleStar*-Projekt gründete sich auf ein so schreckliches Geheimnis, dass es auf keinen Fall gelüftet werden durfte – und noch schlimmer, er wusste nicht, was es war!

Mit gerunzelter Stirn wandte er sich vom Fenster ab und drückte die in den antiken Schreibtisch eingelassene Taste. Eine Minute später öffnete sich die Tür des Büros und gab den Blick auf eine schmale Stiege frei, die zu den unteren Stockwerken und zum Dachboden führte. In der Tür stand Claris Beaufort, seine Assistentin, deren Büro hinter ihr zu sehen war.

»Kommen Sie rein und setzen Sie sich«, befahl er schroff. Er machte sich nicht die Mühe, die volltönende Stimme des Rhetorikers einzusetzen, die wichtige Besucher so beeindruckte. »Wie ist der Stand der Dinge bezüglich der *PoleStar*-Untersuchung?«

Claris setzte sich und verzog das Gesicht. »Leider noch der gleiche wie letzte Woche. Viele Daten, aber nichts Konkretes. Die Suchprogramme sind ganz schön teuer. Vielleicht sollten wir sie reduzieren.«

»Nein. Etwas Neues von Mark Rykand?«

Das blonde Haar fiel ihr ins Gesicht, als sie den Kopf schüttelte. »Ich habe vor zwei Tagen mit Moira Sims gesprochen. Sie hat seit dieser Kurzmitteilung, dass er an Bord der *PoleStar* bleiben würde, nichts mehr von ihm gehört. Langsam macht sie sich Sorgen.«

»Was haben Sie in dieser Woche herausgefunden?«

Sie setzte sich aufrecht hin und öffnete die schmale Mappe, die sie ständig mitführte. Kurz darauf glühte ihr Gesicht im Widerschein eines Computerbildschirms.

»Sie hatten recht, wie nützlich Salli Rheinhardt in dieser Angelegenheit sein würde. Sie hat uns den Datencode aus dem letzten Brief übermittelt, den ihr Mann ihr von der *PoleStar* geschickt hatte. Wir haben einen unserer Leute bei der Post beauftragt, ihn mit einem Abfrageprogramm zu versehen, und bisher fast zweihundert persönliche Briefe von Wissenschaftlern an Bord der Station abgefangen. Zwar können wir sie nicht lesen, aber wir haben zumindest ihre Identität ziemlich zuverlässig ermittelt. Wir haben bereits einen guten Überblick über den Organisationsplan. Möchten Sie ihn sehen?«

»Später. Fürs Erste nur eine Zusammenfassung.«

Sie zuckte die Achseln. »Sie haben viele Exobiologen und andere Biowissenschaftler sowie eine Anzahl Physiker. Eine solche Zusammensetzung würde man in etwa vermuten, wenn der Ausbruch einer außerirdischen Krankheit untersucht wird.«

»Oder vielleicht ist auch nur ein Reagenzglas in der Hochstation umgefallen – das werden sie der Öffentlichkeit jedenfalls auftischen, wenn wir dieses Projekt der Presse mitteilen.«

»Stimmt«, erwiderte Claris. »Die Teilnehmerliste ist nämlich recht interessant.«

»Wer steht denn drauf?«

»Mark Rykand natürlich. Er hat den gleichen Genotyp wie seine Schwester. Vielleicht brauchen sie ihn als Versuchskaninchen, um herauszufinden, woran sie gestorben ist.«

»Dann würde man auch die Verwandten der anderen Opfer heranziehen. Ist das denn der Fall?«

»Weiß nicht, Boss.«

»Dann prüfen Sie es nach.«

»Jawohl.«

»Sonst noch irgendwelche Besonderheiten?«

»Über diese Person hier wundere ich mich am meisten«, sagte Claris und wies auf ihren Bildschirm. »Einer der ersten Wissenschaftler, die an Bord gingen, war Lisabeth Arden von der Multiversität London. Sie ist nicht mal eine Naturwissenschaftlerin, sondern Linguistin.«

»Eine Linguistin? Wofür sollten sie wohl eine Linguistin brauchen?« Während Vasloff dem Vortrag lauschte, hatte er im elektrisch verstellbaren Sessel gesessen und die Fingerspitzen gegeneinandergedrückt. Bei der plötzlichen Eingebung setzte er sich kerzengerade und so ruckartig auf, dass der Stuhlmechanismus aufjaulte. Im nächsten Moment wurde Claris das denkwürdige Erlebnis zuteil, dass ihr Vorgesetzter, der sonst durch nichts aus der Ruhe zu bringen war, wie ein russischer Muschik fluchte.

»Was ist denn?«, fragte sie beunruhigt.

»Denken Sie doch mal nach, Claris! Welches Projekt wäre wohl für Exobiologen *und* Linguisten von Interesse?«

»Ich weiß nicht. Welches denn?«

Er verklickerte es ihr in kurzen, prägnanten Silben. Nach einem halben Dutzend Wörter weiteten sich ihre Augen in jähem Entsetzen. Es ergab einen Sinn! Zumindest passte es ins Bild von dem, was sie schon wussten.

War das denn die Möglichkeit? Würden sie es wirklich wagen, ein solches Geheimnis vor den Medien und der gesamten Bevölkerung zu haben? Wenn ja, was würde ihnen sonst noch alles einfallen?

20

Al-Hoceima war eine kleine Stadt mit einer großen Ferienanlage, die wie eine Granitklippe über der südlichen Küste des Mittelmeers thronte. Der Ferienort war fast vor einem Jahrhundert in den Hochzeiten des Großen Sahara-Kultivierungsprojekts errichtet worden und sollte ursprünglich als eine Oase der Erholung und Entspannung für die hochbezahlten Gastarbeiter dienen, die das Rückgrat des Projekts gewesen waren.

Das Kultivierungsprojekt war eines der größten und ehrgeizigsten Projekte aller Zeiten gewesen und stand mit Blick auf die eingesetzten Ressourcen dem frühen Raumfahrtprogramm in nichts nach. Ein Dutzend Rohrleitungen, von denen jede fast die Durchflusskapazität des Nils hatte, hatte sich vom regengetränkten Hochland in Zentralafrika in nördlicher Richtung zur großen Wüste geschlängelt. Als sie das Ödland erreichten, verzweigten sich die Leitungen vielfach und transportierten die wertvolle Flüssigkeit zu Tausenden künstlicher Oasen. Gemäß dem Plan waren diese grünen Inseln die Kerne, von denen sich Leben ausbreitete, bis es die ganze Sahara bedeckte. Der Plan war kühn und großartig gewesen, hatte aber nicht berücksichtigt, dass man die Wüste nicht so leicht zu zähmen vermochte, wie der Mensch sich das in seiner Hybris vorstellte.

Fünfzig Jahre lang hatten Tausende von Arbeitern malocht, um die Kultivierung zu einem Erfolg werden zu lassen, und sie hatten auch einen – zumindest vorübergehenden – Erfolg erzielt. Den Sand in Schach zu halten war jedoch eine Sisyphusarbeit, und die Menschen sind nicht für die Ewigkeit gemacht. Schließlich wurde die Welt des endlosen Kampfs müde und setzte die beschränkten Ressourcen der Menschheit für sinnvollere Projekte ein. Langsam, fast unmerklich, kehrte die Wüste zurück und ergriff von den Oasen und Pumpstationen Besitz. Als die Rohrleitungen verfielen, wurde ihre Reparatur für zu teuer oder aufwendig befunden. Pumpen verschlissen und wurden nicht mehr repariert. Die Menschen wechselten zu anderen Jobs und wurden nicht ersetzt. Schließlich wurde das große Röhren-Netzwerk nicht mehr benutzt. Bald wurden Lücken ins Leitungsnetz gerissen, als die Beduinen, die die Wüste noch durchstreiften, sie als Altmetall-Quelle entdeckten. Andernorts wurden die verschlungenen Röhren im heißen, trockenen Wüstenklima konserviert. Nur vereinzelt gab es noch Spuren der gewaltigen Anstrengung, und selbst dort forderte der Sand sein Recht.

In den letzten Jahrzehnten hatte die Ferienanlage Al-Hoceima sich mit einheimischen Besuchern über Wasser gehalten und mit den Touristen, die sich die Preise an der nördlichen Mittelmeerküste nicht leisten konnten. Umso dankbarer war der Ferienort für ein Angebot der Sternenforschung gewesen, eine Konferenz über die Dynamik der Sternevolution zu veranstalten. Die Finanzsituation des Hotels war derart angespannt, dass man sogar die extrem strengen Auflagen für das Personal akzeptierte.

Raoul Bendagar, Professor Rheinhardt, Lisa Arden und Mark Rykand trafen von Tanger in einem klapprigen Flugbus ein, dessen asynchrone Kompressoren einen schrägen Eindritteltakt produzierten. Die Klimaanlage des Fahrzeugs arbeitete jedoch, was sie spätestens dann merkten, als sie nach dem Verlassen des Fahrzeugs in eine richtige Bruthitze gerieten. Sie eilten über einen gepflasterten Hof zur blendend weißen Fassade des Hotels, nur um dann im Zwielicht des Gebäudeinnern genauso wenig zu sehen. Eine agile junge Frau in der Uniform des Forschungs-Sicherheitsdiensts empfing sie direkt hinter der Tür. Sie führte sie am Empfang vorbei in einen Alkoven, wo jeder seinen Ausweis vorzeigen musste, bevor noch ein Netzhautscan durchgeführt wurde.

»Herzlich willkommen in Al-Hoceima, meine Damen und Herren«, sagte Aretha Higgins, nachdem die Computer ihre

Identität bestätigt hatten. »Ich hoffe, dass die Strapazen der Reise nicht allzu groß waren.«

»Wieder auf der Erde zu sein entschädigt mich vollauf für solche Widrigkeiten«, erwiderte Dr Bendagar. »Wann soll die Konferenz beginnen?«

»Die erste Tagung findet morgen im großen Ballsaal statt, Doktor. Sie werden die Delegierten um 09:00 Uhr begrüßen. Danach verteilen sich die Arbeitsgruppen auf die Konferenzräume und beginnen mit der Arbeit. Mittagessen ist um 12:00 Uhr und Abendessen um 18:00 Uhr. Man hat sich auf formelle Kleidung zum Abendessen geeinigt.«

»Was ist mit …?«, fragte Bendagar und wies mit dem Daumen auf die paar Angehörigen des Hotelpersonals, die sich auf der anderen Seite der Lounge aufhielten.

Miss Higgins lächelte. »Sie werden ab morgen früh aus der Haupthalle verbannt. Wir werden stündlich nach elektronischen Abhörgeräten suchen, haben aber natürlich jetzt schon umfassende Vorkehrungen gegen Lauschangriffe getroffen. Ihr Wissenschaftler könnt Klartext reden, ohne dass ihr Angst vor fremden Ohren haben müsstet.«

»Und was tun wir, wenn gerade einmal keine Tagung stattfindet?«, fragte Lisa.

»Sie können schwimmen, tauchen und Ausflüge zu den umliegenden Dörfern unternehmen. Außerdem können Sie zu zweit oder mehreren mit der Fähre nach Spanien fahren und einen Shopping-Tag einlegen, wenn Sie das wünschen. Das Hotel ist auch damit einverstanden, das Kasino täglich nach dem Abendessen zu öffnen – einschließlich einer Folkloregruppe, die nach hiesigen Maßstäben recht gut sein soll. Es ist zwar nicht Sankt Moritz, aber es ist das Beste, was wir kurzfristig zu arrangieren vermochten. Wenn Sie nun keine Fragen mehr haben, werden Achmed und seine Leute Sie auf Ihre Zimmer bringen.«

Raoul Bendagar präsentierte am dritten Tag der »Konferenz über Sternevolution« der Arbeitsgruppe Astronomie seine Arbeit über den Himmelsblumen-Nebel. Außerdem gab es noch eine Arbeitsgruppe Biologie, eine Psychiatrische Evaluierungsgruppe und sogar eine Gruppe »Technologie-Abschätzung«. Letztere sollte nach Luna fliegen, um das Wrack des Fremdraumschiffs zu untersuchen. Das erlesene Fachpublikum lauschte stumm, während Dr. Bendagar die Ähnlichkeiten zwischen dem Himmelsblumen- und dem Krebs-Nebel erläuterte. Als er die Präsentation beendet hatte und die Lichter im Konferenzraum wieder angingen, erhob sich ein kleiner, dunkelhaariger Professor der Astrophysik an der Sorbonne und heischte mit einer Geste um Aufmerksamkeit.

»Dr. Parmentier?«

»Ich glaube, dieser verlogene Pseudoaffe hat Ihnen einen Bären aufgebunden, Raoul.«

»Tun Sie sich nur keinen Zwang an, Saul. Sagen Sie uns, was Sie wirklich denken!«

Diese flapsige Bemerkung erntete mehr Gelächter von den versammelten Wissenschaftlern, als sie es eigentlich verdient hätte.

»Machen Sie sich nur über mich lustig, aber Sie werden mich nie davon überzeugen, dass Sie einen Nebelfleck anhand eines von einem Affen gemalten Bilds identifizieren können, das ihn zeigt, wie er in siebentausend Jahren aussehen soll.«

»Sie haben unsere Simulationen des Expansionsmusters des Krebs-Nebels gesehen. Sie stimmen durchaus mit Sar-Say's Zeichnung überein.«

»Das gilt für die Hälfte der planetarischen Nebel im allgemeinen Katalog. Wir können doch keine Expedition auf der Grundlage eines solchen Gekritzels empfehlen. Hätte er mit präzisen Messungen der Drehgeschwindigkeit des Pulsars aufgewartet, dann hätten wir wenigstens etwas Handfestes.«

»Sar-Say war ein Tourist, Saul. Was glauben Sie wohl, wie viele Touristen ein Synchroskop im Gepäck haben?«

»Er hätte trotzdem vorausschauender sein müssen«, erwiderte der renitente Astronom. Ein Raunen in der Menge signalisierte Zustimmung zu seinem Standpunkt.

Mark Rykand verfolgte das Duell zwischen seinem Chef und dem Zwischenrufer mit einer Mischung aus Verärgerung und Bewunderung. Die Verärgerung resultierte daraus, dass er die halbe Nacht gearbeitet hatte, um die Präsentation rechtzeitig für heute Morgen fertigzustellen. Dass seine Schlussfolgerungen höflich, aber bestimmt abgeschmettert wurden, war schwer zu verdauen. Und die Bewunderung resultierte daraus, wie souverän Bendagar dem Einwand begegnete.

Weil es zu wenige Stühle gab, hatte Mark die Präsentation an die hintere Wand des Raums gelehnt verfolgt. Irgendwann hatte er Fußschmerzen bekommen und sie zu lindern versucht, indem er das Gewicht abwechselnd mal auf den einen, dann auf den anderen Fuß verlagerte. Er war auch nicht der Einzige, dem es schwerfiel, sich an die Gravitation anzupassen. Dr. Bendagar verbrachte den größten Teil seiner Zeit im Swimmingpool des Hotels, wenn er nicht gerade mit Konferenzangelegenheiten befasst war.

Mark spürte einen kühlen Hauch auf der Wange, als die Tür neben ihm sich öffnete. Die Brise trug den Geruch nach einem vertrauten Parfüm mit sich. Mark drehte sich und sah Lisa in der halb offenen Tür stehen.

»Wie läuft's?«, flüsterte Lisa.

»In etwa so wie bei den anderen Arbeitsgruppen«, erwiderte er kaum hörbar.

Sie lächelte. »Also genauso schlecht, was?«

»Wie war Ihre Präsentation heute Morgen?«

»Sie wurde alle zehn Sekunden von einer Frage unterbrochen. Ich habe zwei Stunden für meinen Vortrag gebraucht.«

»Das zeigt doch, dass die Leute interessiert waren.«

»Ich bin jedenfalls froh, dass ich es hinter mir habe. Was steht morgen bei Ihnen auf dem Plan?«

Er zuckte die Achseln. »Ich habe frei, sofern diese Tagung mir nicht noch Arbeit beschert. Wieso?«

»Ich suche nach einem Partner für einen Tagesausflug. Interessiert?« Marks breites Grinsen gab ihr die Antwort schon, bevor er fragte: »Wohin?«

»Ich dachte, wir nehmen die Fähre über den Kanal nach Gibraltar. Ich wollte immer schon mal dorthin.«

»Dürfen wir das überhaupt? Was ist mit der Strahlung?«

»Pah, das ist doch nur ein Schauermärchen!«

Er zuckte die Achseln. »Wenn Sie es sagen. Kommt sonst noch jemand mit?«

»Ich werde mich mal umhören«, sagte Lisa, »aber ich glaube, dass jeder zu tun hat. Ich sollte mich eigentlich auch auf die Abschlusstagung am Wochenende vorbereiten, aber ich glaube, dass ich wenigstens einen freien Tag auf der Erde verdient habe.«

»Einverstanden«, sagte er. »Obwohl ich erst ein paar Wochen weg gewesen bin, erstaunt es mich doch, wie sehr ich diesen alten Planeten vermisst habe. Wir werden früh genug zu *PoleStar* zurückkehren müssen. Da könnten wir genauso gut etwas Sonne abbekommen, solange wir hier sind. Ich werde den Sicherheitsdienst verständigen und uns auch gleich abmelden.«

»Gut. In der Zwischenzeit werde ich die Rezeption bitten, in Tanger anzurufen und uns eine Fährverbindung nach Cadiz rauszusuchen. Ich sage Ihnen dann Bescheid, wann wir am Hafen sein müssen.«

»Ich werde warten«, flüsterte er, als sie zur Tür hinaushuschte. Plötzlich schien die Tatsache, dass die Füße schmerzten und er ein ziemliches Schlafdefizit hatte, nicht mehr von Bedeutung zu sein.

Die goldene Sonne lugte gerade über den östlichen Horizont, als das Tragflächenboot von Al-Hoceima ablegte. Das Boot war eigens von einer Reisegesellschaft in Tanger gechartert worden. Es war ein Dutzend Konferenzteilnehmer an Bord, von denen aber nur Lisa Arden und Mark Rykand Gibraltar gebucht hatten. Die anderen unternahmen die anderthalbstündige Passage durch die Meerenge zu den Einkaufsstraßen von Cadiz. Das lange, gebogene Kielwasser zeigte zurück zur nordafrikanischen Küstenlinie, die fast schon vom Morgennebel verschluckt wurde. Die Ferienanlage selbst war kaum mehr als ein rechteckiger weißer Fleck, dem man nicht ansah, dass hinter seinen Mauern über die Zukunft der menschlichen Rasse diskutiert wurde.

Mark hatte sich mit einer langen Hose, Hemd, Koppelgürtel und einer Windjacke vor der frühmorgendlichen Kälte geschützt. Er und Lisa hockten hinter einem strategisch platzierten Windschutz, der die Luft so stark verwirbelte, dass sie zwar an den Haaren und der losen Kleidung zupfte, aber selbstredend nicht annähernd so stark wie der Fahrtwind des mit 160 km/h dahinrasenden Boots. Lisa war ähnlich gekleidet – bis auf die Shorts, die ihre Beine gut zur Geltung brachten. Beide trugen Wanderschuhe, die den fehlenden modischen Chic durch Bequemlichkeit wettmachten. Jeder von ihnen hatte eine Feldflasche an der Hüfte hängen und ein Lunchpaket auf mehrere Gürteltaschen verteilt. Kleidung und Ausrüstung hatten sie in der Hotelboutique gekauft – zum Fünffachen des regulären Preises –, nachdem Lisa ihn darauf hingewiesen hatte, dass es ein trockener Tag werden würde, wenn sie den Felsen ausgiebig erkunden wollten. Mark sah, dass Lisa bibberte, und schlug ihr vor, nach unten zu gehen, wo es wärmer war.

»Nein!«, rief sie, um das Pfeifen des Windes zu übertönen. »Ich finde das toll. Aber für Sie ist das wahrscheinlich nichts Besonderes.«

»Wieso?«, fragte er. Dabei legte er den Arm um sie und

führte sie zu einer Ecke, wo sie besser vor dem Fahrtwind geschützt waren. Lisa schmiegte sich an ihn, um etwas von seiner Körperwärme abzukriegen. Sie hatte offensichtlich keine Bedenken wegen der Nähe. Außerdem erleichterte es die Unterhaltung.

»Ist das nicht die Art von Beschäftigung, der reiche Leute nachgehen?«

Er lachte. »Ich weiß nicht, was die anderen ›reichen‹ Leute so tun. Ich arbeite für meinen Lebensunterhalt. Das heißt, ich hatte gearbeitet, bis ich zufällig eine gewisse junge Dame durch ein erleuchtetes Sichtfenster entdeckte.«

Lisa lief rot an, als sie ihre erste »Begegnung« Revue passieren ließ. Sie drehte sich zu der Glaswand zwischen sich und dem Bug um, sodass er ihre Reaktion nicht mitbekam. Sie saßen da und wiegten sich im sanften Rhythmus der gegen die Tragflächen des Schiffs schlagenden Wellen, bevor Mark das unbehagliche Schweigen brach.

»Wieso gerade Gibraltar?«

Sie zuckte die Achseln. Bei der Bewegung wurde er sich ihrer Nähe erst richtig bewusst. »Gibraltar nimmt einen wichtigen Platz in der Geschichte meiner Nation ein. Einen so wichtigen, dass ich es unbedingt einmal sehen wollte.«

Weniger als eine Stunde nach der Abfahrt von Al-Hoceima erschien mitten in der langen schwarzen Küstenlinie ein weißer Fleck am Horizont. Er wurde schnell größer und entpuppte sich schließlich als ein grauweißes Felsmassiv, das eine vage Ähnlichkeit mit einem geduckten Löwen hatte, dessen Kopf nach Norden und dessen Schwanz gen Süden wies. Eine hässliche Wunde klaffte in der Seite des Löwen, wo die Schulterblätter hätten sein sollen, und winzige Gebäude kauerten zu seinen Füßen. Von Weitem schienen sie intakt zu sein.

»Wieso ist die Ansicht nicht wie auf den Bildern?«, fragte Mark und schaute durchs elektronisch stabilisierte Fernglas, das er vom Steward des Boots ausgeliehen hatte. Neben ihm hatte Lisa das Ziel mit ihrem eigenen Glas ins Visier genommen.

»Die traditionelle Ansicht ist von der Landseite im Norden. Wir nähern uns vom Meer und von Osten.«

»Was stellt denn diese weiße Masse im Zentrum dar? Es sieht nach einem großen Steinbruch aus.«

»Das sind alte Zisternen«, erwiderte sie. »Es wurde Regenwasser darin gesammelt und dann in unterirdische Trinkwasserreservoirs geleitet. Sie wurden bei der Sechzehnten Belagerung zerstört.«

»Wobei?«

Lisa setzte das Fernglas ab, das ihr an einem Riemen um den Hals hing. »Auf Gibraltar werden geschichtliche Epochen nach der Anzahl der Belagerungen definiert, die man überlebt hat. Es gab ihrer sechzehn, obwohl die sechzehnte eigentlich eine Schlacht war. Sehen Sie die verfärbte Stelle rechts neben der Zisterne?«

Er visierte sie mit dem Fernglas an und nickte.

»Dort ist der Sprengkopf der dem Untergang geweihten türkischen Flotte gelandet. Glücklicherweise war es nur eine taktische Kernwaffe, sodass die Masse des Felsens die Stadt vor der direkten Druckwelle schützte. Natürlich musste Gibraltar danach aufgegeben werden. Die Zisternen waren zerstört, die Menschen hatten Angst vor dem radioaktiven Niederschlag und viele der alten Gebäude waren einsturzgefährdet.«

Mark stieß einen leisen Pfiff aus, als er die zerstörte Flanke des Felsens von Gibraltar musterte. »Sie haben einen Volltreffer von einem atomaren Gefechtskopf abbekommen und die Schlacht dennoch gewonnen? Kein Wunder, dass der Volksmund danach sagte, etwas sei ›so sicher wie der Felsen von Gibraltar‹!«

»Nein, du Dummerjan«, sagte Lisa und lachte. »Dieser Spruch wurde nach der *Vierzehnten* Belagerung geprägt.«

21

Das Tragflächenboot tauchte wieder ins Wasser ein, als es sich der langen Ruine näherte, die einmal Gibraltars südliche Hafenmole gewesen war. In ihrer Eigenschaft als klassisches Verdrängerschiff manövrierte die Fähre an den versunkenen Schiffen vorbei, die beim letzten Angriff im Hafen festgesteckt hatten. Nachdem sie die rostigen und mit Algen und Seetang bewachsenen Inseln aus Stahl hinter sich gelassen hatten, legte der Kapitän am steinernen Kai an, der schon alt gewesen war, als Viktoria über England herrschte.

»Wir werden Sie bei Sonnenuntergang wieder abholen«, sagte der Hauptsteward zu den zwei Forschern, als sie vom schwankenden Deck auf die steinernen Stufen traten, die zum Kai hinaufführten.

»Gut«, erwiderte Mark. Er und Lisa winkten den Wissenschaftlern, die im unteren Restaurantdeck Zuflucht gesucht hatten, und wandten sich ab, als die Turbinen des Tragflächenboots ihr brummiges Lied anstimmten. Als sie oben am Kai angelangt waren, nahm das Boot auf der Weiterfahrt nach Cadiz bereits Kurs auf einen der zwei alten Hafenausgänge.

»Was möchtest du zuerst tun?«, fragte Mark, als sie das Ende der Treppe erreichten.

Lisa sagte nichts. Stattdessen schaute sie über das blaue Wasser und wies auf eine bestimmte Stelle. »Dort müssen D'Arcons Batterieschiffe während der Vierzehnten Belagerung geankert haben!«

»Wie meinen?«

Lisa drehte sich zu Mark um. Und dann sprach sie mit der atemlosen Aufregung von jemandem, der sich den Traum seines Lebens erfüllt. »In den Jahrhunderten, die Gibraltar im Besitz von Großbritannien war, versuchte Spanien alles, um die Kolonie zurückzugewinnen. Von 1779 bis 1782 blockierte die spanische und französische Marine *Den Felsen* und versuchte ihn ein paarmal im Sturm zu erobern. Das war die *Vierzehnte Belagerung*, auch als *Die Große Belagerung* bezeichnet ...«

»Irgendwie hört sich das nicht so an, als ob du eine trockene Geschichtsstunde nacherzählst«, sagte Mark irgendwann später.

»Familiengeschichte«, erwiderte sie. »General Elliot war ein Vorfahr von mir. Er befehligte *Den Felsen* während *Der Großen Belagerung.*«

Lisa drehte sich um und warf einen flüchtigen Blick auf die massive Kalksteinformation, die über ihnen dräute, während Mark den Blick über den Kai schweifen ließ. Ein dunkelhäutiger Mann in einem beigefarbenen Hemd und Shorts eilte ihnen entgegen. Das Abzeichen auf der linken Brust wies ihn als den örtlichen Konstabler aus.

»Hallo«, sagte er in Lisas Muttersprache, jedoch mit einem mediterranen Akzent unterlegt. »Wer sind Sie beide?«

Mark stellte sich und Lisa dem Polizisten vor, der sich seinerseits als Maurice Farner-Smythe vorstellte. Trotz seines verbindlichen Auftretens musterte er sie mit einem kritischen Blick.

»Was führt Sie hierher?«, fragte der Polizist.

»Wir wollten einen Tagesausflug nach Gibraltar machen«, erwiderte Lisa.

»Haben Sie auch eine Erlaubnis vom Denkmalschutz-Ministerium?«

»Ich wusste nicht, dass wir eine brauchen«, sagte sie mit plötzlicher Enttäuschung in der Stimme.

»Touristen!«, sagte Farner-Smythe mit einem Lachen. »Sie sind doch alle gleich. Lesen nie die Bestimmungen und Verordnungen. Und da Ihr Schiff nun verschwunden ist, kann ich Sie ja schlecht dorthin zurückschicken, wo Sie hergekommen sind, oder?«

»Wir würden auch gern eine Eintrittskarte kaufen, wenn Sie

welche da haben, Konstabler«, sagte Mark und griff nach dem Beutel, wo er die Kreditkarten aufbewahrte.

»Keine Sorge, Mr Rykand. Wir sind hier auf *Dem Felsen* nicht so pingelig. Sie und die Dame scheinen für einen Ausflug entsprechend gerüstet zu sein. Dann will ich in diesem Fall einmal eine Ausnahme machen.« Der Ton des Polizisten sagte ihnen jedoch, dass Ausnahmen bei ihm eher die Regel waren.

»Gibt es irgendwelche Strahlenrisiken, über die wir Bescheid wissen sollten?«

»Wenn es die gäbe, Mr Rykand, glauben Sie, dass ich dann mit meiner Familie hier leben würde?«

»Wohl kaum.«

»Die Vorschriften besagen, dass Sie keine künstlichen oder natürlichen Objekte beschädigen dürfen. Also nicht Ihre Initialen in die Zinnen ritzen, keine Souvenirs mitnehmen und nicht aus Jux Steine vom Gipfel gegen die alten Mauern werfen. Ein paar der alten Tunnel sind durch die Druckwelle am östlichen Steilhang einsturzgefährdet. Sie sind deutlich gekennzeichnet, und Sie täten gut daran, sie nicht zu betreten. Sind Sie mit diesen Bedingungen einverstanden?«

»Wir sind einverstanden«, erwiderte Lisa.

»Halten Sie sich auch von den Ruinen der Stadt fern. Die Gebäude sind nicht sicher, und es gibt dort ein paar Einsiedler, die auf den Anblick einer jungen Frau in kurzen Hosen unberechenbar reagieren könnten. Und sonst seien Sie vorsichtig. Ich möchte Sie beide nicht mitten in der Nacht von irgendeinem Felsvorsprung retten müssen. Sind Sie immer noch einverstanden?«

Sie beide nickten.

»In diesem Fall wünsche ich Ihnen einen schönen Tag. Sie können dieser Straße dort nach links folgen. Sie führt zu den oberen Stollen und der St. George's Hall. Von dort können Sie den Pfad nach Rock Gun erklimmen, wenn Sie sportlichen Ehrgeiz haben. Die meisten Leute wollen auch St. Michael's

Cave sehen, wenn sie schon einmal hier sind. Folgen Sie dem Gipfel-Pfad nach Süden. Er führt Sie direkt dorthin. Brechen Sie aber nur einen Stalagmiten ab, und ich werde Sie persönlich am nächsten Stumpf aufhängen. Ach, und willkommen auf Gibraltar!«

Mark hatte eigentlich geglaubt, er sei gut in Form. Als er und Lisa die Hälfte des Wegs zu den Stollen in der Nordflanke von Gibraltar bewältigt hatten, war er sich dessen aber nicht mehr so sicher. Entweder hatten die Wochen in der Mikrogravitation an Bord der *PoleStar* doch einen stärkeren Muskelschwund zur Folge gehabt, oder aber er hatte sich selbst etwas vorgemacht. Als sie den Pfad erklommen, der von der alten Straße durch einen Zaun aus einem rostigen, zwischen Holzpfosten gespannten Kabel abgetrennt wurde, wanderten sie durch einen Mischwald aus Krüppelkiefern, stachligem Gras und kleinen Palmen. *Der Felsen* war auf den unteren zwei Dritteln der Westflanke mit grüner Vegetation überzogen. Dann stieg das Terrain jedoch so steil an, dass der Mutterboden keinen Halt mehr fand, und nur noch alabasterfarbene Kalksteinblöcke stürmten dem zackigen Gipfel entgegen.

Sie waren beide außer Atem, als sie den Eingang zu den Stollen erreichten. Ein paar Minuten lang ruhten sie sich aus und machten sich dann auf den Weg zur St. George Hall.

Trotz des morgendlichen Dunsts war es doch noch ein wolkenloser Tag geworden. Ein Wind aus Osten kühlte den Schweiß der Wanderer. Jenseits der Kanäle sah Mark Marokko und die ausgedehnte Metropole Tanger. Ein viel kleinerer Berg als Gibraltar ragte an der afrikanischen Küste empor, weich gezeichnet durch den bläulichen Dunst der Entfernung. Das war Mons Abilia, die andere Säule von Herakles, die einst die Grenzen der Navigation für die Seefahrer des Mittelmeers abgesteckt hatten.

»Schön, nicht wahr?«, sagte Lisa leise und ergriffen, als er hinter sie trat.

»Das ist es«, erwiderte er und legte ihr die Arme um die Taille.

Minutenlang standen sie so da, ohne dass einer von ihnen sich bewegte. Dann lehnte Lisa sich gegen Mark und schmiegte sich an ihn. Sie legte den Kopf in den Nacken, drehte ihn und bot ihm ihre Lippen dar. Er beugte sich zu ihr hinunter und küsste sie – erst sanft, dann leidenschaftlich. Sie löste sich von ihm, drehte sich zu ihm um und umarmte ihn wieder. Eng umschlungen sanken sie auf den weißen Kalkstein und waren für eine Weile sehr beschäftigt. Schließlich riss Lisa sich keuchend los. Sie setzte sich auf, kam wieder zu Atem und sagte: »Ich habe Hunger. Suchen wir einen Platz, an dem wir zu Mittag essen können.«

Mark runzelte verwirrt die Stirn, weil sein Puls so hämmerte. Dann atmete er tief durch, stand auf und klopfte sich den Schmutz von Jahrhunderten von der Kleidung. »Klar, wieso nicht? Ich bin auch schon am Verhungern.«

Sie gingen Hand in Hand einen gewundenen Pfad entlang, der parallel zum Grat *Des Felsens* verlief und an der Ruine der alten Seilbahnstation vorbeiführte. Dann kamen sie zu einem verwitterten Wegweiser, der ihnen den Weg zu St. Michael's Cave wies. Keiner von beiden sagte etwas auf der langen Wanderung, um die immer stärkere Vorfreude nicht zunichte zu machen.

Die Höhle erwies sich als eine Enttäuschung. Die Stalagmiten und Stalaktiten waren zwar eindrucksvoll, aber durch Jahrhunderte menschlicher Anwesenheit war ihre Schönheit irgendwie verblasst. Das und der unaufhörliche Sprühregen in der Höhle, der aus winzigen Poren im Gestein gespeist wurde, machten ihren Besuch zu einer Stippvisite.

»Rauf oder runter?«, fragte Lisa, als sie am Eingang der Höhle standen. Unter ihnen lag in der Ferne der Europapunkt und rundum die Basis *Des Felsens* – die Ruinen, die einmal die Stadt Gibraltar gewesen waren.

»Nehmen wir diesen Weg nach links«, erwiderte Mark mit der einstudierten Nonchalance, von der er aber wusste, dass sie keinen von beiden überzeugte. Zur Linken tauchten ein paar kümmerliche Bäume auf und ein paar ebene Stellen, wo man sich ungestört zum Picknick niederlassen konnte.

Arm in Arm umrundeten sie eine steile Klippe und stießen schließlich auf ein kleines rechteckiges Areal, das offensichtlich künstlich war. Der Grund, weshalb jemand diese Plattform neben der Klippe hätte anlegen sollen, war nicht klar. Vielleicht war es ein Ausguck für fremde Schiffe am Horizont gewesen oder eine Radarstation oder sogar die Basis für einen bodengestützten Defensiv-Laser. Welchem Zweck auch immer der Platz gedient hatte, er hatte eine Seitenlänge von ein paar Metern und war absolut flach. Ein winziges Wäldchen aus kleinen Bäumen mit breiten Blättern hatte im Boden um diesen Bereich Wurzeln geschlagen, und die Mitte war mit spitzem Gras bewachsen. In den Augen des jungen Paares war das so lauschig wie eine Waldlichtung und genauso einladend.

Ohne ein Wort ließen sie die Gürtel und Feldflaschen fallen, gingen aufeinander zu und umarmten sich wieder. Diese Begegnung war nicht so zögerlich wie beim letzten Mal. Sie küssten sich mit der Leidenschaft frisch Verliebter und lösten sich nur voneinander, um Luft zu holen, atmeten schwer und voller Begierde, während sie sich tief in die Augen schauten.

Wie durch eine stillschweigende Übereinkunft entledigten sie sich der Kleidung. Der Eifer, mit dem sie sich entkleideten, wurde jedoch dadurch gebremst, dass die Wanderschuhe zu klobig waren, als dass man die Hose oder Shorts einfach darüberzustreifen vermocht hätte. Ein entfernter Beobachter hätte nun amüsiert mit ansehen können, wie zwei halb nackte Menschen auf den Boden sanken und hektisch an den Verschlüssen ihres Schuhwerks nestelten. Und dann wäre die Belustigung in dem Maß, wie die Eigentumsverhältnisse an diversen Armen und Beinen immer unklarer wurden, der Verwirrung gewichen. Zumal die Schuhe der Liebe nicht allein im Weg standen. Kleine, im hohen Gras verborgene Steinchen machten den Boden zu einem unbequemen Lager. Jedoch störten sie sich nicht daran, als sie schließlich in dieser menschlichsten aller Umarmungen verschlungen waren. Es dauerte überhaupt ziemlich lange, bis sie wieder etwas anderes wahrnahmen als nur einander.

Die Sonne stand schon tief im Westen, als sie *Den Felsen* verließen und Arm in Arm in langen Schritten die Europastraße entlanggingen. Sie kamen dort wieder in die Stadt hinein, wo sie sie verlassen hatten – auf dem Hang über der *Ragged Staff Wharf.* Die von der untergehenden Sonne geworfenen langen Schatten verliehen der Szene eine surrealistische Anmutung, als sie die Kurve der alten Straße erreichten, die sie zum Kai führen würde.

Mark warf einen Blick auf Lisa und bemerkte die Veränderung ihres Äußeren. Ihre ursprünglich tadellose Wanderkluft war nun schmutzig und zerknittert, und ihr schönes Gesicht wurde von eingetrockneten Schweißrinnsalen verunstaltet. Das Haar klebte ihr am Kopf, und die Haut war von Schmutz verkrustet, der sogar unter der Kleidung verschwand. Außerdem fehlten ihr zwei Knöpfe – die sie beim hastigen Ausziehen in ihrem Liebesnest verloren hatte! Durch diesen Verlust zeigte sie nun erheblich mehr Dekolleté als am Morgen. Sie lächelte breit, obwohl sich nun doch erste Anzeichen von Müdigkeit bemerkbar machten.

Mark vermutete, dass er selbst kaum besser aussah, und trotz der mahnenden Stimme, dass er morgen einen schönen Muskelkater haben würde, hätte er sich gewünscht, dieser Tag würde nie zu Ende gehen.

»Schau mal, ein Boot am Kai!«, sagte Lisa und wies über die Ruinen mit den abgedeckten Dächern hinweg, in denen einmal Menschen gelebt hatten. »Ob das noch mehr Touristen sind?«

»Zum Glück sind wir ihnen nicht schon heute Mittag begegnet, was?«, fragte er mit einem Lachen. Dann beschirmte er die Augen mit der Hand und suchte die Bucht von Gibraltar ab. Vom Tragflächenboot war noch nichts zu sehen. Und es war nur noch eine halbe Stunde bis Sonnenuntergang.

»Sie sollten sich beeilen. Ich glaube nicht, dass der Kapitän gern im Dunklen zwischen diesen Wracks hindurchmanövrieren würde.«

Sie lachten, als sie den Kai erreichten, wo Maurice Farner-Smythe auf sie wartete.

»Hatten Sie einen schönen Tag auf *Dem Felsen*?«, fragte er mit sonorer Stimme. So, wie er ihre abgerissene Erscheinung musterte, wusste er aber auch so, dass sie sich gut amüsiert hatten.

»Eine lehrreiche Exkursion«, sagte Mark, und Lisa neben ihm lachte glucksend.

»Ausgezeichnet. Wir freuen uns immer, wenn unsere Besucher sich gut unterhalten. Ihr Schiff hat eine Nachricht an mein Büro gesendet. Sie werden sich um etwa zwanzig Minuten verspäten. Anscheinend wollten ein paar Frauen Ihrer Reisegesellschaft die Geschäfte von Cadiz gar nicht mehr verlassen. Ach, und da gibt es noch jemanden, der hier auf Sie wartet.«

»Wer denn?«

»Guten Tag, Mark. Es ist ja schon Monate her.«

Mark erstarrte beim Klang der vertrauten Stimme. Er drehte sich um und sah Michail Vasloff hinter sich stehen. Dieser hatte sich von der kleinen Wache am Ende des Kais genähert, während der Konstabler Lisas und Marks Aufmerksamkeit beanspruchte.

»Hallo, Michail. Was führt *Sie* denn hierher?«

»Ich glaube, das sollten wir am besten unter vier Augen besprechen. Wenn Sie uns bitte entschuldigen wollen, Konstabler.«

»Natürlich, Mr Vasloff.«

Vasloff bedeutete ihnen, ihm zu folgen. Sie folgten dem Kai in Richtung der alten Trockendocks, bis sie außer Hörweite von Farner-Smythe und von Vasloffs Boot waren.

»Wer ist das, Mark?«, fragte Lisa verwirrt.

»Lisa, ich möchte dir Michail Vasloff, Gründer und Geschäftsführer von *Terra Nostra* vorstellen. Michail, das ist ...«

»Ja, Lisabeth Arden«, sagte er und gab Lisa einen Handkuss.

»Woher kennen Sie mich denn, Mr Vasloff?«

»Ihr Ruf eilt Ihnen voraus, meine Dame. Ich muss sagen, dass Sie sich um die Linguistik verdient gemacht haben. Besonders gut gefällt mir Ihre *Monografie über die Streuung von Phonemen in den Farsi-Dialekten*.«

»Was tun Sie hier, Michail?«, wollte Mark wissen.

»Das ist eine lange Geschichte«, sagte der weißhaarige Mann. »Ich hatte Sie in Cadiz nirgendwo gesehen. Also habe ich ein Boot gemietet und bin hierhergefahren.«

»Und woher wussten Sie, dass wir auf dem Boot nach Cadiz waren?«

»Sicherheitsbestimmungen. In dem Moment, als Sie an Bord gingen, wurden Ihre persönlichen Seriennummern an die Zentrale der Kreuzfahrtgesellschaft in Paris übermittelt. Unser Computer-Suchprogramm hat den Datenstrom abgefangen und uns über Ihren Aufenthaltsort unterrichtet. Ich habe mich sofort auf den Weg dorthin gemacht.«

»Wieso denn das?«

Vasloffs Augen funkelten triumphierend, wo er nun die Früchte seiner Arbeit erntete. Er schwieg für einen Moment, räusperte sich dann und sagte: »Ich will das Alien sehen.«

22

Für eine Weile reduzierte Marks Universum sich auf das durchdringende Kreischen von Seevögeln, das leise Plätschern, mit dem die Wellen gegen den verwitterten Stein der Werft schlugen und das Blut, das ihm in den Ohren rauschte. Dann erlangte er die Stimme zurück und fragte fiepsig-quäkend: »Was denn für ein Alien?«

Seine Erwiderung wurde von Vasloff mit einem breiten Grinsen quittiert. »Papperlapapp, Mark. Ich sehe doch an Ihrer Reaktion und der von Miss Arden, dass ich recht habe.«

»Ich weiß gar nicht, wovon Sie überhaupt reden«, sagte Lisa etwas zu schrill.

»Dann darf ich Ihnen auf die Sprünge helfen«, erwiderte Vasloff. »Die *Magellan* hat intelligente Aliens entdeckt. Und sie hat mindestens eins der Wesen zur *PoleStar*-Station gebracht, wo Sie und eine große Gruppe von Wissenschaftlern sie seitdem studieren. Ihr Team umfasst ...« Vasloff leierte die Namen eines Dutzends Wissenschaftler herunter und sah, wie seine beiden Zuhörer mit jeder Sekunde blasser wurden.

Als er fertig war, schaute Lisa Vasloff in die Augen und sagte: »Wenn Sie glauben, dass wir Aliens an Bord haben, wieso sind Sie dann nicht mit Ihrer Information an die Öffentlichkeit gegangen?«

Das Lächeln des älteren Mannes, das sich zwar abgeschwächt hatte, doch nie völlig verschwunden war, wurde wieder breiter. »Gut, die Dementi-Phase ist vorbei, und wir können nun Klartext reden. Um Ihre Frage zu beantworten: Ich bin deshalb nicht an die Öffentlichkeit gegangen, weil ich nicht glaube, dass eine solche Publizität in irgendjemandes Interesse wäre. Ich würde viel lieber eine individuelle Vereinbarung mit Ihnen treffen, als dass diese Neuigkeiten für die nächsten Monate die Holo-Schirme beherrschen.«

»Ich dachte, Ihre Organisation stünde grundsätzlich in

Opposition zu allem, was mit dem Weltraum zu tun hat, Mr Vasloff?«

Vasloff bemerkte, dass Lisas Gesicht fast wieder die normale Farbe angenommen hatte – ein Indiz dafür, wie schnell sie den anfänglichen Schock abschüttelte. »Das ist eine grobe Vereinfachung, Miss Arden.«

»Ach ja?«

»Ich bin gegen die interstellare Kolonisierung, und zwar aus Gründen, die ich für gut und richtig halte. Ich glaube nämlich, dass solche Aktivitäten uns der Ressourcen berauben, die wir hier auf der Erde besser nutzen könnten, und der Öffentlichkeit etwas vorgaukeln, was nie eintreten wird: nämlich eine Welt, die so gut ist wie diese. Jedoch folgt daraus nicht zwangsläufig, dass ich auch gegen einen Kontakt mit intelligenten Aliens sein müsste. Schließlich wird die Erde für sie wahrscheinlich genauso unattraktiv sein wie ihre Welt für uns. Und überhaupt – wäre es angesichts der grundlegenden Lebensfeindlichkeit des Universums nicht sinnvoll, wenn wir alle zusammenhalten würden? Stellen Sie sich nur die Möglichkeiten für einen kulturellen Austausch vor, das aus der Entdeckung neuer Perspektiven resultierende Potenzial, die verschiedenen philosophischen Standpunkte! Das ware doch aufregend, oder?«

»Es hat aber niemand etwas von Aliens gesagt.«

Vasloff runzelte die Stirn. Bisher hatten die beiden wie ahnungslose Unschuldslämmer reagiert. Seine Erwähnung des kulturellen Austauschs hatte sie jedoch zu einem Blickwechsel veranlasst, den er in dieser Form nicht erwartet hätte; als ob sie etwas wüssten, das er nicht wusste. »Natürlich nicht«, sagte er verhalten zu Lisa. »Ich bin mir durchaus bewusst, dass dies eine rein hypothetische Erörterung ist.«

»Aber Sie würden einen Kontakt mit Aliens unterstützen?«

Vasloff zuckte die Achseln. »Dazu könnte ich mich erst dann äußern, wenn ich über die Einzelheiten dieses Kontakts Bescheid wüsste.«

»Sie beanspruchen ein Vetorecht?«, fragte Mark.

»Überhaupt nicht. Ich habe fast mein ganzes Leben damit verbracht, als Außenseiter für eine Änderung der bestehenden Ordnung zu plädieren. Ich bin mir der Beschränkungen dieser Rolle durchaus bewusst. Worum es mir in diesem Fall geht, ist ein Mitspracherecht bei allen Entscheidungen. Ich möchte bei einer Veränderung gehört werden.«

»Und was haben Sie zu bieten, Michail?«

»Ich werde meine Kampagne gegen die Sternenforschung fürs Erste einstellen und Stillschweigen darüber bewahren, was ich weiß. Im Gegenzug gewähren Sie mir eingeschränkten Zugang zu Ihren Daten und zu den Aliens.«

»Selbst wenn es Aliens *gäbe*, stünde es nicht in unserer Macht, Ihrer Bitte zu entsprechen.«

»Dann bringen Sie mich mit jemandem zusammen, der über diese Macht verfügt. Sonst werde ich morgen früh eine Pressekonferenz einberufen und mein Wissen bekannt geben.«

Mark schaute Lisa für einen Moment an und wandte sich dann wieder ihm zu. »Ich glaube, Sie sollten mit uns nach Al-Hoceima zurückkehren.«

»Ich hatte gehofft, dass Sie das sagen würden.«

Die Lichter von Toronto schimmerten am Horizont, als Nadine Halstrøm vom 90. Stock des Weltsekretariats auf die Welt hinabschaute. Ihr Büro befand sich an der Südseite des Gebäudes, dem ebenso großen Gebäude des Weltparlaments im Norden abgewandt. Sie hatte das Büro genau aus diesem Grund ausgewählt. Anstatt sich den Blick von ihren vermeintlichen Herren verstellen zu lassen, vermochte sie über die niedrigeren Wolkenkratzer hinweg zum fernen Grüngürtel zu schauen, der die Stadt einrahmte. Diese Aussicht hatte sie unzählige Stunden genossen, während sie am Fenster stand und Probleme wälzte.

Seufzend ging sie zum Schreibtisch zurück und setzte sich

auf den hochlehnigen Bürostuhl. So beeindruckend sie auch war, die Aussicht aus dem Bürofenster hatte zunehmend die Qualität einer Gefängnismauer. Immer öfter beobachtete sie den Sonnenuntergang von diesem Stuhl aus und gelegentlich auch den Sonnenaufgang. Wieso hatte sie sich überhaupt für diesen undankbaren Job einspannen lassen? Die Welt würde schon nicht aus den Fugen geraten, wenn sie wenigstens einmal zu ihrem Mann und den Kindern nach Hause kam, solange es draußen noch hell war. Vielleicht würde sie es nächste Woche versuchen ...

Der Anruf aus Marokko wurde pünktlich durchgestellt. Sie nahm das Gespräch per Tastendruck an und verwandelte ihren Computer per Sprachbefehl in ein sicheres Daten-Terminal. Anton Bartoks Gesicht erschien auf dem Monitor. Der Direktor der Sternenforschung sah so aus, als ob er auch nicht allzu viel geschlafen hätte. Sie verspürte eine irrationale Genugtuung bei diesem Gedanken.

»Also, Anton, wer hat geredet?«

Nadine sah, dass die Linien um seine Mundwinkel sich leicht vertieften, als müde Augen sie auf dem Bildschirm anschauten. »Ich wüsste nicht, dass überhaupt jemand geredet hat, Madame Koordinatorin.«

»Aus Ihrer Blitzmeldung geht aber hervor, dass Michail Vasloff vom Alien wusste. War das ein Irrtum vom Amt?«

»Nein. Er fragt sie immer wieder, ob er sie sehen darf.«

»*Sie?* Mehr als einen?«

»Ja.«

»Dann wissen wir somit ja wohl, dass sein Spion sich nur an der Peripherie des Projekts befindet und nicht mittendrin. Das ist zumindest ein schwacher Trost für uns. Aber wie zum Teufel hat Vasloff überhaupt Wind von dieser Sache bekommen?«

»Er hatte irgendetwas mit dieser verrückten Aktion zu tun, mit der Rykand an Bord der *PoleStar* gelangt ist.«

Nadine setzte sich aufrecht hin. Als sie sprach, hatte ihre

Stimme die übliche kultivierte Verbindlichkeit verloren. »Wieso haben wir bisher nichts davon gehört, Herr Direktor?«

»Keine Entschuldigung.«

Sie seufzte und entspannte sich wieder. »Wenigstens sind Sie ehrlich, Anton. Wo ist Vasloff jetzt?«

»Hier. Ich habe ihn in einer Suite unter Hausarrest stellen lassen.«

»Wie lauten Ihre Empfehlungen?«

»Wir könnten alles abstreiten.«

»Damit er anschließend mit den Medienfritzen spricht? Wohl kaum.«

»Stimmt auch wieder«, sagte Bartok und nickte. »Die Konferenz wird wahrscheinlich empfehlen, eine Expedition auf die Suche nach diesem Zzumer zu schicken, den Doktor Bendagar lokalisiert hat. Vielleicht können wir Zeit bei Vasloff rausschinden, bis diese Expedition unterwegs ist.«

»Eine Expedition? Davon steht aber nichts in unseren Berichten.«

»Das hat sich kurzfristig so ergeben, Koordinatorin.«

»Das gefällt mir gar nicht, Herr Direktor. Ich habe mich schon wider besseres Wissen breitschlagen lassen, Ihnen die Rückkehr nach Neu-Eden zu genehmigen. Und nun wollen Sie auch noch mitten in dieses Hornissennest paranoider Aliens stechen, vor denen Sar-Say uns gewarnt hat?«

»Nun, das ist wahrscheinlich die einzige Möglichkeit, um herauszufinden, ob er die Wahrheit sagt.«

»Dann ist das Wissen um die Wahrheit ein Luxus, den wir uns nicht leisten können. Ich möchte meinen Standpunkt noch einmal deutlich machen, Herr Direktor. Ich werde nicht die Sicherheit der menschlichen Rasse riskieren, nur um die Neugier von ein paar Wissenschaftlern zu befriedigen. Ein Flug in die Broa-Souveränität erscheint mir eine Dummheit sondergleichen. Solange ich Koordinatorin bin, werden wir keine unnötigen Risiken eingehen! Haben wir uns verstanden?«

»Die Botschaft ist angekommen, Koordinatorin – laut und klar.«

»Gut. Bitte richten Sie das Ihren Leuten aus. Sagen Sie ihnen, dass sie die Frage mit allen grauen Zellen, mit denen der liebe Gott sie ausgestattet hat, nach bestem Wissen beantworten sollen. Falls diese Gruppe von Wissenschaftlern nicht in der Lage ist, den Auftrag auszuführen, werden wir uns nach anderen umsehen müssen.«

Bartok seufzte. Er hatte die Koordinatorin zuvor schon in dieser Stimmung erlebt. Wenn Sie sich einmal in diesen Zustand hineingesteigert hatte, war Sie keinem rationalen Argument mehr zugänglich. Captain Landon würde bald mit Unmengen neuer Daten ankommen, um deren Interpretation die Wissenschaftler sich dann streiten konnten. Vielleicht würden die neuen Daten eine eindeutige Antwort auf die Frage enthalten, die sich ihnen stellte. Bei diesem Gedanken hätte er beinahe Nadine Halstrøms nächste Bemerkung überhört.

»Dann sollten wir uns nun damit befassen, wie wir Zeit bei Vasloff rausschinden.«

»Er will *die Aliens* unbedingt sehen. Ich schlage vor, dass wir ihm seinen Willen lassen, aber nur zu den Bedingungen, die wir schon Mark Rykand gestellt haben. Ich werde persönlich dafür sorgen, dass die Klausel über die Konventionalstrafe in seinen Arbeitsvertrag aufgenommen wird.«

»Eine Geldstrafe wird ihn nicht abschrecken, wenn er entschlossen ist, die Nachricht zu verbreiten.«

»Aber sie wird ihm zumindest zu denken geben.«

Nadine ließ sich Bartoks Vorschlag für einen Moment durch den Kopf gehen und nickte dann. »Also gut. Sprechen Sie mit Vasloff und rufen Sie mich dann zurück. Ich werde noch für ein paar Stunden hier sein.«

Michail Vasloff stapfte in seiner Suite umher. Es war schon ein paar Stunden her, seit man zuletzt nach ihm geschaut hatte, und er wurde ungeduldig. Seine Euphorie war lange verflogen. Stattdessen macht er sich nun Sorgen.

Dieser Tag in seinem Kanal-Haus, als er über die Wahrheit gestolpert war, war einer der schmerzlichsten seines Lebens gewesen. Wenn es eine menschliche Schwäche gab, mit der Vasloff bestens vertraut war, dann war es die Gier der Öffentlichkeit nach Sensationen. Auf die Quelle kam es dabei nicht so sehr an. Ob es sich um Feuersbrünste handelte oder Hungersnöte, die Medienfritzen stürzten sich auf jedes Ereignis, das die Aufmerksamkeit ihrer Zuschauer auch nur für ein paar Stunden zu fesseln versprach.

Die Suche nach außerirdischer Intelligenz war eine Geschichte, die das öffentliche Interesse schon seit Jahrzehnten bestimmte. Seit dem berühmten SETI-Projekt des späten 20. Jahrhunderts war dieses Sujet journalistisch ausgeschlachtet und in vielen Holofilmen adaptiert worden. Dabei hatte man noch nicht einmal Außerirdische entdecken müssen, um die Öffentlichkeit verrückt zu machen. Er sah die Bilder deutlich vor sich: Millionen kleiner Kinder, die drollige Alien-Püppchen knuddelten, Holovisions-Trickfilme, die Karikaturen mit Wasserköpfen zeichneten, Leute, die lautstark eine Expedition zur Heimatwelt der Außerirdischen forderten … Vasloff vermochte sogar die Namen der Expeditionsschiffe vorherzusagen – die *Nina*, die *Pinta* und die *Santa Maria*.

In einem solchen Klima verhallte die warnende Stimme von *Terra Nostra* ungehört, und er, Vasloff, musste befürchten, dass der Kampf, den er zeitlebens geführt hatte, dass die Menschheit »zu Hause bliebe und redlich sich nährte«, über Nacht zunichte gemacht wurde. Wenn er seiner natürlichen Neigung folgte und öffentlich dagegen Stellung bezog, riskierte er, als ein Irrer bezeichnet zu werden. Doch das ließ ihn kalt. Man hatte ihn früher schon als »irre« bezeichnet. Es war die mit dieser Schmähung einhergehende Machtlosigkeit, die ihm so zu schaffen machte.

Nein, die Entdeckung intelligenter Wesen außerhalb der Erde verlangte von ihm sowohl Klugheit als auch Subtilität … und ein gerüttelt Maß an Hinterlist. Seine Widersacher wären vielleicht erstaunt gewesen, wenn sie gewusst hätten, dass diese letzte Erfordernis ihm bis in die Tiefe der Seele zuwider war. Dennoch galt das, was eine Schauspielerlegende einmal festgestellt hatte: »Ein Mann muss tun, was ein Mann tun muss!«

Es klopfte leise an seine Tür. Er öffnete sie und sah eine junge Frau vor sich stehen. Sie trug die Uniform der Sternenforschung.

»Mr Vasloff, Direktor Bartok würde Sie gern sprechen, wenn es Ihnen recht ist.«

»Natürlich passt es mir«, erwiderte er. Die jahrelange Routine, die er in der Verschleierung seiner Emotionen hatte, kam ihm nun zupass. Der Aufruhr der Gefühle kam weder in der Stimme noch in der Haltung zum Ausdruck, als er sein luxuriöses Gefängnis verließ und der jungen Frau mit gemessenen Schritten folgte.

Bartok bewohnte eine kombinierte Büro-Wohn-Suite, die große Ähnlichkeit mit den Räumlichkeiten hatte, in denen sie ihn untergebracht hatten, wie Vasloff feststellte. Der Direktor empfing ihn an der Tür, führte ihn zu einer Couch und nahm dann selbst am anderen Ende Platz.

»Kaffee oder Tee?«

»Nein, danke.«

»Vielleicht etwas Stärkeres?«

»Nichts.«

»In Ordnung. Merilee, Sie können gehen.«

Die Frau verneigte sich leicht und machte kehrt. Sie verließ die Suite und schloss die Tür hinter sich. Vasloff musste nicht die Tür ins Schloss fallen hören, um zu wissen, dass sie sich geschlossen hatte. Die Luft im Raum hatte diesen muffigen Geruch, der auf ein mit Höchstleistung arbeitendes Anti-Abhör-Feld hindeutet.

Bartok schaute ihn für eine Weile nur an und hoffte wohl, dass Vasloff als Erster das Wort ergreifen würde. Als der ältere Mann ihm diesen Gefallen nicht tat, seufzte der Direktor und lehnte sich auf dem Sitz zurück. »Mr Vasloff, ich bin seit vielen Jahren ein Bewunderer ihrer Arbeit. Ich freue mich, endlich einmal ihre Bekanntschaft zu machen.«

»Ein *Bewunderer*, Herr Direktor? Das glaube ich kaum.«

»Es ist aber wahr. Man muss die Fähigkeiten eines würdigen Widersachers bewundern, auch wenn man mit seiner Position nicht einverstanden ist. Ich wünschte nur, wir hätten Sie auf unserer Seite und nicht gegen uns. Ehrlich gesagt, ich vermag Ihre Vorbehalte gegen unsere Raumschiffe schwerlich nachzuvollziehen.«

»Ich glaube, ich habe das im Lauf der Jahre deutlich genug gemacht. Ich bin nicht damit einverstanden, dass ihr Leute die knappen Ressourcen unserer Spezies in die Jagd nach einem Phantom investiert – andere erdähnliche Welten.«

»Woher wollen Sie denn wissen, dass keine existieren, wenn wir nicht nach ihnen suchen?«

»Die Unwahrscheinlichkeit, dass unsere Lebensform irgendwo im Universum noch einmal auftritt, ist in wissenschaftlichen Kreisen unbestritten, Herr Direktor.«

»Was würden Sie sagen, wenn ich Ihnen erzähle, dass wir kürzlich eine echte terrestrische Welt gefunden haben?«

»Haben Sie dort auch die Aliens gefunden?«

»Kein Kommentar«, sagte Bartok. »Dem Vernehmen nach sind Sie bereit, in Bezug auf unsere, nennen wir sie einmal Gäste, zu kooperieren? Was schlagen Sie also vor, Sir?«

Vasloff wiederholte das Angebot, das er Mark Rykand und Lisa Arden bereits unterbreitet hatte.

»Und Ihr Status in dieser Angelegenheit?«

»Welchen auch immer Sie mir zubilligen, Direktor Bartok. Sie haben in diesem Spiel die besseren Karten.«

»Woher soll ich wissen, dass Ihre Leute auf der Erde keinen

Ärger machen, sobald wir Sie in unsere kleine Gruppe aufgenommen haben?«

»Sie haben mein Wort, Sir.«

»Das dürfte wohl kaum ausreichen.«

Vasloff zuckte die Achseln. »Das ist aber die einzige Garantie, die ich Ihnen geben kann.«

Bartok biss sich auf die Lippe und sagte dann: »In Ordnung. Hier sind unsere Bedingungen ...«

Michael hörte aufmerksam zu, als der Direktor ihm die Konditionen eröffnete. Sie waren hart, aber damit hatte er schon gerechnet. Er, Vasloff, sollte formal am Projekt an Bord der *Pole-Star* mitarbeiten und ihren Weisungen unterliegen. Er würde praktisch in Einzelhaft gehalten und keine Gelegenheit bekommen, eine Nachricht an seine Leute auf der Erde zu übermitteln, sofern dies nicht vom Projektleiter genehmigt wurde. Schließlich würde er noch eine Geheimhaltungsvereinbarung mit einer Geldstrafe in Höhe eines dreifachen Lebenseinkommens unterzeichnen müssen, sollte er seinen Eid brechen. Im Gegenzug würde Vasloff Zugriff auf alle Daten bezüglich »der untersuchten Proben und angemessenen Zugang zu besagten Proben zur Durchführung seiner eigenen Forschungen« erhalten.

»Was sagen Sie dazu?«, fragte Bartok, nachdem er seine Litanei beendet hatte.

»Falls ich zustimme, wann darf ich die Aliens sehen?«

»Sobald Sie den Vertrag unterzeichnet haben, werden Sie mit Mr Rykand und Miss Arden zum Raumhafen Sahara aufbrechen. Sie werden Sie zur *PoleStar* begleiten, wo alle Ihre Fragen beantwortet werden.«

»In Ordnung. Ich akzeptiere Ihre Bedingungen. Ich nehme an, dass Sie den Vertrag schon vorliegen haben.«

In Erwiderung dieser Frage stand Bartok auf, ging durch den Raum zum Schreibtisch und holte einen dicken Stapel Kunststofffolien aus der Schublade. Alles höchst offiziell, dachte Vasloff.

23

Anton Bartok stand auf dem Podium und beobachtete, wie die Leute in den großen Ballsaal des Hotels Al-Hoceima strömten. Wenn die Leute eintraten, blieben sie erst einmal stehen, ließen den Blick durch den Raum schweifen und marschierten dann zielstrebig zu den noch freien Plätzen vor dem Podest. Die langjährige Erfahrung als Organisator öffentlicher Veranstaltungen hatte Bartok gelehrt, dass die Leute Kirchen und sonstige Versammlungsräume normalerweise von hinten auffüllen – der sogenannte Hinterbänkler-Effekt. Der Umstand, dass sie das heute nicht taten, war ein Indiz für ihr Interesse an dieser hochkarätig besetzten Veranstaltung. Er selbst war auch schon auf Captain Landons Präsentation gespannt. Heute hatte man ja erstmals die Gelegenheit, die Einzelheiten der jüngsten Expedition zum Neu-Eden-System zu erfahren.

Bartok sah die letzten Nachzügler durch die bewachte Tür kommen. Praktisch jeder der fünfundsechzig Wissenschaftler der Konferenz hatte um die Teilnahme an dieser Veranstaltung ersucht. Der Wachhabende signalisierte dem Direktor das Ergebnis der Zählung mit zwei schnellen Handzeichen, nahm dann Haltung an und salutierte. Im nächsten Moment war er durch die Doppeltür verschwunden.

Gerade noch rechtzeitig schaute Bartok nach unten, um zu sehen, wie eine Reihe von Symbolen auf dem Bildschirm, der in die schräge Oberfläche des Podiums eingelassen war, Form und Farbe änderten. Die Messwerte zeigten an, dass etliche Sicherheitssysteme soeben aktiviert worden waren. Als alle Anzeigen im grünen Bereich waren, tippte er auf die kleine, ins Podium integrierte Membran. Aus unsichtbaren Lautsprechern in der Decke ertönte das verstärkte Geräusch eines Hammerschlags.

»In Ordnung, fangen wir an«, sagte er und wartete, bis die Leute Platz genommen hatten. Die Gespräche der Wissenschaftler verstummten allmählich. Als endlich Ruhe eingekehrt war, räusperte Bartok sich und sagte: »Meine Damen und Herren, ich erteile hiermit das Wort Captain Daniel Landon, dem kommandierenden Offizier des Forschungsschiffs *Magellan*.«

Dan Landon erhob sich von seinem Platz und ging zum Podium. Er schaute in etwa sechzig Gesichter, die verschiedene Grade von Ungeduld ausdrückten.

»Bildschirm, bitte.«

Ein Holobildschirm senkte sich von der Decke seiner Linken herab. Ein sporadisches Funkeln im Innern zeigte, dass der Bildschirm bereits eingeschaltet war, aber er zeigte noch kein Bild. Im nächsten Moment wurde die Deckenbeleuchtung reduziert, und der Bildschirm erhellte sich und zeigte die *Ruptured Whale* als von Sternen bekränzte Silhouette vor einem schwarzen Hintergrund.

»Dies ist das außerirdische Raumschiff, wie wir es verlassen haben ...«, sagte er. Dann beschrieb er ihre vorsichtige Annäherung an das Schiff, wie sie es geentert und erkundet hatten. Den Bericht unterlegte er mit einer Reihe von Holografien, die im beschädigten Schiff aufgenommen worden waren, einschließlich einiger Bilder der anderen außerirdischen Leichen, die sie entdeckt hatten. Schließlich präsentierte er eine Risszeichnung des Wracks, die auf Daten beruhte, die in tausend Erkundungs-Mannstunden gewonnen worden waren. Die Risszeichnung zeigte nicht nur die grundlegende Konstruktion der *Whale*, sondern auch die Modifikationen, die ihr eine minimale Raumtüchtigkeit verliehen hatten. Die Schäden, die das Broa-Kriegsschiff ihm während der Verfolgung zugefügt hatte, waren rot markiert.

»Wie Sie sehen, ist die *Whale* ein kompakter, für die Beförderung von Lasten ausgelegter Zylinder.« Er betätigte das Bedienelement, das einen leuchtenden Pfeil in dem Holowürfel bewegte, und markierte drei großräumige Bereiche im Innern des außerirdischen Schiffs. »Wir haben diese Frachträume mit einer Ladung gefunden, die man am besten als »allgemeine Güter« beschreiben kann. Wir haben alles versucht, die Fracht des Schiffs zu katalogisieren, aber wir hatten zu wenige Leute und zu wenig Zeit, um ganze Arbeit zu leisten. Das werden einige von Ihnen übernehmen, die nach Luna fliegen. Das Resultat dieser Katalogisierung wird das beste Bild sein, das wir uns von der Broa-Zivilisation zu machen vermögen, ohne selbst dorthin zu fliegen.

Hier sehen Sie die Unterkünfte des Schiffs. Obwohl die *Whale* ein Frachtschiff war, hatte sie Unterkünfte für ein paar Passagiere. Passagiere und Besatzungsmitglieder lebten zusammen, auch wenn jede Spezies ihren eigenen Abschnitt zu haben schien. Ob das nun einem besonderen Zusammengehörigkeitsgefühl, unterschiedlichen Anforderungen an die Lebenserhaltung oder einem Kastenwesen an Bord des Schiffs geschuldet war, vermochten wir nicht festzustellen. Vielleicht lag es auch ganz einfach nur daran, dass die Besatzungsmitglieder die Körpergerüche der jeweils anderen nicht riechen konnten.

Die Triebwerke des Schiffs befinden sich in diesem großen Abschnitt im mittleren Sektor. Die Generatoren, mit denen die Broa den Raum verzerren, beruhen im Wesentlichen auf den gleichen Prinzipien wie unsere, obwohl die praktische Umsetzung etwas anders ist. Jedenfalls hat ein großer Teil dessen, was wir an Bord fanden, eine deutliche Ähnlichkeit mit unserer Ausrüstung aufgewiesen. Was mir an dem Schiff jedoch besonders aufgefallen ist, war, dass es nicht annähernd so fortschrittlich war, um von einer raumfahrenden Zivilisation zu stammen, die so alt ist wie die Souveränität.« Landon rekapitulierte Laura Dressers Theorie, dass die Broa vor neuen Technologien zurückscheuten, weil sie dadurch eine Destabilisierung ihres Reichs befürchteten.

Der Reihe nach skizzierte er die Ergebnisse der Expedition. Er berichtete den Zuhörern von den Sicherheitstüren, die sich wegen einer katastrophalen Fehlfunktion just in dem Moment simultan geöffnet hatten, als ein Wartungsschott weggeflogen war. Er schilderte, in welchem Zustand sie die Computer vorgefunden hatten – funktionsfähig, doch mit großen Lücken im Speicher. Er zeigte ihnen eine Reihe von Bildern vom Bug, wo die Strahlen des Rächers die Hüllenplatten versengt hatten. Nach zwei Stunden, in denen niemand etwas gesagt hatte außer ein paar gemurmelten Flüchen, schloss er schließlich mit den Worten: »Die Schäden am Schiff waren längst nicht so groß, wie wir zunächst befürchtet hatten. Vielmehr war das Zusammenflicken des Wracks noch die leichteste Aufgabe, vor der wir standen. Es war viel schwieriger, die Sternenantriebs- und Fusionsgeneratoren zu installieren und eine durchgehende leitende Oberfläche herzustellen, um das Antriebs-Feld zu übertragen. Am Ende hat die *Ruptured Whale* sich jedoch als ein gutes Schiff erwiesen. Wir haben hundert Lichtjahre ohne besondere Vorkommnisse zurückgelegt. Wenn nun jemand Fragen hat, werde ich sie gern beantworten.«

Im Tageslicht verwöhnte die Veranda des Hotels Al-Hoceima die Gäste mit einem Panoramablick übers Mittelmeer. Nachts war der offene Restaurantbereich eine Insel aus Licht am Rand eines geheimnisvollen Meeres, wobei die Schwärze durch das schwache Glühen des Himmels noch intensiviert wurde, das von der Gegenküste weit unterm Horizont heraufdrang. Hier und da wurde die Dunkelheit von Flecken aus weißem Licht durchdrungen, wo Schiffe die Straße von Gibraltar in beiden Richtungen passierten. Dan Landon saß in einem Korbstuhl unter einem Schirm, der nun nicht mehr als Schutz vor der sengenden Sonne gebraucht wurde, und betrachtete den hellen Fleck, der ein langsam in der Ferne verschwindendes Kreuzfahrtschiff darstellte. Er fragte sich, ob sein Kapitän es nicht irgendwann überdrüssig wurde, in einem Gewässer herumzuschippern, das im Grunde nicht mehr war als ein etwas zu groß geratener See. Diese Vorstellung genügte schon, um Klaustrophobie bei jemandem auszulösen, der vor Kurzem noch hundert Lichtjahre im Weltraum zurückgelegt hatte.

»Ich finde, es ist gut gelaufen heute, Captain«, sagte Anton Bartok, der ihm am Tisch gegenübersaß. Die flackernde Kerze in der Mitte des Tischs tauchte Bartoks Gesicht in ein rotorangefarbenes Glühen. Das Kerzenlicht verlieh seinem Teint etwas Farbe und retuschierte zugleich die Sorgenfalten, die sich bereits dauerhaft in sein Gesicht eingruben. »Finden Sie nicht auch, Dr. Bendagar?«

»Stimmt schon«, sagte der Chefwissenschaftler der *Magellan*. »Ich war erstaunt, in welch gutem Zustand die *Whale* sich befindet.«

»Es ist ein großes Schiff«, erwiderte Landon. »Ich hatte den Eindruck, dass der broanische Rächer es eher bewegungsunfähig schießen als völlig zerstören wollte.«

»Aber wieso hätte er das denn tun sollen?«

»Gute Frage. Darauf habe ich leider auch keine Antwort. Vielleicht sollten wir Sar-Say das noch einmal fragen. Oder vielleicht werden die Wissenschaftler uns etwas sagen können, nachdem sie Zeit hatten, das Schiff und seine Fracht zu studieren.«

»Ich bezweifle, dass sie großartig Gelegenheit dazu haben werden«, murmelte Bartok und starrte auf den verschwommenen Widerschein der Kerzenflamme in der kleinen Kugel aus rot getöntem Glas. Die nächtliche Brise, die ihm direkt ins Gesicht wehte, trug den Geruch von heißem Wachs mit sich.

»Wie meinen Sie das?«, fragte Bendagar mit Nachdruck.

Der Direktor warf einen Blick auf den Wissenschaftler und seufzte hörbar. »Ich frage mich, ob ihnen überhaupt klar ist, wie leicht wir es bisher hatten? Es wissen nur ein paar Leute über Sar-Say Bescheid, und bei denjenigen, die es von uns wissen, besteht eine weitgehende Übereinstimmung bezüglich der weiteren Maßnahmen. Selbst die Wissenschaftler auf dieser Konferenz sind im Grunde einer Meinung … ein erstaunliches Phänomen, wenn man die Auseinandersetzungen bedenkt, die durch solche Dinge normalerweise ausgelöst werden.

Leider wird das alles sich bald ändern. Wir haben dieses Geheimnis so lange bewahrt, wie man ein Geheimnis überhaupt nur bewahren kann. Schon bald, vielleicht schon morgen oder übermorgen, wird unsere kleine Verschwörung auffliegen. Und wenn das geschieht, ist die Kacke am Dampfen! Die Öffentlichkeit wird unter Garantie ausflippen, wenn sie erfährt, was Sar-Say uns erzählt hat. Die Leute werden eine Heidenangst bekommen und von ihren gewählten Vertretern verlangen, *irgendetwas* zu unternehmen. Das Parlament wird so reagieren wie immer, nämlich Anhörungen anberaumen und von den Beamten eine Erklärung verlangen, wie sie es überhaupt so weit kommen lassen konnten. Und dann werden sie natürlich allen Beteiligten Vorwürfe machen, weil sie nicht sofort in das Geheimnis eingeweiht wurden.«

Bartok leerte sein Glas und schaute erst auf Bendagar und dann auf Landon, bevor er fortfuhr: »Es wird ein politisches Chaos ausbrechen, meine Herren, und wir werden mitten drinstecken. Wir werden an Bord der *PoleStar* so oft Besuch von Würdenträgern bekommen, dass wir zu nichts anderem mehr kommen … falls man uns überhaupt weitermachen lässt.«

»Wieso sollten sie uns denn stoppen wollen?«

»Kontrolle, Dr. Bendagar. Hätten Sie je erlebt, dass ein Politiker die Kontrolle über etwas aufgibt? Sie werden alle darauf bedacht sein, dass sie gut dastehen und die Wissenschaft Prügel bezieht. Wenn sie zu der Auffassung gelangen, dass sie uns nicht kontrollieren können, werden sie uns abservieren und Leute auf unsere Posten setzen, die brav spuren.«

»Dann sollten wir am besten den Deckel auf der Sache halten, bis wir Sar-Say's Behauptungen selbst auf ihren Wahrheitsgehalt überprüft haben.«

»Leichter gesagt als getan. Der Kreis der Leute, die zumindest einen Teil des Geheimnisses kennen, wird immer größer. Es ist nur noch eine Frage der Zeit, bis irgendein Medienfritze Wind von der Sache bekommt und sie ins Info-Net stellt. Eigentlich haben wir den ersten Zwischenfall schon gehabt.«

»Was ist denn passiert?«

»Michail Vasloff ist passiert.« Bartok schilderte ihnen die Überraschung, die Mark Rykand und Lisa Arden am Ende ihres Besuchs in Gibraltar erwartet hatte.

Landon fluchte leise, nachdem er sich das angehört hatte. »Wenn das Geheimnis schon so löchrig wie ein Schweizer Käse ist, glaube ich, wir sollten unseren Zeitplan vorziehen.«

»Zeitplan wofür?«, fragte Bartok. Seine verwaschene Stimme war ein Anzeichen dafür, dass er allmählich die Auswirkungen der Drinks spürte, die er konsumiert hatte.

»Ich habe Raouls Plan studiert, eine Expedition zu diesen Zzumer zu unternehmen. Ich schlage vor, wir nehmen uns einen Monat Zeit, um die *Magellan* für die Expedition auszurüsten, und verschwinden dann, bevor die Öffentlichkeit von der ganzen Sache erfährt.«

»Ich befürchte, das ist unmöglich. Koordinatorin Halstrøm hat alle weiteren Expedition untersagt.«

»Wieso denn, um Gottes willen?«

»Die Koordinatorin weigert sich, auch nur das geringste Risiko einzugehen, dass wir entdeckt werden. Ehrlich gesagt, ich stimme darin mit ihr überein.«

»Eine gute Politik, Herr Direktor«, sagte Bendagar, »aber langfristig kaum praktikabel. Soll die menschliche Rasse sich für die nächsten tausend Jahre hier in ihrem eigenen System verstecken, während wir uns fragen, ob wirklich ein böses Reich da draußen zwischen den Sternen lauert? Sie wissen, dass wir uns das nicht leisten können. Die Neugier ist uns genetisch einprogrammiert. Irgendjemand wird nachschauen wollen, und wahrscheinlich schon recht bald, nachdem die

Nachricht durchgesickert ist. Warum sollten wir es dann nicht sein?«

»Raoul hat recht«, pflichtete Landon ihm bei. »Wie viele Möchtegern-Kolumbusse werden Sar-Say's Schauermärchen für bare Münze nehmen und sich auf die Suche nach den Reichtümern begeben, die bei einer raumfahrenden Zivilisation einfach zu holen sein müssen?«

»Das Parlament wird das verbieten.«

»Wann hätten die jemals etwas verboten, wenn es um Geld geht?«

Bartok schaute skeptisch.

»Schauen Sie, Boss, selbst wenn nur ein Zehntel von dem, was Sar-Say sagt, wahr ist, werden wir trotzdem eine schwerwiegende Entscheidung treffen müssen. Wir graben ein Loch, kriechen hinein, tun den Deckel hinter uns drauf und hoffen, dass sie nicht über uns stolpern werden – der Ansatz von Michail Vasloff –, oder wir überlegen uns eine Strategie für den Umgang mit den Broa. Ignoranz dürfen wir uns nämlich auf keinen Fall leisten. Wir *müssen* rausgehen und nachschauen, was da draußen los ist. Und ich sage, wir sollten das so schnell wie möglich tun, bevor wir die Kontrolle über die Dinge verlieren.«

Bartok runzelte die Stirn. »Angenommen, wir lassen Sie gehen, Dan. Was werden Sie tun, wenn Sie dort angekommen sind?«

»Wir werden den Ort aus einer Entfernung von einem Lichtjahr sondieren und uns dann etappenweise annähern. Falls es sich als praktikabel erweist, werden wir Kontakt herstellen und fragen, ob sie jemals von Sar-Say's broanischer Souveränität gehört haben.«

»Meinen Sie nicht, dass sie Sie in dem Moment, wo Sie auftauchen, an die Broa melden werden? Schließlich werden Sie eine Schiffsladung von Aliens darstellen, die sie nie zuvor gesehen haben.«

Landon schüttelte den Kopf. »Laut Aussage von Sar-Say ist das broanische Joch leicht, solange niemand rebelliert. Sie sind weit verteilt, unterhalten für gewöhnlich nur eine zentrale Verwaltungswelt in einem gegebenen Sektor und lassen ihre Untertanen im Allgemeinen in Ruhe, solange sie rechtzeitig ihre Steuern zahlen. Zum Teufel, die Sternentore sind nicht einmal bemannt! Sie sind voll automatisiert. Man steuert sie mit dem Schiff an und springt zum nächsten Stern in der Kette.

Ich bezweifle auch, dass man uns melden würde. Die Zzumer sind achtarmige Amphibien, für die alle landgängigen Zweibeiner gleich aussehen. Wir werden bloß wie eine von tausend anderen Spezies aussehen, die sie schon zu Gesicht bekommen haben. Zumal es so viele Rassen in der Souveränität gibt, dass man unmöglich alle kennen kann. Wenn wir behaupten, aus irgendeinem entlegenen Teil des Broa-Territoriums zu stammen und dann noch die broanische Mundart sprechen, die Lisa Arden gerade lernt, werden sie uns die Geschichte wahrscheinlich abkaufen.«

»Halten Sie das für plausibel, Doktor?«

»Wieso nicht? Die Souveränität ist zu groß, als dass die Broa alles kontrollieren könnten, was dort vorgeht.«

Bartok sträubte sich noch immer. Es war offensichtlich, dass er eine Konfrontation mit der Welt-Koordinatorin vermeiden wollte. »Tut mir leid, aber das wird nicht klappen. Sie haben heute Morgen selbst gesagt, dass die Broa Ihrer Ansicht nach eine strenge Kontrolle über Raumschiffsentwicklung und Technologie ausüben. Die Zzumer werden vielleicht nicht merken, dass Sie nicht zur Souveränität gehören, aber Sie können verdammt sicher sein, dass sie Ihr Schiff als eines identifizieren werden, das auf keiner broanischen Schiffswerft gebaut wurde.«

»Das wissen wir nicht«, sagte Bendagar. »Es muss auch bei der Schiffskonstruktion so große Abweichungen in der Souveränität geben, dass wahrscheinlich niemand alle Formen kennt, die ihre Raumschiffe annehmen können. Und selbst wenn sie einheitliche Konstruktionen haben, können wir das Risiko immer noch verringern, dass sie ein menschliches Schiff als solches identifizieren.«

»Und wie?«

Raoul Bendagar leerte sein Glas und setzte zu einer schnellen Rede an. Bartok und Landon waren neugierig, was er im Schilde führte. Aus Neugier wurde Verblüffung, als der Wissenschaftler ihnen seine Idee präsentierte, wie er die menschliche Urheberschaft der Expedition nach Zzumer zu verschleiern gedachte. Als er fertig war, arbeiteten ihre Gehirne auf Hochtouren.

24

Mark Rykand schwebte vor dem Sichtfenster in der *Mercanter's Wind* und sah, wie das *PoleStar*-Habitat immer größer wurde und sein Blickfeld langsam ausfüllte. Der Spiegel war nicht zu sehen – er stand irgendwo hinter ihnen, als die Orbit-zu-Orbit-Fähre den Landeanflug durchführte.

»Tausend Crédits für deine Gedanken«, sagte Lisa, als sie ins Abteil schwebte. Sie hangelte sich an den Handläufen entlang und verschaffte sich einen Halt, indem sie ihm die Arme um die Taille schlang und sich weich an seinen Rücken schmiegte.

Er lächelte. »Ich sagte mir nur, das ist doch ein himmelweiter Unterschied zu der Art und Weise, wie ich beim ersten Mal zur Station gelangen wollte.«

Sie hielt ihn weiter in den Armen. »Das war aber ein gottverdammter Leichtsinn, Mark Rykand!«, sagte sie in gespielter Strenge. »Du hättest dabei draufgehen können.«

»Bin ich aber nicht. Zumal ich dich auch nie kennengelernt hätte, wenn ich es nicht versucht hätte.«

»Das stimmt wohl«, sagte sie seufzend. Sie blieben so für eine Weile in der Schwebe, bis sie sich beim Tröten des Beschleunigungsalarms voneinander lösten und verschiedenen Handgriffen zustrebten.

Doch wie bei allen Manövern der Fähre hätten sie sich diesbezüglich keine Sorgen machen müssen. Die Schwerkraft zog plötzlich mit vielleicht einem Zwanzigstel *g* an ihnen, fast unmittelbar gefolgt von ein paar scheppernden Geräuschen, als die *Wind* mit der hinteren Luftschleuse an einer Schleuse des Habitats andockte. Das Liebespaar sammelte in aller Ruhe seine Reisetaschen auf und schwebte in Richtung der Ausschiffungsschleuse. Michail Vasloff war schon kurz vor ihnen dort angekommen.

»Wie geht es Ihnen, Mr Vasloff?«, fragte Lisa grinsend. Der große Mann war raumkrank, seit sie vor ungefähr 30 Stunden vom Raumhafen Sahara in den Orbit gegangen waren.

»Ich werde es überleben«, kam die schwache Antwort.

Mark wartete, bis der weißhaarige Russe ihnen den Rücken zugedreht hatte, und blinzelte Lisa dann zu. Er fragte sich, ob Vasloffs dezidierte Abneigung gegen die Raumfahrt nicht einfach das Resultat seines schwachen Magens war.

Es ertönten weitere Geräusche, die für das Andocken eines Raumschiffs typisch waren. Hauptsächlich bestanden sie aus dem leisen Zischen, das durch Luftströmungen verursacht wurde. Schließlich öffnete sich die innere Luke, und sie schauten in einen schmalen Gang, an dessen Ende der kahlköpfige Hancock Mueller sie anlächelte.

»Nach Ihnen, Mr Vasloff«, sagte Lisa.

Vasloff hangelte sich vorwärts, während die anderen beiden ihn an den Füßen festhielten, um ihn zu stabilisieren. Als er im Tunnel verschwunden war, folgte Lisa ihm. Sie bewegte sich wesentlich geschickter als vor einem Dutzend Wochen. Mark bildete die Nachhut. Als er in die Schleusenkammer schlüpfte, sah er Dieter Pavel neben dem Stationskommandanten warten.

»Gospodin Michail Sergejewitsch Vasloff, darf ich Ihnen Hancock Mueller, den Stationskommandanten, sowie Dieter Pavel, den Projektleiter vorstellen?«, sagte Mark förmlich. Beide Männer nickten Vasloff zu, und der erwiderte das Nicken schwach, während er sich an einem Handlauf festhielt.

»Mr Vasloff, es ist mir eine Ehre, Sir«, sagte Pavel ohne jede Ironie in seinem Ton. »Ich hoffe, Sie hatten einen angenehmen Flug.«

»Nicht so angenehm, wie ich gehofft hatte«, sagte Vasloff.

»Machen Sie sich nichts draus, Sir«, sagte Mueller mit dröhnender Stimme und dem üblichen herzhaften Lachen. »Bisher ist noch niemand an Schwerelosigkeit gestorben, obwohl unzählige Leute es sich wohl gewünscht hätten. Sie müssten sich in einem Tag oder so wieder davon erholt haben.«

»Ihr Wort in Gottes Ohr, Kommandant.«

»Sie machen den Eindruck, als ob Sie sich ausruhen müssten, Sir«, sagte Pavel ungerührt. »Kommandant Mueller wird Ihnen Ihr Quartier zeigen. Nachdem Sie eine leichte Mahlzeit eingenommen und vielleicht etwas geschlafen haben, werden wir mit der Besprechung beginnen. Direktor Bartok hat uns angewiesen, Ihnen uneingeschränkten Zugang zu unseren Daten und unserem Gast zu gewähren.«

»Vielen Dank, Mr Pavel. Ich weiß das zu schätzen«, sagte Vasloff schwach. »Ja, ich glaube, ich könnte auch eine Pause vertragen, bevor Sie mich darüber informieren, was ihr Leute bisher …« Wenn diese letzte Äußerung eine Beschwerde gewesen sein sollte, dann war sie durch den vorzeitigen Abbruch des Satzes wirkungslos verhallt.

Als Mueller Vasloff ins Schlepptau genommen hatte und durch die Luke verschwunden war, wandte Pavel sich an Mark und Lisa. Falls ihm auffiel, dass Mark besitzergreifend den Arm um Lisa gelegt hatte und wie sie sich an ihn schmiegte, während sie mitten im Abteil hingen, ließ Pavel sich jedenfalls nichts anmerken.

»Mitkommen, Leute. Wir haben einiges zu besprechen.«

Sar-Say widmete sich seiner Lieblingsbeschäftigung. Er hing vor dem Sichtfenster in seiner Kabine in der Luft und schaute auf die halb erhellte und halb dunkle Kugel der Erde. Der Planet füllte das Sichtfenster aus – ein Anzeichen dafür, dass das *PoleStar*-Habitat sich dem erdnächsten Punkt seines stark elliptischen Orbits näherte. Das Habitat überflog gerade den vergletscherten südlichen Kontinent und näherte sich dem Terminator. Der Name des Kontinents lautete Antarktika, wie Sar-Say in Erfahrung gebracht hatte. Er hatte aber keine Ahnung, weshalb man ihn so nannte.

Der Abschnitt des mit Eis bedeckten Lands, der noch im Sonnenlicht lag, war so gleißend hell, dass es ihn blendete. Voraus wich das gleißende Licht schnell einer großräumigen Dunkelheit ohne die Lichter von Städten. Die Gletscher der antarktischen Nacht wurden nur vom flackernden, elektrostatischen Glühen einer gelbgrünen Aurora erhellt, die über dem dunklen Horizont des Planeten waberte. Das war ein Lieblingsanblick von Sar-Say.

Eine Aurora war eigentlich nichts Neues für Sar-Say, der bereits die lange Reise nach Sselt unternommen hatte, dem achten Planeten eines blauweißen Sternriesen. Solche Sterne waren zu kurzlebig, als dass sich Leben auf den sie begleitenden Planeten zu entwickeln vermocht hätte. Sselt war ohne Leben gewesen, als broanische Forscher erstmals ein Sternentor in das System gestellt hatten, um auf den jungfräulichen Welten, die kürzlich aus einer urzeitlichen Staubwolke entstanden waren, nach Schwermetallen zu suchen. Sselt hatte sich als Fundgrube für transuranische Elemente erwiesen – und zwar als eine so ergiebige, dass die Broa beschlossen hatten, die sterile Welt mit ihrer Lebensform zu besamen. Das Projekt war teuer gewesen, doch letzten Endes erfolgreich. Nach 10 000 Zyklen – nachdem die ersten Saatschiffe ihre Bakterienladungen in die obere Atmosphäre gekippt hatten –, beherbergte der Planet eine reichhaltige Ökologie und eine Population fleißiger Vierbeiner.

Als achter Planet – vom Stern aus gesehen – holte Sselt auf seinem Orbit so weit aus, wo in normalen Systemen Gasriesen zu finden sind. Doch selbst auf diese Entfernung war der stecknadelkopfgroße Stern noch so energiereich, dass flüssiges Wasser einen großen Teil der Planetenoberfläche bedeckte. Ein Nebeneffekt der verschwenderischen Energieabgabe des Sterns war eine Aurora, die unablässig über der Nachthälfte des Planeten tanzte. Der Nachthimmel von Sselt besaß das Prädikat eines der schönsten Anblicke in der ganzen Souveränität.

Sar-Say hatte die lange und beschwerliche Reise nie bereut, die ihn zu dieser weit entfernten Welt geführt hatte. Es war eine Reise gewesen, die Ähnlichkeit mit derjenigen hatte, die ihn in diese missliche Lage gebracht hatte. Trotz ihrer seltsamen Vorstellungen und zügellosen Ideen erinnerten die Menschen Sar-Say an seine eigenen Leute. Das war auch kaum verwunderlich, war doch die Welt, die sie hervorgebracht hatte, fast ein Zwilling seiner Heimatwelt und des Sterns, der sie beschien. Dass die Erde in seinen Augen eine Schönheit war, würde sich von unschätzbarem Wert für ihn und seine Sippe erweisen, sollte er je wieder nach Hause gelangen.

Das Thema der Heimkehr war auch das, das ihn zurzeit beschäftigte. Lisa war vor zehn Tagen zur Erde geflogen. Sie hatte ihm nicht den Grund für ihre Abwesenheit genannt, doch der Umstand, dass etliche Wissenschaftler gleichzeitig verschwunden waren, war ein Indiz dafür, dass etwas Wichtiges vorging. Die Nachrichtenkanäle brachten aber weiterhin nur die übliche Mischung aus Verbrechen, Skandalen und politischen Ränkespielen. Genauso wenig hatten die Medien die erste Begegnung der Menschheit mit intelligenten Aliens erwähnt. Seit Sar-Say Standard so gut beherrschte, um die Nachrichten zu verstehen, waren sie mit keinem Wort auf die Geschehnisse in diesem fernen System zu sprechen gekommen, in dem man ihn gefangen genommen hatte. Stattdessen hatte er des Öfteren gehört, wie scheinbar gelehrte Menschen pastoral verkündet hatten, dass *Homo sapiens* wohl die einzig intelligente Spezies im ganzen Universum sei. Die Selbstzentriertheit solcher Behauptungen verwunderte Sar-Say, der selbst schon mit mehr intelligenten Spezies zu tun gehabt hatte, als Personen an Bord der *PoleStar* waren.

Während der langen Gefangenschaft hatte Sar-Say viel Zeit, um sich Gedanken über die Menschen zu machen. Er verstand sie nun fast so gut, wie eine Spezies eine andere überhaupt zu verstehen vermochte. Der stärkste menschliche Instinkt war die Neugier. Wie bei den niederen Primaten der Erde – wobei Sar-Say um seine Ähnlichkeit mit ihnen wusste – rührte diese Neugier daher, dass Menschen allesfressende Früchteesser waren. Wie die Fähigkeit, eine reife Banane über eine Waldlichtung hinweg zu entdecken, den Menschen die Fähigkeit des Farbsehens verliehen hatte, hatte die Suche nach Nahrung ihre affenartige Neugier geschärft.

Sar-Say's Leute stammten auch von Wesen ab, die auf Bäumen oder zumindest auf großen Pflanzen gelebt hatten. Wie die Menschen hatten seine Vorfahren sich in den Kronen der verschlungenen Rankenwälder der Heimatwelt fortbewegt. Und wie die Menschen waren sie von größeren und gefräßigen Räubern aus den Ranken verjagt worden. Weil sie sich dann in die kleineren Wälder zurückziehen mussten, hatte sein Volk die Intelligenz entwickelt, die es schließlich in die Lage versetzte, seine Heimatwelt auf die gleiche Art und Weise zu beherrschen, wie die Menschen sich die Erde untertan gemacht hatten.

Jedoch drang keiner von Sar-Say's Gedanken zu den Personen durch, die ihn an den Computern beobachten. Für sie schien er nur an einem Rohr an der zerklüfteten Decke seiner Kabine zu hängen. In Wirklichkeit stabilisierte er nur den Körper in der schwerelosen Umgebung – doch verlieh diese Haltung ihm die Anmut eines Orang-Utans, der an einem Ast baumelte. Sar-Say war sich durchaus bewusst, dass die Menschen seine Ähnlichkeit mit den niederen Primaten amüsant, sogar komisch fanden. Doch das focht ihn nicht an. Er zog es vor, als Witzfigur anstatt als ein Schreckgespenst betrachtet zu werden. Überhaupt lernte Sar-Say, wie viel er mit seinen Häschern gemein hatte.

Umgekehrt wäre es jedoch besser für sie gewesen.

Dieter Pavel führte sie durch die Korridore des *PoleStar*-Habitats zu seinem Büro. Unterwegs begegneten sie einigen Leuten, die Mark Rykand nicht kannte. Sie waren nur zehn Tage fort gewesen, und in dieser kurzen Zeit schien die Bevölkerung der Station deutlich angewachsen zu sein.

»Wer sind denn all diese Leute?«

»Wissenschaftler von der Erde«, erwiderte Pavel über die Schulter, während er sich an der Stange entlanghangelte, die im schwerelosen Korridor der Fortbewegung diente. »Zwei Tage, nachdem Sie uns verlassen hatten, wurden zweiundzwanzig Wissenschaftler und Techniker bei uns stationiert. Hancock Mueller belegt die Kabinen inzwischen doppelt. Stellen Sie sich schon einmal darauf ein, dass Sie in Bälde ›Stubenkameraden‹ bekommen.«

Lisa lachte. Der Klang elektrisierte Mark förmlich. »Und ich weiß noch, wie leer das Habitat erschienen ist, als wir das erste Mal an Bord kamen!«

Sie erreichten Pavels Büro. Er bat sie hinein und schloss die Tür, bevor er zum Schreibtisch schwebte und sich dahinter sicherte. Dann bedeutete er den beiden, in die Fußschlaufen vor dem Schreibtisch zu schlüpfen. Als sie sich ordnungsgemäß verankert hatten, lehnte er sich zurück und unterzog beide einer Musterung.

»Willkommen daheim, ihr beiden. Hattet ihr denn auch Spaß auf der Erde?« Er bemerkte den Blickwechsel zwischen den beiden Verliebten und verspürte einen Anflug von Verärgerung, weil Lisa aus der Reihe getanzt zu sein schien.

»Mark und ich haben einen Ausflug zum *Felsen* unternommen!«, sprudelte es aus Lisa heraus.

»Was für ein Felsen?«

»Der Felsen von Gibraltar natürlich.«

»Wieso gerade den?«

Sie erzählte ihm von ihrem berühmten Vorfahren und seinem Part in der *Vierzehnten Belagerung*. Sie sparte sich den Rest der Erklärung, als er mittendrin das Interesse an ihrer Geschichte zu verlieren schien. »Was hat sich hier inzwischen getan?«, fragte sie lahm.

»Sie wissen das nicht?«

»Was weiß ich nicht?«

»Wann habt ihr beiden eigentlich die Konferenz verlassen?«

»Vor drei Tagen«, erwiderte Mark. »Wir wurden in der Äquatorialstation aufgehalten, als die *Mercanter's Wind* eine Wartungsausrüstung an Bord nahm. Sie mussten ein Teil von der Erde herauffliegen.«

»Dann haben Sie also die letzten paar Tage in Al-Hoceima verpasst.«

Beide nickten; sie waren verwirrt wegen der Richtung, die die Unterhaltung einschlug. »Was ist denn mit Al-Hoceima?«

»Nicht viel. In den letzten beiden Tagen gab es eine Auseinandersetzung wegen der bevorstehenden Expedition.«

»Expedition?«, fragte Lisa. »Welche Expedition?«

»Direktor Bartok hat Koordinatorin Halstrøm davon überzeugt, dass wir unbedingt die Zzumer-Sonne finden müssen.«

Den beiden Zuhörern klappte die Kinnlade herunter. »Der Mann muss die Überzeugungskraft eines Sektengurus haben«, sagte Mark, der sich als Erster wieder gefasst hatte.

»Seien Sie nicht so bescheiden, Mark. Sie und Lisa haben zumindest teilweise zu dieser Entscheidung beigetragen.«

»Wir?«

»Ihr seid doch diejenigen, die Michael Vasloff zur Konferenz mitgebracht haben.«

»Er hat uns gefunden, nicht umgekehrt!«

»Das sollte auch keine Kritik sein. Anscheinend hat der Direktor Koordinatorin Halstrøm gesagt, dass, wenn Vasloff hinter das Geheimnis gekommen ist, andere auch dazu in der Lage sind. Die Koordinatorin will nicht an die Öffentlichkeit gehen, bevor wir Sar-Say's Geschichten nicht auf ihre Plausibilität überprüft haben.«

»Die Öffentlichkeit wird es früher oder später sowieso herausfinden«, sagte Mark.

»Vielleicht, aber wenn wir schnell handeln, können wir die Expedition vielleicht auf den Weg schicken, bevor jemand unser Geheimnis an die Öffentlichkeit verrät. Wenn die Schiffe erst einmal unterwegs sind, kommt es darauf auch nicht mehr an, nicht wahr?«

»Welche Vorbereitungszeit haben wir?«

»Die Expedition bricht in neunzig Tagen in den Weltraum auf, oder sie startet überhaupt nicht mehr.«

Mark stieß ein leises Pfeifen aus. »Ich kenne mich mit dem Betrieb von Raumschiffen zwar nicht aus, aber das erscheint mir doch ein wenig kurzfristig.«

Pavel lächelte. »Arg kurzfristig, wenn man bedenkt, dass wir ein Dutzend Raumschiffe siebentausend Lichtjahre weit ins All hinausschicken.«

»So weit?«, fragte Lisa.

»Wir sollten Gott dafür danken. Wenn Sar-Say uns nämlich die Wahrheit über die Souveränität sagt, sind siebentausend

Lichtjahre noch ein viel zu geringer Abstand zwischen uns und ihnen.«

Mark runzelte die Stirn. »Ich wusste gar nicht, dass im Moment zwölf Raumschiffe im Sonnensystem stehen.«

»Das ist auch nicht der Fall. Die Forschung hat neun Schiffe im System. Drei andere sind draußen zwischen den Sternen. Die Koordinatorin hat dem Direktor nur einen Monat gegeben, sie zum Neptun zu bringen.«

»Er müsste schon ein wahrer Zauberkünstler sein, um das zu bewerkstelligen«, sagte Mark nachdenklich. »Und wieso gerade Neptun?«

»Das ist der Treffpunkt.« Er wandte sich an Lisa. »Welche Fortschritte machen Sie mit dem Erlernen der Broa-Sprache?«

»Sar-Say sagt, dass ich sie allmählich fließend spreche. Wieso?«

»Weil Sie und Sar-Say die Expeditionsteilnehmer unterwegs in einem Crashkurs in der Handelsterminologie der Broa fit machen werden. Sie werden natürlich an der Expedition teilnehmen. Wir brauchen eine Bezugsperson für Sar-Say.«

»Sie sagten, dass Sie uns beide sprechen wollten. Was soll ich denn tun?«

Pavel lächelte, lehnte sich auf dem Metallsitz zurück und legte die Finger aneinander. »Ach ja. Ich werde Sie mit einem Auftrag betrauen, bei dem Sie Ihr Talent voll entfalten können. Außerdem übernehmen Sie die Verantwortung für …«

25

Michail Vasloff war wieder im Weltraum. Fast drei Monate war es her, seit er im *PoleStar*-Habitat sein Domizil bezogen hatte, und die Raumkrankheit war nur noch eine böse Erinnerung. Allerdings war das auch nur ein schwacher Trost. Die durch die Mikrogravitation verursachte Übelkeit war nämlich einer anderen Krankheit gewichen, einer Krankheit der Seele. Nachdem er sich ein Leben lang dem langen Marsch der Menschheit zu den Sternen in den Weg gestellt hatte, hatte er schließlich den Beweis, dass sein Lebenswerk nicht vergeblich war. Sar-Say's Beschreibung der Broa-Souveränität war nämlich schlimmer als jeder Albtraum, den Vasloff bisher gehabt hatte. Es war zwar schon ein paar Monate her, seit Michail Vasloff mit angehört hatte, wie der Pseudoaffe die Unterjochung einer Million empfindungsfähiger Spezies in seinem emotionslosen und geschäftsmäßigen Ton geschildert hatte, aber dennoch wachte er immer noch mitten in der Nacht auf, bekränzt von kleinen schwebenden Schweißperlen.

Es waren frustrierende Monate für den führenden *Ludditen* der Erde gewesen. Nachdem er bis ins Herz des geheimsten Projekts der Sternenforschung vorgestoßen war, fühlte er sich verpflichtet, ihr Geheimnis zu bewahren. Es war aber nicht der von ihm unterzeichnete Vertrag, weshalb er Stillschweigen bewahrte. Selbst wenn er sich wegen der Konventionalstrafe Sorgen gemacht hätte, wäre er durch die schiere Dimension von Sar-Say's Enthüllungen von jeder moralischen Verpflichtung entbunden worden, die er vielleicht verspürt hätte. Das Wissen, das er mit sich trug, war viel zu wichtig, als dass solche kleinlichen Überlegungen wie ein persönlicher Eid oder rechtskräftige Verträge ihn davon abzuhalten vermocht hätten, diese Kunde in alle Welt hinauszuposaunen.

Nein, seine Frustration resultierte vielmehr aus den Beschränkungen, die ihm an Bord der *PoleStar* auferlegt wurden. Die Forschung hatte sich an ihren Teil der Abmachung gehalten. Sie hatte ihm Zugang zu allen Daten gewährt und sogar einen Assistenten abgestellt, um ihm bei der Suche zu helfen – Mark Rykand. Zunächst hatte er den Motiven des jungen Dilettanten nicht getraut, doch dann hatte Rykand sich als nützliche Informationsquelle mit Blick auf das Alien und seine Zivilisation erwiesen. Im letzten Vierteljahr hatte Mark allein 300 Stunden der Beantwortung von Vasloffs Fragen gewidmet und ihm beim Nachschlagen in wissenschaftlichen Berichten geholfen. Und das zusätzlich zu seiner Hauptaufgabe als Assistent der Projekt-Astronomen.

Die Situation, in der Vasloff sich zurzeit befand, passte nicht in sein bekanntes Raster. Normalerweise war er ein Außenseiter und stand am Rande. Nun war er ein Insider, hatte aber keinen Zugang zur Öffentlichkeit. Seine Kontakte zur Erde waren auf eine einzige 50-Wort-Mitteilung pro Woche beschränkt. Und die Botschaft war nicht einmal privat. Dieter Pavel verlangte von ihm, dass er die Nachrichten ans Kommunikationsbüro weiterleitete, wo ein Computer sie vor der eigentlichen Sendung noch einmal neu formulierte.

Die Sicherheitsmaßnahme war natürlich nicht hundertprozentig wasserdicht gewesen. Während es eine Reihe von Codesystemen für das Einbetten von Informationen in scheinbar unverfängliche Nachrichten gab, machte der Neuformulierungs-Algorithmus jeden wortspezifischen Code hinfällig. Wenn »Katze« in einer verschlüsselten Nachricht etwas Spezifisches bedeutete, dann hatte »Haustier« wahrscheinlich nicht dieselbe Bedeutung. Und wenn es etwas noch Schlimmeres gab als eine verschlüsselte Botschaft, die durch eine Neuformulierung verhunzt wurde, dann war es die gleiche Botschaft, aber mit veränderter Bedeutung – womöglich noch mit dem genauen Gegenteil der eigentlichen Aussage.

Vasloffs Code beruhte allerdings nicht auf bestimmten Codewörtern, sondern auf Code-Konzepten. In der ersten Botschaft hatte er Claris Beaufort nur mitgeteilt, dass er in der *PoleStar* angekommen sei und sich nicht in Gefahr befinde. Es spielte keine Rolle, wie die Worte in der Botschaft, die schließlich auf der Erde eintraf, umgestellt oder ersetzt worden waren – sie hatte auf jeden Fall die Kernbotschaft transportiert, dass er außer Gefahr sei. Dieses Konzept war Teil des Impromptu-Codes, den er und seine Assistentin entwickelt hatten. Er bedeutete: »Hypothese bestätigt.«

Claris' Botschaften an ihn beruhten auf demselben System. Sie unterlag natürlich nicht dieser zahlenmäßigen Wortbeschränkung, sodass ihre Nachrichten generell »gehaltvoller« waren als seine. Das System war alles andere als narrensicher, aber es funktionierte – zumindest halbwegs. Diese Art der Kommunikation erinnerte Vasloff an die Probleme, mit denen U-Boot-Kommandanten in der Zeit zu kämpfen hatten, die als »Der Kalte Krieg« bekannt war. Damals hatten Wissenschaftler entdeckt, dass Funkwellen mit sehr niedrigen Frequenzen in die Tiefen der Meere vorzudringen vermochten. Sie hatten einen Funksender mit einer mehrere hundert Kilometer langen Antenne gebaut, um auf diesen Frequenzen zu senden. Der Niederfrequenz-Funk funktionierte zwar, hatte aber eine extrem geringe Bandbreite. Es hatte mindestens eine Stunde gedauert, um eine aus läppischen drei Zeichen bestehende Codegruppe zu übertragen.

Vasloff wäre jedoch begeistert gewesen, wenn sein geheimer Kommunikationskanal genauso schnell gewesen wäre. Ein Aspekt pro Woche war jedoch das Maximum, das er zu realisieren vermochte. Dennoch war es ihm gelungen, im Lauf der Zeit wichtige Informationen zu übermitteln. Er hatte seiner Assistentin Folgendes gemeldet: »Hypothese bestätigt«, »einzelnes Alien« und »alle Vorbereitungen für eine Pressekonferenz treffen«. Ihre Antwort lautete: »Nachricht verstanden« und »Öffentlichkeitsarbeit ist angelaufen«. Nun musste Vasloff nur noch einen Weg finden, seine Erkenntnisse weiterzuleiten.

Das gestaltete sich jedoch schwieriger als erwartet. Anfangs hatte er mit dem Gedanken gespielt, sich in der *Mercanter's Wind* zu verstecken. Mit etwas Glück hätte er dort auszuharren vermocht, bis er die *Äquatorialstation* erreicht hatte. Und ohne dieses Glück hätte er versucht, eine Botschaft von der Orbital-

Fähre abzusetzen. Leider hatten die Ereignisse ihm einen Strich durch die Rechnung gemacht.

Obwohl die meisten Leute Vasloff für einen Agitator hielten, war er in Wirklichkeit ein Spezialist für Öffentlichkeitsarbeit. In einer Welt mit einer fast unendlichen Anzahl von Kommunikationskanälen war es nahezu unmöglich, auch nur einen winzigen Bruchteil der Menschen mit einer Botschaft zu erreichen. Um ganze Populationen zu bewegen, war es notwendig, die volle Aufmerksamkeit von Hunderten, wenn nicht gar Tausenden Kommunikationskanälen über einen langen Zeitraum zu haben. Er hatte *Terra Nostra* im Wesentlichen mit dem Wissen aufgebaut, wie und wann er die Massenmedien manipulieren musste.

Leider hatte in den letzten drei Wochen auf den Nachrichtenkanälen eine Geschichte Konjunktur gehabt, die mit Außerirdischen nichts zu tun hatte. Zu dem Zeitpunkt, als Vasloff sein heimliches Verschwinden geplant hatte, war die Kunde von einem großen Helium-3-Fund auf Triton, dem größten der acht Neptunmonde, an die Öffentlichkeit gedrungen. Helium-3 war die wertvollste Substanz in der Geschichte – buchstäblich Millionen Mal wertvoller als Gold –, und die Nachricht hatte einen Hype ausgelöst, wie die Welt ihn seit dem Goldrausch in Kalifornien vor einem halben Jahrtausend nicht mehr erlebt hatte.

Im vergangenen Monat waren Schiffe eilig mit Veredelungs-Ausrüstung bestückt worden und in die Schwärze des Alls aufgebrochen, um zuerst eine Veredelungsstation zu errichten, in der das wertvolle Helium-Isotop aus dem eisigen Ammoniakmeer von Triton getrennt wurde. Unbestätigten Berichten zufolge hatte die Sternenforschung sogar eins ihrer wertvollen Raumschiffe vermietet, um Verarbeitungs-Ausrüstung nach Triton zu transportieren. Direktor Bartok hatte die Meldung natürlich dementiert, doch Vasloff glaubte inzwischen gar nichts mehr von dem, was Bartok sagte.

Normalerweise hätte allein schon die Andeutung, dass die Menschheit einen Kontakt mit intelligenten Aliens hergestellt hatte, die Schlagzeilen beherrscht. Doch wo nun das Helium-3-Fieber ausgebrochen war, befürchtete Vasloff, dass seine Warnung in der Rubrik »Vermischtes« unterging. Noch schlimmer, die Nachricht würde vielleicht nur die akademischen Informationsnetze erreichen, wo wissenschaftliche Abhandlungen veröffentlicht wurden. Der Normalbürger würde vielleicht nie davon hören, oder – falls er doch davon erfuhr – zur Bekanntgabe der aktuellen Fußballergebnisse umschalten.

Also hatte Vasloff beschlossen, den Gefängnisausbruch zu verschieben, bis die Neptun-Geschichte nicht mehr das Tagesthema Nummer eins war. Am Vorabend hatte eine neue Fähre am *PoleStar*-Habitat angelegt, und Dieter Pavel hatte ihn zu einer Besprechung beordert.

»Also, Michail Sergejewitsch!«

Dass Dieter Pavel seinen Vatersnamen benutzte, irritierte Vasloff, aber er ließ sich nichts anmerken, denn das wäre ja nur ein Zeichen von Schwäche gewesen. »Sie wollten mich sprechen, Sir?«

»Was würden Sie zu einem kleinen Ausflug sagen?«

»Ausflug? Wohin denn?«

»Nach Luna. Die Mannschaft, die mit der Untersuchung von Sar-Say's Schiff befasst ist, benötigt seinen Rat. Meine Anweisung lautet, in vollem Umfang zu kooperieren, und wir hätten noch eine Koje frei, wenn Sie mitfliegen möchten.«

»Wie lange wird Sar-Say denn weg sein?«

»Nicht lange. Wieso? Haben Sie schon etwas anderes vor?« Pavel lächelte freundlich, doch Vasloff fragte sich, ob das nicht ein dezenter Wink mit dem Zaunpfahl war.

»Wo ich so darüber nachdenke, steht momentan nichts Wichtiges in meinem Terminkalender«, erwiderte er mit gut dosiertem Humor. *Ich kann dieses Spiel auch spielen, du Bastard!*

»Gut. Packen Sie Ihre Sachen und seien Sie in zwanzig Minuten bei Mark Rykand an der Luftschleuse drei.«

»Zwanzig Minuten? Das hätten Sie mir aber auch schon früher sagen können.«

Dieter Pavel lächelte, aber seine Augen nicht. »Ja, das stimmt wohl.«

Die meisten Leute stellen sich den Mond hell vor, obwohl er in Wirklichkeit erstaunlich düster ist. Seine Albedo – der Prozentsatz des Lichts, das der Mond in den Weltraum zurückreflektiert – beträgt nur zehn Prozent. Die Albedo der Erde beträgt hingegen achtunddreißig Prozent. Dieser Unterschied stach Mark Rykand sofort ins Auge, als er die Erde über dem Mond aufgehen sah. Wie die anderen Passagiere an Bord der *Parthenon* war Mark in einem spinnennetzartigen Gurtzeug gesichert, das ihn aufrecht hielt. Anders als bei Starts und Landungen auf der Erde war die Mondschwerkraft mit einem Sechstel der Erdenschwere nicht so stark, dass man sich dazu hätte hinlegen müssen.

Lisa Arden hing wie eine Fliege in einem Spinnennetz neben ihm und versuchte ihr Ziel auszumachen. Die Reise von der *PoleStar* war ereignislos verlaufen, was für die meisten Raumflüge gilt – das heißt, sofern man sie heil übersteht. Dennoch verspürte Mark ein immer stärkeres Gefühl der Vorfreude. Und dass er seine Gefühle nicht zeigen durfte, erhöhte die Spannung nur noch. Von den vier Passagieren an Bord der Mondlandefähre wussten nur er und Lisa über die Geschehnisse Bescheid. Die anderen beiden, Sar-Say und Michail Vasloff, wähnten sich auf dem Weg zur Inspektion der *Ruptured Whale*. Doch in gewisser Hinsicht waren sie andererseits ja auch genau dorthin unterwegs.

Mark hatte es zunächst nicht gefallen, den Babysitter für Vasloff zu spielen. Die Rolle als Verbindungsmann für den Dissidenten war dann aber doch nicht so schlimm gewesen, wie er befürchtet hatte. Außer seiner Paranoia in Bezug auf die Kolonisierung der Sterne war Vasloff ein angenehmer Mensch. Er war ein begabter Redner und Erzähler und vermochte mit allerlei Geschichten über sein Leben als Junge am Fluss Kama aufzuwarten. Und er war ein gelehriger Schüler. Die Nachricht von der Broa-Souveränität hatte er in weniger als einem Tag verdaut – etwa dreimal schneller als der Durchschnitt. Und nicht nur das – nachdem er den Schock bewältigt hatte, hatte er das Alien mit einer Gründlichkeit studiert, die seine ganze Abneigung widerspiegelte. Und er hatte wissenschaftliche Berichte gelesen, die selbst altgediente Angehörige des technischen Teams schwierig fanden, und seine politischen Ansichten weitgehend für sich behalten. Überhaupt war seine Führung so gut gewesen, dass der Sicherheitsoffizier des Projekts sich schon fragte, was Vasloff wohl im Schilde führte.

Es war Direktor Bartoks Furcht vor einer verfrühten Veröffentlichung gewesen, weshalb er diesen Handel mit dem Teufel in Gestalt von Vasloff überhaupt abgeschlossen hatte. Bisher hatte der Leiter von *Terra Nostra* sich an die Abmachung gehalten. Ob aus voller Überzeugung oder nur deswegen, weil er keine Möglichkeit hatte, eine Nachricht zu übermitteln, wusste Mark nicht genau. Aus welchem Grund auch immer, das Geheimnis war viel länger bewahrt worden, als Mark es für möglich gehalten hätte. Jedoch vermag man kein Geheimnis für immer zu bewahren – auch dieses nicht. Zum Glück hatte die Geheimniskrämerei ohnehin bald ein Ende.

Die öffentliche Verlautbarung war bereits anberaumt. In zwei Wochen würde die Welt-Koordinatorin zu einem Zeitpunkt, der ein größtmögliches Publikum garantierte, per Holovision dem gespannten Sonnensystem Sar-Say's Existenz offenbaren. Die sensationellen Aspekte von Sar-Say's Geschichte sollten zwar abgeschwächt werden, aber nichts von dem, was sie in Erfahrung gebracht hatten, würde zurückgehalten. Man rechnete damit, dass die Ankündigung eine Reaktion auslösen würde, die von Aufständen bis zu einer religiösen Renaissance alles umfasste – und das war noch sehr zurückhaltend ausgedrückt.

Jedoch war die Reaktion auf die Mitteilung der Koordinatorin unerheblich für die Leute an Bord der *Parthenon*. Sie würden sie nämlich nicht miterleben. Wenn alles glatt lief, hätten sie und ein paar Tausend andere schon die längste Reise aller Zeiten angetreten, wenn Koordinatorin Halstrøm zu den versammelten Massen sprach.

Dreizehn Raumschiffe, die gesamte Flotte der Menschheit, würden die 7000 Lichtjahre weite Reise zum Krebs-Nebel unternehmen. Wenn die Aufständischen und religiös Erweckten in jeder größeren Stadt auf der Erde auf die Straße gingen, würde die Flotte bereits mit Überlichtgeschwindigkeit durch den schwarzen Leerraum fliegen. Wenn sie sich dem Geltungsbereich von Einsteins Gesetzen erst einmal entzogen hatten, vermochte keine Macht im Universum sie mehr zurückzurufen.

26

Das Weltraum-Dock im Lomonnosow-Krater hatte eine frappierende Ähnlichkeit mit diesen riesigen Sportstadien des zwanzigsten und einundzwanzigsten Jahrhunderts, dem überdachten Fußballstadion. Die alte Weltraummarine-Basis war für die Überholung großer exo-atmosphärischer Fluggeräte gebaut worden, die weder über ein Fahrwerk noch über die strukturelle Widerstandsfähigkeit verfügten, um die irdische Schwerkraft zu verkraften. Hätte der Kapitän eines solchen Fluggeräts eine Landung auf »Mutter Erde« versucht, wäre die Raumschiffshülle wie eine Eierschale geplatzt. Die meisten

Tiefraumschiffe waren jedoch robust genug, um Lunas sanfte Schwerkraft von einem Sechstel der Erdenschwere auszuhalten.

Der ursprüngliche Zweck des Weltraumdocks hatte darin bestanden, die großen Fusions-Schiffe der Weltraummarine zu warten – waffenstarrende Kugeln mit einem Durchmesser von über 150 Metern. Eine achtzigjährige Friedensperiode hatte jedoch ihren Tribut von der Weltraummarine gefordert. Die meisten Fusions-Schiffe und Kreuzer waren im hohen Erdorbit eingemottet und warteten auf den Tag, an dem sie vielleicht wieder gebraucht wurden. Die Lomonnosow-Basis hielt sich nun mit der Überholung von planetarischen Transportschiffen und Raumschiffen der Sternenforschung über Wasser.

Das Dock hatte ein Volumen von vier Millionen Kubikmetern. Die Konstrukteure hatten in einem Einschlagkrater eine Mulde ausgeschachtet und diese Mulde dann mit einer Segmentkuppel überwölbt. Die Kuppel war normalerweise geschlossen, und das Innere war mit einer dünnen Atmosphäre aus reinem Sauerstoff beaufschlagt. Obwohl die Druck- und Pumpensysteme die Baukosten für das Dock gewaltig in die Höhe getrieben hatten, hatte die »hemdsärmelige« Arbeitsumgebung, die es bot, sich durch eine erhöhte Effizienz wieder bezahlt gemacht. Immer wenn ein neues Schiff sich ankündigte oder ein Auftrag erledigt war, wurde die Atmosphäre im geschlossenen Dock in Speichertanks abgepumpt und die Kuppel geöffnet. Die acht Segmente schlossen dann bündig mit der Mondoberfläche ab und ermöglichten den Schiffen die Landung oder den Abflug. Im geöffneten Zustand hatte die Kuppel die Anmutung einer Sonnenblume, die aus dem grauschwarzen Boden von Luna wuchs.

Mark Rykand, Lisa Arden, Michail Vasloff und Sar-Say betraten das Dock durch einen Tunnel, der die Kraterwand hoch oben an einer Seite durchbohrte. Nachdem sie die riesige, von Menschen geschaffene Höhle betreten hatten, traten sie an den Rand einer Beobachtungsplattform und ließen den Blick über das geschäftige Treiben unter sich schweifen. Die kalte Luft des Docks hatte einen metallischen Geschmack, und beim Ausatmen kondensierte die Luft vor ihren Gesichtern. Das ferne Stampfen von Pumpen spürten sie eher, als dass sie es hörten. Im Gegensatz zu den Menschen stieß Sar-Say die Atemluft in kurzen Schüben aus. Ob die schnelle Atmung des Außerirdischen nun der Aufregung geschuldet war oder der dünnen Atmosphäre, war nicht so ohne Weiteres ersichtlich.

Die *Ruptured Whale* lag aufgebockt auf dem Grund der Grube, die in die Mondlandschaft gegraben worden war – sie ruhte dort auf einem Gerüst, das aus einem der mächtigen Andockrahmen zusammengezimmert worden war, die einmal die Großkampfschiffe der Weltraummarine gehalten hatten. Über ihnen erhellten eine Vielzahl Hochleistungs-Polybogenlampen das Innere des Docks und verwandelten es in eine Insel aus strahlend weißem Licht.

In der Mulde des Docks waren Stände und Gerüste um die *Whale* verstreut wie Spielsachen, die ein Riesenbaby achtlos weggeworfen hatte. Obwohl im Moment nur wenig Betrieb herrschte, vermittelte das geordnete Chaos doch einen Eindruck von den hektischen Anstrengungen, die in den letzten Wochen hier stattgefunden hatten. An verschiedenen Stellen in der Mulde gingen ameisengroße Einzelpersonen oder kleine Gruppen Verrichtungen nach, deren Zweck sich dem Beobachter nicht erschloss. Das ausländische Raumschiff war jedoch eine Insel der Ordnung in einem Meer maximaler Unordnung.

Die *Ruptured Whale*, die sie nun sahen, war nicht mehr dasselbe Schiff, das sich vor zehn Wochen mühsam ins Dock geschleppt hatte. Das alte Schiff war völlig ramponiert gewesen, die Hülle durch Energiestrahlen vernarbt und die inneren Kammern an einem Dutzend Stellen aufgerissen. Das Schiff unter ihnen war intakt, soweit sie das von ihrem Beobachtungsposten aus zu sehen vermochten. Die tiefen Einschnitte und die zerborstenen Hüllenplatten eines beschädigten Raumschiffs waren verschwunden. Stattdessen war da nun eine glatte, fast spiegelblanke Hülle mit ihrem Kern aus außerirdischer Technologie. Es war, als ob das Gefecht in Neu-Eden niemals stattgefunden hätte.

»Was ist das, Lisa?«, fragte Sar-Say, als er am Geländer der Beobachtungsplattform stehen blieb.

»Das ist dein Schiff.«

»Wieso habt ihr es denn repariert?«, fragte das Alien. »Ich hatte eigentlich erwartet, dass eure Wissens-Sucher es völlig zerlegt hätten, um ihm seine Geheimnisse zu entreißen.«

»Das hätten wir auch getan, wenn wir nicht ein dringendes Bedürfnis hätten.«

»Was denn für ein Bedürfnis?«, fragte Vasloff, als ob der Anblick dort unten ihm Übelkeit verursachte.

»Lasst uns zum Schiff runtergehen«, sagte Mark Rykand hektisch. »Für den Fall, dass ihr es noch nicht gemerkt habt – sie pumpen schon die Luft aus diesem Ding!«

Vasloff öffnete den Mund, setzte zu einer Erwiderung an und spürte dann das Knacken in den Ohren. Was auch immer hier vorging, konnte warten, bis sie in einer Luftschleuse waren. Ein Weltraum-Dock, aus dem gerade der lebenspendende Sauerstoff abgepumpt wurde, war ein denkbar ungeeigneter Ort für eine Auseinandersetzung.

Die vier eilten die schmale Rampe hinab, die von ihrem Aussichtspunkt zur Luftschleuse des Raumschiffs führte. Die Arbeiter, an denen sie vorbeikamen, starrten das Alien zwar nicht unverhohlen an, schauten aber auch nicht weg. Wenn Sar-Say dieses Interesse bemerkte, reagierte er jedenfalls nicht darauf. Er bewegte sich schnell auf den Knöcheln weiter, was die Ähnlichkeit mit einem Affen noch verstärkte.

Mark und Vasloff folgten dem Alien, und Lisa bildete die Nachhut. Trotz der geringen Schwerkraft empfand Lisa die halb gehende, halb gleitende Bewegung, die für das Fortkommen auf dem Mond erforderlich war, als unangenehm. Beim Blick nach unten fokussierte ein Auge die schmale Rampe, während das andere den Boden des Docks etwa dreißig Meter unter ihr anvisierte. Dieser »geteilte« Blick hatte ihr Kopfschmerzen beschert, als sie durch die Luftschleuse der *Ruptured Whale* ging.

Drinnen angekommen, stellten sie fest, dass das Innere des Schiffs genauso verwandelt war wie die Hülle. Es roch nach frischer Farbe, und es lagen noch andere Gerüche in der Luft, die schwerer zu identifizieren waren. Lampen mit weißem Licht hatten die gelb-orange Beleuchtung der Vorbesitzer ersetzt, und die Schotten wurden von Spinden für Raumanzüge gesäumt. Eine große Frau, die eine altmodische Brille trug, nahm sie dort in Empfang. Sie warf gerade einen Blick auf die Armbanduhr, als sie aus der Luftschleusen-Luke heraustraten.

»Willkommen an Bord. Mein Name ist Laura Dresser, und ich werde Ihr Chefingenieur auf diesem Flug sein. Treten Sie von der Luke zurück.« Sie wartete gar nicht erst, bis die Leute der Anweisung gefolgt waren, sondern betätigte augenblicklich das Bedienelement, das die Luftschleuse wieder schloss. Jeder spürte ein neuerliches Knacken in den Ohren, als der normale Innendruck des Schiffs wiederhergestellt wurde.

»Welcher Flug?«, fragte Vasloff, bevor das Echo noch verhallt war.

Laura runzelte die Stirn. »Sie sind doch sicherlich informiert worden.«

»Das gilt nicht für alle von uns«, erwiderte Mark Rykand beiläufig. »Wir werden das aber nachholen, sobald wir unterwegs sind.«

»Unterwegs wohin?«, sagte Michail Vasloff in plötzlicher Empörung.

»Zum Neptun natürlich!«, erwiderte Laura Dresser. »Dort ist unser Treffpunkt mit der Flotte. Und nun darf ich Sie zu

Ihren Quartieren bringen. Der Druck-Abbauzyklus ist in einer Viertelstunde abgeschlossen. Wir starten, sobald die Kuppel geöffnet wird.«

»Was geht hier vor, Mark?«, wollte Vasloff wissen, nachdem die beiden zu einer Passagierkabine des Schiffs gebracht worden waren. Laura Dresser hatte darauf bestanden, dass sie sich in ihre Kojen legten und anschnallten, bevor sie Lisa und Sar-Say zum Abteil auf der anderen Seite des Gangs führte. In Anbetracht des Alters des Russen hatte Mark Vasloff die untere Koje überlassen. Sobald sie in der Schwerelosigkeit des Alls waren, wäre die Unterscheidung zwischen oben und unten sowieso rein akademisch.

»Wie Laura Dresser schon sagte: Wir sind zum Neptun unterwegs.«

»Wieso ausgerechnet Neptun?«, fragte Vasloff und schaute stirnrunzelnd zu Marks Koje auf. »Das hat doch wohl nichts mit dem Helium-3-Fund zu tun?!« Er verstummte und klappte den Mund zu, als er die Wahrheit erkannte. Nach einer Weile stieß er einen hörbaren Seufzer aus. »Mit dieser Sache soll etwas anderes kaschiert werden, nicht wahr?«

Vasloff vermochte Marks Kopfnicken aus seiner Position nicht zu erkennen. »Direktor Bartok hat die Helium-3-Geschichte als Tarnung für unsere Vorbereitungen inszeniert.«

»Vorbereitungen wofür?«

»Wir entsenden eine Flotte zum Krebs-Nebel, der etwa siebentausend Lichtjahre von hier entfernt ist.«

»Sieben*tausend* Lichtjahre! Das ist aber ziemlich weit für ein astronomisches Experiment, nicht wahr?«

Mark lachte glucksend bei Vasloffs unbeabsichtigtem Scherz. »Kommt auf das Experiment an. Wir wollen uns auf die Suche nach der Zzumer-Sonne machen.«

»Wonach?«

Mark erläuterte ihm kurz das Programm für die Suche nach

einem der Sterne der Broa-Souveränität. »Die meisten von Sar-Say's Gemälden zeigen fremde Himmels-Impressionen, doch eins zeigt einen Nachthimmel mit einem nahen planetarischen Nebel, den Sar-Say als ›Himmels-Blume‹ bezeichnete. Wir glauben, dass es sich bei dieser Himmels-Blume vielleicht um den Krebs-Nebel handelt.«

»Die Sternenforschung schickt eine Expedition mitten in die Broa-Souveränität? Das ist doch nicht Ihr Ernst!«

»Mein voller Ernst, Mr Vasloff.«

Es folgte ein Prusten, dem sich wiederum ein Schwall russischer Flüche anschloss. Nach einer Weile brach die Schimpfkanonade ab, und es herrschte Ruhe in der unteren Koje.

Mark wollte ihm erst den Plan der Expedition erläutern, verzichtete dann aber darauf. Dafür wäre später auch noch Zeit. Stattdessen richtete er die Aufmerksamkeit auf den am Schott montierten Bildschirm, der die Ansicht von einer oberen Kamera übertrug. Über ihnen gingen die Leuchtkörper der Reihe nach aus. Als das Dock schließlich im Zwielicht lag, schienen acht helle Linien vom Zenit auszustrahlen. Sie wurden immer breiter, bis die *Ruptured Whale* schließlich in Sonnenlicht gebadet wurde.

Eine unbekannte Stimme drang aus dem Lautsprecher: »Kuppel eingefahren. Bereit zum Abheben.«

»Sehr gut«, ertönte die Stimme des Kapitäns der *Whale*. »Generatoren anfahren. Bereit zum Abheben.«

Für eine Weile schien sich gar nichts zu tun. Dann wanderte der Rand des Landedocks über den Bildschirm hinaus. Es war keine Bewegung wahrzunehmen, als die *Ruptured Whale* langsam in den schwarzen Himmel emporstieg.

Mark wurde durch Vasloffs gepresste Stimme unter sich aufgeschreckt. »Hören Sie mir zu, Mark. Die Broa haben Ihre Schwester getötet. Sie sind böse Wesen, und es ist geradezu kriminell von der Koordinatorin, dieses Risiko einzugehen. Wir vertreten hier eine gemeinsame Sache. Sie müssen mir dabei helfen, sie davon zu überzeugen, diese Expedition zu stornieren.«

»Wollen Sie denn nicht die Wahrheit erfahren?«

»Aber bedenken Sie doch nur das Risiko, Mensch!«

»Das Risiko ist minimal. Es wurde alles sorgfältig geplant. Wir werden eine Fernerkundung vornehmen und uns keinem Zielsystem auf weniger als ein Lichtjahr nähern, solange wir noch keine Gewissheit haben. Wir haben dieses Schiff so umgebaut, dass wir rein- und rauskommen, ohne Verdacht zu erregen.«

»Verdammt, Mark, das ist nicht die Art von Entscheidung, die von ein paar Bürokraten und Wissenschaftlern getroffen werden kann. Das betrifft die ganze menschliche Rasse. Wir sollten uns wenigstens die Zeit nehmen, darüber abzustimmen.«

»Tut mir leid, Michail, aber die Flotte wird längst abgeflogen sein, wenn sie die Mitteilung machen. Sie können immer noch abstimmen, wenn wir zurückfliegen.«

Es war eine ganze Minute verstrichen, seit das Schiff sich von seiner Landestation erhoben hatte. Nun änderte sich die Bildschirmdarstellung, und sie betrachteten die Basis aus der Vogelperspektive. Sie sahen das offene Lomonossow-Weltraumdock einen Kilometer unter sich; das Innere war teilweise in Sonnenlicht getaucht. Der Rest lag in tintiger Schwärze. Während Mark den Blick über die Szenerie schweifen ließ, drückte eine Hand ihn sanft in die Koje, und die kraterübersäte Mondlandschaft fiel schneller zurück. Bald war der Mond wieder rund und schrumpfte mit jeder Minute. Vor ihnen lag ein trüber Lichtpunkt, bekannt unter dem Namen Neptun.

Mark Rykand hatte sich geirrt. Es war durchaus ein Unterschied, ob man in der oberen oder unteren Koje lag. Sie waren bereits vor über einer Woche von Luna gestartet, doch diese sanfte Hand lag noch immer auf seiner Brust. Als die Raumfahrt noch in den Kinderschuhen gesteckt hatte, hatte sie zwischen zwei Extremen geschwankt: ein paar Minuten ritt man auf einem donnernden Feuerschweif gen Himmel, und dann befand man sich Wochen oder Monate im freien Fall, während das Schiff sein Ziel ansteuerte.

Die Erfindung des rückstoßfreien Antriebs hatte eine Revolution in der Raumfahrt bewirkt – jedenfalls für Schiffe, die groß genug waren, um einen solchen Antrieb zu installieren. Nun musste ein Schiff nicht mehr teure Reaktionsmasse über Bord werfen, um zu manövrieren. Der Weltraum-Antriebsgenerator krümmte den Raum asymmetrisch um sich herum und rutschte dann den solcherart erschaffenen künstlichen Hügel hinab. In den Tagen der alten Raketen, als Brennstoff sehr kostbar war, hätte ein Schiff einunddreißig Jahre gebraucht, um Neptun auf einer minimalenergetischen Bahn zu erreichen. Die *Ruptured Whale* würde die gleiche Reise in 200 Stunden bewältigen und dabei eine maximale Geschwindigkeit von 1100 km pro Sekunde erreichen.

Obwohl er sich ein Abteil mit Michail Vasloff teilte, hatte er die Kabine für die meiste Zeit der Reise praktisch für sich allein. Trotz Marks Versuche, den Russen in ein Gespräch zu verwickeln, war Vasloff dauernd in sich gekehrt und einsilbig. Ob er nur schmollte oder irgendetwas ausheckte, war schwer zu sagen.

Mark verbrachte die meiste Zeit der Reise mit Lisa im Kommunikationscenter des Schiffs. Sie hatten fieberhaft daran gearbeitet, ein Softwareprogramm zu erstellen, das die Flotte in der Umgangssprache der Broa unterweisen sollte. Sie hatte ebenfalls Probleme mit ihrem »Stubenkameraden«, jedoch anderer Art. Sar-Say blies angesichts der langen Reise nämlich kein Trübsal, sondern seine Freude schien grenzenlos.

»Man sollte meinen, dass eine Rasse von Händlern es gelernt hätte, ihre Gefühle besser zu verbergen«, merkte Lisa eines Morgens beim Frühstück an.

»Das kannst du ihm nicht verdenken. Er freut sich eben darauf, wieder nach Hause zu kommen.«

»Ich wünschte, er würde sich zumindest so weit beruhigen, um nachts schlafen zu können.«

Der Sprachkurs, den sie vorbereiteten, war ein typisches multimediales Lehrprogramm. Es war aus ein paar hundert Stunden Kontrollaufzeichnungen von Sar-Say zusammengestellt worden und aus Übungen, die Lisa in der *PoleStar* aufgezeichnet hatte. Die Benutzer hörten zuerst Sar-Say zu und dann Lisa, die das jeweilige Wort auf Broanisch aussprach. Dann sollten die Studenten das Wort wiederholen, und die Ergebnisse wurden anhand einer Stimmenanalyse verglichen.

Mark hatte schon eine Menge von dem gelernt, war Sar-Say als »Handelssprache« bezeichnete. Er war überrascht, dass die Sprache so logisch aufgebaut und so leicht zu erlernen war.

»Natürlich ist sie leicht zu erlernen«, sagte Lisa, nachdem er sie darauf angesprochen hatte. »Sie muss auch einfach sein, damit eine Million empfindungsfähiger Spezies sich in ihr verständigen können.«

»Wieso das?«

»Weil diese Million Spezies auf eine Million Arten mit ihren Artgenossen kommunizieren. Ihre Gehirne funktionieren alle unterschiedlich. Überhaupt ist es eine reife Leistung, dass die Broa eine so einfache Sprache entwickelt haben. Ich glaube auch, dass die meisten Leute eine falsche Vorstellung von den Broa haben.«

»Wie meinst du das?«

»Was haben die Broa, das sie dazu befähigt, eine Million anderer Spezies zu beherrschen?«

»Das ist doch ganz einfach. Sie kontrollieren den Zugang zu den Sternentoren.«

Lisa nickte. »Richtig. Solange niemand ohne ihre stillschweigende Zustimmung von einem System zum anderen reisen kann, besteht für sie auch keine Notwendigkeit, eine große

Präsenz auf jedem einzelnen Planeten aufrechtzuerhalten. Sar-Say sagt, es gibt Systeme, die jahrelang nicht von den Broa besucht werden.«

»Dann sind sie also nicht die bösen Imperialisten, für die wir sie halten?«, fragte Mark.

»Ganz im Gegenteil, sie sind vielleicht noch viel schlimmer, als wir es uns vorstellen. Nein, ihr Herrschaftsgebiet wird nicht wie ein menschliches Reich regiert, weil das ganz einfach nicht möglich ist.«

»Ich vermag dir nicht mehr zu folgen.«

»Denk mal nach. Würdest du eine Rasse zivilisierter Delfine mit den gleichen Techniken kontrollieren, die du bei Menschen anwenden würdest? Wohl kaum, oder? Weil die Gehirne und Kulturen von Menschen und Delfinen eben zu verschieden sind.«

»Es gibt aber einen großen Unterschied: Delfine machen sich nichts aus Geld.«

Lisa lachte. »Und weil die Frauen das Sagen haben, handelt es sich um ein viel sensibleres System als das, was wir benutzen. Stell dir nur die Probleme vor, die damit verbunden sind, ein interstellares Reich mit einer Million Sternen zu kontrollieren und wo jede Spezies eine andere Art von ›Delfin‹ ist. Welche Regierungsform eignet sich gleichermaßen für Humanoide, Vierbeiner, Achtfüßler und Gott weiß was für Lebensformen, die sich noch zwischen den Sternen tummeln?«

»Wahrscheinlich gar keine«, erwiderte Mark. »Man wird etwas finden müssen, mit dem alle einverstanden sind.«

Lisa strahlte, als ob sie einen »Musterstudenten« anschaute. »Was die Exobiologen als Objektive Realität bezeichnen. Im Fall der Broa sieht die Objektive Realität folgendermaßen aus: Wenn du nicht tust, was dir gesagt wird, tauchen plötzlich eine Million Raumschiffe am Himmel auf und töten jeden männlichen und weiblichen Angehörigen deiner Rasse und obendrein alle Kinder. Das ist die Art von Ansprache, die jeder versteht –

unbeschadet von Form und Größe des Gehirns. Andererseits ist das auch nur die *einzige* Ebene der Kontrolle, die die Broa über ihre Untertanen haben.«

»Interessant, aber das beseitigt noch nicht die Programmfehler.«

»Tut mir leid«, sagte Lisa. »Ich lasse dich in Ruhe weiterarbeiten.«

Irgendwie schien es ihr aber gar nicht leidzutun.

Bald wurde die Zeit für die Fertigstellung des Lehrgangs knapp. Das Softwareprogramm sollte an die Flotte verteilt werden, bevor sie von Neptun abflog, und die menschlichen Raumfahrer würden das nächste Jahr mit dem Erlernen der außerirdischen Sprache verbringen. Die Besatzung der *Ruptured Whale* hätte indes den Vorteil von Lisas persönlicher Anleitung und der täglichen Übung mit Sar-Say.

Wenn sie ihr Ziel erreichten, würden Spezialisten an Bord jedes Raumschiffs die Verkehrssprache der Souveränität fließend sprechen. Trotzdem sollte jedes Besatzungsmitglied die broanische Sprache in dem Maß lernen, wie seine oder ihre Pflichten es zuließen. Die Missionsplaner hofften, dass jedes Schiff, das einem Außerirdischen über den Weg flog, die Sprache so gut beherrschte, um ihm ein schönes Lügenmärchen aufzutischen.

Schließlich wuchs der blaue Stern, an dem sie sich schon seit einer Woche orientierten, zu einer sichtbaren Scheibe an. Und dann füllte er innerhalb von wenigen Stunden den ganzen Bildschirm aus. Die *Ruptured Whale* hatte auf ein paar Dutzend Kilometer pro Sekunde verzögert, als sie die ersten Laserbojen der Schiffe ortete, die sich um Neptun versammelt hatten.

Eine Stunde später hatten sie sich der Raumschiffflotte der menschlichen Rasse angeschlossen und bereiteten sich auf den Flug ins große Unbekannte vor.

27

Neptun ist eine riesige Murmel, dreißigmal weiter von der Sonne entfernt als die Erde – ein kalter Gasriese, der so weit von seiner Sonne entfernt ist, dass er doppelt so viel Wärme ins All abstrahlt, wie er empfängt. Die innere Hitze ist der Motor, der die mit 2000 Stundenkilometern dahinrasenden Winde des Planeten anfacht, die schnellsten im ganzen Sonnensystem. Diese Winde verleihen dem Planeten die charakteristischen Streifen eines Gasriesen. Nur dass im Fall von Neptun diese Bänder blau sind, weil die roten Wellenlängen vom Methan in der oberen Atmosphäre absorbiert werden.

Wie Saturn besitzt auch Neptun einen kompletten Satz Ringe, wenn sie auch viel dunkler sind als die umlaufenden Eissplitter seines größeren Gefährten. Und einer der Ringe ist verzogen: ein Phänomen, für das die Astronomen bisher keine plausible Erklärung gefunden haben. Der größte seiner Monde, Triton, befindet sich in einem gegenläufigen Orbit in etwa der gleichen Entfernung, in der Luna die Erde umkreist. Dieser seltsame Orbit hat in Verbindung mit Tritons äußerer Ähnlichkeit mit Pluto und dem Umstand, dass der Plutoorbit den von Neptun schneidet, lange Zeit die Spekulation genährt, dass der neunte Planet eigentlich einer der verlorenen Monde des blauen Riesen war.

Lisa Arden lag angeschnallt in der Koje und betrachtete die große blaue Welt auf dem Kabinenmonitor. Wie der Rest der Besatzung war sie darüber informiert worden, womit sie während der Annäherung zu rechnen hatte. Und wie der Rest der Besatzung war sie nicht sonderlich interessiert gewesen.

Obwohl Neptun den äußersten Punkt im Sonnensystem markierte und zugleich der äußerste »echte Planet« von Sol war, mutete der Anflug – wenn man ihn mit der Länge der Reise verglich, zu der sie bald aufbrechen würden – an, als ob man in seiner eigenen Wohnung über den Flur zum Badezimmer ging. Hinter ihnen lagen viereinhalb Milliarden Kilometer leeren Weltraums, und vor ihnen eine so weite Strecke, dass »Milliarden Kilometer« noch eine zu kleine Maßeinheit war.

Nachdem sie ein paar Minuten damit verbracht hatte, die komplexe blaue obere Atmosphäre von Neptun zu betrachten und den gewaltigen Wirbel, den man auf den Namen »Der Große Weiße Fleck« getauft hatte, richtete sie den Blick auf die pulsierende rote Boje direkt über dem Horizont des Gasriesen. In den nächsten Minuten löste die Laserboje sich zu einer kleinen Kugel auf, die dann immer größer wurde. Schließlich hatten sie sich so weit angenähert, um die Kugel als das Raumschiff *Magellan* zu identifizieren.

»Das ist doch das Schiff, das mich zur Erde gebracht hat, nicht wahr?«, fragte Sar-Say von der oberen Koje. Wie Lisa, so hätte auch der Pseudoaffe es vorgezogen, sich während des Anflugs die Nase am Sichtfenster platt zu drücken. Jedoch sahen die Bestimmungen der Sternenforschung vor, dass »alle Passagiere unter Bedingungen variabler Beschleunigung angeschnallt sein müssen«, und der Kapitän nahm es mit den Vorschriften überaus genau.

»Stimmt«, erwiderte Lisa. »Das ist die *Magellan*. Sie sollte die Raumschiffe zurückholen, die wir auf Forschungsreise geschickt hatten.«

Die Raumschiffe der Erde standen so dicht beieinander, wie es für solche Schiffe überhaupt möglich war – und doch waren angesichts der Größenverhältnisse des Raums nur ein paar der Raumschiffe und großen Frachter, die sie versorgten, in Sichtweite.

Weil sie nicht mehr damit rechnete, noch weitere Schiffe zu sehen, war Lisa umso erstaunter, als ein Trio plumper Mechanismen in Sicht kam und wieder aus dem Bildschirm auswanderte, als die *Ruptured Whale* sie passierte. Die Dinger – sie war sich sicher, dass es sich nicht um Schiffe gehandelt hatte – waren so schnell wieder verschwunden, dass sie ihr nur eine vage

Vorstellung von ihrer Form vermittelt hatten. Und dass sie überhaupt zu sehen gewesen waren, bedeutete, dass die Whale nur knapp an einer Kollision im Weltraum vorbeigeschrammt war.

»Was war das denn?«, fragte Lisa.

»Ich hatte zuletzt mit Chefingenieur Dresser gesprochen«, antwortete Sar-Say. »Sie erzählte mir von den wissenschaftlichen Instrumenten, die für die Entdeckung von Gravitationswellen verwendet werden. Ich glaube, dass es sich um diese Instrumente gehandelt hat.«

Lisa nickte. Natürlich! Was sie gerade gesehen hatte, waren die Gravtennen-Einheiten, die sie mitführen würden. Normalerweise befand die Gravtennen-Konstellation sich in einer Umlaufbahn zwischen Erde und Mars. Jedoch war das einzige Gravitationswellen-Observatorium im Sonnensystem für diese Expedition beschlagnahmt worden. Im Krebsnebel angekommen, würden sie damit nach den charakteristischen Gravitationswellen »lauschen«, die von Sternentoren erzeugt wurden.

Die Physiker hatten das Thema der Gravitationswellen mit Sar-Say zur Sprache gebracht, sobald das Alien über ein so umfangreiches Vokabular verfügte, um sinnvolle Antworten zu geben. Reisen über Sternentore beinhalteten das Verschwinden eines Schiffes von einem Punkt im Universum und das gleichzeitige Wiederauftauchen an einem anderen. Weil ein Schiff buchstäblich in ein Wurmloch fällt, dessen einer Endpunkt am Tor verankert ist, kräuselt die diskontinuierliche Massefunktion das Gewebe der Raumzeit – sie schlägt Gravitationswellen. Bei jedem Sprung werden zwei solcher Wellen erzeugt, wobei der Ursprung der einen der Ausgangspunkt und der Ursprung der anderen der Zielpunkt ist. Diese Wellen breiten sich mit Lichtgeschwindigkeit in alle Richtungen aus und sind bis auf eine Entfernung von ein paar tausend Lichtjahren wahrzunehmen.

Die Reisetätigkeit in der Souveränität fand überwiegend

zwischen Sternentor-Paaren statt, und die solcherart erzeugten Gravitationswellen hatten eine niedrige bis mittlere Intensität. Es war auch nicht erforderlich, dass an beiden Enden eines Sprungs ein Sternentor stand. Mit genügend Energie vermag ein Sternentor ein »Einbahnstraßen«-Wurmloch durch die Galaxis zu treiben. Genau das war den Vorbesitzern der *Ruptured Whale* widerfahren, als der broanische Rächer mitten im Sprung auf sie geschossen hatte. Nur einseitig verankerte Wurmlöcher erzeugten dort, wo sie auftauchten, das Äquivalent einer Gravitations-Gezeitenwelle. Es war solch eine Mega-Welle gewesen, die die *Magellan* nach Sar-Say's plötzlichem Erscheinen im Neu-Eden-System gespürt hatte.

Indem die Expedition die Gravitationswellen aufspürte, die von Schiffen im Transit zwischen den Sternentoren erzeugt wurden und dann ihre Ausgangspunkte miteinander verband, hoffte sie, zumindest ein paar Systeme der Broa-Souveränität zu entdecken.

»Wenn das wirklich so einfach wäre, hätten wir deine Leute schon längst entdeckt«, hatte Lisa eines Nachts zu Sar-Say gesagt, als sie zum wiederholten Mal Gravitationswellen erörterten.

Sar-Say klärte sie über interstellare Entfernungen und die Kommunikationsverzögerung auf, die der Lichtgeschwindigkeit geschuldet war. Er schloss damit: »Das Faktum, von euch bisher noch nicht entdeckt worden zu sein, ist ein Indiz dafür, dass die von uns erzeugten Gravitationswellen das Sonnensystem noch nicht erreicht haben. Wenn dieser Nebel, den ihr ›Krebs‹ nennt, wirklich die Himmels-Blume ist, dann werdet ihr eine Gravitationswelle, die heute erzeugt wurde, frühestens in siebentausend Jahren sehen.«

Lisa lag in ihrer Koje und sah, wie das kugelförmige Schiff anschwoll, bis es den Bildschirm ganz ausfüllte. Die *Magellan* sah noch immer so aus, wie sie sie bei der *PoleStar* gesehen hatte – nur dass das Raumschiff im Mittelpunkt emsiger Aktivitäten gestanden hatte. Wo sie auch hinschaute, schwebten kleine Interorbital-Boote und Mikrogravitations-Schlepper um das große Raumschiff. Ein kleines Schiff hatte kaum vom Raumschiff abgelegt, als auch schon das nächste seinen Platz einnahm. Weil die *Magellan* den Kosmos nach den anderen Raumschiffen durchkämmt hatte, war sie erst spät angekommen, und die Besatzungen machten Überstunden, um sie auf die bevorstehende Reise vorzubereiten.

Das Gewichtsgefühl verschwand, und Lisa wurde von den Gurten zurückgehalten, als das Schiff auf dem Bildschirm nicht mehr größer wurde. Der Abbruch der Beschleunigung sagte ihr, dass sie angekommen waren. Lisa griff gerade nach dem Gurtschloss, als eine autoritäre Stimme im Kabinenlautsprecher ertönte und sie – sowie alle anderen an Bord – anwies, dort zu bleiben, wo sie waren.

Der Grund für diese Anweisung wurde nach ein paar Minuten offenbar, als eine Gestalt in einem Raumanzug sich mit hoher Geschwindigkeit von einer der Andockschleusen der *Magellan* entfernte und ein Kabel hinter sich herzog. Die Gestalt hielt direkt auf die Kamera zu und verschwand dann aus dem Blickfeld. Nur das verschlungene Kabel war noch für eine Weile zu sehen. Dann spannte sich das Kabel, und sie bewegten sich langsam vorwärts.

Die Raumschiffe *Magellan* und *Ruptured Whale* näherten sich einander in einer Art Liebesreigen.

»Kommen Sie, Mr Vasloff«, rief Lisa, als sie dem kleinen Sar-Say durch den Umfangskorridor zur Hauptladebucht der *Ruptured Whale* folgte. Der Frachtraum, der noch immer einen Großteil der ursprünglichen Ladung außerirdischen Geräts enthielt, war um etliche Ausrüstungsgegenstände ergänzt worden. Zum Beispiel um ein irdisches Standard-Andockportal. Nachdem die Luken geöffnet worden waren, wurde das Teleskop vom Schiff ausgefahren und dockte an einer gleichartigen

Vorrichtung an Bord der *Magellan* an. Nach dem Andockvorgang vermochten die beiden Schiffe Personal auszutauschen, ohne dass sie extra einen Raumanzug anlegen mussten. Und wenn die Türen der Ladebucht geschlossen waren, war die dort verstaute nicht-broanische Technologie vor den neugierigen Blicken aller Aliens verborgen, denen sie vielleicht begegneten. Die Andockschleuse war jedoch nur eine der Ergänzungen, die die Arbeitstruppen an dem außerirdischen Raumschiff vorgenommen hatten, und wie alle anderen Anbauteile hatte man auch dieses sorgfältig getarnt.

Lisa, Sar-Say und Michail Vasloff waren zur *Magellan* unterwegs, wo die abschließende Missionsbesprechung vor dem Start stattfinden sollte. In der ganzen Flotte brachen Schiffskapitäne und Erste Offiziere zu dem Schiff auf, das als Flaggschiff der Expedition dienen würde.

Mark Rykand gehörte nicht der kleinen Gruppe an, die sich durch den faltenbalgartigen Schlauch vorarbeitete, der die beiden Schiffe miteinander verband. Er war schon vorausgegangen, um bei der Aufbereitung der astronomischen Details der Besprechung helfen. Außerdem hatte er ein paar hundert Aufzeichnungswürfel bei sich gehabt, die Lisa Ardens Lehrgang »Broanisch für Anfänger« enthielten. Die Software sollte während der Besprechung an die Flotte ausgegeben werden.

Ihr Ziel war die Hangarbucht der *Magellan*, das größte Abteil des Schiffs. Dennoch war die Bucht beim Eintreffen der drei schon mit Hilfsfahrzeugen, zwölfflächigen Kisten, angefüllt und wimmelte darüber hinaus von Menschen. Als Sar-Say eintraf, ging ein Raunen durch die Menge, und alle Köpfe drehten sich zu ihm um. Der Pseudoaffe hielt in der Luftschleuse inne, schaute auf und ließ den Blick über die Gesichter rings um ihn her schweifen. Lisa neben ihm verharrte ebenfalls. Sie fragte sich, ob der Taff die Entsprechung menschlicher Horror-Holos hatte. Falls ja, würde eine typische Szene wahrscheinlich aussehen wie diese – ein einsamer Taff, umzingelt von glotzenden nackten, fremdartigen Gesichtern. Außerdem war die Kammer mit den Ausdünstungen der dicht gepackten Menschen geschwängert. Sie fragte sich, was Sar-Say von diesem Geruch hielt.

»Da drüben«, sagte Lisa und deutete auf drei unbesetzte Mikrogravitations-Stangen in der Nähe des verankerten Podiums. Sie, Sar-Say und Vasloff bahnten sich einen Weg zu der Stelle, wo Dan Landon hinter dem verankerten Podium schwebte. Lisa versuchte, dabei niemandem ins Gesicht zu steigen.

»Willkommen«, sagte Landon zu ihr und Sar-Say. Er ignorierte Vasloff, der diesen Affront nicht auf die leichte Schulter zu nehmen schien. »Wir haben nur noch auf Sie gewartet, um mit der Besprechung zu beginnen.«

»Vielen Dank, Captain«, sagte Sar-Say förmlich. »Und würden Sie bitte auch Ihren Vorgesetzten meinen verbindlichen Dank ausrichten. Ich weiß, wie schwer Ihnen die Entscheidung gefallen ist, mich bei meiner Rückkehr nach Hause zu unterstützen.«

»Wir haben auch unsere Gründe, um uns auf die Suche nach den Broa zu machen«, erwiderte Landon.

Die drei verankerten sich neben Dr. Faraday, dem Bordarzt der *Ruptured Whale*. Der Kapitän widmete sich wieder seinen Vorbereitungen und betätigte nach ein paar Minuten eine Sirene, deren Blöken in der Hangarbucht widerhallte. Der »Vorbereiten auf Einschlag«-Alarm hatte den gewünschten Effekt. Die Geräuschkulisse der Unterhaltungen erstarb simultan mit dem verhallenden Echo des Alarms.

Landon wartete noch ein paar Sekunden und eröffnete dann die Besprechung. »Sie alle wissen, weshalb wir hier sind. Ich muss Ihnen wohl nicht sagen, dass dies die längste Reise wird, die Menschen jemals in Angriff genommen haben, und möglicherweise auch die gefährlichste. Falls irgendjemand unterwegs abhanden kommt, gibt es keine Rettung für ihn. Wir wüssten nicht, wo wir mit der Suche nach ihm beginnen sollten.

Da Sie den Missionsplan alle schon studiert haben, wäre es eigentlich nicht nötig, noch einmal darauf zurückzukommen. Weil es aber immer jemanden gibt, der gepennt hat, werden wir uns trotzdem noch einmal damit befassen. Chefwissenschaftler Bendagar, Sie haben das Wort …«

Raoul Bendagar und Mark Rykand hatten die Köpfe zusammengesteckt, als Lisa die Hangarbucht betrat. Er schwebte nun zu der Stelle, wo der Kapitän am Pult gestanden hatte.

»Guten Morgen, meine Damen und Herren und Sar-Say. Ich kann mir vorstellen, dass Kolumbus, Cook und der Namenspatron dieses Schiffs, Magellan, beim Antritt ihrer großen Entdeckungsreisen ein ähnliches Gefühl verspürt haben müssen.«

»Sie hatten wohl eher einen Durchhänger vom Saufen und Rumhuren …«, ertönte eine Stimme im hinteren Bereich des Abteils.

»Sie nehmen mir das Wort aus dem Mund!«, erwiderte Bendagar schlagfertig.

Das nun folgende brüllende Gelächter war lauter, als der Witz es verdient hätte, aber es erfüllte seinen beabsichtigten Zweck. Die Anspannung im Abteil ließ deutlich nach. Bendagar wartete, bis die Leute sich wieder beruhigt hatten, bevor er fortfuhr. Er drückte einen Knopf am Pult, und der Holowürfel erhellte sich und zeigte eine Sternkarte.

»Das ist also der Plan. Zwölf Raumschiffe werden in drei Tagen den Neptunorbit verlassen. Wir werden in einer Dwars-Formation starten und bis zu einem Punkt außerhalb der Gravitationsquelle des Planeten beschleunigen. Dann werden wir in den Überlichtbereich springen und direkten Kurs auf den Krebsnebel nehmen. Die Entfernung beträgt 7000 Lichtjahre, und der Flug wird 380 Tage dauern.

Wie Sie alle wissen, wird die Astrogation über solch eine Entfernung ein Problem sein. Wir sind noch nicht weit genug von Sol entfernt, als dass wir über diese Entfernung eine Dreieckspeilung von Sternen vornehmen könnten; deshalb müssen wir uns vorläufig mit Schätzungen begnügen. Um Kalibrierungsfehler zu minimieren, wird jedes Schiff einmal pro Woche in den Unterlichtbereich zurückfallen, um die Grundlinien zu nullen. Bei der Ankunft werden wir dann gemeinsam Kurs auf den Treffpunkt nehmen …«

Die Szene im Würfel änderte sich und zeigte nun einen Stern am Rand der glühenden Nebelwolke. Die grünen Buchstaben neben dem Stern identifizierten ihn als Nummer 184-2838 im Neuen Allgemeinen Astronomischen Katalog, einundzwanzigste Auflage.

»Beim Stern handelt es sich um einen G3-Riesen von etwa der gleichen Größe und Typ wie Capella. Im Gegensatz zu Capella ist er jedoch ein Veränderlicher und nur etwa zehn Lichtjahre vom Krebsnebel entfernt. Er befindet sich sogar schon innerhalb der Gashülle des Nebels. Sobald Ihre Schiffe den Nebel erreicht haben, werden Sie direkt Kurs auf diesen Stern nehmen. Der Treffpunkt wird der Planet sein, der der Mitte der gemäßigten Zone am nächsten steht. Falls diese Option nicht zu realisieren ist, werden wir uns hundert Astronomische Einheiten nördlich des Sterns treffen, auf das galaktische Koordinatensystem bezogen.«

»Was, wenn wir Aliens entdecken?«, rief jemand.

»Das ist unwahrscheinlich. Das System ist vor nicht einmal zehntausend Jahren durch die Strahlung der Supernova sterilisiert worden. Und wie ich bereits sagte, handelt es sich dabei um einen veränderlichen Stern. Trotzdem empfiehlt es sich, in einiger Entfernung von diesem Stern in den Unterlichtbereich zurückzufallen und das System erst einmal mit den Instrumenten abzusuchen, bevor Sie sich ihm nähern. Falls Sie etwas finden, weichen Sie zum ersten alternativen Treffpunkt aus.«

»Verschluckt der Krebs-Pulsar denn nicht die Gravitationswellen, die von den broanischen Sternentoren ausgehen?«, fragte jemand.

»Wenn überhaupt, wird der im Takt eines Metronoms pulsierende Stern anormale Gravitationswellen umso deutlicher hervorheben. Nun erteile ich das Wort wieder Captain Landon, der Ihnen die weiteren Details erläutern wird.«

Die Besprechung dauerte noch zwei weitere Stunden. Als sie zu Ende war, bat Michail Vasloff um ein Gespräch mit Dan Landon. Die beiden bahnten sich einen Weg durch die dicht gedrängten Menschen zu Landons Büro.

»Ja, Mr Vasloff?«

»Ich habe eine Bitte, Captain. Mir wurde gesagt, dass ich nach dem Abflug der Flotte mit einem der Frachter zur Erde zurückkehren soll.«

Landon nickte. »Ich kann mir vorstellen, dass Sie froh sind, wieder nach Hause zu kommen.«

»Ich will nicht nach Hause. Ich möchte an der Expedition teilnehmen.«

Der Kapitän blinzelte. »Wie bitte?«

»Ich möchte Sie auf der bevorstehenden Reise begleiten.«

»In Anbetracht Ihrer Einstellung gegenüber der interstellaren Forschung hätte ich eigentlich erwartet, dass Sie der letzte Mensch mit einem solchen Anliegen wären. Wie ist dieser Sinneswandel zu erklären?«

»Ich möchte in der Lage sein, die Ereignisse zu beeinflussen, und gewährleisten, dass mein Standpunkt vertreten wird.«

»Und wieso sollte ich jemanden, der der interstellaren Forschung so ablehnend gegenübersteht, auf die wichtigste Forschungsreise seit Magellan mitnehmen?«

»Sie sollten mich mitnehmen, gerade *weil* es die wichtigste Reise ist, Captain. Sie brauchen mich nämlich.«

»Ich bitte um Verzeihung, aber ich brauche Sie so dringend wie Hämorrhoiden.«

»Sie brauchen mich, weil ich eine andere Perspektive habe als Sie und überhaupt jeder andere Teilnehmer dieser Expedition, wenn ich das noch anmerken dürfte. Sie wollen auf eine Reise ins Unbekannte aufbrechen. Es liegt deshalb in Ihrem Interesse, dafür zu sorgen, dass Sie über das größtmögliche Spektrum von Begabungen verfügen.«

»Nicht, wenn ein Talent die Absicht hat, die anderen Talente zu stören.«

»Ich wäre kein Störfaktor, Captain. Ich würde mich brav einfügen.«

»Offen gestanden, Sir, wenn es nach mir ginge, wären Sie heute Nachmittag schon zur Erde unterwegs. Leider geht es aber nicht nach mir. Koordinatorin Halstrøm hat wohl schon geahnt, dass Sie dieses Ansinnen äußern würden, und mich angewiesen, Sie mitzunehmen, wenn Sie darum ersuchen. Ich glaube, sie will Sie für ein paar Jahre los sein. Haben Sie denn noch andere Talente außer Agitation?«

»Ich bin ein leidlich guter Koch.«

»Dann ist das Ihre neue Aufgabe. Willkommen an Bord, Matrose. Und nun bewegen Sie Ihren Arsch aus meinem Büro.«

»Aye, aye, Sir!«

Sar-Say schwebte vor dem Sichtfenster in dem Bereich, der einmal der Passagierabschnitt der *Hraal* gewesen war – die heutige *Ruptured Whale*. Wenigstens einmal musste er sich nicht in dieser lächerlichen Koje anschnallen.

Die Menschen brachten ihn nach Hause!

Wo er sich nun schon so lange in ihrem Gewahrsam befand, hatte er geglaubt, dass er sie kannte. Nun war er sich nicht mehr so sicher. Er hatte erwartet, dass es Jahre dauern würde, bis sie für eine Expedition ins Broa-Territorium bereit wären, und nun bereiteten sie gleich eine ganze Flotte für den Sprung in den Überlichtbereich vor. Eine solche List und Tücke hätte er ihnen wahrlich nicht zugetraut.

Andererseits wusste Sar-Say in seiner Eigenschaft als Philosoph, dass es immer Dinge geben würde, die sich seinem Verständnis entzogen, und damit würde er sich eben abfinden müssen. Wie zum Beispiel die seltsame Veränderung im Status von Captain Landon. Kurz nach der Besprechung war die Mitteilung erfolgt, dass Landon auf der langen Reise zur Himmels-Blume die *Ruptured Whale* und nicht die *Magellan* befehligen würde. Als Sar-Say Lisa um eine Erklärung für diesen plötzlichen Wechsel bat, sagte sie ihm, es läge daran, dass Michail Vasloff sie in der *Whale* begleiten würde. Weil Michail Vasloffs Status an Bord der *PoleStar* immer ein Rätsel für Sar-Say gewesen war, trug ihre Antwort auch nicht zu seiner Erleuchtung bei. Genauso wenig wie ihre Bemerkung zum Schluss der Unterhaltung: »Ich vermute, der Captain will ein Auge auf den alten Halunken haben.«

Diese Aussage hatte Sar-Say beunruhigt. Implizierte sie doch, dass Captain Landon gar nicht der eigentliche Herr der Expedition war, sondern Michail Vasloff – auch wenn er keinen offiziellen Status hatte, soweit Sar-Say das zu beurteilen vermochte. Diese seltsame Vorstellung war so kontraintuitiv, dass sie beinahe Sar-Say's positive Einstellung zunichte machte. Zum Glück hatte er ein ganzes Erdenjahr, in dem er die Geheimnisse der sozialen Organisation der Menschen zu ergründen vermochte. Denn so schwierig das Verständnis der Menschen auch war, er musste sie verstehen, wenn er seine eigenen Pläne verwirklichen wollte, nachdem sie die Zivilisation betreten hatten.

In der Zwischenzeit würde er ihre Spielchen mitmachen und Lisa bei ihren Bemühungen unterstützen, den anderen seine Sprache beizubringen. Er würde alles daransetzen, ihr Vertrauen zu erlangen – sogar bis zu dem Punkt, wo er scheinbar gegen seine ureigenen Interessen arbeitete. Falls sie ihm nämlich immer noch nicht vertrauten, wenn sie eins der äußeren Systeme fanden, wären alle seine sorgfältig ausgearbeiteten Pläne für die Katz.

Sar-Say ließ das interessante Universum auf sich wirken, in das er gefallen war, während er die Bojen der verschiedenen Raumschiffe der Flotte betrachtete. Ein Dutzend Schiffe hatte Neptun bereits vor zehn Stunden verlassen und im Formationsflug beschleunigt. Sie hatten schließlich die unsichtbare Linie überquert, die den Punkt markierte, bis zu dem die Betriebssicherheit des Sternenantriebs gewährleistet war, und bereiteten sich nun auf den Sprung vor.

Er sah, wie eine der fernen Bojen erlosch. Eben war das Schiff noch massiv und real, und im nächsten Moment war es spurlos verschwunden. Ein paar Minuten später vollführte ein anderes Schiff diesen »Verschwindibus«-Trick und dann ein drittes. Eine nach der anderen erloschen die Bojen am Himmel vor ihm.

Der Anblick faszinierte ihn. Und seine Aufregung wuchs mit jedem Start. Er zitterte förmlich, als ein durchdringender Alarm an Bord der *Whale* ertönte. Dann brach der Alarm ab und Dan Landons Stimme drang aus dem Lautsprecher: »An alle. Fertigwerden für Überlicht in fünf … vier … drei … zwei … eins!«

Die Klangfarbe der Maschinen änderte sich plötzlich subtil, und plötzlich waren keine Sterne mehr hinter dem Sichtfenster. Jenseits des Schiffs war nur noch eine geisterhafte Schwärze.

Die Heimreise hatte begonnen!

TEIL II

Die andere Seite des Himmels

28

Nadine Halstrøm stand am Fenster des Büros und ließ den Blick über die Stadtlandschaft unter sich schweifen. Der Schneefall hatte in Toronto in diesem Jahr schon früh eingesetzt, und eine puderzuckerartige weiße Schicht warf die Lichter der Stadt zu ihr herauf. Die Neuschneedecke verlieh der Szene eine idyllische und friedliche Anmutung; nicht zuletzt deswegen, weil der Sturm die hartnäckigen Feuer gelöscht hatte, die noch immer hier und da in der Stadt wüteten.

Es war mittlerweile zwei Wochen her, seit sie sich über das Infonetz an die Menschheit gewandt und verkündet hatte, dass sie nicht mehr allein im Universum seien. Sie hatte intensiv an ihrer Rede gefeilt und hielt sie für eine der besten, die sie jemals gehalten hatte. Das war auch notwendig gewesen. Die Psychologen waren sie noch einmal durchgegangen und hatten jede Wendung so fein abgestimmt, bis die Worte zwischen Vorsicht und Besorgnis, Zuversicht und Kompetenz optimal ausbalanciert waren.

Mit einer nüchternen Schilderung der Fakten des Erstkontakts im Neu-Eden-System hatte sie begonnen. Sie erläuterte in einer sachlichen Darstellung, dass einer der Scouts bei der Begegnung zerstört worden war, betonte aber, dass die *Magellan* ihn nur wenige Minuten später gerächt hatte. Sie rekapitulierte, wie die tapferen Männer und Frauen der Sternenforschung das übrig gebliebene außerirdische Schiff geentert und den einzigen Überlebenden entdeckt hatten.

An dieser Stelle war Nadine Halstrøms Konterfei ausgeblendet und Bilder von Sar-Say in Gefangenschaft eingeblendet worden. Die Bilder waren nach dem Kriterium ausgewählt worden, die durchaus vorhandene Ähnlichkeit des Pseudoaffen mit einer Comicfigur hervorzuheben. Im Anschluss daran, was sie als »unseren Natur-Kurzfilm« bezeichnete, hatte die Kamera sich wieder auf die Welt-Koordinatorin konzentriert. Sie verkündete die schlechte Nachricht unter Wahrung größtmöglicher Contenance und wohldosierter Besorgnis. Sie berichtete den massenhaften Zuschauern, was Sar-Say über die broanische Souveränität enthüllt hatte, und betonte dann, dass es sich bislang nur um unbewiesene Behauptungen handelte. Sie wartete mit der alternativen Erklärung auf, dass Sar-Say vielleicht nur Märchen erzählte.

Nach einer effektvollen Pause, in der die Kamera sie in Großaufnahme zeigte, schaute sie ernst in die Linse und sagte: »Mitbürger von Sol. Dieser Außerirdische behauptet, dass irgendwo jenseits unseres kleinen bekannten Weltraum-Sektors ein großes interstellares Reich liege – ein Reich, das unsere Bestrebungen vielleicht nicht gutheißt. Unsere Wissenschaftler haben alle verfügbaren Beweise studiert und berichten, dass sie bisher nicht in der Lage seien, schlüssig und unabhängig voneinander zu bestätigen, was Sar-Say uns erzählt hat. Aus diesem Grund habe ich beschlossen, dass es am besten wäre, wenn wir die Wahrheit selbst herausfinden. Entsprechende Maßnahmen sind bereits veranlasst worden.

Vor zwei Wochen haben wir eine Expedition in die Nähe des Krebsnebels gestartet, der ungefähr 7000 Lichtjahre von hier entfernt ist. Dort wird man nach dieser sogenannten Broanischen Souveränität suchen, um den Dingen auf den Grund zu gehen …«

Sie hatte einen beruhigenden Ton angeschlagen und in einer allgemeinen Begrifflichkeit all die Vorsichtsmaßnahmen geschildert, mit denen man verhindern wollte, dass die Broa von der Existenz der menschlichen Rasse beziehungsweise ihrer Heimatwelt erfuhren. Ihre Worte sollten Zuversicht stiften und die Gefahren herunterspielen. Sie schloss ihre Ansprache mit den folgenden Worten: »Seien Sie versichert, dass unsere Leute an Bord der Schiffe die Wahrheit herausfinden und sie uns mitteilen werden. Jedoch müssen wir alle uns in Geduld üben. Es sind 7000 Lichtjahre bis zum Krebsnebel und noch einmal 7000 Lichtjahre zurück. Ich möchte mich für alle verständlich ausdrücken: Das Licht, das wir heute von diesem Nebel sehen, begann seine Reise, bevor die erste Pyramide erbaut wurde. Es braucht Zeit, eine so weite Strecke zurückzulegen, und noch einmal so viel Zeit für die Heimreise. Wir müssten in etwa dreißig Monaten etwas von unserer Expedition hören.

Gute Nacht und möge Gott die Menschheit segnen!«

Es war eine ruhige Woche gefolgt, doch nach und nach quollen die verschiedenen Medien von Nachrichten über die Aliens schier über. Ein paar Tage nach Nadine Halstrøms Ansprache eskalierte die aufgestaute Spannung. Der schlafende Vulkan der öffentlichen Meinung stand kurz vor dem Ausbruch; es fehlte nur noch der Auslöser für diesen Ausbruch. Dieses Ereignis trat am Abend des 6. Oktober vor dem New York Metropolitan-Verwaltungskomplex ein.

Es war Freitag, und die Straßen von Manhattan wimmelten von Menschen. Außer den üblichen Menschenmengen, die an einem Freitagabend die »Stadt, die niemals schläft« bevölkerten, fanden diesmal aber auch Demonstrationen statt. Der Umstand, dass die Leute nicht genau wussten, wofür oder wogegen sie überhaupt demonstrierten, trug auch nicht zur Verbesserung ihres Wohlbefindens bei. Immerhin verlief die Demonstration geordnet, wie schon an den drei Abenden zuvor. Die Polizei war zwar präsent, rechnete aber nicht mit Problemen.

Das änderte sich urplötzlich um 20:16 Uhr, als ein Taxifahrer in Verletzung der Straßenverkehrsordnung einen Spurwechsel auf der Hochstraße vornahm, die eine Ecke der Administration Plaza tangierte. Der Taxifahrer, der sich zum

Schichtwechsel verspätet hatte, raste auf der inneren Spur der Ausfahrtrampe des New Holland-Tunnels in eine Kurve. Mitten in dieser Kurve touchierte er mit dem linken Vorderrad ein anderes Fahrzeug, wurde über die Barriere hinweg in die Luft geschleudert und krachte in die dicht gedrängte Menschenmenge unter ihm.

Vier Menschen wurden sofort getötet, und drei andere überlebten noch so lange, dass man ihre Schreie überall auf dem überfüllten Platz zu hören vermochte. Ein Dutzend Personen war so schwer verletzt, dass sie ins Krankenhaus eingeliefert werden mussten. Die Schreie der Sterbenden und Verwundeten waren zu viel für die Menschen, deren Nerven durch die Neuigkeit von den Aliens sowieso schon bis zum Zerreißen gespannt waren. Diejenigen in unmittelbarer Umgebung des Autowracks ließen ihren Zorn an dem unglücklichen Fahrer aus, der den Sturz aus zehn Meter Höhe in die Menschenmenge überlebt hatte, nur um jetzt aus dem zerstörten Fahrzeug gezogen und vom blindwütigen Mob verprügelt zu werden. Die Leute, die weiter als eine Armlänge entfernt waren, richteten ihren Zorn gegen die Symbole der Staatsmacht. Ein paar Polizeibeamte wurden angegriffen. Die Gewalt breitete sich wie ein Lauffeuer aus, und nach einer Stunde stand der ganze städtische Komplex buchstäblich in Flammen.

Die Nachricht vom Aufstand verbreitete sich in Windeseile um den ganzen Planeten. Die eigentliche Ursache ging in der Berichterstattung irgendwie unter, und die atemlosen Reporter erweckten den Eindruck, dass die Aufstände eine Reaktion auf die Alien-Krise seien. Die Unruhen breiteten sich mit der Geschwindigkeit aus, in der über sie berichtet wurde. In praktisch jeder größeren Stadt wandten die Menschen, die zusammengekommen waren, um Trost und Zuspruch von ihren Regierungen zu erfahren, sich plötzlich gegen ihre Führer. Es begann mit eingeschlagenen Fensterscheiben und steigerte sich dann schnell zu Plünderungen und Brandstiftung.

Die Unruhen hatten für vier Tage angedauert und schon mehr als tausend Menschen das Leben gekostet. Schiffe im Orbit berichteten, dass sie das Licht der brennenden Städte am Nachthimmel quasi als Orientierungshilfe zu nutzen vermochten. Schließlich wurden die Menschen sich jedoch der Irrationalität der Gewalt bewusst oder wurden ihrer einfach überdrüssig. Die wütenden Mengen zerstreuten sich, bis fast nur noch Plünderer übrig blieben. Und dann schienen selbst die Plünderer das Interesse zu verlieren, und schließlich war alles vorbei.

Nadine Halstrøm schaute aus dem Fenster in die kalte Winternacht und schauderte bei der Erinnerung an die langen Nächte der Aufstände. Immer wenn die Menschheit glaubte, die uralte Bestie der Herrschaft des Pöbels sei gezähmt, wurde sie durch irgendeinen Zwischenfall daran erinnert, dass sie kein bisschen zivilisierter waren als ihre in Höhlen lebenden Vorfahren, sondern nur stärker von den Realitäten des Lebens isoliert. Sie fragte sich, wie viele solcher Vorkommnisse ihre Karriere noch aushielt. Schon jetzt hatte sie fast das halbe Parlament gegen sich. Noch ein paar solcher Unruhen, und sie konnte sich in der Datenbank der Agentur für Arbeit registrieren lassen.

Während sie aus dem Fenster auf die langsam heilenden Wunden der Stadt unter der Decke aus reinem weißem Schnee schaute, fragte sich, ob das wirklich so tragisch wäre. Sie geriet manchmal schon in Versuchung, sich der Bürde der Verantwortung zu entledigen und wieder ein ganz normaler Bürger zu werden. Dann hätte sie wenigstens wieder mehr Zeit für die Familie, und ein anderer konnte sich den Kopf über die Aliens zerbrechen.

Sie schwelgte noch für eine Minute in dieser Fantasie und ging dann mit einem Seufzer zum Schreibtisch zurück. Probleme harrten der Lösung, und mit einem Blick aus dem Fenster war das nicht zu bewerkstelligen.

Sechs Monate nach dem Abflug vom Neptun wurde Mark Rykand der Romantik des Raumflugs überdrüssig. Das Problem mit dem Flug im Überlichtbereich war nämlich, dass es nichts zu sehen gab. Bisher hatte noch niemand eine Möglichkeit gefunden, wie ein mit Überlichtgeschwindigkeit fliegendes Raumschiff einen Blick ins Normaluniversum zu werfen vermochte. Kein Wunder, denn ein solches Instrument war nicht einmal theoretisch möglich. So sehr er sich auch über die majestätische Sternenparade gefreut hätte, während die Lichtjahre vorbeiflogen, musste er sich mit der unabänderlichen Schwärze hinter den Sichtfenstern begnügen.

Einmal wöchentlich fielen sie für eine Stunde in den Unterlichtbereich zurück, um ihre Position zu bestätigen und Sichtungen der umgebenden Sterne vorzunehmen. Und dann ging es zurück in die absolute Schwärze, in die es ein Schiff verschlägt, wenn es die Licht-Barriere durchbricht. Weil es die meiste Zeit nichts zu sehen gab, hatte auch das astronomische Personal kaum etwas zu tun.

Deshalb hatte er kürzlich einen »alternativen Beruf« ergriffen. Seit dem Abflug der *Ruptured Whale* von Neptun hatte Mark Rykand sich autodidaktisch mit der broanischen Computerwissenschaft befasst. Gegenstand seiner Studien war der Zentralrechner der *Hraal*, der Computer, den die Spezialisten auf Luna gründlich studiert hatten. Sie hatten nach der Ursache für den Datenverlust gesucht, der etwa zur gleichen Zeit aufgetreten war, als das Schiff im Gefecht von Neu-Eden die explosive Dekompression erlitt, waren aber nicht fündig geworden.

Wie alles andere an Bord der *Ruptured Whale* war der broanische Computer eine Kontraststudie. Die Schnittstelle ähnelte den frühen grafischen Benutzerschnittstellen, die im einundzwanzigsten Jahrhundert ein Merkmal menschlicher Computer gewesen waren – auch wenn »Zeigen und Klicken« ein Konzept war, das die Broa nicht entwickelt zu haben schienen.

Der Computer stellte die Informationen auf einem Holobildschirm in einer Punkt-und-Schnörkel-Schrift dar, die mit intuitiven symbolischen Darstellungen garniert war. Den Wissenschaftlern, die den Computer auf Luna untersucht hatten, war es immerhin gelungen, seine grundlegende Struktur und Funktionsweise zu ermitteln. Eine große Menge der Daten war noch intakt, einschließlich der Abschnitte, die den Betrieb der meisten ursprünglichen Systeme der *Ruptured Whale* beschrieben. Und es war diesen Aufzeichnungen zu verdanken, dass menschliche Ingenieure den vithianischen Frachter so schnell zu restaurieren vermocht hatten.

Dennoch klafften große Lücken im Speicher des Computers. Was sie verursacht hatte, war nach wie vor ein Rätsel. Vielleicht hatte ein Energiestrahl des broanischen Rächers eine Überspannung im Schiff verursacht und just in dem Moment wahllos Speicherbereiche gelöscht, als alle Drucktüren aufgingen. Der Haken an der »Überspannungs«-Theorie war jedoch der, dass die broanische Ausrüstung immun war gegen eine Überspannung. Im Gegensatz zu den Menschen, die dazu neigten, alles zu verkabeln, rüsteten die Broa ihre Maschinen mit einer autarken Energiezelle aus. Außer der Hülle gab es für elektrische Ladungen keine Leitungspfade, auf denen sie die Schaltkreise des Computers im Faraday'schen Käfig zu erreichen vermochten.

Als die *Ruptured Whale* etwa die Hälfte der Strecke zurückgelegt hatte, war Mark Rykand alle Berichte durchgegangen und beherrschte den broanischen Computer fast so gut wie ein von Menschen fabriziertes Modell. Dennoch trug nichts in seinen Studien auch nur ansatzweise zur Lösung des Rätsels bei. Deshalb hatten er und Chefingenieurin Dresser mit Captain Landons Erlaubnis die Maschine geöffnet und untersuchten sein Innenleben, um irgendeinen Hinweis auf die Fehlfunktion zu finden.

Der Computer befand sich in der Räumlichkeit, die nun

Dekonstruktionsabteilung war. Er war ein Würfel mit einer Kantenlänge von zwei Metern. Wenn ihre Energiezellen-Technologie auch fortschrittlicher war als die der Menschheit, schienen die Broa bei der Computertechnologie dem *Homo sapiens* hinterherzuhinken. Der Computer war durchaus leistungsfähig, doch eine von Menschen gebaute Maschine mit vergleichbaren Fähigkeiten hätte nur ein Zehntel des Volumens beansprucht.

Der Computer war hybrid. In manchen Bereichen schien er nur aus elektrischen Baugruppen zu bestehen, während andere Abschnitte gläsern funkelten: holografische Speichersysteme. Außerirdisch oder nicht, Mark erkannte den allgemeinen Zweck der meisten Mechanismen. Es gab jedoch auch ein paar Vorrichtungen, deren Funktionen sich ihm nicht erschlossen.

»Das erinnert mich an ein paar antike Stücke in der Computersammlung des Smithsonian«, sagte Laura Dresser, als sie mit einer Nadelsonde einen bestimmten Leiter zu seinem Ursprung zurückverfolgte. Weil die Leiterbahnen für das bloße Auge fast unsichtbar waren, hatte sie sich ihre altmodische Brille in die Stirn geschoben und sie durch eine Feinmechanikerbrille mit Lupenfunktion ersetzt.

»Wieso das?«, fragte Mark von der Stelle, wo er die Messwertanzeige von Lauras Sonde überwachte.

»Es geht hier drin so verdammt ›modular‹ zu. Man sollte eigentlich meinen, dass die Broa in dieser langen Zeit gelernt hätten, dass man nie zwei Elemente benutzt, wenn man sie in einem einzigen integrierten Schaltkreis vereinigen kann.«

»Vielleicht gab es einen Grund dafür, oder vielleicht haben die Spezialisten auch recht mit ihrer Annahme, dass die Broa Innovationen unterdrücken, um eine Destabilisierung ihres Reichs zu verhindern … ich glaube, Sie haben die Stelle gefunden.«

»Stimmt«, erwiderte sie. »Die Stromversorgung scheint im Knoten Alpha Sechs Zwo zu liegen. Schau'n wir mal, ob wir den Leiter bis zum nächsten Knoten zurückverfolgen können.«

In diesem Moment schwebte Sar-Say durch die Luke.

»Sar-Say!«, rief Mark durch das geräumige Abteil zu ihm hinüber. »Komm her!«

Der Pseudoaffe bewegte sich mit der Gewandtheit eines routinierten Raumfahrers. Er gelangte schnell zu der Stelle, wo Mark und Laura Dresser zugange waren, und verankerte sich an einem Pfosten in der Nähe.

»Hallo, Mark. Hallo, Laura. Ihr wolltet mich sehen?«

»Hallo, Sar-Say«, entgegnete die Chefingenieurin aus dem Gehäuse des außerirdischen Computers, in dem sie mit dem Oberkörper steckte. »Ja, wir brauchen deine Hilfe.«

»Wie kann ich euch helfen?«

»Das ist dein Bordcomputer. Wir wollen herausfinden, ob er während des Gefechts beschädigt wurde.«

»Wieso denn?«

»Weil wir die Ursache für den massiven Datenverlust ermitteln wollen, der in etwa zu dem Zeitpunkt eintrat, als der Druckverlust in deinem Schiff stattfand. Kannst du uns dabei helfen?«

»Ich weiß nicht. Ich bin ein Händler, kein Computertechniker.«

»Aber etwas musst du doch wissen«, sagte Mark mit Nachdruck. »Vielleicht nicht unbedingt die technischen Details, aber doch sicher den Kram, den jeder weiß. Du hast wahrscheinlich ein großes Wissen in deinem eidetischen Gedächtnis gespeichert.«

»Ich werde euch sagen, was ich weiß.«

»Wir haben die meisten Schaltungen identifiziert, aber es gibt eine ganz bestimmte Leiterbahn, aus der wir nicht schlau werden.«

»Nicht schlau?«

»Eine Redewendung. Sie bedeutet, dass wir etwas nicht verstehen.«

Sar-Say nickte. »Ich wüsste zwar nicht, wie ich euch hier weiterhelfen kann, aber ich will es versuchen.«

»Komm hier rüber«, rief Laura.

Der Taff bewegte sich zum Computer, verankerte sich an Lauras Gürtel und schaute ihr über die Schulter ins Innere der großen Denkmaschine.

»Siehst du diese kleine Spur hier auf diesem Modul?«

»Sie ist zwar sehr klein, aber ich sehe sie.«

»Sie scheint aus dem Energiemodul zu kommen und in diesem kristallinen Ding zu verschwinden. Irgendeine Idee, wofür das gut ist?«

»Könnte es sich um einen Unterbrecher handeln?«

»Was ist das?«

Laura setzte zu einer Erklärung an, wurde aber durch ein leises Piepen ihres Funkgeräts unterbrochen.

»Geh mal dran, Mark!«

»In Ordnung.« Mark streckte sich und griff nach Laura Dressers Ausrüstungsgürtel. Er nahm den Kommunikator ab und aktivierte ihn durch Drücken der Oberseite.

Der Anruf kam vom diensthabenden Funkoffizier. Der Captain wollte mit der Chefingenieurin sprechen. Laura murmelte einen Fluch und befreite sich aus dem Computer. Dann setzte sie die Feinmechanikerbrille ab und hängte sie sich um den Hals. Anschließend setzte sie sich die Brille auf und zog sich zu der Stelle, wo Mark das Funkgerät am ausgestreckten Arm hielt.

»Ja, Tyler?«

»Der Captain wünscht Sie zu sprechen, Frau Chefingenieurin. Bleiben Sie dran.«

»Ja, Captain.«

»Diese Zahlen, die Sie mir heute Morgen geschickt haben …«

Plötzlich zuckte irgendwo hinter Laura Dresser ein Blitz hervor, und es ertönte ein Knistern. Sie drehte sich um. Zunächst sah sie nichts. Die offene Vorderseite des Computergehäuses verstellte ihr die Sicht, sodass nur Sar-Say's Beine sichtbar waren. Und dann sahen sie mit Entsetzen, wie der Rest des Körpers langsam ins Blickfeld schwebte.

Der Pseudoaffe regte sich nicht mehr, die Zunge hing ihm aus der Schnauze, und die gelben Augen starrten sie blind an. Er schien tot zu sein.

29

Captain Dan Landon saß an seiner Kontrollstation an Bord der *Ruptured Whale*, ließ den Blick über die Instrumenten-Bänke vor sich schweifen und nippte an lauwarmem Tee. Der Tee war stark gesüßt, wie er ihn liebte, allerdings etwas zu stark für seinen Geschmack. Nach einem halben Jahr im Weltraum hätte das Autoküchen-Programm seinen Geschmack inzwischen besser kennen müssen.

Die Kontrollstation war im Wesentlichen genauso konfiguriert wie die an Bord der *Magellan*. Sie bestand aus einer Reihe von Bildschirmen in einer hufeisenförmigen Konsole, die sich um seinen hochlehnigen Kommandantensitz herumzog. Der Stuhl verfügte über einen integrierten Computer mit Touch-Screen, sodass er alle Kontrollen griffbereit hatte, die er für die Beobachtung sämtlicher Sektionen des Schiffs benötigte. Obwohl es sich um die gleichen Instrumente wie im großen Raumschiff handelte, hatten sie eine völlig andere Optik.

Die Instrumentierung an Bord der *Ruptured Whale* war wie alles andere Teil einer großen Maskerade. Obwohl die Kontrollstation eine Standardkonstruktion bei menschlichen Raumschiffen war, fügte ihr Design sich organisch in die außerirdische Einrichtung des Schiffs ein.

So war auch mit allen anderen menschlichen Ergänzungen des außerirdischen Raumschiffs verfahren worden. Die Ausrüstungsgegenstände, die ein zufälliger Besucher – zum Beispiel ein broanischer Hafenmeister – vielleicht erblickte, waren als Teil der Originalausrüstung des Schiffs getarnt, während die Komponenten, deren Tarnung zu aufwendig gewesen wäre, vor neugierigen Blicken verborgen waren. Das Ziel war gewesen, dass Menschen das Schiff zu fliegen vermochten, ohne dass der nicht-broanische Ursprung der Ausrüstung offenbar wurde. Auch waren die Bemühungen zur Tarnung des Schiffs nicht abgeschlossen, als sie von Luna starteten. Seit dem Verlassen des Sonnensystems hatte die Besatzung unermüdlich daran gearbeitet, die Tarnung der Inneneinrichtung zu verbessern, bis Sar-Say ihnen versicherte, dass sie überall in der Souveränität damit durchkämen. Landon hoffte, dass der Pseudoaffe recht hatte. Von seiner Meinung hing in diesem Fall die Zukunft der menschlichen Rasse ab.

Der Plan, sich als Spezies aus einem entlegenen Teil des Broanischen Territoriums auszugeben, wurde dadurch ermöglicht, dass es – zumindest laut Sar-Say – kein einheitliches Design für broanische Raumschiffe gab. Die verschiedenen Spezies benutzten wohl ein paar gemeinsame Hüllenkonstruktionen, passten das Innere jedoch an ihre unterschiedliche Physiologie und Bedürfnisse an. Von einem mit Menschen bemannten Schiff aus broanischer Fertigung würde man erwarten, dass es mit Liegen, Stühlen, Tischen und Monitoren ausgestattet war, die Bilder in Wellenlängen zeigten, für die das menschliche Auge ausgelegt war. Hätten sie die Einrichtung und Instrumentierung von den Vorbesitzern übernommen, wäre das jedem Außerirdischen, dem sie vielleicht begegneten, spanisch vorgekommen, und er hätte bei *Denen Die Herrschen* Meldung gemacht.

Darüber hinaus wurden weitere Maßnahmen ergriffen, um ihre Herkunft zu verschleiern. Die Besatzungsmitglieder aller Raumschiffe wurden unterwegs in der broanischen Handelssprache unterrichtet. Als sie sie halbwegs beherrschten, wurden Computerdisplays mit der broanischen Punkt-und-Schnörkel-Schrift programmiert. Im Fall einer Inspektion würde die Sprache der Darstellung auf jedem Bildschirm sofort ins Broanische konvertiert werden. Außerdem waren alle Beschriftungen und Kennzeichnungen geändert worden. Selbst die Schiffe, die sich einem broanischen Schiff nie weiter als bis auf ein Lichtjahr nähern würden, trafen diese Sicherheitsmaßnahmen.

Landon schlürfte seinen Tee und überflog seine Instrumente. Wie sie es schon seit einem halben Jahr getan hatten, sagten sie ihm auch jetzt, dass sein Schiff in einem guten Zustand war. Der Agitator hatte sich nicht nur als ein wahrer Gourmetkoch erwiesen, er war auch ein Gewinn für die häufigen gemeinschaftlichen Veranstaltungen des Schiffs. Inzwischen war er sogar ein regelmäßiger Teilnehmer an der wöchentlichen Pokerrunde des Captains.

Beim Gedanken an Vasloff fragte Landon sich, wie die öffentliche Ankündigung zu Hause aufgenommen worden war. Aus einer Entfernung von 4000 Lichtjahren erschienen die politischen Querelen völlig unwichtig. Dan Landon machte sich viel mehr Sorgen um seine Schiffe und Leute.

Vor allem trieb die Frage ihn um, was er tun sollte, falls eins oder mehrere Raumschiffe nicht am Treffpunkt erschienen. Der Sternenantrieb war prinzipiell zuverlässig und narrensicher, zumal jedes Schiff Nachrichtensonden und andere Hilfsmittel an Bord hatte, die bei einem Notfall ausgesendet werden konnten. Trotzdem war der Weltraum zu verdammt groß. Auch wenn man die Position eines Schiffs innerhalb der Genauigkeit seiner Instrumente kannte, würde das nicht viel helfen. Es steckten einfach zu viele Kubikkilometer in einem Kubiklichtjahr, um eine Erfolg versprechende Suche durchzuführen.

Und dann war da noch die größte Sorge von allen. Was, wenn sie nach 380 Tagen mit Überlichtgeschwindigkeit im Zielgebiet ankamen und keinerlei Anzeichen von den Broa entdeckten? Was, wenn der Himmels-Blumen-Nebel nun doch nicht der Krebsnebel war und sie 7000 Lichtjahre in die falsche Richtung geflogen waren? Das war der schlimmste Fall, der überhaupt eintreten konnte. Besser, Sar-Say's Erzählungen erwiesen sich als zutreffend, als weiter in dieser Ungewissheit zu leben. Eine Bedrohung war etwas, womit der Mensch als solcher im Allgemeinen umzugehen vermochte. Es war die Angst vorm Unbekannten, die die Moral der Menschen untergrub.

Dan Landon nahm wieder einen Schluck Tee und schüttelte sich mental. Er stellte seit einiger Zeit bei sich einen Hang zum Grübeln fest. Das lag natürlich an der Isolation. Wenn man dreizehn Stunden am Tag und sechs Tage in der Woche nichts als Schwärze vor Augen hatte, musste man ja verrückt werden. Überhaupt zeigte die Besatzung als Ganzes bereits die Symptome sensorischer Deprivation. Als kommandierender Offizier war es seine Aufgabe, dafür zu sorgen, dass sie zu beschäftigt waren, um Probleme zu wälzen. Damit wäre jedem an Bord am besten gedient – auch ihm selbst.

Er verzog das Gesicht, rief den Morgenbericht auf dem Bildschirm auf und las ihn durch. Das war nicht unbedingt die angenehmste Aufgabe des Tages, deshalb schob er sie immer möglichst lange auf. Er überflog den Bericht und schaute verdrießlich. In der technischen Abteilung waren Unregelmäßigkeiten aufgetreten.

»Funker, verbinden Sie mich mit Chefingenieurin Dresser.«

»Kommt gleich«, ertönte eine körperlose Stimme in seinem Ohr. Ein paar Sekunden später sagte der Funker: »Mr Rykand hat geantwortet, Captain. Er ruft gerade Chefingenieurin Dresser.« Nach einer weiteren kurzen Wartezeit hörte er dann: »Jawohl, Captain.«

»Wegen dieser Zahlen, die Sie mir heute Morgen geschickt haben …«

Weiter kam er nicht. Es ertönte ein statisches Rauschen in der Leitung, gefolgt von einem vernehmlichen Atemzug von

Laura Dresser am anderen Ende. Dann war für drei lange Sekunden überhaupt nichts mehr zu hören, bis das Geschrei einsetzte.

»Was ist da los?!«, rief er.

»Es ist Sar-Say, Captain. Er hat einen Stromschlag bekommen. Ich glaube, er ist tot!«

Dr. Pamela Faraday war schon seit zwanzig Jahren bei der Sternenforschung, und sie hätte ihre Aufgabe nicht als anstrengend bezeichnet. Es gab einfach nicht viel, was in einem Raumschiff schiefgehen konnte. Außer der realen Möglichkeit, dass das ganze Schiff durch einen Brocken Weltraumschutt pulverisiert wurde – eine Möglichkeit, wegen der jedoch kein Mediziner konsultiert werden musste –, waren Verletzungen selten. Sie verbrachte die Zeit überwiegend damit, in ihrer Praxis Verstauchungen durch allzu intensive Gymnastik und Sportwettkämpfe zu behandeln und die medizinischen Datenbanken auf dem neuesten Stand zu halten. Es war deshalb ein Schock, als sie den panischen Anruf aus dem Kontrollraum erhielt.

»Doktor, hier spricht Landon. Schnappen Sie sich Ihren Koffer und kommen Sie in die Technik. Sar-Say hat einen doppelten Herzstillstand.«

»Bin schon unterwegs, Sir!«, rief sie über die Schulter, während sie sich einen Notfallkoffer griff und der Luke zustrebte, die auf kürzestem Weg dorthin führte, wo die Ingenieure über den Sternenantrieb wachten.

Als sie ankam, sah sie Mark Rykand und Laura Dresser über der ausgestreckten Gestalt des Pseudoaffen knien. Beide hatten die Beine in Halterahmen verankert und drückten Sar-Say's Körper auf das Deck. Das heißt, Mark hinderte den Taff mit einer Hand am Abdriften. Mit der anderen Hand deckte er eine Seite von Sar-Say's Schnauze ab. Dr. Faraday fragte sich, was er da tat, bis sie bemerkte, dass er bei dem Alien eine Mund-zu-Mund-Beatmung vornahm. Er hatte die waagrechten Schlitze, die bei Sar-Say die Nasenlöcher darstellten, mit der rechten Hand halb abgedeckt und blies von der anderen Seite Luft in die Schnauze.

Laura Dresser war ebenfalls aktiv. Sie hockte auf der Brust des Aliens und massierte das Doppelherz des Taffs abwechselnd in einem schnellen Rhythmus. Pamela Faraday fragte sich, woher sie genug über Sar-Say's Physiologie wusste, um das zu tun.

»Machen Sie bitte Platz«, sagte die Ärztin, als sie über dem Trio schwebte. »Nein, Sie machen mit der Beatmung weiter, Mark. Laura, Sie machen mir Platz. Ich muss ihm Adrenalin verabreichen!«

Eine Sache, womit die Ärztin sich im letzten halben Jahr beschäftigt hatte, war die Lektüre ausführlicher medizinischer Berichte – von den Biologen verfasst, die Sar-Say studiert hatten. Der Taff war zwar kein Mensch, aber seine Biochemie war der menschlichen doch so ähnlich, dass die meisten medizinischen Standardtechniken auch bei ihm anwendbar waren. Wie beim Menschen wurde die Geschwindigkeit, mit der sein Doppelherz schlug, durch eine Chemikalie in seiner Blutbahn geregelt. Es handelte sich dabei zwar nicht um Adrenalin, war ihm aber so ähnlich, dass das Ersatzpräparat helfen würde.

Sie holte eine Spritze aus dem Notfallkoffer und vergewisserte sich, dass sie auch die richtige Substanz enthielt, bevor sie Sar-Say die Nadel unterhalb der Stelle in die Brust stieß, von der sie wusste, dass dort sein Primärherz war. Sie drückte auf den Kolben, und es ertönte ein kurzes Zischen. Dann bewegte sie die Spritze ein paar Zentimeter nach rechts und wiederholte den Vorgang. Anschließend zog sie mit einer geschmeidigen Bewegung ein selbst klebendes Diagnosepflaster aus dem Koffer und klebte es mitten zwischen den Herzen des Aliens auf das braune Fell. Der Monitor an ihrem Handgelenk gab sofort ein seltsames Doppelton-Geräusch von sich.

»Alles klar«, rief sie. »Wir haben wieder Herztöne.«

Im nächsten Moment erzitterte Sar-Say und atmete schwer. Er verdrehte die Augen, die nun nicht mehr ganz so glasig schienen. Jedoch wachte das Alien nicht auf.

Nachdem sie die Pupillen geprüft hatte – aus dem medizinischen Bericht ging hervor, dass seine Reiz-Reaktion genauso unwillkürlich war wie beim Menschen –, wandte sie sich an Mark. »In Ordnung, Sie können nun damit aufhören. Seine Herzen schlagen wieder, und er atmet selbstständig.«

Mark richtete sich aus der geduckten Haltung auf, in der er eine Ewigkeit verharrt zu haben schien. Zum ersten Mal bemerkte er die Leute, die durch die offene Luke hereinschauten. Plötzlich gerieten die Leute in Bewegung und machten eine Gasse für den Kapitän frei.

»Also, was geht hier vor?«, wollte Landon wissen, während er sich mit den Ellbogen einen Weg bahnte.

Pamela Faraday erstattete ihm in wohlgesetzten Worten medizinischen Bericht.

»Wird er es überleben?«

»Es ist noch zu früh, um das zu sagen. Wir wissen noch nicht genug über seine Spezies, als dass ich ohne weitere Beobachtung eine fundierte Meinung äußern könnte. Ich muss ihn in die Krankenstation bringen.«

»In Ordnung.« Er wählte zwei Raumfahrer aus, die vor der Luke herumlungerten. »Ihr beiden helft der Ärztin. Mr Rykand, Chefingenieurin Dresser, Sie kommen mit mir.«

Mark verfolgte mit besorgtem Gesichtsausdruck, wie die beiden Raumfahrer Sar-Say's Körper vorsichtig vom Deck aufhoben. In der Niedergravitations-Umgebung bestand das Problem weniger darin, die leblose Gestalt aufzuheben, als vielmehr darin, sie durch die Luke und in den dahinterliegenden Gang zu schaffen. Die Menge teilte sich, als Dr. Faraday die kleine Gruppe in Richtung der Krankenstation führte und schließlich verschwand.

»Was ist passiert?«, fragte Landon.

Laura Dresser rekapitulierte die Ereignisse bis zu dem Moment, wo Sar-Say bewusstlos aus dem Computer gedriftet war.

»Was hat er überhaupt in diesem verdammten Ding gewollt?«

»Wir wollten eine Schaltung zurückverfolgen. Ich habe ihn allein gelassen, um Ihren Anruf entgegenzunehmen. Er muss in den Computer gegriffen und die Energiezelle kurzgeschlossen haben.«

»Mit Absicht?«

»Wohl kaum, Captain. Ich bezweifle, dass er sich selbst einen Stromschlag versetzen wollte. Er hat vor dem Unfall bestimmt nicht den Eindruck eines Selbstmörders gemacht.«

»Mark, sehen Sie das genauso?«

»Jawohl, Sir. Sar-Say hat einen zufriedenen Eindruck gemacht, als er auftauchte, und er war auch sehr hilfsbereit.«

»Gut, und was ist dann passiert?«

»Sobald wir die Lage erfasst hatten, fixierten wir ihn auf dem Deck und leisteten erste Hilfe.«

»Sie beide haben schnell reagiert. Sie haben ihm vielleicht das Leben gerettet. Was ist mit dem Computer?«

»Ich weiß nicht. Wir waren zu beschäftigt, um uns darum zu kümmern.«

»Dann kümmern Sie sich bitte jetzt darum, Mr Rykand.«

»Aye, aye, Sir.« Mark hangelte sich zum Computer und warf einen Blick hinein. Man musste kein Genie sein, um zu erkennen, dass die große Maschine den Geist aufgegeben hatte. Er sah, dass die Schaltkreise an ein paar Stellen verschmort waren.

»Er ist Schrott, Captain.«

»Das ist ja ein schöner Schlamassel!«, sagte Landon.

Die anderen entgegneten nichts. Der Kapitän hatte schon alles gesagt.

Lisa machte sich Sorgen.

Sie hatte gerade daran gearbeitet, ihre Aussprache der broanischen Handelssprache zu verbessern, als sie die Nachricht von Sar-Say's Unfall hörte. Diejenigen, die sie zwischen ihrer Kabine und der Krankenstation erblickten, sahen eine Verrückte durch die Korridore hetzen, die keine Rücksicht auf ihre eigene Sicherheit und die von anderen nahm. Hätte sie in den Kreuzungen der Gänge Gegenverkehr gehabt, hätte Dr. Faraday vielleicht noch weitere Patienten in ihre Obhut nehmen können.

Als sie im medizinischen Büro eintraf, fand sie Sar-Say mit einer improvisierten Sauerstoffmaske über der Schnauze auf ein Bett geschnallt vor. Wie er so dalag, wirkte er so klein und hilflos, dass ihr große Kuller-Tränen in die Augen stiegen. Das Alien selbst hatte die Augen geöffnet und schaute nach oben. Sie zeigten aber keinerlei Anzeichen des Erkennens. Die beiden Augen schauten nicht einmal in dieselbe Richtung.

Und als Lisa eintraf, kümmerte sich die Ärztin gerade um Sar-Say und war zu beschäftigt, um ihre Fragen zu beantworten. Mark war auch nicht da, um ihr zu sagen, was geschehen war. Weil sie also nichts zu tun vermochte, hatte Lisa im Gang vor der Krankenstation gewartet. Bei dieser Gelegenheit stellte sie fest: Ein Problem der Mikrogravitation bestand darin, dass sie einem das Herumlaufen erschwerte. Und ohne dieses körperliche Ventil für ihre Anspannung hätte sie schier aus der Haut fahren können.

Schließlich steckte Dr. Faraday den Kopf durch die Luke der Krankenstation.

»Wie geht es ihm, Doktor?«

»Ich glaube, dass er es überleben wird. Ob das Gehirn geschädigt worden ist … wir werden eben abwarten müssen. Die Chancen stehen aber gut, dass er vollständig genesen wird. Wegen der schnellen Reaktion von Mark Rykand und Laura Dresser war der Sauerstoffmangel seines Gehirns nicht allzu groß.«

»Wann kann ich ihn sehen?«

»Nicht vor morgen. Suchen Sie sich bis dahin eine andere Beschäftigung.«

»Ob das so klug wäre, Doktor? Er wird vermutlich desorientiert sein, wenn er aufwacht. Wäre es dann nicht besser, wenn er ein vertrautes Gesicht sieht?«

»In anderen Worten, Sie wollen hierbleiben?«

»Ja.«

»In Ordnung. Sie werden mich wahrscheinlich eh nur mit Anrufen traktieren, wenn ich Sie wegschicke. Spielen Sie meinetwegen die Krankenschwester, aber ich muss Sie darauf hinweisen, dass er so bald nicht aufwachen wird.«

Lisa war dennoch einverstanden. Pamela Faraday wies sie in die Handhabung der Apparate ein, die Sar-Say's Herzfrequenz und Atmung überwachten, und erklärte ihr, dass, weil er ein Alien sei, sie alles manuell überwachen müsse. Die Automatik sei abgeschaltet.

»Wieso wird sie nicht benutzt?«, fragte Lisa verwirrt.

»Weil sie vielleicht eine normale Taff-Reaktion als eine anormale menschliche Reaktion fehlinterpretieren würde. Wir wollen doch nicht der Maschine die Überwachung dieses seltsamen Doppelschlags seiner Herzen anvertrauen, oder?«

»Nein.«

Und so kam es, dass Lisa die Nacht damit verbrachte, dem »Doppelschlag« zu lauschen und sich den Kopf über ungelegte Eier zu zerbrechen. Je länger die Bewusstlosigkeit des Taffs andauerte, desto schrecklicher wurden die Szenarien, in die sie sich hineinsteigerte. Was, wenn er nicht mehr aufwachte? Oder noch schlimmer: wenn er den Verstand verloren hatte? Was für eine Tragödie, wenn das kleine Alien so weit gekommen war, nur um dann an ein paar Elektronen »auf Abwegen« zu scheitern.

Mark erschien am nächsten Morgen mit einem Frühstück.

»Wie geht es ihm?«

»Unverändert. Seine Herzen schlagen normal, und die Atmung ist flach und schwer, aber ausreichend. Der Sauerstoffgehalt des Bluts liegt im Toleranzbereich. Wenn er doch nur aufwachen würde!«

Mark hatte sie in den Arm genommen und an sich gedrückt. »Lass ihm Zeit.«

»Was ist da unten überhaupt passiert?«, fragte sie halb schluchzend an seiner Schulter.

»Wir wissen es noch nicht. Dem Anschein nach hat er mit einem von Laura Dressers Werkzeugen die Energiezelle berührt.«

»Aber wieso hätte er das tun sollen?«

Sie spürte sein Achselzucken mehr, als dass sie es sah. »Das werden wir erst dann erfahren, wenn er aufwacht. Vielleicht hat er etwas gesehen. Oder vielleicht ist er auch nur von Neugier überwältigt worden. Wir werden warten müssen, bis er uns darauf antwortet.«

Mark blieb noch eine Stunde und widmete sich dann wieder seinen Pflichten. Lisa blieb mit ihren Gedanken allein zurück. Seltsam, welche Wendungen das Leben nimmt, sagte sie sich. Eben war sie noch in ihrer Alltagsroutine gefangen, und im nächsten Moment stand ein Freund an der Schwelle des Todes. Sie war nicht mehr so niedergeschlagen gewesen, seit ihr Vater gestorben war. Dennoch war es seltsam, dass sie überhaupt so intensive Empfindungen für einen Außerirdischen hatte.

Und plötzlich wurde sie durch ein Geräusch aus dem Bett neben sich aufgeschreckt! Sie schaute von den Anzeigen auf und sah, dass Sar-Say einen Arm bewegt hatte. Er hatte bisher in der Luft gehangen – wie immer, wenn er schlief. Nun bewegte er sich jedoch in Richtung des Kopfs.

Lisa stieß sich vom Sitz ab und schwebte übers Bett. Die Augen des Aliens waren immer noch nicht fokussiert, aber sie schauten wenigstens nicht mehr in verschiedene Richtungen. Sar-Say's Zunge war wieder im Mund verschwunden. Sie war sich aber nicht sicher, ob das ein gutes Zeichen war. Was, wenn er die Zunge verschluckt hatte und daran erstickt war? Sie wollte ihm schon die Hand in den Rachen stecken, ließ es dann aber bleiben. Ein plötzlicher Krampf im falschen Moment würde sie vielleicht einen Finger kosten.

Sar-Say stieß ein leises Geräusch wie ein Stöhnen aus und drehte dann langsam den Kopf in ihre Richtung. Sie hoffte, dass der Außerirdische das Bewusstsein wieder so weit zurückerlangt hatte, um ihr breites Lächeln als solches zu identifizieren – trotz der vielen Tränen, die die Mimik verfälschten. Sar-Say hatte ihr gesagt, dass bei seinen Leuten das Zeigen der Zähne ein Signal der Aggression und nicht etwa der Freundlichkeit war. Als sie glaubte, aus der Reaktion der Augen auf seinen Wachzustand schließen zu können, sagte sie: »Willkommen zurück.«

Sar-Say sagte etwas in einer unverständlichen Sprache und wechselte dann in die broanische Handelssprache. »Wo bin ich hier?«

»Du bist hier in der Krankenstation an Bord der *Ruptured Whale*. Erinnerst du dich daran, was geschehen ist?«

Das Blinzeln, mit dem das Alien antwortete, erfolgte langsam, doch dann schien sich eine Blockade im Kopf zu lösen, und er sagte in Standard: »Ja. Ich sah etwas, das mich neugierig machte. Ich benutzte eins von Laura Dressers Werkzeugen, um es zu demontieren. Das ist das Letzte, woran ich mich erinnere ...«

»Das genügt schon«, erwiderte Lisa leise. »Du bist verletzt, aber auf dem Weg der Besserung. Ruh dich jetzt aus. Wir werden uns weiter unterhalten, wenn du wieder zu Kräften gekommen bist.«

Das Bewusstsein schien den Taff so schnell wieder zu verlassen, wie es gekommen war. Er schloss die Augen und atmete bald wieder in dem gleichen, langsamen Rhythmus, den Lisa so viele Nächte beobachtet hatte, als sie sich diesen Käfig an

Bord der *PoleStar* geteilt hatten. Ein kurzer Blick auf die medizinischen Messgeräte bestätigte, dass Sar-Say normal schlief.

Lisa seufzte. Sie wusste nun, wie man sich als Mutter eines kranken Kindes fühlte, konnte aber nicht behaupten, dass dieses Gefühl ihr auch gefiel!

30

»Aufwachen, du Schlafmütze!«

Mark Rykand regte sich und versuchte die weibliche Hand abzuschütteln, die ihn an der Schulter rüttelte. Doch schien er sich ihr nicht entziehen zu können. Langsam und mit großem Widerwillen stieg er von dem eine Million Kilometer dicken Kissen empor, das der Schlaf war, während die Sinne langsam die Kontrolle über den Körper zurückerlangten. Als er schließlich die Augen öffnete, sah er Lisas grinsendes Gesicht, von einer zerzausten blonden Mähne eingerahmt, auf sich herabschauen.

»Wie spät ist es?«, stöhnte er, als die Deckenlampen ein Hämmern in den Schläfen auslösten.

»Null fünfhundert. Steh auf!«

»Ich schlafe weiter. Ich habe diese Woche die zweite Schicht und war heute Nacht bis 2:00 Uhr auf den Beinen.«

»Weißt du denn nicht, was für ein Tag heute ist?«

Er stöhnte und legte den Arm über die Augen, um sie zu schützen. Plötzlich kam die Erkenntnis. Heute war *der* Tag! Heute vor 380 Tagen hatten sie die Erde verlassen. In ein paar Stunden würden sie ihr Ziel erreichen. Das endlose Warten war fast vorbei!

Es mutete irgendwie unwirklich an. Sie waren schon so lange in dieser Thermoskanne von einem Schiff eingesperrt, dass man sich kaum noch erinnerte, wann das Schiff nicht das ganze

Universum dargestellt hatte. Alles, was vorher gewesen war – seine Eltern, Moira Sims … Jani!!! – all das schien eine verblassende Erinnerung zu sein. Die Erde existierte nur noch schemenhaft in seiner Erinnerung; wie überhaupt jeder Mensch, den er jemals kennengelernt hatte und der sich nicht an Bord dieses Schiffs befand. Selbst die früheren Etappen der Reise, wie zum Beispiel der Tag, an denen Sar-Say einen Stromschlag abbekommen hatte, verschwammen bereits im Bewusstsein.

Schließlich gähnte er herzhaft, streckte sich und registrierte den Geschmack nach alten Socken im Mund. »Heute ist Ausbruch-Tag, nicht wahr?«

»Du schläfst noch immer, oder? Verdammt richtig, heute ist Ausbruch-Tag! Wir werden in ein paar Stunden endlich einmal wieder etwas anderes sehen als nur Schwarz, und dir fällt nichts Besseres ein, als hier rumzuliegen und die Decke anzustarren.« Er spürte eine Bewegung auf dem Bett und drehte sich gerade noch rechtzeitig um, um sie in der Hygiene-Kabine verschwinden zu sehen. Es faszinierte ihn immer wieder, ihre Bewegungen in der Mikrogravitation zu beobachten.

Wenn die beiden den Quartiermeister vor Neptun mit dem Ansinnen überrascht hatten, dass er ihnen eine gemeinsame Kabine zuweisen möchte, dann hatte diese griesgrämige Person sich zumindest nichts anmerken lassen. Er hatte nur die Liste auf seinem Computer überprüft, die Übertragung eines Namens auf eine andere Kabine arrangiert und dann das soeben frei gewordene Abteil dem Liebespaar zugewiesen. Das war aber nicht die einzige Änderung der Kabinenbelegung auf dieser Reise gewesen. Etliche andere Paare hatten auf der langen Reise ins Weltall einen richtigen Hausstand gegründet. Und ein paar hatten ihre Arrangements ein paarmal geändert. Es ist so einsam im Weltraum; und noch einsamer, wenn man so weit von daheim entfernt ist, dass das Licht von dort noch älter ist als die menschliche Zivilisation.

Aus der Decke drang ein stakkatoartiges Scheppern, das

darauf hinwies, dass Lisa die Dusche aufgedreht hatte. Und die Geräusche erstarben genauso schnell wieder, als sie ihre 15-Sekunden-Ration an frischem Wasser verbraucht hatte. Die Wasserversorgung war eine weitere Verbesserung, um die sie das außerirdische Frachtschiff bereichert hatten. Die Vorbesitzer schienen wohl heißen Sand für die Reinigung ihres Pelzes verwendet zu haben. Ein großer Teil der sanitären Anlagen war jedoch auf dem Flug installiert worden, und wie lange die Filtrationsanlage auch lief, es schien an Bord nie genug sauberes warmes Wasser zu geben.

»Fertig!«, rief sie aus der Kabine.

Er wickelte sich aus dem leichten Laken, das alles war, womit man sich im Weltraum bedecken musste, und schwebte zur Kabine, als sie sie gerade verließ. Sie hatte ein Handtuch um den Kopf gewickelt und schaute lächelnd zu ihm auf, als sie sich in der Enge des Raums in einer intimen Berührung streiften. Mit verquollenen Augen zog er sich in die Kabine und schloss die Tür.

Zehn Minuten später kam er wieder zum Vorschein. Nachdem er die Grundbedürfnisse des Körpers erfüllt hatte, hatte er sich die Zähne geputzt, sich rasiert und mit einem feuchten Waschlappen gewaschen. Das war zwar nicht so angenehm wie eine Dusche, doch war das alles, was er sich in dieser Woche zu leisten vermochte – nachdem er kürzlich festgestellt hatte, dass er sein Konto bei der »Wasserbank« überzogen hatte. Er fühlte sich nun zumindest halbwegs wie ein Mensch, was eine tausendprozentige Verbesserung gegenüber dem Zustand von vor ein paar Minuten darstellte.

Lisa hatte den Schlafsack schon verstaut und schwebte in der Luft, während sie ihm beim Ankleiden zuschaute.

»Was gibt's denn?«, fragte er, als er ihren Blick bemerkte.

»Ach, nichts. Ich bewundere nur meinen Mann.«

»Auf einmal! Du willst doch nicht etwa den Ausbruch versäumen, oder?«

Ihr Blick wanderte von seinem Gesicht zu den unteren Partien seines Körpers und dann wieder nach oben. Ihr bisheriger zufriedener Blick verwandelte sich plötzlich in ein anzügliches Grinsen. »Mich dünkt, mein Herr, Ihr seid ein rechter Prahlhans.«

Die ganze Besatzung des Schiffs war wach und wartete gespannt, während die *Ruptured Whale* durch die geisterhafte Schwärze des Überlichtbereichs fegte. Ein Ausbruch war immer auch ein gesellschaftliches Ereignis an Bord eines Schiffes, bei dem sie sich vergewisserten, dass das Universum noch immer jenseits der kleinen Blase aus gekrümmtem Raum existierte, in die der Sternenantriebs-Generator sie gehüllt hatte.

Dieser Ausbruch war jedoch etwas Besonderes. Er war der letzte, bevor sie sich wieder mit dem Rest der Flotte vereinigten.

Das System 184-2838, das die Besatzung bereits als das *Versteck* bezeichnete, wäre ihr erster Stopp in einem Bereich, der womöglich die Randbezirke der Souveränität darstellte. Wie Dr. Bendagar in ihrer letzten Besprechung vorm Start erwähnt hatte, war das *Versteck* voraussichtlich unbewohnt. Nicht nur, dass der Stern ein veränderlicher Riese der G-Klasse war, das System war auch innerhalb der letzten 10 000 Jahre durch Strahlung von der Krebs-Supernova sterilisiert worden. Sollte diese Annahme sich als falsch erweisen, hatten sie ein alternatives System als Treffpunkt für die Flotte bestimmt. Eigentlich waren sogar vier Ausweich-Sternsysteme vorgesehen – für alle Fälle.

Nachdem die Flotte sich wieder vereinigt hatte, würde man sich als Erstes auf die Suche nach einem geeigneten Kleinplaneten machen, um dort eine Basis zu etablieren. Außerdem sollte dort das Gravitationswellen-Observatorium errichtet und die drei empfindlichen Instrumente in einem Abstand von exakt 1000 km zueinander positioniert werden. Wenn sie

Glück hatten, würden sie innerhalb von ein paar Wochen oder spätestens ein paar Monate nach Beginn der Observation die lokalen broanischen Sterne ermitteln. Hätten sie kein Glück, wären sie gezwungen, die umgebenden Sterne der Reihe nach abzusuchen.

Nachdem die bewohnten Sterne lokalisiert worden waren, würden Raumschiffe sich den Zielsystemen bis auf ein Lichtjahr annähern und heimlich ihre Kommunikations- und anderen Energiesignaturen ausspähen. Diese Emissionen würden aufgezeichnet und ausgewertet, bis die Wissenschaftler der Expedition eine weitere Annäherung für unbedenklich hielten. Die Scouts würden sich dann zwecks Nahbeobachtung an die Ränder des Systems anpirschen. Erst nach einer Auswertung dieser Beobachtungen würde die *Ruptured Whale* das System näher in Augenschein nehmen.

Wie man die *Whale* am besten in ein von den Broa besetztes System einschleusen sollte, war während der Reise Gegenstand hitziger Debatten gewesen. Weil Sar-Say behauptete, dass die Sternentore unbemannt waren, wurde die Option favorisiert, mit der *Whale* in einen weiten kometenartigen Orbit zu gehen, der sie dicht an einem Sternentor vorbeiführte, und sie dann als ein Schiff auszugeben, das eben aus einem anderen System eingetroffen sei. Unter der Voraussetzung, dass die lokalen Behörden keine Möglichkeit hatten, diese Behauptung zu überprüfen, würden sie um eine Anflugerlaubnis bitten. Die Maskerade würde spätestens dann auf die Probe gestellt werden, wenn sie in eine Umlaufbahn um eine broanische Welt gingen. Unter dem Vorwand, ihre Fracht zu entladen, würden sie sich dann ein Bild über die wirklichen Zustände in der Souveränität machen.

Dan Landon ließ den Blick über die anderen Besatzungsmitglieder im Kontrollraum schweifen, ohne sich dessen bewusst zu sein. Zwei Besatzungsmitglieder hatte er von der *Magellan* mitgenommen. Raoul Bendagar war wieder sein

Chefwissenschaftler, wie er es auch schon vor fast zwei Jahren an jenem schicksalhaften Tag im Neu-Eden-System gewesen war. Das andere Besatzungsmitglied war Niles Pendergast, nun Lieutenant Pendergast. Der Junge war seit seinem ersten Flug mit Landon erwachsen geworden. Nun quäkte er auch nicht mehr wie im Stimmbruch, wenn er eine »An alle«-Durchsage machte, und er hatte auch fast keine Akne mehr.

Die anderen Besatzungsmitglieder waren nach verschiedenen Kriterien für das Projekt ausgewählt worden. Zwei von ihnen – Fairfax, der Astrogator, und Klein, der Sensorenbediener – hatten eine kaufmännische Ausbildung, während Laura Dresser ihre geliebten Generatoren umsorgte. Dass sie so versessen darauf war, die Funktionsfähigkeit des Sternenantriebs zu gewährleisten, war eine Art von Besessenheit, die Landon guthieß. Nach 7000 Lichtjahren funktionierte der Sternenantrieb noch immer so reibungslos wie an dem Tag, als sie in den Überlichtbereich gegangen waren.

»Zwei Minuten, Captain!«, meldete Astrogator Fairfax.

Landon bestätigte die Meldung, indem er die Information wiederholte. Er sah das Countdown-Chronometer ebenso wie Fairfax, aber in der Raumfahrt werden eben gewisse Traditionen gepflegt. Eine war, dass der Astrogator den Kapitän über den Countdown auf dem Laufenden hielt, ob das nun erforderlich war oder nicht. Bei mindestens zwei Gelegenheiten in der Vergangenheit hatte dieser Brauch eine drohende Katastrophe abgewendet.

In diesem Fall war das Manöver, das die *Ruptured Whale* vollführte, einem Wiedereintritt jedoch ähnlicher als einem Start. Nachdem sie den Berg überwunden hatten, der die Lichtgeschwindigkeit ist, glitten sie nun den Abhang auf der anderen Seite hinab und bereiteten sich auf den Wiedereintritt ins reale Universum vor.

»Eine Minute, Captain«, verkündete der Astrogator.

»Eine Minute, aye. Mr Pendergast, Ihre Durchsage!«

»Achtung, an alle. Ausbruch in einer Minute. Ich wiederhole: Fertig werden für Ausbruch. Ein-Minuten-Warnung und abnehmend.«

Die Ziffern auf dem Countdown-Chronometer wurden weiter abgespult. Nach einer unbestimmten Zeit zeigten die Zahlen auf dem Bildschirm 30 an. Noch etwas später zeigten sie 20 an. Schließlich zählten sie mit variabler Geschwindigkeit rückwärts, wobei jede Sekunde etwa doppelt so lang war wie die vorhergehende.

»Zehn …«, ertönte die Stimme aus dem Lautsprecher. Pendergasts Stimme hatte wieder diese schrillen Obertöne, die Landon an jenen Moment erinnerten, nachdem die Gravitationswelle das Schiff bei Neu-Eden durchgeschüttelt hatte. Dennoch erlangte der Junge so schnell die Fassung zurück, dass er die Zählung bei fünf wieder aufzunehmen vermochte.

»Fünf … vier … drei …«

Dan Landon wurde sich bewusst, dass die Finger ohne sein Zutun über dem »Kill«-Schalter schwebten. Er war bereit einzugreifen, falls irgendetwas mit dem Flugsystem schieflief. Schließlich war es so weit.

»Zwei … eins … Ausbruch!«

31

Der Brückenbildschirm war fast während der gesamten neuntausendstündigen Reise von der Erde schwarz gewesen. Jetzt nicht mehr. Eben herrschte noch eine geisterhafte Schwärze, und im nächsten Moment lichtete sie sich und wich … einer anderen Schwärze. Nur dass diese Schwärze von verstreuten diamantartigen Punkten durchbrochen wurde – ein typisches Sternenfeld im tiefen Weltraum. Vor ihnen waren die Sterne jenes Spiralarms der Galaxis angeordnet, der als Orion-Arm bekannt ist. Trotz der über einjährigen Reise hatte die *Ruptured Whale* deutlich weniger als ein Zehntel des Durchmessers der Milchstraße durchquert. Das war das eigentliche Problem. Sie waren noch immer im Hinterhof der Erde – und vielleicht auch die Broa.

Die paar sichtbaren Sterne bewegten sich synchron, als der Schiffscomputer eine Positionsbestimmung vornahm und einen vorprogrammierten Befehl ausführte. Langsam, um die Betrachter nicht zu desorientieren, wanderte das Sternenfeld aus der oberen rechten Ecke des Bildschirms aus und wurde unten links durch neue Sterne ersetzt. In den ersten Sekunden schien sonst keine Veränderung eingetreten zu sein, während die dimensionslosen Punkte ihre Parade abhielten. Und dann änderte sich doch etwas. In der Ecke erschien eine unscharfe Linie, gefolgt von einem durchscheinenden Fleck, durch den die Hintergrundsterne deutlich sichtbar waren. Die schwach glühende Wolke wurde heller, während sie sich auf dem Bildschirm ausbreitete, und vermittelte dann die Illusion von Tiefe, als die Gehirne der Betrachter die wirbelnden Muster aus Licht und Dunkelheit zu sortieren versuchten. Nach langen Sekunden, die durch rasende Herzen noch länger erschienen, füllte dieser Schemen den Bildschirm schließlich ganz aus.

Dan Landon stieß die Luft aus, die er angehalten hatte, und versuchte dabei einen hörbaren Seufzer zu unterdrücken. Ob die Broa hier in der Gegend lebten oder nicht, würde man noch ermitteln müssen. Eines stand jedoch jetzt schon fest. Sie waren in der Nähe des geplanten Ausbruchspunkts. Sie waren definitiv angekommen!

Die Erscheinung auf dem Bildschirm hatte eine frappierende Ähnlichkeit mit der Rauchwolke einer explodierenden Artilleriegranate – und genau darum handelte es sich auch. Im Mittelpunkt befand sich ein intensiv strahlender Stern, der gegen das ihn umgebende Weiß dunkel, fast schwarz erschien. Obwohl der Stern längst tot war, strahlte er stark im ultravioletten Bereich des Spektrums und würde jedes ungeschützte menschliche Auge verbrennen, das ihn beobachtete. Die Sensoren des Schiffs waren aber noch empfindlicher als die menschlichen Augen, und die Überlastschaltungen des Hüllenteleskops schützten die Bildpunkte, auf die das Bild des Sterns fiel, indem sie ihre Empfindlichkeit reduzierten. Dadurch hatte die Abbildung des Sterns eher Symbolcharakter.

Umgeben wurde der Stern von einer großen Hülle aus weißem Plasma und Staub – eine Region, die wie eine Leuchtstofflampe glühte. Außerhalb dieses zentralen Glühens verdunkelte sich die Wolke und wurde durchsichtig. Sie zeigte die Sterne und die Schwärze des Raums dahinter, bevor sie am Rand in ein milchiges, purpurrotes Band überging. Die ganze Zentralregion wurde von Strängen aus glühendem Gas und dunklerem Staub durchzogen, die den Anschein erweckten, als seien sie von der Hand eines Riesen verdrillt worden. Die kontrastierenden Stränge bildeten einen komplexen gordischen Knoten, der in der Zeit erstarrt war.

Die Wolke war alles, was von diesen äußersten Schichten des Prä-Nova-Sterns übrig war. Weil der Stern nicht fähig war, die vierhundertmillionenfache Energiezufuhr zu neutralisieren, die aus der heftigen Fusionsreaktion in den äußeren Schichten resultierte, explodierte er einfach. Diese Explosion riss die Atmosphäre des Sterns weg und einen Großteil seiner Masse – insgesamt wurden ganze 70 Prozent der Substanz in den Weltraum geschleudert. Die Explosion hatte aber noch mehr bewirkt, als nur die äußeren Schichten in die Luft zu blasen. Der Druck auf den Kern zwang die Elektronen in den einzelnen Atomen aus ihren Bahnen in den Kern, wo sie auf die Protonen trafen. Der Kollaps der Elektronen wurde vom Kollaps des Sternenkerns begleitet. Vor der Explosion war der Stern eine glühende Glaskugel mit dem Durchmesser des Merkur-Orbits gewesen. Nach der Explosion war er eine rasend schnell rotierende Sphäre mit der über dreifachen Masse von Sol, aber einem Durchmesser von nur noch zwanzig Kilometern.

Aus dem Feuer der Supernova war ein Neutronenstern geboren worden.

»Unglaublich!«, murmelte jemand, als die Abbildung des toten Sterns in der Bildschirmmitte erschien. Obwohl er zehn Lichtjahre entfernt war, hatte der Computer die Hüllenkamera auf Weitwinkeldarstellung geschaltet, und dennoch sprengte die Gaswolke den Bildschirm.

Dan Landon riss sich von der Erscheinung auf dem Bildschirm los und drückte den Knopf, der die Befehlsschaltung aktivierte. »Alle Stationen, Meldung!«

Die Meldungen gingen schnell aus dem ganzen Schiff ein, als die Abteilungen die erfolgreiche Rückkehr in den Normalraum mitteilten. Als der Funkoffizier mit der Meldung an der Reihe war, sagte er: »Starke Interferenzen auf allen Frequenzbändern, Captain. Es ist ein 30-Zyklen-Rauschen, genau, wie es vorhergesagt wurde. Sieht so aus, als ob wir mit Laser senden müssen, solange wir hier sind.«

Trotz der verdichteten Atomkerne behielt der Stern die ursprüngliche Winkelgeschwindigkeit und den magnetischen Fluss bei. Der Neutronenstern drehte sich mehr als dreißigmal pro Sekunde um seine Achse und bestrich den umgebenden Raum mit einem Magnetfeld, das eine Milliarde mal stärker war als das ursprüngliche Feld. Das rotierende Magnetfeld verquirlte das umgebende Gas und den Staub förmlich und sandte einen starken Strahl aus Licht und kosmischen Strahlen gen Himmel wie ein Leuchtturm an einer unbekannten Küste.

»Verstanden, Kelly«, erwiderte Landon. »Dr. Bendagar.«

»Die Hintergrundstrahlung ist hoch, Captain, kann aber von unserer Abschirmung noch bewältigt werden. Wir haben nichts zu befürchten, solange wir innerhalb der Hülle bleiben.

Außeneinsätze sind jedoch eine andere Sache. Ich möchte nicht länger in dieser Hexenküche sein als unbedingt notwendig.«

Landon betätigte ein anderes Bedienelement. »Sar-Say!«

»Ja, Captain?«, ertönte die Stimme des Pseudoaffen.

»Ist das die ›Himmels-Blume‹?«

»Ja, Captain. Sie ist genau so, wie ich sie in Erinnerung habe, aber viel größer und komplexer.«

»Aber es ist der Nebel, den du am Himmel der Zzumer-Welt gesehen hast?«

»Daran besteht kein Zweifel, Captain. Es ist der Himmelsblumen-Nebel.«

Zum zweiten Mal in genauso vielen Minuten stieß Dan Landon einen lautlosen Seufzer der Erleichterung aus. Sie befanden sich in der Nähe einer der Welten der Broanischen Souveränität. Das bedeutete, dass diese Expedition doch auf dem richtigen Weg und keiner falschen Identifikation des Nebels aufgesessen war.

»Sehr gut. Astrogator, suchen Sie unseren Zielstern!«

»Ich habe ihn schon auf dem anderen Bildschirm, Captain.«

»Schalten Sie ihn auf den Hauptbildschirm.«

An der Frontseite der Brücke zeigte die Abbildung auf dem Bildschirm einem gelbweißen Stern, der sich vor der Schwärze des Raums abzeichnete. Das *Versteck* war dort, wo es sein sollte. So weit, so gut.

»Bringen Sie sie rein, Mr Fairfax. Mr Klein, ich möchte eine kontinuierliche Sensorabtastung der Umgebung. Lassen Sie es mich wissen, wenn auch nur der kleinste Ausschlag auf die Anwesenheit eines anderen Schiffs als unseres hindeutet. Behalten Sie auch die broanischen Frequenzbänder im Blick.«

Landon wartete, bis die Anweisungen bestätigt worden waren, und grinste dann zum ersten Mal seit einem Monat breit. »In Ordnung, Leute, machen wir uns auf die Suche nach dem Rest der Flotte. Volle Pulle, Chefingenieurin!«

Laura Dressers Worte hallten sofort in seinen Ohren. »Volle Pulle, Captain.«

Der Schub setzte im nächsten Moment ein.

»Ist das wirklich die Himmelsblume?«, fragte Lisa Arden Sar-Say, nachdem der Captain sich abgemeldet und der Schub die beiden in die Beschleunigungsliege gedrückt hatte.

»Ja, Liisa, es ist wirklich der Nebel der Zzumer-Sonne. Ich habe ein ziemlich gutes Gedächtnis für solche Dinge.«

Lisa nickte. Das Alien hatte ihren Namen zum ersten Mal seit Monaten wieder falsch ausgesprochen und das »i« zu stark gedehnt. Das war ein beredtes Anzeichen für die Aufregung, von der Sar-Say befallen war. Aber Sie hatte Verständnis dafür, schließlich war sie selbst auch aufgeregt.

»Was ist das für ein Gefühl, fast wieder zu Hause zu sein?«, fragte sie.

»Das ist ein sehr gutes Gefühl«, erwiderte Sar-Say. »Aber es ist trotzdem noch sehr viel zu tun. Wir müssen zuerst eure Flotte finden, bevor wir nach der Zzumer-Welt suchen können, nicht?«

»Ja, wir müssen unsere Flotte finden! Der Weltraum ist ein weitläufiger Ort, wie du sicher weißt.«

Sar-Say »nickte«. Wie er sich immer wieder sagte, war das Zusammenleben mit den Menschen pädagogisch wertvoll, wenn auch nicht immer angenehm. Die Vorstellung, dass Sterne im Universum angeordnet waren wie Städte auf der Oberfläche eines Planeten, war völlig neu für Sar-Say. Er hatte keine Verwendung für Astronomie gehabt, bevor er mit diesen seltsamen Leuten in Kontakt gekommen war.

Dafür hatte er jetzt Verwendung für Astronomie.

Das Reisen zwischen Sternentoren bedeutete, dass man den Raum zwischen den Sternen vernachlässigen konnte, denn man bewegte sich von einem Sternentor zum anderen. Es war die Topologie der Tore selbst, auf die es ankam – nicht etwa die

Positionen der Sterne, um die die Tore umliefen. Lisa hatte das schon zu Beginn ihres Sprachunterrichts mit einer Analogie aus dem menschlichen Leben veranschaulicht. Sie hatte Sar-Say mit einem Benutzer einer irdischen Untergrundbahn verglichen.

Sie hatte ihm erklärt, dass der durchschnittliche Benutzer einer U-Bahn sich nicht dafür interessierte, unter welchen Gebäuden er oder sie in einem gegebenen Moment vorbeifuhr, nicht einmal für die Position des U-Bahn-Waggons in Bezug auf Flüsse, die die U-Bahn ungehindert und ohne Notiz davon zu nehmen unterquerte. Was für den Benutzer einer U-Bahn jedoch wichtig war, waren die Reihenfolge der Stationen. Wegen dieser Unabhängigkeit von der tatsächlichen Geografie war die Karte, die U-Bahn-Passagiere benutzen, eine stilisierte Darstellung der U-Bahn-Strecken und kein richtiger Stadtplan. So war zum Beispiel der Maßstab der Karte im Stadtzentrum, wo die Stationen dicht beieinanderlagen, größer als in den Außenbezirken, wo die Stationen weiter auseinanderlagen. Die Karte war so konzipiert, dass die Benutzer möglichst viele Informationen darüber erhielten, was für sie wichtig war, nämlich die Anordnung der Stationen entlang der Strecke; auf unwesentliche Informationen über die Merkmale auf der Oberfläche wurde jedoch verzichtet. In anderen Worten, die Karte zeigte die Topologie des Systems ohne eine allzu große Korrelation zu seiner Geografie.

Das war genau die Situation in der Zivilisation in Bezug auf interstellare Reisen via Sternentor. Auf Reisen hatte Sar-Say nicht die »interstellaren Landkarte« im Blick, sondern nur die Folge von Sternentoren, die ihn ans Ziel brachten. Die normale Sternentor-Sequenz war Vith, Armador, Nala, Colsta und Persilin. Wo diese Sterne relativ zu den jeweils anderen standen, wusste Sar-Say nicht. Sie befanden sich vielleicht in gerader Linie oder auf verschiedenen Seiten der Zivilisation. Wenn man über ein Sternentor verfügte, kam es darauf nicht an.

Die menschliche Methode der Raumfahrt war indes eine ganz andere. Er erinnerte sich an den Schock, den es ihm versetzt hatte, als er sich dieser schrecklichen Wahrheit bewusst geworden war. Die menschlichen Schiffe kreuzten den Raum zwischen den Sternen, anstatt ebendiesen Raum zu überspringen. Wie die lange Reise, die sie soeben beendet hatten, zeigte, war die Position der Sterne relativ zueinander das Wichtigste für einen menschlichen Raumschiffskapitän.

Das Manko, dass sie nicht sofort von einem Stern zum anderen zu springen vermochten, wurde jedoch dadurch ausgeglichen, dass menschliche Schiffe die freie Wahl ihres Ziels hatten. Bei der Astrogation wurde die Nase des Schiffs einfach auf einen beliebigen Stern ausgerichtet, und los ging es. Diese Bewegungsfreiheit wäre *Denen Die Herrschten* ein Dorn im Auge, wenn sie davon erfuhren. Allerdings vermochten sie wenig dagegen zu unternehmen, solange sie die Position der Heimatwelt der Menschen nicht kannten.

Dieser Umstand machte das Wissen um die Position der menschlichen Sonne möglicherweise zu einem Aktivposten, und deshalb war Sar-Say auch daran gelegen, die Position der Sonne selbst herauszufinden. Im Rahmen seiner Schulung hatten die Menschen ihm Zugang zu ihrer planetarischen Datenbank gewährt, und er hatte verschiedene astronomische Schulungsprogramme aufgerufen.

Die Bestimmung des Standorts der menschlichen Sonne war geradezu ein Kinderspiel gewesen. Nicht, dass er in der Lage gewesen wäre, diese Frage selbst zu beantworten. Dazu waren seine astronomischen Kenntnisse viel zu gering. Jedoch hatte er die Daten im Kopf, die es einem Astronomieexperten ermöglichen würden, Sols Position mit einer Genauigkeit von ein paar hundert Herzschlägen zu bestimmen.

Wie die meisten selbst zentrierten Spezies, die sich allein im Universum wähnten, hatten die Menschen eine Wissenschaft vom Himmel entwickelt, die erdzentriert war. Folglich zeichneten sie die Position eines gesichteten Objekts nicht in Bezug auf ein universales Koordinatensystem auf, sondern an der Stelle, wo es am Nachthimmel über der Erde erschien. Die menschlichen Himmelskarten waren im Wesentlichen genauso gekennzeichnet wie ihre Karten von der menschlichen Welt, nämlich mit Längen- und Breitenlinien. Sie nannten ihre Längenlinien »Rektaszension« und die Breitenlinien »Deklination«. Folglich war jede astronomische Koordinate ein Vektor, der direkt auf Sol und die Erde wies.

Mit den Positionen der örtlichen Sterne um Sol vermochte Sar-Say wenig anzufangen. Eben weil sie lokal waren, würden die Astronomieexperten zu Hause diese bestimmten Sterne wahrscheinlich nicht kennen; und falls sie sie doch kannten, wären sie vielleicht nicht in der Lage, sie eindeutig zu identifizieren. Jedoch stachen bestimmte Merkmale in der Galaxis so deutlich hervor, dass sie sowohl am Himmel der Erde und der Welten der Zivilisation erschienen. Der Himmelsblumen-Nebel war ein solches Objekt und die großen weißblauen Sterne wie S Doradas – die menschliche Bezeichnung – waren weitere. Wenn er sich die Koordinaten merkte, die die Menschen diesen markantesten Merkmalen der Galaxis zugewiesen hatten, vermochte Sar-Say den Astronomen seines Volks Dutzende von Vektoren zu nennen, die direkt auf die Heimatwelt der Menschen wiesen.

Mit der Identifikation von gerade einmal sechs Wahrzeichen und den entsprechenden Werten für Rektaszension und Deklination wäre das Geheimnis der Menschen bald kein Geheimnis mehr.

32

Mark Rykand schwebte vor dem Sichtfenster eines der Landungsboote der *Ruptured Whale* und schaute auf die blauweiße Welt in der Ferne und den schwarzbraunen Mond unter sich. Sie hatten den Planeten gemäß der spontanen Nomenklatur des *Verstecks* auf den Namen »Brinks« und den Mond »Sutton« getauft. Der luftlose Mond, der die dreifache Größe des Erdmonds hatte, war im ersten Vierteljahr das Hauptquartier der irdischen Expedition gewesen.

Es waren arbeitsreiche, aber auch frustrierende Monate gewesen. Sie hatten die Monate mit Vorbereitungen verbracht und die notwendigen Arbeiten ausgeführt, um ihr primäres Ziel – die Suche nach einer Welt der Broanischen Souveränität – zu unterstützen, nur dass die Arbeit sie in dieser Hinsicht auch nicht weiter gebracht zu haben schien. Wie Lisa zu sagen pflegte: Sie hatten Seitwärts-Fortschritte gemacht. Wo die Vorbereitungen nun fast abgeschlossen waren, würden sie bald einen Erfolg zu verzeichnen haben – hoffte er zumindest. Es war eine Hoffnung, die jeder einzelne der 3000 Angehörigen der Expedition hegte. An Bord der Raumschiffe und im neu angelegten Tunnellabyrinth unter der steinigen Oberfläche von Sutton war die gespannte Erwartung in der nach Metall schmeckenden Luft fast mit Händen zu greifen.

Frustriert wurden sie schon, kurz nachdem die *Ruptured Whale* aus dem Überlichtbereich gefallen war und Kurs auf den Stern genommen hatte, den sie *Versteck* nannten. Die Missionsbefehle hatten gelautet: »… Nach Erreichen des Zielgebiets nehmen alle Schiffe der Flotte Kontakt miteinander auf und achten zugleich auf Anzeichen von Aliens im System.« Dass es keine Aliens im System gab, wurde von Stunde zu Stunde offensichtlicher, während sie mit hoher Geschwindigkeit auf die riesige gelbweiße Sonne zuflogen, die ihr Ziel war. Sofern das *Versteck*-System einmal Leben unterstützt hatte,

hatte dieses Leben vor 9000 Jahren ein jähes Ende gefunden, als die nahe Nova den Himmel in Brand setzte und einen Strahlenschauer in einer tödlichen Dosis durch das System sandte. Wenn die Nova schon auf eine Entfernung von 7000 Lichtjahren dreimal so hell wie die Venus am irdischen Himmel erschienen war, vermochte Mark sich kaum den Ehrfurcht gebietenden Anblick vorzustellen, in dessen »Genuss« die Bewohner des *Verstecks* in einer Entfernung von nur zehn Lichtjahren gekommen sein mussten. In Anbetracht der starken Hintergrundstrahlung, die der nahe Nebel noch immer durchs System schickte, musste die Supernova in ihrer vollen Blüte so mächtig gewesen sein, dass alle Lebewesen auf der Stelle tot waren.

Jedoch war eingeborenes Leben nicht das Einzige, wogegen sie sich wappnen mussten. Es war durchaus möglich, dass die Broa eine Präsenz im System etabliert hatten, entweder für wissenschaftliche oder kommerzielle Zwecke – zum Beispiel Bergbau. Obwohl jeder Sensor auf maximale Verstärkung eingestellt war, hatten sie jedoch keine andere Energiequelle entdeckt außer dem rhythmischen Radiorauschen, das von der riesigen Wolke hinter ihnen ausging. Genauso wenig hatten sie eine Gravitationswelle entdeckt, die ein in der Nähe betriebenes Sternentor angezeigt hätte.

Zuerst waren sie erleichtert, als die Sensoren nach einer zweitägigen Untersuchung nichts gefunden hatten. Doch dann wich die Erleichterung der Besorgnis. Denn im *Versteck*-System gab es nicht nur keine Aliens, sondern es schienen sich auch keine Menschen dort zu befinden. Sie fanden keine Spur von den anderen Schiffen der Expedition.

»Das ist kaum verwunderlich«, hatte Will Thompson, der Chefastronom des Schiffs und Marks Fachvorgesetzter, gesagt, nachdem Mark ihm am dritten Tag nach der Ankunft im System eine Frage bezüglich der negativen Ergebnisse gestellt hatte. »Ein Sternsystem ist ein weitläufiger Ort. Teufel, wir sind gerade so weit, dass wir die Planeten von *Versteck* zu identifizieren vermögen, und ein Planet ist unendlich größer als das größte Raumschiff.«

»Ich hätte eigentlich erwartet, dass unsere Teleskope die Planeten schon längst gefunden hätten.«

Draußen hatte jemand glucksend gelacht. »Ein typisches astronomisches Teleskop hat ein Sehfeld von ungefähr einem halben Grad, was bedeutet, dass man etwa ein Fünfhunderttausendstel des gesamten Himmels sieht. Und was noch schlimmer ist – obwohl wir die schnellsten Computer aller Zeiten haben, sind so viele Daten auf den Sensorchips, dass es ein paar Sekunden dauert, einen auszulesen. Das heißt wiederum, dass wir auch nur so schnell suchen können. Wir werden noch für eine halbe Woche so weitermachen müssen; es sei denn, wir haben Glück und stolpern über etwas, das sich entweder als eine Scheibe oder eine halbe Scheibe erweist. Sobald wir ein paar Planeten finden, sind wir imstande, die Ekliptik dieses Systems zu ermitteln, und dann werden wir auch schneller vorankommen.«

Mark hatte genickt. Im Sonnensystem war die Ekliptik die Ebene, in der die Erde die Sonne umlief und – mit gewissen Abweichungen – alle anderen Planeten. Dass alle Planeten eines Systems mehr oder weniger auf derselben Ebene liegen müssen, war eine der Maximen der Astrophysik. Sterne und Planeten entstanden, wenn eine interstellare Staubwolke unter der Wirkung ihrer eigenen Schwerkraft kollabierte. Während die Wolke sich zusammenzog, geriet sie ins Rotieren, um ihre Winkelgeschwindigkeit aufrechtzuerhalten. Irgendwann bildete die Wolke dann eine große Kugel im Zentrum und eine viel dünnere »Akkretionsscheibe« um die Mitte aus. Die Sphäre zog sich ihrerseits zusammen, bis sie ein Stern wurde – oder auch nicht –, und die Scheibe zerbröselte in kleinere Materiebrocken, aus denen schließlich die Planeten des Sterns entstanden. Weil sie alle von derselben Scheibe abstammten, liefen alle Planeten etwa in derselben Ebene um – in der Ekliptik des Systems.

Das Problem war nur, dass die Ausrichtung der Ekliptik von Stern zu Stern unterschiedlich ist: das Resultat der örtlichen Bedingungen in der urzeitlichen Wolke, als das System Gestalt annahm. Es gab kein einheitliches Prinzip, das sie im Raum so ausrichtete, wie die Elementarmagnete sich in einem Magneten ausrichten. Wenn ein Raumschiff also in einem neuen System eintraf, wusste es nicht, wo die Ebene der Planeten sich befand, und war deshalb gezwungen, den ganzen Himmel auf der Suche nach ihnen abzutasten.

Sobald jedoch mindestens zwei Planeten identifiziert waren, wurde die Aufgabe plötzlich viel leichter. Wie sein Lieblings-Geometrielehrer Mark einmal gelehrt hatte, »bestimmen drei Punkte eine Ebene«, und mit einem Stern und zwei lokalisierten Planeten waren die Computer schon in der Lage, die Ekliptik abzubilden. Von da an vermochten die Teleskope einen schmalen Korridor des Weltraums abzusuchen und nach weiteren Planeten zu spähen.

Sie hatten Brinks am fünften Tag der Suche gefunden. Es war eine doppelt so große Welt wie die Erde, lief in etwa 500 Millionen Kilometern Entfernung von *Versteck* um und besaß einen Mond, der ebenfalls größer war als Luna. Die Missionsparameter sahen vor, dass die Flotte in jedem System, in dem sie herauskam, sich bei dem Planeten traf, der dem Mittelpunkt der gemäßigten Zone am nächsten stand. Brinks war in dieser Hinsicht fast ideal. Sein Orbit teilte die Zone, wo durch die Temperatur flüssiges Wasser gewährleistet war, praktisch in zwei Hälften.

Während sie die Annäherung vom äußersten Rand des *Versteck*-Systems fortsetzten, flog die *Ruptured Whale* Richtung Sutton …

… Die Tunnels, die die Bautrupps in Sutton vorgetrieben hatten, maßen im Querschnitt vier Meter im Quadrat und waren somit breit genug, dass vier Personen nebeneinander hindurchzugehen vermochten – das heißt, das wäre möglich gewesen, wenn die Gänge nicht mit Verpackungskisten aller Art zugestellt gewesen wären. Er kämpfte sich mühsam durch das organisierte Chaos vor, bis er zu dem Abteil gelangte, das er mit Lisa teilte. Er fand sie dort vor, wie sie noch immer im Schlafanzug mit Sar-Say in der broanischen Handelssprache Konversation pflegte.

»Seid gegrüßt, mein Partner bei der versuchten Fortpflanzung«, sagte sie, als er zur Tür hereinkam.

Er ging zu ihr hinüber und küsste sie auf die widerspenstige blonde Haarsträhne, die sie sich ständig aus den Augen wischte. *»Seid gegrüßt, Weib, die Ihr eines Tages eine von meinem Klan und meiner Sippe sein werdet. Was macht die Perspiration?«*

»Du meinst wohl *›Respiration‹*«, sagte sie und wechselte wieder zu Standard.

»Ich weiß schon, was ich sagen wollte«, erwiderte er. »Ich fragte: ›Was macht die Arbeit?‹ Hallo, Sar-Say.«

»Hallo, Mark«, antwortete der Pseudoaffe, ohne vom Bildschirm aufzuschauen, den er und Lisa studiert hatten, als Mark eingetreten war. Der Taff schien sich wieder völlig von der kurzen Begegnung mit dem Tod erholt zu haben, die er auf der Reise gehabt hatte, aber er schien auch einen neuen Respekt vor Elektrizität entwickelt zu haben.

»In diesem Fall«, erwiderte Lisa, »gestaltet die Arbeit sich schwierig. Kein Piep auf den Fernbereichssensoren und auch nicht der geringste Ausschlag bei den Gravitationswellendetektoren. Was macht das Schiff?«

»Wirkt allmählich verlassen«, erwiderte er. »Es sind fast alle hier unten und graben sich in diesen gottverlassenen Felsen ein.«

»Sprich nicht so schlecht von unserem neuen Zuhause. Wenigstens haben wir mehr Platz als in unserem Abteil im Schiff. Außerdem werden die Eisschmelzer in den nächsten Wochen einsatzbereit sein. Dann haben wir Frischwasser im Überfluss, und ich muss endlich nicht mehr mit diesem verdammten Schwamm hantieren!«

Er sah die Schnute, die sie bei dieser Beschwerde zog, und musste einfach lachen. Sie sah fast so komisch aus wie Sar-Say. Nur dass sie das bewusst gemacht hatte. Der Taff vermochte an seinem Aussehen indes nichts zu ändern.

»Was sagst du dazu, Sar-Say?«

Gelbe Augen trafen sich mit seinen, und er erwiderte: »Ich freue mich auf das Wasser, denn wir müssen es trinken, um zu überleben. Was ihr Menschen jedoch dabei findet, in eine Flüssigkeit einzutauchen, ist eines der Mysterien, die ich erst noch enträtseln muss. Gebt mir lieber eine Kiste mit warmem Sand für die tägliche Pflege meines Fells.«

Mark nickte. »Die Wesen, die ursprünglich die *Ruptured Whale* bemannt hatten, haben auch warmen Sand verwendet. Wie habt ihr sie gleich noch genannt?«

»Sie waren Vithianer, Bewohner des Planeten, den ich früher besucht hatte. Und ja, sie verwenden Sand für die Reinigung ihrer Körper, obwohl sie einen Zusatz benutzen, den wir Taff scheußlich finden – eine Chemikalie, die für unsere Nasen ranzig riecht.«

»Jedem das Seine«, sagte Mark geistesabwesend, bevor er sich bewusst wurde, dass diese Toleranz wahrscheinlich keinen großen Widerhall zwischen den broanischen Sternen fand. Bei den Broa hieß es eher »was dein ist, ist mein«. Er fragte sich, ob Sar-Say die Bedeutung seines Ausspruchs überhaupt verstanden hatte.

Er hatte nicht die Zeit, es herauszufinden. »Wir haben heute schon einige Fortschritte gemacht«, sagte Lisa. »Ich glaube, wir haben dieses dreidimensionale Modell des Nebels so justiert, dass es der Ausrichtung auf Sar-Say's Gemälde des Himmelsblumen-Nebels entspricht.«

»Interessant«, entgegnete er und schaute Sar-Say über die Schulter. Der Bildschirm zeigte eine phantomartige Darstellung des Krebsnebels, die Sar-Say's Gemälde überlagerte. »Und was lernen wir nun daraus?«

»Wenn wir wissen, von welcher Seite er ihn gesehen hatte, ermöglicht uns das natürlich eine annähernde Richtungsbestimmung der Zzumer-Sonne. Wenn ich nicht völlig falsch liege und Sar-Say's Gedächtnis noch intakt ist, müssten wir sie ungefähr in dieser Richtung auf der gegenüberliegenden Seite des galaktischen Zentrums finden.«

»Wie weit in diese Richtung?«

Lisa runzelte die Stirn und biss sich auf die Lippe – wobei er bezweifelte, dass sie sich dieser Angewohnheit überhaupt bewusst war. Auf jeden Fall fand er es anziehend.

»Bin mir nicht sicher. Wir können natürlich nur raten. Wenn ich die ganze Problematik bedenke, würde ich sagen, dass sie zwischen hundert und zweihundert Lichtjahren von hier entfernt sind.«

»Wieso gerade diese Zahl?«

Sie zuckte die Achseln. »Logik. Wäre ihre Welt weniger als hundert Lichtjahre von der Supernova entfernt gewesen, wäre sie genauso gründlich sterilisiert worden wie Brinks ...«

Mark nickte. Nur um die affenartige Neugier zu befriedigen – ihre eigene und Sar-Say's –, hatte Captain Landon eine Expedition zur Erkundung des Planeten ausgesandt. Es stand fest, dass es einmal Leben dort gegeben hatte. Die Oberfläche war mit Baumstümpfen und anderen Überresten kontinentaler Wälder bedeckt, und in den Meeren tummelten sich noch immer ein paar schwimmende Viecher. Diese lebten in der schmalen Schicht, wo die Strahlung vom Meer ausgefiltert wurde, und der Tiefe, in die die Strahlen von *Versteck* vordrangen. Einer der Biologen der Magellan hatte ein paar Proben gefangen und sie in der Freizeit interessiert studiert.

»... Und wenn sie weiter als zweihundert Lichtjahre entfernt wäre, wäre der Nebel keine so markante Erscheinung an ihrem Nachthimmel.«

»Klingt plausibel«, pflichtete er ihr bei. »Könntest du die Entfernung anhand von Sar-Say's Erinnerung an den Himmelsblumen-Nebel nicht noch präzisieren?«

»Ich wünschte, das wäre möglich. Leider ist die Größe von Objekten am Himmel höchst subjektiv. Das Problem besteht darin, dass es keinen Vergleichsmaßstab gibt. Hast du denn in der Schule nicht dieses blöde Experiment mit dem Mond gemacht?«

»Was für ein blödes Experiment?«

»Du weißt doch, wie der Vollmond aussieht, wenn er gerade aufgeht, oder?«

Er nickte.

»Wenn wir wieder zu Hause sind und der Vollmond das nächste Mal aufgeht, dreh ihm den Rücken zu, bück dich und betrachtete ihn zwischen den Beinen hindurch.«

»Du meinst, andersrum?«

»Genau.«

»Was würde das beweisen, außer dass ich eine würdelose Haltung einnehme?«

Sie lachte. »Versuch es einfach! Du wirst staunen. Die riesige Kugel, die aus dem Meer emporsteigt, hat zwischen deinen Beinen die gleiche Größe, als wenn sie hoch am Himmel stünde. Der aufgehende Mond ist eine optische Täuschung, die dadurch entsteht, dass dein Gehirn den Horizont als Bezugspunkt benutzen muss. Das Gehirn nimmt den Mond nämlich viel größer wahr, als er in Wirklichkeit ist.

Das Gleiche gilt für den Himmelsblumen-Nebel. Sar-Say sah ihn hoch am Himmel stehen. Er hatte jedoch keinen Anhaltspunkt für seine Größe. Deshalb vermag er uns auch keine quantitative Vorstellung von seiner wirklichen Größe zu vermitteln.«

»Stimmt das, Sar-Say?«

Der Taff machte die Geste, die Mark als seine Entsprechung eines Achselzuckens zu deuten gelernt hatte. »Das stimmt leider, Mark. Lisa und ich haben diesen Aspekt ausführlich erörtert. Und leider hat mein Gehirn mir das gleiche Trugbild vorgegaukelt wie eure Gehirne.«

»Wieso sagst du uns dann nicht, wie weit es von der Zzumer-Welt bis zum Himmelsblumen-Nebel ist? Deine Führer haben dir das doch sicher gesagt.«

Fremdartige Emotionen spiegelten sich in Sar-Say's Gesicht. Als er sprach, geschah das mit großem Ernst. »Das hat mir leider niemand gesagt, und es hätte auch keinen Sinn gehabt, wenn man es mir gesagt hätte. Die Zzumer messen wie ihr Menschen die Entfernung in Lichtjahren – Zzumer-Jahre natürlich. Weil ich die orbitale Periode ihres Planeten um seinen Stern nicht kenne, vermag ich Zzumer-Lichtjahre auch nicht in menschliche Lichtjahre umzurechnen.«

»Das wäre wohl auch zu einfach gewesen«, murmelte Mark. »Dann werden wir den Zzumer-Stern irgendwo zwischen hundert und zweihundert Lichtjahren von hier auf der gegenüberliegenden Seite des galaktischen Zentrums suchen. Vielleicht kann ich den Boss dazu überreden, eine Expedition in diesen Raumsektor zu schicken.«

»Wirklich?«, fragte Lisa. »Wir wissen, dass die Zzumer-Sonne ein Stern der Spektralklasse ›K‹ ist. So viele wird es in dieser Richtung wohl nicht geben. Vielleicht haben wir Glück.«

»Vielleicht gibt es doch mehr, als du glaubst«, erwiderte Mark. »Hast du eine Vorstellung, wie viele K-Klassen-Sterne es im Umkreis von zweihundert Lichtjahren um Sol gibt?«

»Nein.«

»Tausende. Ein Vektor-Scan wird uns die Arbeit aber erleichtern. Vielleicht haben wir doch Glück.«

In diesem Moment drang die Stimme des diensthabenden Offiziers aus dem Schottlautsprecher. »Achtung, Achtung! Dr. Thompson meldet, dass das Gravitationsobservatorium vor ungefähr zwanzig Minuten eine verifizierte Gravitationswelle registriert hat. Er beginnt nun mit der Dreieckspeilung.

In einer Stunde müssten wir wissen, von wo sie ausgegangen ist.«

»Vielleicht haben wir auch ohne die Suche Glück …«

33

Das Hauptauditorium in der Brinks-Basis war eine Galerie, die aus dem soliden Gestein des Mondes gehauen worden war.

Mark Rykand lief zwischen den improvisierten Tischen umher und verteilte Arbeitsunterlagen, als die ersten Konferenzteilnehmer schon durch die Tür vom Haupttunnel schwebten. Dass sie fast eine Viertelstunde vor dem offiziellen Termin der Konferenz erschienen, war ihrer Aufregung wegen der jüngsten Ereignisse geschuldet. Es war eine Aufregung, die Mark selbst auch verspürte. Nachdem sich monatelang überhaupt nichts getan zu haben schien, war plötzlich eine regelrechte Hektik ausgebrochen. Die lange aufgeschobene Mission zu einem von den Broa gehaltenen Stern sollte in Kürze aufbrechen.

Es war schon über zwei Monate her, seit das Gravitationswellen-Observatorium erstmals eine Grav-Welle entdeckt hatte, die von einem Sternentor verursacht worden war. Der Ursprung dieser Welle lag in einem Sternsystem, das ungefähr dreihundert Lichtjahre weiter vom Zentrum der Galaxis entfernt war als *Versteck*. Der Positionsvektor hatte Sar-Say's und Lisas Schätzungen bezüglich der Richtung zur Zzumer-Sonne nicht entsprochen, sondern in eine Richtung gewiesen, die dem Vektor zur Erde grundsätzlich entgegengesetzt war.

Das war im Prinzip eine gute Nachricht. Es war schon der zweite Hinweis darauf, dass das Gros der Broanischen Souveränität außerhalb des Krebsnebels lag. Wenn das stimmte, musste die Menschheit auch nicht befürchten, dass ein broanischer Horchposten eines Tages die expandierende Blase aus Radiorauschen von der Erde auffangen würde. Die ersten Radiowellen von der Erde würden diesen Abschnitt erst nach einer viel längeren Zeit erreichen, als die Menschen Städte bewohnt hatten.

Auf der anderen Seite waren ein entdecktes und ein lediglich vermutetes System keine hinreichende Grundlage, um großzügige Verallgemeinerungen bezüglich des Orts und der Größe der Broanischen Souveränität zu rechtfertigen. Die Bestimmung der Position der broanischen Sterne hatte deshalb höchste Priorität.

Nachdem er die Konferenzunterlagen ausgeteilt hatte, stellte Mark fest, dass das Auditorium sich schneller füllte, als er erwartet hatte. Mehr als die Hälfte der Plätze war bereits belegt, während er sich auf seine Aufgabe konzentriert hatte. Auf dem Podest – einem anderen Versandbehälter, der einen unbekannten, überdimensionierten Ausrüstungsgegenstand enthalten hatte – berieten Captain Landon, Captain Heinrich von der *Magellan* und Captain Eriksson von der *Columbus* sich mit Dr. Thompson, Marks Boss.

Mark drehte sich um, ging zur Vorderseite der künstlichen Höhle und sah Sar-Say das Auditorium betreten. Der Pseudoaffe kam in seinem raumgreifenden Knöchelgang zur Tür herein. Lisa folgte ihrem Schützling auf dem Fuß und geleitete ihn zum Podest. Sie erwiderte Marks Winken mit einem Lächeln. Die beiden hatten sich kaum noch gesehen, seit die *Magellan* und die *Columbus* von ihrer Suchexpedition zurückgekehrt waren. Beide waren in ihren jeweiligen Tätigkeitsfeldern zu beschäftigt gewesen – Mark hatte den Expeditionsastronomen dabei unterstützt, die Fernbereichsbeobachtung der beiden Schiffe zu verringern, und Lisa hatte Sar-Say geholfen, ihre Kommunikations-Abschriften zu transkribieren.

Lisa und Sar-Say nahmen um 9:59 Uhr ihre Plätze auf dem

Podest ein, und Mark kam fünfzehn Sekunden nach ihnen. Dann erhob Captain Landon sich pünktlich auf die Sekunde und ging zum Pult, das völlig deplatziert wirkte in dem Sammelsurium aus Boxen und Kisten. Es stammte aus einem der Raumschiffe und bestand aus poliertem Mahagoni mit einer eingebauten Lampe und Bedienelementen für einen Holobildschirm. Der Holobildschirm hing an der Felsdecke. Im Moment zeigte er nur Schlieren aus statischem Rauschen in seinem V-Raum.

»Guten Morgen, meine Damen und Herren«, hob Dan Landon in einem ruhigen Plauderton an. »Wir sind hier zusammengekommen, um die Ergebnisse der Suchmission auszuwerten, von der die *Magellan* und die *Columbus* soeben zurückgekehrt sind. Zunächst erteile ich Dr. Thompson von der Astronomie-Abteilung das Wort. Er wird Sie durch eine Erörterung des Zielsterns und seines Planetensystems in die Materie einführen. Dr. Thompson ...«

Willem Thompson war ein kleiner Mann mit schütterem Haar und einer nervösen Zuckung im Gesicht, die sich in den letzten drei Tagen noch verstärkt hatte. In dieser Reaktion äußerte sich die Anspannung, unter der er stand, seit die beiden Raumschiffe seine Abteilung mit ein paar Terabyte astronomischer Beobachtungsdaten bombardiert hatten. Obwohl er die ganze Nacht durchgearbeitet und die Besprechung vorbereitet hatte, lief er mit der Leichtfüßigkeit einer Gazelle zum Podium – eine natürliche Folge von Brinks' Ein-Drittel-*g*-Schwerkraft. Dan Landon hatte das Pult kaum geräumt, als Will Thompson auch schon die erste Holografie aufrief. Sie zeigte eine Ansicht des Krebsnebels und des umgebenden Raums im Umkreis von 500 Lichtjahren. Ein einzelner Lichtpunkt blinkte hellrot.

»Hier sehen Sie den Stern, den wir Orpheus genannt haben. Wir haben ihn vor achtundfünfzig Tagen entdeckt, als eine Gravitationswelle von seinem Sternentor durchs System lief. Es ist derzeit der einzige Sprung, den wir eindeutig identifiziert haben, obwohl die Instrumente vielleicht Indizien für zwei weitere haben.«

Dr. Thompson legte eine kurze Pause ein und ließ den Blick über die Zuhörer schweifen. »Bevor wir weitermachen, möchte ich jedem von Ihnen die Bedeutung dieser Gravitationswelle klarmachen, die vor zwei Monaten durch dieses System gelaufen ist. Die Entfernung zwischen *Versteck* und Orpheus beträgt 287 Lichtjahre. Wie alle Wellenphänomene im Normalraum breiten Gravitationswellen sich mit Lichtgeschwindigkeit aus. Das bedeutet, dass die Sprungwelle, die wir entdeckt haben, von einem Schiff stammt, das das Orpheussystem vor fast drei Jahrhunderten durchquert hat!

Bedenken Sie, dass die Broa schon Sternentore hatten, bevor wir Menschen die Dampfmaschine erfanden. Sie sollten das im Hinterkopf behalten, wenn wir den Erstkontakt mit diesen Aliens herstellen. Wie auch immer Sie über sie denken, es wäre fatal für unsere Rasse, ihr Wissen und ihre Macht zu unterschätzen.«

Thompson berührte die Holoschirm-Steuerung. Die Bildschirmansicht änderte sich und zeigte einen kleinen gelben Stern, der von sechs Planeten umgeben war. Ein violett markiertes Sternentor-Symbol blinkte nicht allzu weit von der dritten Welt, vom gelben Stern aus gesehen.

»Das, meine Damen und Herren, ist das Orpheussystem. Es gibt vielleicht noch mehr Planeten, als wir zeigen – die Suche war ziemlich oberflächlich –, aber das sind die größten Welten im System und gemäß ihren Energiesignaturen auch diejenigen, die bewohnt sind.

Die bewohnte Hauptwelt im System ist die dritte. Das ist auch nicht verwunderlich, denn der dritte Planet ist oft der gemäßigte in G-Klasse-Systemen mit Zwergsternen wie Orpheus oder Sol. Das ist ein Glücksfall für uns. Es bedeutet nämlich, dass wir beim Besuch des Planeten wahrscheinlich nicht mehr

Schutz als eine Sonnenschutz-Lotion oder vielleicht auch einen dicken Wintermantel brauchen.«

Eine Hand hob sich in der zweiten Reihe. Sie gehörte einem der Projektwissenschaftler, Dr. Roonavong.

»Ja, Padhil?«

»Sie sagen, Sie wüssten nicht, ob Sie alle Sterne des Systems lokalisiert hätten, aber unsere Scouts haben das Sternentor gefunden. Wie haben sie das geschafft, wo es doch viel kleiner ist als ein Planet?«

»Das war eine leichte Übung. Die *Columbus* und die *Magellan* haben kurz nach dem Ausbruch eine Gravitationswelle entdeckt und per Dreieckspeilung ihre Position zu bestimmen vermocht. Tatsächlich ...« Thompson griff nach dem Bedienelement des Holotanks, wurde aber von einer Hand auf der Schulter zurückgehalten.

»Einen Moment bitte, Doktor!«, sagte Dan Landon. Der Kommandant bedachte das Publikum mit dem strengen Blick, der dafür reserviert war, unfähige Besatzungsmitglieder auf den Senkel zu stellen. »Meine Damen und Herren! Ich freue mich über Ihr reges Interesse an Captain Heinrichs und Captain Erikssons Entdeckungen. Wir haben heute aber eine Vielzahl von Informationen abzuarbeiten und wollen uns nicht ablenken lassen. Bitte heben Sie sich Ihre Fragen für später auf und lassen Sie die Referenten erst ihre Berichte abschließen. Vielen Dank.«

Wenn Padhil Roonavong merkte, dass er wegen dieser Unterbrechung gerügt wurde, ließ er sich nichts anmerken. Nach ein paar Sekunden fuhr Thompson fort.

»Wo wir nun die Planeten lokalisiert haben, werden wir auch imstande sein, die Bewohner des Systems umfassend abzuhören. Ich freue mich Ihnen mitzuteilen, dass die broanische Ersatz-Kommunikationsausrüstung der beiden Schiffe störungsfrei funktioniert. Unsere Kameraden haben Audio-, Video- und Datensignale aufgezeichnet und nach Möglichkeit sofort analysiert. Den Rest haben sie für die Spezialisten hier mitgebracht.

Ich kann Ihnen zu diesem Zeitpunkt so viel sagen, dass die Orpheaner sechs tentakelartige Greifwerkzeuge am Umfang des Oberkörpers haben, wo der Hals sein müsste. Die Köpfe sind starr. Dieses Manko gleichen sie jedoch durch sechs Augen aus, die in gleichmäßigen Abständen am Umfang des Kopfes angeordnet sind und ihnen eine Rundumsicht verleihen. Sie sind Dreibeiner und bewegen sich wirbelnd wie ein Derwisch. Für eine sitzende Position scheinen sie nicht geschaffen zu sein.

Und dies hier ist ein Orpheaner.«

Die Darstellung auf dem Holobildschirm verschwand und zeigte eine fremdartige Gestalt. Die Haut des Wesens mutete reptilienhaft an. Es war aschgrau und hatte einen kugelförmigen Kopf, aus dem sechs Glubschaugen hervorquollen. Das Wesen hatte einen hexagonalen »Aufbau« mit sechs Augen, sechs Tentakeln und drei Beinen.

»Die Instrumente der Expedition haben ein paar Hundert Stunden Kommunikation aufgezeichnet – zum großen Teil in einer Sprache, die wir nicht zu identifizieren vermochten. Unsere Kenntnisse der broanischen Handelssprache sind jedoch ausreichend, um zu bestätigen, dass es sich tatsächlich um eine Welt der Souveränität handelt.

Im Anschluss an diese allgemeine Besprechung findet eine Astronomie-Konferenz statt: in den Räumen der Astronomie-Gruppe in Abteilung B7, Korridor 9. Ich erteile das Wort nun Captain Eriksson, der die Einzelheiten der Suchexpedition beschreibt.«

Die Besprechung dauerte noch über drei Stunden. Captain Eriksson widmete allein eine Stunde der Beschreibung der jüngsten Expedition. Er berichtete, wie die *Columbus* und die *Magellan* jenseits der Umlaufbahn des äußersten Planeten des Systems und in der Nähe der inneren Grenze der Oortschen Wolke von Orpheus aus dem Überlichtbereich gefallen waren.

Eriksson beschrieb die Aufregung, als einen Tag nach ihrer Ankunft eine so starke Gravitationswelle durch die beiden Raumschiffe gelaufen war, dass die Tassen in den Schränken gescheppert hatten. Anhand einer Dreieckspeilung verfolgten sie die Sprungwelle leicht zum Sternentor von Orpheus zurück und von dort zum dritten Planeten. Und nachdem die Ebene der Ekliptik von Orpheus identifiziert worden war, hatten sie an einem einzigen Tag noch fünf weitere Welten gefunden. Zwei von diesen Welten waren Riesen der Jupiterklasse.

»Diese Sprungwelle war ein Glücksfall für uns«, sagte Captain Eriksson den gebannt lauschenden Zuhörern. »Sie hat die Einsatzdauer um über einen Monat verkürzt.«

Die gründliche Analyse der Energieemissionen jeder einzelnen der fünf Welten ergab, dass sie unbewohnt waren – beziehungsweise im Fall der beiden Gasriesen, dass ihre Mondsysteme unbewohnt waren. Das war kaum verwunderlich angesichts der Tatsache, dass seit mindestens dreihundert Jahren kein Raumschiff mehr ins System eingeflogen war oder es verlassen hatte.

So aufschlussreich die Fernbereichs-Untersuchungen auch waren, sie warfen doch mehr Fragen auf, als sie beantworteten. Beide Kapitäne hätten das System gern näher in Augenschein genommen, doch ihre diesbezüglichen Anweisungen waren eindeutig: »Den Zielstern und seine Welten auf der ersten Suchexpedition unter keinen Umständen anfliegen.« Die menschlichen Schiffe sollten sich wie schwarze Katzen in einem Keller um Mitternacht bewegen, nur dass eine schwarze Katze auf den Infrarot-Wellenlängen gefunkelt hätte. Die Schiffe waren viel besser abgeschirmt. Jedes Schiff strahlte seine Abwärme in Gegenrichtung von Orpheus ins Weltall ab. Auf der dem Stern zugewandten Seite des Schiffs reduzierten Oberflächenkühler die Hüllentemperatur auf das gleiche Niveau wie das umgebende Eis und Staub.

Die nächsten Sprecher waren Missionswissenschaftler, die ihre Kollegen über die abgehörte Kommunikation informierten. Trotz des Volumens der gesammelten Daten betonte der letzte Sprecher, Sar-Say, dass sie noch eine Menge zu lernen hatten. Anstatt einen vorbereiteten Text abzulesen, stellte der Pseudoaffe sich auf eine Kiste hinterm Pult und ließ den Blick über das Meer erwartungsvoller menschlicher Gesichter schweifen. »Ihr habt gute Arbeit geleistet, meine Freunde«, sagte er, wobei seine gelben Augen die Zuhörer in einer perfekten Imitation der menschlichen Sprecher überflogen. »Ich wüsste nicht, wie ich die Schlussfolgerung, die wir heute bereits gehört haben, noch ergänzen könnte, aber ich bin gern bereit, Fragen zu beantworten.«

»Was weißt du über diese Kreaturen mit den Oktopus-Halskrausen?«, rief einer der Wissenschaftler an der Rückseite des Raums.

»Nichts. Ich bin ihnen bisher nicht begegnet.«

»Nicht einmal einen Hinweis?«, fragte der Zwischenrufer.

Das Alien zuckte die Achseln. »Die Souveränität ist ein großer Ort. Ein einzelnes Wesen vermag unmöglich alle Spezies und Welten zu kennen, die die Broa kontrollieren.«

Eine große Frau erhob sich in der dritten Reihe. »Und was ist mit den Broa? Wie viele halten sich vermutlich im Orpheussystem auf?«

Sar-Say überlegte für eine Weile und erwiderte dann: »Falls es dort überhaupt Broa gibt, wird ihre Anzahl wahrscheinlich gering sein. Das System scheint ein marginales mit nur einem einzigen Sternentor zu sein. Es kann nicht sehr wichtig sein für die Broa.«

Es wurden noch für eine weitere Viertelstunde Fragen gestellt, bis niemand sich mehr zu Wort meldete. Sar-Say ging an seinen Platz zurück, und Dan Landon betrat das Podium.

»Ihr stimmt sicher mit mir überein, dass wir hier ein potenziell lebensfähiges Ziel haben, Leute. Die Frage ist nur, ob wir Orpheus gleich anfliegen oder geduldig warten sollen, bis die nächste Sprungwelle durch dieses System läuft. Ich möchte, dass Ihre Arbeitsgruppen mir bis morgen um diese Zeit Empfehlungen vorlegen. In der Zwischenzeit essen Sie etwas, nutzen Sie die Einrichtungen oder machen Sie sonst was. Hauptsache, Sie sind bis spätestens 15:00 Uhr wieder bei Ihren Arbeitsgruppen, damit wir das Problem einer gründlichen Analyse unterziehen können.

Wegtreten!«

Drei Tage später eilte Lisa Arden durch den Felsentunnel zur Haupt-Luftschleuse, bevor die *Ruptured Whale* den Orbit verließ. Sar-Say war bereits mit dem Rest der Raumschiff-Besatzung an Bord gegangen. Lisa war noch geblieben, um der Arbeitsgruppe Anthropologie beim Abschlussbericht über die Sitten und Gebräuche der Orpheaner zu helfen. Sie wäre fast zu lange geblieben.

Physikalische Daten und Sprachstudien waren zwar wichtig, doch die Kenntnis der sozialen Gegebenheiten der Orpheaner wäre entscheidend, wenn sie verhindern wollten, dass die Nachricht von ihrem bevorstehenden Besuch die Broa erreichte. Die soziale Interaktion zwischen den Menschen war schon schwierig genug, doch wenigstens hatten die menschlichen Kulturen ein paar Gemeinsamkeiten. Zum Beispiel Ehe und Familie. Es hatte noch keine menschliche Gesellschaft gegeben, die nicht irgendeine Form der Ehe kannte und die ihre Kinder nicht behütet hätte. Obwohl Generationen von Seefahrern dieses Prinzip gewohnheitsmäßig verletzt hatten, waren die meisten Leute immer noch so klug, sich von den Frauen in einem fremden Land fernzuhalten, bis sie zumindest eine grobe Vorstellung von den örtlichen sexuellen Tabus hatten.

Lisa bezweifelte jedoch, dass sie in dieser Hinsicht Probleme mit den Orpheanern bekommen würden. Die kugelköpfigen Oktopus-Hälse – wie einer der Anthropologen sie bezeichnet hatte – waren so weit vom menschlichen Schönheitsideal entfernt, wie es weiter nicht ging. Sie vermutete jedoch, dass es sich umgekehrt genauso verhalten würde.

Mehr Sorgen bereitete ihr da schon die Möglichkeit, dass ein unbeabsichtigter Fauxpas oder eine Beleidigung einen Zwischenfall zwischen beiden Spezies auslösen könnte. Wie war zum Beispiel die örtliche Einstellung gegenüber Körperfunktionen wie Fäkalienausscheidung? Ein Außerirdischer zu Besuch auf der Erde würde es vielleicht seltsam finden, dass öffentliche Toiletten nach Geschlechtern getrennt waren, während die Toiletten in Privathaushalten gemeinsam genutzt wurden. Genauso wie die menschliche Sitte, Kleidung in den Klimazonen zu tragen, wo sie ebenso hinderlich wie hilfreich war, einen Außerirdischen verwirren würde, für den Nacktheit kein Tabu war.

Die Orpheaner hatten zweifellos ähnliche Unverträglichkeiten in ihren sozialen Arrangements. Die Arbeitsgruppe Anthropologie hatte deshalb den Auftrag, entsprechende Schlussfolgerungen aus den abgefangenen Kommunikationsübertragungen zu ziehen. Sie hatten ihr Bestes gegeben, doch kaum einen Sinn in den Handlungen der Außerirdischen zu erkennen vermocht.

Von den körperlichen Besonderheiten abgesehen waren die Orpheaner aber gar nicht so verschieden von den Menschen. Sie kannten Holovision – das heißt, Kommunikations-Übertragungen zu Unterhaltungszwecken –, oder zumindest war die Mehrheit der Wissenschaftler dieser Ansicht. Sie schienen auch eine große Zahl von »Moderatoren«-Programmen zu haben, möglicherweise sogar »Talkshows«, in denen ein paar Orpheaner auf der Mattscheibe erschienen, in ihrer Muttersprache sich gegenseitig zutexteten und die Tentakel schwangen. Die ganze Szene erinnerte Lisa an einen Wald aus Seetang, der sich in einer starken Strömung wiegte.

Dem Verhalten nach zu urteilen, das sie in ihren Holo-Programmen an den Tag legten, hielten die meisten Anthropologen die Orpheaner für Individualisten. Die herrschende Meinung war, dass sie selbstbezogener wären als die Menschen, obwohl Lisa sich das kaum vorzustellen vermochte. Es bestand jedenfalls weitgehend Einigkeit darüber, dass sie zänkisch waren und auch keine Bedenken hätten, Fremde übers Ohr zu hauen, wenn die Gelegenheit sich bot.

Lisa hatte den Datenträger bei sich, der den aus mehreren tausend Wörtern bestehenden gesammelten Wortschatz der Wissenschaftler enthielt. Der Bericht war erst eine halbe Stunde, bevor sie abfliegen sollte, beendet worden. Sie hatte geglaubt, sie sei der einzige Passagier, und war umso erstaunter, als sie sah, dass Michail Vasloff an der Luftschleuse auf sie wartete. Er hatte auch seine Arbeitstasche dabei und verströmte die Aura von jemandem, der zu einem Abenteuer aufbrach.

»Was tun Sie denn hier, Mr Vasloff?«

»Ich komme mit. Es bedurfte zwar einiger Überredung, doch Captain Landon hat vor einer Stunde die Erlaubnis erteilt. Ich soll Sie begleiten.«

»Ich dachte, Sie wollten hier auf *Versteck* bleiben«, erwiderte Lisa vorsichtig. Sie wurde sich plötzlich bewusst, dass sie sich vielleicht auf dünnem Eis bewegte.

»Wie kommen Sie denn darauf?«

»Sie waren bisher schließlich nicht gerade der eifrigste Verfechter dieser Expedition, oder?«

Anstatt verärgert zu reagieren, warf der Russe nur den Kopf zurück und lachte. Dann sagte er: »Ich habe bisher kaum eine diplomatischere Äußerung gehört, Miss Arden. Vielleicht sollte ich Sie für meinen kleinen Zirkel von Fanatikern gewinnen.«

»Ich habe Sie nie als ›Fanatiker‹ bezeichnet, Mr Vasloff.«

»Da dürften Sie wohl die Einzige in der Sternenforschung sein – aber Sie gehören auch gar nicht zur Sternenforschung, nicht wahr?«

»Nein, Sir. Ich wurde eigens für diesen Auftrag rekrutiert.«

»Dann haben Sie wahrscheinlich ein besseres Verständnis für meine Position als jeder andere. Ich komme mit, um dafür zu sorgen, dass die … sollten wir vielleicht enthusiastisch sagen? … also, dass die enthusiastischeren Mitglieder unserer Gruppe nicht aus dem Häuschen geraten.«

»Wie meinen Sie das?«

»Dass sie die Position der Erde an diese Aliens verraten, natürlich.«

»Das würde doch niemand tun.«

»Nicht absichtlich. Dennoch wissen wir nicht, welche Informationen wir allein dadurch schon preisgeben, indem wir nur die Tatsache unserer Existenz offenbaren. Sicher vermag jeder halbwegs bewanderte orpheanische Biologe zu ermitteln, unter welcher Art von Stern wir uns entwickelt haben.«

Lisa nickte. Der menschliche Körper war ein beredtes Zeugnis dafür, dass Sol ein gelbweißer G2-Stern war. Das wurde allein schon durch die Wellenlänge des Lichts überdeutlich, bei der die menschlichen Augen sich am schärfsten fokussierten. Und man wusste nicht, welche anderen Geheimnisse ihre Körper einem Außerirdischen vielleicht noch enthüllen würden, der wusste, wonach er zu suchen – oder zu schnüffeln – hatte. Der menschliche Körpergeruch musste einfach Fakten über die chemische Zusammensetzung seiner Heimatwelt verraten. Welche Hinweise das den Aliens jedoch auf die *Position* der Erde geben sollte, vermochte Lisa sich nicht vorzustellen. Das Problem war jedoch, dass ein Alien vielleicht über eine bessere Vorstellungskraft verfügte.

»Woher sollen wir also wissen, was wir ihnen offenbaren?«

Vasloff zuckte die Achseln. »Das wissen wir nicht. Die Fähigkeiten von Aliens sind per definitionem … fremdartig. Deshalb will ich auch mitkommen. Ich werde mehr auf der Hut sein als der Rest von euch. Ich werde darauf achten, dass keine unnötigen Risiken eingegangen werden.«

»In dieser Hinsicht wollen wir doch alle dasselbe, Mr Vasloff.«

»Natürlich. Wir wollen alle dasselbe, wir gehen es nur unterschiedlich an. Ich möchte Ihnen nicht zu nahe treten, Miss Arden, aber vielleicht sollte ich meinen Standpunkt mit einem Beispiel veranschaulichen.«

»Nur zu.«

»Mögen Sie Sar-Say?«

Auf diese Frage vermochte sie nicht gleich zu antworten. Ja, sie mochte Sar-Say. Er war schon seit über einem Jahr kein bloßes Forschungsobjekt mehr. Er war ein gelehriger Schüler und hatte Empathie für menschliche Betrachtungsweisen. Außerdem konnte er sehr lustig sein, wenn ihm danach war. Sie erinnerte sich, wie sie am Boden zerstört gewesen war, als sie in jener Nacht in der Krankenstation über ihn gewacht hatte. Sie hatte sich gefühlt, als ob sie ein Kind verlor.

»Ja, ich glaube schon.«

»Dann würden Sie eher dazu tendieren, seinen Aussagen zu glauben, nicht wahr?«

Lisa ließ sich mit der Antwort einen Moment Zeit und sagte dann: »Wir haben ihn noch nie der Lüge überführt, aber das muss nicht heißen, dass er immer die Wahrheit sagt.«

»Geht es bei dieser ganzen Expedition aber nicht gerade darum? Herauszufinden, ob Sar-Say uns die Wahrheit gesagt hat?«

»Wir sollten seine Geschichten von der großen bösen Souveränität jedenfalls nicht für bare Münze nehmen.«

»Aber wenn er diesbezüglich lügen würde, würde er die Verhältnisse dann nicht in rosigeren Farben schildern?«

»Das klingt logisch.«

»Ja, das tut es. Für einen Menschen. Aber ist es auch logisch für einen Taff? Deshalb komme ich mit. Wie der Rest von euch möchte ich alles über die Orpheaner und die Broa in Erfahrung bringen, aber ich werde die Dinge durch die Brille eines Skeptikers sehen, nicht durch die eines Optimisten.«

»Nun, Mr Vasloff, was auch immer Ihre Motive sind, es ist gut, Sie mit dabei zu haben.«

In diesem Moment verkündete ein an der Felsendecke angebrachter Lautsprecher, dass die Orbitalfähre zur *Ruptured Whale* bereit zum Abflug sei. Sie sammelten ihre paar Habseligkeiten zusammen, und Vasloff eilte mit ihr durch das Portal, das zum Andockschlauch führte.

Ein paar Minuten später waren sie im Weltraum.

34

Der gelbe Stern auf dem Bildschirm hätte ein Zwilling von Sol sein können, wäre er nicht von einer großen Wolke aus Gas und Staub hinterlegt worden. Der Himmelsblumen-Nebel füllte das Universum zwar nicht mehr so vollständig aus wie im *Versteck*-System, prägte aber noch immer das Erscheinungsbild des Himmels. In einer Hinsicht hatte die Usurpation der Menschheit durch die Broa schon begonnen. In die Alltagskonversation der Besatzung flossen bereits Brocken des Handels-Jargons ein. Es schien nur angemessen, den Nebel bei seinem broanischen Namen zu nennen, während sie sich hier im broanischen Raum befanden.

Dan Landon saß an seiner Station und fragte sich, was sie erwartete, während er Tee aus einer Mikrograv-Kugel schlürfte. Der Krebs-/Himmelsblumen-Nebel markierte die inoffizielle Grenze zwischen dem menschlichen und dem broanischen Raum – zumindest so lange, bis sie eine genauere Vorstellung davon hatten, wie weit die Souveränität sich entlang dem Orion-Arm der Milchstraße erstreckte.

Und der Name, mit dem sie die Überreste der Supernova bezeichneten, war auch nicht das einzige Anzeichen dafür, dass sie sich im broanischen Raum befanden. Um Landon herum überprüfte die Brückenbesatzung immer wieder ihre Instrumente, deren Anzeigen in die dem Morsealphabet ähnliche Schrift der Oberherren konvertiert worden waren. Die auf den Bildschirmen verwendete Symbologie war ebenfalls zum großen Teil geändert worden. Zumal die Bildschirme nicht die einzigen Objekte waren, die broanische Schriftzüge trugen. Auf der langen Reise von der Erde hierher waren praktisch alle Markierungen im Innern des Schiffs geändert worden, sodass keine lateinischen Buchstaben oder arabischen Ziffern mehr zu sehen waren, wo ein zufälliger Beobachter sie vielleicht erblickt hätte. Selbst der Name des Schiffs war geändert worden, obwohl sie bei der Besatzung noch immer als die *Ruptured Whale* firmierte. Ihr Alias war *Wanderer* beziehungsweise die Entsprechung in der broanischen Handelssprache. Im Orbit um Brinks hatte eine Arbeitsgruppe den Namen in Mustern aus metergroßen Punkten und Schnörkeln sorgfältig auf die Hülle aufgetragen. Sie hatten alles in ihren Kräften Stehende getan, damit die *Whale* wie ein Handelsschiff aus einer fernen Region der Souveränität erschien.

Das Aussehen der Besatzung hatte sich auch verändert. Auf der Reise ins All war jedes Besatzungsmitglied in eine Duschkabine gegangen und mit einer Hautfarbe wie eine reife Orange wieder herausgekommen. Und ein paar Minuten unter einer Frisierhaube hatten die Verwandlung durch eine neonblaue Tönung des Haars perfekt gemacht. Diese Verwandlung war Gegenstand zahlreicher Witze gewesen, von denen viele nicht jugendfrei waren; und die zusammenlebenden Paare berichteten, dass sie die Vollständigkeit der Hauttönung ihrer Partner ausgiebig kontrolliert hätten. Die Maskerade hatte aber nicht den Zweck, die Menschen wie eine bestimmte Rasse der Souveränität erscheinen zu lassen. Sie sollte vielmehr die Identifikation erschweren, falls die Broa irgendwann einmal Verdacht schöpften und das Schiff voller Fremder überprüfen ließen, das eine Stippvisite im Orpheus-System gemacht hatte.

Dan Landon fragte sich, ob die Sache den ganzen Aufwand wirklich wert war. Obwohl sie im Auge der Menschen natürlich ein wesentlicher Punkt war, bezweifelte er, dass Aliens etwas so Triviales wie die Farbe ihrer Haut überhaupt wahrnehmen würden.

Es war nun einen Monat her, seit die *Whale* und ihre Begleiter, die *Magellan* und die *Columbus*, tief in der Oort'schen Wolke von Orpheus in den Unterlichtbereich gefallen waren. Weil Orpheus III derzeit vom Nebel aus gesehen auf der anderen Seite des Sterns stand, hatten sie den Nebel umflogen und sich dem System aus der entgegengesetzten Richtung des galaktischen Zentrums angenähert. Somit hatten sie den Stern zwischen sich und dem Nebel. Nachdem sie die äußeren Bezirke des Systems unbehelligt erreicht hatten, nahmen die beiden Begleitschiffe die Fernaufklärung wieder auf, während die *Whale* den langen Fall ins innere System begann.

Die Umlaufbahn, die sie eingeschlagen hatte, würde ihnen den Anschein eines Kometen verleihen, auch wenn er sich nicht wesentlich schneller als die örtliche Fluchtgeschwindigkeit bewegte. Falls sie geortet wurden, hofften sie, dass die örtlichen Astronomen sie für einen der seltenen Schuttbrocken aus dem interstellaren Raum halten würden. Die Imitation eines Intrasystem-Kometen kam jedoch nicht infrage, weil sie in einem solchen Orbit Jahre brauchen würden, um das Sternentor zu erreichen. Sie hatten auch so schon drei Wochen gebraucht, um auf einem hyperbolischen Orbit ins Herz des Orpheus-Systems zu gelangen. In wenigen Stunden würden sie auf Intrasystem-Geschwindigkeit verlangsamen, sodass sie, wenn sie die Nähe des Sternentors erreichten, sich als ein Handelsschiff auszugeben vermochten.

»Meldung!«

»Das Sternentor steht 200 000 km voraus, Captain. Wir nähern uns mit sechzig Kilometern pro Sekunde. Die Verzögerung erfolgt konstant mit 2,5 *g* und wird noch zwei Minuten anhalten. Der Punkt der nächsten Annäherung an das Sternentor wird in zwei Stunden erreicht.«

»Sehr gut. Halten Sie mich auf dem Laufenden.«

Dan Landon fiel das Sprechen schwer wegen des hohen Gewichts, das auf ihm lastete. Im ganzen Schiff lagen durch die Monate in der Mikrogravitation erschlaffte Körper auf Beschleunigungsliegen, während die Besitzer dieser Körper schwer atmeten und die Sekunden zählten, bis die Sandsäcke endlich von ihrer Brust genommen wurden.

»Ich habe einen Kontakt, Captain!«, meldete der Sensorenbediener.

»Was für eine Art von Kontakt?«

»Es sieht wie ein Schiff aus, das Kurs aufs Sternentor nimmt.«

Landon runzelte die Stirn. Die Begegnung mit einem Schiff war das Letzte, was sie in dieser letzten Phase der Annäherung gebrauchen konnten, wo die Gefahr einer vorzeitigen Entdeckung am größten war. Während des langen Falls von der Oort'schen Wolke hatten sie wie ein Felsbrocken von außerhalb des Systems gewirkt. Und in ein paar Stunden würden sie als ein Handelsschiff von jenseits des Sternentors auftreten. Nun befanden sie sich jedoch in einem sehr »*un*-kometenhaften«-Manöver und verzögerten mit fünfundzwanzig Metern pro Sekundenquadrat. Ein Schiff, das sie nun ortete, wusste, dass sie a) kein natürliches Phänomen waren und b) vom Rand des Sternsystems kamen. Falls sie tatsächlich geortet wurden, bevor sie bereit waren, würden sie die Mission abbrechen und in einem anderen Sternsystem einen neuen Versuch starten müssen.

»Entfernung?«

»Es ist unmöglich, die zu bestimmen – fest steht nur, dass es das Tor anfliegt. Soll ich das Radar einschalten?«

»Negativ. Keine elektromagnetischen Emissionen aussenden. Visuelle Verfolgung fortsetzen.«

»Aye, aye, Sir.«

»Was hältst du davon, Sar-Say?«, frage er. Der Taff saß auf dem Platz des Beobachters; ihm fiel das Atmen genauso schwer wie den Menschen. Irgendwie wirkte seine komische Gestalt auch nicht mehr ganz so komisch, als er versuchte, den Kopf in Landons Richtung zu drehen. Trotz seines Unwohlseins schaute er den Captain ganz aufgeregt und mit großen Augen an. Er war überhaupt schon während des ganzen Anflugs aufgedreht gewesen. Selbst diejenigen, die bisher nicht viel Kontakt mit dem Alien gehabt hatten, nahmen die Veränderung bei ihm wahr.

»Ich halte das für Routine-Verkehr, Captain. Dieses spezielle Sternentor ist das einzige im System. Es ist ein Drehkreuz für den gesamten Schiffsverkehr.«

»In Ordnung. Wir werden den Anflug also fortsetzen. Sensoren! Auf Anzeichen dafür achten, ob er uns geortet hat.«

Ein Schiff in der Nähe war zwar eine Komplikation, die er nicht brauchen konnte, aber es war dennoch nicht der Ursprung des plötzlichen Gefühls, dass er etwas Wichtiges vergessen hatte. Landon gefiel es nicht, dass sich ihm mitten im wichtigsten Anflug-Orbit seines Lebens plötzlich die Nackenhaare sträubten. Er nahm sich ein paar Momente Zeit, um im Unterbewusstsein nach der Ursache für diesen streiflichtartigen Gedanken zu forschen. Und plötzlich wusste er den Grund für dieses Unbehagen! Er bekam ein flaues Gefühl im Magen.

»Verdammt!«

»Was ist denn los, Daniel?«, fragte sein Erster Offizier.

»Gravitationswelle!«, antwortete er. »Wir haben die verdammte Gravitationswelle übersehen!«

»Und wo liegt das Problem?«

»Siehst du das denn nicht? Selbst wenn dieses Schiff unsere Annäherung nicht bemerkt, werden die Anwohner wissen, dass wir nicht durch das Sternentor gekommen sind. Unsere Ankunft wird von keiner Gravitationswelle begleitet!«

Raoul Bendagar, der den wissenschaftlichen Rechner zwei

Plätze weiter von Landon bediente, verzog das Gesicht. »Sie haben recht! Wie haben wir etwas so Elementares nur übersehen können?«

»Das fällt uns reichlich spät ein. Sar-Say, deine Meinung.«

Der Taff hatte die Menschen beobachtet und sich schon über ihre Erregung gewundert. Er reagierte mit einem Achselzucken. »Ich halte das nicht für so wichtig, Captain. Die Gravitation des Planeten überlagert die Wellen sowieso, und es ist unwahrscheinlich, dass jemand sie extra beobachtet.«

»Raoul, sind Sie auch dieser Ansicht?«

Bendagar zuckte ebenfalls die Achseln. »Ich habe keine Daten, auf deren Grundlage ich zu einer Schlussfolgerung gelangen könnte. Ich schlage vor, dass wir auf der Grundlage von Sar-Say's Einschätzung weitermachen.«

Landon bedachte das Problem. »Sensoren«, sagte er schroff, anstatt eine Entscheidung zu treffen. »Wie weit ist dieses Schiff noch vom Tor entfernt?«

»Wie gesagt, ich könnte seine Entfernung nur bestimmen, wenn wir es mit dem Radar auffassen.«

»Das meine ich nicht. Wie groß ist der Winkelabstand, und wie schnell nimmt dieser Abstand ab?«

»Äh … etwa ein halbes Grad. Er hat sich inzwischen deutlich verringert.«

»Eine Schätzung, wann es das Tor erreichen wird?«

»Eine Stunde, vielleicht auch zwei.«

»In Ordnung. Dann klappt es vielleicht doch noch. Pilot, den Computer für eine Verzögerungsänderung programmieren. Ich will möglichst in dem Moment in der Nähe des Sternentors erscheinen, wenn dieses Schiff es betritt.«

»Ein so exaktes Timing ist unmöglich, Captain. Nicht ohne Entfernungsdaten.«

»Verstanden. Dann messen Sie die Geschwindigkeit, mit der die Darstellung des Schiffs die Lücke schließt, und ändern unsere Verzögerung dementsprechend.«

»Jawohl, Sir.«

»Was haben Sie vor?«, fragte Bendagar.

»Ganz einfach, Herr Chefwissenschaftler. Wir verzögern auf Intrasystem-Geschwindigkeit, sodass wir gleichzeitig mit dem Ziel-Schiff das Tor erreichen; dann geben wir uns – ein paar Minuten, nachdem es hindurchgegangen ist – zu erkennen. Auf diese Weise interpretieren die Orpheaner seinen Abflug vielleicht als unsere Ankunft.«

Sar-Say bleckte die Zähne in der Karikatur eines menschlichen Lächelns. »Sehr clever, Captain. Wenn ich mich irre und sie die Schiffe doch anhand ihrer Gravitationswellen überwachen, dann deuten sie diese Sprungwelle vielleicht als diejenige, die wir beim Austritt aus dem Sternentor erzeugt hätten.«

Zwei Stunden später hatten sie auf achtundzwanzig Kilometer pro Sekunde verzögert und sich dem Sternentor bis auf 20 000 km genähert. Das andere Schiff, das als ein trüber Stern auf dem Bildschirm erschien, war immer noch nicht gesprungen. Landon fragte sich langsam, ob der andere Captain überhaupt noch mal in die Gänge käme. Er wollte schon leise fluchen, als die Abbildung verschwand und eine Vibration durch den Kontrollraum lief.

»Gravitationswelle mittlerer Stärke entdeckt, Captain«, meldete der Sensorenbediener. »Sie kam direkt vom Sternentor.«

Landon stieß leise die Luft aus, die er angehalten hatte, und fragte: »Sar-Say, wie lange wartet ein Schiff normalerweise nach der Ankunft, bis es Kontakt mit der Flugsicherung der Orpheaner aufnimmt?«

»Zwischen fünf und zehn Minuten, Captain. Bei der Ankunft in einem neuen System müssen zuerst Maschinen heruntergefahren und andere Aufgaben ausgeführt werden. Die Besatzung erledigt diese Dinge immer zuerst, bevor sie sich bei den Instanzen meldet, die den Schiffsverkehr kontrollieren.«

»Gut. Wir warten also fünf Minuten und melden ihnen

dann unsere Ankunft. Vielen Dank, Sar-Say; du bist wirklich eine große Hilfe. Und wenn du nun bitte wieder in deine Kabine gehen würdest – wir treffen die Vorbereitungen für den Kontakt.«

»Aber ich könnte mich doch weiter nützlich machen, Captain. Bitte lass mich bleiben.«

Landon runzelte die Stirn. Sar-Say's Bitte war nicht die erste dieser Art, doch er glaubte, dass das Alien die Situation verstand. Eine Ablenkung konnte er jetzt am wenigsten gebrauchen. »Miss Arden ...« Das war in die dünne Luft gesprochen oder vielmehr für den Schiffscomputer bestimmt, der die Nachricht dorthin weiterleitete, wo Lisa Arden die Zeit des Anflugs verbrachte.

»Ja, Captain?«, ertönte ihre Stimme in derselben dünnen Luft.

»Bitte kommen Sie her und begleiten Sie Ihren Schützling zu seiner Kabine zurück. Machen Sie Meldung, wenn alles gemäß der Allgemeinen Dienstvorschrift Sechzehn geregelt ist.«

»Jawohl, Sir.«

Die Allgemeine Dienstvorschrift Sechzehn regelte den Erstkontakt mit den fremden Rassen der Souveränität. Sie sah vor, dass Sar-Say in der Kabine eingesperrt und von allen Mitteln der Kommunikation mit seinen Artgenossen abgeschnitten wurde. Er durfte absolut keinen Kontakt mit ihnen haben.

Lisa schwebte nach weniger als einer Minute in den Kontrollraum und verharrte direkt vor Landons Station.

»Bringen Sie Sar-Say wieder in seine Kabine, Miss Arden, und machen Sie es ihm so bequem, wie die Allgemeine Dienstvorschrift Sechzehn es zulässt.«

»Jawohl, Sir.«

Der Taff löste die Sicherheitsgurte und driftete zur Luke, bevor Lisa sich noch zu ihm umzudrehen vermochte. Er hielt in der Luke inne und schaute sie mit seinen gelben Augen an. Sie schickte sich an, ihm zu folgen.

»Und, Lisa …«

»Ja, Captain?«

»Schalten Sie Sar-Say auf die Haupt-Befehlsleitung. Er soll unseren Fortschritt beobachten. Falls er einen Rat für uns hat, möchte ich, dass Sie ihn weitergeben. Sie übernehmen die gesamte Kommunikation – nicht er. Verstanden?«

»Verstanden, Sir. Sar-Say wird nur beobachten, und wenn es etwas gibt, von dem er glaubt, dass Sie es wissen sollten, werde ich es an Sie weiterleiten.«

»Gut. Und nun schaffen Sie ihn hier raus. Ich kann die Schaltung erst dann öffnen, wenn ich weiß, dass er hinter Schloss und Riegel ist.«

»Bin schon unterwegs, Captain.«

Landon schaute ihr nach, wie sie aus dem Kontrollraum schwebte, gefolgt von der kleinen haarigen Gestalt, die sich in der Mikrogravitation weitaus gewandter zu bewegen vermochte als jeder Mensch. Dann vergaß er Lisa und ihr außerirdisches Mündel und konzentrierte sich wieder auf seine Aufgabe.

»Eine Minute, Captain«, sagte sein Funkoffizier.

Plötzlich war die Spannung im Kontrollraum spürbar. Es war eine schwerere Last als die 2,5 *g*, die sie vor Kurzem erfahren hatten. Anders als bei der Verzögerung war dieser Druck mental.

Bei dreißig Sekunden bis null meldete Lisa, dass Sar-Say in seiner Koje angeschnallt war und die beiden sicher in der Kabine des Aliens eingeschlossen waren. Landon warf einen Blick auf die Anzeigen. Das Sicherheitssystem meldete, dass alle Zugänge zu und vom Bereich des Aliens gesperrt waren. Die Kabine erfüllte zwar nicht ganz die Standards eines modernen Bank-Tresorraums, aber allzu viel fehlte nicht.

»Zehn Sekunden, Captain. Soll ich runterzählen?«

»Nur keine Hektik, Mr Peale.«

Noch während er diese Worte sprach, wurde Landon sich der Widersprüchlichkeit seiner Äußerung bewusst. Wenn es je einen wirklich dramatischen Moment in der Geschichte der Menschheit gegeben hatte, dann war es dieser. Plötzlich kam ihm eine Lektion aus der Schulzeit in den Sinn.

Sie hatten in der zehnten Klasse eine Dokumentation über den ersten Einsatz einer Atombombe angeschaut. Er erinnerte sich, dass sie über einer japanischen Stadt mit einem Namen abgeworfen worden war, der wie ein Niesen klang und den er immer wieder vergaß. Als der alte Bomber sich der Stadt näherte, hatte der Pilot seiner Besatzung verkündet, dass alles für die Nachwelt aufgezeichnet würde und sie auf ihre Worte achten sollten.

In gewisser Weise befand er sich in der gleichen Position wie dieser längst tote Bomberpilot. Wie die Welt nach dieser ersten Atombombe nicht mehr dieselbe gewesen war, so würde auch das menschliche Universum sich ändern. Ob Sar-Say ihnen die Wahrheit gesagt hatte, spielte nun keine Rolle mehr. Denn in wenigen Minuten wäre die menschliche Rasse auch nicht mehr dieselbe wie zuvor. Eine Galaxis mit nur einer intelligenten Spezies war dem Untergang geweiht, und eine andere, in der es von intelligenten Wesen nur so wimmelte, wurde aus der Taufe gehoben. Der göttliche Finger hatte geschrieben und würde weiterwandern.

Dan Landon räusperte sich – wobei er sich wünschte, er wäre wirklich der souveräne Kapitän, den er herauskehrte – und wandte sich an den Funker. »Beenden Sie die elektromagnetische Isolation und geben Sie mir einen gebündelten Strahl mit Richtung auf die Planeten.«

»Strahl wird erzeugt, Sir. Strahl bei voller Leistung. Modulator ist aktiv. Warte auf Ihr Kommando.«

Landon holte tief Luft und sagte in wohl gesetzter broanischer Handelssprache: *»Planetarische Flugsicherung. Dies ist der Weltraumfrachter* Wanderer. *Wir sind soeben aus dem Sternentor herausgekommen und bitten um Landeanweisungen. Wir warten auf Ihre Antwort. Ende der Nachricht.«*

Es herrschte Schweigen auf den Kommunikations-Schaltkreisen. Sie hatten aber auch nichts anderes erwartet. Orpheus III war schließlich eine ganze Lichtminute vom Sternentor entfernt. Ein Funkspruch brauchte sechzig Sekunden, um dorthin zu gelangen, und noch einmal sechzig Sekunden, um zu ihm zurückzukehren. Mit einer Antwort war frühestens in zwei Minuten zu rechnen, und auch nur unter der Voraussetzung, dass die Instanzen am anderen Ende sofort antworteten.

Dan Landon lehnte sich auf dem Sitz zurück und wartete auf die Antwort. Trotz seiner äußerlichen Ruhe spürte er Schweißperlen im Gesicht und zwischen den Schulterblättern. Dies waren die längsten zwei Minuten seines Lebens.

35

»Wie viel Zeit ist verstrichen, Funker?«

»Zwei Minuten und zweiundzwanzig Sekunden, Captain.«

»Was meinen Sie, Raoul? Sollen wir sie noch einmal rufen?«

Bendagar wölbte die buschigen Augenbrauen und sagte: »Geben Sie ihnen noch eine Minute, Captain.«

Plötzlich gab ein broanischer Funker Laut. Es war keine Stimme. Nur ein elektronisches Geräusch, das irgendwo zwischen einem Piepen und einem Summen lag. Dann sagte eine mechanische Stimme: *»Raumschiff* Wanderer. *Hier spricht die Flugsicherung Klys'kra't. Woher kommen Sie und was ist der Zweck Ihres Besuchs?«*

Dan Landon gestattete sich den Luxus eines breiten Grinsens. Die broanische Handelssprache war zu einfach strukturiert für weitschweifige Diskurse. Selbst wenn er in der Lage gewesen wäre, Hamlets Monolog ins Broanische zu übertragen, hätte die zweiminütige Kommunikationsverzögerung einen längeren Dialog unmöglich gemacht. Die wörtliche Übersetzung der Mitteilung des Funkers lautete wie folgt: *»Schiff* Wanderer. *Wir Klys'kra't Orbit Beobachter. Wo und was Geschäft?«* Die Fähigkeit des Gehirns, auch einen unzusammenhängenden verbalen Input zu analysieren, ist jedoch eines der Wunder der menschlichen Existenz. Mit den paar Hinweisen, die er der Handelssprache entnommen hatte, vermochte er die Frage zu verstehen und sogar die fehlenden Wörter einzufügen.

»Klys'kra't Orbital-Beobachtung. Wir sind ein Handelsschiff, das ursprünglich von Shangri-La kommt und sich auf einer ausgedehnten Reise zwecks Erschließung neuer Märkte befindet. Wir bitten um Anfluggenehmigung, um Ihnen unsere Ware zu präsentieren.«

Es vergingen zwei Minuten, bevor die Stimme wieder ertönte.

»Wir kennen Ihre Welt/Stern nicht. Sie dürfen sich bis auf Kommunikations-Entfernung nähern. Wir werden die besonderen Bedürfnisse Ihrer Spezies dann erörtern. Klys'kra't Kontrolle. Ende.«

Die Anwesenden grinsten, als Dan Landon sich auf dem Beschleunigungssitz zurücklehnte und lächelte. »Na, das war doch gar nicht so schlecht«, sagte er in die Runde. »Da habe ich mir ganz umsonst Sorgen gemacht.« Er brauchte ein paar Minuten, bis er den Befehl zum Hochfahren der Schiffsmaschinen zu geben vermochte. Das Gefühl der Erleichterung tat einfach zu gut, um es nicht auszukosten. Schließlich aktivierte er jedoch den Befehlschaltkreis, der seine Stimme im ganzen Schiff übertragen würde.

»An alle! Hier spricht der Kapitän. Für diejenigen, die die Kommunikation nicht verfolgt haben – für euch beide! –, habe ich eine Neuigkeit. Wir haben Kontakt zu den Aliens dieses Systems aufgenommen und werden reingehen. Nun werden wir sehen, was die Maskerade taugt!

Pilot, geben Sie Gas und verringern Sie den Abstand zu Orpheus III ... nein, Klys'kra't, falls das der Name des Planeten und nicht der Spezies ist. Vergessen Sie aber nicht, wir sind nur ein armer klappriger, alter Frachter. Also bieten Sie ihnen keine Leistungsschau.«

»Aye, aye, Sir.«

»Sensoren.«

»Ja, Captain.«

»Alles, was Sie haben, auf volle Verstärkung. Wenn auch nur jemand in unsere Richtung niest, will ich das wissen.«

»Jawohl, Sir.«

»Funk.«

»Hier, Sir.«

»Laden Sie alles, was wir bislang haben, herunter, und senden Sie es mit einem gebündelten Strahl zur *Columbus* und der *Magellan*. Senden Sie mit der größtmöglichen Leistung, die keine Ionisierungs-Spur hinterlässt, welche zu ihnen zurückverfolgt werden könnte.«

»Jawohl, Sir.«

Nachdem er seine Besatzung instruiert hatte, ließ Dan Landon den Blick durch den Kontrollraum schweifen. Alle waren über ihre Konsolen gebeugt und arbeiteten die ihnen zugewiesenen Aufgaben ab. Die Szene wirkte absurd normal. Er hatte eigentlich das Gefühl, als ob das Leben nun anders verlaufen müsste. Mit diesem Gedanken kam die Müdigkeit. Die Spannung vor dem Erstkontakt war spürbar gewesen, doch wo sie nun abgeflaut war, vermisste er sie. Wie immer war das *Tun* leichter gewesen als das *Warten*. Die erste hohe Hürde hatten sie jedenfalls überwunden. Er fragte sich aber, wie viele solche Hürden sie noch würden nehmen müssen, bevor sie wieder nach Hause zurückkehren konnten.

Er hatte den Gedanken noch nicht ganz beendet, als er von einer unsichtbaren Hand sanft in den Sitz gedrückt wurde und die Sterne sich auf dem Bildschirm in Bewegung setzten. Als die Sterne sich wieder stabilisierten, hatte sich eine kleine blauweiße Sichel in der Mitte des Bildschirms etabliert. Es war nur seiner Einbildung geschuldet, aber sie schien größer zu werden.

»Hast du je den Namen ›Klys'kra't‹ gehört?«, fragte Lisa Sar-Say.

Die beiden lagen in ihren Kojen und sahen die gleiche Darstellung des Planeten, die auch Dan Landon im Kontrollraum sah.

»Nein, Lisa. Ich bin bisher nur einmal in diesem Teil der Souveränität gewesen. Das war die ... äh ... Woche ... die ich auf Zzumer verbrachte. Diese Klys'kra't-Wesen waren nicht Thema meiner Gespräche. Glaubt man vielleicht, ich würde lügen, nur weil ich sage, dass ich sie nicht kenne?«

Lisa lachte. »Nein, das ist bloß eine dumme menschliche Angewohnheit. Wenn ein Mensch einen Freund hat, der in einer entfernten Stadt lebt und jemanden von dort trifft, wird er diese Person immer fragen, ob sie seinen Freund kennt – selbst wenn die Stadt 20 Millionen Einwohner hat. Das liegt vermutlich daran, dass unsere Spezies sich schwer damit tut, die Größe des Universums zu erfassen.«

»Wir Taff haben eine andere Betrachtungsweise des Universums, Lisa. Wir verbringen so viel Zeit im Weltraum, dass wir dazu tendieren, uns an unsere unmittelbare Umgebung zu klammern. Das ist ... psychologisch, stimmt das?«

»Psychologisch ist korrekt.«

Sar-Say hielt für einen Moment inne und sagte dann: »Ich befürchte, dass Captain Landon ärgerlich auf mich ist.«

»Wieso denn?«

»Weil ich ihn gebeten hatte, während des Kontakts im Kontrollraum bleiben zu dürfen. Ich weiß, ihr Menschen befürchtet, dass ich euch belogen habe, und wollt verhindern, dass ich gegen eure Interessen arbeite; aber ich könnte von so großem Nutzen für euch sein, wenn ihr mir das nur erlauben würdet.«

Lisa überlegte sich ihre Antwort gründlich. Sie glaubte, dass es ein großes Anliegen für das Alien war, und sie wollte keine Missverständnisse hervorrufen. Während der letzten achtzehn Monate waren die Missverständnisse nämlich auf ein Minimum reduziert worden – Sar-Say war so ein guter Schüler –, doch hin und wieder sagte er etwas, was sie daran erinnerte, dass in diesem drolligen Kopf ein fremdes Gehirn steckte.

»Du weißt sicher, wie gefährlich diese Expedition für meine Spezies ist, Sar-Say. Versuch einmal, dich in unsere Lage zu versetzen. Würdest du bei deiner eigenen Spezies ein solches Risiko eingehen?«

»Ich verstehe dich, Lisa, vielleicht besser, als du glaubst. Ich habe persönliche Erfahrungen mit den Broa, während ihr nur mein Wort habt. Es stört mich nicht, dass ihr nicht alles, was ich sage, für … bare Münze nehmt. Ich würde das Gleiche tun, wenn ich in eurer Lage wäre. Es ist schon richtig, dass ihr Sicherheitsvorkehrungen trefft. Allerdings kann man es mit solchen Sicherheitsmaßnahmen auch übertreiben. Ihr werdet bald mit einer fremden Spezies zusammentreffen, von der ihr nichts wisst. Nicht einmal, wie sie sich selbst nennt – ich glaube, Klys'kra't ist der Name ihres Planeten. Ich weiß von ihnen genauso wenig wie ihr. Allerdings bin ich mit den Gebräuchen in der Souveränität vertraut und könnte euch diesbezüglich wertvolle Tipps geben.«

»Ich weiß. Du sollst aber wissen, dass die Befehle unserer Herrscher es uns verbieten, von deinem Angebot Gebrauch zu machen. Zumindest jetzt noch nicht.«

Sar-Say nickte. »Aber später. Wenn ihr Klys'kra't besucht und festgestellt habt, dass alles, was ich euch gesagt habe, die Wahrheit ist. Was dann?«

»Dann werde ich mit dem Captain darüber sprechen. Ich werde ihm sagen, dass du uns bei der Beschaffung der Informationen, die wir benötigen, eine große Hilfe sein wirst. Dass du im Gegensatz zu uns wüsstest, wo du suchen musst.«

»Ich könnte euch aber noch einen anderen Dienst erweisen.«

»Welchen denn?«

»Obwohl ich persönlich diese Aliens nicht kenne, haben andere von meiner Art diese Welt sicherlich schon besucht. Wir Taff sind eine weit gereiste Rasse, musst du wissen. Meine Anwesenheit in eurer Gruppe wird die örtlichen Bewohner davon überzeugen, dass ihr diejenigen seid, für die ihr euch ausgebt: ein Handelsschiff aus einem entlegenen Winkel der Souveränität.«

»Daran hatte ich noch gar nicht gedacht.«

»Bitte bring diesen Aspekt dem Captain zum Vortrag. Es liegt nämlich in meinem Interesse, euch meine Vertrauenswürdigkeit zu beweisen, wenn ich meine Familie jemals wiedersehen will. Einverstanden?«

Lisa sagte nichts. Sie mochte das kleine Alien. Sie war aber auch Realistin genug, um zu wissen, dass, wenn die Souveränität wirklich seinen Beschreibungen entsprach, er kaum Aussichten hatte, seine Heimat je wiederzusehen. Vertrauen hin oder her, es war sehr unwahrscheinlich, dass die Koordinatorin oder das Parlament ihm die Heimkehr gestatten würden. Solange die Broa nichts von der Existenz der Menschheit wussten, war die Erde sicher. Sie bezweifelte, dass Sar-Say sie vorsätzlich verraten würde, doch was, wenn er einmal betrunken war – oder sich im analogen Taff-Zustand befand – und über die seltsamen Zweibeiner plauderte, die ihn aus einem Raumschiffswrack gerettet hatten?

Sie verdrängte diesen Gedanken schnell wieder. Was mit Sar-Say geschehen sollte, wenn das alles erst einmal vorbei war, war ein schier unlösbares Dilemma. Der Gedanke daran deprimierte sie.

»In Ordnung, sollen wir es noch mal versuchen?«, fragte Dan Landon. Die blauweiße Welt war auf dem Bildschirm deutlich gewachsen, obwohl sie noch immer eine halbe Million Kilometer von ihr entfernt waren – etwas mehr als die Entfernung zwischen Erde und Luna. Diese »Erde« unterschied sich jedoch in einem wichtigen Aspekt von der Heimatwelt. Ihr fehlte der massive Begleiter der Erde. An Lunas Stelle war ein halbes Dutzend kleinerer Objekte, alle in der Größenklasse von Asteroiden. Außerdem schien es noch zahlreiche große Objekte im Orbit zu geben, von denen einer ebenfalls als Asteroid hätte klassifiziert werden können, wäre er nicht offensichtlich künstlich gewesen.

»Klys'kra't Orbital-Kontrolle. Hier spricht das Handelsschiff Wanderer. *Wir möchten mit Ihnen kommunizieren. Bitte antworten Sie.«*

Die Wartezeit war diesmal erheblich kürzer. Die Antwort kam vier Sekunden später, als ob man schon auf ihren Anruf gewartet hätte. *»Handelsschiff* Wanderer. *Wir beobachten Ihren Anflug. Identifikation der Spezies!«*

»Unsere Spezies wird als Vulkanier bezeichnet. Wir kommen vom Shangri-La-System auf der anderen Seite der Zivilisation.«

»Ihre Spezies ist uns unbekannt. Auf Bildschirm schalten, damit wir wie fortschrittliche Wesen miteinander verkehren können.«

»Einen Moment.«

»An alle. Es geht los. Senden Sie unser Bild und legen Sie ihre Antwort auf den Hauptbildschirm.«

»Visuelle Übertragung aktiviert«, sagte Landon zu dem unsichtbaren Befrager.

Das Wesen auf dem Bildschirm hätte der Zwilling von dem in den Fernaufklärungs-Aufzeichnungen sein können, die die beiden Raumschiffe erstellt hatten. Der Orpheaner oder Krys'kra'tian wurde in Großaufnahme dargestellt, wodurch er – oder sie – oben herum wie ein dicker Zaunpfahl anmutete, an dem jemand drei dicke Obsidiankugeln angebracht hatte. Die Augen befanden sich dicht unterhalb der Schädeldecke und quollen jeweils aus einer eigenen Höhle. Ob die Augen starr oder beweglich waren, war nicht ersichtlich. Dafür war aber ersichtlich, dass die drei Augen – sowie die anderen drei, die man nicht sah – dem Wesen eine volle Rundumsicht verliehen. Unterhalb der Augen befand sich eine Reihe kleiner runder Membrane, die vielleicht der Hörapparat des Wesens waren, und darunter wiederum Schlitze, die sich im Rhythmus der Atmung periodisch weiteten. Ob die Methode für die Sauerstoffgewinnung aus der Atmosphäre auf Lungen oder Kiemen beruhte, vermochte man durch eine bloße Sichtprüfung nicht zu erkennen. Es gab keine Anzeichen für einen Mund, aber es stand auch nirgendwo im Buch der Natur geschrieben, dass der Mund sich im Kopf befinden muss. Zumal die Kreatur keinen Kopf gemäß der menschlichen Begrifflichkeit hatte. Der Rumpf schloss mit der Oberseite ab.

Unterhalb der Atmungs-Schlitze, sofern das tatsächlich welche waren, befanden sich die Ansatzpunkte der Tentakel, obwohl die Tentakelenden nicht mit im Bild waren. Gemäß den früheren Studien der Physiologie der Orpheaner hatte der durchschnittliche Tentakel eine Länge von über einem Meter, was den Kreaturen die gleiche Reichweite wie den Menschen verlieh. Sie hatten insgesamt sechs Tentakel, die jeweils aus einem Punkt sprossen, der auf der Verlängerung vom Mittelpunkt zwischen zwei Augen an der Oberseite des Rumpfs lag. Die Haut war grau und lederartig wie die einer Echse, was die Ähnlichkeit des Wesens mit einem Baumstamm noch verstärkte.

Die Physiologie der Orpheaner war Gegenstand einer heißen Debatte in der Brinks-Basis gewesen. Der obere Abschnitt ihrer Körper schien achsensymmetrisch – das heißt um die Hochachse des Körpers zentriert wie ein Seestern. Die drei stativartigen Beine wurden offenbar durch eine Drehbewegung des ganzen Körpers in Bewegung gesetzt. Die Gemüter hatten sich insbesondere an der Frage erhitzt, unter welchen Umweltbedingungen solch ein seltsames Arrangement aus Körperteilen und Sinnesorganen zustande kam.

»Ich sehe Sie«, sagte der Orbital-Controller nach ein paar Sekunden. *»Unsere Datenbank scheint aber keine Verweise auf Ihre Spezies oder Ihren Stern zu enthalten.«*

»Unsere Datenbank enthält indes auch keine Hinweise auf Ihre geschätzte Welt«, erwiderte Landon. Noch während er das sagte, schoss ihm ein despektierlicher Gedanke durch den Kopf. Ihm wurde nämlich bewusst, dass er seinem Befrager buchstäblich die Wahrheit sagte. *»Wir unternehmen diese lange Handelsreise unter anderem deshalb, weil wir auf der Suche nach neuen Märkten für unsere Waren sind. Die Leute vom letzten Stern sagten, dass Sie sich vielleicht für unsere Handelsware interessieren würden.«*

»Die Bool'el sind uns normalerweise nicht so gewogen.«

»Das ist doch überall so, nicht wahr?«

»So sollte es aber nicht sein. Denjenigen Die Herrschen *wäre mehr gedient, wenn ihre verschiedenen Diener besser miteinander kooperieren würden.«*

»Dieser Ansicht sind wir auch.«

»Doch genug der Rede. Sie finden vielleicht keinen Gefallen daran. Was seid ihr für welche?«

Landon leierte eine Codenummer herunter, die Sar-Say und die Biologie-Abteilung gemeinsam entwickelt hatten. Der Code war eine broanische Chiffre für die Definition der Umweltbedingungen, die Menschen benötigten. Die Biologen hatten sogar Sar-Say's Geduld strapaziert, als sie von ihm Erklärungen für die Bedeutung der Codegruppen verlangten. Es ging ihnen darum, Aliens mit Informationen zu versorgen, welche die groben Parameter definierten, die Menschen zum Überleben benötigten – andererseits durften sie auch nicht so exakt definiert sein, dass sie den Broa eine Beschreibung der Erde lieferten. Jedoch müsste jeder Exobiologe, der diese Bezeichnung auch verdiente, allein dadurch schon eine Menge über Mutter Erde in Erfahrung bringen, indem er nur einen Blick auf die Wesen warf, die sie hervorgebracht hatte. Wenn sie den Voldar'ik also ihre Umweltbedürfnisse mitteilten, würden sie kein Geheimnis verraten, hinter das sie nicht ohnehin bald von selbst kämen.

Dann überflog Landon die Bildschirme nach Anzeichen einer negativen Reaktion auf den Code, den er ihnen gegeben hatte. Das war eben das Problem, wenn man sich auf einen Berater verlassen musste, über dessen Vertrauenswürdigkeit man sich nicht völlig im Klaren war. Jedes Mal, wenn man seinen Rat befolgte, musste man sich fragen, ob man auch das Richtige getan hatte. Nach allem, was er wusste, hätte Sar-Say's Code nämlich alles bedeuten können: von völligem Blödsinn bis hin zu »Hilfe, ich werde von Aliens in einer Glückskeks-Bäckerei als Geisel gehalten«.

Das Alien schien jedoch überhaupt nicht auf den Code zu reagieren. Freilich vermochte man bei der Anordnung seiner Augen auch kaum zu sagen, wohin es gerade schaute. Vielleicht »sahen« die Orpheaner auch gar nicht im menschlichen Sinn. Vielleicht verfügten sie ständig über das gleiche Bewusstsein für den umgebenden Raum. Er hatte auch keine Vorstellung, wie ein Gehirn, das gleichzeitig Signale von sechs verschiedenen Augen empfing, aussah.

Das war eines der Risiken dieser Mission. Genauso wie die Betrachtung von ein paar Hundert Stunden Holovision einem Alien kein Verständnis von den Menschen vermittelt hätte, war ihr Wissen über die Orpheaner praktisch null. Nach vielleicht dreißig Sekunden entgegnete das Wesen: *»Sie scheinen keine spezielle Umweltunterstützung hier auf Klys'kra't zu benötigen. Sie haben Landeerlaubnis für die Station Zal'trel. Halten Sie sich bereit, um Landeanweisungen aufzuzeichnen.«*

»Verstanden.«

Ein paar Sekunden später ertönte ein kurzes Geräusch, und eine Grafik in broanischer Symbologie erschien auf den Bildschirmen. Wie die Handelssprache, so erfolgten auch die Anweisungen in einem vereinfachten Format, bei dem mehr Wert auf Effizienz statt auf stilistische Eleganz gelegt wurde; dennoch hatten sie keine Schwierigkeiten, sie zu verstehen.

»*Nachricht empfangen*«, sagte Landon.

»*Fliegen Sie die Station Zal'trel auf dem Pfad an, den wir Ihnen genannt haben. Nehmen Sie Kontakt zu ihrer Orbitkontrolle auf, wenn Sie 12^3 Srota von der Station entfernt sind. Klys'kra't Orbitkontrolle Ende.*«

»*Handelsschiff* Wanderer *von Shangri-La Ende.*«

36

Die Station Zal'trel erwies sich als ein großes Habitat, das fast die Größe eines von Klys'kra'ts Monden hatte. Eine Radarmessung ergab, dass die Kugel es auf einen Durchmesser von mehr als zwanzig Kilometern brachte. Wenn die Station auf einem Asteroiden angelegt worden wäre, hätte sie ihn über die Jahrhunderte vollständig umspannt. Vielleicht war sie aber auch frei schwebend errichtet worden und hatte einen oder zwei Asteroiden als Rohstofflieferant benötigt. Auf jeden Fall war sie riesig!

Mark Rykand saß an seinem Computer in der engen Astronomiekammer und sah, wie das Artefakt immer größer wurde, während sie sich ihm langsam annäherten. Unten im Kontrollzentrum kommunizierte der Captain nun fast ununterbrochen mit den Aliens. Sie hatten herausgefunden, dass Klys'kra't tatsächlich der Name des Planeten war und dass die Bewohner sich selbst die Voldar'ik nannten, wobei diese letzte Silbe einem förmlich im Hals steckenblieb, wenn man sie zu stark betonte. Sie hatten außerdem herausgefunden, dass der Stimmapparat der Voldar'ik wesentlich anpassungsfähiger war als das menschliche Pendant. Das wunderte sie auch nicht, als sie schließlich den Mechanismus identifiziert hatten, durch den die Aliens Töne erzeugten.

Es stellte sich nämlich heraus, dass sie nicht durch den »Mund« sprachen, sondern durch die »Ohren«. Sie erzeugten Töne durch Schwingungen der Membran, die direkt unter den Augen um den oberen Torso angeordnet waren. Einem der Biologen war aufgefallen, dass, wenn ihr Befrager gesprochen hatte, ein konkaver Kreis am Oberkörper unscharf wurde. Bei der Vergrößerung dieses Punkts wurde offensichtlich, dass eine der Membranen mit einer hohen Frequenz vibrierte. Die Voldar'ik hatten keine Stimmbänder und keinen Kehlkopf, sondern ihr Sprech-Mechanismus schien sich aus dem Woofer einer antiken Stereoanlage entwickelt zu haben. Dass die Aliens mit diesem Arrangement überhaupt eine vernehmliche Lautstärke zu erzeugen vermochten, war erstaunlich – aber auch nicht erstaunlicher als das laute Zirpen, das eine Grille erzeugte, wenn sie die Hinterbeine aneinanderrieb. Die Holo-Aufzeichnungen zeigten auch, dass die Membran direkt neben der vibrierenden Membran sich nicht zu bewegen schien. Offensichtlich benutzte das Alien eine davon zur Übertragung von Tönen und die andere zum Empfang – vielleicht waren sie aber auch austauschbar. Diese Entdeckung löste einen Disput aus, ob die Voldar'ik auch über eine Sonarfähigkeit verfügten wie eine Fledermaus oder ein Wal auf der Erde.

Nach der Entdeckung des Sprechapparats der Wesen suchten die Exobiologen nun nach der Öffnung, durch die die Aliens Nahrung zuführten. Sie fanden sie etwa an dem Punkt versteckt, wo ein Mensch den Bauchnabel hat. Diese Entdeckung war ein Anlass für derbe und zotige Witze, die dann im Schiff zirkulierten. Als sie einen hörte, merkte Lisa an, dass die Voldar'ik wahrscheinlich genauso auf die menschliche Anatomie reagieren würden. Trotz dieser Erkenntnis musste sie wegen des absurden Bilds lächeln, das durch den Witz vor dem geistigen Auge entstanden war.

In den letzten Stunden war ein steter Strom von Daten im

Schiff übertragen und mit einem gebündelten Strahl an ihre zwei Kameraden draußen in der Oort'schen Wolke weitergeleitet worden. Als die *Whale* sich Klys'kra't jedoch bis auf hunderttausend Kilometer genähert hatte, befahl Captain Landon die Abschaltung des Langstrecken-Kommunikationssystems. Die Gefahr war zu groß, dass ihre Gastgeber sie bei der weiteren Annäherung an den Planeten auffingen.

Während die meisten Besatzungsmitglieder des Raumschiffs auf ihren Stationen waren und dem Austausch zwischen dem Kontrollraum und der Zal'trel-Station lauschten, arbeiteten die Exobiologen und Anthropologen fieberhaft an der Auswertung der Übertragungen, die sie in Echtzeit von den Hüllensensoren erhielten. Mark saß an seinem Computer in der engen Astronomiekabine und lauschte dem unablässigen Plappern auf den wissenschaftlichen Kanälen. Er wurde sich bewusst, dass er eine Aversion gegen die wimmernde Stimme von Dr. Mendoza entwickelte, dem Exo-Soziologen des Schiffs. Jedoch dachte er nicht daran, zu jemand anderem zu schalten oder das Funkgerät ganz abzuschalten. So nervig die Wissenschaftler manchmal auch waren, es war ihm doch daran gelegen, alles über die Voldar'ik zu erfahren.

»Ganz schön groß, nicht wahr?«, fragte Will Thompson an seinem Computer. Es war ungefähr das sechste Mal, dass er diese Bemerkung oder eine ähnliche gemacht hatte. »Ich hoffe, dass ich mich da drin nicht verirre. Was meinst du, Mark?«

»Ich will's nicht hoffen.«

Kurz nach der Kontaktaufnahme mit den Aliens hatte Captain Landon die Zusammenstellung der ersten Gruppe bekannt gegeben, die an Bord der Zal'trel-Station gehen würde – falls man den Wechsel von einer Sardinenbüchse zur anderen überhaupt als »an Bord gehen« bezeichnen konnte. Der Beschluss des Captains, die Gruppe selbst zu führen und Lisa als Dolmetscherin mitzunehmen, erschien den anderen als eine Selbstverständlichkeit. Zu Marks Überraschung wählte Landon jedoch ihn als Computerspezialisten aus, und Michail Vasloff sollte die Rolle des Meisterhändlers spielen.

»Wieso gerade ich?«, hatte Mark mit piepsiger Stimme gefragt, als Thompson ihm die Nachricht übermittelte.

»Weil ich dich empfohlen habe«, erwiderte der Astronom. »Du hast dich mit der broanischen Computertechnologie beschäftigt, seit wir das Sonnensystem verlassen haben. Du weißt genug, um ihre astronomischen Beobachtungen zu erkennen, wenn du sie siehst, und vermagst die Spreu vom Weizen zu trennen.«

»Ich dachte, du würdest mitgehen!«

»Dr. Bendagar war gegen meine Teilnahme. Ich stimme mit ihm überein. Ich bin leidlich gut im Beruf, aber ich bin kein Draufgänger. Ich würde mir wahrscheinlich in die Hose machen, sobald ein Alien mich schief ansieht – obwohl es nicht den Anschein hat, als ob die Voldar'ik überhaupt schief gucken könnten.«

»Meinst du denn, ich schaffe das?«

Thompson nickte. »Wenn jemand das schafft, dann du.«

Die ersten Stunden nach dem Erstkontakt waren eine aufregende Sache für alle an Bord gewesen. Jedoch hatte die Begeisterung sich schnell wieder gelegt, als sie sich der profanen Aufgabe widmeten, möglichst schnell möglichst viel über die Aliens herauszufinden. So hatte die Stimmung an Bord sich in den letzten Stunden auch wieder verschlechtert. Es schien, als ob die Kommunikation mit den Voldar'ik ihnen jedes Mal das Ausmaß ihrer Ignoranz vor Augen führte. Und Mark fühlte sich wie ein Kind, das es in ein fremdes Land verschlagen hatte – ein Land, dessen Sprache er weder in Wort noch in Schrift beherrschte. Alles an Klys'kra't mutete überdimensioniert, wundersam und auch Furcht einflößend ein.

»Lisa, geht es dir gut?«

Lisa schaute über die Schulter auf Sar-Say. Sie hatte ihre Kleidung sortiert und die zwei Garnituren ausgesucht, die sie während des Aufenthalts im großen Weltraumhabitat der Voldar'ik tragen wollte. Sie wussten nicht, ob sie dort übernachten oder nach jeder Besprechung zum Schiff zurückkehren würden. Der Captain hatte ihr und den übrigen Mitgliedern der Delegation geraten, sich vorsichtshalber auf einen längeren Aufenthalt dort vorzubereiten. Obwohl ihre Garderobe durchaus überschaubar war, hatte sie fast eine Stunde lang nach etwas Passendem zum Anziehen gesucht. Das Problem war nämlich, dass die Farbe ihrer Klamotten sich mit ihrer neuen orangefarbenen Haut biss.

»Mir geht es gut«, erwiderte sie. »Ich suche nur nach einem passenden Fummel.«

»Wie bitte?«

Sie erklärte ihm den Ausdruck.

Sar-Say sog ihn ein, wie er überhaupt alles einsog, und merkte dann an: »Es wird den Voldar'ik doch sicher egal sein, was du trägst.«

»Aber mir ist es nicht egal. Das ist eine menschliche Sache. Genauer gesagt, es ist eine menschliche *Frauen*-Sache.«

»Vergiss nicht, du bist jetzt ein Vulkanier.«

»Das stimmt. Ich sollte gleich schon mal üben, nicht?«

Anfangs war es ihr dumm vorgekommen, sich nicht als Menschen zu bezeichnen, wenn die Aliens sie fragten. Schließlich hatte keiner von ihnen jemals auch nur ein einziges Wort Standard gehört. Und doch – wie die Geheimdienste in den schlechten alten Zeiten sich nach Kräften bemüht hatten, auch scheinbar triviale Details zu kaschieren, hatte man beschlossen, die menschlichen Ursprünge nach Möglichkeit zu verschleiern. Auf diese Weise wären die Voldar'ik – und durch sie die Broa – nicht in der Lage, eine Fülle unbedeutender Details zu einem überaus bedeutsamen Ganzen zusammensetzen.

Es war einer der Wissenschaftler mit einem Faible für klassische Literatur gewesen, der den Namen »Vulkanier« vorgeschlagen hatte. Was ihr Besuch auf Klys'kra't jedoch mit dem Gott der Vulkane zu tun hatte, erschloss sich Lisa nicht.

»Der Captain spricht nun zum Habitat«, verkündete Sar-Say. Er hatte einen Knopf im Ohr und verfolgte den Dialog auf der Befehlsschaltung. Lisa hatte ihren Empfänger ausgeschaltet. Sie hatte nämlich festgestellt, dass ihre Besorgnis umso größer wurde, je länger sie den trockenen Kommentaren an beiden Enden der Schaltung lauschte. Schließlich hatte sie eine Befindlichkeit erreicht, als ob ihr Lieblings-Fußballklub in der Rückrunde wäre, Spielstand unentschieden, und sie in der Nachspielzeit plötzlich ein »Golden Goal« eingefangen hätten. Sie vertraue darauf, dass Sar-Say sie es wissen lassen würde, wenn etwas Wichtiges vorfiel oder sie eine Nachricht an den Kapitän schicken musste. »Wir haben fast unsere zugewiesene Parkbahn erreicht. Du musst dich fertig machen.«

»Stimmt«, sagte sie, nahm die ersten beiden Garnituren, die ihr in die Hände fielen, und stopfte sie in die Tasche. Sar-Say hatte recht. Die Voldar'ik hatten keinen Maßstab, den sie an ihre Erscheinung anzulegen vermochten. Für sie wäre sie nur ein fremdartiger, zweifach axial-symmetrischer Zweibeiner, der komisch aussah – ganz egal, was sie trug.

Die Schwerkraft kehrte kurz zurück, als der Astrogator für ein paar Sekunden Schub gab, um ihre Geschwindigkeit an die des außerirdischen Habitats anzugleichen. Dann wurde eine Reihe von Befehlen über die Bordlautsprecher ausgegeben. Der letzte lautete: *»Die Delegation in zehn Minuten in die Messe! Ich wiederhole, Delegation in die Messe.«*

»Also, packen wir's an«, sagte die Vulkanierin zum Alien und unterdrückte den Drang, es zu umarmen.

»Bitte sei vorsichtig, Lisa«, erwiderte Sar-Say.

»Das werde ich.«

»Und willst du auch mit dem Captain sprechen, dass er mich bei der nächsten Delegation mitnimmt?«

»Ich werde mit ihm reden, aber nicht, bevor wir diese Sache unter Dach und Fach gebracht haben.«

»Viel Glück.«

»Danke.« Sprach's und signalisierte der Wache auf der anderen Seite der Kabinentür, dass sie hinauswollte.

Captain Landon befand sich bereits in der Messe, als Lisa eintraf. Dr. Bendagar war auch schon da. Mark erschien ein paar Sekunden später und Michail Vasloff nach einer Minute. Aus irgendeinem Grund fand Lisa den Anblick der fünf mit der signalorangefarbenen Haut und dem neonblauen Haar amüsant. Sie fragte sich, ob die Voldar'ik sich auch so gut amüsieren würden.

Nachdem Vasloff sich gesetzt hatte, schaute Landon in die Runde und sagte: »Nun, Schiffskameraden, die Zeit scheint gekommen, um die Theorie in die Praxis umzusetzen. Möchte noch jemand von Ihnen zurücktreten?« Es folgten ein paar Sekunden Schweigen. Als dann immer noch niemand antwortete, fuhr der Captain fort. »Gut. Dann überzeugen wir uns noch einmal davon, dass jeder seine Rolle kennt, bevor wir unsere Gastgeber treffen. Mr Vasloff.«

»Ich bin der stinkreiche Kaufmann«, sagte er augenzwinkernd. »Ich befürchte nur, meine Altvorderen würden das nicht gutheißen.«

»Glauben Sie, dass Sie die Rolle ausfüllen können?«

»Locker. Wir Russen haben dem Kommunismus schon vor ein paar Jahrhunderten abgeschworen. Außerdem habe ich unsere Fracht in meiner Freizeit studiert, von der ich in letzter Zeit reichlich hatte. Ich glaube, dass die Energiewandler für unsere Gastgeber am interessantesten sein werden, genauso wie die Steuergeräte für diese seltsame silberne Box in der Ladebucht. Und es gibt da noch ein paar andere Gerätschaften, an denen die Voldar'ik vielleicht Interesse hätten. Was den Rest betrifft, können wir ihnen erzählen, dass wir diese Artikel neu ins Sortiment aufgenommen hätten, um zu sehen, wie sie bei ihnen ankommen.«

»Haben Sie das vorher mit Sar-Say besprochen?«

»Miss Arden und ich hatten eine lange Unterhaltung mit ihm. Obwohl er diese bestimmte Spezies nicht kennt, hat er mir doch wertvolle Tipps gegeben, was in der Souveränität vielleicht von allen am besten anspricht.«

Landon nickte. »Sie scheinen sich gut vorbereitet zu haben. Das ist natürlich auch der Grund, weshalb ich Sie ausgewählt habe. Vergessen Sie nicht, wir wollen lange genug feilschen und handeln, damit Mark und Lisa in der Lage sind, ihren Auftrag auszuführen.«

»Verstanden, Captain.«

»Mir ist aufgefallen, dass Sie sich für außerirdische Technologie zu interessieren scheinen, Mr Vasloff«, sagte Lisa. »Offen gesagt, das erstaunt mich.«

Der Russe schaute verlegen. »Vielleicht verkennen Sie meine Absichten, meine Liebe. Ich studiere die Gerätschaften in der Ladebucht, um ihre Auswirkungen auf die menschliche Gesellschaft abzuschätzen – nicht weil ich den persönlichen Wunsch hätte, eine solche Vorrichtung zu besitzen. Falls überhaupt, wird die Einführung dieser neuen Technologien meiner Sache nur dann schaden, wenn sie von der Öffentlichkeit angenommen werden. Dann werden sie nämlich erst recht auf den Geschmack kommen.

Das ist auch eins der Probleme unserer Spezies. Wir vermögen nicht langfristig zu denken, wenn wir die Chance auf einen kurzfristigen Gewinn haben. Zum Glück hatte ich genügend Zeit, um die langfristigen Auswirkungen abzuschätzen … und, wie sich nun herausstellt, eine führende Rolle in unserer kleinen Theateraufführung zu spielen.«

»In Ordnung«, sagte Landon. »Mark, Sie wissen, was Sie zu tun haben?«

»Äh … ihre Computer hacken.«

»Ja. Haben Sie auch das entsprechende Werkzeug dabei?«

Mark hielt einen Palmtop hoch. Das Gerät war so leistungsfähig, um das Computersystem des Habitats förmlich leerzusaugen. Jedoch musste er wegen der begrenzten Speicherkapazität regelmäßig zum Schiff zurückkehren, um die Ergebnisse herunterzuladen. Marks Auftrag bestand hauptsächlich darin, Breite und Tiefe der broanischen Souveränität zu bestimmen und das Ausmaß ihrer Durchdringung des Orionarms der Galaxis zu ermitteln.

Der Captain wandte sich an Lisa. »Sie und ich haben die heikelste Aufgabe, Miss Arden. Wir müssen mit den Voldar'ik über die Broa sprechen, ohne durchblicken zu lassen, dass wir keine Ahnung haben. Ich weiß ehrlich gesagt nicht, wie wir das bewerkstelligen sollen.«

Lisa runzelte die Stirn. Das war ein Problem, mit dem sie sich bis zuletzt intensiv befasst hatte. Wie trat man an ein Alien heran und lockte es in Bezug auf die Oberherren aus der Reserve, ohne allzu neugierig zu erscheinen? Das war in etwa damit zu vergleichen, als würde ein Wolf sich in ein Rudel Hunde einschleichen, sich als einen von ihnen ausgeben und sie dann fragen, ob jemand wüsste, wie ein Mensch aussieht.

»Vielleicht können wir den örtlichen Göttern eine Morgengabe darbieten. Wir erzählen ihnen, es sei Brauch bei uns, ihnen zu huldigen, und fragen sie, wohin wir die milde Gabe schicken dürfen.«

Der Captain ließ sich das durch den Kopf gehen und nickte. »Das könnte funktionieren. Wir werden aber improvisieren müssen. Wir dürfen jedenfalls nicht den Anschein erwecken, keine Ahnung von den Broa zu haben – nicht, wenn wir keinen Verdacht erregen wollen.«

»Ich kann auch nach historischen Informationen suchen; zum Beispiel nach Artikeln über die broanische Eroberung von Klys'kra't«, sagte Mark. »Ich werde alles, was ich finde, mit herunterladen.«

»Natürlich«, erwiderte Landon. »Bedenken Sie aber, dass Sar-Say gesagt hat, Privatsphäre würde bei den Broa großgeschrieben hat. Wenn das stimmt, werden Sie wohl nicht viel finden. Wenn Sie jedoch viel finden, wird uns das etwas über die Wahrhaftigkeit unseres kleinen Freundes sagen.«

Lisa verspürte einen Stich bei der Bemerkung, als ob ihr Freund der Lüge bezichtigt worden wäre. Sie enthielt sich jedoch eines Kommentars. Schließlich hatte der Captain nicht gesagt, dass er nicht die Wahrheit sagte.

»Ich werde danach suchen.«

»Tun Sie das. Versuchen Sie, sich ein Bild von den Broa zu machen. Wir wollen wissen, ob sie wirklich so schlimm sind, wie Sar-Say sie beschrieben hat.«

Die Besprechung wurde noch für eine Viertelstunde fortgesetzt, wobei Dr. Bendagar die letzten fünf Minuten ständig auf die Uhr schaute.

»In Ordnung, Leute. Hat jeder seinen oder ihren Tornister? Wir gehen vorher noch ins Magazin und holen Rationen und Wasser ab. Und wenn jemand von Ihnen noch einmal zur Toilette muss, sollte er das jetzt tun. Wer weiß, wie die sanitären Einrichtungen in dieser Station aussehen. Wir treffen uns dann in zehn Minuten an der Hauptluftschleuse. Wir werden mit einem Taxi der Voldar'ik zum Habitat hinüberfliegen.«

37

Das Taxi der Voldar'ik war ein transparentes Ei mit unverkleideten Raumkrümmungsspulen an jedem der Kardinalpunkte. Im Innern der Blase bot ein Gitterrost einen Stehplatz für den Piloten und hinter ihm Platz für Passagiere oder Fracht. Der Steuerstand verfügte über ein paar Instrumente, die Ähnlichkeit mit den kürzlich modifizierten Anzeigen an Bord der

Whale hatten. Insgesamt mutete die Konstruktion aber fremdartig an. Wie Sar-Say gesagt hatte, schien jede Spezies in der Souveränität die gemeinsame Technologie an ihre besonderen Bedürfnisse anzupassen. Außer der Station und einer Reihe rohrartiger Halterungen gab es keine Ausstattung oder Dekoration im Raumboot. Die Motoren und das Umweltkontrollsystem waren anscheinend irgendwo unterm Deck verborgen.

Ein Voldar'ik-Pilot war an der Pilotenstation des kleinen Raumschiffs verankert, als die vier Menschen durch die Luftschleuse schwebten. Obwohl er noch nie zuvor einen Menschen gesehen hatte, erkannte Lisa Arden keinerlei Anzeichen dafür, dass der Pilot seinen orangehäutigen Passagieren Aufmerksamkeit schenkte. Natürlich vermochte man angesichts des speziellen hexagonal-symmetrischen Aufbaus und der Rundumsicht der Voldar'ik unmöglich zu sagen, wohin die Kreatur gerade schaute. Sie stand auf den drei Beinen wie ein aus dem Deck wachsender Baum und regte sich nicht bis auf ein leichtes Kräuseln der meterlangen Tentakel. Das Desinteresse des Piloten erinnerte sie an viele Raumhafen- und Flughafenarbeiter, die sie auf der Erde gesehen hatte. Irgendwann waren solche Leute so an Reisende gewöhnt, dass sie sie auf den Status bloßer Statisten reduzierten.

Die vier verstauten ihre Taschen und suchten dann Halt an Verankerungspunkten. Erst dann bemerkte Lisa den Geruch der Kabinenluft. Sie roch nicht unangenehm, hatte aber auch keine Ähnlichkeit mit den ihr bekannten Gerüchen. In dieser Luft lagen Indizien für vier bis fünf Milliarden Jahre einer ungleichzeitigen Entwicklung – einer ganzen Biosphäre, die bis zu diesem Moment den Geruch der Menschheit nicht gekannt hatte. Außerdem war die Luft unangenehm kalt. Sie bekam bereits eine Gänsehaut an den freiliegenden Körperpartien. Gerade wollte sie eine Jacke aus der Tasche holen, entschied dann aber, dass sie sich erst einmal einen sicheren Halt verschaffen müsse.

Plötzlich legte das Taxi von der auf broanisch getrimmten Luftschleuse der *Whale* ab und setzte mit einem kurzen Triebwerksstoß zurück, bevor es in Gegenrichtung drehte. Bei diesem Manöver vollführte die Flüssigkeit in Lisas Nebenhöhlen interessante Dinge. Als sie wieder klar zu sehen vermochte und der Magen sich beruhigt hatte, kam sie in den Genuss einer Panoramaansicht der Zal'trel-Station, bei der sie die aufkeimende Weltraumkrankheit vergaß. Wäre da nicht der Pilot vor ihnen und das Deck unter ihnen gewesen, hätten die vier genauso gut mitten im Weltraum schweben können. Der Blick vermochte so weit zu schweifen, dass jemand mit Platzangst das große Zittern bekommen hätte. Es war Ehrfurcht gebietend.

Sie hatten die *Whale* in einem Orbit mit einem Radius von fast zehn Kilometern um die Station geparkt. Dennoch erschien sie so groß wie ein Planet vor ihnen und blendete den halben Himmel aus. Außerdem verdeckte die Station einen Teil von Klys'kra'ts blauweißer Scheibe. Ihr Äußeres wirkte genauso chaotisch wie die menschlichen Pendants. Insgesamt vermittelte sie den Eindruck, als ob man über bewaldetes Ackerland hinwegflog. Hier und da war die Oberfläche ein Wirrwarr aus Röhren und fremdartiger Ausrüstung; und an anderen Stellen vermochte sie große Abschnitte nackter Hüllenplatten zu erkennen. Viele dieser letzteren Flächen zeigten unregelmäßige Muster aus hellen und dunklen Fenstern. Der Größe auf diese Entfernung nach zu urteilen, mussten diese Fenster riesig sein. Vielleicht schaute sie auf Ackerland hinab, auf Ackerland in einem künstlichen Asteroiden, durch dessen überdimensionale Fenster Sonnenlicht auf die Dinge fiel, die dort drin wuchsen.

Das Taxi bewältigte die Entfernung zur Station schneller, als sie erwartet hatte. Je größer es wurde, desto mehr schien das riesige Habitat nach rechts abzudriften. Sie schaute zu der Stelle zurück, wo sie die *Whale* zurückgelassen hatten, und erkannte auch plötzlich den Grund dafür. Anstatt die Station auf direktem Weg anzufliegen, brachte der Pilot sie auf die gegenüberliegende Seite. Sie sah, wie der kleine, trübe Stern, der ihr Schiff war, hinterm Horizont des großen Gebildes verschwand. Lisa fröstelte plötzlich – was aber nicht der Temperatur im Taxi geschuldet war. Sobald nämlich die Sichtlinie unterbrochen war, wurde auch die Kommunikation unterbunden. Falls die Voldar'ik etwas im Schilde führten, dann hätten sie nun freie Bahn. Die Menschen wären nicht in der Lage, um Hilfe zu rufen. Die versteifte Haltung ihrer Begleiter sagte ihr, dass sie sich dieser Gefahr ebenfalls bewusst waren.

Dann nahm das Taxi Kurs auf eine große offene Luftschleuse, eine von mehreren in der Hülle des Habitats. Sie war schon groß erschienen, als sie sie erstmals gesehen hatte, doch beim Näherkommen klaffte sie auf wie ein riesiger Rachen. Als sie in den Schatten der Station eintraten, hatte der Schlund sich in eine riesige Höhle verwandelt, in der die *Ruptured Whale* und alle menschlichen Raumschiffe auf der Brinks-Basis leicht Platz gefunden hätten.

Beim Einflug in den riesigen offenen Raum steuerte das Taxi das gegenüberliegende Schott an, das von mehreren Reihen erleuchteter Fenster durchbrochen war. Um sie herum war eine Anzahl zwielichtiger Formen, die sich beim näheren Hinsehen als Raumschiffe herausstellten. Keines dieser Schiffe sah so aus wie die *Ruptured Whale*, obwohl ein paar ähnliche Konturen hatten. Bei ein paar Schiffen zogen sich Schläuche von den Luftschleusen zu den wie Klippen aufragenden Wänden der Kammer. Andere wurden von Maschinen umschwärmt, bei denen es sich entweder um Fracht handelte, die verladen wurde, oder die repariert wurden. Wieder andere Schiffe waren weitgehend demontiert worden.

Offensichtlich handelte es sich bei der Höhle um einen belebten Raumhafen, vielleicht sogar um das Drehkreuz des Orpheus-Sternsystems. Weil sie noch nicht wussten, wie die Einheimischen ihren Stern bezeichneten, nannte Lisa ihn weiterhin bei seinem menschlichen Namen.

Während sie den Raumhafen durchflogen, reckten die Menschen die Hälse und sogen den Anblick ein. Ihr Voldar'ik-Pilot stand reglos da und schien keine Notiz von ihrer Neugier zu nehmen. Vielleicht war Neugier auch eine Emotion, die den Voldar'ik abging, obwohl Lisa sich nicht vorzustellen vermochte, wie eine Spezies ohne Neugier Intelligenz entwickelt haben sollte.

Als sie sich der Wand der Höhle näherten, schlängelte ein Schlauch sich ihnen entgegen. Eine gelbe Lampe markierte das Ende des Schlauchs. Der Pilot drehte das Schiff und dockte mit der hinteren Luftschleuse am Ende des Schlauchs an. Es folgten ein leises Rumpeln und das Zischen einströmender Luft. Dann öffnete die Luftschleuse sich, und der Pilot sagte *»Los!«* im broanischen Handels-Jargon.

Das war der erste und einzige Laut, den er während des ganzen Flugs von sich gegeben hatte.

Sie wurden von einem Voldar'ik erwartet, als sie sich hintereinander durch die Luftschleuse der Station zogen. Dan Landon verließ den Schlauch als Erster. Er hangelte sich an einem netzartigen Geflecht aus Kabeln zur Stelle, wo der Voldar'ik verankert war.

»Sie sind vom vulkanischen Handelsschiff Wanderer*?«*, fragte das Empfangskomitee.

»Das sind wir. Meine persönliche Bezeichnung ist Dan Landon, und ich bin Derjenige Der Herrscht an Bord unseres Schiffs. Dies ist Michail Vasloff; er ist Derjenige Der Handelt. Hinter ihm ist Lisa Arden, ein Weibchen unserer Spezies und Die Für Andere Spricht. Und dann haben wir noch Mark Rykand, Der Computer Bedient.«

»Seid gegrüßt, Vulkanier. Wir haben leider eure Sitten nicht in unserer Datenbank, sodass ich euch nicht in gebührender Form

willkommen zu heißen vermag. Ich bitte um Entschuldigung, falls ihr euch dadurch beleidigt fühlt. Das ist nicht meine Absicht.«

»Das macht nichts«, sagte Landon. *»Ich bitte vielmehr um Entschuldigung, dass es uns an Wissen über eure Spezies ermangelt und dass wir euch deshalb nicht angemessen zu begrüßen vermögen.«*

»Das ist nicht wichtig«, erwiderte der Voldar'ik. *»Meine persönliche Bezeichnung ist Zha, und es ist meine Funktion, denen zu helfen, die in dieses System kommen, um wertvolle Dinge mit uns zu tauschen.«*

»Wir danken Ihnen für Ihre Hilfe, Zha.«

»Das ist nicht nötig. Wie ich Ihnen bereits sagte, ist das meine Funktion.«

»Wir sind hier fremd. Womit sollen wir beginnen?«

Es trat ein Schweigen von drei Sekunden ein, fast als ob der Voldar'ik-Grüßaugust sie taxierte. Dann vibrierte seine Membran, und er sagte: *»Zunächst einmal die Gebühren für die Nutzung unserer Einrichtungen.«*

»Gebühren müssen natürlich sein«, sagte Michail Vasloff in seinem salbungsvollsten Ton, der jedoch nur inhaltlich wirkte und prosodisch beim Alien leider wirkungslos verhallte. *»Wie viel?«*

»Ein Zwölftel Ihrer Fracht.«

Wenn das Alien eine perplexe Reaktion bei den Menschen hatte provozieren wollen, wurde es auch nicht enttäuscht. Vasloff richtete sich zu seiner vollen Höhe auf – beziehungsweise Länge in der Mikrogravitation – und sagte: *»Wenn Sie bitte Ihr kleines Schiff zurückrufen wollen, wir werden Ihr System sofort verlassen.«*

»Vielleicht können wir das später auch noch regeln«, sagte der Grüßonkel.

»Ja, vielleicht«, pflichtete Vasloff ihm bei. *»Welche Arrangements sind eigentlich für unseren Besuch getroffen worden? Sollen wir jeden Tag nach den Besprechungen zu unserem Schiff zurückkehren oder haben Sie Unterbringungsmöglichkeiten für uns?«*

»Wir haben geeignete Quartiere für den Typ Ihrer Spezies, aber Sie werden sich selbst verpflegen müssen. Ohne Daten bezüglich Ihrer Ernährungsbedürfnisse wäre es leichtsinnig von Ihnen, mit unseren Nahrungsmitteln zu experimentieren. Außerdem weiß ich aus eigener Anschauung, dass Wesen mit einer Futterluke wie der Ihren unsere Atzung nicht goutieren.«

»Wir haben unsere eigenen Vorräte«, sagte Landon. *»Platz mit der richtigen Atmosphären-Regelausrüstung und eine Kommunikationsmöglichkeit mit unserem Schiff wird alles sein, was wir für die Dauer unseres Aufenthalts benötigen.«*

»Das können wir Ihnen bereitstellen. Werden Sie auch nach Klys'kra't reisen?«

»Das hängt von unseren Gesprächen mit Denen Die Handeln unter Ihren Leuten ab.«

»Ja, das wird wohl so sein. Bitte beachten Sie, dass wir mindestens vier unserer Planetentage brauchen, um eine solche Reise zu arrangieren. Reisende schätzen die Schwierigkeiten nicht, die damit verbunden sind, Fremde in die Biosphäre von Klys'kra't einzuführen.«

»Wir wollen Ihnen keine Umstände bereiten. Sollen wir nun in unsere Kabine gehen und später über den Tausch unserer Wertgegenstände sprechen?«

»Wenn das so Sitte ist bei Ihnen.«

Lisa hob die Hand, wie der Captain sie zuvor instruiert hatte. *»Vergessen Sie die Morgengabe nicht.«*

»Natürlich«, sagte Landon. *»Es wäre unschicklich, die Morgengabe zu vergessen.«*

»Was ist das für ein Opfer?«, fragte Zha.

»Das ist eine Tradition unserer Spezies. Immer wenn wir ein neues System betreten, bieten wir dem herrschenden Administrator eine Morgengabe dar; ein kleines Geschenk, um seine Autorität anzuerkennen und sein Wohlwollen zu erlangen.«

»Was für ein Geschenk?«

»Was auch immer für den Administrator von Wert ist. Viel-

leicht können wir diese Angelegenheit mit ihm oder mit ihr irgendwann während unseres Besuchs erörtern.«

Es trat eine lange Pause ein. Schließlich sagte der Voldar'ik mit wedelnden Tentakeln: *»Wir sind ein entlegenes System am Ende einer langen Reihe von Sternentoren und befinden uns im äußeren Bezirk der Zivilisation. Die Oberherren besuchen uns nur sporadisch. Es befinden sich derzeit keine im System. Ich werde Ihre Morgengabe aber gern treuhänderisch verwahren, bis die Broa uns das nächste Mal besuchen, um nach dem Rechten zu sehen.«*

»Ich bin sicher, dass wir eine Lösung zur beiderseitigen Zufriedenheit finden werden«, sagte Landon. Er war wie elektrisiert, als er den Klang des Worts »Broa« hörte. Jedoch übertrug sich das nur auf seine Schiffskameraden, denen es genauso ging. Sie hatten noch nicht einmal fünf Minuten mit einem Einheimischen gesprochen und schon eine Bestätigung für einen wichtigen Aspekt von Sar-Say's Geschichte. Was auch immer sie sonst darstellten, die Broa existierten in der Tat!

Hätte man in diese Unterkunft auf der Erde etwas Arbeit hineingesteckt, dann hätte man eine schöne Absteige daraus machen können. Sie bestand aus einer kahlen Kammer mit fünf Metern im Geviert und einer drei Meter hohen Decke. Außer dem kahlen Boden und den Wänden gab es noch eine Mikrogravitations-Vorrichtung für die Ausgabe von Wasser und die gleiche Art von sanitären Einrichtungen, die die Raumfahrer der *Magellan* vorgefunden hatten, als sie die *Ruptured Whale* erstmals geentert hatten. Es gab erhöhte Plattformen, die vielleicht – oder vielleicht auch nicht – als Ankerpunkte für Schlafstätten vorgesehen waren. Es gab jedoch keine Trennwände, Türen oder sonstige Anzeichen, dass die Voldar'ik Wert auf eine Privatsphäre legten.

»Ist das zufriedenstellend?«, fragte Zha, nachdem er sie in die Unterkunft geleitet hatte.

»Ist es möglich, die Temperatur zu ändern?«, fragte Mark das Alien. Wie Lisa bekam auch er langsam eine Gänsehaut.

»Sie können die Temperatur, Zusammensetzung und den Wassergehalt der Atmosphäre über das Bedienfeld am Schott ändern. Ich werde es Ihnen zeigen. Achten Sie aber darauf, die Schutzvorrichtungen nicht zu entfernen, mit denen verhindert wird, dass Sie eine Einstellung vornehmen, die für Wesen Ihres Typs schädlich wäre.«

»Wenn wir die Temperatur auf ein Niveau erhöhen, das unsere Spezies als angenehm empfindet, ist die Unterkunft akzeptabel«, sagte Landon. *»Und was ist mit der Kommunikation?«*

Zha wies auf ein Instrument, das offensichtlich ein Funkgerät war. Das Design hatte Ähnlichkeit mit den Kommunikationsstationen an Bord des Schiffs und eine sehr große Ähnlichkeit mit einer Anzahl von Geräten, die sie in ihrem Frachtraum hatten. *»Der Stationscomputer kennt Ihre Identität. Wenn Sie den Kommunikator aktivieren und ›Wanderer‹ sagen, sind Sie in der Lage, mit Ihren Schiffskameraden zu sprechen.«*

»Wird eine solche Kommunikation überwacht?«

Der Voldar'ik ließ sich mit der Antwort ziemlich lange Zeit. *»Ich verstehe Ihre Frage leider nicht. Würden Sie sie bitte in einer anderen Formulierung erneut stellen?«*

»Schon gut«, erwiderte Landon. *»Ich glaube, Sie haben mir alle Informationen gegeben, die wir brauchen.«*

»Gibt es sonst noch etwas?«

»Wir würden gern so bald wie möglich mit denen sprechen, die zu handeln wünschen. Wann lässt sich das arrangieren?«

Der Grüßonkel nannte ihnen eine Zeitspanne, die das Äquivalent von vier Stunden war.

»Das ist akzeptabel. Es gäbe da aber noch etwas.«

»Das wäre?«

»Weil wir so weit von zu Hause entfernt sind, würden wir gern alles über diese lokale Region des Raums in Erfahrung bringen, um zu sehen, welche geschäftlichen Möglichkeiten sich hier bieten.

Derjenige Der Computer Bedient bittet um Zugang zu Ihren Datenbanken, um die Möglichkeiten für den Tausch von Wertgegenständen zu eruieren.«

»Ein solcher Zugang kostet aber.«

Nun spielte Vasloff seinen Part. *»Wir sind Händler, Zha. Wir kennen das Konzept von Geben und Nehmen, und wir achten darauf, dass jeder, der uns hilft, für seine Zeit und Bemühungen angemessen honoriert wird. Also, wie viel wird es kosten, um Zugang zu Ihrer Datenbank zu bekommen? Nichts Vertrauliches, nur die Informationen, auf die jeder Voldar'ik Zugriff hat … und natürlich nur solche Dinge, die in der Handelssprache aufgezeichnet sind.«*

»Ich glaube, wir werden zunächst einen Wechselkurs zwischen den Produkten unserer beiden Spezies festlegen müssen, bevor wir einen Preis vereinbaren«, erwiderte Zha. *»Welche Art von Tauschware haben Sie?«*

»Es war eine lange Reise, und wir haben unsere eigenen Produkte bereits eingetauscht. Die aktuelle Fracht besteht überwiegend aus Gütern aus dem Sternsystem Vith.«

»Von diesem Stern habe ich schon gehört.«

»Unser Shangri-La befindet sich zwölf Sternentore jenseits von Vith.«

»Zwölf, sagen Sie? Damit befinden Sie sich ziemlich weit auf der anderen Seite der Zivilisation.«

»Ja, das stimmt. Es ist eine Schande, dass es so lange dauert, Ihre wunderschöne Welt zu erreichen. Wenn wir also auf gleichwertiger Basis handeln wollen, werden wir etwas finden müssen, das es wert ist, so weit transportiert zu werden. Deshalb benötigen wir Zugang zu Ihren Computern. Wer außer einem Vulkanier sollte wohl über die Vorlieben anderer Vulkanier Bescheid wissen?«

»Wohl wahr«, sagte Zha.

»Es gibt jedoch keinen Grund, weshalb Personen von beiden Systemen kein Arrangement zur beiderseitigen Zufriedenheit treffen sollten, wenn es uns gelingt, die geeigneten Tauschobjekte zu finden …«, sagte Vasloff dann.

Lisa unterdrückte ein Lächeln. Sie vermochte sich nicht zu erinnern, jemals Zeuge eines so raffinierten Bestechungsversuchs gewesen zu sein – noch dazu in einer außerirdischen Sprache!

Mark Rykand schwebte vor dem broanischen Computer und rieb sich die Augen, die allmählich tränten, als ob er die ganze Zeit Zwiebeln geschnitten hätte. Seit zwei Wochen durchforstete er nun schon die Zal'trel-Datenbank nach Fakten, die für die Menschheit interessant waren. Es kam ihm eher wie zwei Jahre vor. Von den vergangenen achtundzwanzig Stunden hatte er allein zwanzig die broanische Symbologie über den Bildschirm wandern sehen. Außer zu den Zeiten, wo er hastig sein Essen hinunterschlang oder die »Einrichtungen« der Voldar'ik aufsuchte oder sich ein paar Stunden unruhigen Schlaf gönnte, klebte er förmlich am Bildschirm. Und er hatte nach erfolgreichen Recherchen zwei Touren zum Schiff zurück unternommen, um die Aufzeichnungen hochzuladen und den Speicher seines tragbaren Computers für neue Suchläufe freizuschaufeln.

Es waren erfolgreiche, aber auch frustrierende zwei Wochen gewesen. Immerhin hatte er einen schnellen Anfangserfolg zu verzeichnen gehabt. Er hatte kaum das Symbol für »Broa« in den Computer eingegeben, als er auch schon von einer Detailfülle über Klys'kra't in der Souveränität schier erschlagen wurde. Die Voldar'ik hegten keine Zweifel, dass die Broa existierten. Die Oberherren hatten in ihrer Kultur etwa die gleiche Stellung inne wie Jehova in der jüdischen Kultur. Nur dass ein Häretiker, der die Existenz dieser besonderen Götter bezweifelte, viel schneller auf den rechten Weg zurückgeführt wurde als irgendein Sünder im Alten Testament.

Es verhielt sich tatsächlich so, dass Sar-Say nicht nur die Wahrheit über die Broa gesagt hatte, sondern sie noch in zu freundlichen Farben geschildert hatte. Die Aufzeichnungen der Voldar'ik enthielten jede Menge Geschichten, was geschah, wenn die Oberherren unzufrieden waren. Mark hatte ein paar Stunden mit Szenen zerstörter Städte und toter Welten aufgezeichnet. Anfangs fragte er sich, wieso die Broa die Existenz solcher Aufzeichnungen überhaupt duldeten. Und dann wurde er sich bewusst, dass – wäre er der Herr über ein galaktisches Reich mit einer Million Sternen –, eine Kategorie von Informationen, die er nicht unterdrücken würde, das Schicksal von Rebellen und anderer war, die nicht pariert hatten.

Trotz der vielen Beweise, dass die Broa existierten und jeden Stern innerhalb ihrer Reichweite kontrollierten, schien es geradezu eine inflationäre Dokumentation über die Oberherren selbst zu geben. Das Interessanteste, was er bisher entdeckt hatte, war eine Bibliothek ihrer Verordnungen. Die meisten bezogen sich auf die Benutzung von Sterntoren, jedoch hatten die Dekrete eine Bandbreite von zensierten Informationen bis hin zu Einschränkungen bezüglich der Fortpflanzungspraktiken der Aliens. Es schien keine Auflage zu geben, die zu streng war, als dass die Broa sie erließen oder die Voldar'ik sie befolgten. Mark erinnerte sich an die anfänglichen Theorien der Biologen über Sar-Say – dass er die Oberherren so sah, wie ein Hund zu seinem Herrchen aufschaute – und fragte sich, ob das nicht auch für die Voldar'ik galt.

Trotz aller Bemühungen vermochte Mark jedoch nichts über die Broa selbst herauszufinden. Es gab weder Beschreibungen noch Bilder, und es hingen auch keine majestätischen Porträts in Amtsstuben – rein gar nichts. So hatte zum Beispiel die Eingabe BROA-SPEZIES-BIOLOGIE keine Ergebnisse vom Stationscomputer erbracht, nicht einmal die schnippische Meldung, dass die fraglichen Daten klassifiziert waren. Als ob die Vorstellung, dass die Broa biologische Organismen waren, nicht als Konzept im Gehirn des Computers und vielleicht auch in den Gehirnen seiner Meister existierte.

Leider ergaben die spärlichen persönlichen Informationen

über die Broa durchaus einen Sinn. Genauso, wie ein galaktischer Oberherr wollte, dass seine unterworfenen Spezies die Konsequenzen einer Auflehnung kannten, wollte er ihren Zugang zu persönlichen Daten beschränken. Zum Beispiel die broanische Biologie. Eine unterworfene Spezies, die mit dem örtlichen broanischen Statthalter unzufrieden war, vermochte die Kenntnis seiner Physiologie beispielsweie zu nutzen, um ihn zu vergiften. Indem sie den Voldar'ik biologische Informationen vorenthielten, schützten die Broa sich vor Attentaten. Das heißt, sie verwehrten ihren Untertanen auch solche Informationen, die nur *andeuteten*, dass es Mittel und Wege gab, einen Oberherren ins Jenseits zu befördern. Außerdem – wenn es schon ratsam war, seinen Untertanen eine persönliche Wissenskategorie vorzuenthalten, wieso dann nicht gleich alle?

Das war zumindest Mark Rykands Abeitshypothese. Bisher schien sie auch zuzutreffen. Natürlich hätte er sie gründlicher zu überprüfen vermocht, wenn er bei den Fragen an den Computer nicht so eingeschränkt gewesen wäre.

Man wusste zwar nicht, ob diese Vorsicht wirklich erforderlich war, aber wie es so schön hieß: Vorsicht war die Mutter der Porzellankiste. Vermutlich überwachten die Voldar'ik seine Aktivitäten oder verfügten zumindest über die ensprechenden Mglichkeiten. Um zu verhindern, dass die Aliens durch eine Analyse der Fragen, die er stellte, zu viel über die Menschen erfuhren, musste Mark sich interessanten Punkten indirekt nähern. Wenn er zum Beispiel Fragen zur broanischen Biologie stellte, kam diese Frage am Ende einer langen Kette anderer Anfragen, in denen er sich scheinbar für kommerzielle Aspekte interessierte. Sonst hätte er es riskiert, eine Spur menschlicher Unwissenheit zu hinterlassen, die deutlich in einen Bereich außerhalb der Souveränität führte.

Es waren diese notwendigen Irreführungs- und Verschleierungstatiken, die Marks Fortschritte stark behinderten. Mark war längst klar, dass sie eine Kopie der Voldar'ik-Datenbank zur »freien Verwendung« brauchten. Wenn sie wieder an Bord der *Whale* waren – und später in der Brinks-Basis – wären sie in der Lage, gezielte Abfragen durchzuführen. Dann vermochten sie alles in Erfahrung zu bringen, was die Voldar'ik über die Broa und ihr Imperium wussten. Sie wären in der Lage, nach Belieben zu suchen, Korrelationen herzustellen und Hypothesen zu formulieren, ohne damit rechnen zu müssen, dass feindliche Augen ihnen über die Schulter blickten.

Am dritten Tag ihres Aufenthalts in der Zal'trel-Station hatte Mark dieses Problem Captain Landon auseinandergesetzt, und der hatte die Angelegenheit an Michail Vasloff übergeben. Am Tag 3 stand Vasloff in intensiven Verhandlungen mit seinem Voldar'ik-Kollegen. Er hatte nach dem Preis für eine Kopie der Stationsdatenbank gefragt, als sei das das Natürlichste von der Welt. Die Frage zu stellen war noch das wenigste gewesen. Zehn Tage später stritt Vasloff sich noch immer mit Zha, wie viel diese Informationen wert waren.

Die Prognosen der Soziologen bezüglich der Voldar'ik-Persönlichkeit hatten sich als verblüffend exakt erwiesen. Wie Raoul Bendagar bei einem Anruf zum Schiff gesagt hatte: »Es gibt eben gewisse universale Prinzipien. Das Gesetz der Gier ist eins davon.«

So interessant solche Feststellungen auch waren, sie lösten nicht das Problem. Was Mark brauchte, war jemand mit einem viel größeren Wissen als das, was er sich hier mühsam und subversiv aneignete. Was er brauchte, war die Hilfe von Sar-Say.

38

»Kommen Sie, Captain. Seien Sie vernünftig. Er hat uns bisher doch immer die Wahrheit gesagt, oder etwa nicht?«, fragte Lisa in einem heiseren Flüstern.

Sie und Dan Landon befanden sich auf einer Tour durch die Zal'trel-Station und hatten inmitten eines der großen Felder angehalten, wo die Voldar'ik flaschenförmige Knollen anbauten, ihr Grundnahrungsmittel. Der Himmel über ihnen war schwarz bis auf die glühende gelbe Kugel des Sterns, den sie noch immer Orpheus nannten. In einer unbestimmten Entfernung über ihren Köpfen war eins der riesigen Fenster, die sie während des Anflugs beobachtet hatten – ein Fenster, das so klar war, dass es den Eindruck vermittelte, das Feld liege im offenen Weltraum. Nur die kalte Luft mit dem fremdartigen Geruch, die sie nach dem Ausatmen wie lange »Luft«-Schlangen umwickelte, widerlegte diesen Eindruck als optische Täuschung.

»Ich muss gestehen, dass alles, was er uns erzählt hat, bisher eingetroffen ist«, flüsterte Landon in Standard. Falls die Voldar'ik sie mit Richtmikrofonen belauschten, würden sie nur ein unverständliches Kauderwelsch hören. »Dennoch hat er keinen Grund, uns gegenüber loyal zu sein, und deshalb haben wir auch keinen Grund, ihm zu vertrauen.«

»Er ist ein Händler. Wir können ihn aber motivieren, uns zu vertrauen. Wir bieten ihm die alleinige Handels-Konzession für das Sonnensystem an, wenn er uns hilft.«

Ein plötzliches Aufblitzen in den Augen des Kapitäns sagte Lisa, dass sie mit dieser Bemerkung etwas Unbeabsichtigtes ausgelöst hatte. »Handel? Was ist das denn für ein Handel?«, fragte er. Seine Stimme war ein heiseres Murmeln. »Was glauben Sie, wie man zu Hause wohl reagieren wird, wenn wir unseren Fund melden? Glauben Sie, dass man ein menschliches Raumschiff dann auch nur noch in die Nähe des Orion-Arms lässt?«

Sie runzelte die Stirn. Der Kapitän hatte recht. Das Parlament müsste nur ein paar der Bilder sehen, die Mark aus der Voldar'ik-Datenbank hervorgekramt hatte, und die Abgeordneten würden in Panik ausbrechen. Solange die Broa über die

Souveränität herrschten, würde es keinen Handel mit der Menschheit geben.

»In Ordnung. Dann werden wir ihn eben auf eine andere Art für eine Zusammenarbeit gewinnen. Wie wäre es, wenn wir uns bereit erklären, ihn mit unserer Fracht hier zurückzulassen, sobald wir zur Erde zurückfliegen?«

»Glauben Sie, dass er versprechen wird, Stillschweigen über uns zu bewahren?«

»Wir können ihn ja mal fragen.«

Landons Gesichtsausdruck wurde noch finsterer. »Also wirklich, Miss Arden! Glauben Sie denn, dass ich die Sicherheit der menschlichen Rasse auf das Wort eines kleinen Aliens hin riskieren würde?«

»Was könnte er ihnen schon sagen? Er weiß nicht einmal, wo Sol überhaupt ist.«

»Er weiß, dass Sol existiert. Das genügt schon. Woher wollen Sie übrigens wissen, dass er unsere Position nicht kennt? Hat er unsere Astronomiebücher studiert?«

»Ein paar«, bestätigte sie mit einem Nicken.

»Sagen Sie mir, wo ist der Null-Null-Punkt in all unseren astronomischen Positionsdaten?«

Sie runzelte die Stirn; ihr gefiel die Wendung nicht, die das Gespräch nahm. »Die Erde natürlich.«

»Also, wenn Sar-Say sich zufällig die richtige Aszension, Deklination und Entfernungsdaten für den Krebsnebelfleck eingeprägt hat, wie schwer wird es den Voldar'ik dann fallen, die Korrelation herzustellen?«

»Wohl nicht sehr schwer.«

»Gar nicht schwer. Ich vermute, sie werden innerhalb von zwei Minuten wissen, wo die Erde liegt, nachdem Sar-Say ihnen unsere Existenz verraten hat.«

Sie kaute auf der Lippe und war gar nicht glücklich wegen der Schlussfolgerung, die sich ihr ins Gehirn stahl. »Sie haben natürlich recht.«

»Verdammt noch mal habe ich recht. Damit dürfte der unausgegorene Vorschlag sich auch erledigt haben, Sar-Say zu erlauben, Daten mit unseren Gastgebern abzugleichen. Einverstanden?«

Sie nickte.

»Gut. Wir sollten uns wieder unserem Reiseführer anschließen. Er scheint sich schon zu fragen, was wir wie zwei Schulmädchen zu tuscheln haben.«

»Jawohl, Sir.«

Während sie, der Kapitän und ihr Voldar'ik-Führer die Besichtigung der landwirtschaftlichen Anbauflächen der Station fortsetzten, ließ Lisa sich Landons Äußerungen noch einmal durch den Kopf gehen. Sie vermochte beim besten Willen keinen Fehler in seiner Logik zu entdecken, und das deprimierte sie noch mehr als der Gedanke an Sar-Say's Schicksal. Die Wahrheit war, dass trotz der Weite des Raums die Erde nicht so schwer zu finden war, wenn man nur ein paar Hinweise auf ihre Position hatte.

Es schien keine andere Lösung des Dilemmas zu geben außer einer vollständigen Isolation. Wenn sie vor den Broa wirklich sicher sein wollten, würden sie ein Loch graben, hineinsteigen und den Deckel draufmachen müssen. Es durfte keinen Kontakt mit irgendeiner Spezies der Souveränität geben. Der geringste Hinweis auf ihre Existenz, und die Broa würden sich auf die Suche nach ihnen machen. Vielleicht hatten sie allein durch ihre Anwesenheit in diesem System die menschliche Rasse jetzt schon in Gefahr gebracht.

Es schien, dass Michail Vasloff und seine Fanatiker von *Terra Nostra* doch recht gehabt hatten. Es wurde Zeit für die Menschheit, auf Tauchstation zu gehen. Das Weltall war ein zu gefährlicher Ort, um dort herumzustreunen.

Sie dachte über die Konsequenzen dessen nach, was sie bereits über die Broa und ihr Reich erfahren hatten. Und je mehr sie grübelte, desto deprimierter wurde sie. Ihren Begleitern fiel auf, dass sie für den Rest der Tour sehr schweigsam war.

Zwei Tage später trat Mark von hinten an Lisa heran und umarmte sie.

»Wofür ist das denn?«, fragte sie noch immer verzagt wegen des Gesprächs mit dem Kapitän.

»Ich muss zum Schiff zurück«, sagte er und ließ die Hände spielerisch über ihre Figur gleiten. Sie genoss die Aufmerksamkeit und schmiegte sich für ein paar Sekunden an ihn. »Geht es dir gut?«

»Ja. Ist der Speicher wieder voll?«

»Du hast es erfasst. Ich werde diese Ladung in den Computer der *Whale* kopieren und für einen neuen Durchgang zurückkommen. Soll ich dir irgendetwas mitbringen?«

»Nein. Ich habe alles, was ich brauche.«

»Und wenn Sar-Say wieder das besagte Thema zur Sprache bringt?«

Sie runzelte die Stirn. Mark hatte nicht lange gebraucht, um sie wieder zu dem Thema zu lenken, das sie beschäftigte. Sie hatten in der letzten Nacht ausgiebig »Bettgeflüster« betrieben. Wie sie sich in der Dunkelheit an ihn gekuschelt und ihm eindringlich ins Ohr geflüstert hatte, waren diese Handlungen irgendwie therapeutisch für sie gewesen. Es erschütterte sie nicht einmal, als sie feststellte, dass Mark mit dem Kapitän übereinstimmte. Wie auch immer sie sonst zu ihm standen, sie durften Sar-Say keinen Zugang zu den Voldar'ik oder irgendwelchen anderen Aliens gewähren.

Sie war zwar noch immer niedergeschlagen wegen ihrer Entdeckungen und der möglichen Perspektiven für die Zukunft der Menschheit, aber sie entwickelte wieder einen gewissen Trotz. Ihre natürliche Widerstandsfähigkeit sagte ihr, dass die Dinge nicht so schlecht stehen konnten, wie es den Anschein hatte. Es musste doch noch eine andere Lösung geben, außer sich mit eingezogenem Schwanz nach Hause zu verziehen. Leider hatte sie keine Idee, wie diese Lösung aussehen sollte.

Schließlich schüttelte sie den Kopf. »Nein, ich will nicht,

dass du ihn verärgerst. Außerdem ist es nur fair, wenn ich ihm die schlechte Nachricht selbst überbringe. Wie lange wirst du weg sein?«

»Ein paar Stunden. Wir sehen uns heute Abend wieder. Welche aufregende Aktion habt ihr denn für heute geplant?«

»Ich unterstütze Mr Vasloff. Er scheint Gefallen an diesen Verhandlungen zu finden. Dravv hat er bereits so weit, dass er etwa zehn Prozent mehr für die Energiemodule bietet als gestern. Man könnte glauben, dass wir seinen Erst- und Drittgeborenen als Entgelt für unsere Module verlangen, wenn man ihn so reden hört. Ich glaube auch, dass Michail seinen Beruf verfehlt hat, als er in die Politik ging. Er hätte einen verdammt guten Gebrauchtwagen-Verkäufer abgegeben!«

Nachdem Mark sein Gspusi noch für ein paar Sekunden gehalten hatte, ließ er sie widerwillig wieder los und nahm seinen Computer an sich. Bei dieser Informationsfülle hätte er eigentlich ein höheres Trägheitsmoment haben sollen, sagte er sich, als er die Arme durch die Gurte schob und sich vergewisserte, dass er richtig am Rücken anlag. Nachdem er den Rest seiner Ausrüstung überprüft hatte, öffnete er die Luke und driftete in den dahinterliegenden Gang.

Er genoss diese kurzen Ausflüge zurück zum Schiff, denn er vermochte sich nicht nur vom Bildschirm loszueisen, sondern erhielt auch noch Einblicke in die fremdartige Umgebung. Auf den ersten beiden Touren hatte einer der einsilbigen Voldar'ik-Führer ihn begleitet. Das war sein erster Versuch, den Weg selbst zu finden.

Hundert Meter den Gang entlang kam er zu einem großen Raum in Form eines offenen Dodekaeders. Die Kammer durchmaß mehr als hundert Meter. Sie war hell und luftig und erinnerte ihn irgendwie ans Innere eines Golfballs. Als der Gang, in dem er schwebte, in den großen Raum mündete, hielt er inne und bedachte die nächste Bewegung.

Raumfahrer in den Holo-Epen, die in solche Räumlichkeiten gelangten, stießen sich an einer Wand ab und segelten durch die Luft zur gegenüberliegenden Seite. In der Praxis war es jedoch gefährlich, frei in großen begrenzten Räumen umherzufliegen. Die Menschen waren schließlich nicht für die Mikrogravitation geschaffen und ermangelten – neben vielen anderen Defiziten – auch der Tiefenwahrnehmung, um Entfernungen richtig abzuschätzen. Wenn er sich zu kräftig abstieß, würde er mit einer so hohen Geschwindigkeit gegen die gegenüberliegende Wand prallen, um sich etwas zu brechen; und im anderen Fall würde er langsam taumelnd nur ein paar Minuten in der Luft hängen.

Keine dieser Aussichten sagte ihm zu. Zumal ein weiteres Problem darin bestünde, dass er den Flug nicht zu kontrollieren vermochte. Vor dem geistigen Auge sah er, wie er mit Voldar'ik-Passanten zusammenstieß und mit den Armen in der Luft ruderte, während er verzweifelt nach einem Halt suchte. Anstatt das Risiko einzugehen, sich vor den Aliens lächerlich zu machen, beschloss Mark, den langen Weg außen herum zu nehmen.

An der Peripherie des offenen Raums waren die allgegenwärtigen Mobilitätsnetze der Voldar'ik gespannt. Die Aliens benutzten ihre Tentakel, um sich an den Netzen »abzurollen« und rotierten so langsam, aber effizient durch den Raum. Er griff mit der Hand ins Netz und zog sich an der gekrümmten Wand entlang. Es würde zwar ein paar Minuten dauern, um den Gang zu erreichen, der sein Ziel war, aber es würde dabei zu keinen Zusammenstößen kommen.

Hin und wieder hatten sie in der Zal'trel-Station auch Wesen erblickt, die einer anderen Spezies angehörten als die Voldar'ik. Mark bemerkte, dass ein solches Alien sich ihm auf einem Abfangkurs zu nähern schien. Das Wesen war ein großer, blauer pelziger Kamerad, und es bewegte sich mit der Gewandtheit von jemandem über das Netz, der viel Zeit in der Mikrogravitation verbracht hatte. Als Mark sich bewusst wurde, dass das Wesen tatsächlich auf ihn zuhielt, hielt er an und wartete ab.

»Sie sind einer der Vulkanier-Händler?«, fragte das blaue Alien im Handelsjargon. *»Derjenige, der als Der Computer Bedient bekannt ist?«*

»Wie er leibt und lebt«, wollte Mark entgegnen, als ihm bewusst wurde, dass er nicht über das entsprechende Vokabular verfügte. Er behalf sich stattdessen damit: *»Ich bin derjenige, Der Computer Bedient. Meine persönliche Bezeichnung ist Mark Rykand. Und wer sind Sie?«*

»Ich bin Effril. Ich würde Sie gern sprechen, Mark Rykand.«

Mark hing am Netz wie eine Weihnachtsbaum-Dekoration und studierte den Fremden. Zumindest beruhte sein Aufbau auf einem vertrauten Muster. Er hatte zwei Arme, zwei Beine und einen Kopf. Erkennbare Hände wuchsen aus den Armen, obwohl sie jeweils sechs Finger hatten; und die Beine endeten in keulenartigen Auswüchsen, die noch als Füße durchgingen. Das Alien hatte einen kurzen Stummelschwanz an der Stelle, wo ein »normaler« Schwanz sein sollte, und sein Kopf glich einer Kugel: mit zwei Augen, einem geschlitzten Nasenloch und einem Mund etwa an der Stelle, wo sich ihre menschlichen Entsprechungen befanden. Die Zähne des Wesens waren scharf und spitz – die Merkmale eines Fleischfressers – und die rubinroten Augen verliehen ihm einen wilden Blick.

»Was sollten wir wohl zu besprechen haben?«, fragte Mark und versuchte, sich nicht vom Äußeren des großen blauen Aliens einschüchtern zu lassen.

»Dinge von gegenseitigem Wert. Ich würde mich zum Erfrischungsbereich dort hinten vertagen, wenn Sie mit mir zu sprechen belieben.«

»Na gut. Ich habe noch ein paar Minuten, bevor ich zu meinem Schiff zurückkehren muss. Lassen Sie uns also Ihren Vorschlag erörtern.«

Mark wurde zu einem großen rechteckigen Abteil geführt,

wo die Voldar'ik sich Nahrung aus ihrer Flaschenfrucht zuführten. Dies geschah, indem sie die Frucht in die Bauchnabelöffnung steckten und aussaugten, bis nur noch die »ausgelutschte« Schale übrig war. Die Voldar'ik verdunkelten ihre Nahrungsaufnahme-Bereiche genauso wie die Menschen ihre teuren Restaurants – vielleicht aus ähnlichen Gründen. Die anderen Mitglieder der Delegation hatten mit potenziellen Voldar'ik-Kunden eine Art Dinner veranstaltet. Er war jedoch in ihrem Quartier geblieben und hatte im Informationsnetz der Aliens gesurft.

Als das blaue Alien die Füße vor einem der Sockel am Deck verankerte, wo die Flaschen-Früchte zum Verzehr bereitgestellt wurden, folgte Mark seinem Beispiel. Der Fremde machte eine Geste, die Mark nicht zu deuten vermochte, und sagte: *»Es ist eine Schande, dass diese Dreiständer nichts zu essen und zu trinken für uns haben; sonst würde ich Sie auf einen Trunk einladen.«*

Mark wies auf seine Mikrogravitations-Feldflasche. *»Ich habe selbst einen Trank dabei.«*

Das Alien holte eine transparente Flasche aus dem Beutel an seinem Gürtel. *»Ich auch. Wollen wir also auf unsere Gesundheit und Wohlstand trinken?«*

Mark lächelte bei dem Trinkspruch, der so viel Ähnlichkeit mit dem traditionellen »Auf Ihr Wohl« hatte. Wäre die Situation eine andere gewesen, hätte er gern die Souveränität bereist, um zu sehen, wie weit verbreitet die Gewohnheit des gemeinschaftlichen Trinkens war. Seine beschränkte Erfahrung – zuerst Sar-Say und nun dieser blaue Typ – sagten ihm aber, dass das unter denkenden Wesen fast universal war.

»Meine Zeit ist knapp bemessen«, sagte Mark, nachdem er einen Schluck Wasser aus der Feldflasche genommen hatte. *»Was kann ich für Sie tun?«*

»Soweit ich weiß, kommen Sie von der anderen Seite der Zivilisation.«

»Das stimmt.«

»Ich bin ein Händler wie Sie. Ich würde mit Ihnen gern einen Austausch kommerzieller Informationen zum beiderseitigen Vorteil besprechen.«

»Welche Informationen?«

»Die lokalen Systeme, in denen Ihre Leute Waren verkauft haben – Aufstellungen davon, was sich in jedem System am besten verkauft, Gebräuche, die den Austausch wertvoller Güter zwischen weisen Wesen befördern. Ich werde Ihnen natürlich auch meine Informationen zur Verfügung stellen.«

»Ja, das wäre gut«, antwortete Mark. Obwohl die Menschheit natürlich nicht über solche Informationen verfügte. Dieses Wesen wusste das aber nicht. Außerdem eröffnete er ihnen einen weiteren Weg, um Informationen über die Souveränität zu gewinnen. Wenn die hiesigen reisenden Händler auch nur eine geringe Ähnlichkeit mit denen zu Hause hatten, meldeten sie wahrscheinlich nicht alles, was sie wussten, an die Oberherren. *»Vielleicht können wir eine Einigung erzielen. Erzählen Sie mir als Erstes, was für ein Wesen Sie sind. Ich vermag Sie leider nicht zu identifizieren.«*

Das blaue Wesen nahm noch einen tiefen Schluck aus der Pulle. Eine zu ihm herüberwehende Fahne sagte Mark, dass es definitiv kein Wasser war. Das blaue Alien schaute Mark mit rubinroten Augen an und sagte: *»Sie müssen wirklich von einem weit entfernten System kommen, um einen Taff-Händler nicht zu erkennen, wenn Sie einen sehen.«*

Mark blinzelte und wartete, bis das plötzliche Summen in den Ohren verstummte. Die Alarmglocken im Gehirn hatten bei der Enthüllung des Aliens zu läuten begonnen. Er zerbrach sich den Kopf darüber, wie er die Frage, die am dringendsten einer Antwort harrte, formulieren sollte. Zum Glück kam ihm nun das »Tarnen und Täuschen« zupass, das er in den letzten zwei Wochen praktiziert hatte.

Als er wieder sprach, geschah das mit der Vorsicht von jemandem, der entdeckt hat, dass er seit geraumer Zeit ahnungslos durch ein Minenfeld spaziert.

»Sie sind ein Taff? Ich habe natürlich schon von Ihrer Art gehört. Ich war im ersten Moment nur perplex, weil Sie so verschieden aussehen. Gibt es noch eine andere Spezies, die die gleiche wörtliche Bezeichnung verwendet, um sich zu beschreiben?«

»Ich wüsste nicht. Wir Taff bereisen die ganze Zivilisation, um zu handeln – also wüsste ich es wohl, wenn es noch eine solche Spezies gäbe. Was glaubten Sie, wie ein Taff aussehen müsse?«

»Das ist nicht wichtig. Ich freue mich, Ihnen zu begegnen. Erzählen Sie mir mehr über dieses Geschäft zwischen uns.«

»Es ist unsere Gewohnheit, diejenigen, mit denen wir eventuell Geschäfte machen, vor Beginn der Verhandlungen kennenzulernen. Haben Sie denn den gleichen Brauch?«

»Aber ja.«

»Dann werden Sie mir vielleicht auch etwas über dieses Shangri-La-System sagen, das Sie bewohnen, und weshalb ich noch nie davon gehört habe.«

»Gewiss. Jedoch rühmen meine Leute sich nicht gern ihrer Errungenschaften, bevor sie ihren Gästen die Gelegenheit geboten haben, ihre eigenen Tugenden zu preisen.«

Der blaue Taff stieß ein Geräusch wie ein Schnauben aus und sagte: *»Ich soll zuerst die Karten auf den Tisch legen, was? In Ordnung. Ich möchte Ihnen von einem Besuch erzählen …«*

Das Alien erwies sich als geschwätzig. Es brüstete sich mit seinen Leistungen in einem System namens »Srenthon«, wenn Mark es richtig verstanden hatte. Er war ein Händler, der es verstand, »Werte« mit Waren zu schaffen, die andere Spezies beinahe als wertlos betrachteten. Seine Geschichte erinnerte Mark an die Märchen, die Handelsreisende sich gegenseitig erzählten. Als er dann fertig war, erwiderte Mark mit einer – größtenteils erfundenen – Geschichte, wie sein Schiff auf der Suche nach einem lohnenden Geschäft von einem Sternentor zum andern gehüpft war. Das einzige System, das er namentlich erwähnte, war Vith – wohin die *Broken Whale* unterwegs gewesen war, als der broanische Rächer sie angriff.

Irgendwie brachte Effril dann ihre Ankunft in der Zal'trel-Station zur Sprache. Mark hatte zwar nicht das Gefühl, dass er zu dem Thema hingelenkt worden war, aber der Taff wirkte durchaus wie jemand, der Experte in solchen Dingen war. Die beiden nahmen einen Schluck aus den Feldflaschen des jeweils anderen, und wenn Effril nun wusste, dass Mark Wasser trank, ließ er es sich nicht anmerken.

Bald rekapitulierte Mark ihre erste Begegnung mit Zha und wie der Grüßaugust der Voldar'ik versucht hatte, ihnen ein Zwölftel ihrer Ladung als Hafengebühr abzuluchsen. Das rief ein neuerliches Schnauben des Händlers hervor.

»Diese Voldar'ik erkennen den Wert einer Sache, wenn sie nur daran riechen«, pflichtete Effril ihm bei. *»Wie hat der Meister-Händler reagiert?«*

»Er sagte Zha, er solle das Fährschiff zurückrufen, damit wir zu unserem Schiff zurückkehren und diesen üblen Ort verlassen.«

»Gut gemacht. Wir Händler müssen diesen Erpressern die Stirn bieten, wo auch immer wir sie finden. Und was ist dann passiert?«

»Dann wollten wir dem lokalen Broa-Meister eine Morgengabe überreichen und stellten fest, dass im Moment keiner auf Klys'kra't weilt.«

Das schnaubende Geräusch ertönte wieder, diesmal aber lauter und länger. Effril schloss mit den folgenden Worten: *»Es wäre fürwahr ein armer Oberherr, der nur diesen jämmerlichen Haufen Exkremente sein Eigen nennen würde. Damit will ich aber weder unsere Gastgeber noch Sie beleidigen, ehrenwerter Mark Rykand.«*

»Weshalb sollte ich Anstoß an Ihrer Beschreibung von Klys'kra't nehmen?«

»Ich habe den Eindruck, dass Ihre Welt sich nicht im Zentrum der Zivilisation befindet. Ich würde auch sagen, dass Shangri-La

nur ein einziges Sternentor besitzt und dass Sie kaum Besuch bekommen.«

»Was veranlasst Sie zu dieser Annahme?«

»Der Umstand, dass meine Spezies Ihre Welt nicht für würdig hält, mit ihr Handel zu treiben … nichts für ungut. Wenn Sie jedoch irgendetwas von Wert hätten, dann wären Sie meiner Art schon ansichtig geworden. Und wenn Sie eine Hauptwelt wären, hätten Sie auch keine Expedition ans andere Ende der Zivilisation entsenden müssen, um nach Spezies Ausschau zu halten, mit denen man Tauschhandel treiben kann.«

»Ich gestehe, dass wir klein sind«, sagte Mark erleichtert wegen der Fehldeutung des Händlers. *»Aber wir sind auf Wachstumskurs.«*

»Ich möchte wetten, dass Sie noch nicht einmal einen eigenen Oberherrn als Statthalter haben.«

»Auch das ist wahr. Ich bin nämlich noch jung, und ich habe noch nie einen Broa gesehen.«

»Schätzen Sie sich glücklich, Jüngelchen.«

»Sie haben Erfahrung im Umgang mit ihnen?«

»Mehr, als einem Händler, der noch bei Verstand ist, lieb sein kann.«

»Wie muss man sie nehmen?«

»Sie legen großen Wert auf ihre Privatsphäre. Sie handeln auch nicht. Sie sagen einem, was sie bereit sind, für die Waren zu geben, und man akzeptiert ihr Angebot. Manchmal gewinnt man dabei, manchmal verliert man. Aber man feilscht nicht mit ihnen – nicht, wenn man nicht will, dass einem das Schiff zu Klump geschossen wird.«

Mark holte tief Luft und stellte die Frage, auf die er in der letzten halben Stunde hingearbeitet hatte. *»Wie sehen sie aus? Ich habe gehört, dass sie grausame Wesen seien, die über den gewöhnlichen Spezies thronen.«*

»Überhaupt nicht«, sagte Effril. *»Tatsächlich sind sie nur halb so groß wie ich. Man sollte sich jedoch nicht von der Größe täu-*

schen lassen, wenn man mit den Broa zu tun hat. Wenn sie in der Nähe sind, gibt es keine Diskussion darüber, wer der Stärkere ist.«

»Ich glaube, ich muss das Opfer meiner Zuchtgenossen sein. Beschreiben Sie bitte einen Broa, sodass ich einen Oberherrn auch erkenne, wenn ich einen sehe.«

»Sie werden ihn erkennen. Vertrauen Sie mir. Und was ihr Äußeres betrifft, sehen sie wie gesagt so aus: Sie sind kleine Wesen, gewöhnlich von brauner Farbe und mit einem Pelz bedeckt. Sie haben eine große Ähnlichkeit mit Ihnen, sind aber kleiner und haben Hände wie ich – das heißt, sechs Glieder statt Ihrer fünf. Ihre Ohren sind kleiner als Ihre und mehr nach vorn gerichtet. Sie haben eine Art Schnauze mit einer Reihe Atemlöcher an jeder Seite. Aber ihr hervorstechendstes Merkmal sind die Augen. Sie sind gelb ...«

39

Sar-Say fürchtete sich. So sehr wie zuletzt an dem Tag, als ein übergroßer Zweibeiner in sein Abteil an Bord seines ureigenen Schiffs kam und ihn zu einem Stern außerhalb der Zivilisation verschleppte. Irgendetwas war auf der Voldar'ik-Station gründlich schiefgegangen, und er wusste nicht, was. Es war die Ungewissheit, die ihm zu schaffen machte. Wenn sie ihm doch nur sagten, was geschehen war, würde er sein Schicksal mit einer gewissen Gelassenheit ertragen. Wie die Dinge standen, wurde er nur daran gehindert, sich zu einer Kugel zusammenzurollen und der Wirklichkeit zu entfliehen, weil seine Häscher ihn über ihre Holo-Kameras beobachteten. Anstatt sich in sein imaginäres Schneckenhaus zurückzuziehen, hing er deshalb von der Decke, drehte der Kamera den Rücken zu und betrachtete die kahle Wand seines Gefängnisses.

Dabei hatte alles sich so gut angelassen! Die Menschen nutzten die Hinweise, die er ihnen zur Verfügung gestellt hatte, um die Zivilisation zu suchen. Sie hatten zwar ein anderes System gefunden als das, was ihm eigentlich vorgeschwebt hatte, aber sie hatten ihn in die Heimat zurückgebracht – was auch Sinn der Sache war. Er half ihnen, mit den Spezies in diesem System Kontakt aufzunehmen, und seit vierzehn Schlafperioden schienen die Dinge sich auch wunschgemäß zu entwickeln. Doch dann war plötzlich etwas schiefgegangen!

Zuerst kam über die Befehlsschaltung die Mitteilung, dass die Delegation zum Schiff zurückkehrte. Es gab keine Erklärungen, keine näheren Informationen. Eben war noch alles in Butter gewesen, und im nächsten Moment machte Captain Landon die knappe Ansage: »Wir kommen zurück. Alle Vorbereitungen für den Start treffen.«

Sar-Say's Spezies neigte zu Herzproblemen, und er glaubte, eins oder gar beide Herzen würden ihm stehen bleiben, als er diese Worte hörte. Dann war auch noch seine Beobachtungsschaltung abgebrochen, und er war total isoliert. Seine Kabine an Bord der *Hraal* – insgeheim nannte er das Schiff noch immer bei seinem ursprünglichen Namen – hatte nicht einmal ein Sichtfenster, um ihm einen Ausblick zu gewähren. Seit mehr als vier menschlichen Stunden antwortete niemand mehr auf seine Anrufe, und die Wache hatte auch nicht reagiert, als er gegen die Luke hämmerte.

Zwei Stunden zuvor waren die Geräusche eines andockenden Schiffs über die Hülle übertragen worden. Ein paar Minuten später ertönte die Beschleunigungswarnung, und das Gewicht kehrte zurück. Sein Gewicht baute sich stetig zu einem Viertel der menschlichen Standard-Gravitation auf, als die Normalraumgeneratoren angefahren wurden. Das war aber schon fast zwei Stunden her.

Der konstante Schub sagte ihm alles, was er über die Absichten der Menschen wissen musste. Sie waren zu ihren Artgenossen in der Oort'schen Wolke unterwegs. Hätten sie nur die Parkbahn geändert, dann hätte der Schub nur für ein paar Sekunden angehalten. Schon eine halbe Stunde auf diesem Beschleunigungsniveau genügte, um die lokale Orpheus-Fluchtgeschwindigkeit zu erreichen. Wenn sie zum Sternentor zurückflogen, steuerten sie es auf einem hyperbolischen Hochgeschwindigkeitsorbit an.

Zum hundertsten Mal, seit diese letzte schreckliche Nachricht ihm an die Ohren gedrungen war, fragte er sich, was vielleicht geschehen war. Sein Plan schien doch astrein funktioniert zu haben. Die Art und Weise, wie die Menschen ihm auf einer persönlichen Ebene begegneten, war doch ein Beweis dafür, dass er ihre Psychologie richtig erfasst hatte. Er hatte sogar Freundschaft mit einzelnen Menschen wie Lisa geschlossen. Sie gewährleistete während der langen Monate der Gefangenschaft seine geistige Gesundheit. Dass man auch Alien-Freunde haben konnte, war eine völlig neue Vorstellung für Sar-Say. Und dass er die Menschen wirklich mochte, war geradezu eine Offenbarung. Sie waren in vielerlei Hinsicht eine bewundernswerte Art. Zwar störten ihn ihre Schwächen, aber ohne diese wären sie auch keine Menschen gewesen.

Kurz nachdem er in Gefangenschaft geraten war, hatte er entschieden, dass der Weg in die Freiheit darüber führte, freundlich zu seinen Häschern zu sein und sich bei ihnen nützlich zu machen. Er hatte das auch konsequent beherzigt. Hatte er ihnen nicht geholfen, ihre Schiffe so zu tarnen, dass sie mit einem sicheren Gefühl tief in die Zivilisation einzudringen vermochten? Hatte er ihnen nicht während ihres Kontakts mit den Voldar'ik geholfen? Durch diese Dienste, so glaubte er fest, würden sie schließlich ein Einsehen haben und ihm erlauben, sich ihrer Delegation anzuschließen, die das Ergebnis dieser fast zwei Jahre langen Übung in Diplomatie war. Er hatte so kurz davorgestanden!

Und nun waren seine schönen Pläne Makulatur. Die Menschen verließen Klys'kra't mit einer Geschwindigkeit, die ihm sagte, dass sie nie mehr dorthin zurückkehren würden. Wenn sie ihm doch nur sagten, was schiefgegangen war – vielleicht konnte er ihnen helfen, es zu richten.

Es gab jedoch eine »größte anzunehmende Panne«, auf die alle bekannten Fakten hindeuteten – eine Möglichkeit, die er höchst ungern in Betracht zog. Er musste sich aber der ungeschminkten Realität stellen. Es bestand nämlich die Möglichkeit, dass die Menschen hinter sein sorgfältig gehütetes Geheimnis gekommen waren. Während er die ultimative Katastrophe erwog, wurde Sar-Say von einem Gedanken überrascht, der aus dem Unterbewusstsein emporquoll.

Es geschah nicht sehr oft, dass so etwas jemandem seiner Art widerfuhr. Der Gedanke kam auch so überraschend, dass er einen Moment brauchte, um seine ganze Bandbreite zu ermessen. Es gab eine Strategie – nein, eine Verzweiflungstat –, die vielleicht funktionierte, wenn seine schlimmsten Befürchtungen sich bewahrheiteten. Die Wahrscheinlichkeit des Erfolgs war gering. Tatsächlich waren seine Chancen, im bevorstehenden Kampf den Sieg davonzutragen, in etwa so groß wie auf einen Gewinn bei einer der staatlich gesponserten Lotterien, auf die die geistig umnachteten Zweibeiner so versessen waren. Dennoch hatte er eine Chance auf den Sieg, wenn er handelte – und keine, wenn er nichts tat. Allein schon der Gedanke an das Risiko machte ihn trunken. Es wäre das größte Glücksspiel, auf das er sich jemals eingelassen hatte. Ein Erfolg würde ihm Reichtum und Macht bescheren. Ein Scheitern könnte ihn das Leben kosten.

Eine schlecht gelaunte Gruppe versammelte sich in der Offiziersmesse der *Ruptured Whale*. Die ganze Delegation – Dan Landon, Michail Vasloff, Lisa Arden und Mark Rykand – saß um den langen Tisch und starrte sich düster an. Raoul Bendagar und Laura Dresser vervollständigten die Gruppe. Die Stimmung im Abteil erinnerte Bendagar an ein Begräbnis. Das war ein Gedanke, den laut auszusprechen er sich aber hütete.

Die Luke öffnete sich, und Sar-Say kam herein. Im Gang dahinter wurden die vier Wachen, die ihn eskortiert hatten, für einen Moment sichtbar. Sie blieben draußen und schlossen die Luke hinter dem Alien. Sar-Say ging weiter und trat vor die Menschen. Er schaute jeden der Reihe nach mit starren, gelben Augen an.

Nachdem das unbehagliche Schweigen für ein Dutzend Sekunden angehalten hatte, sagte Dan Landon kühl: »Guten Tag, Sar-Say.«

»Tach, Käpt'n«, erwiderte Sar-Say leutselig.

»Inzwischen haben Sie wahrscheinlich mitbekommen, dass wir zum Rendezvous mit der *Columbus* und der *Magellan* unterwegs sind.«

»Ja. Für alles andere dauert der Schub schon zu lange an.«

»Wollen Sie auch wissen, weshalb wir Klys'kra't so übereilt verließen?«

»Das habe ich mich die letzten vier Stunden in der Tat schon gefragt.«

»Mark, erzählen Sie unserem Gast doch bitte von Ihrem biertrinkenden Freund.«

»Jawohl, Sir.« Mark vermied es, Sar-Say in die Augen zu schauen, und fixierte das Alien dann mit seinem kältesten Blick, als er sich dessen bewusst wurde, was er tat. »Ich habe in der Zal'trel-Station ein interessantes Wesen getroffen. Es hätte Ihnen sicher gefallen. Ein großer blauer Kerl und sehr redselig. Er hat mir eine Geschichte erzählt …«

Sar-Say nickte. Seine schlimmsten Befürchtungen hatten sich bestätigt. Es wurde Zeit, die Stoßrichtung zu ändern und einen neuen Anlauf zu riskieren. Es wurde Zeit, den Menschen die harten Tatsachen des Weltalls unter die Nase zu reiben. Sie waren keine Dummköpfe. Sie vermochten logisch zu denken, wenn sie dazu gezwungen wurden und wenn das Problem nicht allzu kompliziert war. Er zwang seine Herzen, langsamer zu schlagen, und musterte seine Befrager.

Dabei wurde er an einen alten Menschen-Film erinnert, den er im vorigen Monat auf dem Unterhaltungssystem des Schiffs gesehen hatte und der das Leben eines menschlichen Herrschers namens Cesare Borgia nachzeichnete. Die meisten menschlichen Unterhaltungen ließen ihn kalt, aber dieser Film hatte eine Saite in ihm zum Klingen gebracht. Die Situation im Italien der Renaissance erinnerte ihn an zu Hause – vor allem die höfischen Intrigen. Besonders angetan hatte es ihm der Leitspruch auf dem Familienwappen der Borgia: *Die Würfel sind gefallen.* Irgendwie war ihm das nie passender erschienen als in diesem Moment.

Sar-Say sog Luft durch die Atemlöcher, um das Gehirn mit zusätzlichem Sauerstoff zu versorgen und hoffentlich auch das Denkvermögen zu erhöhen, und sagte: »Sie sind einem Taff-Händler begegnet. Er hat Ihnen meine wahre Identität enthüllt.«

Mark nickte. »Dann geben Sie also zu, dass Sie ein Broa sind?«

»Ja.«

»Was war das für ein Ding, das Sie für uns malten?«

»Ein Tier von einer Welt, die ich einmal besuchte. Es ist nicht empfindungsfähig, wirkt aber grausam für menschliche Augen. Deshalb wählte ich es als ein Modell dafür, wie wir Broa aussehen.«

»Was hofften Sie mit dieser Scharade zu erreichen, Sar-Say?«, fragte Raoul Bendagar.

Das Alien imitierte ein menschliches Achselzucken. »Ich hoffte, die Erde als meinen persönlichen Besitz zu gewinnen.«

»Sie sind ein mutiges Alien, das muss man Ihnen lassen«, murmelte Landon.

»Danke, Captain. Für diejenigen von uns, die über die Schöpfung herrschen, ist das ein großes Lob. Natürlich bin ich einer der wahren Herren der Schöpfung. Ihr Menschen haltet euch nur dafür.«

Laura Dresser, die den Gang der Ereignisse ruhig verfolgt hatte, räusperte sich und sagte: »Verzeihung, Sar-Say, aber es gibt da ein paar Dinge, die ich nicht verstehe. Würden Sie mich bitte aufklären?«

»Natürlich.«

»Wenn Sie ein Broa sind, was ging dann im Neu-Eden-System vor, als Sie mit einem broanischen Rächer auf den Fersen vor der *Magellan* auftauchten?«

»Wir Broa haben genau wie Sie unsere internen Intrigen und Rivalitäten. Ich vermag Ihnen nicht zu sagen, welcher von meinen Rivalen dieses Schiff aussandte, um mich zu überfallen, während ich von Vith nach Persilin flog. Ich weiß nur, dass sie über uns kamen, als wir uns darauf vorbereiteten, von einem System ins andere zu springen, und der Rest ist – wie ihr Menschen sagt – Geschichte.«

»Als wir Ihr Schiff enterten, um es zu bergen, haben wir festgestellt, dass die Schäden zwar groß waren, aber nicht so groß, um die Mannschaft zu töten. Eine Luke ist zur gleichen Zeit weggeflogen, als alle Sicherheitstüren sich plötzlich öffneten und einen Druckverlust im Schiff verursachten. In meinen Augen ist das eine ziemlich schlampige Konstruktion für ein Raumschiff.«

»Ich habe den Druckabfall im Schiff zur gleichen Zeit herbeigeführt, als ich den Hauptspeicher löschte.«

»Dann waren Sie also die Ursache der Computerpanne!«

»Stimmt.«

»Was wollten Sie dann unten in der Technik, als Sie sich vor neun Monaten fast selbst gegrillt haben?«

»Mark stand kurz vor der Entdeckung, dass die Daten absichtlich gelöscht worden waren. Ich wollte den Computer zerstören. Leider bin ich, wie ich Ihnen schon sagte, kein technischer Experte. Ich hatte wirklich keine Ahnung, wie viel Spannung auf der Kiste war. Sonst hätte ich eine Erdung vermieden, als ich die Energie-Zelle berührte.«

»Gut, dann war das also ein Unfall«, räumte Laura Dresser ein. »Aber Sie haben Ihre Mannschaft vorsätzlich getötet und die Computerdaten auch absichtlich gelöscht. Wieso haben Sie das getan?«

»Um meine wahre Identität vor denjenigen zu verbergen, die den Rächer besiegten.«

»Sie meinen, Sie wussten, dass es Menschen an Bord der *Magellan* gab?«

»Sie sind zu sehr von sich eingenommen«, sagte Sar-Say mit der Geste, die Lisa als Ausdruck der Belustigung erkannte. »Es wunderte mich gar nicht, als ich sah, dass meine ›Retter‹ mich nicht zu identifizieren vermochten. Nein, ich glaubte, dass Sie von einem Stern innerhalb der Souveränität kamen. Ich wollte nur meinen Clan und *sept* verbergen für den Fall, dass ihr Menschen mit meinen Feinden im Bunde wart. Meine Chancen dafür standen am besten, wenn ich der einzige Überlebende war und es keine Aufzeichnungen an Bord des Schiffs gab, auf die Sie zuzugreifen vermochten.«

»Sie haben Ihre Mannschaft nur auf den Verdacht hin geopfert, dass das Ihre Lüge plausibler machen würde?«

»Ja. Wie sich herausstellte, erwies ihr Opfer sich als notwendig.«

Lisa runzelte die Stirn. Sie war der Mensch, den Sar-Say am besten kannte, und derjenige, dessen Mimik er am leichtesten zu lesen vermochte. Sie hatte einen schmerzlichen Ausdruck im Gesicht, seit er die Messe betreten hatte. »Sar-Say, ich habe eine Frage, wenn du nichts dagegen hast.«

»Ich bin nicht in der Position, etwas dagegen zu haben.«

»Du wusstest, dass wir von außerhalb der Souveränität stammten, als ich das erste Mal in deine Unterkunft kam, oder? Anscheinend hattest du schon Vorkenntnisse in unserer Sprache. Du wusstest, dass wir keine Ahnung von den Broa und der Situation hier im Orion-Arm hatten.«

»Das trifft alles zu.«

»Wenn du uns also sowieso irgendeine Geschichte erzählen konntest und wir sie auch geglaubt hätten, wieso hast du uns dann die Wahrheit gesagt? Sie hat uns eine Heidenangst eingejagt. Du hättest dir genauso gut ein Märchen aus den Fingern saugen können, und wir wären deiner Art nichtsahnend in die Falle gegangen.«

»Ich hatte auch schon erwogen, eine Geschichte zu fabrizieren, aber ich wollte nicht, dass ihr mich einer Lüge überführt. Meine Leute haben Computer, die Inhalte semantisch analysieren und nach Widersprüchen durchsuchen, die anzeigen, dass jemand lügt. Ihr habt die gleiche Technik, wenn auch nicht so fortgeschritten. Mit solchen Systemen ist es unmöglich, eine komplizierte Lüge sehr lang aufrechtzuerhalten. Ich habe mich deshalb dafür entschieden, die Lüge bezüglich meiner Identität mit einer viel umfassenderen Wahrheit zu kaschieren.«

»Kompliment«, sagte Dan Landon. »Sie wären auch fast damit durchgekommen. Was hätten Sie denn gemacht, wenn wir es Ihnen gestattet hätten, mit den Voldar'ik Kontakt aufzunehmen?«

»Ich hätte ihnen in dem Moment, wo ich einen Fuß in ihre Station setzte, befohlen, Sie und dieses Schiff zu internieren.«

»Reichlich undankbar, wenn man bedenkt, dass wir Ihnen das Leben gerettet haben, oder?«

»Ich bin mir meiner Schuld gegenüber euch Menschen durchaus bewusst. Jedoch hätte ich in dieser Sache keine Wahl gehabt. Die Voldar'ik hätten mich erkannt, sobald sie mich sahen, und entsprechend reagiert. In dem Moment, wo sie mich zu Gesicht bekommen hätten, wäre meine Maskerade aufgeflogen.«

»Was veranlasst Sie eigentlich zu der Annahme, dass wir uns ohne Gegenwehr ergeben hätten?«

»Wenn ich meine Flucht wiedergutmachte, wäre es ohne Bedeutung, ob die Voldar'ik Erfolg hatten oder scheiterten.

Wenn Sie geflohen wären, hätte bei Ihrer Rückkehr nach Sol schon eine broanische Flotte auf Sie gewartet.«

»Dann wissen Sie *wirklich*, wo Sol ist?«

»Nein. Aber ich habe mir die Position in menschlichen Koordinaten anhand der hundert markantesten Merkmale in der Galaxis eingeprägt. Es wäre ohne Zweifel nicht schwierig gewesen, Ihr Koordinatensystem in unseres umzuwandeln.«

»Ein verdammtes Kinderspiel«, murmelte Lisa.

»Wieso erzählen Sie uns das überhaupt?«, fragte Landon. »Sie müssen doch wissen, dass es Ihrer Sache nicht dient.«

Sar-Say zuckte die Achseln. »Es gibt keinen Grund, Sie noch länger zu täuschen. Täuschung ist nicht mehr opportun. Nein, Ehrlichkeit ist das Gebot der Stunde. Es ist eine Taktik, die unter diesen Umständen vielleicht funktioniert.«

»Zu welchem Zweck?«

Zum ersten Mal, seit er die Messe betreten hatte, beantwortete Sar-Say ihre Frage mit einer Gegenfrage. »Wie sehen Ihre Pläne für mich aus? Werden Sie mich endgültig töten oder nur für den Rest meines Lebens in einem Zoo ausstellen?«

»Darüber haben wir noch nicht entschieden.«

»Bevor Sie Ihre Entscheidung treffen, habe ich noch etwas zu sagen.«

»Nur zu. Obwohl Sie eigentlich wissen müssten, dass niemand Ihnen mehr glauben wird.«

»*Das* werden Sie mir aber glauben, Captain. Denn der Wahrheitsgehalt meiner Aussage wird offensichtlich sein.«

»Bitten Sie etwa um Gnade?«

»Mitnichten«, erwiderte Sar-Say und richtete sich zu seiner ganzen Größe von hundertfünfzig Zentimetern auf. »Ich beabsichtige vielmehr, Ihnen ein Gegenangebot zu unterbreiten.«

»Wir hören.«

Sar-Say nickte. »Also gut. Bis zu jenem Tag im Neu-Eden-System hattet ihr Menschen euch für die einzige intelligente

Rasse gehalten. Es ist deshalb auch nicht verwunderlich, dass ihr ein paar sonderbare Ansichten über eure Bedeutung im Weltall entwickelt habt. Es ist auch ganz normal, dass isolierte Arten einer Art Größenwahn anheimfallen.

Leider sieht die Wirklichkeit doch etwas anders aus, als Sie es sich vorstellen. Sie haben den Reichtum und die Macht der Voldar'ik gesehen. Das ist *unser* Reichtum und *unsere* Macht. Wie auch die Produkte einer Million anderer Sternensysteme. Die Wahrheit ist, dass – egal wie tapfer ihr Menschen auch seid, egal wie kampferprobt – ihr keine Chance gegen uns habt. *Diejenigen Die Herrschen* vermögen leicht 100 000 Kampfschiffe der Rächer-Klasse zu mobilisieren und gegen Sol zu schicken, sobald sie Ihre Existenz entdecken. Wie viele können Sie aufbringen, um Ihre Welt zu verteidigen?«

»Nicht so viele«, erwiderte Landon lakonisch.

Sar-Say zeigte auf den weißhaarigen Mann, der ihn grimmig musterte. »Mr Vasloff hat es sich zur Aufgabe gemacht, den Menschen die Gefahren zu predigen, die damit verbunden sind, ihre Wiege zu verlassen und zu den Sternen auszugreifen. Doch die Gefahr ist noch größer, als selbst er es sich vorgestellt hat.

Meine Freunde, ihr müsst die objektive Realität eurer Situation betrachten und eure kindischen Wahnvorstellungen ablegen. Offen gesagt, ihr seid nichts. Ihr seid ein Stamm primitiver Südsee-Insulaner, die sich einbilden, mit ihren Steinspitzen-Speeren gegen Weltraum-Schlachtschiffe bestehen zu können. Ich kann euch versichern, dass eine solche Anstrengung noch schlechter ist als nur sinnlos. Sie wäre selbstmörderisch. Wenn *Diejenigen Die Herrschen* bei der Unterwerfung eurer Spezies auf Widerstand stoßen, werden sie die Erde nicht erobern. Sie werden sie sterilisieren!«

Dan Landon lächelte grimmig. »Damit wollen Sie uns Ihr Angebot vermutlich schmackhaft machen, Sar-Say. Aber vielleicht können Sie uns mit dem Geschwurbel verschonen und zur Sache kommen.«

»Ich glaube, wir wissen, wer hier verschwurbelt spricht, Captain Landon. Aber wie Sie wünschen. Mein Angebot lautet wie folgt: Wenn Sie dieses Schiff wenden und mich zur Zal'trel-Station zurückbringen, dann werde ich jedem von Ihnen garantieren, dass er die Assimilation überlebt. Sie werden gut behandelt und für den Rest Ihrer Tage ein angenehmes Leben führen. Ich gebe Ihnen mein Wort darauf. Die Alternative ist, dass Sie mit Ihrer Spezies sterben werden.«

»Sie sind kaum in der Lage, uns zu drohen.«

»Ich habe bisher noch keine Drohung ausgesprochen. Ich will euch nur erklären, wie die Dinge stehen. Wenn ihr mich freilasst, werden mein Clan und ich selbst Anspruch auf euren Planeten erheben. Nach broanischer Sitte werdet ihr dadurch zu meinen Mündeln, mit denen ich nach Belieben verfahren kann – natürlich innerhalb weit gezogener Grenzen.«

»Sie würden uns wie einen Goldclaim registrieren?«, fragte Michail Vasloff.

»Eine passende Analogie. Ja, ich würde euch registrieren wie einen Goldclaim.«

»Wir wären dennoch unter dem broanischen Joch.«

»In dieser Hinsicht habt ihr keine Wahl. Ein wildes Sternsystem würde eine zu große Gefahr für meine Spezies darstellen, als dass man es dulden könnte.«

»Und Sie schlagen vor, dass wir bei unserer eigenen Versklavung kooperieren?«

»Ist Versklavung dem Tod denn nicht vorzuziehen? Ich habe euch Menschen studiert, und ich kann euch sagen, dass ihr nicht die idealen Sklaven seid. Vielmehr seid ihr in dieser Hinsicht die am wenigsten geeignete Spezies, die mir bisher begegnet ist. Ihr seid hochmütig, stolz und unbeugsam. Ein Broa mit weniger Langmut oder einer, der weniger zu gewinnen hätte, käme vielleicht zu dem Schluss, dass ihr die Mühe nicht lohnt.«

»Dann sollen wir sechs also Ihre persönlichen Sklaven sein?«

»Ja. Ich verspreche euch, dass jeder von euch mit Güte behandelt wird.«

»Das ist aber sehr großzügig von Ihnen!«

»Sarkasmus ist fehl am Platz. Entweder ihr akzeptiert mich als euren Meister, oder ihr legt euch mit *Denen Die Herrschen* an. Das ist mein Angebot.«

»Wir könnten uns verbergen«, sagte Vasloff schroff.

»Vielleicht«, sagte Sar-Say. »Für eine Weile. Jedoch wird die Souveränität von Jahr zu Jahr größer, und irgendwann kriegen wir euch. Das ist unvermeidlich.«

»Sind Sie fertig?«, fragte Dan Landon.

»Noch nicht ganz«, erwiderte Sar-Say. »Es gibt da noch eine Überlegung. Ihr habt Klys'kra't gesehen. Ihr wisst, dass die Voldar'ik bis auf ihren jährlichen Tribut unbehelligt leben. Es gibt keinen Grund, weshalb die Erde nicht eines Tages in den Genuss der gleichen … sagen wir, Halb-Autonomie gelangen sollte. Das kann natürlich nicht sofort geschehen. Ihr habt eine zu starke Tendenz zur Unabhängigkeit, die zuerst ausgemerzt werden muss. Wenn das Eugenik-Programm jedoch Wirkung gezeigt hat, gibt es keinen Grund, weshalb eure Leute effektiv nicht genauso frei sein können wie die Voldar'ik.«

»Sonst noch Vorschläge betreffs der Zukunft der Menschheit?«

»Ich hätte euch wohl noch mehr zu sagen, aber ich sehe, dass ihr euch ungestört beraten wollt. Vielen Dank, dass ihr mir so aufmerksam zugehört habt. Und wenn ihr nun die Wachen ruft, werde ich in meine Kabine zurückkehren und eure Antwort abwarten. Wenn ihr meine Worte bedenkt, so rate ich euch dringend, mit dem Verstand und nicht mit den Drüsen zu denken.

Das Schicksal der Menschheit hängt nämlich von eurer Entscheidung ab.«

40

Nachdem Sar-Say gegangen war, herrschte für mehr als eine Minute Schweigen in der Runde. Die Anspannung in der Kabine hatte sich bis zu dem Punkt gesteigert, wo sie wie eine heiße, schwere Decke anmutete, die den Willen aufsog und das Bewusstsein abstumpfte. Es schien alles gesagt. Gott war lebendig und gütig und ein Pseudoaffe. Die Hoffnungen und Träume einer Million Generationen von Männern und Frauen waren am Felsen der Wirklichkeit zerschellt. Das Leben hatte sich als nichts anderes herausgestellt als die Verewigung einer einzelnen, begünstigten Kette von Chromosomen, und das goldene Muster hatte sich nicht einmal auf der Erdkugel entwickelt.

Zum ersten Mal wusste Lisa Arden, was für ein Gefühl es war, über Selbstmord nachzudenken. Und mit ihrer düsteren Stimmung war sie nicht allein. Die Verzweiflung stand ihnen allen ins Gesicht geschrieben. Schließlich räusperte sich Raoul Bendagar und sagte:

»Ein frecher kleiner Bastard, was?«

Die Gegenüberstellung von Sar-Say's Drohungen, ihrer eigenen Niedergeschlagenheit und der Despektierlichkeit von Bendagar muteten irgendwie komisch an. Was als ein nervöses Glucksen begann, steigerte sich schnell zu einem brüllenden Gelächter. Innerhalb von Sekunden hielten sich alle die Bäuche, und Tränen liefen ihnen die Wangen herab. Hätte Sar-Say sie gehört, hätte er sich vielleicht echauffiert. Er hätte vielleicht auch einen Unterton der Verzweiflung aus der Heiterkeit herausgehört. Denn in einer Hinsicht hatte der Pseudoaffe recht: Ihre Situation bot keinen Anlass zum Lachen. Doch irgendwie fanden sie das umso komischer.

Als sie sich schließlich wieder unter Kontrolle hatten, bedeutete Dan Landon ihnen mit einer Geste zu schweigen. Als dann Ruhe herrschte, fragte er, »Ist jemand unter uns, der sein

Angebot akzeptieren und ihn an die Voldar'ik überstellen möchte? Wie steht's mit Ihnen, Michail?«

»Verdammt, nur weil ich mit euch Expansionisten immer überkreuz war, macht mich das noch nicht zu einem Verräter an der Menschheit!«

»Verzeihung«, erwiderte Landon. »Das wollte ich Ihnen damit auch nicht unterstellen. Ich sagte mir nur, dass Sie Sar-Say's Ultimatum vielleicht anders beurteilen als der Rest von uns.«

»Ich würde es ihm am liebsten in seinen knochigen kleinen Arsch schieben!«

Der Captain lächelte. »Sonst noch jemand?« Als niemand etwas sagte, fuhr er fort: »Gut. Fürs Protokoll: Eher friert die Hölle ein, als dass dieses Schiff wendet, solange ich das Kommando habe.«

Es folgte ein allgemeines Murmeln der Zustimmung. Nur Laura Dresser enthielt sich dieser Geste. Landon bemerkte das und wandte sich an seine Chefingenieurin. »Laura, Sie haben eine bessere Idee?«

»Wie wir so schnell wie möglich von hier verschwinden sollen? Nein. Das ist die verdammt beste Idee, die ich gehört habe, seit ich mich dieser Expedition anschloss. Ich dachte gerade an die Voldar'ik.«

»Was ist mit ihnen?«

»Wir sind hastig abgereist, ohne eine plausible Begründung und ohne unsere Gebühren zu bezahlen. Ich könnte mir vorstellen, dass sie neugierig werden – neugierig genug, um uns den ganzen Weg zum Sternentor zu verfolgen und es zu registrieren, wenn wir nicht hindurchgehen.«

»Sie haben eine Alternative?«

»Ich glaube, wir sollten vielleicht doch das Sternentor passieren.«

Landon runzelte die Stirn. »Und noch tiefer in die Souveränität hinein? Haben Sie denn nicht gehört, was Sar-Say gesagt hat?«

»Mark hat während der zwei Wochen, in denen er die Datenbank durchsucht hat, viele astronomische Daten gesammelt. Einer der Sterne, die er identifizierte, war Nanda, ein Roter Riese der M-Klasse ein Dutzend Lichtjahre von hier. Richtig, Mark?«

Mark hörte sie nicht. Er versuchte, eines flüchtigen Gedankens habhaft zu werden, der sich ihm entzog, seit Sar-Say das Abteil verlassen hatte. Laura Dressers Frage holte ihn auf den Boden der Realität zurück. »Was?«

»Wir sprachen über das angrenzende Sternsystem. Sie haben es anhand der astronomischen Daten identifiziert. Richtig?«

»Ja, Nanda. Ein Roter Riese der M3-Klasse. Er hat drei Sternentore. Dasjenige von Klys'kra't ist ungefähr so weit vom Stern entfernt wie Jupiter. Wieso?«

»Ich schlage vor, dass wir das Nanda-Tor für unsere Flucht nutzen.«

Er ließ sich das durch den Kopf gehen und nickte dann. »Keine schlechte Idee. Auf diese Weise sehen die Voldar'ik uns ganz normal abreisen und vergessen uns dann hoffentlich.«

Dan Landon wirkte nachdenklich. »Welche Risiken bestehen?«

»Unter dem technischen Aspekt – nicht, dass ich wüsste, Captain«, erwiderte Laura Dresser. »Unser broanischer Sprung-Generator ist betriebsbereit. Keine Ahnung, an wen oder in was wir auf der anderen Seite vielleicht geraten. Berücksichtigt man jedoch die große Entfernung des Nanda-Tors, gelingt uns wahrscheinlich der Absprung, ohne dass jemand unsere Ankunft bemerkt. Wenn die Gravitationswelle sonst wo im System erscheint, werden wir längst weg sein.«

»Irgendwelche anderen Vorschläge?« Es gab keine. Er dachte darüber nach und schüttelte dann den Kopf. »Es ist eine gute Idee, aber zu unsicher. Wir wissen eben nicht, was wir dort vorfinden würden. Die Informationen, die wir besitzen, sind zu wertvoll, um auch nur ein kleines Risiko einzugehen. Nein, wir machen weiter wie gehabt.«

Der beredte Ausdruck der Chefingenieurin zeigte, was sie von dieser Entscheidung hielt. Sie sagte aber nichts. Sie hatte ein Jahr Zeit gehabt, um die Sinnlosigkeit des Argumentierens mit dem Kapitän zu erkennen, sobald er eine Entscheidung getroffen hatte.

Landon bemerkte ihren Ausdruck und sagte: »Schaut mal, Leute, die Wissensfracht, die wir transportieren, ist die vielleicht wertvollste in der ganzen Geschichte der Menschheit. Wir müssen sie so schnell wie möglich zur Erde bringen. Um sicherzustellen, dass sie auch dort ankommt, möchte ich, dass – sobald wir einen etwas größeren Abstand zwischen Klys'kra't und uns hergestellt haben – wir die *Columbus* und die *Magellan* mit einem gebündelten Strahl anvisieren. Sonst noch etwas, bevor wir wieder an die Arbeit gehen?«

»Was ist nun mit Sar-Say?«, fragte Lisa und schnitt ein Thema an, um das alle sich gedrückt hatten.

»Was soll mit ihm sein?«

»Glauben Sie wirklich, dass der Broa seine Drohung wahrzumachen vermag?«

»Ich befürchte, diese Expedition hat alle Zweifel zerstreut, die wir in dieser Hinsicht hatten«, erwiderte Raoul Bendagar. »Wir müssen nun alles daransetzen, dass die Broa nie etwas von unserer Existenz erfahren.«

»Und wie sollen wir das anstellen?«

»Wir folgen dem *Terra Nostra*-Programm«, sagte Michail Vasloff. »Wir geben unsere interstellaren Kolonien auf und ziehen uns in unser heimatliches Sternsystem zurück. Wir kontrollieren unsere elektromagnetischen Emissionen und beten, dass sie nicht über das Radiorauschen stolpern, das wir bereits in den Himmel gepumpt haben. Wenn wir uns bedeckt halten, dann müssten wir auf absehbare Zeit sicher sein.«

»Wir können uns doch nicht verstecken!«, rief Lisa.

»Wir können und wir müssen«, erwiderte Vasloff. »Sar-Say hatte in einer Hinsicht recht. Meine Ängste sind immer unterschwellig und diffus gewesen. Ich hatte keine Ahnung, dass es so etwas wie die Broanische Souveränität überhaupt gibt. Sonst wäre ich wahrscheinlich jede Nacht schreiend aufgewacht … wie es mir ab jetzt wohl ergehen wird.«

»Aber …«

Dan Landon mahnte mit erhobener Hand zur Mäßigung. »Genug, ihr beiden. Die Entscheidung, was wegen der Broa zu tun ist, wird ein paar Etagen über uns getroffen. Unser Job ist es, die Nachricht zur Erde zu bringen, und zu diesem Zweck müssen wir aus diesem System verschwinden. Raoul, stellen Sie alles zusammen, was wir in Erfahrung gebracht haben, und senden Sie es an unsere Kollegen. Lisa, glauben Sie, dass Sie die Gegenwart dieses kleinen Bastards noch weiter ertragen können?«

Sie nickte. In ihren Augen glitzerten Tränen, aber ihr Gesicht zeigte einen Ausdruck neuer Entschlossenheit.

»Gut. Ich will, dass Sie Sar-Say gnadenlos verhören. Wir werden ihn auf dem ganzen Heimweg befragen, wenn es sein muss. Ich will alles wissen, was es über die Broanische Souveränität zu wissen gibt – und diesmal die Wahrheit. Überprüfen Sie seine Unterkunft auf alles, womit er sich selbst eine Verletzung zufügen könnte. Wir können keinen selbstmörderischen Affen gebrauchen, wenn ihm klar wird, dass wir sein freundliches Angebot, als seine Leibsklaven tätig zu werden, abgelehnt haben.«

»Und was ist mit mir?«, fragte Mark.

»Ich will, dass Sie alle astronomischen Daten abgleichen, die Sie haben. Zu dumm, dass wir keine Zeit mehr hatten, den Erwerb der Voldar'ik-Datenbank zu vollenden. Dann werden wir eben mit dem arbeiten, was wir haben. Jeder weiß, was er oder sie zu tun hat? Gut, dann packen wir's an. Wir haben noch einen Auftrag auszuführen, und alle Schreckgestalten der Schöpfung werden uns nicht daran hindern, die Erde zu warnen.«

Das Abteil war dunkel bis auf das ewige blaue Nachtlicht. Im Weltraum schläft niemand im Dunklen. In der Dunkelheit herumzutappen und nach der Hose zu suchen, hätte im Fall eines Lecks in der Hülle oder bei einem anderen Notfall vielleicht fatale Folgen. Mark erwachte und starrte auf die schemenhafte Decke. Etwas hatte ihn geweckt – etwas weit Entferntes, aber ungeheuer Störendes.

Dann hörte er das leise Schluchzen und spürte Lisas zitternden Körper neben sich. Er drehte sich im Schlafnetz und nahm sie in die Arme.

»Was ist denn?«, fragte er leise und gab ihr einen Kuss auf die Wange. Sie waren wieder in der Mikrogravitation und hatten die Geschwindigkeit erreicht, die sie zum Erreichen des Sternentors für ideal hielten. Sie würden wieder verzögern, als ob sie einen Durchgang planten, und wenn sie dann am Tor vorbeigeflogen waren, würden sie volle acht Stunden mit 2,5 *g* beschleunigen. Der Plan war, sich so schnell wie möglich vom Sternentor zu entfernen und vom Bildschirm eines jeden Voldar'ik zu verschwinden, der ihre Position möglicherweise verfolgte. Lisas Wangen waren mit großen, kugelförmigen Tränen benetzt. Er schmeckte das Salz darin.

»Ich komme einfach nicht darüber hinweg, dass wir kurz davor gestanden haben, alles zu verlieren«, sagte sie schluchzend. »Und wenn es nach mir gegangen wäre, hätte er uns auch noch zur Station begleitet!«

Er küsste sie sanft. »Woher hättest du das denn auch wissen sollen?«

»Aber ich hätte es wissen müssen. Ich habe Sar-Say schließlich seit über einem Jahr studiert, und er hat mich völlig zum Narren gehalten. Ich hatte sogar Mitleid mit ihm, als ich begriff, dass die Behörden ihn niemals nach Hause würden zurückkehren lassen. Was bin ich doch für ein Dummkopf gewesen!«

Das war mehr ein leiser Schrei gewesen als eine Feststellung. In diese paar Worte hatte sie all ihre Zweifel und Wut gepackt.

»Schau mal – hör doch auf, dich zu quälen. Du kannst es unmöglich gewusst haben. Keiner konnte es ahnen. Sar-Say war schlau. Er war in jeder Hinsicht ehrlich zu dir. Er hat uns alles gesagt, was wir wissen wollten, und er sagte uns die Wahrheit auf eine Art und Weise, die für die Broa nicht schmeichelhaft war. Das war verdammt clever von ihm. Er hat uns so viele richtige Informationen gegeben, dass wir gar nicht auf die Idee gekommen sind, uns zu fragen, ob er uns vielleicht etwas verheimlichte.«

»Aber die Zukunft, Mark. Michail Vasloff hat recht. Wir werden uns in unserem einzigen kleinen System verbergen müssen und in der ständigen Angst leben, dass irgendein broanischer Horchposten vielleicht eine jahrhundertealte Quizshow auffängt.«

»Michail hat überhaupt nicht recht«, sagte er. »Ich will einfach nicht glauben, dass die menschliche Rasse sich nur wegen der Rabauken von nebenan in ihr kollektives Hemd macht.«

»Aber was können wir sonst noch tun?«, fragte sie schluchzend. »Wenn wir unseren Schiffen erlauben, das Sonnensystem zu verlassen, wird früher oder später eins davon über die Souveränität stolpern. Noch schlimmer, ein paar Leute werden sich einreden, sie könnten Geschäfte mit den Broa machen, und dann nach ihnen suchen.«

»Ich kann mir nicht vorstellen, dass jemand so blöd wäre.«

»Glaub es nur. Wenn es um Käuflichkeit, Korruption und ausgemachte Dummheit geht, ist die menschliche Rasse unschlagbar.«

»Ich weiß nicht.«

»Was weißt du nicht?«, fragte Lisa und schmiegte sich noch enger an ihn.

»Ich weiß nicht, ob wir in der Galaxis wirklich den ersten Platz in Sachen Käuflichkeit, Korruption und Dummheit belegen.«

»Hä?«

»Du hast Sar-Say heute Morgen gehört. Die Broa haben so heftige interne Auseinandersetzungen, dass sie ihren Rivalen sogar ein Schiff auf den Hals schicken, um sie zu töten. Das war ein Glückstreffer, der die *Ruptured Whale* ins Neu-Eden-System beförderte.«

»*Hraal.*«

»Was?«

»Der Name des Schiffs war damals *Hraal.*«

»Wie auch immer es hieß. Der Tag, an dem die zwei Schiffe aus diesem Wurmloch schlüpften und im Neu-Eden-System erschienen, war der glücklichste Tag für die menschliche Rasse, seit der Asteroid die Dinosaurier tötete.« Er verspürte einen Gewissensbiss, bevor der Klang der Worte noch verhallt war. Es hatte nämlich mindestens einen Menschen gegeben, für den dieser Tag alles andere als glücklich gewesen war. Er erinnerte sich an ihr lächelndes, von einem wilden Schopf kupferroten Haars eingerahmtes Gesicht. Auch nach zwei Jahren schmerzte der Gedanke an die arme, tote Jani ihn noch.

»Glücklich? Wie kommst du denn darauf?«

»Weil wir die Bedrohung nun kennen und Zeit haben, um darauf zu reagieren. Stell dir nur vor, was passiert wäre, wenn wir nichtsahnend über ein System der Souveränität gestolpert wären. Die Faszination, andere intelligente Wesen im Weltall zu finden, hätte uns überwältigt, und wir hätten wie verspielte junge Hunde mit allen Freundschaft schließen wollen. Und die Erde wäre sich der Gefahr erst dann bewusst geworden, wenn hundert Wurmlöcher sich im Sonnensystem aufgetan und ganze Flotten broanischer Rächer ausgespuckt hätten.«

Lisa kuschelte sich an ihn und küsste ihn zart auf die Lippen.

Er schaute sie im blauen Zwielicht an. Ihre Augen trafen sich mit seinen. Er spann den Gedanken weiter. »Auf jeden Fall haben wir Zeit, um etwas gegen die Bedrohung zu unternehmen. Vielleicht hat Michail Vasloff den richtigen Ansatz. Vielleicht verstecken wir uns und beten, dass sie uns nicht finden. Offen gesagt, dieser Gedanke gefällt mir auch nicht, aber es wäre möglich, dass die Behörden sich genau dafür entscheiden, wenn wir nach Hause kommen. Irgendwie kann ich mir das nicht vorstellen. Es ist nicht unser Stil. Aber vielleicht geben wir in diesem besonderen Fall doch der Diskretion den Vorzug vor der Tapferkeit.«

Sie küsste ihn wieder und gab ihm diesmal deutlich zu verstehen, dass sie der Unterhaltung über die Broa müde war. »Ich liebe dich. Egal, wie düster die Zukunft auch erscheint, du machst mir immer wieder Mut.«

»Ich wollte dich nicht aufmuntern. Ich wollte dir nur erklären …« Seine Worte wurden durch ihre Küsse erstickt. Er gab sich ihrer Umarmung hin, und bald hatte ihr Schlafnetz die Anmutung einer Raupe, der ein Schmetterling zu entschlüpfen versuchte. Ihr Liebesspiel war schnell und intensiv. Danach hielt er Lisa, bis ihr heftiges Keuchen wieder gleichmäßigen Atemzügen gewichen war.

Er schloss die Augen, doch er fand nicht wieder in den Schlaf. Zu viel war heute geschehen, und das Bewusstsein hielt die Erinnerung daran fest. Er verspürte auch wieder dieses nagende Gefühl, das ihn in der Messe überkommen hatte, als Sar-Say gegangen war. Er hatte etwas Wichtiges übersehen. Wenn er nur wüsste, was es war.

Er hing diesem Gedanken noch immer nach, als er eine Stunde später in einen unruhigen Schlaf fiel.

Das Frühstück am nächsten Morgen fand in einer düsteren Atmosphäre statt. Während des ein Jahr dauernden Flugs von der Erde war es bei der Frühschicht Tradition geworden, sich in der Messe zu versammeln und über den kommenden Tag zu sprechen. Die Mahlzeiten waren wichtige Ereignisse im Leben der Besatzung geworden. Es war eine natürliche menschliche Reaktion darauf, so fern der Heimat zu sein.

Als Mark und Lisa ein paar Minuten nach 07:00 Uhr dort erschienen, war die Abteilung zur Hälfte leer. Unter den Anwesenden befanden sich drei Personen, die bei der Befragung von Sar-Say dabei gewesen waren. Mark bemerkte, dass Laura Dresser in ein Gespräch mit Raoul Bendagar vertieft war, welches Michail Vasloff als Beobachter verfolgte. Von Captain Landon keine Spur. Er hatte aber auch nicht damit gerechnet, dass der Kapitän am Frühstück teilnahm. Wegen der »Erhabenheit« seines Kommandos speiste Landon für gewöhnlich allein.

»Guten Morgen« sagte er, während er zu seinem angestammten Platz schwebte, das abgedeckte Tablett in die Mikrogravitations-Halterung schob und sich dann auf der Bank anschnallte. Neben ihm folgte Lisa seinem Beispiel.

»Morgen«, erwiderte Bendagar. »Wie haben Sie beide letzte Nacht geschlafen?«

»Nicht sehr gut«, entgegnete Mark. Er fand die Frage überflüssig angesichts der dunklen Ringe um die Augen, die er heute Morgen im Spiegel gesehen hatte.

»Ich habe gut geschlafen«, sagte Lisa neben ihm. Vielleicht war es auch nur Einbildung, aber Mark glaubte einen Subtext aus ihren Worten herauszuhören, bei dem er rote Ohren hätte bekommen müssen.

»Habt ihr euch wieder vom Schock erholt?«, fragte er.

»Sofern das überhaupt möglich ist«, sagte Laura Dresser und nahm einen Schluck schwarzen Kaffee aus der Trink-Kugel. Danach stellte sie das Gefäß sorgfältig in die Halterung zurück und griff nach der magnetischen Gabel neben ihrem Tablett. »Ich glaube immer noch, dass wir durch das Sternentor zurückkehren sollten. Der Captain hat insofern recht, als die Übermittlung unserer Nachricht auf dem sichersten Weg im Moment Priorität hat. Trotzdem finde ich, dass wir auch darauf achten sollten, welchen Eindruck wir bei den Voldar'ik hinterlassen. Wenn sie entdecken, dass wir nicht durch das

Sternentor gegangen sind, wird das ihre Neugier wecken, und sie melden das vielleicht ihren Herren. Was glauben Sie wohl, wie die Broa reagieren werden, wenn ihnen ein Schiff gemeldet wird, das ohne ein Sternentor zu passieren das System verlassen hat?«

»Außerdem«, sagte Michail Vasloff, »hätten Sie dann die Gelegenheit, mit Ihren Spielsachen zu spielen.«

»Das auch«, pflichtete Laura ihm mit einem Kopfnicken bei.

Im Bauch der *Ruptured Whale* steckte fast jedes Spür-Gerät, das die Menschen je erfunden hatten. Sie beobachteten unablässig den umgebenden Raum und speisten die Daten in die drei Spezial-Computer in der Ladebucht ein. Die Passage durch ein Sternentor wäre eine Goldgrube für die wissenschaftliche Gemeinschaft daheim auf der Erde.

»Ich habe den Eindruck, dass das Sternentor der Schlüssel zu diesem ganzen Problem ist«, sagte Lisa über einem Toastbrot mit Butter und Erdbeermarmelade. Die anderen musterten sie, während sie den Bissen kaute und hinunterschluckte.

»Was?«, fragte Lisa, als sie die vier Augenpaare auf sich bemerkte.

»Sie stellen diese Behauptung in den Raum und lassen es dann dabei bewenden?«, fragte Laura Dresser.

»Das ist doch offensichtlich, oder? Die Broa sind in jeder Hinsicht von ihren Sternentoren abhängig. Sie sind der Türöffner zu den Sternen; und derjenige, der die Schlüssel zu den Türen hat, kontrolliert das ganze Haus. Außerdem ist die Souveränität nur durch die Sternentore so groß geworden. Wir könnten mit unserer Technologie niemals ein Reich aus einer Million Sternen erschaffen.«

»Wieso nicht?«, fragte Vasloff.

»Weil wir Zeit brauchen, um von Punkt A nach Punkt B zu gelangen«, erwiderte Lisa. »Betrachten Sie nur diese Reise. Wir haben ein Jahr gebraucht, um von Sol bis zum Krebsnebel zu kommen. Die Broa sind in der Lage, diese Entfernung in null Komma nichts zu überwinden. Sar-Say hat recht. Wenn wir es ihm gestattet hätten, Kontakt zu den Voldar'ik aufzunehmen, wäre es vorbei gewesen – selbst wenn wir geflohen wären. Wenn wir auch mit einem Affenzahn zur Erde zurückgekehrt wären, hätte die broanische Besatzungsarmee bereits seit einem halben Jahr auf uns gewartet.«

»Und genau aus diesem Grund besteht unsere einzige Verteidigung darin, zu gewährleisten, dass sie nie einen Hinweis auf unsere Existenz erhalten«, sagte Vasloff und nickte bedächtig. »Sobald sie nämlich wissen, dass es uns gibt, wird es so schnell vorbei sein, dass wir nichts mehr tun können.«

»Bitte, Michail«, sagte Laura Dresser. »Wir alle kennen Ihre Meinung zu diesem Thema. Wir wollen wenigstens einmal in Ruhe frühstücken, ohne davon behelligt zu werden.«

»Soll das heißen, dass ich mich irre?«

»Nein. In meinen Augen gibt es auch keine Alternative, aber diese Erkenntnis deprimiert mich, und ich will nicht den ganzen Tag nah am Wasser bauen müssen. Lassen Sie uns also nur hier sitzen und in Frieden unseren Kaffee trinken.«

»Zu dumm«, sagte Lisa.

»Was ist zu dumm?«, fragte Bendagar.

»Zu dumm, dass wir nicht imstande sind, das Sonnensystem gegen Sternentore zu verteidigen«, sagte Lisa nachdenklich. »Was wir brauchen, ist eine Festung, die den Zugang zu unserem System blockiert – wie Gibraltar einmal den Zugang zum Mittelmeer kontrolliert hat.«

Plötzlich wusste Mark, woran er sich seit fast einem ganzen Tag zu erinnern versucht hatte. Er war so baff, dass er mit der flachen Hand auf den Stahltisch schlug. Jeder zuckte bei dem explosiven Geräusch zusammen. Sogar ein paar Besatzungsmitglieder an den anderen Tischen schauten auf.

»Jetzt hast du mich aber erschreckt«, sagte Lisa vorwurfsvoll. »Was sollte das denn?«

Mark lächelte. Er vermied es, laut zu lachen. Das hätte zu sehr wie dieses hysterische Gackern geklungen, das er in der Offiziersmesse ausgestoßen hatte, nachdem Raoul Bendagar Sar-Say als einen »frechen kleinen Bastard« bezeichnet hatte.

»Wir brauchen keine Festung, um unser System zu schützen«, sagte Mark, ergriffen von der Idee, die ihn wie ein Schlag in die Magengrube ereilt hatte. »Denn wir haben schon eine!«

»Wie bitte?«, sagte Vasloff.

»Ihre eigenen Worte, Michail«, erwiderte Mark. »Um die Broa davon abzuhalten, uns auszurotten, müssen wir sicherstellen, dass sie nie von unserer Existenz erfahren. Und falls sie es doch erfahren, müssen wir verhindern, dass *sie herausfinden, wo wir leben*!«

»Und was hat das nun mit einer Festung zu tun?«

»Alles«, sagte Mark, der sich allmählich für dieses Thema erwärmte. »Solange die Broa nicht wissen, wo Sol sich befindet, können sie uns auch nicht angreifen. Anonymität ist unsere beste Verteidigung. Sie macht die Erde genauso unüberwindlich wie *Den Felsen* in Gibraltar zu seiner Zeit. Unsere Rüstung sind jedoch nicht Millionen Tonnen harten Gesteins an der Oberfläche oder Tunnel, die kilometertief in den Berg getrieben wurden. Unsere Rüstung ist die Tatsache, dass die Broa keine Ahnung von unserer Existenz haben. Und selbst wenn sie Kenntnis von der Menschheit erlangen sollten, wüssten sie immer noch nicht, wo in der Galaxis sie nach uns suchen müssten. Es gibt buchstäblich Millionen von Sternen, wo wir zu Hause sein könnten; und sie können sie unmöglich alle absuchen.«

»War das nicht auch Michails Aussage: Dass sie uns nämlich übersehen, wenn wir uns unauffällig verhalten?«, fragte Laura Dresser.

»Ja, schon, ich finde auch, dass wir uns vor den Broa verstecken sollten«, sagte Mark, und eine Woge der Hoffnung rauschte durch seine Adern wie eine starke Droge. »Aber ich rate nicht dazu, sich bedeckt zu halten. Ich schlage vor, dass wir unsere Anonymität wie eine Waffe einsetzen. Wir arbeiten heimlich daran, die Souveränität zu destabilisieren und zu zerstören. Und wenn sie uns schließlich auf die Schliche kommen, wird es zu spät sein. Sie werden dann schon zu viele Probleme im eigenen Haus haben, um noch nach uns zu suchen.«

»Jetzt weiß ich, dass Sie verrückt geworden sind«, rief Vasloff. »Der Kampf gegen eine Million Sterne ist doch genauso aussichtslos wie der gegen eine Supernova!«

»Sie können durchaus gegen eine Supernova kämpfen – indem Sie woanders sind, wenn sie losgeht«, erwiderte Mark. »Und wir müssen auch nicht gegen eine Million Sterne kämpfen. Bestenfalls haben wir es nur mit einem einzigen Planeten zu tun und schlimmstenfalls mit einem Dutzend von ihrer Sorte.«

»Verzeihung, aber das ist mir noch nicht ganz klar geworden«, sagte Raoul Bendagar.

»Schauen Sie«, fuhr Mark fort, »die Broa haben doch schon Probleme. Sonst würden ihre Splittergruppen nicht durch die Gegend schleichen und in Sternentoren übereinander herfallen. Wir wissen auch, dass sie nicht unbedingt die fruchtbarste Spezies im Weltall sind. Wenn sie sich wie die Kaninchen oder auch nur wie Menschen fortpflanzen würden, würde kein ganzes Jahrzehnt oder noch mehr zwischen den Besuchen der Broa in Klys'kra't verstreichen. Sie müssen eine Heimatwelt oder höchstens ein paar Welten haben, wo das Gros von ihnen lebt. Diese Welten suchen wir und nehmen sie ins Visier.«

»Sie meinen, dass wir die broanische Heimatwelt angreifen sollten?«

»Sicher, wieso nicht? Schneiden Sie der Schlange den Kopf ab, und der Schwanz wird Sie nicht mehr belästigen.«

»Aber würde sie das nicht erst recht verärgern und in ihrer Absicht bestärken, uns auszurotten? Schließlich werden viele

Broa einen Angriff überleben, den wir gegen ihren Heimatplaneten führen.«

»Dann halten wir sie eben anderweitig auf Trab. Wir zerstören ihre Herrschaft über die unterworfenen Spezies. Und wenn wir das recht gründlich erledigen, werden wir ihre Heimatwelt nicht einmal angreifen müssen. Was ist ihre Machtbasis?«

»Natürlich das Monopol über die Sternentore. Was, wenn eine große Anzahl von Sternentoren gleichzeitig außer Betrieb gestellt wird? Mit unseren Raumschiffen vermögen wir uns nämlich nach Belieben zwischen den broanischen Sternen zu bewegen und könnten ihr Wirtschafts- und Gesellschaftssystem in weiten Teilen ihres Gebiets zerstören, bevor sie die Verantwortlichen ermitteln. Und noch besser, stellen Sie sich nur die Konfusion vor, wenn ein paar bedeutende Spezies plötzlich Schiffe mit unserem Sternenantriebs-Typ bauen!«

»Die Broa würden sich zum Affen machen«, sagte Lisa lächelnd; des unbeabsichtigten Wortspiels war sie sich offenbar aber nicht bewusst.

»Sie schlagen also vor, dass wir eine Revolution in der Souveränität anzetteln?«, fragte Vasloff.

»Wieso nicht? Sie sind reif dafür. Die Souveränität ist eine Pyramide mit Billiarden Arbeitern an der Basis und ein paar Herren an der Spitze. Es ist die Art von Oligarchie, die nicht einmal Hitler und Stalin in ihren kühnsten Träumen ausgeheckt haben könnten. Man zerstöre genügend Sternentore, sabotiere ihre Wirtschaft, verbreite überall das Geheimnis des Sternenantriebs, und die ganze kopflastige Struktur wird unter ihrem eigenen Gewicht zusammenbrechen. Ich würde mein Leben darauf wetten.«

»Genau das würden Sie tun«, erwiderte Vasloff. »Ihr Leben und das Leben aller anderen Menschen in der Galaxis.«

»Eine interessante Idee«, sagte Bendagar. »Man wird sie aber noch gründlich weiterentwickeln müssen, bevor ein Plan daraus wird.«

»Natürlich muss sie noch weiterentwickelt werden«, sagte Mark mit einem Lachen. »Sie ist mir eben erst beim Frühstück gekommen. Und es ist noch nicht einmal eine Idee. Es ist nur ein Gefühl. Aber was auch immer Michail sagt, sie *fühlt* sich richtig an.«

»Das ist alles, was Sie haben? Ein Gefühl?«, rief Vasloff.

Wenn Mark mit seiner Initiative Vasloff geärgert hatte, hatte er die anderen sichtlich gefesselt.

»Und wie sollten wir bei diesem Plan vorgehen? Was wäre der erste Schritt?«, fragte Laura Dresser.

»Es wird Ihnen gefallen. Unser erster Schritt wäre, dieses System durchs Sternentor zu verlassen. Wir brauchen sowohl den Sternenantrieb als auch das Sternentor, um die Sache durchzuziehen. Gäbe es denn einen besseren Zeitpunkt als diesen, um sich mit der Technologie vertraut zu machen?«

»Wofür brauchen wir überhaupt Sternentore?«, fragte Bendagar.

»Wenn wir die Broa angreifen wollen, können wir doch nicht jedes Mal ein Jahr zwischen ihrem und unserem Territorium unterwegs sein. Wir werden Stützpunkte an der Peripherie der Souveränität errichten müssen – Stützpunkte, wie wir einen auf Brinks haben.«

Seit Mark begonnen hatte, seine Idee zu erläutern, hatte Lisa der Kopf von den Möglichkeiten geschwirrt. Wie die meisten guten Ideen war auch diese im Prinzip genial einfach, nur dass die Durchführung extrem kompliziert wäre. Seine Aufregung war ansteckend. »Mark hat recht«, sagte sie. »Wir werden unsere eigenen Sternentore brauchen, wenn wir die Broa aufs Korn nehmen wollen – es genügt nicht, nur vorgeschobene Stützpunkte zu errichten. Wir werden sie als Versicherung brauchen: für den Fall, dass wir verlieren.«

»Versicherung?«

Lisa nickte. »Trotz unserer Raffinesse wäre es möglich, dass die Broa die Erde eines Tages doch finden. An diesem Tag werden wir vor einer grausamen Wahl stehen. Wir können uns entweder ergeben – und wahrscheinlich ausgerottet werden, wenn sie herausfinden, wer und was wir sind –, oder wir kämpfen und werden wahrscheinlich ausgerottet, falls sie uns überwältigen.«

»Eine tolle Wahl«, murmelte ein offensichtlich angewiderter Vasloff. Was als ruhiges Frühstück begann, hatte sich in einen Albtraum verwandelt. Mark Rykand hatte die anderen mit seiner Fantasie angesteckt, und der Russe wusste auch nicht, wie er sie auf den Boden der Realität zurückholen sollte.

»Man hat immer eine Wahl, Michail. Ich gebe zu, dass es eine Schande wäre, die liebe, alte Erde zu verlieren; aber die Möglichkeit ist real, ob wir uns den Broa nun widersetzen oder vor ihnen buckeln. Falls wir Marks Plan aufgreifen, müssen wir natürlich Schritte unternehmen, um das Überleben unserer Arten zu sichern. Und zu diesem Zweck brauchen wir Sternentore.«

»Wieso?«

»Anstatt uns zurückzuziehen und unsere interstellaren Kolonien aufzugeben, müssen wir nach erdähnlichen Welten weit von der Souveränität entfernt suchen. Sobald wir solche Welten finden, muss ihre Position ein gut gehütetes Geheimnis sein, während wir sie kolonisieren. Wir werden imstande sein, in der Zeit, in der wir mit Raumschiffen nur Tausende transportieren könnten, Millionen Menschen mit ihrer vollen Ausrüstung durch die Tore zu schicken. Es wird nicht billig sein, und es wird auch nicht effizient sein, aber wir müssen diese ›Rettungsboot‹-Kolonien so schnell wie möglich autark machen. Falls die Broa die Erde zerstören, werden sie damit nicht unsere ganze Art auslöschen.«

»Die Zerstörung der Erde scheint Ihnen ziemlich wenig auszumachen«, sagte Laura Dresser.

Lisa zuckte die Achseln. »Ich stimme in diesem Punkt mit Mark überein. Wenn wir unseren Ängsten nachgeben, haben wir keine Hoffnung für die Zukunft. Dann sollten wir doch lieber die Würfel rollen lassen und etwas riskieren. Und selbst wenn wir verlieren, gewinnen wir, solange auch nur eine einzige menschliche Kolonie überlebt. Das trifft zu, ob wir kämpfen oder ob wir uns verstecken.«

Mark nickte. »Daran hatte ich gar nicht gedacht, aber du hast recht. Meine Idee, die Brinks-Basis zu nutzen, greift zu kurz. Wir werden mindestens einen Planeten, vielleicht auch mehrere brauchen. Auf diese Weise werden wir unsere Operationen nicht direkt von der Erde aus starten müssen. Wir können Schiffswerften und Fabriken auf den Stützpunkten in den Ausläufern der Souveränität bauen. Selbst wenn sie uns zur Basis zurückverfolgen, wäre die Heimatwelt dann geschützt.«

»Ein atemberaubender Plan«, sagte Laura Dresser. »Aber ist er wirklich durchführbar? Bedenken Sie nur die Kosten.«

»Bedenken Sie die Kosten, wenn wir nichts tun«, erwiderte er schroff. »Nein, es wird nicht leicht. Es wird jedes Erg an Energie fordern, das die menschliche Rasse hat, aber haben wir denn eine andere Wahl? Wir haben die Rüstung der Anonymität zur Verteidigung. Und für den Angriff haben wir etwas viel Besseres als Küstenbatterien. Wir haben den Sternenantrieb. Sobald wir unsere Stützpunkte an der Peripherie der Souveränität errichten, werden wir imstande sein, uns nach Belieben in ihrem Raum zu bewegen. Unsere Schiffe können an den Rändern ihrer Systeme in den Unterlichtbereich fallen und die Broa ungehindert ausspionieren. Während unsere Kriegsflotte wächst, vermögen wir ihre Schwachpunkte ausfindig zu machen. Wir können heimlich Verbündete gewinnen und mit der Sternenantriebs-Technologie die Spezies aufwiegeln. Sobald wir ihre Heimatwelten finden, greifen wir mit überlegenen Kräften und dem Überraschungsmoment auf unserer Seite und mit so vielen Verbündeten an, wie wir um uns scharen können. Wir werden sie so damit beschäftigen, ihre Heimatwelten zu verteidigen, dass sie gar keine Zeit mehr haben, um nach uns zu suchen.«

Mark war schier außer Atem, als er schließlich die detaillierte Erläuterung des Plans beendete, die Erde in den galaktischen Felsen von Gibraltar zu verwandeln. Die Blicke der anderen sagten ihm, dass er sie in den Bann gezogen hatte. Nur Michail Vasloff sah unglücklich aus.

Dennoch hatte Captain Landon am Vortag recht gehabt, als er sagte, dass ein paar Fachleute an Bord der *Ruptured Whale* solch eine schwerwiegende Entscheidung nicht zu treffen vermochten. Ob die Menschheit nun beschloss, sich zu verstecken oder zu kämpfen, musste von der Ersten Koordinatorin und dem Parlament entschieden werden und letztlich von den zehn Milliarden Menschen auf der Erde. Es war ihre Aufgabe, die Öffentlichkeit auf die Gefahr aufmerksam zu machen und ihnen Alternativen aufzuzeigen. Zweifellos würden Michail Vasloff und die anderen Mitglieder von *Terra Nostra* schon dafür sorgen, dass ihre Ansichten breites Gehör fanden. Es wäre interessant zu sehen, für welchen Handlungsverlauf die Öffentlichkeit sich entschied – falls sie überhaupt eine Entscheidung traf.

»Tapferkeit ist gewiss eine Tugend«, sagte Laura Dresser. »Gehen wir also zum Captain und sehen, was er dazu sagt – insbesondere dazu, dass wir dieses System durch das Sternentor verlassen sollten.«

Mark Rykand und Lisa Arden saßen nebeneinander in der verdunkelten Astronomie-Kammer und beobachteten die Annäherung an das Sternentor von Klys'kra't, während sie der Kommunikation auf der Brücke lauschten. Sie befanden sich zurzeit im freien Fall, obwohl das Schiff in der letzten Stunde häufige Beschleunigungsschübe erfahren hatte. Das während der bisherigen Annäherung unsichtbare Sternentor war soeben von den Langstrecken-Scannern erfasst worden. Das Tor, das von den Strahlen von Orpheus halb erleuchtet wurde, stand in krassem Kontrast zur Dunkelheit des Leerraums. Es war ein schlichter Toroid, ein schmaler, unscheinbarer Ring, der vom Finger eines Riesen abgerutscht zu sein schien. Die *Ruptured Whale* hatte ihre Hyperbelgeschwindigkeit während der Annäherung fast aufgezehrt. Sie bewegte sich nun langsamer als ein Luftauto auf den unteren Spuren. In ein paar Minuten würde sie das Tor betreten und die Siebenmeilenstiefel anziehen. Der Schritt, den sie dann machten, würde sie zu einem anderen Stern führen.

Nanda war ein großes, rötliches Leuchtfeuer, das jenseits des Tors deutlich sichtbar war. Obwohl es für das menschliche Auge schwierig ist, die Größe von Dingen im Raum zu bestimmen, schien die Achse des Tors auf den Stern gerichtet. Mark fragte sich, ob das ein Zufall war. Vielleicht musste ein Sternentor wie ein Gewehr auf sein Ziel gerichtet werden. Ein beunruhigender Gedanke! Es bedeutete nämlich, dass, als der broanische Rächer sich und die *Hraal* ins Neu-Eden-System katapultiert hatte, als er aufs Sternentor feuerte, dies auf einer vorhersehbaren Linie geschehen war. Wenn die Broa jemals auf den Trichter kamen, dass die *Hraal* und die *Wanderer* ein und dasselbe Schiff waren, würde es ihnen einen Vektor zum menschlichen Raum an die Hand geben.

»Wie hat Sar-Say die Nachricht aufgenommen?«, fragte Mark. Gleichzeitig hörte er, dass der Captain ihnen die Erlaubnis erteilte, den Endanflug zum Tor fortzusetzen.

»Besser als erwartet«, erwiderte Lisa. »Er schien es ganz gelassen zu nehmen. Manchmal frage ich mich, ob ich ihn wirklich verstehe – oder er uns.«

»Ich glaubte, er hätte eine ziemlich gute Vorstellung davon, was einen Menschen ausmacht.«

»Vielleicht«, entgegnete Lisa. »Aber man hätte doch meinen sollen, dass er die Reaktion auf sein Angebot vorhergesehen hätte, dass wir und unsere Spezies uns freiwillig in die Sklaverei verkaufen.«

Mark gluckste.

»Was ist so komisch?«

»Sar-Say«, sagte er. »Er erinnert mich an einen Hund, den ich einmal hatte. Er war ein großer Hund, eine dänische Dogge. Er hat meine Mutter verrückt gemacht, indem er den Hintern auf die Couch pflanzte und wie ein Mensch dasaß. Meine Mutter pflegte dann zu sagen: ›Dieser Hund glaubt wohl, dass er ein Mensch ist!‹ Was sie jedoch nicht begriff, war, dass der Hund sich mitnichten für einen Menschen hielt. Er glaubte vielmehr, dass wir Hunde wären und dass Hunde nun einmal so auf der Couch sitzen müssten!«

Lisa lachte. Es tat gut, diesen Klang nach der eher niedergeschlagenen Phase wieder zu hören. »Was hat das aber mit Sar-Say zu tun?«

»Ich vermute, dass er uns im tiefsten Innern auch nur für komisch aussehende Broa hält. Ich weiß, dass wir dazu neigen, ihn als Mensch zu sehen. Folglich reagieren wir aufeinander, als ob wir Angehörige derselben Spezies wären, verkennen aber dabei, dass dieses andere Gehirn auch wahrhaft fremde Gedanken hervorbringt. Vielleicht haben die Broa auch eine fatalistische Ader, durch die sie im Angesicht überwältigender Widerstände aufgeben. Für ihn ist es wahrscheinlich ein Schock, dass wir auf denselben Reiz umso heftiger reagieren. Du musst ihn im Auge behalten. Wenn er sich dessen erst richtig bewusst wird, tut er sich womöglich etwas an.«

Sie nickte. »Der Kapitän hat die Sicherheitsmaßnahmen noch einmal verschärft, sofern das überhaupt möglich ist. Er wird nun pausenlos beobachtet. Man hat sogar eine Kamera ins Badezimmer gestellt!«

»Dann benutz eben die sanitären Einrichtungen in unserer Kabine, bevor du Sar-Say deinen täglichen Besuch abstattest oder wenn du zurückkommst. Schau mal, wir sind fast da …«

Sie hatten gar nicht mitbekommen, wie schnell das Sternentor gewachsen war, bis es den Schirm bei minimaler Vergrößerung fast vollständig ausfüllte. Aus der Nähe sah es auch nicht anders aus als aus der Ferne. Es war ein schlichter Silberring, der da im Raum schwebte. Die Energiequelle, die er nutzte, und die Steuermechanismen mussten sich im Innern befinden, weil auf der Außenhaut des Objekts nichts Derartiges zu sehen war. Mark fragte sich, ob die glatte Oberfläche für den Betrieb des Tors notwendig war oder nur dem broanischen Schönheitsideal entsprach.

»An alle – fertig werden! Wir springen in zwei Minuten.«

Während das Echo der allgemeinen Durchsage verhallte, nahm Mark Lisas Hand. Er drückte sie, während sie den Schlüssel zur Zukunft der Menschheit auf dem Bildschirm noch weiter anwachsen sahen. Wenn die Erde im Weltraum ein Felsen von Gibraltar, eine unangreifbare Festung werden sollte, von der aus Schiffe und Männer in den Kampf zogen, dann würden sie diese neue Technologie beherrschen müssen. Und sie konnten und würden sie auch beherrschen. Alles, was sie brauchten, war Zeit und Wissen.

»Hoffentlich gelingt es uns, die Menschheit mit beidem zu versorgen«, murmelte Mark.

»Was?«, fragte Lisa.

»Wie bitte?«

»Du hast gerade etwas gesagt.«

»Ich? Entschuldige, ich muss wohl vergessen haben, den Mund zuzumachen. Es war nichts.«

»Bist du sicher?«

Er nickte und sah, dass ein Abschnitt des Tors den Rand des Bildschirms berührte und aus dem Bild verschwand. Nun war es kein Ring im Raum mehr, sondern eher ein Bogen. Eine plötzliche Kraft zog ihn auf dem Sitz nach vorn – ein Anzeichen dafür, dass sie noch weiter verlangsamten. Über InterKom erteilte die Stimme der Chefingenieurin die Anweisung, die broanischen Sprung-Generatoren anzufahren.

Nun wurde es vielleicht gefährlich. Niemand hatte die Sprung-Generatoren getestet – nicht seit dem Kampf mit dem

Broaschiff. Im Grunde waren sie natürlich nur totes Metall. In Verbindung mit dem Feld, das vom Tor erzeugt wurde, würden sie die *Ruptured Whale* jedoch für einen Moment sonstwohin befördern und dann an einem Dutzende Lichtjahre entfernten Punkt wieder im Normalraum deponieren.

Die Stimme des Chef-Sensorenbedieners gab bekannt, dass alle Instrumente mit hoher Verstärkung aufzeichneten. Alle physikalischen Kräfte und Energiemuster, mit denen sie in den nächsten Minuten konfrontiert wurden, würden in den Computern gespeichert.

»Los geht's ...«, murmelte Lisa.

Da war ein Unterton in ihrer Stimme, der ihm sagte, dass auch sie sich vor dem bevorstehenden Sprung fürchtete. Der Intellekt sagte ihm zwar, dass es sicher sei, aber das rasende Herz wollte nicht auf den Verstand hören. Falls etwas schiefging, wären da immer noch die *Columbus* und die *Magellan*, um die Nachricht nach Hause zu übermitteln. Dennoch wollte er nicht der zweite Rykand sein, der im All starb.

Streiflichtartig sah er Janis lächelndes Gesicht vor dem geistigen Auge, eingerahmt von wildem rotem Haar. Er fragte sich, in welchem Maß die Erinnerung an sie ein Auslöser für den verwegenen Plan gewesen war, mit dem er vor drei Tagen beim Frühstück herausgeplatzt war. Wenn Mark etwas wusste, dann das, dass es falsch wäre, sich vor den Ungeheuern zu verstecken, die Jani getötet hatten. In einem gefährlichen Weltall ist der Tod unvermeidlich, aber ein sinnloser Tod ist eine Tragödie. Er vermochte Jani nicht wieder lebendig zu machen, aber er konnte sein Bestes tun, um sie zu rächen – und das war der Kurs, den sie einzuschlagen gedachten.

Michail Vasloff hatte in einer Hinsicht recht. Seinem Plan »Gibraltar Erde« mangelte es nicht an übergroßer Vorsicht. Er hielt es für notwendig, um das langfristige Überleben der Spezies zu sichern, aber dadurch wurde es kurzfristig nicht ungefährlicher. Tatsächlich würde es die menschliche Rasse der größten Gefahr aussetzen, der sie je gegenübergestanden hatte.

Andererseits – war das nicht immer schon so gewesen? Als die ersten Menschen sich aus den Höhlen herauswagten und dem Säbelzahntiger gegenüberstanden, hatten sie alles riskiert. Wie auch die Veteranen in zehntausend Kriegen, von den Wagenlenkern des alten Ägypten über die römischen Legionäre bis zu den Kämpfern in vier Weltkriegen. In einem gefühllosen Weltall riskiert jeder in jedem Moment sein Leben. Die Dinosaurier hatten Hunderte Millionen Jahre gelebt, nur um in weniger als einem Jahr ausgelöscht zu werden, als ein vagabundierender Felsen vom Himmel fiel. Die Sonne konnte jede Sekunde zur Nova werden. Die *Ruptured Whale* konnte mit einem erbsengroßen Meteoriten zusammenstoßen und schneller pulverisiert werden als ein Wimpernzucken. Oder sein Herz konnte die Arbeit in der Brust einfach einstellen.

Nein, das Leben an sich war ein Risiko. Marks Vorfahren hatten vor keiner Herausforderung zurückgescheut – und er war sich sicher, dass das auch für die heutige Generation galt. Es lag nicht in der Natur des Menschen, in einem Loch zu kauern und der unvermeidlichen Entdeckung zu harren. Ein Mensch duckt sich nicht, selbst wenn es das Klügste wäre!

Die Broa wussten es noch nicht, aber ihnen war soeben ein Konkurrent erwachsen. Die Menschen von Gibraltar Erde würden eines Tages ausschwärmen, um die Galaxis zu befreien!

John Ringo

Invasion

»Unwiderstehlich! John Ringo ist der neue Star am Himmel der Military-Science-Fiction!«
David Weber, Autor der Honor-Harrington-Serie

Der Aufmarsch
978-3-453-87539-5

Der Angriff
978-3-453-87903-4

Der Gegenschlag
978-3-453-52005-9

Die Rettung
978-3-453-52017-2

Heldentaten
978-3-453-52092-9

Callys Krieg
978-3-453-52119-3

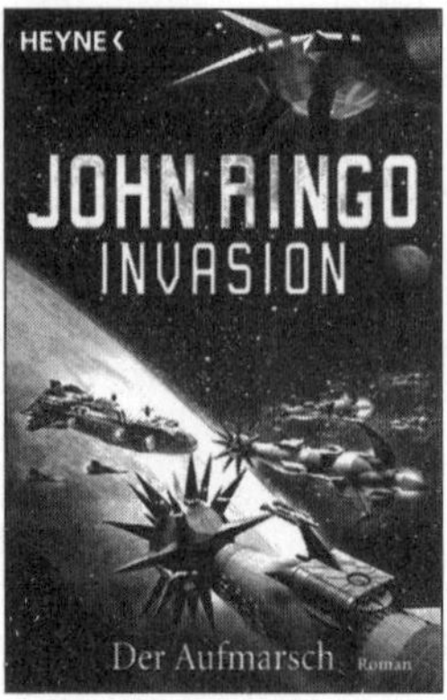

978-3-453-87539-5

978-3-453-87903-4

HEYNE